Emile Zola

Das Geld

~

Übersetzt von Armin Schwarz

„Zolas Thema sind die vernichtenden Folgen von betrügerischen Finanztransaktionen und von Institutionen, die man heute „Heuschrecken“ nennen würde und die zersetzende Energie, die von gewissenlosen und nachlässigen Wirtschaftseliten ausgehen – all das schildert Emile Zola anhand der Finanzwelt des französischen Kaiserreichs seiner Tage – hätte es nicht genauso gut oder besser für unsere Tage geschrieben sein können?“ *Redaktion Gröls-Verlag* (Edition I Werke der Weltliteratur)

Redaktionelle Hinweise und Impressum

Das vorliegende Werk wurde zugunsten der Authentizität sehr zurückhaltend bearbeitet. So wurden etwa ursprüngliche Rechtschreibfehler regelmäßig *nicht* behoben, denn kleine Unvollkommenheiten machen das Buch – wie im Übrigen den Menschen – erst authentisch. Mitunter wurden jedoch zum Beispiel Absätze behutsam neu getrennt, um den Lesefluss zu erleichtern.

Wir sind bemüht, ein ansprechendes Produkt zu gestalten, welches angemessenen Ansprüchen an das Preis/Leistungsverhältnis und vernünftigen Qualitätserwartungen gerecht wird. Um die Texte zu rekonstruieren, werden antiquarische Bücher von leistungsfähigen Lesegeräten gescannt und dann durch eine Software lesbar gemacht. Der so entstandene Text wird von Menschen gegen eine Aufwandsentschädigung gegengelesen und korrigiert – Hierbei können gelegentlich Fehler auftreten. Wenn Sie ebenfalls antiquarische Texte einreichen möchten, wenden Sie sich für weitere Informationen gerne an

www.groels.de

Informieren Sie sich dort auch gerne über die anderen Werke aus unserer

Edition I Bedeutende Werke der Weltliteratur

Sie werden es mit 98,079 %iger Wahrscheinlichkeit nicht bereuen.

Die Deutsche Nationalbibliothek verzeichnet dieses Werk in der Deutschen Nationalbibliografie.

Verleger: Marcel Hermann-Josef Gröls, Poelchaukamp 20, 22301 Hamburg.
Externer Dienstleister für Distribution und Herstellung: BoD, In de Tarpen 42, 22848 Norderstedt

Inhalt

I.

Auf der Börse hatte es eben elf Uhr geschlagen, als Saccard bei Champeaux eintrat, in den in Weiß und Gold gezierten Saal, dessen zwei hohe Fenster auf den Börsenplatz gingen. Mit einem Blick überschaute er die Reihen kleiner Tische, wo die geschäftigen Gäste eng beisammen saßen; und er schien überrascht, das Gesicht nicht zu sehen, welches er suchte.

Als in dem Gedränge der Bedienung ein mit Schüsseln beladener Kellner vorüberkam, fragte er diesen:

– Ist Herr Huret noch nicht gekommen?

– Nein, mein Herr, noch nicht.

Saccard entschloß sich nun, an einem Tische sich niederzulassen, welcher in einer der Fensternischen stand und welchen ein Gast eben verlassen hatte. Er glaubte sich verspätet zu haben und während man das Tafeltuch wechselte, schaute er hinaus und spähte nach den Vorübergehenden. Als das Gedeck erneuert worden, bestellte er nicht sogleich; seine Blicke hafteten noch eine Weile an dem Börsenplatz, welchen das heitere Sonnenlicht dieses schönen Maitages überfluthete. Zu dieser Stunde, da alle Welt frühstückte, war der Platz fast leer; die Bänke standen unbesetzt unter den Kastanienbäumen, die sich mit frischem, zartem Grün geschmückt hatten. Längs des Gitterthores war ein Miethwagen-Standplatz und da reihte sich Fiaker an Fiaker, von einem Ende bis zum andern. Der nach dem Bastillenplatz verkehrende Omnibus hielt vor dem Kartenbureau an der Ecke des Gartens, ohne einen Fahrgast aufzunehmen oder abzusetzen. Die Sonne sandte senkrecht ihre Strahlen hernieder; der Monumentalbau war völlig in Licht gebadet mit seiner Säulenreihe, seinen zwei Statuen, seinem breiten Perron, auf dessen Höhe ein Heer von Sesseln in genauer Ordnung, aber noch leer, aufgestellt war. Doch als Saccard sich umwandte, erkannte er an einem nachbarlichen Tische den Wechsel-Agenten Mazaud. Er reichte ihm die Hand.

– Schau, Sie sind's? sagte er. Guten Tag!

– Guten Tag! erwiderte Mazaud, indem er ihm zerstreut die Hand drückte.

Es war ein kleiner, brauner, sehr lebhafter und hübscher Mann, der mit 32 Jahren das Geschäft seines Oheims geerbt hatte. Seine Aufmerksamkeit schien völlig dem ihm gegenüber sitzenden Gaste zu gehören, einem dicken Herrn mit rothem, rasirtem Gesichte, dem berühmten Amadieu, dem die Börse seit seinem berühmten Streich mit den Aktien der Bergwerke von Selsis hohe Achtung zollte. Als das Papier auf fünfzehn Francs gesunken war und jeder Käufer desselben für verrückt angesehen wurde, hatte er sein ganzes Vermögen, zweimalhunderttausend Francs, an dieses Geschäft gewagt, auf gut Glück, ohne Berechnung und ohne Witterung, in dem tollen Einfall eines dummen Glückspilzes. Und heute, da die Entdeckung ergiebiger Erzgänge den Kurs dieses Papiers über tausend Francs hinauf getrieben, gewann er fünfzehn Millionen. Seine blöde Operation, die ihn ehemals ins Irrenhaus hätte führen müssen, erhob ihn jetzt zum Rang einer großen Finanz-Kapazität. Man grüßte ihn, man suchte vornehmlich seine Rathschläge. Er gab übrigens keine Aufträge mehr; er war befriedigt und thronte fortan auf den Erfolgen seines einzigen, legendären Geniestreiches. Mazaud träumte wohl davon, seine Kundschaft zu erlangen.

Da Saccard von Amadieu nicht einmal ein Lächeln erlangen konnte, grüßte er die ihm gegenüber sitzende Tischgesellschaft, drei ihm bekannte Spekulanten Namens Pillerault, Moser und Salmon.

– Guten Tag! Geht's gut?

– Ja, erträglich ... Guten Tag!

Auch bei diesen fühlte er die Kälte, fast die Feindseligkeit heraus. Pillerault, ein sehr großer, sehr magerer Mensch mit ruckweisen, hastigen Geberden und einer dünnen Nase in dem knochigen Gesichte eines fahrenden Ritters, zeigte sonst die Zutraulichkeit eines Spielers, dessen Prinzip es war, blind zuzugreifen, weil er – wie er sagte – jedesmal in eine Katastrophe verfiel, wenn er über ein Geschäft erst nachdachte. Er war eine überströmende Haussier-Natur, stets auf den Sieg hoffend, während im Gegensatze zu ihm Moser, ein kleiner Mann mit gelbem Gesichte, von einer Leberkrankheit gefoltert, in ewiger Furcht vor einem Zusammenbruch unaufhörlich lamentirte. Salmon war ein schöner Mann, im Kampfe gegen die Fünfzig, mit einem prächtigen, rabenschwarzen Barte. Er galt für einen außerordentlich feinen Kopf. Niemals sprach er; er antwortete nur mit Lächeln. Man wußte nicht, in welcher Richtung er spielte und ob er überhaupt spielte; seine Art zuzuhören machte auf Moser einen solchen Eindruck, daß er oft, nachdem er dem Andern ein Geheimniß anvertraut, durch das Stillschweigen Salmons aus der Fassung gebracht, seine Verfügungen änderte.

Angesichts der Gleichgiltigkeit, die man ihm zeigte, sandte Saccard die fieberhaften und herausfordernden Blicke durch den Saal. Und er tauschte ein Kopfnicken nur mehr mit einem großen jungen Manne, der drei Tische weiter saß, mit dem schönen Sabatani, einem Levantiner mit langem, braunem Gesichte, welches herrliche schwarze Augen erhellten, aber ein boshafter beunruhigender Mund verdarb. Die Freundlichkeit dieses jungen Mannes vollendete seine Gereiztheit; es war irgend ein „Ausgeläuteter“ von einer fremden Börse, einer jener geheimnißvollen Jungen, die bei den Frauen Glück haben; er war seit dem letzten Herbst auf dem Markte erschienen und Saccard hatte ihn schon bei der Arbeit gesehen, als Strohmann in einer Bank-Katastrophe. Durch sein korrektes Betragen und durch eine unermüdliche Freundlichkeit, die er selbst dem letzten armen Teufel gegenüber bekundete, hatte Sabatani sich allmälig das Vertrauen des „Korbes"Platz der Makler an der Börse. und der Coulisse erworben.

Jetzt blieb ein Kellner vor Saccard stehen.

– Was werden Sie nehmen, mein Herr?

– Ach ja ... Was Sie wollen; eine Côtelette und Spargel.

Dann rief er den Kellner zurück.

– Sind Sie sicher, daß Herr Huret nicht vor mir da gewesen und wieder fortgegangen ist?

– Oh, ganz sicher!

So weit war es also mit ihm gekommen nach dem Zusammenbruch im Oktober, welcher ihn genöthigt hatte wieder einmal zu liquidiren, sein Hôtel im Park Monceau zu verkaufen und eine Mietwohnung zu nehmen; so weit war es mit ihm gekommen, daß nur Leute wie Sabatani ihn grüßten. Dieses Restaurant, wo er einst geherrscht hatte, konnte er jetzt betreten, ohne daß sich alle Köpfe zu ihm wandten, alle Hände sich ihm entgegenstreckten. Er war ein kühler Spieler; kein Groll war in ihm zurückgeblieben nach der letzten Spekulation in Baugründen, die für ihn so skandalös und unglücklich geendet, daß er knapp die nackte Haut gerettet hatte. Aber ein Fieber der Vergeltung hatte sein ganzes Wesen erfaßt und die Abwesenheit Hurets, der ihm in aller Form versprochen hatte um elf Uhr da zu sein, um ihm über einen Vermittlungsschritt zu berichten, welchen er bei dem Bruder Saccard's, dem damals auf der Höhe seiner Triumphe stehenden Minister Rougon zu thun versprochen hatte, erbitterte den ruinirten Spekulanten besonders gegen diesen Bruder. Huret, ein fügsamer Deputirter, ein Geschöpf des großen Mannes, war nur ein Bote. Aber war es möglich, daß Rougon, der Allvermögende, ihn so verließ? Niemals hatte er sich als guter Bruder gezeigt. Daß er nach der Katastrophe grollte, daß er offen brach, um nicht selbst kompromittirt zu sein: dies war erklärlich; aber hätte er nicht seit sechs Monaten ihm schon im Geheimen zu Hilfe kommen müssen? Und wird er jetzt so herzlos sein, ihm den letzten Beistand zu verweigern, welchen er durch einen Dritten sich von ihm erbat, weil er nicht in Person zu erscheinen wagte, aus Furcht, daß er von einem Wuthanfall sich fortreißen lassen könnte? Der Minister brauchte nur ein Wort zu sagen und er konnte den Bruder wieder auf die Beine stellen, zum Herrn dieses feigen, großen Paris machen.

– Was für einen Wein wünschen Sie, mein Herr? fragte der Kellner wieder.

– Ihren gewöhnlichen Bordeaux.

Saccard, der keinen Hunger hatte und in Gedanken versunken seine Côtelette kalt werden ließ, blickte auf, als er einen Schatten über sein Tischtuch huschen sah. Es war Massias, ein dicker, rothbackiger Junge, ein Remisier, den er einst als Hungerleider gekannt hatte und der mit seinem Kurszettel in der Hand zwischen den Tischen dahinschlich. Zu seinem Schmerze mußte er sehen, daß Jener an ihm vorbeihuschte, ohne stehen zu bleiben und sich zu den Herren Pillerault und Moser wandte, welchen er seinen Kurszettel reichte. Diese waren in einem Gespräch begriffen und warfen kaum einen zerstreuten Blick auf den Zettel. Nein, sie hatten keinen Auftrag; ein anderes Mal. Massias wagte es nicht, sich an den berühmten Amadieu zu wenden, der über einen Hummersalat gebeugt mit Mazaud leise flüsterte, und kehrte zu Salmon zurück, der den Kurszettel nahm, lange prüfte und dann wortlos zurückgab. Im Saale ward es allmälig lebendiger; es kamen andere Remisiers, einer gab den andern die Thürklinke in die Hand. Laute Bemerkungen wurden aus der Ferne ausgetauscht, die Geschäftslust stieg immer höher, in dem Maße als die Börsestunde nahte. Und Saccard, dessen Blicke sich immer wieder nach außen wandten, sah auch den Börsenplatz sich allmälig füllen, immer mehr Wagen und Fußgänger herbeiströmen, während auf den im Sonnenlichte hell schimmernden Stufen schwarze Flecke, einzelne Männer auftauchten.

– Ich wiederhole Ihnen, sagte Moser mit seiner trostlosen Stimme, diese Ergänzungswahlen vom 20. März sind ein sehr beunruhigendes Symptom ... Ganz Paris ist für die Opposition gewonnen.

Pillerault zuckte mit den Achseln. Wenn Carnot und Garnier-Pagès zur Linken übergehen, was hat das weiter zu bedeuten?

– Und die schleswig-holsteinische Frage, fuhr Moser fort, droht ebenfalls mit den gefährlichsten Komplikationen ... Ja, ja, Sie mögen lachen, so viel Sie wollen. Ich sage nicht, daß wir Preußen bekriegen sollen, um es zu hindern, sich auf Kosten Dänemarks zu mästen. Aber, man hätte andere Wege finden müssen ... Ja, ja, wenn einmal die Großen anfangen die Kleinen aufzufressen, weiß man nicht, wo das aufhört ... Und was Mexiko anbelangt ...

Pillerault, der heute wieder in überfroher Laune war, unterbrach ihn mit einem hellen Gelächter:

– Nein, lieber Freund, langweilen Sie uns nicht mit Ihrem Schrecken wegen Mexiko's ... Mexiko wird das Ruhmesblatt unserer Regierung werden. Woher nehmen Sie die Meinung, daß das Kaiserreich krank sei? Ist die im Jänner aufgelegte

Anleihe von 300 Millionen nicht fünfzehnfach überzeichnet worden? Es war ein überwältigender Erfolg! … Hören Sie: ich gebe Ihnen Rendezvous im Jahre 67, ja in drei Jahren von heute, wenn die vom Kaiser soeben beschlossene Weltausstellung eröffnet werden wird.

– Ich sage Ihnen, Alles geht schief, wiederholte Moser verzweifelt.

– Ei, lassen Sie uns zufrieden, Alles geht gut!

Salmon schaute sie an, Einen nach dem Andern und lächelte mit tiefsinniger Miene. Saccard aber, der ihnen zugehört hatte, brachte diese Krise, in welche das Kaiserreich zu gerathen schien, mit den Schwierigkeiten seiner eigenen Lage in Zusammenhang. Er lag wieder einmal am Boden; sollte dieses Kaiserreich, dessen Geschöpf er war, stürzen wie er selbst, mit einem Schlage von der glänzendsten Stellung zur erbärmlichsten herabsinken? Ha, wie sehr hatte er seit zwölf Jahren dieses Regime geliebt und vertheidigt! dieses Regime, in welchem er sich leben und gedeihen fühlte, mit Saft vollsaugen, wie ein Baum, der seine Wurzeln in das ihm passende Erdreich versenkt. Doch, wenn sein Bruder ihn herausreißen wollte, wenn man ihn abschnitt von Jenen, die den fetten Boden der Genüsse erschöpften: dann mochte seinethalber Alles hinweggefegt werden in dem großen Zusammenbruch am Ende der schwelgerischen Nächte!

Er erwartete jetzt seine Spargelstangen, in Gedanken abwesend von diesem Saale, wo es immer lebendiger ward, und übermannt von seinen Erinnerungen. In einem breiten Spiegel ihm gegenüber hatte er soeben sein Gesicht bemerkt und er war überrascht davon. Das Alter hatte seine kleine Gestalt fast unberührt gelassen, seine fünfzig Jahre schienen kaum achtunddreißig; er hatte die Magerkeit und Lebhaftigkeit eines jungen Mannes behalten. Sein schwarzes, hohles Puppengesicht mit der spitzigen Nase und den funkelnden Aeuglein hatte mit den Jahren sich regelmäßiger geformt, den beharrlichen, so geschmeidigen, so lebhaften Reiz der Jugend angenommen; die Haare waren noch dicht, zeigten keinen einzigen weißen Faden. Die Erinnerungen stürmten auf ihn ein; er gedachte seiner Ankunft in Paris, am Tage nach dem Staatsstreiche; er gedachte jenes Winterabends, als er auf dem Pflaster der Hauptstadt landete, mit leeren Taschen und einem ungeheuren Appetit nach Besitz und Genüssen. Er erinnerte sich seines ersten Ganges durch die Straßen, als er, noch ehe sein Koffer ausgepackt war, das Bedürfnis empfand, mit seinen schief getretenen Stiefeln, seinem fettglänzenden Rock sich in die Stadt zu stürzen und sie zu erobern. Seit jenem Abend war er oft sehr hoch gestiegen; ein Millionenstrom war durch seine Hände geflossen, ohne daß er jemals das Vermögen sich unterworfen, es als eine Sache besessen hätte, über die man verfügt, die man lebendig und materiell unter

Schloß und Riegel hält. Stets hatten Lüge und Täuschung in seinen Kassen gewohnt, aus welchen das Gold durch unsichtbare Löcher wieder abzufließen schien. Und nun lag er wieder einmal auf der Straße, wie in der fernen Zeit seines Aufbruches aus der Heimat, ebenso jung, ebenso hungrig, noch immer ungesättigt, von dem nämlichen Bedürfnisse nach Genüssen und Eroberungen gepeinigt. Er hatte von Allem gekostet und hatte sich nicht gesättigt, weil er, wie er glaubte, nicht die Gelegenheit und nicht die Zeit gehabt, tief genug in die Personen und in die Sachen zu beißen. Heute hatte er das Jammergefühl, auf dem Straßenpflaster weniger als ein Anfänger zu sein, den wenigstens die Illusion und die Hoffnung aufrecht halten. Und er ward von einem Fieber ergriffen Alles neu zu beginnen, um Alles neu zu erobern, höher zu steigen, als er jemals gestiegen war, endlich der eroberten Stadt den Fuß auf den Nacken zu setzen. Es sollte nicht mehr der trügerische Reichthum der Stirnwand sein, sondern der feste Bau des Vermögens, das wahre Königreich des Goldes, das auf vollen Säcken thront.

Die Stimme Mosers, die schrill und scharf ertönte, riß Saccard einen Augenblick aus seiner Träumerei.

– Die Expedition nach Mexiko kostet monatlich 14 Millionen; Thiers hat es nachgewiesen ... Man muß blind sein, um nicht einzusehen, daß die Mehrheit in der Kammer erschüttert ist. Die Linke zählt jetzt schon dreißig und einige Deputirte. Der Kaiser selbst fühlt sehr wohl, daß die absolute Macht zur Unmöglichkeit wird, da er selbst sich zum Förderer der Freiheit macht.

Pillerault antwortete nicht und begnügte sich verächtlich zu lächeln.

– Ja, ich weiß, fuhr Moser fort, der Markt scheint Euch fest und die Geschäfte gehen. Aber wartet nur das Ende ab ... Man hat in Paris zu viel niedergerissen und zu viel gebaut. Die großen Arbeiten haben die Ersparnisse erschöpft. Was die großen Kredithäuser betrifft, die Euch so sehr zu blühen scheinen, so wartet nur, bis eines derselben fällt und ihr sollt sie alle nach der Reihe hinstürzen sehen ... Dazu kommt noch, daß das Volk sich rührt. Die internationale Arbeiter-Verbindung, die man gegründet hat, um die Lage der Arbeiter zu verbessern, erschreckt mich sehr. Es gibt in Frankreich eine Protestation, eine revolutionäre Bewegung, die immer deutlicher zutage tritt ... Ich sage Euch: die Frucht ist wurmstichig. Alles wird aus den Fugen gehen.

Da ertönte heller Widerspruch. Dieser verwünschte Moser habe entschieden wieder einen Anfall seines Leberleidens. Moser selbst ließ kein Auge von dem Nachbartische, wo Mazaud und Amadieu sich noch immer im Flüstertone unterhielten. Nach und nach ward der ganze Saal durch diesen langen Austausch von

Vertraulichkeiten unruhig. Was hatten sie sich zu sagen, daß sie so leise zischelten? Amadieu gab ohne Zweifel Aufträge, bereitete einen neuen Streich vor. Seit drei Tagen waren schlimme Gerüchte über die Arbeiten am Suezkanal in Umlauf. Moser zwinkerte mit den Augen und dämpfte auch seinerseits die Stimme

– Die Engländer wollen die Arbeiten verhindern, sagte er. Es kann zu einem Kriege kommen.

Diesesmal ward Pillerault von der Ungeheuerlichkeit der Nachricht erschüttert. Es war unglaublich! Und sogleich flog das Wort von Tisch zu Tisch und wuchs so zur Kraft, einer Gewißheit an: England habe ein Ultimatum gesendet, in welchem die unverzügliche Einstellung der Arbeiten gefordert wurde. Amadieu sprach augenscheinlich nur davon mit Mazaud, dem er den Auftrag gab, alle seine Suez-Aktien zu verkaufen. Ein Gesumme panischen Schreckens stieg empor in dieser von Speisengerüchen gesättigten Luft, inmitten des wachsenden Geräusches der Teller und Schüsseln. Die Aufregung erreichte den Gipfelpunkt, als plötzlich der Commis des Wechselagenten erschien, der kleine Flory, ein Junge mit zartem Gesichte und einem dichten, braunen Vollbarte. Mit einem Bündel Schlußzettel in der Hand eilte er zu seinem Patron, dem er sie überreichte, wobei er ihm ins Ohr sprach. – Gut, sagte Mazaud, und legte die Schlußzettel in sein Notizheft.

Dann zog er die Uhr und sagte:

– Es ist bald Mittag! Sagen Sie Berthier, daß er mich erwarte. Und seien Sie selbst auch da; holen Sie die Depeschen.

Als Flory fort war, nahm er seine Unterhaltung mit Amadieu wieder auf, zog noch andere Schlußzettel aus der Tasche, die er auf das Tafeltuch, neben seinen Teller hinlegte; und jeden Augenblick neigte sich ein Klient, der den Saal verließ, im Vorübergehen zu ihm und sagte ihm ein Wort ins Ohr, welches Mazaud rasch, zwischen einem Bissen und dem andern, auf einen dieser Papierstreifen schrieb. Die falsche Nachricht, die aus nichts entstanden und von der man nicht wußte, woher sie kam, schwoll immer mehr an, wie eine Regenwolke.

– Sie verkaufen, nicht wahr? fragte Moser Salmon.

Doch das stumme Lächeln des Letzteren war dermaßen schlau, daß Moser davon in Angst versetzt ward und nunmehr selbst nicht wußte, was er von dem Ultimatum Englands, das doch seine eigene Erfindung war, halten solle.

– Ich kaufe so viel man will, schloß Pillerault mit seiner eitlen Dreistigkeit eines unmethodischen Spielers.

Die Schläfen erhitzt vom Rausche des Spiels, welchen dieser geräuschvolle Schluß des Frühmahls in diesem engen Saale noch steigerte, hatte Saccard sich entschlossen, seine Spargel zu essen, von Neuem erzürnt gegen Huret, auf den er nicht mehr rechnete. Er, sonst so rasch in seinen Entschlüssen, schwankte nunmehr seit Wochen, von Ungewißheiten geplagt. Er fühlte wohl die gebieterische Notwendigkeit, ein neuer Mensch zu werden und er hatte zuerst an ein ganz neues Leben gedacht, an eine Laufbahn in der hohen Verwaltung oder in der Politik. Warum sollte er auf dem Wege durch den Saal des gesetzgebenden Körpers nicht in den Ministerrath gelangen wie sein Bruder? Was er der Spekulation vorwarf, war die ewige Unbeständigkeit, bei welcher man große Summen ebenso schnell verlor wie gewann; niemals hatte er auf einer wirklichen Million, als völlig schuldenfreier Mann geschlafen. Und jetzt, da er sein Gewissen prüfte, sagte er sich, daß er vielleicht allzu leidenschaftlich sei für diesen Kampf um das Geld, welcher Kaltblütigkeit erforderte. Nur so war es zu erklären, daß er nach einem ganz außerordentlichen Leben voll Luxus und voll Noth, völlig geleert und vernichtet aus seinen zehn Jahre lang betriebenen ungeheuerlichen Spekulationen mit Baugründen hervorging, aus Spekulationen in dem neuen Paris, in welchen Andere, und viel Schwerfälligere, große Reichthümer gesammelt hatten. Ja, er hatte sich vielleicht getäuscht über seine wirklichen Fähigkeiten; vielleicht würde er mit seiner Thätigkeit, mit seinem glühenden Eifer, in dem politischen Gewühl mit *einem* Satze zum höchsten Erfolge gelangen. Alles hing von der Antwort seines Bruders ab. Wenn dieser ihn abwies, wieder in den Abgrund des Agio stieß: dann umso schlimmer für ihn und die Anderen; er wird den großen Streich wagen, von dem er noch mit Niemandem gesprochen; das Riesengeschäft, von welchem er seit Wochen träumte und welches ihn selbst erschreckte, so groß war es und so sehr geeignet, die Welt zu bewegen, wenn es gelang und auch wenn es mißlang.

Jetzt ließ Pillerault sich wieder vernehmen.

– Mazaud, ist die Exekution Schlossers beendigt? fragte er.

– Ja, sagte der Wechselagent; die Ankündigung wird heute ausgehängt werden ... Mein Gott, es ist ja eine verdrießliche Sache, aber ich hatte sehr beunruhigende Auskünfte über ihn erhalten und ich machte den Anfang. Man muß von Zeit zu Zeit mit dem Kehrbesen dreinfahren.

– Man hat mir versichert, bemerkte Moser, daß Ihre Kollegen Jacoby und Delarocque ein hübsches Stück Geld bei ihm verloren haben.

Der Wechselagent machte eine gleichgiltige Geberde.

– Bah, das gehört mit zum Geschäft! Dieser Schlosser muß zu einer Gaunerbande gehört haben; er mag jetzt die Börsen in Wien und Berlin unsicher machen.

Saccard hatte seine Blicke zu Sabatani gewendet, dessen geheime Theilhaberschaft mit Schlosser ein Zufall ihm enthüllt hatte. Die Beiden spielten das bekannte Spiel: der Eine *à la hausse*, der Andere *à la baisse*, in dem nämlichen Papier; der Verlierende theilte den Gewinn des Andern und verduftete. Allein, Sabatani zahlte in großer Gemüthsruhe die Rechnung für das feine Frühstück, das er eingenommen. Mit der einschmeichelnden Liebenswürdigkeit des auf einen Orientalen gepfropften Italieners trat er dann zu Mazaud, dessen Klient er war, und drückte ihm die Hand. Er neigte sich herab, um ihm einen Auftrag zu geben, welche der Wechselagent auf einen Zettel schrieb.

– Er verkauft seine Suez-Aktien, murmelte Moser.

Und in seinem krankhaften Zweifel einem unwiderstehlichen Bedürfnisse nachgehend, fragte er laut:

– Wie denken Sie über Suez?

Das Durcheinander der Stimmen machte plötzlich tiefem Schweigen Platz; an den benachbarten Tischen wandten Alle die Köpfe um. Diese Frage gab der wachsenden Beklemmung Ausdruck. Allein, der Rücken Amadieu's, der den Mazaud einfach zum Frühstück eingeladen hatte, um ihm einen seiner Neffen zu empfehlen, blieb stumm und undurchdringlich, hatte nichts zu sagen; während der Agent, allmälig erstaunt über die erhaltenen Aufträge, in der gewohntenVerschwiegenheit seines Metiers sich begnügte mit dem Kopfe zu nicken.

– Suez ist sehr gut, erklärte mit seiner singenden Stimme Sabatani, der, bevor er den Saal verließ, einen Augenblick zu Saccard trat, um diesem die Hand zu drücken.

Saccard bewahrte einen Augenblick das Gefühl dieses geschmeidigen, zerfließenden, fast weibischen Händedrucks. In seiner Ungewißheit, welchen Weg er einschlagen sollte, um ein neues Leben zu beginnen, behandelte er alle diese Leute als Gauner. Ha, wenn man ihn dazu zwang, wie wird er sie hetzen, wie wird er sie rupfen, diese zitternden Moser, diese prahlerischen Pillerault, diese Salmon, die hohler sind als Kürbisse, und diesen Amadieu, den sein Erfolg zu einem Genie gemacht hat! Das Geräusch der Teller und Gläser hatte von Neuem angefangen, die Stimmen wurden rauher, die Thüren gingen heftiger auf und zu in der Hast, welche alle diese Leute verzehrte, beim Spiele mit dabei zu sein, wenn in der That ein Krach in Suez-Aktien eintreten sollte. Und durch das Fenster, in der Mitte des von Fiakern durchfurchten, von Fußgängern überfüllten Platzes, sah er die in Sonnenlicht gebadeten Stufen der Börse von einem unaufhörlichen Aufstieg von Menschen-Insekten übersäet, von Menschen in korrekter schwarzer Kleidung, welche allmälig die Säulenhalle besetzten, während hinter den Gittern undeutlich die Gestalten einiger Frauen auftauchten, welche unter den Kastanienbäumen umherwandelten.

Plötzlich, in dem Augenblicke, da Saccard sich an den eben bestellten Käse machte, bewirkte eine laute Stimme, daß er aufblickte.

– Verzeihen Sie, mein Lieber, es war mir unmöglich früher zu kommen.

Es war endlich Huret, ein Normandier aus dem Calvados, ein breites, schwerfälliges Gesicht, das Gesicht einesverschlagenen Bauern, der den Einfältigen spielt. Er bestellte sogleich etwas zu essen; es sei ihm gleichviel was; das Gericht vom Tage, mit einem Gemüse dazu.

– Nun? fragte Saccard trocken und seine Geduld meisternd.

Doch der Andere beeilte sich nicht, sondern betrachtete ihn eine Weile als schlauer, vorsichtiger Mensch. Dann begann er zu essen, streckte das Gesicht vor und sagte mit gedämpfter Stimme:

– Nun, ich habe den großen Mann gesprochen. Ja, bei ihm, heute Morgens ... Er war sehr gütig für Sie.

Er hielt einen Augenblick inne, trank ein großes Glas Wein und schob sich eine Kartoffel in den Mund.

– Und weiter?

– Hören Sie ... Er will Alles für Sie thun, was er kann; er will eine sehr schöne Stellung für Sie suchen, aber nicht in Frankreich ... Beispielsweise die Stelle eines Gouverneurs in einer unserer Kolonieen, in einer guten Kolonie. Sie wären dort der Herr, ein wahrer kleiner Fürst.

Saccard war bleich geworden.

– Das ist doch wohl nur Spaß! rief er. Ihr macht Euch lustig über die Leute ... Warum nicht gleich die Deportation? ... Ah, er will sich meiner entledigen? Er soll sich in Acht nehmen, daß ich ihm nicht ernstlich unangenehm werde!

Huret aß ruhig weiter und bewahrte seine versöhnliche Stimmung.

– Ruhig, sagte er; man will nur Ihr Wohl. Lassen Sie uns machen.

– Ich soll mich unterdrücken lassen, wie? Hören Sie: soeben ist hier gesagt worden, daß das Kaiserreich bald keine Fehler mehr zu begehen haben wird. Jawohl, man meint den italienischen Feldzug, die Expedition nach Mexiko, das Verhalten gegen Preußen. Meiner Treu, es ist die Wahrheit! Ihr werdet so viele Fehler und Thorheiten begehen, daß ganz Frankreich sich erheben wird, um Euch hinauszuwerfen.

Der Deputirte, eine getreue Kreatur des Ministers, erbleichte und blickte unruhig um sich.

– Oh verzeihen Sie, auf dieses Gebiet kann ich Ihnen nicht folgen ... Rougon ist ein rechtschaffener Mann; so lange er da ist, ist keine Gefahr zu befürchten. Nein, sagen Sie nichts; Sie verkennen ihn.

Seine Stimme zwischen den Zähnen erstickend, unterbrach ihn Saccard heftig.

– Gut, lieben Sie ihn, spielet zusammen unter einer Decke ... Will er mir in Paris Beistand leisten, ja oder nein?

– In Paris, niemals!

Ohne ein Wort hinzuzufügen erhob sich Saccard und rief den Kellner, um zu zahlen, während Huret, der diese Zornesausbrüche sehr wohl kannte, ruhig fortfuhr große Bissen Brod zu verschlingen und den Andern wüthen ließ, ohne ihn weiter zu reizen, aus Furcht, daß es eine Skandalscene geben könnte. Doch in diesem Augenblicke entstand eine lebhafte Bewegung im Saale. Gundermann war eingetreten, der König der Bankiers, der Herr der Börse und der Welt, ein Mann von sechszig Jahren, dessen ungewöhnlich großer, kahler Kopf mit der dicken Nase und den runden, hervortretenden Augen ein riesiges Maß von Willenskraft und von Müdigkeit verrieth. Er ging niemals zur Börse und sandte auch keinen offiziellen Vertreter dahin. Niemals frühstückte er an einem öffentlichen Orte; aber er erschien von Zeit zu Zeit – so wie auch heute wieder – im Restaurant Champeaux, wo er sich an einen der Tische setzte und sich ein Glas Vichy-Wasser auf einem Teller reichen ließ. Er litt seit zwanzig Jahren an einem Magenübel und nährte sich nur von Milch.

Das ganze Personal war sogleich ans den Beinen, um das Glas Wasser zu bringen und alle anwesenden Gäste duckten sich. Moser betrachtete mit demüthiger Miene diesen Mann, welcher die Geheimnisse kannte, nach seinem Belieben die Hausse und die Baisse machte, wie Gott den Donner macht. Pillerault selbst grüßte ihn, denn er glaubte nur an die unwiderstehliche Macht der Milliarde. Es war halb ein Uhr und Mazaud, der Amadieu plötzlich verlassen hatte, um zur Börse zu gehen, kam zurück, verneigte sich vor dem Bankier, der ihn manchmal mit einem Auftrag beehrte. Viele andere Börseaner, die schon fortgehen hatten wollen, blieben jetzt vor dem Gott der Finanzwelt stehen, umgaben ihn, umschmeichelten ihn mit gebeugtem Rücken, inmitten der beschmutzten und in Unordnung gerathenen Frühstückstische. Und sie betrachteten ihn ehrfürchtig, wie er mit zitternder Hand das Glas Wasser ergriff und es an die farblosen Lippen führte. Ehemals, in den Spekulationen mit den Grundstücken der Monceau-Ebene, hatte Saccard mit Gundermann Auseinandersetzungen, ja sogar einen

Zwist gehabt. Sie konnten sich nicht verständigen; der Eine war leidenschaftlich und ein Genußmensch, der Andere nüchtern und von kühler Logik, Saccard, in seinem Zorne und noch mehr erbittert durch diesen triumphirenden Eintritt Gundermanns, wollte sich entfernen, als der Andere ihn anrief.

– Ist's wahr, mein Freund, daß Sie sich von den Geschäften zurückziehen? ... Meiner Treu, Sie haben Recht, es ist besser so.

Das war für Saccard ein Peitschenhieb mitten ins Gesicht. Er richtete seine kleine Gestalt auf und antwortete mit einer hellen, schneidigen Stimme, so scharf wie ein Schwert:

– Ich gründe ein Bankhaus mit einem Kapital von fünfundzwanzig Millionen und habe die Absicht, Sie demnächst zu besuchen.

Damit verließ er den Saal mit seinem Geräusch und Gedränge, um die Eröffnung der Börse nicht zu versäumen. Ha! endlich einen Erfolg haben, von Neuem diesen Leuten, die ihm den Rücken kehrten, den Fuß auf den Nacken setzen und mit diesem König des Goldes ringen und ihn eines Tages vielleicht niederwerfen! Er war noch nicht entschlossen, sein großes Unternehmen in die Oeffentlichkeit zu bringen und war selbst überrascht von dem Satze, welchen die Notwendigkeit zu antworten ihm entrissen hatte. Aber konnte er das Glück auf einem anderen Gebiete versuchen, nunmehr, da sein Bruder ihn verließ und die Menschen und die Dinge ihn verletzten, um ihn in den Kampf zurückzuschleudern, wie der blutende Stier wieder in die Arena zurückgeführt wird?

Er blieb einen Augenblick zitternd am Rande des Fußsteiges stehen. Es war die Stunde voll reger Thätigkeit, in welcher das Leben von Paris auf diesem Platze zusammenzuströmen schien, welcher im Mittelpunkte zwischen der Rue Montmartre und der Rue Richelieu liegt, zwischen diesen beiden übervollen Verkehrsadern, welche die Menge durchbrechen. Von den vier Straßenkreuzungen an den vier Ecken des Platzes strömte unaufhörlich der Zuzug von Wagen, inmitten des Gewühls der Fußgänger das Pflaster furchend. Die beiden langen Reihen von Miethwagen längs der Eisengitter öffneten und schlossen sich unaufhörlich, während in der Rue Vivienne die Victorias der Remisiers in gedrängter Reihe standen, auf deren Böcken die Kutscher, die Zügel in der Hand, bereit waren, auf den ersten Wink abzufahren. Auf den Stufen und im Peristyl gab es ein Ameisengewühl von schwarzen Röcken; von der Coulisse, die unterhalb der Uhr Aufstellung genommen hatte und schon in voller Thätigkeit war, stieg der Lärm des Angebots und der Nachfrage empor, jenes Meeresbrausen des Agio, welches selbst den Lärm der Weltstadt übertönte. Viele der Vorübergehenden wandten den Kopf, aus Neugierde und aus Furcht vor dem, was hier geschah, aus Furcht vor dem

Mysterium dieser finanziellen Operationen, in welches nur wenige Köpfe in Frankreich einzudringen vermögen, wo unter wilden Geberden und Geschrei Reichthümer plötzlich erworben und plötzlich verloren wurden. Und Saccard, am Rande des Trottoirs stehend, betäubt von den fernen Stimmen, hin und her gestoßen von dem Gewühl dieser hastigen Menschen, träumte wieder einmal von dem Königreiche des Goldes in diesem Stadtviertel aller fieberhaften Aufregungen, in dessen Mitte von ein bis drei Uhr die Börse pulsirt wie ein mächtiges Herz.

Doch er hatte seit seinem Ruin nicht mehr gewagt, die Börse zu betreten und auch heute war es ein Gefühl verletzter Eitelkeit, die Gewißheit als Sieger dort empfangen zu werden, die ihn hinderte, die Stufen emporzusteigen. Wie die Liebhaber, welche aus dem Alkov einer Geliebten verjagt worden, welche sie nur noch mehr begehren, während sie sie zu verabscheuen glauben, kam er verhängnißvoller Weise immer wieder Hieher zurück und machte die Runde um die Kolonnade unter allerlei Vorwänden, durchschritt den Garten wie ein Spaziergänger unter den Kastanienbäumen. In diesem staubigen Square ohne Rasen und Bäume, wo es auf den zwischen Anstandsorten und Zeitungs-Kiosken aufgestellten Bänken ein Gewimmel von fragwürdigen Spekulanten und Weibern aus dem Stadtviertel gab, welche ohne Haube sich hier einfanden und ihre Säuglinge stillten, trieb er sich als uninteressirter Spaziergänger herum, erhob spähend die Blicke, mit dem wüthenden Gedanken, daß er die Börse belagerte, daß er einen engen Kreis um sie zog, um eines Tages als Sieger daselbst wieder einzuziehen.

Bei der rechten Ecke trat er ein, unter den Bäumen, welche der Rue de la Banque gegenüber stehen. Hier stieß er sogleich auf die Winkelbörse der deklassirten Werthe, auf die „feuchten Füße“, wie man mit ironischer Verachtung diese Spieler des Trödelmarktes nennt, die unter freiem Himmel, im Straßenkothe der regnerischen Tage mit den Papieren der „verkrachten“ Unternehmungen handeln. Es stand da in einer geräuschvollen Gruppe ein Rudel unsauberer Juden beisammen, fettschimmernde Gesichter, dann ausgedörrte Profile, denjenigen von Raubvögeln gleichend, eine ganz außerordentliche Versammlung von typischen Nasen, die sich zusammenstreckten wie über eine Beute, unter wildem, rauhem Geschrei, als wollten sie einander verschlingen. Als Saccard bei dieser Gruppe vorüberkam, bemerkte er einen etwas abseits stehenden dicken Mann, welcher mit seinen plumpen, schmutzigen Fingern einen Rubin gegen die Sonne hielt und betrachtete.

– Schau, Busch! rief Saccard. Da fällt mir ein, daß ich zu Ihnen hinaufgehen wollte.

Busch, der in der Rue Vivienne ein Geschäfts-Kabinet hielt, hatte Saccard schon wiederholt, unter schwierigen Umständen, nützliche Dienste geleistet. Entzückt prüfte er das Wasser des kostbaren Steines, das breite, platte Gesicht zurückgebeugt, die großen, grauen Augen wie erloschen unter dem grellen Sonnenlichte. Die weiße Halsbinde, die er stets trug, war wie ein Strick zusammengerollt, während sein in abgetragenem Zustande gekaufter Leibrock, ehemals sehr schön, jetzt unglaublich schäbig und schmierig, bis zu seinen farblosen Haaren hinaufreichte, die in wirren, dünnen Strähnen von seinem kahlen Schädel herabfielen. Sein von der Sonne geröthеter und vom Regen verwaschener Hut war von einem Alter, das man nicht mehr bestimmen konnte.

Endlich entschloß sich Busch aus dem Himmel seines Entzückens wieder zur Erde herniederzusteigen.

– Ah, Herr Saccard! Sie schauen auch zu uns her?

– Ja. Ich habe einen in russischer Sprache geschriebenen Brief von einem in Konstantinopel etablirten russischen Bankier erhalten. Diesen Brief möchte ich mir von Ihrem Bruder übersetzen lassen.

Busch, der noch immer den Rubin zärtlich in seiner rechten Hand rollte, streckte die Linke hin, um den Brief in Empfang zu nehmen, und versprach die Übersetzung noch am Abend desselben Tages liefern zu wollen. Allein, Saccard erklärte, es seien nicht mehr als zehn Zeilen.

– Ich will selbst hinauf gehen; Ihr Bruder wird mir Das sogleich lesen.

Hier wurde er durch die Ankunft eines ungeheuer dicken Weibes unterbrochen, der Madame Méchain, welche den Börsebesuchern wohlbekannt war. Es war eine jener wüthenden und erbärmlichen Spielerinnen, deren fette Hände in allerlei verdächtigen Geschäften zu finden sind. Ihr rothes, aufgedunsenes Mondscheingesicht mit den kleinen, blauen Aeuglein, mit der kleinen, platten Nase, mit dem kleinen Munde, aus welchem eine dünne Kinderstimme zum Vorschein kam, schien ans dem alten, malvenfarbenen Hute hervorzuquellen, welchen granatrothe Bänder in der Quere festhielten; und die Riesenbrust und der ungeheure Wasserbauch drohten das Kleid von grüner Popeline zu sprengen, welches allmälig ins Gelbe spielte und stets einen breiten Saum von Straßenkoth hatte. Sie trug einen riesigen Sack von schwarzem Leder am Arme, einen alten Sack so tief wie ein Felleisen, den sie nie aus der Hand gab. Heute war der Sack dermaßen vollgestopft, daß er sie nach rechts zog und sie beugte, wie ein Baum vom Winde gebeugt wird.

– Da sind Sie endlich, sagte Busch, der sie erwartet zu haben schien.

– Ja, und ich habe die Papiere von Vendome, ich bringe sie mit.

– Gut, gehen wir zu mir, heute ist hier nichts zu machen. Saccard hatte einen flüchtigen Blick auf die große Ledertasche geworfen. Er wußte, daß die deklassirten Papiere, die Aktien der falliten Gesellschaften, mit welchen noch die „feuchten Füße" handelten, verhängnißvoller Weise in diesen Sack fielen; Aktien zu fünfhundert Francs, welche sie um zwanzig Sous, um zehn Sous handeln, in der unbestimmten Hoffnung auf eine unwahrscheinliche Wiederaufrichtung des betreffenden Unternehmens, oder noch praktischer als „faule" Waare, welche sie mit Nutzen den Bankerottirern überlassen, die ihr Passivum vergrößern wollen. In den mörderischen Schlachten der Finanzwelt war die Méchain jener Rabe, welcher den Armeen auf dem Marsche folgt; keine Gesellschaft, kein Bankhaus wurde gegründet, ohne daß sie mit ihrem großen Sack erschien, schnüffelnd, der Leichen harrend, selbst in den glücklichen Stunden der erfolgreichen Emissionen; denn sie wußte sehr wohl, daß der Krach unausweichlich war, daß der Tag des Zusammenbruches kommen mußte, an welchem es Todte zu verzehren, Papiere um einen Pappenstiel aus dem Kothe und aus dem Blute aufzulesen geben würde. Und Saccard, der an seinem großen Projekt einer Bankgründung arbeitete, schauerte zusammen, ward von einer bösen Ahnung ergriffen, als er diese Tasche sah, dieses Beinhaus der entwertheten Papiere, in welches der Kehricht der Börse wanderte.

Als Busch sich anschickte, die dicke Alte hinwegzuführen, hielt ihn Saccard einen Augenblick zurück.

– Also, ich kann hinaufgehen, ich bin sicher, Ihren Bruder oben zu treffen?

Die Augen des Juden nahmen einen milden Ausdruck an.

– Meinen Bruder? fragte er mit einer Miene der Ueberraschung. Aber gewiß! Wo soll er denn sein?

– Sehr wohl, ich komme sogleich.

Und während die Anderen sich entfernten, setzte Saccard mit langsamen Schritten seinen Spaziergang unter den Bäumen fort, in der Richtung der Rue Notre-Dame-des-Victoires. Diese Seite des Platzes ist eine der meistbevölkerten, mit den Läden von Kaufleuten und Gewerbetreibenden besetzt, deren goldene Schilder im Sonnenlichte glänzten. Auf den Balkons wurden die Zeltdächer herabgelassen; am Fenster eines möblirten Hotels stand eine ganze Familie aus der Provinz und sah mit erstaunten Mienen diesem Treiben zu. Mechanisch hatte Saccard den Kopf erhoben und diese Leute angeblickt, deren Verblüffung ihm ein Lächeln entlockte, wobei ihn der Gedanke stärkte, daß es in den Departements stets Aktionäre geben werde. Hinter ihm dauerte das Geräusch der Börse fort wie das Tosen der fernen Fluth; und er stand unter dem Banne dieses Lärms, als drohte eine Gefahr ihn zu erreichen und zu verschlingen.

Doch eine neue Begegnung hielt ihn wieder fest.

– Wie, Jordan, Sie auf der Börse? rief er einem hochgewachsenen brünetten jungen Manne mit kleinem Schnurrbarte und entschlossenem, eigensinnigem Gesichte zu.

Jordan, dessen Vater, ein Marseiller Bankier, nach unglücklichen Spekulationen durch Selbstmord geendet hatte, trieb sich seit zehn Jahren auf dem Pariser Pflaster herum und suchte sich, mit bitterer Noth kämpfend, in der Litteratur eine Stellung zu erringen. Einer seiner Vettern, der in Plassans wohnte, wo er die Familie Saccards kannte, hatte ihn diesem empfohlen, als der Spekulant noch ganz Paris in seinem Hotel am Park Monceau empfing.

– Oh, zur Börse, niemals! erwiderte der junge Mann mit einer heftigen Geberde, als wollte er die traurige Erinnerung an seinen Vater verscheuchen.

Dann fuhr er lächelnd fort:

– Sie wissen doch, daß ich geheirathet habe? Jawohl, eine kleine Jugendfreundin. Man hatte uns noch in jenen Tagen verlobt, als ich reich war, und sie blieb dabei, meine Frau werden zu wollen, obgleich ich ein armer Teufel geworden.

– Richtig, die Familien-Anzeige ist mir ja zugekommen, sagte Saccard. Und denken Sie sich, daß ich ehemals mit Ihrem Schwiegervater, Herrn Maugendre, in Verbindung stand, als er noch in La Billette seine Theerplachen-Fabrik hatte. Er muß dabei ein schönes Vermögen erworben haben.

Diese Unterredung fand in der Nähe einer Bank statt und Jordan unterbrach ihn, um ihm einen kleinen, dicken Herrn von militärischem Aussehen vorzustellen, welcher auf der Bank saß und mit welchem er bei der Anrede Saccards gesprochen hatte.

– Herr Kapitän Chave, ein Oheim meiner Frau ... Meine Schwiegermutter, Frau Mougendre, ist eine geborene Chave aus Marseille.

Der Kapitän hatte sich erhoben und Saccard grüßte. Dieser kannte vom Sehen die schlagflüssige Figur mit dem durch den langen Gebrauch der härenen Halsbinde steifgewordenen Hals. Es war einer der Typen von kleinen Spielern gegen Barzahlung und man konnte ihn täglich von 1–3 Uhr sicher hier treffen. Es ist ein Spiel auf einen kleinen, sicheren Nutzen, bei welchem 15–20 Francs zu holen waren, die noch an demselben Börsentage liquidirt wurden.

Jordan hatte – gleichsam um seine Anwesenheit zu erklären – mit einem gemüthlichen Lachen hinzugefügt:

– Ein wüthender Börsebesucher, mein Onkel, dem ich manchmal im Vorübergehen guten Tag sage.

– Ich muß spielen, sagte der Kapitän, da die Regierung mit meiner kärglichen Pension mich hungern läßt. Saccard, den der junge Mann wegen seines Muthes im Kampfe um das Dasein interessirte, fragte ihn, ob es mit der Litteratur endlich ginge? Und Jordan schilderte ihm – noch immer wohlgelaunt – seinen ärmlichen Haushalt im fünften Stockwerk eines Hauses der Avenue de Clichy. Die Maugendre hatten kein Vertrauen zu diesem Poeten und glaubten genug gethan zu haben, wenn sie in die Heirath ihrer Tochter einwilligten. Sie hatten denn auch nichts hergegeben, unter dem Vorwande, daß ja ihre Tochter einst ihr ganzes, durch Ersparnisse noch vergrößertes Vermögen erben werde. Nein, die Litteratur nährte ihren Mann nicht; er hatte den Entwurf eines Romans fertig, aber er fand nicht Zeit ihn zu schreiben und er war nothgedrungen in die Journalistik eingetreten, wo er Alles schrieb, was zu seinem Stande gehörte, von der Chronik angefangen bis zu den Berichten aus dem Gerichtssaale und selbst Sachen für die Rubrik „Allerlei".

– Nun, wenn ich meine große Unternehmung durchführe, sagte Saccard, werde ich vielleicht Ihrer bedürfen. Besuchen Sie mich einmal.

Er grüßte und bog hinter der Börse ein. Hier hörte endlich der ferne Lärm, das Geheul des Spieles auf und wurde zu einem verschwommenen, in dem Getümmel des Platzes aufgehenden Geräusch. Auch auf dieser Seite waren die Treppenstufen mit Leuten besetzt; allein das Kabinet der Wechsel-Agenten, dessen rothe Vorhänge man durch die hohen Fenster sah, isolirte von dem Getöse des großen Saales die Kolonnade, wo zahlreiche Spekulanten, die bequemeren, die reichen, im Schatten sich niedergelassen hatten, Einige allein, Andere in kleinen Gruppen, das geräumige, offene Peristyl in solcher Weise gleichsam zu einem Klub machend. Diese Hinterfront des monumentalen Baues glich einigermaßen der Rückseite eines Theaters, wo die Schauspieler ihren Eingang haben, mit der verdächtig aussehenden, verhältnißmäßig ruhigen Rue Notre-Dame-des-Victoires, die völlig mit Trinkstuben, Kaffee- und Speisehäusern besetzt war und von einem eigenthümlichen, seltsam gemischten Publikum wimmelte. Auch die Firmatafeln verriethen das ungesunde Wachsthum, das hier, am Rande der benachbarten großen Kloake gedieh: übel beleumundete Versicherungs-Gesellschaften, erpresserische Finanzblätter, Unternehmungen, Banken, Agentieen, Kontors, eine ganze Reihe bescheidener Gurgelabschneidereien in Straßenläden oder Halbstockzimmern untergebracht, wo nicht drei Menschen Platz fanden. Auf den Trottoirs und mitten in der Straße, überall schlichen Leute herum, der Beute harrend, wie am Rande eines Waldes.

Saccard war innerhalb der Gitter stehen geblieben und blickte zu der nach dem Kabinet der Wechsel-Agenten führenden Thür empor, mit dem Scharfblick eines Feldherrn, welcher von allen Seiten den Platz mustert, den er anzugreifen beabsichtigt, als ein großer Bursche, der aus einer Trinkstube kam, quer über die Straße schritt und sich sehr tief vor ihm verneigte.

– Ach, Herr Saccard, haben Sie nichts für mich? Ich habe den *Crédit mobilier* endgiltig verlassen und suche eine Stellung.

Jantrou war ein ehemaliger Professor, der in Folge einer nicht völlig aufgeklärten Geschichte von Bordeaux nach Paris gekommen war. Von der Universität verjagt, deklassirt, aber ein hübscher Bursche mit seinem schwarzen Fächerbart und seiner vorzeitigen Glatze, überdies gebildet, klug und liebenswürdig, war er mit achtundzwanzig Jahren an der Börse gelandet, hatte sich daselbst zehn Jahre lang als Remisier herumgetrieben und beschmutzt und nicht mehr erworben, als das für seine Laster nothwendige Geld. Und heute, völlig kahl, verzweifelt wie eine Dirne, bei welcher die Runzeln kommen und den Erwerb bedrohen, harrte er noch immer der Gelegenheit, die ihm den Erfolg, den Reichthum bringen sollte.

Als Saccard ihn so unterthänig sah, erinnerte er sich mit Bitterkeit des Grußes Sabatani's bei Champeaux: entschieden, nur die Ruinirten und Schiffbrüchigen waren ihm geblieben. Aber er bewahrte eine gewisse Wertschätzung für die Intelligenz dieses Jantrou und er wußte wohl, daß man die tapfersten Truppen aus den Verzweifelten wirbt, aus Jenen, die Alles wagen, weil sie Alles zu gewinnen haben. Er zeigte sich gutmüthig.

– Eine Stellung? wiederholte er. Nun, Das kann sich finden. Besuchen Sie mich einmal.

– Sie wohnen jetzt Rue Saint-Lazare, nicht wahr?

– Ja, Rue Saint-Lazare. Am besten in den Morgenstunden.

Sie plauderten eine Weile. Jantrou war gegen die Börse sehr aufgebracht und wiederholte ein um das andere Mal, man müsse ein Schurke sein, um dort Erfolg zu haben. Und er sagte dies mit dem Groll eines Menschen, welcher nicht diese glückliche Schurkerei besessen hatte. Es war aus; er wollte Anderes versuchen; es schien ihm, daß er mit seiner Universitätsbildung, mit seiner Menschenkenntnis eine schöne Stelle in der Verwaltung erreichen mußte. Saccard nickte zustimmend mit dem Kopfe. Und als sie das Gitter verlassen hatten und auf dem Trottoir dahin schreitend die Rue Brongniart erreichten, fesselte ihre Aufmerksamkeit ein dunkel lackirtes Coupé mit sehr seiner Bespannung, welches in dieser Gasse hielt, das Pferd nach der Rue Montmartre gekehrt. Während der Kutscher, der ihnen den Rücken zuwandte, unbeweglich auf dem Bocke saß, sahen sie einen Frauenkopf zweimal am Wagenfenster erscheinen und rasch wieder im Innern des Wagens verschwinden. Plötzlich neigte der Kopf sich heraus und verblieb da mit einem ungeduldigen Blicke nach rückwärts, in der Richtung der Börse.

– Die Baronin Sandorff! murmelte Saccard.

Es war ein sehr brauner, seltsamer Kopf, glühende, schwarze Augen unter müden Augenlidern, ein leidenschaftliches Gesicht mit blutrothen Lippen, dessen Schönheit nur durch eine allzu lange Nase beeinträchtigt wurde. Sie schien sehr hübsch zu sein, vorzeitig reif für ihre fünfundzwanzig Jahre, das Aussehen einer Bacchantin, bekleidet von den ersten Schneidern der Weltstadt.

– Ja, die Baronin, wiederholte Jantrou. Ich kannte sie, als sie noch ein junges Mädchen war, bei ihrem Vater dem Grafen Ladricourt. Er war ein wüthender Spieler von empörender Brutalität. Ich holte mir jeden Morgen seine Befehle und eines Tages hat er mich fast geprügelt. Um den Mann habe ich nicht gejammert, als er an einem Schlagflusse starb, ruinirt in Folge einiger kläglichen Liquidationen. Die Kleine mußte sich dann entschließen, den österreichischen Botschaftsrath Baron Sandorff zu heirathen, der um fünfunddreißig Jahre älter war als sie, und den sie mit ihren Feuerblicken verrückt gemacht haben mußte.

– Ich weiß, sagte Saccard einfach.

Der Kopf der Baronin war wieder in dem Coupé verschwunden, erschien aber sogleich wieder, noch ungeduldiger als früher, den Hals umbiegend, um den Platz übersehen zu können.

– Sie spielt, nicht wahr?

– Oh, wie toll! An Krisentagen kann man sie da in ihrem Wagen sehen, der Kurse harrend, mit fieberhafter Hast Notizen in ihrem Hefte machend, Aufträge ertheilend. Und schauen Sie: Massias hat sie erwartet, da ist er schon bei ihr.

In der Tat eilte Massias mit der vollen Schnelligkeit seiner kurzen Beine herbei, den Kurszettel in der Hand; und sie sahen, wie er sich an die Thür des Coupé's lehnte, den Kopf hinein steckte und sich angelegentlich mit der Baronin besprach. Sie traten ein wenig beiseite, um bei ihrer Spionage nicht gesehen zu werden und als der Remisier zurückkam, riefen sie ihn herbei. Er versicherte sich zunächst durch einen Seitenblick, daß die Straßenecke ihn verbarg, dann blieb er stehen, athemlos, mit geröthetem, aber heiterem Antlitze, in welchem große, blaue, kindlich treuherzige Augen saßen.

– Was haben sie nur heut auf der Börse? schrie er. Ein wahrer Sturz in Suez-Aktien! Man spricht von einem Kriege mit England. Irgend eine Nachricht, von der man nicht weiß, woher sie kommt, versetzt sie in Aufruhr... Ein Krieg! Wer kann nur dergleichen erfunden haben? frage ich ... Das kommt von selber ... Eine rechte Tollheit!

Jantrou zwinkerte mit den Augen.

– Die Dame spielt noch immer?

– Oh, wie wahnsinnig! Ich bringe Nathansohn ihre Aufträge.

Saccard, der zugehört hatte, machte eine laute Bemerkung.

– Richtig, man sagte mir, Nathansohn sei in die Coulisse eingetreten.

– Nathansohn ist ein ganz netter Junge, erklärte Jantrou. Er verdient es, Erfolg zu haben. Wir waren zusammen beim*Crédit mobilier*... Aber er wird seinen Weg machen, denn er ist Jude... Sein Vater, ein Österreicher, ist in Besançon etablirt, als Uhrmacher, wenn ich nicht irre. Bei dem *Crédit mobilier* sah er, wie das Spiel getrieben wird und eines Tages ergriff es ihn selbst. Er sagte sich, die Sache sei nicht so schwer; man bedürfe nur eines Kontors, wo man einen Schalter öffnet. Und er hat einen Schalter geöffnet... Sind Sie zufrieden, Massias?

– Ach, zufrieden! Sie waren ja auch bei dem Metier und Sie haben wahrhaftig Recht, wenn Sie sagen, man müsse Jude sein; sonst trachtet man vergebens, dieses Geschäft zu verstehen, man hat nicht die richtige Hand dazu, es ist das schwarze Pech... Welch' ein schmutziges Handwerk! Aber wenn man einmal dabei ist, bleibt man kleben. Ich habe übrigens noch gute Beine und gebe die Hoffnung nicht auf.

Und er lief lachend davon. Man sagte, er sei der Sohn eines Beamten aus Lyon, den das Börsenspiel zugrunde gerichtet hatte. Nach dem Verschwinden seines Vaters habe er sein Rechts-Studium aufgegeben und sei ebenfalls zur Börse gegangen.

Saccard und Jantrou kehrten mit langsamen Schritten nach der Rue Brongniart zurück; sie fanden daselbst noch das Coupé der Baronin, aber die Fenster waren empor gezogen und der Wagen schien leer, während der Kutscher noch immer unbeweglich auf dem Bocke saß und wartete. Dieses Warten dauerte oft bis zum letzten Kurse.

– Sie ist ein teuflisch reizendes Weib, sagte Saccard brutal. Ich begreife den alten Baron.

Jantrou lächelte eigenthümlich.

– Ach, der Baron hat von ihr längst genug, wie ich glaube. Auch ist er sehr filzig, wie man von ihm behauptet... Und wissen Sie, wen sie zum Liebhaber genommen hat, um ihre Schneiderrechnungen zu bezahlen, da das Spiel nicht genügt?

– Nein.

– Delcambre.

– Den General-Prokurator Delcambre! Diesen langen, dürren, gelben, steifen Menschen! Ach, ich möchte die Beiden beisammen sehen!

Sehr erheitert trennten sie sich mit einem kräftigen Händedruck. Jantrou wiederholte, daß er Saccard demnächst besuchen werde.

Allein geblieben ward Saccard wieder von dem Tosen der Börse gepackt, welches mit der Ausdauer der zurückkehrenden Fluth immer höher stieg. Er war um die Ecke gebogen, ging die Rue Vivienne hinab, auf jener Seite des Platzes, welcher das Fehlen von Kaffeehäusern ein strenges Aussehen gibt. Er schritt bei der Handelskammer, bei dem Postamte, bei den großen Ankündigungs-Agentieen vorüber, immer mehr betäubt und fieberhaft erregt in dem Maße, als er zur Hauptfaçade zurückkehrte; und als er mit einem Seitenblick das Peristyl überschauen konnte, machte er von Neuem Halt, als wollte er noch nicht den Rundgang um die Kolonnade beendigen, die leidenschaftliche Belagerung des Platzes aufgeben. Hier, wo das Pflaster breit vorsprang, gab es ein reges Leben; eine Fluth von Gästen füllte die Kaffeehäuser, der Laden des Pastetenbäckers war voll, vor den Schaufenstern der Kaufläden staute sich die Menge, besonders vor demjenigen eines Goldschmiedes, wo große silberne Gegenstände im hellen Lichte schimmerten. Und es schien, als würde der Zuzug von Fiakern und Fußgängern durch die vier Eingänge des Platzes immer größer und als verwirrte er sich immer mehr zu einem unlösbaren Knäuel; das Kartenausgabe-Bureau der Omnibus war mit ein Hinderniß des Verkehrs und die in langer Reihe aufgestellten Wagen der Remisiers versperrten das Trottoir von einem Ende des Gitters bis zum andern. Seine Augen hafteten an den Treppenstufen, wo einzelne schwarze Röcke sich im vollen Sonnenlichte abhoben. Dann stiegen seine Blicke zu der Säulenhalle empor, wo eine dichte, schwarze Masse wimmelte, von welcher sich nur hie und da die blassen Flecke der Gesichter abhoben. Alle standen aufrecht, man sah keine Stühle; der Kreis, welchen die unter der Uhr sitzende Coulisse bildete, war nur an einer Art Gährung, an wüthenden Reden und Geberden zu erkennen, welche die Luft erzittern machten. Links stand die Gruppe der Bankiers und Wechsler: diese

Gruppe war ruhiger, fortwährend durchbrochen von dem Zug der Leute, die zum Telegraphen-Bureau gingen. Bis in die Seitengallerieen drängte sich die Masse der Spekulanten; auch zwischen den Säulen standen einige mit dem Bauch oder mit dem Rücken an die Eisenbarre gelehnt, als wären sie zuhause oder in einer Theaterloge. Das Getöse und die Bewegung der geheizten Maschine stieg immer höher und machte die ganze Börse in dem flimmernden Sonnenlichte erzittern. Plötzlich erkannte er den Remisier Massias, der in größter Hast die Treppe herabstieg, dann in seinen Wagen sprang, dessen Kutscher das Pferd in Galopp setzte.

Saccard fühlte, wie seine Fäuste sich ballten. Plötzlich riß er sich los, bog in die Rue Vivienne ein, schritt quer über den Fahrdamm, um die Ecke der Rue Feydeau zu erreichen, wo das Haus des Geschäfts-Agenten Busch stand. Er erinnerte sich des zu übersetzenden russischen Briefes. Doch als er in das Haus treten wollte, grüßte ihn ein junger Mann, welcher vor dem im Erbgeschoß befindlichen Papierladen stand; und er erkannte Gustav Sédille, den Sohn eines Seidenfabrikanten aus der Rue des Jeuneurs, den sein Vater bei Mazand untergebracht hatte, damit er da die Finanzgeschäfte erlerne. Er lächelte väterlich dem großen, eleganten Jungen zu und er vermuthete, warum Jener hier Schildwache stand. Der Papierhändler Conin versorgte die ganze Börse mit Notizbüchern, seitdem die kleine Madame Conin ihrem Gatten im Laden behilflich war, dem dicken Conin, der nur selten den Hinterladen verließ und sich mehr um die Fabrikation kümmerte, während sie im Laden bediente, die Geschäftsgänge besorgte. Sie war dick, blond, rosig, ein kraushaariger Hammel, mit einem mattblonden Seidenhaar, sehr graziös, sehr einschmeichelnd, von einer unverwüstlichen Heiterkeit. Sie liebte ihren Gatten sehr, wie man sagte; aber dies hinderte sie nicht, wenn ein zu ihrer Kundschaft gehörender Börsemann ihr gefiel, sich ihm zärtlich zu erweisen, aber nicht für Geld, nur um des Vergnügens willen und nur ein einziges Mal, in einem befreundeten Hause der Nachbarschaft. So ging das Gerücht. Die Herren, die sie beglückte, erwiesen sich jedenfalls als verschwiegen und dankbar, denn sie blieb angebetet und gefeiert, unnahbar für jede üble Nachrede. Die Papierhandlung aber gedieh und blühte; es war ein wahrer Glückswinkel. Im Vorübergehen bemerkte Saccard, wie Madame Conin dem jungen Gustav durch die Scheiben des Schaufensters ein Lächeln zusandte. Welch' ein lieblicher Hammel! Es schauerte ihn davon ganz wonniglich. Endlich stieg er die Treppe hinauf.

Busch hatte seit zwanzig Jahren im fünften Stockwerke dieses Hauses eine kleine Wohnung inne, die aus zwei Zimmern und einer Küche bestand. In Nancy von deutschen Eltern geboren, war er aus seiner Heimathsstadt hieher gezogen, hatte nach und nach den Kreis seiner höchst verwickelten Geschäfte ausgedehnt, ohne das Bedürfniß nach einem größeren Kontor zu empfinden. Er überließ seinem Bruder Siegmund das nach der Straße gelegene Zimmer und begnügte sich mit dem kleinen Hofstübchen, wo die Papiere, Schriftenbündel und Pakete jeder Art sich dermaßen angehäuft hatten, daß für einen einzigen Stuhl vor dem Schreibpulte Raum übrig blieb. Eines seiner Hauptgeschäfte war der Handel mit entwertheten Papieren; er sammelte sie, diente als Vermittler zwischen der kleinen Börse der „feuchtenFüße" und den Bankrottirern, die in ihrer Bilanz ein Loch zu füllen hatten; er verfolgte denn auch genau die Kurse, kaufte zuweilen direkt, zumeist aber ganze Stocks, die man ihm brachte. Aber nebst dem Wucher und einem geheimen Juwelenhandel befaßte er sich hauptsächlich mit dem Kaufe von Schuldforderungen. Dieser Handelszweig füllte sein Kontor dermaßen, daß schier die Wände barsten, jagte ihn in ganz Paris herum, wo er in allen Gesellschaftsklassen herumschnüffelte. Sobald er von einem Fallissement Kenntniß erhielt, eilte er herbei, umschlich den Syndicus und kaufte schließlich Alldas, was man nicht sogleich verwerthen konnte. Er überwachte die Notariats-Kanzleien, wartete auf schwierige Verlassenschafts-Verhandlungen, betheiligte sich an der Versteigerung schlechter Schuldforderungen. Er selbst ließ Ankündigungen in den Zeitungen einschalten, lockte die ungeduldigen Gläubiger an, die lieber einige Sous sogleich haben wollten, als sich auf das Risiko der Verfolgung ihrer Schuldner einzulassen. Und aus diesen vielfachen Quellen floß das Papier in ganzen Stößen herbei; es war der immerfort wachsende Haufe eines Schuldfetzenhändlers: unbezahlte Wechsel, unerfüllte Verträge, uneingelöste Verpflichtungen. Dann begann die Sichtung dieses Wustes, wozu eine ganz eigene, sehr feine Witterung nothwendig war. Aus dieser Fluth von verschwundenen oder zahlungsunfähigen Schuldnern mußte eine Auswahl getroffen werden, damit er seine Bemühungen nicht nutzlos zersplittere. Im Prinzipe behauptete er, daß jede Schuld, selbst die schlechteste, wieder gut werden kann und er besaß eine Reihe von wunderbar klassirten Schriftenbündeln, welchen ein Repertoir von Namen entsprach, die er von Zeit zu Zeit überlas, um sich das Gedächtniß frisch zu erhalten. Unter den Zahlungsunfähigen behielt er natürlich vor Allem diejenigen im Auge, bei welchen er vermuthete, daß sie bald wieder auf die Beine kommen würden; seine Untersuchungen entkleideten die Leute geradezu, drangen in die Familien-Geheimnisse ein, verzeichneten reiche Anverwandte, Existenzmittel, besonders neue Aemter, welche eine gerichtliche Verfolgung gestatteten. So ließ er manchmal einen Mann Jahre lang reifen, um ihn im gegebenen Augenblick zu erdrosseln. Noch leidenschaftlicher betrieb er die Verfolgung verschwundener Schuldner; mit fieberhaftem Eifer stellte er unablässige Nachforschungen an; seine Augen suchten die Firmentafeln und die in den Zeitungen angekündigten Namen; er schnüffelte nach Adressen wie ein Hund nach dem Wilde. Und sobald er sie hatte, die Verschwundenen und die Zahlungsunfähigen, ward er grausam, verzehrte er sie bei lebendigem Leibe, sog er sie aus bis zum letzten Tropfen Blute, schlug hundert Francs aus einem Gegenstande heraus, den er mit zehn Sous bezahlt hatte, indem er ganz brutal erklärte, daß er die Risken eines Spielers habe und sich an Jenen, die er packen konnte, schadlos halten müsse für Jene, die ihm entschlüpften.

Bei dieser Jagd nach den Schuldnern bediente er sich am liebsten der Mithilfe der Méchain; er war genöthigt eine kleine Rotte von Spürhunden in seinen Diensten zu halten, lebte aber in ewigem Mißtrauen gegen dieses verhungerte und schlecht beleumundete Personal. Die Méchain hingegen war Hausbesitzerin, besaß hinter der Höhe von Montmartre ein ganzes neapolitanisches Stadtviertel, ein weitgestrecktes Terrain mit wackeligen Hütten, die sie auf den Monat vermiethete. Es war ein Ort schauerlichen Elends, Hungerleider, die im Unflath hausten, Schweineställe, um die man sich stritt und deren Miether sie sammt ihrem Mist unbarmherzig hinausfegte, wenn sie nicht mehr zahlten. Was sie auszehrte, was ihre Einkünfte aus ihrer Stadt wieder hinwegschwemmte, war ihre unglückliche Spielleidenschaft. Und auch sie hatte eine Vorliebe für die Geldwunden, für die Zusammenbrüche, für die Feuersbrünste, aus welchen man geschmolzene Juwelen auflesen kann. Wenn Busch ihr manchmal den Auftrag gab eine Erkundigung einzuholen, einen Schuldner aufzustöbern, setzte sie oft von ihrem Eigenen ein Stück Geld daran, bloß zum Vergnügen. Sie gab vor Wittwe zu sein, aber Niemand hatte ihren Gatten gekannt. Man wußte nicht woher sie kam und sie schien immer fünfzig Jahre alt gewesen zu sein, mit einer überquellenden Körperfülle und einem dünnen Kinderstimmchen.

Als die Méchain sich auf dem einzigen Sessel des Kabinets niederließ, war dieses voll, gleichsam verstopft durch dieses letzte Stück Fleisch, das hier niedergefallen. Busch war an seinem Schreibpulte gleichsam gefangen, schien versunken, ließ aus der Fluth von Bündeln nichts als seinen viereckigen Kopf hervortauchen.

– Da haben Sie, was Fayeux aus Vendôme Ihnen schickt, sagte sie, indem sie einen ungeheuren Pack Papier aus ihrer ledernen Handtasche hervorholte. Er hat Alldas für Sie aus dem Bankrott Charpier erstanden, welchen Sie ihm durch mich ankündigen ließen ... Das Ganze kostet hundertzehn Francs.

Fayeux, den sie ihren Vetter nannte, hatte in Vendôme ein Couponeinlösungs-Bureau errichtet, wo er die Rentencoupons der kleinen Leute der Umgebung einlöste. Dies war sein eingestandenes Geschäft. In Wirklichkeit trieb er ein wahnsinniges Börsenspiel mit Hilfe der bei ihm deponirten Coupons und Gelder.

– Die Provinz taugt nicht viel, brummte Busch, aber man macht dort zuweilen einen guten Fund.

Er beschnüffelte die Papiere, sichtete sie mit kundiger Hand, klassirte sie im Großen, nach einer ersten Schätzung, gleichsam nach dem Geruch.

– Hm, es ist kein fetter Bissen darunter. Glücklicherweise kostete es nicht viel ... Da sind Wechsel und noch Wechsel. Wenn es junge Leute sind und wenn sie nach Paris gekommen sind, werden wir sie vielleicht packen ...

Doch plötzlich stieß er einen Schrei der Überraschung aus.

– Schau, was ist denn das?

Er hatte am Saume eines gestempelten Papiers die Unterschrift des Grafen von Beauvilliers gelesen. Das Blatt enthielt nur drei Zeilen, in plumper, greisenhafter Schrift: „Ich verpflichte mich dem Fräulein Léonie Cron am Tage ihrer Mündigkeit die Summe von zehntausend Francs zu bezahlen."

– Der Graf von Beauvilliers, hub Busch wieder an, indem er laut nachsann. Ja, richtig; er hatte Wirthschaftshöfe, eine ganze Domäne in der Umgebung von Vendôme. ... Er ist auf der Jagd verunglückt und hat eine Frau und zwei Kinder in ungeregelten Vermögensverhältnissen zurückgelassen. Ich hatte ehemals Wechsel von ihm, die nur schwer bezahlt wurden ... Er war ein flotter Mensch, ein Nichtsnutz ...

Plötzlich brach er in ein plumpes Gelächter aus und er begann die Geschichte des Grafen zu erzählen, so wie sie ihm allmälig einfiel.

– Der alte Schelm hat die Kleine ins Unglück gebracht ... Sie wollte nicht, aber er wird sie durch diesen Papierfetzen, welcher gesetzlich werthlos ist, gewonnen haben. Dann ist er gestorben ... Das Papier ist datirt vom Jahre 1854, vor zehn Jahren also. Das Mädchen muß jetzt mündig sein. Wie ist diese Schuldverschreibung in die Hände Charpier's gerathen? Dieser Charpier war ein Getreidehändler, der auf Wochenzinsen Gelder verlieh. Ohne Zweifel hat ihm die Kleine das Papier als Pfand für einige Thaler zurückgelassen; oder übernahm er die Eintreibung der Schuld ...

– Aber, das ist ja sehr gut, unterbrach ihn die Méchain, ein wahrer Glücksfall!

Busch zuckte verächtlich mit den Achseln.

– Aber nein, ich wiederhole Ihnen, daß das Papier vor Gericht nichts taugt ... Wenn ich Das den Erben vorzeige, können sie mich spazieren schicken, denn ich müßte den Beweis erbringen, daß es eine wirkliche Geldschuld sei. ... Aber, wenn wir das Mädchen auffinden, hoffe ich die Familie so weit kirre zu machen, daß sie sich mit uns verständigen wird, um einen ärgerlichen Skandal zu vermeiden. Begreifen Sie? Suchen Sie diese Léonie Cron; schreiben Sie Fayeux, daß er sie uns dort entdecke. Dann wollen wir einen Spaß sehen. Er hatte aus den Papieren zwei Haufen gemacht, welche er gründlich prüfen wollte, wenn er erst allein sein würde; und er saß unbeweglich, eine Hand auf jedem Haufen.

Nach kurzem Stillschweigen fuhr die Méchain fort:

– Ich habe mich auch mit den Wechseln Jordan's befaßt ... Ich habe richtig unsern Mann aufgefunden. Er war irgendwo Beamter und schreibt jetzt in die Zeitungen. Allein, Sie sind bei den Zeitungen schlecht angeschrieben und man will Ihnen keine Adressen geben. Uebrigens glaube ich, daß er seine Artikel nicht mit seinem wahren Namen zeichnet.

Ohne ein Wort zu reden hatte Busch die Hand ausgestreckt, um das Bündel Jordan herunterzulangen. Es waren sechs Wechsel zu fünfzig Francs, vor fünf Jahren datirt, von Monat zu Monat fällig, eine Totalsumme von dreihundert Francs, welche der junge Mann in den Tagen der Noth einem Schneider unterschrieben hatte. Zur Verfallszeit nicht eingelöst waren nach diesen Wechseln große Kosten aufgelaufen, das Bündel war in Folge der Gerichtsakten riesig angewachsen. Die Schuld machte jetzt siebenhundertdreißig Francs und fünfzehn Centimes aus.

– Wenn der junge Mann eine Zukunft hat, werden wir ihn immer noch erwischen, brummte Busch.

Seine Gedanken fortspinnend fragte er dann:

– Und was ist's mit der Angelegenheit Sicardot? sollen wir sie aufgeben?

Die Méchain streckte trostlos die Arme gen Himmel; ihre ganze ungeheuerliche Gestalt wurde von Verzweiflung erschüttert.

– Ach, Du gütiger Gott! seufzte sie mit ihrer Flötenstimme, ich werde noch die Haut dabei lassen!

Die Affaire Sicardot war eine romantische Geschichte, die sie gern erzählte. Ihre Base Rosalie Chavaille, die spät geborene Tochter einer Schwester ihres Vaters, war eines Abends, kaum 16 Jahre alt, auf den Treppenstufen eines Hauses der Rue de la Harpe, wo sie mit ihrer Mutter eine kleine Wohnung im sechsten Stock inne hatte, entehrt worden. Das Schlimmste war, daß der betreffende Herr, ein verheiratheter Mann, der mit seiner Frau erst seit acht Tagen ein Zimmer im zweiten Stock als Submiether bei einer Dame bezogen, sich so ungestüm gezeigt hatte, daß die arme Rosalie, urplötzlich umgeworfen, sich bei dem Abenteuer die Schulter verrenkt hatte. Die Mutter war darob in großen Zorn gerathen und würde einen heillosen Lärm geschlagen haben, wenn die Kleine nicht unter Thränen gestanden hätte, daß sie eingewilligt habe, daß die Verrenkung ein unglücklicher Zufall sei und daß es sie zu sehr kränken würde, wenn der Herr ins Gefängniß wandern müßte. Da schwieg denn die Mutter und begnügte sich mit einer Abfertigung von sechshundert Francs, aufgetheilt in zwölf Wechsel zu fünfzig Francs, monatlich zu zahlen. Und dies war keineswegs ein schmählicher Handel, vielmehr eine mäßige Forderung; denn ihre Tochter, die eben ihre Lehrzeit als Nähterin beendigt hatte, erwarb nichts mehr, lag krank zu Bette, kostete ein schweres Stück Geld und war übrigens so schlecht gepflegt, daß die Muskel ihres Armes sich zusammenzogen und sie ein Krüppel blieb. Ehe der erste Monat vorüber, war der Herr verschwunden, ohne seine Adresse zurückzulassen. Und das Unglück dauerte fort, drang immer härter auf die Unglücklichen ein: Rosalie brachte einen Sohn zur Welt, verlor ihre Mutter, versank in ein schmutziges Leben, in das schwarze Elend. Zu ihrer Base in das „neapolitanische Stadtviertel" verschlagen, hatte sie sich bis zu ihrem sechsundzwanzigsten Lebensjahr in den Straßen herumgetrieben; sie konnte sich ihres Armes nicht bedienen, verkaufte zuweilen Zitronen in den Hallen, verschwand Wochen lang mit Männern, die sie dann betrunken und blau geprügelt davon jagten. Endlich, im vergangenen Jahre, nach einer Irrfahrt, die noch abenteuerlicher war als alle früheren, war sie glücklicherweise hingeworden. Und die Méchain hatte ihr Kind, Victor mit Namen, bei sich behalten müssen. Und von der ganzen Geschichte war nichts übrig geblieben, als die zwölf unbezahlten Wechsel des Sicardot. So hieß der Herr und mehr hatte man nie über ihn erfahren können.

Busch griff nach dem mit „Sicardot" überschriebenen Schriftenbündel, das ziemlich dünn war und einen Umschlag von grauem Papier hatte. Es lagen nur die zwölf Wechsel darin; man hatte sich die Gerichtskosten erspart.

– Wenn Victor doch wenigstens ein artiges Kind wäre! jammerte die Alte weiter. Aber denken Sie sich, ein fürchterlicher Range! ... Ach, es ist traurig, solche Erbschaften zu machen. Der Kerl wird auf dem Schaffot endigen! ... Und diese Papierfetzen sind ganz und gar werthlos!

Busch heftete seine großen, grauen Augen unverwandt auf die Wechsel. Unzählige Male hatte er sie in solcher Weise geprüft, in der Hoffnung, daß er in einem unbemerkten Detail, in der Form der Buchstaben, in dem Korn desgestempelten Papiers irgend ein Anzeichen entdecken werde. Er behauptete, daß diese spitze, feine Schrift ihm nicht unbekannt sei.

– Seltsam, wiederholte er noch einmal, ich habe sicherlich diese *a* und diese *o* schon gesehen, die so lang gestreckt sind wie die *i*.

In diesem Augenblicke ward an die Thür geklopft. Er bat die Méchain, die Hand auszustrecken, um zu öffnen, denn das Kabinet ging unmittelbar auf die Treppe. Man mußte durch dieses Zimmer gehen, um in das andere zu gelangen, welches nach der Straßenseite lag. Die Küche, ein luftloses Loch, lag auf der anderen Seite des Flurs.

– Treten Sie ein, mein Herr.

Saccard trat ein. Er lächelte, innerlich erheitert durch die an der Thür befestigte Messingplatte, welche in großen, schwarzen Lettern die Worte „Prozeß-Angelegenheiten" trug.

– Ach ja, Herr Saccard! Sie kommen wegen der Uebersetzung ... Mein Bruder ist drin, im andern Zimmer ... Treten Sie nur ein.

Allein, die Méchain versperrte völlig den Weg und war jetzt im Zuge, den Ankömmling zu mustern, wobei ihre Miene immer mehr Ueberraschung ausdrückte. Ein ganzes Manöver war nothwendig, um ihm den Weg freizumachen. Er mußte auf den Flur zurücktreten, sie folgte ihm dahin und trat beiseite, so daß er endlich eintreten und in das Nachbarzimmer gelangen konnte, wo er verschwand. Während dieser verwickelten Bewegungen hatte sie kein Auge von ihm gewendet.

– Ach, dieser Herr Saccard! ... keuchte sie beklommen. Ich habe ihn noch nie so genau gesehen ... Victor ist ganz und gar sein Ebenbild.

Busch sah sie an; er verstand sie nicht sogleich. Dann ging ihm plötzlich ein Licht auf und er stieß halblaut einen Fluch aus.

– Donnergottes, so ist es! ich wußte wohl, daß ich Das schon irgendwo gesehen habe!

Er erhob sich, durchstöberte die Schriftenbündel, fand schließlich einen Brief, welchen Saccard ihm im vergangenen Jahre geschrieben, um zu Gunsten einer zahlungsunfähigen Dame Zufristung zu verlangen. Rasch verglich er die Schrift der Wechsel mit jener des Briefes: es waren dieselben *a* und dieselben *o*, nur mit der Zeit noch spitziger geworden; und es war auch eine augenscheinliche Identität der Majuskeln vorhanden.

– Er ist's, er ist's, wiederholte Busch. Aber warum Sicardot, warum nicht Saccard?

Doch in seinem Gedächtnisse erstand eine undeutliche Geschichte, die Vergangenheit Saccard's, die ein Geschäftsagent Namens Larsonneau, heute ein Millionär, ihm ehemals erzählt hatte. Saccard war nach dem Staatsstreich nach Paris gekommen, um daselbst die beginnende Macht seines Bruders Rougon auszunützen. Anfänglich schleppte er sich im Elend durch die dunklen Gassen des ehemaligen Studenten-Viertels; dann ward er mit einem Schlage reich durch eine verdächtige Heirath, nachdem die Gunst des Schicksals ihm die Frau hatte sterben lassen. Zur Zeit seiner schwierigen Anfänge hatte er seinen Namen Rougon in Saccard umgewandelt, den er ganz einfach aus Sicardot, dem Namen seiner ersten Frau, umgeformt hatte.

– Ja, ja, Sicardot, ich erinnere mich genau, murmelte Busch. Er hat die Frechheit gehabt, die Wechsel mit dem Namen seiner Frau zu unterzeichnen. Ohne Zweifel hatte das Ehepaar diesen Namen angegeben, als es die Wohnung in der Rue de la Harpe bezog. Und dann war der Kerl vorsichtig und zog bei dem mindesten Ungemach wieder aus. Ei, er jagte also nicht bloß nach Thalern, sondern schmiß auch halbwüchsige Mädchen auf den Treppen um! Das war eine dumme Geschichte, die übel für ihn endigen konnte.

– Still, still! sagte die Méchain. Wir haben ihn und können sagen, daß es denn doch einen gerechten Gott gibt. Ich werde endlich belohnt werden für Alles, was ich für diesen armen kleinen Victor gethan habe, den ich liebe, trotzdem er von dem Schmutz nicht zu reinigen ist.

Sie strahlte, ihre kleinen Aeuglein funkelten in dem schmelzenden Fett ihres Gesichtes.

Doch Busch, den diese so lang gesuchte und durch den Zufall herbeigeführte Lösung in ein wahres Fieber versetzt hatte, wurde nach einigem Nachdenken wieder kühler und schüttelte den Kopf. Saccard, obgleich im Augenblick ein ruinirter Mann, war ohne Zweifel noch gut genug, um ausgiebig geschoren zu werden. Man hätte auch einen weniger vortheilhaften Vater finden können. Allein, Saccard wird sich wehren und er hatte ein starkes Gebiß. Ueberdies wußte er sicherlich selbst nicht, daß er einen Sohn habe; er konnte leugnen, trotz der außerordentlichen Aehnlichkeit, welche die Méchain so sehr in Verwunderung versetzte. Und schließlich war er zum zweiten Male Wittwer, frei; er war über seine Vergangenheit Niemandem Rechenschaft schuldig; so daß selbst in dem Falle, wenn er den Kleinen zugab, keinerlei Furcht oder Drohung gegen ihn ausgebeutet werden konnte. Und wenn man aus dieser Vaterschaft nicht mehr Nutzen ziehen sollte, als diese sechshundert Francs, auf welche die Wechsel lauteten, so wäre dies wahrhaftig sehr wenig und kaum werth, daß der Zufall ihnen so wunderbar zu Hilfe gekommen war. Nein, nein, die Sache mußte reiflich erwogen werden; man mußte ein Mittel finden, um die Ernte in ihrer vollen Reife einzuheimsen.

– Beeilen wir uns nicht, schloß Busch. Ueberdies liegt er jetzt am Boden; lassen wir ihm Zeit sich wieder aufzurichten.

Bevor er die Méchain entließ, sah er mit ihr noch einmal die kleinen Geschäfte durch, mit welchen sie betraut war: eine junge Frau, die mit ihrem Liebhaber ihre Juwelen verpfändet hatte; ein Schwiegersohn, dessen Schulden von der Schwiegermutter, die seine Geliebte war, bezahlt wurden, wenn man die Sache gut anzufassen wußte; endlich die heikelsten und schwierigsten Mittel und Wege, für die Schuldforderungen Deckung zu finden.

In das Nachbarzimmer eintretend war Saccard einige Sekunden geblendet von der weißen Helle des Fensters, durch dessen Scheiben, die kein Vorhang verhüllte, die Sonne ihr volles Licht hereinsandte. Dieses, mit einer grauen, blau geblümten Tapete verkleidete Zimmer war völlig kahl; ein kleines, eisernes Bett in einem Winkel, ein Tisch von weichem Holz in der Mitte des Raumes, und zwei Strohsessel bildeten die ganze Einrichtung. An der linksseitigen Wand waren ungehobelte Bretter befestigt, welche als Bibliothek dienten, mit Büchern, Heften, Zeitungen, Papieren aller Art bedeckt waren. Aber das große Licht am Himmel brachte in die Kahlheit dieses hoch gelegenen Raumes gleichsam eine jugendliche Heiterkeit, das helle, frische Lachen der Unschuld. Und der Bruder Busch's, Siegmund, ein unverheiratheter Mann von 35 Jahren, bartlos, mit langem, schütterem, kastanienbraunem Haar, saß da am Tische, die breite, gewölbte Stirn auf die magere Hand gestützt, dermaßen versunken in die Lesung eines Manuskripts, daß er die Thür nicht aufgehen hörte.

Dieser Siegmund war eine an den deutschen Universitäten erzogene Intelligenz; nebst seiner Muttersprache, der französischen, war er der deutschen, englischen und russischen Sprache mächtig. Im Jahre 1849 hatte er in Köln Karl Marx kennen gelernt, war der geschätzteste Redakteur bei dessen „Neuer Rheinischen Zeitung“ geworden; und seit jenem Augenblick stand seine Religion fest, er bekannte sich mit flammendem Eifer zum Sozialismus, weihte sich völlig der Idee von einer nahen gesellschaftlichen Wiedergeburt, welche die Wohlfahrt der Armen und Unterthänigen sichern sollte. Seitdem sein Meister aus Deutschland verbannt war und in Folge der Juni-Ereignisse aus Paris hatte flüchten müssen und in London lebte, wo er seine schriftstellerische Thätigkeit und die Organisation der Partei fortsetzte, vegetirte Siegmund Busch in seinen Träumen, dermaßen unbekümmert um sein materielles Leben, daß er sicher verhungert wäre, hätte ihn nicht eines Tages sein Bruder in der Rue Feydeau, nahe zur Börse, aufgelesen und ihm die Idee eingegeben, seine Sprachkenntnisse auszunützen und als Uebersetzer zu arbeiten. Der ältere Bruder liebte diesen Siegmund mit einer fast mütterlichen Zärtlichkeit. Dieser Mensch, der seine Schuldner wie ein hungriger Währwolf verfolgte und sehr wohl fähig war, aus dem Blute eines Menschen zehn Sous zu stehlen, konnte in einer wahrhaft weiblichen Leidenschaft zu Thränen bewegt werden, wenn es sich um diesen großen, kindisch gebliebenen Jungen handelte. Er hatte ihm die schöne Vorderstube überlassen, bediente ihn wie eine Magd, führte ihr seltsames Hauswesen, kehrte aus, machte die Betten zurecht und kümmerte sich um das Essen, welches ihnen zweimal des Tages aus einem nahe gelegenen Speisehause gebracht wurde. Er, der so thätig war und in dessen Kopfe sich tausend Geschäfte jagten, duldete den Müßiggang des Bruders; denn die Uebersetzungen, durch persönliche Arbeiten behindert, kamen nicht recht vorwärts. Ja, er verbot ihm sogar zu arbeiten, beunruhigt durch ein bösartiges Hüsteln. Und trotz seiner rohen Geldgier, trotz einer mörderischen Habsucht, die ihn in der Jagd nach dem Gelde das einzige Lebensziel sehen ließ, hatte er ein nachsichtiges Lächeln für die revolutionären Theorien und überließ ihm das Kapital, wie man einem kleinen Jungen ein Spielzeug überläßt, auf die Gefahr hin, daß er es zerbricht.

Was Siegmund betrifft, so wußte er nicht einmal, was sein Bruder im Nachbarzimmer machte. Dieser abscheuliche Handel mit deklassirten Werthen und zweifelhaften Forderungen war ihm völlig unbekannt; er lebte in viel höheren Regionen, in einem erhabenen Traum von Gerechtigkeit. Der Gedanke an Mildthätigkeit verletzte ihn, brachte ihn außer sich; die Mildthätigkeit war das Almosen, die durch die Güte geheiligte Ungleichheit. Er aber ließ nichts gelten, als die Gerechtigkeit, die wiedereroberte Rechte Jedermann's, in unwandelbaren Grundsätzen der neuen gesellschaftlichen Ordnung festgelegt. Gleich Karl Marx, mit welchem er in fortwährendem Briefwechsel stand, erschöpfte er sich in dem Studium dieser neuen Ordnung, auf dem Papier unablässig die kommende Gesellschaft verbessernd, eine Unzahl von Blättern mit Ziffern bedeckend, das komplizirte Gerüst der allgemeinen Wohlfahrt auf der Wissenschaft aufbauend. Er entzog dem Einen das Kapital, um es unter die Anderen zu vertheilen; er brachte Milliarden in Bewegung, versetzte mit einem Federstrich das Vermögen der Welt von einem Ort nach einem andern Ort; Alldas in diesem kahlen Zimmer, ohne eine andere Leidenschaft als seinen Traum, ohne ein Bedürfniß nach Vergnügungen, mit einer solchen Mäßigkeit der Lebensweise, daß sein Bruder sich erzürnen mußte, damit Jener sich entschließe Fleisch zu essen und Wein zu trinken. Er wollte, daß die Arbeit jedem Menschen nach seinen Kräften zugemessen werde und ihm die Befriedigung seiner Gelüste sichere; er tödtete sich mit der Arbeit und lebte von nichts. Ein wahrer Heiliger, begeistert von seinem Studium, frei vom materiellen Leben, sehr sanft und sehr rein. Seit dem letzten Herbst hustete er immer mehr; die Lungenkrankheit bemächtigte sich seiner, ohne daß er sie einer Beachtung würdigte und ohne daß er sich pflegte.

Als Saccard eine Bewegung machte, schaute Siegmund endlich auf; seine großen, zerstreuten Augen drückten eine Ueberraschung aus, obgleich er den Besucher kannte.

– Ich habe einen Brief übersetzen zu lassen, sagte Saccard.

Die Ueberraschung des jungen Mannes stieg noch höher, denn er hatte seine Klienten entmuthigt, alle diese Bankiers, Spekulanten, Wechselagenten von der Börse, welche besonders aus England und Deutschland zahlreiche Briefe, Zirkulare, gesellschaftliche Statute erhalten.

– Ja, einen Brief in russischer Sprache. Er ist ganz kurz, kaum zehn Zeilen.

Siegmund streckte die Hand nach dem Briefe aus. Russisch war seine Spezialität; er allein übersetzte es fließend, während die anderen Uebersetzer des Stadtviertels vom Deutschen und Englischen lebten. Die Seltenheit russischer Schriftstücke auf dem Pariser Markte erklärte es, daß er nur wenig zu thun hatte.

Er las den Brief laut in französischer Sprache vor. Es war in drei Sätzen eine günstige Antwort eines Constantinopler Bankiers; ein einfaches Ja in einer geschäftlichen Angelegenheit.

– Ah, ich danke! rief Saccard, welcher entzückt schien.

Und er bat Siegmund, die wenigen Zeilen der Übersetzung auf die Rückseite des Briefes zu schreiben. Allein, Siegmund ward von einem fürchterlichen Hustenanfall ergriffen, den er in seinem Taschentuche erstickte, um seinen Bruder nicht zu erschrecken, der sogleich herbeilief, wenn er seinen Bruder so husten hörte. Dann, als der Anfall vorüberwar, erhob er sich und öffnete das Fenster weit, um frische Luft einzulassen. Saccard, der ihm zum Fenster gefolgt war, warf einen Blick nach außen und rief überrascht aus:

– Wie? Sie sehen die Börse? Sie sieht drollig aus von hier, nicht wahr?

In der That hatte er sie noch niemals aus einem so seltsamen Gesichtswinkel gesehen, in der Vogel-Perspektive, mit den vier mächtigen, geneigten Zinkdächern, außerordentlich entwickelt, starrend von einem Schornsteinwalde. Die Spitzen der Blitzableiter waren gleich Riesenlanzen drohend gen Himmel gerichtet. Und das Gebäude selbst schien von hier nur ein steinerner Würfel, an welchem die Säulen regelmäßig gezogene Striche bildeten, ein schmutzig-grauer Würfel, kahl und häßlich, auf welchem eine zerfetzte Fahne aufgepflanzt war.

Aber was ihn besonders in Erstaunen versetzte, waren die Treppe und das Peristyl, wie bestreut mit schwarzen Ameisen, ein in Aufruhr gerathener Ameisenhaufe, in einer enormen Bewegung, die man sich von dieser Höhe nicht erklären konnte und die man nur bedauerte.

– Wie klein das scheint! fuhr er fort. Es ist, als könnte man sie alle mit einem Griff in die Hand nehmen.

Dann fügte er in Kenntniß der Ideen des Andern hinzu:

– Wann werden Sie Alldas mit einem Fußstoß hinwegfegen?

Siegmund zuckte mit den Achseln.

– Wozu? sagte er. Ihr richtet Euch schon selber zugrunde.

Er ward allmälig lebhafter und überströmte von dem Gegenstande, der ihn erfüllte. Ein Bedürfniß Proselyten zu machen trieb ihn bei der geringsten Anregung, sein System auseinanderzusetzen.

– Ja, ja, Ihr arbeitet unbewußt für uns. Ihr wenigen Usurpatoren bringet die Masse des Volkes um ihr Vermögen und wenn Ihr Euch vollgestopft haben werdet, dann werden wir Euch expropriiren. Alles Zusammenscharren, alle Zentralisation führt zum Kollektivismus. Ihr gebt uns eine praktische Lektion, gleichwie die großen Grundbesitze, welche die kleinen Güter aufzehren, die Großfabrikanten, welche die Kleingewerbetreibenden verschlingen, die großen Banken und Waarenhäuser, welche jede Konkurrenz tödten, sich mit dem Ruin der kleinen Banken und der kleinen Läden mästen, ein langsames, aber sicheres Fortschreiten zur neuen Gesellschafts-Ordnung sind. ... Wir warten, bis Alles zusammenbricht, bis die heutige Produktions-Methode zu dem unerträglichen Unbehagen ihrer letzten Konsequenzen führt. Dann werden die Bürger und die Bauern selbst uns Beistand leisten.

Saccard, obwohl er ihn für einen Narren hielt, betrachtete ihn mit Interesse und mit einer unbestimmten Unruhe.

– Aber erklären Sie mir endlich, was ist denn eigentlich Euer Kollektivismus?

– Der Kollektivismus ist die Umgestaltung der privaten Kapitalien, welche von den Kämpfen der Konkurrenz leben, in ein einheitliches, gesellschaftliches Kapital, welches von der Arbeit Aller ausgebeutet wird. ... Denken Sie sich eine Gesellschaft, in welcher die Produktions-Werkzeuge das Eigenthum Aller sind, wo Jeder nach seiner Fähigkeit und nach seiner Kraft arbeitet und wo die Früchte dieses gesellschaftlichen Zusammenwirkens unter Alle vertheilt werden, nach Maßgabe ihrer Leistungen. Höchst einfach, nicht wahr? Eine gemeinsame Produktion in den Fabriken, auf den Werkplätzen, in den Werkstätten der Nation; dann ein Austausch, eine Bezahlung *in natura*. Ist ein Ueberschuß anProduktion vorhanden, so wird er in den öffentlichen Speichern eingelagert, von wo er wieder hervorgeholt wird, um etwaige Ausfälle wettzumachen. Es gilt nur, das Gleichgewicht herzustellen. Und dies wird, wie ein Axthieb, den morschen Baum fällen. Keine Konkurrenz mehr, kein privates Kapital, folglich keinerlei Geschäfte, kein Handel, keine Märkte, keine Börsen. Die Idee des Gewinns hat keinen Sinn mehr. Die Quellen der Spekulation, Renten ohne Arbeit gewonnen, sind versiegt.

– Oh, oh! unterbrach Saccard, dies würde gar viele Leute zwingen, ihre Gewohnheiten zu ändern! Was fangen Sie aber mit Jenen an, die heute Renten besitzen? Zum Beispiel Gundermann: nehmen Sie ihm seine Milliarde weg?

– Keineswegs; wir sind keine Diebe. Seine Milliarde, seine Werthe, seine Rententitel würden wir ihm für Genußscheine – in Annuitäten aufgetheilt – abkaufen. Und denken Sie sich dieses unermeßliche Kapital durch einen erdrückenden Reichthum von Genußmitteln ersetzt: in weniger denn hundert Jahren wären die Nachkommen Gundermanns zur persönlichen Arbeit genöthigt wie die anderen Bürger; denn die Annuitäten würden sich schließlich erschöpfen und sie würden ihre nothgedrungenen Ersparnisse, den Ueberfluß an Vorräthen nicht kapitalisiren können, selbst wenn wir das Erbrecht unverkürzt aufrecht erhalten. ... Ich sage Ihnen: dies fegt mit einem Schlage hinweg nicht bloß die individuellen Geschäfte, die Aktien-Gesellschaften, die Assoziation privater Kapitalien, sondern auch alle indirekten Quellen von Renten, alle Kreditsysteme, Anlehen, Vermiethungen, Verpachtungen ... Als Werthmesser ist nur mehr die Arbeit da. Der Arbeitslohn wird natürlich abgeschafft, da er in dem gegenwärtigen kapitalistischen Staat kein Aequivalent für das genaue Erträgniß der Arbeit ist, indem er niemals das repräsentirt, was der Arbeiter für seinen täglichen Unterhalt genau benöthigt. Und man muß anerkennen, daß der gegenwärtige Staat allein der Schuldige ist, daß der rechtschaffenste Arbeitgeber genöthigt ist, dem harten Gesetz der Konkurrenz zu folgen, seine Arbeiter auszubeuten, wenn er leben will. Unser ganzes soziale System muß niedergerissen werden. ... Ha! Gundermann wird unter der Last seiner Genußscheine schier ersticken! seine Erben werden nicht im Stande sein Alles aufzuessen und werden genöthigt sein Anderen zu geben und wieder zur Spitzhacke oder zum Handwerkszeug zu greifen, wie die anderen Genossen!

Und er brach in ein gutmüthiges, kindliches Gelächter aus, noch immer am Fenster stehend, die Blicke auf die Börse gerichtet, wo der schwarze Ameisenhaufe des Spiels wimmelte. Flammende Röthen stiegen in seine Wangen empor; er kannte kein anderes Vergnügen, als sich in dieser Weise die spaßige Ironie der künftigen Gerechtigkeit vorzustellen.

Saccard fühlte sein Unbehagen zunehmen. Wie, wenn dieser wachende Träumer die Wahrheit spräche? wenn er die Zukunft errathen hätte? Er erklärte Dinge, welche sehr deutlich und sehr vernünftig schienen.

– Bah! murmelte er, um sich selbst zu beruhigen, das wird noch nicht im nächsten Jahre kommen.

– Gewiß nicht! fuhr der junge Mann in ernstem, müdem Tone fort. Wir befinden uns in der Uebergangszeit, in der Agitations-Periode. Es wird vielleicht revolutionäre Stürme geben; diese sind oft unvermeidlich. Allein die Übertreibungen, die Heftigkeiten gehen vorüber. ... Oh, ich mache kein Hehl daraus, daß es vorerst große Schwierigkeiten zu überwinden geben werde. Diese ganze erträumte Zukunft scheint unmöglich; es gelingt nur schwer, den Leuten eine vernünftige Vorstellung zu geben von dieser künftigen Gesellschaft, von dieser Gesellschaft gerechter Arbeit, deren Sitten so verschieden sein werden von den unserigen. Das ist wie eine andere Welt in einem andern Planeten. Und dann, man muß es ja gestehen: die Reorganisation ist noch keineswegs fertig; wir suchen sie noch. Ich, der ich wenig schlafe, verbringe meine Nächte damit. So könnte man uns beispielsweise vorhalten: „Wenn die Dinge sind, wie sie sind, so hat eben die Logik der menschlichen Thaten sie so gestaltet." Welche ungeheure Arbeit harrt unser, wenn wir den Strom zu seiner Quelle zurückleiten und in ein neues Bett lenken sollen! Gewiß, die heutige Gesellschafts-Ordnung verdankt ihr vielhundertjähriges Gedeihen dem individualistischen Prinzip, welches der Wetteifer, das persönliche Interesse immer wieder von Neuem befruchtet. Wird der Kollektivismus jemals diese Fruchtbarkeit erreichen und durch welches Mittel muß die Produktiv-Thätigkeit des Arbeiters angesporrnt werden, wenn der Begriff des Gewinns abgeschafft sein wird? Da liegt für mich der Zweifel, die Angst, der schwache Punkt, wo es zu kämpfen gelten wird, wenn wir wollen, daß der Sieg des Sozialismus sich eines Tages entscheide. ... Aber wir werden siegen, denn wir sind die Gerechtigkeit. Sehen Sie jenen Monumentalbau?

– Die Börse? Gewiß sehe ich sie.

– Nun denn, es wird eine Dummheit sein, sie in die Luft zu sprengen, denn man wird sie anderswo wieder aufbauen müssen. ... Allein, ich profezeie Ihnen, daß sie von selbst in die Luft fliegen wird, wenn der Staat, logischerweise die einzige und universelle Bank der Nation geworden, sie expropriirt haben wird. Und wer weiß? Sie wird dann vielleicht als öffentliches Lagerhaus für unsere übergroßen Reichthümer dienen, als einer der Ueberfluß-Speicher, wo unsere Enkel an ihren Festtagen den Luxus finden werden!

Mit einer weit ausholenden Geberde eröffnete Siegmund diese Zukunft voll allgemeinen und durchschnittlichenGlückes. Er hatte sich dermaßen begeistert, daß ein neuerlicher Hustenanfall ihn schüttelte; er war zu seinem Tische zurückgekehrt, stemmte da die Ellbogen zwischen den Papieren auf und vergrub seinen Kopf zwischen den Händen, um das Röcheln seiner Kehle zu unterdrücken. Allein, diesesmal wollte der Anfall nicht vorübergehen. Plötzlich ging die Thür auf und Busch eilte herein, nachdem er die Méchain verabschiedet hatte; er war verstört, als litte er selbst durch diesen fürchterlichen Husten. Sogleich hatte er sich über den Bruder geneigt und ihn in seine großen Arme genommen, wie ein Kind, dessen Schmerz man einzuwiegen sucht.

– Laß hören, Kleiner, was hast Du wieder, daß es Dich schier erstickt? Du mußt einen Arzt kommen lassen. Das ist unvernünftig. Du wirst zu viel geredet haben. ...

Und er warf einen Seitenblick auf Saccard, der in der Mitte des Zimmers stehen geblieben war, entschieden aufgeregt durch Dasjenige, was er aus dem Munde dieses so leidenschaftlichen und so kranken Jungen gehört hatte, der mit seinen Geschichten, Alles hinwegfegen und Alles neu aufbauen zu wollen, sicherlich die Börse von da oben verhext hatte.

– Ich danke Ihnen und verlasse Sie jetzt, sagte der Besucher, den es drängte hinauszukommen. Schicken Sie mir meinen Brief mit den zehn Zeilen der Uebersetzung. Ich erwarte deren noch mehr und wir werden Alles zusammen regeln.

Doch der Anfall war jetzt vorüber und Busch hielt ihn noch einen Augenblick zurück.

– *A propos*! die Frau, die soeben hier war, hat Sie ehemals gekannt; oh, das ist schon lange her! ...

– Ah! wo denn?

– In der Rue de la Harpe, im Jahre 1852.

So sehr er sonst sich zu beherrschen wußte, erbleichte Saccard dennoch. Ein nervöses Zucken verzog seinen Mund. Nicht als ob er sich in diesem Augenblicke des jungen Mädchens erinnerte, welches er im Treppenhause umgeworfen hatte; er wußte gar nicht, daß sie schwanger geworden und hatte keine Kenntniß von dem Vorhandensein eines Kindes. Aber die Erinnerung an die Jahre des Elends war ihm stets unangenehm gewesen.

– In der Rue de la Harpe? Oh, ich habe dort nur acht Tage gewohnt, gleich bei meiner Ankunft in Paris; nur so lange, bis ich eine Wohnung fand. ... Guten Tag!

– Auf Wiedersehen! sagte Busch mit Nachdruck, der sich übrigens täuschte, als er in der Verlegenheit Saccards schon ein Geständniß sah und demzufolge über die Mittel nachsann, wie er das Abenteuer ausbeuten würde.

Wieder auf der Straße angekommen kehrte Saccard mechanisch nach dem Börsenplatze zurück. Er war in großer Aufregung und hatte keinen Blick für die kleine Frau Conin, deren hübsches, blondes Gesicht in der Thür der Papierhandlung lächelte. Die Bewegung auf dem Platze hatte zugenommen; der Lärm des Spiels peitschte die Trottoirs mit ihrem Menschengewühl, wie eine wüthende See. Es war das Geheul nach drei Uhr, die Schlacht der Schlußkurse, die heiße Gier zu erfahren, wer mit vollen Händen von dannen ziehen würde. An der Ecke der Rue de la Bourse, dem Peristyl gegenüber stehen bleibend glaubte er in dem wirren Gedränge den Baissier Moser und den Haussier Pillerault zu erkennen, beide im vollen Kampfgewühl, während er sich einbildete, die schrille Stimme des Wechselagenten Mazaud aus dem großen Saale hervordringen zu hören, von Zeit zu Zeit gedeckt von dem Geschrei Nathansohns, der in der Coulisse, unter der großen Uhr saß. Doch jetzt rasselte ein Gefährt heran und bespritzte ihn mit Koth. Noch ehe der Wagen hielt, sprang Massias aus demselben, eilte mit einem Satze die Treppe hinan und überbrachte keuchend noch den letzten Auftrag eines Klienten.

Und er, noch immer unbeweglich da stehend, die Augen auf das Gewühl dort oben geheftet, dachte an seine Vergangenheit, gepackt durch die Erinnerung an seine Anfänge, welche Erinnerung die Frage Busch's wiedererweckt hatte. Er erinnerte sich der Rue de la Harpe, dann der Rue Saint Jacques, wo er seine schief getretenen Schuhe eines auf Eroberungen ausziehenden Abenteurers geschleppt hatte, eben erst in Paris angekommen, welches er sich unterwerfen wollte. Und eine Wuth erfaßte ihn bei dem Gedanken, daß er es sich noch nicht unterworfen hatte, daß er abermals auf dem Pflaster lag, nach dem Reichthum spähend, ungesättigt, von einem solchen Genußhunger gepeinigt, daß er nie so sehr darunter gelitten hatte. Der Narr Siegmund hatte es mit Recht gesagt: von der Arbeit kann man nicht leben; nur die Elenden und die Schwachköpfe arbeiten, um die Anderen zu mästen. Es gab nur das Spiel, welches vom Abend bis zum Morgen den Reichthum, das Wohlergehen, das feine Leben bringen kann. Wenn die alte Gesellschaft wirklich eines Tages in Trümmer gehen mußte, sollte ein Mann wie er nicht noch die Zeit und den Ort finden, vor dem Zusammenbruch seine Begierden zu befriedigen?

Doch jetzt stieß ein Vorübergehender ihn an, der sich nicht einmal umwandte, um sich zu entschuldigen. Er erkannte Gundermann, der seinen kleinen Gesundheits-Spaziergang machte; er sah ihn bei einem Zuckerbäcker eintreten, wo der

Goldkönig zuweilen eine Schachtel Bonbons um einen Franc für seine Enkelkinder kaufte. Und dieser Stoß mit dem Ellbogen in dieser Minute, in dem Fieber, das ihn immer stärker packte, seitdem er so die Börse umkreiste, war gleichsam der Peitschenhieb, der letzte Anstoß, der ihn entschied. Er hatte den Platz genug belagert; nun galt es ihn zustürmen. Er schwor sich, einen erbarmungslosen Kampf zu führen; er wird Frankreich nicht verlassen, er wird seinem Bruder Trotz bieten, er wird das äußerste Spiel wagen, einen Kampf von furchtbarer Tollkühnheit, der ihm Paris vor die Füße legen, oder ihn selbst mit zerschlagenen Lenden in die Gosse schleudern sollte.

Bis zum Schluß der Börse harrte Saccard auf seinem Beobachtungs- und Drohungs-Posten aus. Er sah das Peristyl sich leeren und die Treppenstufen sich mit dem langsamen, regellosen Abstieg dieser erhitzten und müden Leute bedecken. Rings um ihn her dauerte das Gedränge auf dem Pflaster und auf dem Fahrdamm fort; es war eine ununterbrochene Fluth von Leuten, die ewig auszubeutende Menge, die Aktionäre von morgen, die vor dieser großen Spekulations-Lotterie nicht vorübergehen konnten, ohne den Kopf zu wenden, in dem Verlangen *nach* dem, und in der Furcht *vor* dem, was hier geschah, vor diesem Mysterium der Finanz-Operationen, die für die französischen Köpfe umso anziehender sind, als nur wenige in dieselben einzudringen vermögen.

II.

Nach seiner letzten und unglücklichen Spekulation mit den Bauterrains, als Saccard seinen Palast am Park Monceau räumen und seinen Gläubigern überlassen mußte, um eine noch größere Katastrophe zu vermeiden, war sein erster Gedanke der, bei seinem Sohn Maxime Zuflucht zu suchen. Dieser bewohnte seit dem Tode seiner Frau, die in einem kleinen Kirchhofe der Lombardei ruhte, ganz allein ein Hôtel in der Avenue de l'Impératrice, wo er sein Leben mit klugem und erbarmungslosem Egoismus eingerichtet hatte; er verzehrte daselbst das Vermögen seiner verstorbenen Frau, ohne einen Fehler zu begehen, als ein Jüngling von schwächlicher Gesundheit, den das Laster vorzeitig gereift hat. Rundheraus verweigerte er seinem Vater das Verlangen, ihn bei sich aufzunehmen; er thäte so – fügte er lächelnd hinzu – um das gute Einvernehmen zwischen ihnen beiden aufrecht zu erhalten.

Da mußte denn Saccard an einen andern Zufluchtsort denken. Er war schon im Begriff, ein kleines Haus in Passy zu miethen, ein gutbürgerliches Heim für einen Kaufmann, der sich von den Geschäften zurückgezogen, als er sicherinnerte, daß im Hôtel Orviedo, Rue Saint-Lazare, das Erdgeschoß und das erste Stockwerk noch immer nicht vermiethet seien; Fenster und Thüren waren daselbst noch geschlossen. Die Fürstin Orviedo bewohnte seit dem Tode ihres Gatten drei Zimmer im zweiten Stockwerk und hatte keine Vermiethungs-Anzeige an das Thor heften lassen, vor welchem allmälig das Gras zwischen den Pflastersteinen hervorsproß. Eine Eingangsthür am andern Ende der Façade führte über eine Bedientenstiege nach dem zweiten Stockwerk. In geschäftlicher Verbindung mit der Fürstin stehend hatte er in seinen Besuchen, die er ihr machte, oft seine Verwunderung darüber ausgedrückt, daß sie es unterließ, ihr Haus entsprechend auszunützen. Doch sie schüttelte den Kopf; in Geldsachen hatte sie ihre eigenen Gedanken. Allein, als er selbst als Miethwerber auftrat, willigte sie sogleich ein und überließ ihm die fürstlich ausgestatteten Räume im Erdgeschoß und im ersten Stock für den lächerlich billigen Miethzins von zehntausend Francs. Das Doppelte wäre nicht zu viel gewesen.

Man erinnerte sich des Prunkes, welchen der Fürst Orviedo in dem Fieber seines unermeßlichen Finanz-Reichthums entwickelte. Mitten im Millionenregen aus Spanien nach Paris gekommen, hatte er dieses Hôtel angekauft und in Stand setzen lassen, bis sein eigenes, aus Marmor und Gold zu erbauendes Palais, mit welchem er die Welt in Erstaunen setzen wollte, fertig gestellt sein würde. Das Hôtel stammte noch aus dem vorigen Jahrhundert; es war eines jener Vergnügungshäuser, wie sie von galanten großen Herren inmitten von weiten Gärten erbaut wurden. Später wurde das Haus zum Theile niedergerissen und in strengeren Proportionen neu erbaut; dabei blieb von dem ehemaligen Park nichts übrig, als ein breiter, mit Ställen und Remisen eingesäumter Hof, welchen die geplante Cardinal Fesch-Straße sicherlich verschwinden machen wird. Der Fürst erwarb das Immobil von der Verlassenschaft eines Fräuleins Saint-Germain, deren Besitz sich ehemals bis zur Rue des Trois-Frères, der einstigen Fortsetzung der Rue Taitbout erstreckte. Das Hôtel hatte übrigens noch einen Ausgang auf die Rue Saint-Lazare, neben einem großen Gebäude aus derselben Epoche, dem Hôtel Beauvilliers, welches die Familie Beauvilliers aus ihrem allmäligen Ruin gerettet hatte und noch bewohnte. Diese Familie hatte auch ein Stück wunderbaren Gartens behalten, herrliche Bäume, welche bei dem bevorstehenden Umsturz des Stadtviertels ebenfalls dem Tode geweiht waren.

In seinem Zusammenbruch hatte Saccard ein Gefolge von Dienstleuten behalten, die Reste seines allzu zahlreichen Personals; einen Kammerdiener, einen Küchenchef und dessen Frau, die mit der Obsorge für die Wäsche betraut war, noch eine andere Frau, welche geblieben war, man wußte nicht wozu; endlich einen Kutscher und zwei Stallknechte. Saccard füllte auch die Ställe und Remisen; er stellte zwei Pferde und drei Wagen ein und richtete im Erdgeschoß einen Speisesaal für sein Dienstgesinde ein. Er war der Mann, der nicht fünfhundert Francs sein Eigen nannte, aber auf einem Fuße von zwei- bis dreimalhunderttausend Francs jährlich lebte. Und er fand auch die Mittel, die weiten Räume des ersten Stockwerkes mit seiner Person zu füllen, die drei Salons, die fünf Schlafzimmer, den riesigen Speisesaal nicht gerechnet, wo man eine Tafel mit fünfzig Gedecken aufstellen konnte. Von da öffnete sich ehemals eine Thür auf eine innere Stiege, welche nach dem zweiten Stockwerk, in einen andern, kleineren Speisesaal führte. Und die Fürstin, welche diesen Theil des zweiten Stockwerkes vor Kurzem an einen Ingenieur Namens Hamelin, welcher als Junggeselle mit seiner Schwester lebte, vermiethet hatte, begnügte sich diese Thür vernageln zu lassen. Sie theilte denn die ehemalige Bedientenstiege mit diesem Miether, während Saccard die große Treppe für sich allein hatte. Er möblirte einige Zimmer mit den Trümmern seiner Einrichtung vom Park Monceau, ließ die anderen leer. Nichtsdestoweniger gelang es ihm, diese lange Reihe von trübseligen, nackten Mauern neu zu beleben, von welchen gleich nach dem Tode des Fürsten selbst das letzte Stückchen Tapete durch irgend eine grimmige Hand herabgerissen worden. Und er konnte seinen Traum von einem großen Reichthum neu beginnen.

Die Fürstin Orviedo war damals eine der interessanten Erscheinungen von Paris. Vor fünfzehn Jahren hatte sie sich entschlossen den Fürsten zu heirathen, den sie nicht liebte, um einem formellen Befehl ihrer Mutter, der Herzogin von Combeville, zu gehorchen. Zu jener Zeit hatte dieses zwanzigjährige Mädchen einen großen Ruf von Schönheit und Klugheit; sie war sehr fromm, ein wenig ernst, wenn auch mit Leidenschaft an dem Gesellschaftsleben hängend. Ihr waren die seltsamen Geschichten unbekannt, welche über den Fürsten, über sein auf 300 Millionen geschätztes königliches Vermögen in Umlauf waren, über dieses ganze Leben voll schauerlicher Diebstähle, die nicht am Waldessaume und mit bewaffneter Hand begangen wurden, wie einst von edelgebornen Abenteurern, sondern von einem korrekten, modernen Banditen, im hellen Sonnenlichte der Börse, aus der Tasche der armen, leichtgläubigen Menge, aus dem Zusammenbruch und dem Tode zahlloser Existenzen. In Spanien wie in Frankreich hatte der Fürst sich bei allen großen, berüchtigt gewordenen Schurkenstreichen seinen Löwenantheil geholt. Obgleich die Fürstin keine Ahnung hatte von all dem Unflath und all dem Blut, aus welchem er so viele Millionen aufgelesen, hatte sie doch von der ersten Begegnung angefangen einen Widerwillen gegen ihn gefühlt, welchen zu überwinden selbst ihre Frommgläubigkeit sie nicht vermochte; und bald hatte sich dieser Antipathie ein dumpfer, immer wachsender Groll zugesellt, ein Groll darüber, daß dieser Ehe, die sie aus Gehorsam eingegangen, kein Kind entsprossen. Die Mütterlichkeit würde ihr genügt haben; sie betete die Kinder an und haßte schließlich diesen Mann, welcher, nachdem er die Geliebte zur Verzweiflung getrieben, selbst die Mutter nicht befriedigen konnte. Zu jener Zeit hatte man die Fürstin sich in einen unerhörten Luxus stürzen sehen; sie blendete Paris mit dem Glanz ihrer Feste und entfaltete einen Pomp, um welchen – wie man sagte – der Hof sie beneidete. Dann, am Tage nach dem Tode des Fürsten, den ein Schlagfluß niedergestreckt, war das Hôtel in der Rue Saint-Lazare in absolute Stille, in vollkommene Nacht versunken. Kein Licht, kein Geräusch; Thüren und Fenster blieben geschlossen und es verbreitete sich das Gerücht, daß die Fürstin das Erdgeschoß und den ersten Stock plötzlich geräumt und sich in drei kleine Zimmer des zweiten Stockwerkes, wie in eine Klause zurückgezogen habe, in Gesellschaft einer ehemaligen Kammerfrau ihrer Mutter, der alten Sophie, die sie erzogen hatte. Als sie wieder zum Vorschein kam, trug sie ein einfaches Wollkleid, die Haare unter einem Spitzentuch verborgen. Sie war noch immer klein und dick, mit ihrer schmalen Stirn, mit ihrem hübschen, runden Gesicht, mit ihren Perlenzähnen zwischen den geschlossenen Lippen; aber schon war ihr Teint gelb, ihr Antlitz stumm, in den einzigen Willen einer seit langer Zeit eingeschlossenen Nonne versunken. Sie war erst dreißig Jahre alt und lebte seitdem nur für unendliche Mildtthätigkeitswerke.

Die Ueberraschung in Paris war groß und es waren ganz außerordentliche Geschichten in Umlauf. Die Fürstin hatte das ganze Vermögen geerbt, die berühmten dreihundert Millionen Francs, mit welchen selbst die Zeitungen in ihrerChronik sich beschäftigten. Und es entstand eine ganz romantisch klingende Legende. Eines Abends, eben als die Fürstin sich zu Bett begeben wollte, wäre plötzlich ein schwarz gekleideter, unbekannter Mann in ihrem Gemach erschienen, ohne daß sie jemals begriffen hätte, durch welche geheime Thür er eingetreten sein mochte. Was dieser Mann ihr gesagt, hatte Niemand erfahren, aber er muß ihr den abscheulichen Ursprung der dreihundert Millionen enthüllt und ihr vielleicht den Eid abgenommen haben, so viel Unrecht gut zu machen, wenn sie fürchterliche Katastrophen vermeiden wolle. Dann war der Mann wieder verschwunden. Hatte sie seit den fünf Jahren ihrer Wittwenschaft wirklich einem aus dem Jenseits gekommenen Befehl gehorcht oder war es ganz einfach eine Empörung ihrer Rechtschaffenheit, als sie sich im Besitze eines solchen Vermögens sah? Thatsache war, daß sie nur mehr in einem glühenden Fieber der Entsagung und der Sühne lebte. In dieser Frau, die nicht Geliebte gewesen und nicht Mutter hatte werden können, entfaltete sich alle zurückgedrängte Liebe, besonders die fehlgeschlagene Liebe zum Kinde, zu einer wahren Leidenschaft für die Armen, Schwachen, Leidenden, Enterbten, für alle Jene, deren Millionen sie unrechtmäßiger Weise zu besitzen glaubte und welchen sie dieselben in einem wahren Regen von Almosen wiederzugeben sich geschworen hatte. Seither bemächtigte sich ihrer die fixe Idee, es drang ihr gleich einem Nagel der Bann ins Gehirn: sie betrachtete sich nur mehr als einen Bankier, bei welchem die Armen ihre 300 Millionen hinterlegt hatten, damit sie zu ihrem Besten verwendet werden. Sie war nur mehr ein Buchhalter, ein Geschäftsmann, der in einer Welt von Ziffern lebte, umgeben von Notaren, Arbeitern und Architekten. Sie hatte außerhalb des Hauses ein ganzes, großes Bureau mit etwa zwanzig Beamten eingerichtet. Zuhause, in ihren drei engen Zimmern, empfing sie nur drei oder vier Mittelspersonen, ihre Stellvertreter. Und da verbrachte sie ihre Tage an einem Schreibtische, wie ein Leiter großer Unternehmungen; eingeschlossen, fern von den Zudringlichen, unter einem riesigen Haufen von Papieren. Ihr Traum war: alles Elend zu stillen, angefangen bei dem Kinde, welches leidet, weil es geboren worden, bis zum Greise, der nicht sterben kann, ohne zu leiden. In fünf Jahren hatte sie mit dem Aufwande ungezählten Geldes die „Krippe der heil. Jungfrau Maria" in la Vilette gegründet, mit weißen Wiegen für die ganz kleinen, mit blauen Betten für die größeren Kinder, eine geräumige, helle Anstalt, wo dreihundert Kinder untergebracht waren; ferner ein Waisenhaus in Saint-Mandé, das Sankt Josefs-Waisenhaus, wo hundert Knaben und hundert Mädchen Unterricht genossen, so wie sie in den bürgerlichen Familien ertheilt werden; endlich ein Asyl für Greise in Châtillon, welches fünfzig Männer und fünfzig Frauen aufnehmen konnte, und ein Spital mit zweihundert Betten in einer Vorstadt, das Spital Saint-Marceau, das eben erst eröffnet worden. Ihr bevorzugtes Werk aber, dasjenige, welches in diesem Augenblicke ihr ganzes Herz in Anspruch nahm, war die *Arbeits-Stiftung*, ihre eigenste Schöpfung, eine Anstalt, welche das Zuchthaus ersetzen sollte und wo dreihundert Kinder, hundertfünfzig Knaben und hundertfünfzig Mädchen, vom Pariser Pflaster aufgelesen, dem Laster und Verbrechen entrissen, durch wohlwollende Fürsorge und durch Unterricht in irgend einem Gewerbe für die Gesellschaft gerettet wurden. Diese verschiedenen Gründungen, ansehnliche Schenkungen, eine grenzenlose Freigebigkeit im Wohlthun, hatten in fünf Jahren nahezu hundert Millionen aufgezehrt. Wenn sie noch einige Jahre in dieser Weise fortfuhr, mußte sie ruinirt sein, ohne auch nur die kleine Rente zu behalten, welche nöthig war, um ihr Brod und Milch zu sichern, womit sie sich jetzt ausschließlich nährte. Wenn ihre alte Magd Sophie, ihr gewöhnliches Schweigen brechend, sie mit harten Worten ausschalt und ihr profezeite, daß sie im Elend sterben würde, antwortete sie nur mit einem schwachen Lächeln, dem einzigen, welches fortan auf ihren farblosen Lippen erschien, mit einem göttlichen Lächeln der Hoffnung.

Bei Gelegenheit der Arbeits-Stiftung hatte Saccard die Bekanntschaft der Fürstin Orviedo gemacht. Er war einer der Eigentümer jener Grundfläche, welche sie für diese Anstalt erwarb. Es war dies ein ehemaliger Garten, mit schönen Bäumen bepflanzt, an den Park von Neuilly stoßend, längs des Boulevard Bineau sich hinziehend. Er hatte sie durch die lebhafte Art gewonnen, mit welcher er die Geschäfte behandelte; in Folge gewisser Schwierigkeiten, welche sie mit ihren Unternehmern hatte, wünschte sie ihn wiederzusehen. Er selbst hatte sich für die Arbeiten interessirt; seine Einbildungskraft war entzückt von dem großartigen Plan, welchen sie dem Architekten aufgab: zwei monumentale Flügel, einen für die Knaben, den andern für die Mädchen, durch ein Wohngebäude verbunden, welches die Kapelle, den Sitzungssaal, die Kanzleien, den häuslichen Dienst aufnehmen sollte; und jeder Flügel hatte seinen riesig großen Hof, seine Arbeits-Werkstätten, seine Nebengebäude. Was ihn bei seinem eigenen Geschmack für das Große und Prächtige am meisten anregte, das war der hier entfaltete Luxus, der riesige Bau, ausgeführt aus Materialien, welche den Jahrhunderten zu trotzen verhießen, der in verschwenderischer Fülle angewendete Marmor, eine mit Faience belegte Küche, wo man einen Ochsen hätte braten können, riesige Speiseräume mit reichem Getäfel von Eichenholz, große Schlafsäle von Licht durchfluthet, durch helle Malereien ein heiteres Aussehen gewinnend, eine Wäschekammer, ein Badesaal, eine Krankenabtheilung mit unerhörtem Raffinement eingerichtet; und überall große Nebenräume, Treppen, Korridore, die im Sommer gelüftet, im Winter geheizt werden konnten; und der ganze, große Bau badete im Sonnenlichte seine jugendliche Heiterkeit und das Wohlbefinden, welches ein riesiges Vermögen gewährt. Wenn der Architekt, diese Pracht unnöthig findend, besorgt auf die großen Kosten verwies, gebot die Fürstin ihm Schweigen. Sie hatte den Luxus genossen und wollte ihn jetzt den Armen geben, damit auch sie ihn genießen, sie, welche den Reichen den Luxus verschaffen. Ihre fixe Idee entstammte diesem Traum: die Armen und Glücklichen mit Wohlthaten zu überhäufen, sie in die Betten der Glücklichen dieser Erde zu legen, sie an ihre Tafeln zu setzen; nicht mehr eine Brodrinde und einen Strohsack sollten sie erhalten, sondern ein üppiges Leben in Palästen, wo sie daheim sein, wo sie sich schadlos halten, die Freuden der Sieger genießen werden. Allein, bei dieser Verschwendung, bei diesen riesigen Voranschlägen ward sie in einer ganz abscheulichen Weise betrogen und bestohlen; ein Heer von Unternehmern lebte von ihr, die Verluste ungerechnet, welche der schlechten Überwachung zuzuschreiben waren. Das Gut der Armen wurde zerstückelt. Saccard öffnete ihr die Augen, indem er sie bat, ihn die Rechnungen prüfen zu lassen. Er that dies ohne jedes Interesse, blos um des Vergnügens willen, diesen tollen Tanz der Millionen zu regeln, der ihn entzückte. Niemals hatte er sich so skrupulös rechtschaffen gezeigt. In dieser kolossalen und verwickelten Angelegenheit war er der thätigste, der rechtschaffenste der Mitarbeiter, welcher seine Zeit, sogar sein Geld opferte und seine einzige Belohnung in der Freude an den großen Summen fand, die ihm durch die

Hände gingen. Man kannte nur ihn bei der Arbeits-Stiftung, wo die Fürstin selbst niemals erschien, gleichwie sie auch ihre anderen Stiftungen niemals besuchte. Sie blieb in ihren drei Zimmerchen wie eine unsichtbare gütige Göttin er aber ward angebetet, mit all' dem Danke überhäuft welchem sie aus dem Wege zu gehen schien.

Ohne Zweifel nährte Saccard seit jener Zeit einen unbestimmten Plan, welcher, als er im Hôtel Orviedo als Miether eingezogen war, mit einem Schlage die scharf umrissene Deutlichkeit eines Wunsches annahm. Warum sollte er sich nicht ganz und gar der Verwaltung der wohlthätigen Werke der Fürstin widmen? In der Stunde des Zweifels, in der er sich befand, von der Spekulation überwunden, nicht wissend, auf welchem Wege er ein neues Vermögen aufbauen solle, schien es ihm wie eine neue Inkarnation, wie eine plötzlich aufsteigende Apotheose: der Ausspender dieser königlichen Mildthätigkeit zu sein, diesen Goldfluß, der sich über Paris ergoß, zu kanalisiren. Es blieben noch zweihundert Millionen; welche Werke konnten damit noch geschaffen, welche Wunderstadt aus dem Boden hervorgezaubert werden! Davon ganz zu schweigen, daß er diese Millionen fruktifiziren, verdoppeln, verdreifachen, so gut zu verwenden wissen wird, daß eine neue Welt daraus hervorgehen soll. Bei der Leidenschaftlichkeit, mit welcher er die Dinge behandelte, wuchs nun Alles in riesigem Maße an; er lebte nur mehr in dem berauschenden Gedanken, diese Millionen in unendlichen Almosen auszustreuen, ganz Frankreich, das glückliche, damit zu überschwemmen; und er war völlig gerührt, er fühlte sich von einer vollkommenen Rechtschaffenheit, nicht ein Sou blieb an seinen Fingern hängen. In seinem Schädel eines Visionärs baute sich eine Riesen-Idylle auf, die Idylle eines Unbewußten, in welche sich nicht das geringste Verlangen mengte, seine ehemaligen finanziellen Räubereien gutzumachen; umsomehr, als am Ende dennoch der Traum seines Lebens, die Eroberung von Paris stand. Der König der Mildthätigkeit zu sein, der angebetete Gott der Menge der Armen, einzig und volksthümlich, die Welt mit sich zu beschäftigen: dies überstieg seinen Ehrgeiz. Welche Wunder konnte er nicht vollbringen, wenn er, um gut zu sein, seine geschäftsmännischen Fähigkeiten, seine Schlauheit, seine zähe Ausdauer, seinen vollständigen Mangel an Vorurteilen anwenden wollte? Und er wird die unwiderstehliche Macht besitzen, welche die Schlachten gewinnt: das Geld, ganze Schreine voll Geld, das Geld, welches oft so viel Schlimmes verübt und nun so viel Gutes wirken wird an dem Tage, an welchem man seinen Stolz und seine Freude daran setzen wird!

Dann gab Saccard seinen Plänen einen noch größeren Rahmen und er fragte sich schließlich, warum er die Fürstin Orviedo nicht heirathen sollte? Dies würde die beiderseitigen Stellungen klar kennzeichnen und allen üblen Deutungen die

Spitze nehmen. Einen Monat hindurch manövrirte er sehr geschickt, entwickelte er herrliche Entwürfe, glaubte sich unentbehrlich zu machen; dann, eines Tages, brachte er mit ruhiger Stimme seinen Vorschlag vor, entwickelte er sein großes Projekt. Was er ihr anbot, war ein wahrhaftiges Bündniß; er gab sich als der Liquidator der Summen, welche der Fürst gestohlen; er machte sich anheischig, sie verzehnfacht den Armen wiederzugeben. Die Fürstin, in ihrem ewigen schwarzen Kleide und mit ihrem Spitzenschleier auf dem Haupte, hörte ihn aufmerksam an, ohne daß sich ihr gelbes Gesicht im Mindesten belebt hätte. Großen Eindruck machten auf sie die Vortheile, welche eine solche Verbindung im Gefolge haben mußte; alle anderen Erwägungen waren ihr gleichgiltig. Sie verschob ihre Antwort auf den nächsten Tag und lehnte schließlich ab; ohne Zweifel hatte sie überlegt, daß sie nicht mehr allein Herrin über ihre Almosen wäre und sie wollte darüber als absolute Gebieterin verfügen, – und wäre es gleich in thörichter Weise. Doch erklärte sie, daß sie sich glücklich schätzen würde ihn als Berather zu behalten; um zu zeigen, wie hoch sie seine Mitwirkung schätzte, bat sie ihn, sich auch weiter mit der Arbeits-Stiftung zu beschäftigen, deren eigentlicher Leiter er war.

Eine volle Woche hindurch empfand Saccard darob einen lebhaften Kummer, als wäre ihm eine theure Idee vereitelt worden; nicht als ob er sich wieder in den Abgrund des Räuberthums versinken fühlte; aber, gleichwie eine sentimentale Romanze den verworfensten Trunkenbolden eine Thräne in die Augen lockt, hatte diese kolossale, aus Millionen aufgebaute Idylle des Wohlthuns seine alte Brigantenseele gerührt. Wieder einmal stürzte er und zwar aus großer Höhe; es schien ihm, als wäre er entthront. Durch das Geld hatte er stets die Befriedigung seiner Begierden und zugleich die Großartigkeit eines fürstlichen Lebens angestrebt; und niemals hatte er dies in einem so hohen Grade erreicht. Wenn er in seinem Sturze eine Hoffnung vernichtet sah, gerieth er in Wuth. Als die ruhige und klare Weigerung der Fürstin seinen Plan zunichte machte, schleuderte ihn dies in eine wüthende Kampflust zurück. Kämpfen, der Stärkere sein in dem rauhen Kriege der Spekulation, die Anderen auffressen, um nicht von ihnen gefressen zu werden: dies war nebst seinem Durst nach Glanz und Genuß die große, die einzige Ursache seiner Leidenschaft für die Geschäfte. Wenn er kein Vermögen sammelte, so hatte er die andere Freude, den Kampf der großen Ziffern, das Gegeneinanderschleudern der Reichthümer gleich Armeekorps, den Anprall der feindlichen Millionen, mit seinen Mißerfolgen, mit seinen Siegen; dieser Kampf berauschte ihn. Und sogleich tauchte sein Haß gegen Gundermann wieder auf, sein zügelloses Rachebedürfniß; Gundermann niederschlagen: dies war seine chimärische Begierde jedesmal, wenn er besiegt am Boden lag. Wohl fühlte er, wie kindisch ein solcher Versuch wäre; aber konnte er nicht wenigstens ihm an den Leib rücken, sich ihm gegenüber einen Platz erobern, ihn zur Theilung zwingen, wie jene Monarchen benachbarter Länder und von gleicher Kraft, die sich gegenseitig Vettern nennen? Damals war es, daß die Börse ihn von Neuem anzog; er hatte den Kopf voll mit geschäftlichen Unternehmungen, mit einander kreuzenden Entwürfen; er befand sich in einem solchen Fieber, daß er nicht wußte, wozu er sich entschließen solle, bis zu dem Tage, da eine höchste, unermeßliche Idee sich von den anderen loslöste und sich seiner ganz und gar bemächtigte.

Seitdem Saccard im Hôtel Orviedo wohnte, bemerkte er zuweilen die Schwester des Ingenieurs Hamelin, welche die kleine Wohnung im zweiten Stockwerk inne hatte, eine Frau von wunderbarem Körperbau, Madame Caroline, wie man sie vertraulich nannte. Was bei der ersten Begegnung den meisten Eindruck auf ihn gemacht hatte, das waren ihre herrlichen weißen Haare, eine königliche Krone von weißen Haaren, von einer ganz eigenartigen Wirkung auf dieser noch jugendlichen Stirne einer kaum sechsunddreißigjährigen Frau. Zu fünfundzwanzig Jahren war sie so weiß geworden; ihre Augenbrauen, schwarz und dicht geblieben, bewahrten ihrem, gleichsam mit Hermelin eingerahmten Antlitz einen seltsam lebhaften Ausdruck von Jugendlichkeit. Sie war niemals schön gewesen; Kinn und Nase waren etwas zu stark gerathen; der Mund war breit, die wülstigen Lippen drückten große Gutmüthigkeit aus. Aber dieses dichte, weiße Haar milderte den harten Ausdruck ihres Gesichtes, gab ihm einen heitern, großmütterlichen Reiz in der Frische und Kraft einer schönen, verliebten Frau. Sie war groß, stark, mit einer freimüthigen und sehr edlen Haltung.

Saccard, der kleiner war als sie, sah ihr jedesmal mit Interesse nach, wenn er ihr begegnete; und er neidete ihr im Stillen diesen hohen Wuchs, diese Kraft und Gesundheit. Durch die Umgebung erfuhr er allmälig die ganze Geschichteder Geschwister Hamelin. Caroline und Georges waren die Kinder eines Arztes in Montpellier, eines bedeutenden Gelehrten, sehr eifrigen Katholiken, der arm gestorben war. Als der Vater mit dem Tode abging, war die Tochter achtzehn, der Sohn neunzehn Jahre alt; und da dieser eben in die polytechnische Schule eingetreten war, folgte ihm Caroline nach Paris und nahm eine Stelle als Erzieherin an. Sie war es, die während seines zweijährigen Kursus ihn mit Taschengeld versah, indem sie ihm Hundertsous-Stücke in die Hand gleiten ließ. Später, als er mit einer schlechten Klassifizirung die Schule verlassen hatte und sich auf dem Pariser Pflaster herumtrieb, war sie es wieder, die ihn unterstützte, bis er eine Stellung finden würde. Die beiden Kinder beteten sich an und träumten davon, sich niemals zu verlassen. Allein, für Caroline bot sich eine unverhoffte Gelegenheit zu heirathen dar; ihre Gutmüthigkeit und ihre lebhafte Intelligenz gewannen einen steinreichen Bierbrauer in dem Hause, wo sie als Erzieherin thätig war. Georges drang in sie, daß sie das Anerbieten annehme. Später mußte er dies bitter bereuen; denn nach einigen Jahren der Ehe war Caroline genöthigt die Trennung zu verlangen, um nicht von ihrem Gatten umgebracht zu werden, der ein Säufer war und in seinen blöden Eifersuchts-Anfällen sie mit einem Messer in der Faust verfolgte. Sie war damals sechsundzwanzig Jahre alt und war wieder arm, weil sie jede Pension von dem Manne zurückwies, den sie soeben verlassen hatte. Doch ihr Bruder hatte nach vielen Versuchen endlich ein Geschäft gefunden, das ihm gefiel; er war im Begriff nach Egypten abzugehen mit jener Kommission, welche damit betraut war, die Vorstudien zum Bau des Suez-Kanals zu machen. Er nahm seine Schwester mit; sie ließ sich in Alexandrien nieder, begann von Neuem Lektionen zu geben, während er das Land durchstreifte. Sie blieben in Egypten bis Jahre 1859, waren Zeugen der ersten Spatenstiche am Strande von Port-Said; die Arbeiten wurden in Angriff genommen mit einer kleinen Schaar von kaum hundertfünfzig Mann, geleitet von wenigen Ingenieuren. Dann wurde Hamelin nach Syrien gesendet, um dort die Verpflegung der Arbeiter zu sichern; er blieb auch daselbst, nachdem er sich mit seinen Vorgesetzten überworfen. Er ließ Caroline nach Beyrut kommen, wo es nicht an Schülern fehlte. Er stürzte sich in ein großes, von einer französischen Gesellschaft patronisirtes Unternehmen: die Tracirung einer Fahrstraße von Beyrut nach Damaskus, der ersten und einzigen Straße durch die Pässe des Libanon. Und sie lebten noch weitere drei Jahre in Syrien, bis zur Beendigung der Straße; er machte Studien und Messungen im Gebirge, war einmal zwei Monate abwesend, um durch den Taurus eine Reise nach Konstantinopel zu machen. Sie folgte ihm, sobald sie loskommen konnte, voll Theilnahme für seine großen Entwürfe, diesen alten Erdtheil, der unter todten Zivilisationen schlief, neu zu erwecken. Er hatte eine dicke Mappe voll mit Plänen und Entwürfen gesammelt; er fühlte die gebieterische Notwendigkeit nach Frankreich zurückzukehren, wenn er diesen weit ausgreifenden Projekten Form und Gestalt geben, Gesellschaften bilden, Kapitalien suchen wollte. Nachdem die Geschwister neun Jahre im Orient zugebracht, trieb sie die Neugierde, über Egypten zurückzukehren, wo die Arbeiten am Suez-Kanal sie geradezu begeisterten. In vier Jahren war am sandigen Gestade von Port-Said eine Stadt erstanden; ein ganzes Volk trieb sich da herum, es gab ein wahres Ameisengewimmel von Menschen, welche die Oberfläche der Erde umgestalteten. In Paris hatte Hamelin das alte Pech. Seit fünfzehn Monaten kämpfte er für seine Projekte und er vermochte Niemandem seine Zuversicht zu diesen Entwürfen einzustoßen; er war zu bescheiden, wenig geschwätzig hauste nun in diesem zweiten Stockwerk des Hotel Orviedo, in einem kleinen Appartement von fünf Zimmern, das er für zwölfhundert Francs gemiethet hatte, vom Erfolge weiter entfernt, als in den Gebirgen und

Steppen Asiens. Ihre Ersparnisse erschöpften sich rasch und die Geschwister lebten in arger Noth.

Das war es eben, was Saccard interessirte, diese zunehmende Traurigkeit der Madame Caroline, deren Heiterkeit sich verdüsterte angesichts der Entmuthigung, in welcher sie ihren Bruder versinken sah. In ihrem Haushalte war sie gewissermaßen der Mann. Georges, der ihr physisch sehr ähnlich war, nur ein wenig schwächlicher, besaß eine seltene Arbeitsfähigkeit; aber er vertiefte sich in seine Studien und man mußte ihn dabei lassen. Er hatte niemals heirathen wollen; er fühlte kein Bedürfnis darnach, betete seine Schwester an und dies genügte ihm. Es schien, daß er Eintags-Liebschaften hatte, welche unbekannt blieben. Und dieser ehemalige Forscher aus der technischen Hochschule, dieser Mann mit den großen Entwürfen, von einem solchen Feuereifer beseelt für Alles, was er unternahm, zeigte zuweilen eine solche Einfalt, daß man ihn für einen Tölpel hatte halten können. Im strengsten Katholizismus erzogen, hatte er seine kindliche Gläubigkeit bewahrt und war von einer überzeugten Frömmigkeit. Seine Schwester hingegen hatte sich davon freigemacht durch eine riesige Belesenheit, durch eine umfassende Bildung, welche sie in den langen Stunden erwarb, die er bei seinen technischen Arbeiten zubrachte. Sie beherrschte vier Sprachen; sie hatte die volkswirthschaftlichen und die philosophischen Schriftsteller gelesen, hatte sich einen Augenblick für die sozialistischen und evolutionistischen Theorieen leidenschaftlich interessirt; aber sie hatte sich wieder beruhigt und verdankte hauptsächlich ihren Reisen, ihrem langen Aufenthalt unter fernen Zivilisationen ihre große Duldsamkeit, ihr weises Gleichgewicht der Seele. War sie auch selbst ungläubig, so bewahrte sie doch den vollen Respekt für die Frömmigkeit ihres Bruders. Es hatte zwischen ihnen eine Erklärung stattgefunden und seither sprachen sie nie wieder von der Sache. In ihrer Schlichtheit und Gutmüthigkeit war sie eine Frau von hoher Klugheit, von einem ungewöhnlichen Lebensmuthe, von einer frohen Tapferkeit, welche den Härten des Schicksals trotzte. Sie pflegte zu sagen, daß ein einziger Kummer in ihr fortblute, der Kummer darüber, daß sie kein Kind besaß.

Saccard kam einmal in die Lage, Hamelin einen Dienst zu erweisen, ihm eine kleine Arbeit zu verschaffen. Es handelte sich um die Abgabe eines Gutachtens über die Leistungsfähigkeit einer neu erfundenen Maschine. So drang er in die Häuslichkeit der Geschwister ein; fortan erschien er häufiger, um eine Stunde bei ihnen zu verweilen, in ihrem Salon, ihrem einzigen größeren Zimmer, welches sie zu einem Arbeits-Kabinet umgestaltet hatten. Dieser Raum blieb absolut kahl; ein großer Zeichentisch, ein kleinerer, mit Papieren bedeckter Tisch und ein halbes Dutzend Stühle bildeten die ganze Einrichtung. Auf dem Kaminsims lagen ganze Stöße von Büchern. An den Wänden jedoch gab es einen improvisirten Schmuck, welcher diese Leere aufheiterte: eine Serie von Plänen, eine Reihe von hellen Aquarellen, jedes Blatt mit vier Nägeln befestigt. Hamelin hatte in dieser Weise seine Entwürfe ausgestellt, die in Syrien gesammelten Aufzeichnungen, sein ganzes künftiges Glück. Die Aquarelle waren von Madame Caroline; Ansichten aus jenem fernen Erdtheil, Bevölkerungs-Typen, Kostüme, welche sie auf ihren gemeinsamen Streifzügen auf das Papier geworfen, mit einem ganz eigenartigen Farbensinn, ohne jeden künstlerischen Ehrgeiz. Zwei breite Fenster, die auf den Garten des Hotel Beauvilliers gingen, beleuchteten mit einem hellen Lichte diese bunte Reihe von Zeichnungen, welche an ein anderes Leben erinnerten, diesen Traum von einer antiken, in Staub zerfallenden Welt, welche diese Musterrisse mit ihren festen, mathematischen Linien wieder aufrichten zu wollen schienen, gleichsam gestützt von dem soliden Gerüste der modernen Wissenschaft. Und Saccard, nachdem er sich nützlich gemacht, verweilte mit jener lebhaften Rührigkeit, welche ihm die Zuneigung der Menschen gewann, vor den Plänen und Aquarellen, verlockt von denselben und immer wieder neue Erklärungen heischend. In seinem Kopfe keimte bereits ein großes Unternehmen.

Eines Morgens traf er Madame Caroline allein, vor dem kleinen Tische sitzend, aus welchem sie ihr Schreibpult gemacht hatte. Sie war zu Tode betrübt, ihre Hände ruhten unthätig auf den Papieren.

– Was wollen Sie? die Sache nimmt entschieden eine schlimme Wendung. Und doch gebricht es mir nicht an Muth. Aber Alles zugleich droht uns fehlzuschlagen; und was mich am meisten bekümmert, ist das Unvermögen, in welches das Unglück meinen armen Bruder stürzt, denn er ist nicht tapfer, nur bei der Arbeit stark ... Ich habe schon daran gedacht, wieder eine Stelle als Erzieherin anzunehmen, um ihm einigermaßen beistehen zu können. Ich habe gesucht, aber noch nichts gefunden ... Ich kann mich doch nicht als Haushälterin verdingen.

Niemals hatte Saccard sie dermaßen fassungslos, niedergeschlagen gesehen.

– Was Teufel! Sind Sie denn so weit?

Sie schüttelte den Kopf und sprach völlig verbittert von dem Leben, welches sie sonst – selbst in bösen Tagen – so tapfer hingenommen hatte. Und als Hamelin eben heimkehrte und von einem neuen Mißerfolg berichtete, rannen die hellen Zähren über ihre Wangen und sie sprach gar nichts mehr, die Fäuste auf den Tisch gestützt und ins Leere vor sich hinstarrend.

– Wenn man bedenkt, rief Hamelin, daß Millionen dort zu holen sind, wenn Jemand mir helfen wollte, sie zu gewinnen!

Saccard war vor einem Abriß stehen geblieben, welcher den Bau eines Pavillons inmitten von weitläufigen Magazinen darstellte.

– Was ist das? fragte er.

– Oh, das habe ich so zum Spaß gemacht, erklärte der Ingenieur. Es ist der Entwurf eines Wohnhauses für den Direktor der Gesellschaft, die ich geplant hatte; Sie wissen ja: der allgemeinen Packetschifffahrts-Gesellschaft, mit dem Sitze in Beyrut.

Er ward allmälig lebhafter und führte neue Einzelheiten an. Während seines Aufenthalts im Orient habe er konstatirt, wie mangelhaft der Transport-Dienst sei. Die in Marseille ansässigen wenigen Gesellschaften tödteten sich gegenseitig mit der Konkurrenz und besaßen kein genügendes und bequemes Schifffahrts-Material. Eine seiner ersten Ideen, gleichsam die Grundlage des Ganzen seiner Unternehmungen, war, für diese Gesellschaften ein Syndikat ins Leben zu rufen, sie zu einer einzigen großen Unternehmung zu vereinigen, welche, mit einem Kapital von Millionen ausgerüstet, das ganze mittelländische Meer befahren, sich auf demselben die Herrschaft sichern würde, indem sie Linien nach allen Häfen Afrika's, Spaniens, Italiens, Griechenlands, Egyptens, Asiens, bis zum schwarzen Meer hinunter, einrichten würde. Es war der Plan eines Organisators mit feiner Witterung, und zugleich eines guten Bürgers; es hieß: den Orient erobern und ihn Frankreich schenken; davon ganz zu schweigen, daß er in solcher Weise Syrien näher brachte, wo sich das weite Gebiet seiner Operationen erschließen sollte.

– Den Syndikaten gehört die Zukunft, murmelte Saccard. Das ist eine gewaltige Form der Assoziation! Drei oder vier kleine Unternehmungen, die vereinzelt nur vegetiren, erlangen durch die Vereinigung eine unwiderstehliche Lebenskraft und Wohlfahrt. Jawohl, der kommende Tag gehört den großen Kapitalien, den vereinigten Anstrengungen der großen Massen. Die ganze Industrie, der ganze Handel wird schließlich nichts Anderes sein, als ein einziger, ungeheurer Bazar, wo man sich mit Allem versorgen wird.

Er war jetzt vor einem Aquarell stehen geblieben, welches eine wilde Gebirgs-Landschaft darstellte, eine kahle Schlucht, verlegt durch hoch aufgethürmte Felsmassen und unwirthliches Gestrüpp.

– Das ist das Ende der Welt, bemerkte er; da scheint es kein Gedränge von Touristen zu geben.

– Es ist eine Schlucht im Carmelgebirge, antwortete Hamelin. Meine Schwester hat sie aufgenommen, als ich in jener Gegend meine Studien machte.

Und er fügte ruhig hinzu:

– Sehen Sie: zwischen den kreidehaltigen Kalkbergen und dem Porphyrgestein, welches die Kalklager emporgeschoben hat, gibt es am ganzen Bergabhang eine bedeutende Ader von schwefelhältigem Silbererz; jawohl, eine Silbermine, deren Ausbeutung nach meiner Berechnung riesige Erträgnisse sichern müßte.

– Eine Silbermine? wiederholte Saccard lebhaft.

Madame Caroline, deren Augen noch immer traurig ins Leere starrten, hatte zugehört; und als wäre plötzlich eine Vision heraufbeschworen worden, murmelte sie:

– Das Carmelgebirge! Ach, welche Wüste, welche Tage der Einsamkeit! Alles voll Myrten und Ginster; es riecht so gut, die laue Luft ist ganz würzig davon. Und man sieht immerwährend Adler sehr hoch kreisen. Und das viele Silber, das dort neben so vielem Elend begraben ist! Man möchte dort glückliche Menschenmassen sehen, Werkplätze, neu gegründete Städte, ein ganzes, durch die Arbeit neugeschaffenes Volk!

– Es wäre unschwer, eine Straße vom Carmel nach Saint-Jean-d'Acre herzustellen, fuhr Hamelin fort. Und ich glaube, daß auch Eisen leichter zu finden wäre, denn es ist in jenen Gebirgen sehr reichlich vorhanden. Ich habe auch eine neue Methode der Erzförderung entdeckt, bei welcher sehr bedeutende Ersparnisse zu erzielen wären. Alles ist bereit; es handelt sich nur mehr darum, die Kapitalien zu finden.

– Die Gesellschaft der Carmel-Silberminen! murmelte Saccard.

Doch die Blicke des Ingenieurs schweiften jetzt von einem Plan zum andern. Er war jetzt wieder von diesem Werke seines ganzen Lebens ergriffen, fieberhaft begeistert von dem Gedanken an die glänzende Zukunft, die dort schlummerte, während hier Noth und Elend ihn lahmlegten.

– Und dies sind nur die kleinen Geschäfte des Anfangs, fuhr er fort. Betrachten Sie diese Reihe von Plänen; das ist der große Zug, ein ganzes Netz von Eisenbahnen, welche Kleinasien durchziehen. Der Mangel an bequemen und raschen Verkehrsmitteln ist die vornehmlichste Ursache der Zurückgebliebenheit jener reichen Länder. Sie finden dort keine fahrbare Straße; Maulesel und Kameele vermitteln die Reisen und den Transport. Denken Sie sich, welche Umwälzung Eisenbahnen hervorrufen müßten, die bis an den Saum der Wüste reichen. Das wäre eine Verzehnfachung von Handel und Industrie, ein Sieg der Zivilisation, ein Erschließen des Orients für Europa. Wenn die Sache Sie interessirt, werden wir eingehender darüber sprechen. Und Sie werden sehen, Sie werden sehen!

Und er konnte sich nicht versagen, sogleich in Erklärungen einzugehen. Hauptsächlich während seiner Reise nach Konstantinopel hatte er die Trace seines Eisenbahn-Netzes studirt. Die große, die einzige Schwierigkeit lag in der Ueberwindung des Taurusgebirges; aber er hatte die verschiedenen Bergjoche untersucht und er behauptete, es sei möglich, eine direkte und verhältnißmäßig nicht kostspielige Linie herzustellen. Er dachte übrigens nicht daran, das ganze Netz auf einmal zu bauen. Wird man erst vom Sultan die vollständige Konzession erhalten haben, so wird es sich vernünftigerweise empfehlen, zunächst die Hauptlinie, von Brussa nach Beyrut, über Angora und Aleppo zu bauen. Später kann man daran denken, die Zweiglinien von Smyrna nach Angora, von Trapezunt nach Angora und von Erzerum nach Sivas zu bauen.

– Und noch später ... fuhr er fort.

Doch er vollendete den Satz nicht; er begnügte sich zu lächeln und wagte nicht zu sagen, wie weit er in der Kühnheit seiner Projekte gegangen sei. Das war eben sein Traum.

– Ach, die Ebenen am Fuße des Taurus, hub jetzt Madame Caroline mit ihrer langsamen Stimme einer wachenden Träumerin wieder an; welch' ein herrliches Paradies! Es genügt die Erde zu kratzen, damit üppige Ernten hervorschießen. Die Obstbäume, die Pfirsich-, Kirschen-, Feigen-, Mandelbäume brechen unter der Last ihrer Früchte schier zusammen. Ganze Felder mit Oliven- und Maulbeerbäumen; man glaubt große Wälder zu sehen! Und welche natürliche, leichte Existenz in dieser leichten, stets blauen Luft.

Saccard lachte; es war jenes schrille, gierige Lachen, welches er hören ließ, wenn er irgendwo ein Vermögen witterte. Und als Hamelin noch von anderen Entwürfen sprach, namentlich von der Gründung einer Bank in Konstantinopel, wobei er ein Wort von den allmächtigen Verbindungen einfließen ließ, die er daselbst, vornehmlich in der Umgebung des Großveziers, zurückgelassen, unterbrach er ihn, indem er heiter ausrief:

– Aber das ist ja ein wahres Schlaraffenland! Da wird ja was zu holen sein!

Dann legte er vertraulich beide Hände auf die Schultern der noch immer sitzenden Madame Caroline und fügte hinzu:

– Verzweifeln Sie nicht, Madame! Ich liebe Sie sehr und Sie werden sehen, daß ich mit Ihrem Bruder zusammen etwas schaffen werde, was für uns alle sehr gut sein wird. Nur Geduld!

Während des Monats, der nun folgte, verschaffte Saccard dem Ingenieur abermals einige kleine Arbeiten; und wenn er von den großen Geschäften nicht mehr sprach, so mußte er umso mehr darüber nachdenken, unablässig, davon völlig eingenommen, zögernd angesichts der erdrückenden Größe dieser Unternehmungen. Doch was die noch neuen Bande ihrer Vertraulichkeit enger knüpfte, das war die schlichte und natürliche Art, in welcher Madame Caroline sich mit seinem Hauswesen eines allein stehenden Mannes beschäftigte, der von überflüssigen Kosten erdrückt und umso schlechter bedient wird, als er zu viel Diener hat. Außerhalb des Hauses so tüchtig, geradezu berüchtigt wegen seiner starken, in dem Durcheinander der großen Diebstähle so geschickten Hand, ließ er in seinem Hause Alles darunter und darüber gehen, unbekümmert um die erschreckende Mißwirthschaft, die seine Ausgaben verdreifachte; die Abwesenheit einer Frau machte sich sehr empfindlich fühlbar, bis in die kleinsten Dinge. Als Madame Caroline merkte, wie Saccard ausgeplündert wurde, gab sie ihm anfänglich Rathschläge und schließlich griff sie selbst ein, so daß sie ihm zu wiederholten Malen ansehnliche Ersparungen sicherte. Eines Tages machte er ihr lachend den Vorschlag, seine Hauswirthin zu werden. Warum auch nicht? Sie hatte einen Platz als Erzieherin gesucht; sie konnte wohl eine solche ehrbare Stelle annehmen, welche ihr gestatten würde, Besseres abzuwarten. Dieses im Scherz gemachte Anerbieten wurde schließlich ernst. Bot sich ihr doch die Möglichkeit, ihrem Bruder mit den dreihundert Francs beizustehen, welche ihr Saccard monatlich geben wollte. Sie nahm denn den Vorschlag an. In acht Tagen hatte sie das Haus umgestaltet; sie entließ den Küchenchef und dessen Weib und nahm nur eine Köchin, welche mit dem Kammerdiener und dem Kutscher für den Dienst des Hauses genügen mußte. Sie behielt nur ein Pferd und einen Wagen, dehnte ihre Wachsamkeit auf Alles aus, prüfte die Rechnungen mit einer solchen Sorgfalt, daß sie nach Verlauf von zwei Wochen die Kosten auf die Hälfte vermindern konnte. Er war entzückt und sagte scherzend, daß jetzt er *sie* betrüge und daß sie einen Perzentual-Antheil an allen Ersparungen, die sie erzielte, hätte verlangen sollen.

Und nun begann ein sehr enges Beisammenleben. Saccard war auf den Einfall gekommen, die Riegel zu entfernen, welche die Verbindungsthür zwischen den beiden Wohnungen verschlossen hielten, und nun konnte man mittelst der inneren Treppe ganz frei aus dem einen Speisesaal zu dem andern hinaufsteigen; so daß Madame Caroline, während ihr Bruder vom Morgen bis zum Abend damit beschäftigt war, seine aus dem Orient mitgebrachten Papiere zu ordnen, ihr eigenes Hauswesen der einzigen Magd überlassen konnte, welche sie bediente, und jede Stunde des Tages hinabging, um Befehle zu ertheilen, wie zuhause. Und das war die Freude Saccards geworden: das fortwährende Erscheinen dieser großen, schönen Frau, welche durch die Zimmer schritt, mit ihrem festen, stolzen Gang und mit der immer wieder neuen Heiterkeit ihrer weißen Haare, die ihr jugendliches Antlitz einrahmten. Sie war wieder sehr fröhlich; sie hatte ihren Lebensmuth wiedergefunden, seitdem sie fühlte, daß sie wieder zu etwas nutze sei, daß sie, stets auf den Beinen, ihre Zeit ausfülle. Ohne durch Einfachheit auffallen zu wollen, trug sie stets nur ein schwarzes Kleid, in dessen Tasche man ihren Schlüsselbund klirren hörte. Und es machte ihr Spaß, daß sie, die Gelehrte, die Philosophin, nur mehr eine gute Hauswirthin sei, die Führerin eines Verschwenders, den sie allmälig liebgewann, wie man ausgelassene Kinder liebgewinnt. Er war einen Augenblick stark verlockt und indem er berechnete, daß es Alles in Allem zwischen ihnen nur einen Unterschied von vierzehn Jahren gab, fragte er sich, was geschehen würde, wenn er sie eines Abends in seine Arme nähme? War es denkbar, daß sie seit zehn Jahren, seit der nothgedrungenen Flucht von ihrem Gatten, von dem sie ebenso viele Prügel wie Liebkosungen bekommen, als Amazone auf Reisen, ohne Mann gelebt habe? Vielleicht hatten die Reisen sie davor beschützt. Indeß war ihm bekannt, daß ein Freund ihres Bruders, ein Herr Beaudoin, Kaufmann in Beyrut, dessen Rückkehr nach Frankreich bevorstand, sie sehr geliebt hatte und nur auf den Tod ihres Gatten wartete, um sie zu heirathen. Ihr Gatte aber war wegen Säuferwahnsinns in ein Tollhaus gebracht worden. Diese Heirath würde nur eine sehr entschuldbare, fast legitime Situation geregelt haben. Da sie nun Einen gehabt, warum sollte sie nicht auch einen Zweiten haben? Doch Saccard blieb bei dieser Erwägung; er fand sie so gutmüthig und zutraulich, daß bei ihr oft das Weib verschwand. Wenn er sie mit ihrer wunderbaren Gestalt vorübergehen sah und sich fragte, was geschehen würde, wenn er sie in seine Arme nähme, da antwortete er sich, daß sehr gewöhnliche, vielleicht langweilige Dinge geschehen würden. Und er verschob den Versuch auf später und schüttelte ihr kräftig die Hände, glücklich ob ihrer Zutraulichkeit.

Dann verfiel Madame Caroline plötzlich wieder einem großen Kummer. Eines Morgens kam sie niedergeschlagen, sehr bleich und mit gerötheten Augen herunter. Er konnte nichts von ihr erfahren und mußte aufhören sie zu fragen, weil er keine andere Antwort erhielt, als daß ihr nichts fehle und daß sie nur so sei wie sonst alle Tage. Erst am folgenden Tage begriff er, als er oben eine Karte fand, welche die Heirath des Herrn Beaudoin mit der Tochter eines englischen Konsuls, einem sehr jungen, unermeßlich reichen Mädchen anzeigte. Der Schlag mußte umso härter gewesen sein, als die Nachricht durch diesen banalen Brief eingetroffen war, ohne jede Vorbereitung, selbst ohne ein Lebewohl. Es war dies ein Zusammenbruch in dem Leben der unglücklichen Frau, die Vernichtung einer fernen Hoffnung, an welche sie sich in den Stunden des Unglücks geklammert hatte. Und wie der Zufall manchmal furchtbar grausam ist, hatte sie eben vor zwei Tagen erfahren, daß ihr Mann mit dem Tode abgegangen war, so daß sie endlich, achtundvierzig Stunden hindurch, an die nahe Verwirklichung ihres Traumes glauben durfte. Ihr ganzes Leben sank in Trümmer; sie war im Innersten erschüttert. Und an demselben Abend harrte ihrer noch ein anderer, betäubender Schlag; als sie, bevor sie hinauf ging schlafen, ihrer Gewohnheit gemäß einen Augenblick bei Saccard eintrat, um die Aufträge des nächsten Tages zu besprechen, redete er mit ihr von ihrem Unglück, in so sanftem Tone, daß sie in Thränen ausbrach; dann, in dieser unbezwinglichen Rührung, in einer Art Lähmung ihres Willens sah sie sich plötzlich in seinen Armen und sie gehörte ihm an, ohne daß er oder sie eine Freude daran hatte. Als sie wieder zum Bewußtsein kam, fühlte sie keine Empörung, aber ihre Traurigkeit war unendlich größer geworden. Warum hatte sie diese Sache geschehen lassen? Sie liebte diesen Mann nicht und auch er liebte sie wohl nicht. Nicht als ob sie ihn wegen seines Alters, oder wegen seines Gesichtes der Liebe unwerth gefunden hätte; obgleich im Alter vorgeschritten und der Schönheit entbehrend interessirte er sie durch die Beweglichkeit seiner Züge, durch die Rührigkeit seiner ganzen kleinen, schwarzen Person; und obgleich sie es noch nicht wußte, war sie geneigt ihn für dienstwillig zu halten, mit einer höheren Intelligenz begabt und sehr wohl fähig die großen Unternehmungen ihres Bruders zu verwirklichen, mit der durchschnittlichen Rechtschaffenheit aller Welt. Allein, welch' ein alberner Sturz! Sie, so klug, durch harte Erfahrungen so gewitzigt, so sehr Herrin ihrer selbst, soll in solcher Weise unterlegen sein, ohne zu wissen wie und warum, in einem Thränenausbruch, wie eine sentimentale Grisette! Das Schlimmste war, daß sie merkte, auch er sei ob des Abenteuers erstaunt, fast verdrossen, wie sie selbst. Als er, um sie zu trösten, ihr von Herrn Beaudoin sprach, wie von einem ehemaligen Liebhaber, dessen niedriger Verrath nur des Vergessens werth war, und als sie in großer Aufregung ihm schwor, daß Jener nicht ihr Liebhaber gewesen und daß zwischen ihnen nichts geschehen sei, glaubte er anfänglich, daß sie in einer Regung von Frauenstolz die Unwahrheit rede; allein sie kam auf diesen Schwur mit so viel Nachdruck zurück und ihre Augen waren dabei so schön und so freimüthig, daß er schließlich von der Wahrheit dieser Geschichte überzeugt war; daß sie in ihrer Rechtschaffenheit und Würde sich für den Hochzeitstag aufsparte und daß der Mann zwei Jahre gewartet und dann des Wartens überdrüssig die verlockende Gelegenheit benützt und eine Andere, eine Junge und Reiche geheirathet habe. Und das Seltsame war, daß diese Entdeckung, diese Ueberzeugung, welche in Saccard eine Leidenschaft hätte erregen müssen, ihn im Gegentheil mit einer gewissen Verlegenheit erfüllte, so sehr begriff er das Thöricht-Fatale seines Liebesabenteuers. Uebrigens thaten sie es nicht wieder, da Keines von Beiden Verlangen darnach zu haben schien.

Zwei Wochen verharrte Madame Caroline in dieser furchtbaren Traurigkeit. Die Kraft zu leben, dieser Impuls, der aus dem Leben eine Nothwendigkeit und eine

Freude macht, hatte sie verlassen. Sie versah ihre mannigfachen Beschäftigungen, aber gleichsam geistesabwesend, ohne sich durch Sinn und Interesse der Dinge einen Wahn vortäuschen zu lassen. Es war die menschliche Maschine, die da arbeitete in ihrer Verzweiflung ob der Nichtigkeit aller Dinge. Und inmitten dieses Schiffbruches ihrer Tapferkeit und ihres Frohsinns hatte sie nur eine Zerstreuung, welche darin bestand, daß sie alle ihre freien Stunden am Fenster des großen Arbeits-Kabinets zubrachte, die Augen starr auf den Garten des benachbarten Hôtel Beauvilliers gerichtet, wo – wie sie seit den ersten Tagen ihrer Niederlassung in diesem Hause vermuthete – eine Armuth, ein Elend hausen mußte, ergreifend in seinem Bestreben den Schein zu wahren. Auch dort gab es Wesen, welche litten; und ihr Kummer war gleichsam benetzt von jenen Thränen, sie war sterbenstraurig und glaubte sich schier unempfindlich und todt in dem Leid um jene Anderen.

Diese Beauvilliers, die ehemals nebst ihren riesigen Landgütern in der Touraine und im Anjou ein prachtvolles Hôtel in der Rue de Grenelle besaßen, hatten jetzt nichts mehr in Paris als dieses ehemalige Lusthaus, welches am Beginn des vorigen Jahrhunderts außerhalb der Stadt erbaut, heute zwischen den alten, schwarzen Häusern der Rue Saint-Lazare eingekeilt stand. Die wenigen schönen Bäume des Gartens blieben da wie in der Tiefe eines Brunnens, das Moos umwucherte die geborstenen und verwitterten Treppenstufen des Perrons. Es war gleichsam ein Stück Natur in Gefangenschaft gesetzt, ein mildes und zugleich düsteres Stück Natur von stummer Trostlosigkeit, wohin die Sonne nur als ein grünliches Licht eindrang, dessen Schauer Einem über die Schultern rieselte. Und die erste Person, welche Madame Caroline in dieser kellerfeuchten Stille erblickte, war die Gräfin von Beauvilliers, eine große, magere Frau von sechszig Jahren, ganz weiß, mit einem sehr vornehmen, ein wenig überalten Antlitz. Mit ihrer großen, geraden Nase, ihren dünnen Lippen, ihrem eigenartig langen Halse glich sie einem sehr alten Schwan von trostloser Sanftmuth. Hinter ihr war sogleich auch ihre Tochter sichtbar geworden, Alice von Beauvilliers, fünfundzwanzig Jahre alt, aber dermaßen verkümmert, daß man sie für ein Kind gehalten hätte, wären nicht der verdorbene Teint und die schon in die Länge gezogenen Gesichtszüge gewesen. Sie war das Ebenbild der Mutter, aber verkümmert, ohne die aristokratische Vornehmheit, nur mehr den erbarmungswürdigen Reiz eines zu Ende gehenden großen Geschlechts aufweisend. Die beiden Frauen lebten allein, seitdem der Sohn, Ferdinand von Beauvilliers, nach der von Lamoricière verlorenen Schlacht bei Castelfidardo, bei den päpstlichen Zuaven Dienste genommen hatte. Wenn es nicht regnete, erschienen sie täglich so, Eine hinter der Anderen, stiegen den Perron herab, machten einen Spaziergang rings um den schmalen Rasenplatz in der Mitte, ohne ein Wort zu wechseln. Es gab da keine andere Gartenzier, als den

Saum von Epheu; Blumen würden nicht gediehen sein, oder zu viel Kosten verursacht haben. Und dieser langsame Spaziergang, ohne Zweifel aus Gründen der Gesundheit unternommen von diesen so bleichen zwei Frauen, unter den hundertjährigen Bäumen, welche so viele Feste gesehen hatten und jetzt von den benachbarten Bürgerhäusern gleichsam erdrückt wurden, – dieser langsame Spaziergang war von einer schmerzlichen Melancholie, als hätten die beiden Frauen die Trauer um viele todte Dinge von einst spazieren geführt.

Theilnahmsvoll, von einer zarten Sympathie erfüllt und ohne boshafte Neugierde beobachtete Madame Caroline fortan die beiden Nachbarinnen; und über den Garten hinweg drang sie allmälig in ihr Leben ein, welches die Damen in ihrer nach der Straße gelegenen Wohnung mit eifersüchtiger Sorgfalt zu verbergen trachteten. Noch stand ein Pferd im Stall und ein Wagen unter der Remise, in Stand gehalten von einem alten Diener, der Kammerdiener, Kutscher und Hausmeister zugleich war. Auch eine Köchin war da, die zugleich als Kammerfrau diente. Doch wenn dieser korrekt bespannte Wagen durch das Hauptthor vorfuhr, um die Damen zu ihren verschiedenen Besorgungen zu führen, wenn bei den Diners, die man jede zweite Woche einmal einigen Freunden gab, die Tafel noch einigen Luxus zeigte: welche lange Fasten, welche schmutzige Knauserei, jede Stunde geübt, waren nothwendig, um diesen Schein von Reichthum aufrecht zu erhalten! In einer kleinen, den Augen verborgenen Kammer gab es ein ewiges Waschen, um die Rechnung der Wäscherin herabzumindern; armseliges Linnen, immer wieder von Neuem ausgebessert, von der Seife völlig abgenützt, ward dort gereinigt. Zum Abendessen begnügte man sich mit einigem Gemüse; das Brod ließ man auf einem Brett hart werden, um weniger davon zu essen. Und noch andere Kniffe eines geizigen Haushaltes, kleinlich und rührend zugleich der alte Kutscher besserte die löcherigen Stiefelchen des Fräuleins aus; die Köchin schwärzte mit Tinte die abgenützten Fingerspitzen der Handschuhe der gnädigen Frau. Die Kleider der Mutter wurden durch spitzfindige Umgestaltungen für die Tochter zurecht gemacht. Die Hüte mußten Jahre lang dauern, man änderte nur die Federn und Bänder. Wenn keine Gäste erwartet wurden, waren die Empfangs-Salons im Erdgeschosse sorgfältig geschlossen, ebenso die großen Gemächer im ersten Stockwerk. Denn die Frauen bewohnten in diesem ganzen großen Hause nur ein enges Zimmer, welches ihnen als Speisezimmer und als Boudoir zugleich diente. Wenn das Fenster geöffnet ward, konnte man die Gräfin mit dem Ausbessern ihres Weißzeuges beschäftigt sehen, gleich einer kleinen, armen Bürgersfrau; während ihre Tochter, zwischen Piano und Malkasten sitzend, Strümpfe und Handschützer für die Mutter strickte. An einem Tage, da es ein Unwetter gab, sah man beide im Garten, bemüht den Kies zu sammeln, welchen der heftige Regen wegzuschwemmen drohte.

Madame Caroline kannte jetzt ihre Geschichte. Die Gräfin von Beauvilliers hatte viel gelitten durch ihren Gatten, der ein Wüstling war und über welchen sie sich niemals beklagt hatte. Eines Abends hatte man ihn ihr nach Vendôme gebracht, röchelnd, mit einem Schuß im Leibe. Man sprach von einem Jagdunfall; irgend ein eifersüchtiger Forstheger, dem er das Weib oder die Tochter verführt, hatte ihn meuchlings niedergeschossen. Das Schlimmste war, daß mit ihm auch das ehemals riesige Vermögen der Beauvilliers zunichte ward, das in ausgedehnten Ländereien, in wahrhaft königlichen Gütern bestanden, jenes Vermögen, welches die Revolution schon vermindert angetroffen und welches sein Vater und er vollends aufgezehrt hatten. Von diesen großen Gütern war eine einzige Farm übrig geblieben, les Aublets mit Namen, einige Meilen von Vendôme entfernt, welche eine Jahresrente von ungefähr fünfzehntausend Francs abwarf und die einzige Hilfsquelle der Wittwe und ihrer zwei Kinder war. Das Hôtel in der Rue de Grenelle war längst verkauft, dasjenige in der Rue Saint-Lazare so sehr mit Schulden belastet, daß es den größeren Theil der fünfzehntausend Francs aufzehrte und gleichfalls verkauft zu werden drohte, wenn man nicht die Interessen bezahlte. Und es blieben nur sechs- bis siebentausend Francs für den Unterhalt von vier Personen, für diesen Haushalt einer adeligen Familie, die nicht entsagen wollte. Acht Jahre waren verflossen, seitdem die Gräfin als Wittwe zurückgeblieben, mit einem Sohn von zwanzig Jahren und einer Tochter von siebzehn Jahren, inmitten des Zusammenbruchs ihres Hauses. Sie blieb ungebeugt in ihrem Adelsstolze und schwor, lieber von Brod und Wasser zu leben, als von ihrem Range herabzusinken. Fortan hatte sie nur den einen Gedanken, sich auf der Höhe ihres Ranges zu erhalten, ihre Tochter mit einem Manne von gleichem Adel zu verheirathen, aus ihrem Sohn einen Soldaten zu machen. Ferdinand hatte ihr anfänglich schwere Sorgen bereitet durch verschiedene Jugendstreiche und durch Schulden, welche bezahlt werden mußten. Doch als sie in einer feierlichen Unterredung ihn über ihre Lage aufklärte, begann er ein ernsteres Leben, da er im Grunde gut geartet war, nur müßig und zu nichts tauglich, in der modernen Gesellschaft keinerlei Beschäftigung findend. Jetzt, als päpstlicher Soldat, war er für sie noch immer die Ursache geheimer Sorge, denn er war von zarter Gesundheit trotz seiner stolzen äußeren Erscheinung, blutarm und schwach, was das römische Klima für ihn gefährlich machte. Was die Heirath ihrer Tochter Alice betraf, so verzögerte sich dieselbe dermaßen, daß die arme, betrübte Mutter viele Thränen vergoß, wenn sie das Mädchen betrachtete, das schon alterte und bei dem langen Warten hinwelkte. Trotz ihres unbedeutenden und melancholischen Aussehens war Alice ein kluges Mädchen, voll Sehnsucht nach dem Leben, nach einem liebenden Manne, nach dem Glück. Allein, da sie das Haus nicht noch trüber machen wollte, that sie, als hätte sie auf Alles verzichtet, scherzte über die Heirath und sagte, sie habe den Beruf eine alte Jungfer zu werden. Des Nachts aber schluchzte sie auf ihrem Kopfkissen und glaubte in ihrem Leid über ihr Alleinsein vergehen zu müssen. Durch ihre Wunderthaten an Geiz war es der Gräfin gelungen zwanzigtausend Francs – die ganze Mitgift Alicens – zurückzulegen; ebenso hatte sie aus dem Schiffbruche einige Juwelen gerettet, ein Armband, Ringe, Ohrgehänge, welche man allesammt auf etwa zehntausend Francs schätzen konnte; es war eine recht magere Mitgift und Ausstattung, kaum genug, um die unmittelbaren Ausgaben zu decken, wenn der erwartete Freier sich eines Tages einstellte. Und doch wollte sie nicht verzweifeln; sie kämpfte weiter, gab kein einziges Vorrecht ihrer Geburt auf, hielt sich immer auf gleicher Höhe, im äußeren Scheine des Reichthums, war unfähig zu Fuße auszugehen, oder an einem Empfangsabend ein Zwischengericht von der Speisenfolge zu streichen. Dagegen kargte sie im Geheimen, verurtheilte sich Wochen lang zu Kartoffeln ohne Butter, um der ewig ungenügenden Mitgift ihrer Tochter fünfzig Francs hinzuzufügen. Es war ein von Tag zu Tag geübter, schmerzlicher und kindischer Heroismus, während mit jedem Tage das Haus ein wenig mehr über ihrem Haupte einstürzte.

Doch hatte Madame Caroline bisher noch keine Gelegenheit mit der Gräfin und ihrer Tochter zu sprechen. Sie erfuhr schließlich die intimsten Einzelheiten ihres Lebens, diejenigen, welche sie vor der ganzen Welt zu verbergen glaubten und es hatte bisher zwischen ihnen nichts als einen Austausch von Blicken gegeben, von jenen Blicken, welche sich in einem plötzlichen Gefühl der Sympathie umwenden. Die Fürstin von Orviedo sollte sie einander näher bringen. Sie war auf den Gedanken gekommen, für die Arbeits-Stiftung eine Art Ueberwachungs-Kommission, aus zehn Damen bestehend, einzusetzen. Diese Damen versammelten sich zweimal des Monats und beaufsichtigten den gesammten Dienst in der Anstalt. Da sie es sich selbst vorbehalten hatte diese Damen auszuwählen, ernannte sie als eine der Ersten Frau von Beauvilliers, die ehemals ihre vertraute Freundin gewesen und jetzt, nachdem sie sich von der Gesellschaft zurückgezogen hatte, bloß ihre Nachbarin war. Und als eines Tages die Kommission ihren Sekretär verlor, empfahl Saccard, der die oberste Leitung der Anstalt hatte, Madame Caroline als einen mustergiltigen Sekretär, wie man einen besseren nirgends finden konnte. In Wirklichkeit war das Amt ein ziemlich schwieriges; es gab viel Schreibereien und auch materielle Besorgungen, welche den Damen ein wenig widerstrebten. Madame Caroline aber hatte sich sofort als eine bewunderungswürdige Hausverwalterin entpuppt, welche durch ihre unbefriedigte Mutterschaft, durch ihre verzweifelte Liebe zu den Kindern zu einer sehr rührigen Zärtlichkeit für alle armen Wesen entflammt wurde, die man aus der Pariser Gosse aufzulesen suchte. In der letzten Sitzung der Kommission war sie der Gräfin von Beauvilliers begegnet; allein diese hatte sie nur etwas kühl gegrüßt; denn sie verheimlichte ihre Armuth und hatte das Gefühl, in dieser Frau eine Zeugin ihres Elends vor sich zu haben. Seither grüßten sich die beiden Frauen jedesmal, wenn ihre Augen sich begegneten und es gar zu unhöflich gewesen wäre so zu thun, als kennten sie einander nicht.

Eines Tages, als Hamelin im großen Kabinet damit beschäftigt war, nach neuen Berechnungen einen Plan richtig zu stellen und Saccard neben ihm stehend dieser Arbeit folgte, schaute Madame Caroline, wie es ihre Gewohnheit war, zum Fenster hinaus und sah die Gräfin und ihre Tochter sich im Garten beschäftigen. Sie hatten an jenem Morgen solche Pantoffel an den Füßen, welche eine Lumpensammlerin auf der Straße verschmäht haben würde.

– Ach, die armen Frauen, murmelte sie, wie schrecklich muß ihnen diese Luxus-Komödie sein, welche sie spielen zu müssen glauben!

Und sie trat zurück und verbarg sich hinter dem Vorhang, aus Furcht, daß die Mutter sie erblicken und durch den Gedanken, daß sie bespäht werde, noch mehr leiden könnte. Seit den drei Wochen, daß sie sich jeden Morgen an diesem Fenster vergaß, war es auch in ihrem Innern ruhiger geworden, der große Kummer ob ihrer Verlassenheit schlummerte ein; es schien, als würde der Anblick des Unglücks Anderer ihr Muth verleihen das eigene zu tragen, diesen Zusammenbruch, bei welchem sie ihr ganzes Leben zertrümmert zu sehen glaubte. Zu ihrer großen Ueberraschung hörte sie sich wieder lachen.

Noch einmal folgte sie mit tief nachdenklicher Miene den beiden Frauen in ihrem von Moos und Unkraut überwucherten Garten. Dann wandte sie sich zu Saccard und fragte in lebhaftem Tone:

– Sagen Sie mir, warum kann ich nicht traurig sein? Nein, die Traurigkeit will bei mir nicht anhalten, was immer mir auch widerfährt ... Ist's Egoismus? Wahrhaftig, ich glaube es nicht. Es wäre zu häßlich; übrigens, wenn ich auch heiter bin, es zerreißt mir doch das Herz, wenn ich den geringsten Kummer sehe. Erklären Sie dies, wenn Sie können: ich bin heiter und würde wegen aller Unglücklichen weinen, die da vorübergehen, wenn ich mich nicht zurückhielte, weil ich begreife, daß ein Stückchen Brod ihnen mehr nützen würde, als meine überflüssigen Thränen. Indem sie dies sagte, ließ sie ihr helles, tapferes Lachen vernehmen, als eine wackere Frau, welche eine gute Handlung dem geschwätzigen Mitleid vorzog.

– Und doch weiß Gott, fuhr sie fort, daß ich Ursache hatte, an Allem zu verzweifeln. Ach, ich war bisher vom Glücke nicht verhätschelt! In der Hölle, in die ich durch meine Heirath gerathen war und in der ich beschimpft und mißhandelt wurde, glaubte ich, es bliebe mir nichts Anderes übrig, als mich ins Wasser zu werfen. Ich habe mich nicht ins Wasser geworfen, bin vielmehr hoffnungsfreudig mit meinem Bruder nach dem Orient gegangen. Und als wir nach Paris zurückgekehrt waren und Alles fehlzuschlagen schien, hatte ich furchtbare Nächte, in welchen ich uns über unseren schönen Plänen Hungers sterben sah. Wir sind nicht gestorben, ich begann wieder von riesigen, glücklichen Dingen zu träumen, über welche ich lachte, wenn ich allein war ... Und neulich, als jener furchtbare Schlag mich heimsuchte, von welchem ich noch nicht zu reden wage, ward mein Herz gleichsam entwurzelt; jawohl, ich habe positiv gefühlt, daß es nicht mehr schlug; ich glaubte, es wäre todt und ich selbst wäre todt, vernichtet. Und dann – nichts von alldem; ich bin da und lebe wieder; heute lache ich, morgen werde ich hoffen und leben wollen, immer leben ... Ist es nicht merkwürdig, daß man nicht lange traurig sein kann?

Saccard, der nun ebenfalls lachte, zuckte mit den Schultern.

– Bah, Sie sind so wie alle Welt. Das ist das Leben.

– Glauben Sie? rief sie erstaunt. Mich dünkt, es gibt traurige Leute, die niemals heiter sind, die sich das Leben so schwarz ausmalen, daß sie es sich unmöglich machen ... Oh, nicht als ob ich mich Täuschungen über die Lieblichkeit und Schönheit desselben hingäbe! Es war für mich zu hart, ich habe es zu sehr in der Nähe gesehen, überall und ganz frei. Das Leben ist abscheulich, wenn es nicht unwürdig ist. Aber was wollen Sie? ich liebe es. Warum? Ich weiß es nicht. Es mag Alles um mich her versinken, in Trümmer gehen: mich findet man am nächsten Tage auf den Ruinen heiter und vertrauensvoll. Ich habe oft gedacht, daß mein Fall im Kleinen derjenige der Menschheit ist, die allerdings in einem furchtbaren Elend lebt, die aber durch die Jugend jeder Generation neu gekräftigt und neu aufgerichtet wird. Nach jeder Krise, die mich zu Boden wirft, kommt gleichsam eine neue Jugend, ein Frühling, dessen Glücksverheißungen mich erwärmen und mir das Herz erheben. Das ist so sehr wahr, daß ich, wenn ich nach einem schweren Kummer die sonnenhelle Straße betrete, sogleich wieder zu lieben, zu hoffen, glücklich zu sein beginne. Und das Alter hat keine Macht über mich; ich bin so naiv zu altern, ohne es zu merken ... Sehen Sie: für eine Frau habe ich zu viel gelesen; ich weiß nicht mehr, wohin ich gehe; übrigens weiß es ja auch diese große Welt nicht. Aber – und dies ist unwillkürlich – mich dünkt, daß ich gehe und daß wir alle gehen nach einem Ziel, das überaus lieblich und heiter ist.

So schloß sie, wenngleich tief ergriffen, in scherzhaftem Tone, weil sie ihre Rührung und ihre Hoffnungsfreudigkeit verbergen wollte; während ihr Bruder, welcher aufgeblickt hatte, sie mit dankbarer Anbetung betrachtete.

– Oh, Du bist für die Katastrophen geschaffen, Du bist die Liebe zum Leben! erklärte er.

In diesen täglichen Vormittagsplaudereien hatte allmälig ein gewisses Fieber sich entwickelt; und wenn Madame Caroline zu diesem natürlichen Frohsinn zurückkehrte, welcher gleichsam in ihrer Gesundheit lag, so kam dies von dem Muthe, welchen Saccard mit seiner eifrigen Geschäfts-Thätigkeit ihnen einflößte. Es war nunmehr so gut wie beschlossen: man wollte die in der berühmten Mappe verwahrten Pläne ausbeuten. Bei dem hellen Klang seiner schneidigen Stimme belebte sich Alles, nahm Alles übertriebene Maße an. Zunächst nahm man das mittelländische Meer in Beschlag; man eroberte dasselbe durch die allgemeine Packetschifffahrts-Gesellschaft; Saccard zählte die Häfen aller Uferländer auf, wo man Stationen errichten wollte und er mengte in seine Begeisterung eines Agioteurs halbverwischte klassische Erinnerungen; er feierte dieses Meer, das einzige, welches die alte Welt gekannt, dieses blaue Meer, an welchem ringsum die Zivilisation geblüht hat, dessen Fluthen die alten Städte bespült haben: Athen, Rom, Tyrus, Alexandrien, Carthago, Marseille, alle jene, welche Europa ausmachten. Dann, nachdem man sich dieser mächtigen Straße des Orients versichert hatte, machte man in Syrien den Anfang mit einem kleinen Geschäfts-Unternehmen: mit der Gesellschaft zur Ausbeutung der Carmel-Silberminen, bei welchem im Vorübergehen nur einige Millionen zu gewinnen waren, welches aber ein vorzüglicher Anfang war; denn die Idee einer Silbermine, wo man das Silber in der Erde findet und nur aufzuschaufeln braucht, wurde vom Publikum stets leidenschaftlich aufgegriffen, besonders wenn man sich als Aushängschildes eines so wunderbaren und klangvollen Namens bedienen konnte, wie das Carmelgebirge war. Es gab dort auch Kohlenlager; die Kohle lag fast zutage und sie war gleich Gold zu schätzen, wenn das Land sich erst mit Fabriken bedeckte; die anderen kleinen Unternehmungen ungerechnet, welche gleichsam als Zwischenakte dienen sollten: Bankgründungen, Syndikate für blühende Industrieen, eine Ausbeute der großen Forste des Libanon, deren Riesenbäume an Ort und Stelle verfaulen, weil es an Straßen mangelt. Endlich kam er auf das Hauptgeschäft zu sprechen, auf die Gesellschaft der Orient-Eisenbahnen; und darüber verlor er sich in den wahnwitzigsten Plänen, denn dieses Netz von Schienenwegen, welches ganz Kleinasien von einem Ende bis zum andern umfangen sollte, war für ihn die große Spekulation, das Leben im Bannkreise des Geldes; mit einem Schlage ergriff er Besitz von dieser alten Welt wie von einer neuen, noch unberührten Beute von unberechenbarem Reichthum, welcher bisher unter der Unwissenheit und dem Schmutz der Jahrhunderte begraben gelegen. Er witterte diesen Schatz und wieherte auf wie ein Pferd bei dem Pulverdampf der Schlacht.

Madame Caroline, sonst mit einem sehr besonnenen, gesunden Verstande begabt und den allzukühnen Wahnvorstellungen abhold, ließ sich diesesmal von Saccard's Begeisterung fortreißen und merkte nicht die Uebertreibungen desselben. In Wahrheit schmeichelte diese Sache ihrer Vorliebe für den Orient, ihrer Sehnsucht nach jenem Wunderlande, wo sie so glücklich gewesen; und ohne Berechnung, einer logischen Rückwirkung folgend war sie es, deren farbenreiche Schilderungen und überschwängliche Berichte das Unternehmungsfieber Saccard's noch aufstachelten. Wenn sie von Beyrut sprach, wo sie drei Jahre gewohnt hatte, ward sie der Lobpreisungen nicht müde: Beyrut, am Fuße des Libanon, auf einer Landzunge erbaut zwischen einem Strande mit rothem Sand und wild zerklüfteten Felsen, Beyrut mit seinen amphitheatralisch gebauten Häusern inmitten großer Gärten, ein köstliches Paradies mit Palmen, Orangen- und Zitronenbäumen bepflanzt. Dann kamen alle anderen Küstenstädte an die Reihe; im Norden Antiochia, in so tiefem Verfall nach seinem einstigen Glanze, im Süden Saida, das einstige Sidon, Saint-Jean-d'Acre, Jaffa und Tyrus, jetzt Sur, welches alle anderen aufwiegt, Tyrus, dessen Kaufherren Könige waren, dessen Seefahrer Afrika umschifft haben und welches heute, mit seinem versandeten Hafen, nur mehr ein Trümmerfeld ist, ein Schutthaufen von Palästen, wo sich einige ärmliche Fischerhütten erheben. Sie hatte ihren Bruder überallhin begleitet, sie kannte Aleppo, Angora, Brussa, Smyrna, selbst Trapezunt; sie hatte einen Monat in Jerusalem gelebt, das inmitten der Verehrung der heiligen Orte schlummert, dann zwei Monate in Damaskus, der Königin des Orients, im Mittelpunkte seiner ungeheuren Ebene, in der handeltreibenden und gewerbfleißigen Stadt, welche die Karavanen von Mekka und Bagdad zu einem volkreichen Mittelpunkte machen. Sie kannte auch die Thäler und die Berge, die Dörfer der Maroniten und der Drusen, auf den Hochebenen erbaut, oder in den Schluchten verloren, die kultivirten und die unfruchtbaren Felder. Und aus den unbedeutendsten Winkeln, aus den stillen Wüsten wie aus den großen Städten hatte sie die nämliche Bewunderung für die unerschöpfliche, üppige Natur, den nämlichen Zorn gegen die blöden und schlechten Menschen mitgebracht. Welche Naturschätze waren da mißachtet oder vergeudet! Sie führte die Lasten an, welche Handel und Gewerbe erdrücken, jenes unsinnige Gesetz, welches verbietet, daß die Kapitalien über eine gewisse Ziffer hinaus dem Ackerbau zugewendet werden, die träge Zurückgebliebenheit, welche in den Händen des Ackersmannes denselben Pflug beläßt, dessen man sich schon in der vorchristlichen Zeit bedient hatte; die Unwissenheit, in welcher heute noch jene Millionen Menschen stecken, gleich blöden, in der Entwicklung zurückgebliebenen Kindern. Ehemals war die Küste zu klein, die Städte berührten einander fast; jetzt hat das Leben sich nach Westen gezogen; es ist, als durchschritte man einen verlassenen Kirchhof. Keine Schulen, keine Straßen, die allerschlechteste Regierung, eine käufliche Justiz, eine elende Verwaltung, erdrückende Steuern, unsinnige Gesetze, Trägheit, Fanatismus, um von den fortwährenden Erschütterungen der inneren Kriege zu schweigen, von den Metzeleien, welche ganze Dörfer entvölkern. Dann ward sie böse und fragte, ob es gestattet sei, so das Werk der Natur zu verderben, einen gesegneten Boden von köstlichem Reiz, wo alle Klimate zu finden waren, die glühenden Ebenen, gemäßigtes Hügelland, mit ewigem Schnee bedeckte Höhen. Und ihre Liebe zum Leben, ihre Hoffnungsfreudigkeit ließen sie schließlich sich begeistern bei dem Gedanken an den mächtigen Zauberschlag, durch welchen die Wissenschaft und die Spekulation diese alte, schlafende Erde erwecken konnten.

Jetzt nahm Saccard wieder das Wort.

– Betrachten Sie den Gebirgspaß im Carmel, rief er, den Sie da gezeichnet haben, und wo es nichts gibt als Steine und Pistazienstauden. Sobald wir die Silberadern in Ausbeutung nehmen, wird da zuerst ein Dorf, dann eine ganze Stadt entstehen. Und alle die versandeten Häfen werden wir reinigen und durch starke Steindämme schützen. Hochbordige Schiffe werden dort ankern, wo heute kaum Barken anzulegen wagen. Und Sie werden in jenen entvölkerten Ebenen, in jenen verlassenen Thälern, welche unsere Eisenbahnen durchziehen werden, eine Auferstehung sehen! Jawohl, Sie werden sehen, wie die Felder aufgebrochen, Straßen und Kanäle gebaut werden, neue Städte aus dem Erdboden entstehen, mit einem Worte: das Leben zurückkehren wird, wie in einen kranken Körper, wenn man in die versiegten Adern frisches Blut einführt ...! Ja, ja, das Geld wird Wunder thun.

Und gleichsam von dieser durchdringenden Stimme heraufbeschworen sah Madame Caroline wirklich die vorhergesagte Zivilisation sich erheben. Diese trockenen Skizzen, diese linearen Entwürfe belebten sich, bevölkerten sich; es war der Traum, den sie zuweilen geträumt hatte: der Orient, vom Schmutz gereinigt, aus seiner Unwissenheit gerissen, sich erfreuend an seinem herrlichen Himmel, an dem fruchtbaren Boden, mit allen Verfeinerungen, welche die Wissenschaft zu bieten vermag. Sie hatte dieses Wunder schon in Port-Said gesehen, welches in wenigen Jahren auf einem kahlen Strande entstanden; zuerst waren es einige Hütten für die Arbeiter der ersten Zeit, dann eine Stadt für zweitausend Seelen, eine Stadt für zehntausend Seelen, Häuser, riesige Magazine, ein ungeheurer Steindamm, Leben und Wohlstand, durch dieses Menschengewimmel mit großer Ausdauer geschaffen. Alldies sah sie abermals erstehen, ein unwiderstehliches Fortschreiten, ein Vorwärtsdringen der Gesellschaft nach dem größtmöglichen Maße von Glück, ein Bedürfniß thätig zu sein, vorwärts zu gehen, ohne genau zu wissen, wohin man geht, aber doch fortzuschreiten, froher und freier, unter günstigeren Bedingungen; ein Durchwühlen des Erdballs durch den Ameisenhaufen, der seinen Bau neu aufführt; und die ununterbrochene Arbeit, immer neuerworbene Genüsse, die verzehnfachte Macht des Menschen, der mit jedem Tage mehr von der Erde Besitz ergreift. Das Geld, unterstützt von der Wissenschaft, schuf den Fortschritt.

Hamelin, der lächelnd zuhörte, machte jetzt eine vernünftige Bemerkung.

– Alldies ist die Poesie der Erfolge, sagte er, und wir sind noch nicht einmal bei der Prosa des Anfangs.

Doch Saccard erhitzte sich nur durch die Übertreibung seiner Konzeptionen und die Sache ward noch schlimmer an dem Tage, an welchem er über den Orient nachzulesen begann und eine Geschichte der Expedition nach Egypten aufschlug. Schon die Erinnerung an die Kreuzzüge hielt ihn in ihrem Banne, diese Rückkehr des Westens nach dem Osten, zu seiner Wiege, diese große Bewegung, welche das äußerste Ende Europas nach seinem Ursprungslande zurückführte, das noch in voller Blüthe stand und wo es noch so vieles zu lernen gab. Noch mehr aber fesselte ihn die hohe Gestalt Napoleons, der von einem erhabenen und geheimnißvollen Zweck geleitet, seine Kriegerschaaren nach jenen fernen Himmelsstrichen führte. Wenn Napoleon davon sprach, Egypten erobern, dort eine französische Niederlassung einrichten und so für Frankreich den levantinischen Handel sichern zu wollen, so sagte er gewiß nicht Alles. Saccard wollte in der unaufgeklärt und räthselhaft gebliebenen Seite des Feldzuges irgend einen Plan von riesigem Ehrgeiz erblicken, die Wiederaufrichtung eines ungeheuren Kaiserthums, die Krönung Napoleons in Konstantinopel zum Kaiser des Morgenlandes und beider Indien, welcher so den Traum Alexanders des Großen verwirklichte und größer ward als Caesar und als Karl der Große. Sagte Napoleon nicht zu Sankt-Helena, von Sidney sprechend, dem englischen General, der ihn vor Saint-Jean d'Acre aufgehalten: „Dieser Mann hat mich um mein Glück gebracht!" Und was die Kreuzzüge versucht hatten, was Napoleon nicht hatte vollbringen können, die riesige Idee der Eroberung des Orients, sie entstammte Saccard, aber eine vernünftige Eroberung, durch die zweifache Macht der Wissenschaft und des Geldes vollbracht. Nachdem die Zivilisation von Osten nach Westen gezogen, warum sollte sie nicht wieder nach Osten zurückkehren, zum ersten Garten der Menschheit, zu diesem Eden der hindostanischen Halbinsel, welches in der Erschlaffung der Jahrhunderte schlummerte? Es sollte eine neue Jugend erstehen. Er galvanisirte das irdische Paradies, machte es durch Dampf und Elektrizität von Neuem bewohnbar, machte Kleinasien wieder zum Mittelpunkte der alten Welt, zum Kreuzungspunkte der großen, natürlichen Straßenzüge, welche die Festländer verbinden. Nicht Millionen waren da zu gewinnen, sondern Milliarden und Milliarden.

Fortan hatten er und Hamelin jeden Morgen lange Besprechungen. War die Hoffnung groß, so waren auch die Schwierigkeiten riesig und sehr zahlreich. Der Ingenieur, der eben im Jahre 1862 in Beyrut gewesen, während des furchtbaren Blutbades, welches die Drusen unter den maronitischen Christen angerichtet und welches die Einmischung Frankreichs nöthig gemacht hatte, machte kein Hehl aus den Hindernissen, welchen man unter diesen einander fortwährend bekriegenden, der Willkür der Lokalbehörden ausgelieferten Völkerschaften begegnen würde. Allein er hatte in Konstantinopel mächtige Verbindungen, er hatte sich der Unterstützung des Großvezirs Fuad Pascha versichert, eines sehr verdienten Mannes und ausgesprochenen Anhängers der Reformen; und er schmeichelte sich, von ihm alle nothwendigen Konzessionen zu erlangen. Obgleich er den unvermeidlichen Bankerott des ottomanischen Reiches voraussagte, erblickte er anderseits einen günstigen Umstand in diesem schrankenlosen Bedürfnis; nach Geld, in diesen von Jahr zu Jahr sich wiederholenden Anleihen. Eine in Geldverlegenheiten sich befindliche Regierung, wenn sie auch keine persönliche Garantie bietet, ist bereit sich mit privaten Unternehmungen zu verständigen, wenn sie den mindesten Vortheil dabei findet. Und war dies nicht eine praktische Art, die ewige und lästige Orientfrage zu lösen, indem man das türkische Reich bei den großen zivilisatorischen Arbeiten interessirte, indem man es zum Fortschritt lenkte, damit es nicht länger ein ungeheurer Stein des Anstoßes zwischen Europa und Asien sei? Welche schöne, patriotische Rolle würden die französischen Unternehmer-Gesellschaften spielen!

Dann, eines Morgens, sprach Hamelin: in aller Ruhe von dem geheimen Programm, auf welches er zuweilen Anspielungen machte, indem er es die Krönung des Gebäudes nannte.

– Dann, wenn wir die Herren sind, werden wir das palästinensische Königreich wieder aufrichten und den Papst dahin setzen ... Anfänglich wird man sich mit Palästina und mit dem Seehafen Jaffa begnügen. Dann wird man Syrien für unabhängig erklären und dazu schlagen... Sie wissen, die Zeit ist nicht fern, wo das Papstthum nicht länger in Rom wird bleiben können, den empörenden Demüthigungen ausgesetzt, die man ihm dort bereiten will. Für jenen Tag müssen wir uns bereit halten.

Saccard hörte ihm verblüfft zu, wie er ganz einfach, als gläubiger Katholik diese Dinge vorbrachte. Er selbst war ein Mann, der vor Entwürfen von überschwänglicher Einbildungskraft nicht zurückwich, aber niemals wäre er so weit gegangen. Dieser anscheinend so kühle Gelehrte setzte ihn in Erstaunen.

– Das ist Wahnsinn! rief er. Die Pforte wird Jerusalem nicht ausliefern.

– Ach, warum nicht? antwortete Hamelin ganz ruhig. Sie ist so geldbedürftig! Jerusalem bereitet ihr nur Verlegenheiten; sie wirb froh sein, es los zu werden. Zwischen den verschiedenen Glaubensgenossenschaften, die sich ewig um die heiligen Orte streiten, weiß sie oft nicht, auf wessen Seite sie sich stellen soll. Der Papst wird in Syrien eine wirksame Stütze bei den Maroniten finden; Sie wissen ja, daß er in Rom ein Kollegium für ihre Priester errichtet hat ... Ich habe die Sache wohl erwogen, habe Alles vorausgesehen; es wird eine neue Aera sein, die Sieges-Aera des Katholizismus. Man wird vielleicht sagen, dies hieße zu weit gehen und der Papst wäre dort den europäischen Angelegenheiten entrückt. Aber in welchem Glanze, in welcher Autorität wird er erstrahlen, wenn er an den heiligen Orten thronen, im Namen Christi sprechen wird, von dem heiligen Boden, wo Christus selbst gesprochen hat! Dort ist sein Erbe, dort muß sein Königreich sein! Und seien Sie beruhigt: wir werden dieses Königreich mächtig und fest gestalten, indem wir sein Budget – mit der Garantie der Hilfsquellen des Landes – auf einer großen Bank begründen, um deren Aktien die Katholiken der ganzen Welt sich streiten werden.

Saccard, der bei der Ungeheuerlichkeit dieses Projektes lächelte, aber keineswegs überzeugt war, konnte sich nicht enthalten, dieser Bank einen Namen zu geben, wobei er einen Freudenruf ausstieß, als hätte er eine werthvolle Entdeckung gemacht.

– *Der Schatz vom heiligen Grabe*! Ist das nicht herrlich? Der Name allein ist schon eine Bürgschaft des Geschäftes.

Doch er begegnete dem besonnenen Blick der Madame Caroline, die ebenfalls skeptisch lächelte, sogar ein wenig gekränkt schien. Er schämte sich seiner Begeisterung.

– Immerhin, mein lieber Hamelin, werden wir wohl thun, diese Krönung des Gebäudes, wie Sie es nennen, geheim zu halten. Man würde sich über uns lustig machen. Auch ist ja unser Programm ohnehin schon reichhaltig genug und es wird sich empfehlen, die letzten Konsequenzen, den ruhmvollen Schluß für die Eingeweihten allein vorzubehalten.

– Ohne Zweifel, dies war stets meine Absicht, erklärte der Ingenieur. Die Sache bleibt ein Geheimniß.

Und damit wurde noch an demselben Tage die Ausbeutung der Mappe, die Inangriffnahme der ganzen riesigen Serie von Projekten endgiltig beschlossen. Der Anfang sollte mit der Gründung eines bescheidenen Bankhauses gemacht werden, um die ersten Geschäfts-Unternehmungen in Gang zu setzen; dann würde man, auf die ersten Erfolge gestützt, allmälig Herr des Marktes werden, die Welt erobern.

Als Saccard am folgenden Tage zur Fürstin Orviedo hinaufging, um eine Weisung in Betreff der *Arbeits-Stiftung* entgegenzunehmen, erinnerte er sich des Traumes, den er einen Augenblick gehabt, der Prinz-Gemahl dieser Königin des Almosens zu werden, der Vertheiler und Verwalter des Vermögens der Armen. Und er lächelte, denn er fand dies jetzt ziemlich albern. Er war von dem Zeug, um zu leben und Leben zu schaffen, nicht aber um die Wunden zu verbinden, welche das Leben geschlagen. Endlich wird er sich wieder auf dem Werkplatze sehen, im Kampfgewühle der Interessen, in jenem Wettlauf nach dem Glücke, welcher ja nichts Anderes war, als der Weg der Menschheit selbst, von Jahrhundert zu Jahrhundert, nach *mehr* Freude und *mehr* Licht.

An dem nämlichen Tage fand er Madame Caroline allein in dem Kabinet der Planskizzen. Sie stand an einem der Fenster, festgehalten durch das Erscheinen der Gräfin Beauvilliers und ihrer Tochter im Nachbargarten, zu einer ungewohnten Stunde. Die beiden Frauen lasen mit tief bekümmerter Miene einen Brief, ohne Zweifel einen Brief des Sohnes Ferdinand, dessen Lage in Rom keine glänzende sein mochte.

– Schauen Sie, sagte Madame Caroline, als sie Saccard erkannte; diese Unglücklichen haben wieder einen Kummer. Die Bettlerinnen der Straße dauern mich weniger.

– Bah! rief er heiter, Sie werden sie bitten, daß sie zu mir kommen. Wir werden auch diese bereichern, wir alle Welt glücklich machen werden.

Und in einer plötzlichen Aufwallung suchte er ihre Lippen, um sie zu küssen. Allein, sie hatte mit einer raschen Bewegung den Kopf abgewendet, tief ernst und in einem unwillkürlichen Unbehagen erbleichend.

– Nein, ich bitte Sie!

Zum ersten Male wollte er sie wieder ergreifen, seitdem sie in einem Augenblicke völligen Selbstvergessens sich ihm hingegeben. Nachdem die ersten Geschäfte geregelt waren, dachte er an sein Liebesabenteuer und wollte auch nach dieser Seite hin die Situation ordnen. Diese lebhafte Bewegung des Zurückweichens setzte ihn in Erstaunen.

– Wirklich wahr? Es würde Ihnen leid thun?

– Sehr leid.

Doch sie beruhigte sich und fügte lächelnd hinzu: – Gestehen Sie übrigens, daß auch Sie keinen großen Werth darauf legen?

– Oh, ich bete Sie an!

– Nein, sagen Sie das nicht; Sie werden in Bälde zu viel beschäftigt sein. Und dann: ich versichere Ihnen, daß ich zu wahrer Freundschaft für Sie bereit bin, wenn Sie der thätige Mann sind, für den ich Sie halte und wenn Sie alle die großen Dinge auch vollführen, welche Sie Vollführen wollen ... Hören Sie mal: die Freundschaft taugt doch mehr.

Er hörte ihr lächelnd zu, aber zugleich verlegen und niedergeschlagen. Sie wies ihn zurück; es war lächerlich, sie nur einmal, durch Ueberrumpelung besessen zu haben. Doch nur seine Eitelkeit litt darunter.

– Also blos Freunde?

– Ja, ich werde Ihre Kameradin sein, ich werde Ihnen beistehen ... Freunde, gute Freunde!

Sie reichte ihm die Wangen und überwunden drückte er zwei kräftige Küsse ans dieselben. Er fand, daß sie Recht habe.

III.

Der Brief des Konstantinopler russischen Bankiers, welchen Sigismund übersetzt hatte, war eine günstige Antwort, ans welche Saccard gewartet hatte, um in Paris das Werk in Angriff zu nehmen.

Und Saccard hatte, als er am zweitnächsten Tage erwachte, die Eingebung, daß er noch an demselben Tage handeln mußte, daß er noch vor Anbruch der Nacht das Syndikat gebildet haben mußte, dessen er sich versichern wollte, um die 50 000 Stück Aktien zu 500 Francs seiner mit einem Aktienkapital von fünfundzwanzig Millionen zu gründenden Aktiengesellschaft im Voraus unterzubringen.

Als er vom Bette stieg, fand er endlich den Titel dieser Gesellschaft, die so lang gesuchte Firma. Das Wort „*Universalbank*" war plötzlich vor ihm aufgelodert, gleichsam in feurigen Buchstaben in diesem noch dunklen Zimmer.

– Die Universalbank! wiederholte er immerfort, während er sich ankleidete. Die Universalbank: das ist einfach, das ist groß, das umfaßt Alles, das bedeckt die Welt …

Ja, ja, ausgezeichnet! Die Universalbank!

Bis halb zehn Uhr ging er nachdenklich in den weiten Räumen auf und ab; er wußte noch nicht, wo er seine Jagd nach Millionen in Paris beginnen sollte. Fünfundzwanzig Millionen findet man an der Straßenecke; was ihn nachdenklich machte, war die Schwierigkeit der Wahl, denn er wollte methodisch vorgehen. Er trank eine Tasse Milch und ward nicht böse, als der Kutscher erschien, um ihm zu melden, daß das Pferd in Folge einer Erkältung krank sei und daß es besser wäre, den Thierarzt kommen zu lassen.

– Gut, gut; ich werde einen Fiaker nehmen.

Doch auf dem Trottoir angekommen, war er überrascht von dem scharfen Wind, welcher durch die Straßen wehte; es war gleichsam eine plötzliche Wiederkehr des Winters in diesem gestern noch so milden Mai. Es regnete nicht, aber dichte, gelbe Wolken zogen am Horizont herauf. Und er nahm keinen Fiaker, um sich durch das Gehen die Beine zu erwärmen. Er sagte sich, daß er zunächst zu Mazaud, dem Wechselagenten in der Rue de la Banque gehen werde. Ihm war der Einfall gekommen, Mazaud über Daigremont auszuholen, den wohlbekannten Spekulanten, den Glückspilz, der allen Syndikaten angehörte. Allein, in der Rue Vivienne brach plötzlich ein so heftiges Hagelwetter los, daß er unter ein Hausthor flüchtete.

Seit einer Weile stand Saccard da, das Unwetter betrachtend, als ein das Rauschen des Regens übertönender, heller Klang von Goldstücken ihn die Ohren spitzen ließ. Das schien aus dem Innern der Erde zu kommen, fortdauernd, leicht und wohllautend, wie in einer Erzählung aus Tausend und einer Nacht. Er blickte um sich und sah, daß er sich unter dem Einfahrtsthor des Hauses *Kolb* befand, eines Bankiers, der sich besonders mit Gold-Arbitrage-Geschäften befaßte. Er kaufte gemünztes Gold in den Staaten, wo es tief im Kurse stand, ließ es einschmelzen und verkaufte es in Barren nach jenen Ländern, wo es hoch im Kurse stand. Und an den Tagen, wo geschmelzt wurde, stieg vom Morgen bis zum Abend aus den Kellern der metallische Klang der Goldstücke herauf, die dort aus den Kassen genommen und mit Schaufeln in den Schmelztiegel geworfen wurden. Jahraus jahrein klang dieses Geräusch den Passanten der Straße in den Ohren. Saccard lächelte jetzt wohlgefällig zu dieser Musik, welche gleichsam die unterirdische Stimme dieses Börsenviertels war. Er erblickte darin ein glückverheißendes Vorzeichen.

Der Regen hatte aufgehört; Saccard schritt quer über den Platz und befand sich sogleich bei Mazaud. Ausnahmsweise hatte der junge Wechselagent seine Wohnung im ersten Stockwerke desselben Hauses, wo seine Bureaux im zweiten Stockwerke untergebracht waren. Nach dem Tode seines Oheims hatte er sich mit den übrigen Erben dahin geeinigt, daß er das Wechselkontor an sich brachte; und mit diesem behielt er auch die Wohnung des Verstorbenen.

Es schlug eben zehn Uhr und Saccard stieg geradenweges zu den Bureaux hinauf, vor deren Thür er Gustav Sédille traf.

– Ist Herr Mazaud da?

– Ich weiß nicht, mein Herr; ich bin soeben angekommen.

Der junge Mann sagte dies lächelnd. Er kam immer verspätet, nahm es leicht mit seinem Amte, für welches er nicht bezahlt wurde. Er hatte sich darein gefügt, ein oder zwei Jahre als Freiwilliger da zuzubringen, seinem Vater zuliebe, dem Seidenfabrikanten in der Rue des Jeûneurs.

Saccard durchschritt die Kassenabtheilung, wo der Geldkassier und der Effektenkassier ihn grüßten. Dann betrat er das Kabinet der beiden Bevollmächtigten, wo er nur Berthier traf, denjenigen der beiden, welcher den Verkehr mit den Klienten hatte und den Patron zur Börse begleitete.

– Ist Herr Mazaud da?

– Ich denke, ja; ich komme soeben aus seinem Kabinet ... Schau, er ist nicht mehr da ... Er muß in der Buchhaltung sein.

Er öffnete eine Thür und blickte in einen ziemlich großen Raum, wo fünf Beamte unter der Aufsicht eines ersten Buchhalters arbeiteten.

– Nein; das ist sonderbar! ... Schauen Sie selbst in der Liquidatur nach.

Saccard betrat das Bureau der Liquidatur. Hier war der Liquidator – die Hauptstütze des Geschäftes – damit beschäftigt, mit Hilfe von sieben Beamten das Notizheft aufzuarbeiten, welches der Wechselagent ihm täglich nach der Börse übergab. Er trug die Geschäfte den betreffenden Klienten nach den empfangenen Weisungen ein und bediente sich dabei der Schlußzettel, welche behufs Kenntniß der Namen aufbewahrt wurden; denn das Notizheft enthält keine Namen, nur eine kurze Aufzeichnung des Kaufes oder Verkaufes: dieses und dieses Papier, so und so viel, zu dem und dem Kurse, durch den und den Agenten.

– Haben Sie Herrn Mazaud gesehen? fragte Saccard.

Man gab ihm keine Antwort. Der Liquidator war hinausgegangen, drei Beamte lasen ihre Zeitung, zwei andere schauten in die Luft, während der Eintritt Gustav

Sédille's eben den kleinen Flory sehr interessirte, welcher am Vormittag bei den Schreibarbeiten mitthat, Engagements austauschte, am Nachmittag hingegen mit den Telegrammen an der Börse betraut war. Zu Saintes als der Sohn eines Registratur-Beamten geboren, zuerst Handelsbeflissener bei einem Bankier in Bordeaux, dann zu Ende des letzten Herbstes bei Mazaud gelandet, hatte er da keine andere Zukunft, als die, vielleicht in zehn Jahren sein Gehalt verdoppelt zu sehen. Bisher hatte er sich gut aufgeführt, sich als ordnungsliebend und gewissenhaft erwiesen. Allein seit einem Monat, seitdem Gustav in das Kontor eingetreten, ward er unordentlich, verleitet durch seinen neuen Kameraden, der mit Geld versehen, sehr elegant, sehr vergnügungssüchtig war und ihn mit den Weibern bekannt machte. Flory war ein vollbärtiger Mann mit einer leidenschaftlichen Nase, einem liebenswürdig lächelnden Munde und zärtlichen Augen. Er machte jetzt zuweilen kleine, nicht kostspielige Abstecher mit Fräulein Chuchu, einer Figurantin vom Variétés-Theater, einer mageren Heuschrecke vom Pariser Pflaster, der durchgebrannten Tochter einer Hausmeisterin von Montmartre, sehr ergötzlich mit ihrem Gesichte von Papier *maché*, in welchem wunderbare, große, braune Augen leuchteten.

Gustav erzählte ihm seinen gestrigen Abend, noch ehe er seinen Hut abgelegt hatte.

– Ja, mein Lieber, ich glaubte wahrhaftig, Germaine werbe mich hinauswerfen, weil Jacoby gekommen war. Allein, sie hat es so einzurichten gewußt, daß sie ihn an die Luft setzte. Ich weiß nicht wie sie es anfing, aber – ich bin geblieben.

Beide erstickten schier vor Lachen. Es handelte sich um Germaine Coeur, ein Prachtmädel von fünfundzwanzig Jahren, ein wenig träge und weichlich mit seinem üppigen Busen, ein Mädchen, welches ein Kollege Mazaud's, der Jude Jacoby, auf den Monat aushielt. Sie hatte es stets mit den Herren von der Börse gehalten und stets auf den Monat, weil dies bequem ist für stark beschäftigte Männer, die den Kopf voll haben mit Ziffern und die Liebe bezahlen wie sie alles Andere bezahlen, ohne zu einer wahren Leidenschaft Zeit zu finden. In ihrer kleinen Wohnung in der Rue de la Michodière hatte sie nur die eine Sorge, die Begegnungen zwischen solchen Herren zu verhindern, welche einander bekannt sein konnten.

– Ich dachte, daß Sie sich für die schöne Papierhändlerin aufbewahren? fragte Flory.

Doch diese Anspielung auf Madame Conin stimmte Gustav ernst. Diese wurde respektirt: sie war eine ehrbare Frau; und wenn sie sich manchmal willfährig zeigte, so gab es kein Beispiel dafür, daß ein Mann geschwatzt hätte, so sehr blieb man auf freundschaftlichem Fuße. Gustav blieb denn auch die Antwort auf Flory's Frage schuldig und fragte seinerseits:

– Haben Sie Chuchu in den Mabille-Tanzsaal geführt?

– Meiner Treu, nein; es ist zu kostspielig. Wir sind nach Hause gegangen und haben uns Thee bereitet.

Saccard, der hinter den jungen Leuten stand, hatte diese Frauennamen gehört, die sie mit hastiger Stimme flüsterten. Er lächelte und wandte sich an Flory mit der Frage:

– Haben Sie Herrn Mazaud gesehen?

– Ja, mein Herr. Er war da, um mir einen Auftrag zu geben und ist dann wieder in seine Wohnung hinabgegangen. Ich glaube, sein kleiner Junge ist krank und man hat ihm gemeldet, daß der Arzt da sei... Sie sollten bei ihm anläuten, denn es kann geschehen, daß er ausgeht, ohne heraufzukommen.

Saccard dankte und beeilte sich eine Treppe hinabzusteigen.

Mazaud war einer der jüngsten Wechsel-Agenten, vom Schicksal reich bedacht; er hatte das Glück, von einem Onkel eines der besten Wechselagenten-Kontors zu erben, in einem Alter, wo Andere erst das Geschäft lernen. Klein von Wuchs hatte er ein angenehmes Gesicht, einen feinen, braunen Schnurrbart, durchdringende, schwarze Augen; und er bekundete eine lebhafte Thätigkeit und einen hellen Verstand. Er war unter den Maklern schon bekannt durch seine geistige und körperliche Lebhaftigkeit, welche bei diesem Metier so nothwendig ist und welche, im Verein mit einer feinen Witterung, mit einer bemerkenswerthen Scharfsichtigkeit ihn bald in die vorderste Reihe bringen mußte. Außerdem besaß er eine helle Stimme, Nachrichten aus erster Hand von den fremden Börsen, Verbindungen mit allen großen Bankiers und – wie man sagte – einen Vetter bei der Agence Havas angestellt. Seine Frau, die er aus Liebe heimgeführt, hatte ihm eine Mitgift von zwölfmalhunderttausend Francs gebracht. Sie war eine reizende Frau, die ihm schon zwei Kinder geschenkt hatte, ein Mädchen, das jetzt drei Jahre zählte und einen Knaben, der jetzt achtzehn Monate alt war.

Mazaud gab eben dem Doktor das Geleite, der ihn lachend beruhigte.

– Treten Sie ein, sagte er zu Saccard. Es ist wahr, diese kleinen Wesen beunruhigen uns sogleich; man hält sie bei dem geringsten Unwohlsein für verloren.

Und er führte ihn in den Salon. Seine Frau war noch da, das Bébé auf den Knieen haltend, während das kleine Mädchen, glücklich darüber, die Mutter wieder heiter zu sehen, sich auf die Fußzehen stellte, um Mama zu küssen. Alle drei waren blond und milchfrisch, die junge Mutter von einem ebenso zarten und keuschen Aussehen wie die Kinder. Mazaud küßte seine Frau auf die Haare.

– Du siehst, daß wir uns unsinnig ängstigten.

– Ach, Das thut nichts, mein Freund; ich bin so glücklich darüber, daß er uns beruhigt hat.

Angesichts dieses schönen Familienglückes war Saccard mit stummem Gruße stehen geblieben. Das Gemach war luxuriös möblirt und seine Traulichkeit zeigte ordentlich das glückliche Leben dieses Ehepaares, bei welchem es noch keine Uneinigkeit gegeben, Sie waren jetzt vier Jahre verheirathet und man konnte Mazaud nichts vorwerfen, als eine vorübergehende Laune für eine Sängerin von der Opéra-Comique. Er blieb ein treuer Gatte und stand überdies in dem Rufe, daß er – sein jugendliches Ungestüm zähmend – nicht allzu viel auf eigene Rechnung spielte. Diesen wohlthuenden Geruch von geschäftlichem Glück und von häuslichem Glück athmete man förmlich ein in dem stillen Frieden dieser Teppiche und dieser Vorhänge, in dem Dufte, welches ein in einer chinesischen Vase steckender großer Rosenstrauß in dem Gemach verbreitete.

Madame Mazaud, die Saccard ein wenig kannte, sagte zu diesem in heiterem Tone:

– Nicht wahr, mein Herr, es genügt zu wollen, um stets glücklich zu sein?

– Ich bin davon überzeugt, Madame, antwortete er. Auch gibt es Frauen, die so schön und so gut sind, daß das Unglück nicht wagt sie zu berühren.

Sie hatte sich strahlend von ihrem Sitze erhoben. Sie küßte ihren Gatten und verließ das Gemach, den kleinen Knaben mitnehmend und gefolgt von dem Mädchen, das sich dem Vater an den Hals gehängt hatte. Mazaud, um seine Rührung zu verbergen, wandte sich zu seinem Besucher mit einem pariserischen Witzworte:

– Wie Sie sehen, langweilt man sich hier nicht. – Dann fügte er lebhaft hinzu:

– Sie haben mir etwas zu sagen? ... Kommen Sie in das Bureau hinauf, wir werden dort bequemer plaudern können.

Oben im Kassenbureau erkannte Saccard Sabatani, welcher soeben Differenzen in Empfang nahm, und er war überrascht zu sehen, daß der Wechselagent einen herzlichen Händedruck mit seinem Klienten wechselte. Als sie im Arbeitskabinet Mazaud's saßen, erklärte er diesem sogleich die Ursache seines Besuches, indem er ihn über die Formalitäten befragte, welche nothwendig wären, um die Zulassung eines Papiers zur amtlichen Notirung zu erwirken. In flüchtiger Weise sprach er von dem Unternehmen, welches er zu gründen im Begriffe war, von der „Banque Universelle“, mit einem Kapital von 25 Millionen. Jawohl, es sollte ein Kredithaus werden mit der hauptsächlichen Bestimmung, große Unternehmungen zu patronisiren und Saccard deutete in kurzen Worten diese Unternehmungen an. Mazaud hörte ihm zu, ohne mit einer Wimper zu zucken und erklärte ihm mit vollendeter Höflichkeit die zu erfüllenden Formalitäten. Doch er ließ sich nicht täuschen und vermuthete, daß Saccard wegen einer solchen Kleinigkeit sich gewiß nicht die Mühe gegeben hätte, ihn aufzusuchen. Er lächelte denn auch unwillkürlich, als Saccard den Namen Daigremont aussprach. Gewiß, Daigremont konnte sich auf ein kolossales Vermögen stützen; man sagte zwar, daß er nicht von sehr verläßlicher Treue sei; allein wer ist treu in den Geschäften wie in der Liebe? Niemand. Uebrigens würde er, Mazaud, sich Skrupel gemacht haben, die Wahrheit über Daigremont zu sagen nach dem Bruche, der zwischen ihnen stattgefunden und von dem noch die ganze Börse sprach. Daigremont gab jetzt seine meisten Aufträge dem Jacoby, einem Juden aus Bordeaux, einem sechszigjährigen Menschen mit breitem Gesichte, dessen Stimme auf der Börse berühmt war, der aber nachgerade schwerfällig, dickwanstig wurde. Es herrschte gleichsam eine Nebenbuhlerschaft zwischen den beiden Agenten; dem Jungen, der vom Glücke begünstigter war, und dem Alten, der, nachdem er lange Zeit Bevollmächtigter auf der Börse gewesen, endlich selbstständig geworden, weil seine Klientel ihm gestattete, das Maklergeschäft seines Patrons käuflich an sich zu bringen; er war von einer außerordentlichen Findigkeit und Verschlagenheit, aber unglücklicherweise mit der Spielleidenschaft behaftet, so daß er trotz seiner beträchtlichen Gewinnste täglich vor einer Katastrophe stand. Alles ging wieder in Liquidation auf. Germaine Coeur kostete ihm nur einige Tausendfrancs-Billets; seine Frau war niemals zu sehen.

– Kurz, in der berühmten Affaire von Caracas, – schloß Mazaud, indem er trotz seiner sehr korrekten Haltung seinem Groll nachgab – in der Affaire von Caracas hat Daigremont sicherlich betrogen, um den Gewinn einzustreichen. Er ist ein sehr gefährlicher Mensch.

Dann, nach kurzem Stillschweigen, fügte er hinzu:

– Warum haben Sie sich nicht an Gundermann gewendet?

– Niemals! rief Saccard, von der Leidenschaft übermannt.

In diesem Augenblicke trat Berthier, der Bevollmächtigte, ein und flüsterte dem Agenten einige Worte in's Ohr. Die Baronin Sandorff sei da, um ihre Differenzen zu bezahlen und werfe allerlei Chicanen auf, um ihre Rechnung herabzudrücken. Gewöhnlich beeilte sich Mazaud selbst, die Baronin zu empfangen; aber wenn sie verloren hatte, ging er ihr aus dem Wege, wie der Pest, weil er einen gar zu heftigen Angriff auf seine Galanterie zu befürchten hatte. Es gibt keine schlimmeren Klienten, als die Frauen; wenn es gilt, zu zahlen, muß man sich des Schlimmsten von ihrer Seite versehen.

– Nein, sagen Sie ihr, ich sei nicht zu Hause und lassen Sie nicht einen Centime nach, verstehen Sie?

Als Berthier draußen war und Mazaud merkte, daß Saccard zugehört hatte, fügte er hinzu:

– Es ist wahr, mein Lieber, sie ist ja sehr hübsch, aber Sie haben keinen Begriff von ihrer Habsucht. Ach, die Klienten, wie sehr würden sie uns lieben, wenn sie immer gewännen! Und je reicher, je vornehmer sie sind, desto mehr mißtraue ich ihnen, desto mehr zittere ich, mein Geld bei ihnen zu verlieren. Ja, an gewissen Tagen möchte ich – von einigen großen Häusern abgesehen – es vorziehen, blos eine Provinz-Klientel zu haben.

Jetzt ging die Thür auf, ein Beamter überreichte Mazaud ein Schriftenbündel, welches dieser am Morgen verlangt hatte, und ging wieder hinaus.

– Schauen Sie, das trifft sich gut. Das ist ein Renteneinnehmer in Vendôme, ein Herr Fayeux. Sie haben keine Vorstellung von der Menge von Aufträgen, welche ich von diesem Geschäftsfreund erhalte. Allerdings sind diese Aufträge nicht bedeutend, sie kommen zumeist von kleinen Bürgern, von kleinen Geschäftsleuten und Farmern. Aber die Masse macht es aus. In Wirklichkeit sind es die bescheidenen Spieler, die große anonyme Menge, welche den besten Theil unseres Geschäftes liefert.

Vermöge einer Ideenverbindung erinnerte sich Saccard des Sabatani, den er am Kassenschalter gesehen.

– Sie haben jetzt Sabatani in Ihren Diensten? fragte er.

– Ich glaube, seit einem Jahre, antwortete der Agent mit liebenswürdiger Gleichgiltigkeit. Er ist ein geschickter Junge, nicht wahr? Er hat klein angefangen, ist aber sehr klug und wird seinen Weg machen.

Was er nicht sagte und wessen er sich nicht mehr erinnerte, das war, daß Sabatani bei ihm blos eine Deckung von 2000 Francs erlegt hatte. Dies erklärte auch das mäßige Spiel ihrer ersten Verbindung. Ohne Zweifel erwartete der Levantiner, wie so viele Andere, daß die Bescheidenheit seines Garantiefonds vergessen worden und er legte Proben seiner Klugheit ab. Er vergrößerte nur stufenweise die Bedeutung seiner Aufträge, indem er des Tages harrte, an welchem er in irgend einer großen Liquidation zu Falle kommend verschwinden würde. Wie sollte man sich mißtrauisch erweisen einem liebenswürdigen Jungen gegenüber, dessen Freund man gewesen? Wie sollte man an seiner Zahlungsfähigkeit zweifeln, wenn man ihn so wohlgemuth, anscheinend reich sieht, mit jener eleganten Haltung, welche an der Börse unentbehrlich ist, gleichsam die Uniform des Diebstahls?

– Sehr artig, sehr klug, wiederholte Saccard, der den plötzlichen Entschluß faßte, sich Sabatani's zu erinnern an dem Tage, wo er eines verschwiegenen und skrupellosen Burschen bedürfen würde.

Dann erhob er sich, um sich zu verabschieden.

– Nun leben Sie wohl! Wenn unsere Titres fertiggestellt sind, werde ich Sie wieder aufsuchen, bevor ich mich bemühe, dieselben cotiren zu lassen.

Auf der Schwelle sagte Mazaud, indem er ihm zum Abschied die Hand reichte, noch einmal:

– Sie thun unrecht, wenn Sie Gundermann nicht aufsuchen, um ihn für Ihr Syndikat zu gewinnen.

– Niemals! rief Saccard nochmals mit wüthender Miene.

Während er ging, bemerkte er am Kassenschalter Moser und Pillerault; der Erstere sackte mit bekümmerter Miene seinen Gewinn der letzten zwei Wochen ein, 7–8000 Francs, während der Andere, der verloren hatte, eine Summe von ungefähr 10 000 Francs bezahlte mit einer kriegerischen und stolzen Haltung und mit geräuschvoller Stimme, als hätte er einen Sieg errungen. Es nahte die Stunde des Frühstücks und der Börse; das Comptoir leerte sich nach und nach. Als die Thür des Liquidations-Bureaus geöffnet wurde, vernahm man aus demselben ein helles Gelächter, verursacht durch die Erzählung Gustavs von einer Kahnpartie, bei welcher die am Steuerruder sitzende Dame in die Seine gefallen war und hiebei ihre gesammte Kleidung, selbst die Strümpfe verlor.

Auf der Straße angekommen, sah Saccard auf die Uhr; es war 11 Uhr. Wie viel Zeit hatte er verloren! Nun, er wird nicht zu Daigremont gehen und obgleich der bloße Name Gundermann ihn in Zorn versetzte, entschloß er sich plötzlich hinaufzugehen und demselben einen Besuch zu machen. Uebrigens hatte er ihn ja bei Champeaux angekündigt, indem er von seiner großen Unternehmung sprach, um sein boshaftes Lächeln ihm an die Lippen zu nageln. Zu seiner eigenen Entschuldigung sagte er sich, daß er von ihm nichts haben wollte, daß er nur ihm Trotz zu bieten, über ihn zu triumphiren strebte, weil Gundermann sich den Anschein gab, als behandelte er ihn wie einen unreifen Jungen. Da mittlerweile das Regenwetter sich erneuert hatte, sprang er in einen Fiaker und rief dem Kutscher die Adresse zu: Rue de Provence.

Gundermann bewohnte da einen riesigen Palast, gerade groß genug für seine unzählbare Familie. Er hatte fünf Töchter und vier Söhne, von diesen waren drei Töchter und drei Söhne verheirathet und hatten ihm vierzehn Enkel geschenkt. Wenn die ganze Familie an der Abendtafel versammelt war, zählte sie, ihn und seine Frau mitinbegriffen, 31 Personen. Mit Ausnahme von zwei Schwiegersöhnen, die nicht im Hause wohnten, hatten alle Anderen hier ihre Gemächer im rechten und linken Flügel des Palastes, die auf den Garten gingen, während der Mittelbau die weitläufigen Bureaux des Bankhauses aufnahm. In nicht ganz hundert Jahren war in dieser Familie durch Sparsamkeit und durch das glückliche Zusammentreffen der Ereignisse das ungeheure Vermögen von einer Milliarde erworben worden. Es war dies gleichsam die Bestimmung dieser Familie, unterstützt von einer lebhaften Intelligenz, von unermüdlicher Arbeit, von klugen, unbeugsamen Anstrengungen, welche unablässig einem bestimmten und demselben Ziele zustrebten. Jetzt strömten alle Goldflüsse diesem Meere zu, die Millionen verloren sich in diesen Millionen, es war eine Anhäufung des öffentlichen Reichthums in diesem immer mehr und mehr anwachsenden Reichthum eines Einzelnen. Und Gundermann war der wahre Gebieter, der allmächtige König, den Paris und die Welt fürchteten und dem sie gehorchten.

Während Saccard die breite steinerne Treppe emporstieg, deren Stufen durch das ewige Auf- und Niederwandern der Menge ganz abgenützt waren, mehr abgenützt, als die der alten Kirchen, fühlte er gegen diesen Menschen eine Empörung unauslöschlichen Hasses. Ha, der Jude! Er fühlte gegen den Juden den alten Groll gegen die Race, wie man ihn hauptsächlich in Südfrankreich antrifft und es war gleichsam eine Empörung seines Fleisches, ein Widerstreben der Haut, welches bei dem bloßen Gedanken an die geringste Berührung ihn mit Ekel und Wuth erfüllte, mit einer Wuth, die ihn um die Besinnung brachte und die er nicht zu meistern vermochte. Das Seltsame war, daß er, Saccard, dieser furchtbare Geschäftsmensch, dieser Henker des Geldes mit den verdächtigen Händen, das Bewußtsein seiner selbst verlor, sobald es sich um einen Juden handelte, und von demselben mit einer Erbitterung, mit der rachsüchtigen Entrüstung eines redlichen Mannes sprach, welcher von seiner Hände Arbeit lebt, frei von jedem wucherischen Geschäft. Und er richtete seine Anklage gegen die Race, gegen diese verfluchte Race, die kein Vaterland, keinen Fürsten mehr hat, die als Parasit bei den Nationen lebt, die so thut, als ob sie die Gesetze anerkennen würbe, aber in Wirklichkeit blos ihrem Gott des Diebstahles, des Blutes und des Zornes gehorcht und er stellte sie als eine Race hin, die überall jene Mission grausamer Eroberung erfüllt, welche dieser Gott ihr übertrug, die sich bei jedem Volke niederläßt, wie die Spinne inmitten ihres Gewebes, um auf ihre Beute zu lauern, um Allen das Blut auszusaugen, sich mit dem Leben der Anderen zu mästen. Hat man jemals einen Juden gesehen, der mit seinen zehn Fingern arbeitet? Giebt es jüdische Bauern, jüdische Arbeiter? Nein, die Arbeit entehrt, ihre Religion verbietet sie fast und gestattet nur die Ausbeutung der Arbeit eines Anderen. Ha, die Schurken! Saccard schien von einer Wuth ergriffen, die umso größer war, als er sie bewunderte, ihnen ihre großen finanziellen Fähigkeiten neidete, diese angeborene Wissenschaft der Ziffern, diese natürliche Leichtigkeit in den verwickeltesten Operationen, diese Witterung und dieses Glück, das ihnen in allen ihren Unternehmungen den Erfolg sichert. Bei diesem Diebesspiel, pflegte er zu sagen, sind die Christen nicht stark genug und ziehen schließlich immer den Kürzeren. Nehmt hingegen einen Juden, der nicht einmal die Buchhaltung versteht, schleudert ihn in das trübe Wasser irgend eines faulen Geschäftes und er wird sich retten und den ganzen Gewinn auf seinem Rücken mitführen. Das ist die Begabung der Race, ihre Existenzberechtigung inmitten der Nationalitäten, welche entstehen und vergehen. Und er prophezeite in höchster Wuth die schließliche Eroberung aller Völker durch die Juden, wenn sie einmal das ganze Vermögen des Erdballs an sich gebracht haben, was nicht lange mehr dauern wird, da man ihnen gestattet, von Tag zu Tag immer weiter ihr Königreich auszubreiten und da man in Paris schon einen Gundermann auf einem Thron herrschen sehen konnte, der fester stand und mehr respektirt war, als derjenige des Kaisers.

Als Saccard oben angekommen war und vor dem großen Vorzimmer stand, fühlte er sich versucht zurückzuweichen, als er das Vorzimmer mit Remisiers, Bittstellern, mit Männern und Frauen gefüllt sah, mit einem geräuschvollen Gewimmel von Menschen. Besonders die Remisiers führten einen förmlichen Kampf, wer früher hineingelangen würde, in der unwahrscheinlichen Hoffnung, einen Auftrag zu erhalten. Denn der große Bankier hatte seine eigenen Agenten; aber es war schon eine Empfehlung, von ihm empfangen zu werden und jeder von ihnen wollte sich dessen rühmen. Das Warten dauerte denn auch niemals lange; die zwei Bureaudiener dienten nur dazu, den Zug zu ordnen, einen unaufhörlichen Zug, einen wahrhaftigen Galopp durch die Flügelthüren. Und trotz der großen Menge wurde Saccard fast sogleich mit dem Strome eingelassen.

Das Arbeitskabinet Gundermann's war ein riesiger Raum, wo er nur einen kleinen Winkel im Hintergrunde, neben dem letzten Fenster einnahm. Vor einem einfachen Schreibtische von Acajou sitzend, wendete er dem Lichte den Rücken, so daß sein Gesicht völlig in Dunkel gehüllt war. Der Bankier stand um 5 Uhr von seinem Lager auf und war bei der Arbeit, wenn Paris noch schlief. Und wenn um 9 Uhr das Gedränge der gierigen Menge vor ihm begann, war sein Tagwerk schon vollbracht. In der Mitte des Arbeitskabinets hatten zwei seiner Söhne und einer seiner Schwiegersöhne vor großen Schreibungen ihren Platz; sie waren da, um dem Bankier beizustehen; nur selten setzten sie sich; sie bewegten sich inmitten einer Welt von Beamten, die fortwährend hin- und hergingen. Und der Zug ging durch das ganze Zimmer bis zu ihm, dem Herrn, der in seinem bescheidenen Winkel saß, wo er bis zur Frühstückszeit, Stunden hindurch, mit unempfindlicher, düsterer Miene empfing, zuweilen einen Wink, zuweilen ein Wort spendend, wenn er sich besonders liebenswürdig zeigen wollte.

Als Gundermann des Saccard ansichtig wurde, flog ein schwaches, spöttisches Lächeln über sein Antlitz.

– Ach, Sie sind es, mein lieber Freund? Setzen Sie sich einen Augenblick, wenn Sie mir etwas zu sagen haben, sogleich stehe ich zu Ihren Diensten.

Dann that er, als vergäße er seiner vollständig.

Saccard war übrigens nicht ungeduldig, ihn interessirte das Defilé der Nemisiers, welche Einer hinter dem Andern mit derselben tiefen Verbeugung eintraten und aus ihrem korrekt geschnittenen Ueberrock denselben kleinen Karton hervorzogen, auf welchem die Börsenkurse verzeichnet waren und welche sie dem Bankier mit derselben flehenden und respektvollen Geberde reichten. Es kamen ihrer zehn, es kamen ihrer zwanzig. Der Bankier nahm jedesmal die Kursliste, warf einen Blick darauf und gab sie wieder zurück und nichts kam seiner Geduld gleich, höchstens noch seine vollständige Gleichgültigkeit bei diesem Hagel von Angeboten.

Doch jetzt erschien Massias mit seiner heiteren und scheuen Miene eines gutmüthigen geprügelten Hundes. Man empfing ihn manchmal so schlecht, daß er darüber hätte weinen mögen. An diesem Tage war er mit seiner Demuth augenscheinlich zu Ende, denn er erlaubte sich eine ganz unerwartete Beharrlichkeit.

– Sehen Sie doch, mein Herr, Mobilier stehen sehr tief ... Wie viel soll ich für Sie kaufen?

Ohne nach dem Kurszettel zu greifen erhob Gundermann seine grünen Augen auf diesen so zutraulichen jungen Mann. Dann sagte er rauh:

– Glauben Sie, mein Freund, daß es mir ein Vergnügen macht, Sie zu empfangen?

– Mein Gott, entgegnete Massias erbleichend, es macht mir noch weniger Vergnügen, seit drei Monaten jeden Morgen vergebens zu kommen.

– Nun, so kommen Sie nicht!

Der Remisier zog sich grüßend zurück, nachdem er mit Saccard den wüthenden und bekümmerten Blick eines Menschen ausgetauscht, welcher das plötzliche Bewußtsein hat, daß er niemals sein Glück machen wird.

Saccard fragte sich in der That, welches Interesse Gundermann haben konnte, alle diese Leute zu empfangen. Augenscheinlich besaß er eine besondere Fähigkeit sich zu isoliren, er versenkte sich in sein Brüten, fuhr fort nachzudenken. Uebrigens mußte es da eine Disciplin geben, eine bestimmte Art jeden Morgen eine Marktschau vorzunehmen, bei welcher immer ein Gewinn abfiel und sei es noch so wenig. Gierig zog er einem Coulissier achtzig Francs ab, dem er am Tage vorher einen Auftrag gegeben hatte und der ihn übrigens bestahl. Dann kam ein Raritätenhändler mit einer Dose von emaillirtem Gold aus dem vorigen Jahrhundert. Es war ein zum Theil ausgebessertes Stück und der Bankier witterte sofort den Betrug. Dann kamen zwei Damen, eine Alte mit einer Eulennase und eine Junge, brünett und sehr schön. Sie luden ihn ein, eine Kommode Louis XV. in ihrer Wohnung zu besichtigen. Er lehnte es rundweg ab zu ihnen zu kommen. Ein Juwelenhändler hatte Rubinen vorzulegen; diesem folgten zwei Erfinder, nach diesen wieder erschienen Engländer, Deutsche, Italiener, alle Sprachen, alle Geschlechter. Und das Defilé der Remisiers dauerte trotzdem fort, mitten durch die anderen Besuche, unaufhörlich, mit den nämlichen Geberden, mit der nämlichen mechanischen Darbietung des Kurszettels; während die Fluth von Beamten in dem Maße, als die Börsestunde nahte, immer zahlreicher durch den Raum strömte, Depeschen bringend, die Unterschrift der Chefs heischend.

Doch jetzt entstand ein Lärm, der alles Andere übertönte: ein kleiner Junge von fünf bis sechs Jahren stürmte auf einem Steckenpferd, die Trompete blasend, in das Arbeitszimmer. Dann kamen noch zwei Kinder, zwei Mädchen, das eine drei, das andere acht Jahre alt. Und die drei Kinder belagerten den Sessel des Großvaters, zerrten ihn an den Armen, hängten sich an seinen Hals. Er ließ Alldies ruhig geschehen, küßte die Kinder, eines nach dem andern, mit der leidenschaftlichen Liebe der Juden für ihre Familie, für die zahlreiche Nachkommenschaft, welche die Kraft ausmacht und welche man vertheidigt.

Plötzlich schien er sich Saccard's zu erinnern.

– Ach, mein Freund, Sie entschuldigen mich; Sie sehen ja, daß ich keine Minute für mich habe, Sie werden mir Ihr Geschäft erklären.

Und er schickte sich an ihm zuzuhören, als ein Beamter, welcher einen großen, blonden Herrn eingeführt hatte, ihm einen Namen ins Ohr flüsterte. Gundermann erhob sich sogleich, obschon ohne Eile, und ging, um mit dem Herrn in einer anderen Fensternische sich zu besprechen, während einer seiner Söhne fortfuhr, die Remisiers und die Coulissiers zu empfangen.

Trotz seiner inneren Gereiztheit begann Saccard von Respekt erfüllt zu werden. Er hatte den blonden Herrn erkannt, den Vertreter einer der Großmächte, in den Tuilerien von Stolz gebläht, hier leicht vorgeneigt, lächelnd, ein Bittsteller. Ein anderes Mal waren es hohe Verwaltungsbeamte, selbst die Minister des Kaisers, welche in diesem Räume stehend empfangen wurden, in diesem Arbeitszimmer, das geräumig war, wie ein öffentlicher Platz und von einem Kinderlärm erfüllt. Und hier kam das universelle Königthum dieses Menschen zur Geltung, der seine Gesandten an allen Höfen hatte, seine Consuln in allen Provinzen, seine Agentschaften in allen Städten und seine Schiffe auf allen Meeren. Er war kein Spekulant, kein Abenteurer-Kapitän, der mit den Millionen Anderer arbeitet und nach dem Beispiel Saccard's von heroischen Kämpfen träumt, in welchen er siegen, eine kolossale Beute mit Hilfe des ihm zur Verfügung stehenden Geldes erringen würde. Er war, wie er gemüthlich zu sagen pflegte, ein einfacher Geldhändler, der geschickteste,eifrigste, den man sich denken konnte. Allein, um seine Macht fest zu begründen, mußte er die Börse beherrschen. Und so gab es bei jeder Liquidation eine neue Schlacht, in welcher er, dank der entscheidenden Macht der starken Bataillone, unfehlbar den Sieg davontrug. Saccard, der ihn betrachtete, blieb einen Augenblick niedergedrückt unter dem Gedanken, daß all das Geld, welches er in Bewegung setzte, sein war, daß er in seinen Kellern die unerschöpfliche Waare besaß, mit welcher er als schlauer und vorsichtiger Kaufmann arbeitete, als absoluter Gebieter, dem man auf einen Wink gehorchte, der Alles hören, Alles sehen, Alles selbst machen wollte. Eine in solcher Weise gehandhabte Milliarde ist eine unbezwingbare Macht.

– Wir werden nicht eine Minute für uns haben, mein Freund, sagte Gundermann, indem er zurückkam. Ich will frühstücken gehen, kommen Sie mit mir in den anstoßenden Saal. Man wird uns dort vielleicht in Frieden lassen.

Es war der kleine Speisesaal des Hauses, der Frühstückssaal, bei welchem die Familie niemals vollständig anzutreffen war. Diesen Morgen waren nur ihrer neunzehn bei Tische, darunter acht Kinder. Der Bankier saß in der Mitte und hatte nur eine Schale Milch vor sich stehen. Er saß mit geschlossenen Augen, erschöpft, mit bleichem, zusammengezogenem Gesichte da, denn er litt an der Leber und an den Nieren; dann, nachdem er mit seinen zitternden Händen die Milchschale an den Mund geführt und einen Schluck getrunken hatte, seufzte er:

– Ach, wie müde bin ich heute!

– Warum ruhen Sie nicht aus? fragte Saccard.

Gundermann wandte sich mit erstauntem Blicke zu ihm und sagte naiv:

– Ich kann nicht ruhen.

In der That ließ man ihn nicht einmal seine Milch ruhig austrinken; schon hatte der Empfang der Remisiers wieder begonnen; der Galopp ging jetzt durch den Speisesaal, während die Familie, die Männer und Frauen, an dieses Gedränge gewöhnt, sich lächelnd unterhielten, mit gutem Appetit die kalten Braten und das Backwerk aßen, und die Kinder, von einem Gläschen Wein in gute Laune versetzt, einen betäubenden Lärm schlugen.

Und Saccard, der ihn unablässig betrachtete, bewunderte ihn immer mehr, wie er ihn seine Milch mit großer Anstrengung trinken sah, daß es schien, als würde er niemals die Schale vollends leeren.

Man hatte ihm die Milchdiät verordnet; er durfte kein Fleisch und keinen Kuchen berühren. Was nützt ihm nun seine Milliarde? Auch die Weiber hatten ihn niemals in Versuchung geführt. Vierzig Jahre war er seiner Frau streng treu geblieben und heute war sein gutes Betragen ein gezwungenes, ein unwiderruflich endgiltiges. Warum also um fünf Uhr Morgens aufstehen, dieses furchtbare Handwerk betreiben, sich diese ungeheure Anstrengung aufbürden, das Leben eines Galeerensträflings führen, das ein Bettler nicht angenommen haben würde, den Kopf voll mit Ziffern und mit einer Welt von Sorgen, die ihm den Schädel zu sprengen drohten? Warum so vielem Gelde noch mehr unnützes Geld hinzufügen, wenn man nicht ein Pfund Kirschen in der Straße kaufen und verzehren, nicht die erstbeste Dirne in eine Kneipe führen darf? wenn man nicht Alles genießen kann, was für Geld zu haben ist: Trägheit und Freiheit? Und Saccard, der in seinen furchtbaren Gelüsten aus purer Leidenschaft, der bloßen Macht wegen dem Gelde nachjagte, fühlte sich von einem heiligen Schauder ergriffen, wenn er dieses Gesicht sah, nicht mehr das Gesicht des klassischen Geizigen, der Schätze anhäuft, sondern das des unfehlbaren Arbeiters, der ohne fleischliches Bedürfniß, gleichsam verloren in seinem leidenden Greisenthum, hartnäckig fortfuhr seinen Millionenthurm zu bauen, mit dem einzigen Traume, denselben den Seinigen zu hinterlassen, damit sie ihn noch größer machen, bis er die Erde beherrschen würde.

Endlich neigte sich Gundermann zu ihm und ließ sich halblaut die projektive Schöpfung der Banque Universelle erklären. Saccard war übrigens enthaltsam in der Mittheilung der Details und machte nur eine Anspielung auf die in dem Portefeuille des Ingenieurs Hamelin liegenden Projekte, weil er gleich bei den ersten Worten merkte, daß der Bankier ihn nur auszuholen suchte und fest entschlossen war, ihn mit leerer Hand heimzuschicken.

– Schon wieder eine Bank, mein Freund, schon wieder eine Bank, wiederholte er mit spöttischer Miene; am liebsten würde ich mein Geld in eine Maschine stecken, welche allen diesen Banken mit einem Schlage den Hals abschneiden würde. Ein Riesenrechen wäre nöthig, um die Börse hinwegzufegen. Hat Ihr Ingenieur nichts Aehnliches unter seinen Papieren?

Dann nahm er eine väterliche Miene an und sagte mit ruhiger Grausamkeit:

– Seien Sie vernünftig, Sie wissen ja, was ich Ihnen gesagt habe ... Sie thun unrecht, zu den Geschäften zurückzukehren. Ich leiste Ihnen einen wirklichen Dienst, indem ich es ablehne, Ihr Syndikat zu unterstützen. Sie werden zugrunde gehen, das ist mathematisch sicher, denn Sie sind zu leidenschaftlich, Sie haben zu viel Einbildungskraft. Wenn man mit dem Gelde Anderer arbeitet, nimmt das immer ein schlechtes Ende ... Warum findet Ihr Bruder nicht eine gute Stelle für Sie? Irgend eine Präfektur oder eine Steuereinnehmer-Stelle? Nein, keine Steuereinnehmer-Stelle, das ist zu gefährlich. Nehmen Sie sich in Acht, mein Freund!

Saccard hatte sich zornbebend erhoben.

– Also das ist ausgemacht, Sie nehmen keine Aktien, Sie wollen nicht mit uns sein?

– Mit Ihnen? Niemals! Ehe drei Jahre vergehen, werden Sie aufgefressen sein.

Es entstand ein gewitterschwüles Schweigen, ein Austausch von drohenden Blicken.

– Nun denn, guten Tag, ich habe noch nicht gefrühstückt und bin sehr hungrig. Wir werden ja sehen, wer aufgefressen wird.

Und er ließ ihn mit seiner Familie, welche geräuschvoll das Frühstück beendigte. Gundermann empfing die letzten Makler und schloß von Zeit zu Zeit ermüdet die Augen, während er den letzten Rest seiner Milch trank.

Saccard warf sich in seinen Fiaker, indem er dem Kutscher die Adresse Rue Saint Lazare gab. Es schlug ein Uhr, der Tag war verloren. Außer sich vor Wuth kehrte er heim, um zu frühstücken. Ha, der schmutzige Jude! Das ist Einer, den er gerne mit den Zähnen zermalmen würde, wie ein Hund einen Knochen. Allerdings, ein großer und furchtbarer Bissen. Aber wer weiß? Man hat schon die größten Königreiche stürzen gesehen; es gibt immer eine Stunde, in welcher die Mächtigen unterliegen. Nein, nicht so gleich fressen wollte er ihn. Erst ihn anschneiden, ihm einige Fetzen seiner Milliarde entreißen und nachher ihn fressen. Ja, warum nicht? Er wollte sie vernichten, in ihrem anerkannten König vernichten, diese Juden, die sich die Herren der Welt dankten. Diese Erwägungen, dieser Zorn, den er von Gundermann mitgebracht, entfesselten in Saccard einen wüthenden Eifer, eine wahnsinnige Gier nach Geschäften, nach einem unmittelbaren Erfolg: er hätte mit einer Handbewegung sein Bankhaus aufbauen, in Betrieb setzen, triumphiren, die concurrirenden Häuser zermalmen mögen. Plötzlich erinnerte er sich Daigremont's und ohne Widerstreben, in einer unwiderstehlichen Regung neigte er sich zum Wagenfenster hinaus und rief dem Kutscher zu, nach der Rue Larochefoucauld zu fahren. Wenn er Daigremont treffen wollte, mußte er sich sputen, denn dieser ging, wie er wußte, gegen ein Uhr aus. Er wird eben später frühstücken. Dieser Christ wog allerdings zwei Juden auf und stand in dem Rufe, alle neuen Unternehmungen, die man ihm anvertraute, gierig zu verschlingen Allein in diesem Augenblicke wäre Saccard geneigt gewesen, mit Schinderhannes zu unterhandeln, um den Sieg zu sichern, selbst unter der Bedingung, mit Jenem theilen zu müssen. Später wird man ja sehen. Er wird immer der Stärkere bleiben.

Inzwischen fuhr der Fiaker langsam die ansteigende Straße hinan und hielt vor dem hohen, monumentalen Thor eines der letzten Hotels dieses Stadtviertels, welches deren so viele zählte. Der Palast, inmitten eines weiten, gepflasterten Hofes stehend, hatte ein Aussehen von königlicher Größe; dahinter lag ein Park mit hundertjährigen Bäumen, völlig isolirt von den volkreichen Straßen. Ganz Paris kannte dieses Hôtel wegen seiner glänzenden Feste, hauptsächlich aber wegen seiner wunderbaren Gemäldesammlung, welche kein nach Frankreich kommender Großfürst zu besichtigen unterließ. Mit einer Frau vermählt, welche vermöge ihrer Schönheit ebenso berühmt war wie seine Gemälde und welche in der vornehmen Gesellschaft als Sängerin große Erfolge einheimste, führte der Herr dieses Palastes ein fürstliches Haus, war ebenso stolz auf seinen Rennstall, wie auf seine Gemäldegalerie, gehörte einem der vornehmsten Clubs an, galt als der Beschützer der kostspieligsten Frauen, hatte seine Loge in der Oper, seinen Sessel im Hotel Drouot und sein Sitzbänkchen in den modernen Spelunken. Und dieses auf großem Fuße geführte Leben, dieser in einer Apotheose der Laune und der Kunst stammende Luxus wurde ausschließlich durch die Spekulation bezahlt, durch ein fortwährend in Bewegung befindliches Vermögen, welches unendlich schien, wie das Meer, bei welchem es aber auch Fluth und Ebbe gab, Differenzen von 2–300 000 Francs bei jeder zweiwöchentlichen Liquidation.

Als Saccard die majestätische Treppe erstiegen hatte, kündigte ein Diener ihn an und führte ihn durch drei Salons, die mit wunderbaren Kunstsachen angefüllt waren, bis zu einem kleinen Rauchzimmer, wo Daigremont, bevor er ausging, feine Zigarre beendigte. Im Alter von 45 Jahren stehend, kämpfte Daigremont gegen einen beginnenden Dickwanst; er war von hohem Wuchs, sehr elegant mit seinem sorgfältig gepflegten Haupthaar, das Gesicht rasirt bis auf einen Schnurrbart und einen Knebelbart, um die Barttour des von ihm fanatisch verehrten Kaisers nachzuahmen. Er spielte sich gerne auf den liebenswürdigen Menschen auf, hatte ein unbegrenztes Selbstvertrauen stets sicher zu siegen.

Sogleich eilte er dem Besucher entgegen.

– Ach, Sie sind es, mein lieber Freund? Was ist denn aus Ihnen geworden? Ich dachte neulich erst an Sie. Aber sind Sie denn nicht mein Nachbar?

Indeß beruhigte er sich bald wieder und verzichtete auf diese Redseligkeit, welche gut war für die große Menge, als Saccard, die diplomatischen Feinheiten des Ueberganges unnütz findend, sofort auf den Gegenstand seines Besuches einging. Er sprach von seinem großen Unternehmen und erklärte, daß er, bevor er die Universalbank mit einem Kapital von 25 Millionen in's Leben ruft, ein Syndicat von Freunden, Bankiers und Industriellen zu bilden bemüht ist, welches im Voraus den Erfolg der Actienemission sichern sollte, indem es sich verpflichtete, vier Fünftel der Emission, d. i. wenigstens 40 000 Actien zu übernehmen.

Daigremont war sehr ernst geworden, hörte ihm zu und betrachtete ihn, als wollte er bereits in's Innerste seines Geheimnisses eindringen, um zu sehen, welche Anstrengung, welche nützliche Arbeit er von diesem Menschen erwarten konnte, den er inmitten seiner fieberhaften Thätigkeit so rührig, so voll ausgezeichneter Eigenschaften kennen gelernt hatte. Anfänglich zögerte er.

– Nein, nein, ich bin überladen und will nichts Neues unternehmen.

Dann fühlte er sich dennoch versucht und stellte einige Fragen, wollte die Projekte kennen lernen, welche das neue Bankhaus patronisiren würde, die Projekte, von welchen Saccard vorsichtigerweise nur mit äußerster Zurückhaltung sprach. Und als er die erste Unternehmung vernahm, welche man in's Leben rufen wollte, die Vereinigung der Mittelmeer-Transport-Compagnien unter der Firma der „Allgemeinen Packetboot-Gesellschaft“, schien er überrascht und war mit einem Schlage gewonnen.

– Nun denn, ich will mitthun. Allein, unter einer Bedingung ... Wie stehen Sie mit Ihrem Bruder, dem Minister?

Saccard war von der Frage betroffen und machte kein Hehl aus seiner Erbitterung.

– Mit meinem Bruder? erwiderte er. Ach, er betreibt seine Geschäfte und ich betreibe die meinigen. Mein Bruder ist nicht von übergroßer Zärtlichkeit.

– Umso schlimmer, erklärte Daigremont rund heraus. Wenn Ihr Bruder nicht dabei ist, will ich auch nicht dabei sein. Ich will nicht, daß Sie auf gespanntem Fuße mit Ihrem Bruder seien, verstehen Sie wohl?

Saccard protestirte mit einer Geberde der Ungeduld. Bedurfte man des Rougon? Heißt das nicht Ketten suchen, um sich Hände und Füße damit zu fesseln? Aber gleichzeitig rieth ihm eine Stimme der Klugheit, stärker als seine Gereiztheit, daß er sich wenigstens die Neutralität des großen Mannes sichern sollte. Indeß lehnte er es in rauher Weise ab, sich nachgiebig zu zeigen.

– Nein, nein, er war immer sehr unanständig gegen mich. Niemals werde ich den ersten Schritt thun.

– Hören Sie, fuhr Daigremont fort, ich erwarte um 5 Uhr Huret wegen einer Kommission, die er übernommen hat. Sie werden nach dem gesetzgebenden Körper eilen. Huret beiseite nehmen und ihm Ihre Angelegenheit erzählen. Er wird sofort mit Rougon darüber sprechen und so erfahren, wie der Minister darüber denkt. Um fünf Uhr werden wir seine Antwort wissen. Wir treffen uns also um fünf Uhr.

Saccard sann gesenkten Hauptes nach.

– Mein Gott, wenn Sie dabei beharren ...

– Ich beharre durchaus dabei. Ohne Rougon nichts, mit Rougon Alles.

– Es ist gut, ich gehe.

Und er wandte sich zum Gehen, nachdem er Daigremont kräftig die Hand gedrückt. Doch dieser rief ihn zurück.

– Wenn Sie finden, daß die Dinge sich gut anlassen, so sprechen Sie auf dem Rückwege bei dem Marquis von Bohain und bei Sédille vor; sagen Sie diesen Herren, daß ich mit dabei bin und fordern Sie sie zum Eintritt auf. Ich will, daß diese Herren mit dabei seien.

Vor dem Hausthor fand Saccard seinen Fiaker, den er behalten hatte, obgleich er nur bis an das Ende der Straße gehen mußte, um zuhause zu sein. Er entließ den Miethwagen in der Hoffnung, daß er Nachmittags seinen eigenen Wagen werde anspannen lassen können und er kehrte heim, um zu frühstücken. Man erwartete ihn nicht mehr, die Köchin brachte ihm ein Stück kalten Braten, welchen er verschlang, während er den Kutscher ausschalt, der ihm meldete, der Thierarzt habe gesagt, man müsse dem Pferde drei bis vier Tage Ruhe gönnen. Und mit vollem Munde beschuldigte er den Kutscher der Nachlässigkeit und drohte ihm mit Madame Caroline, welche schon Ordnung schaffen werde. Endlich rief er ihm zu, einen Fiaker zu holen. Von Neuem fegte eine Sintfluth durch die Straßen, er mußte länger als eine Viertelstunde auf den Wagen warten; dann, als er mitten im strömenden Regen in den Wagen stieg, rief er dem Kutscher die Adresse zu:

– Nach dem gesetzgebenden Körper!

Sein Plan war, vor Beginn der Sitzung anzukommen, um Huret auf seinem Wege zu treffen und sich ruhig mit ihm zu besprechen. Unglücklicherweise erwartete man an diesem Tage eine leidenschaftliche Debatte, denn ein Mitglied der Linken gedachte die ewige mexikanische Frage aufzuwerfen und Rougon würde sicherlich genöthigt sein, zu antworten.

Als Saccard den Vorsaal betrat, fügte es sich so günstig, daß er den Deputirten Huret traf. Er führte ihn nach einem der anstoßenden kleinen Säle, wo sie dank der großen Bewegung, die in den Couloirs herrschte, allein blieben. Die Opposition wurde immer schrecklicher, man fühlte den Wind der Katastrophe, welcher immer mächtiger zu werden und Alles niederzuwerfen drohte. Huret war denn auch nachdenklich, er begriff nicht sogleich und ließ sich zweimal die Mission erklären, mit welcher man ihn betraute. Seine Bestürzung wurde nur noch größer, als er endlich begriff.

– Ach, mein lieber Freund, wo denken Sie hin? In diesem Augenblicke mit Rougon zu reden! Er wird mich zum Teufel schicken, das ist sicher.

Die Sorge um sein persönliches Interesse trat hier zu Tage. Huret existirte nur durch den Minister, welchem er seine officielle Kandidatur, seine Wahl und seine Stellung eines Factotums zu danken hatte, der von den Brosamen der Gunst des Gebieters lebte. Dank den sorgfältig gesammelten Abfällen von der Tafel des Meisters war es ihm bei diesem Metier in zwei Jahren gelungen, seine Ländereien im Departement Calvados „abzurunden" und es war sein Plan, sich dahin zurückzuziehen und nach dem Zusammenbruch dort zu thronen. Sein breites, schlaues Bauerngesicht hatte sich verdüstert und drückte die Verlegenheit aus, in welche dieses Verlangen nach einer Vermittlung ihn stürzte, ohne daß man ihm Zeit ließ, darüber nachzudenken, ob es bei diesem Geschäfte einen Nutzen oder einen Schaden für ihn geben werde.

– Nein, nein, ich kann nicht ... Ich habe Ihnen den Willen Ihres Bruders übermittelt und kann ihm nicht noch einmal mit der Sache kommen. Denken Sie nur ein wenig an mich. Er ist ganz und gar nicht sanft, wenn man ihn ärgert und ich habe keine Lust, statt Ihrer zu büßen und sein Vertrauen zu verlieren.

Saccard begriff und bemühte sich nunmehr, ihn zu überzeugen, daß es bei der Gründung der Universalbank Millionen zu gewinnen geben werde. In breiten Zügen, mit jener Lebhaftigkeit seiner Rede, welche ein Geldgeschäft in ein Feenmärchen zu verwandeln wußte, erklärte er die herrlichen Unternehmungen, den sicheren und kolossalen Erfolg. Daigremont sei begeistert von der Sache und wolle sich an die Spitze des Syndicats stellen. Bohain und Sédille hätten sich schon beworben, mit dabei sein zu dürfen. Es sei unmöglich, daß Huret nicht mit dabei sei, die Herren wollten ihn wegen seiner hohen politischen Stellung absolut zu den ihrigen zählen. Man hoffte sogar, er werde einwilligen, Mitglied des Verwaltungsrathes zu werden, weil sein Name Ordnung und Rechtschaffenheit bedeute.

Bei diesem Versprechen, ihn zum Mitgliede des Verwaltungsrathes zu machen, blickte der Deputirte ihm fest in's Gesicht.

– Was wollen Sie schließlich von mir, welche Antwort soll ich von Rougon erlangen?

– Mein Gott, fuhr Saccard fort, ich wäre gerne ohne meinen Bruder in die Sache eingetreten; allein Daigremont fordert, daß ich mich mit ihm versöhne. Vielleicht hat er Recht. Ich glaube denn, daß Sie mit dem furchtbaren Mann ganz einfach von unserem Geschäfte reden und von ihm, wenn nicht seine Unterstützung, so doch wenigstens die Zusage erlangen, daß er nicht gegen uns sei.

Huret stand mit halb geschlossenen Augen da und konnte sich noch immer nicht entschließen.

– Wenn Sie nur ein gutes Wort, nichts als ein gutes Wort von ihm bringen – verstehen Sie? – so wird Daigremont sich damit begnügen und wir Drei bringen die Sache noch heute Abends ins Reine.

– Nun denn, ich will es versuchen, erklärte plötzlich der Abgeordnete, indem er eine bäuerliche Offenheit heuchelte; aber ich thue es nur Ihrethalben, denn er ist gar nicht angenehm, Ihr Bruder, besonders wenn die Linke ihn ärgert ... Um 5 Uhr denn.

– Ja, um 5 Uhr.

Saccard blieb noch fast eine Stunde im gesetzgebenden Körper, sehr unruhig wegen der Kampfgerüchte, welche im Umlauf waren. Er hörte, wie einer der großen Redner der Opposition ankündigte, daß er das Wort ergreifen werde. Bei dieser Nachricht dachte er einen Augenblick daran, Huret wieder aufzusuchen, um ihn zu fragen, ob es nicht klug wäre, die Unterredung mit Rougon auf den nächsten Tag zu verschieben. Allein er war Fatalist und glaubte an das Glück, deshalb zitterte er vor dem Gedanken, Alles zu verderben, wenn er widerriefe, was verabredet worden. Vielleicht würdesein Bruder in dem Gedränge leichter das erwartete Wort fallen lassen. Und um die Dinge ihren Gang gehen zu lassen, entfernte er sich aus dem Gebäude des gesetzgebenden Körpers, stieg wieder in seinen Fiaker und war im Begriffe, über die Concorde-Brücke zu fahren, als er sich des Wunsches erinnerte, welchen Daigremont ausgesprochen hatte.

– Kutscher, nach der Rue de Babylone.

In der Rue de Babylone wohnte der Marquis von Bohain. Er hatte den Zubau zu einem großen Hotel inne, einen Pavillon, der ehemals dem Stallpersonal als Wohnung gedient hatte und aus welchem er ein sehr comfortables, modernes Haus gemacht hatte. Die Wohnung war prunkvoll und hatte ein kokettes, aristokratisches Aussehen. Seine Frau war niemals zu sehen; sie wäre kränklich, sagte er, und durch ihr Leiden in ihren Zimmern zurückgehalten. Und doch waren das Haus und die Möbel ihr Eigenthum; er wohnte nur als Miether bei ihr, besaß nichts als seine Fahrnisse in einem Koffer verwahrt, welchen er auf einem Fiaker hätte fortführen können; seitdem er vom Spiel lebte, hatte eine Trennung der Güter zwischen ihnen stattgefunden. Schon bei zwei Katastrophen hatte er rundweg sich geweigert, seine Differenzen zu bezahlen und der Richter, nachdem er sich von der Lage unterrichtet hatte, gab sich nicht einmal die Mühe, ihm das gestempelte Papier in's Haus zu schicken. Man sagte, einfach „Schwamm darüber!“ Was er gewonnen, steckte er ein, wenn er verlor, zahlte er nicht. Das wußte man und man fügte sich darein. Er hatte einen berühmten Namen und machte Staat in den Verwaltungsräthen; die Unternehmungen, die nach hochklingenden Namen suchten, rissen sich um ihn. Er war stets vielumworben. Auf der Börse hatte er einen Sessel auf der nach der Rue Nôtredame-des-Victoire gelegenen Seite; es war die Seite der reichen Spekulation, welche that, als hätte sie kein Interesse für die kleinen Aufregungen des Alltagsspiels. Man respektirte ihn und zog ihn zu Rathe; oft hatte er den Markt beeinflußt; mit einem Worte: eine Persönlichkeit.

Saccard kannte ihn und war dennoch bewegt von dem außerordentlich höflichen Empfang dieses schönen Greises von 60 Jahren mit dem kleinen, auf einem riesigen Körper sitzenden Kopfe, mit dem bleichen Gesichte, das von einer braunen Perrücke eingerahmt, einen sehr vornehmen Eindruck machte.

– Herr Marquis, ich komme als ein wirklicher Bittsteller.

Er nannte sogleich den Beweggrund seines Besuches, ohne aber sich in Einzelheiten einzulassen. Uebrigens unterbrach ihn der Marquis gleich bei den ersten Worten.

– Nein, nein, meine ganze Zeit ist in Anspruch genommen, ich habe zehn Vorschläge abgelehnt.

Und als Saccard lächelnd hinzufügte:

– Daigremont ist es, der mich schickt; er hat an Sie gedacht, rief der Marquis sogleich aus:

– Ach, Daigremont ist mit dabei? Gut, gut. Wenn Daigremont eintritt, will ich ebenfalls eintreten. Zählen Sie auf mich.

Der Besucher wollte ihm einige Aufschlüsse geben, um ihm zu zeigen, in welche Art von Geschäften er einzutreten im Begriffe sei; doch der Marquis schloß ihm den Mund mit der liebenswürdigen Sorglosigkeit eines großen Herrn, der sich zu solchen Kleinigkeiten nicht herabläßt und ein natürliches Vertrauen in die Rechtschaffenheit der Menschen setzt.

– Kein Wort weiter, ich bitte Sie! Ich will nichts wissen, Sie bedürfen meines Namens, ich leihe Ihnen denselben und freue mich außerordentlich, das ist Alles. Sagen Sie Daigremont, er möge die Dinge einrichten, wie es ihm beliebt.

Als Saccard sehr heiter wieder in seinen Wagen stieg, sagte er kichernd:

– Er wird theuer sein, aber er macht eine schöne Figur.

Dann rief er dem Kutscher zu:

– Fahren Sie mich nach der Rue des Jeûneurs.

Dort hatte das Haus Sédille seine Magazine und seine Bureaux, welche im Hintergrunde eines Hofes ein ganzes Erdgeschoß einnahmen. Sédille, der von Lyon war und dort seine Fabrikswerkstätten behalten, hatte nach dreißigjähriger Arbeit es verstanden, aus seinem Seiden-Handelshause eines der bestbekannten und solidesten von Paris zu machen, als in Folge eines Glücksfalles die Spielleidenschaft bei ihm aufgetreten war und sich zur verheerenden Heftigkeit eines Brandes entwickelte. Zwei bedeutende Börsengewinne Schlag auf Schlag hatten ihm den Verstand geraubt. Warum sich dreißig Jahre abmühen, um eine armselige Million zu gewinnen, wenn man sie in einer Stunde durch eine einfache Börsenoperation in die Tasche stecken kann? Seither hatte er allmälig das Interesse an seinem Handelshause verloren, welches übrigens durch die eigene Kraft weiter gedieh; er lebte nur mehr in der Hoffnung auf einen gewaltigen Zug an der Börse; und als das Unglück kam und sich dauernd festsetzte, warf er die reichen Erträgnisse seines Handels in diesen Abgrund. Das Schlimmste bei diesem Fieber ist, daß man den Geschmack an dem legitimen Gewinn verliert und schließlich die genaue Kenntniß des Geldes einbüßt. Und das Ende dieses Weges war verhängnißvoller Weise der Ruin, wenn die Lyoner Fabrik jährlich 200 000 Francs abwarf, während das Spiel 300 000 Francs verschlang.

Saccard fand Sédille unruhig und aufgeregt, denn dieser war ein Spieler ohne Phlegma und ohne Philosophie. Er lebte in fortwährenden Gewissensbissen, stets hoffend, stets niedergeschlagen, krank durch die Ungewißheit, weil er im Grunde ein ehrlicher Mann geblieben. Die April-Liquidation war für ihn eine sehr ungünstige gewesen. Indeß röthete sichsein breites Antlitz mit dem dichten blonden Backenbart bei den ersten Worten Saccard's.

– Ach, mein Lieber, wenn Sie mir Glück bringen, seien Sie mir willkommen, sprach er.

Doch sogleich von einem Angstgefühl ergriffen, fügte er hinzu:

– Nein, nein, bleiben Sie mir mit Ihren Versuchungen vom Leibe. Ich thäte am besten, mit meinen Seidenstoffen mich einzuschließen und keinen Fuß mehr aus meinem Comptoir zu setzen.

Saccard wollte ihm Zeit lassen, sich zu beruhigen und sprach ihm von seinem Sohn Gustav, welchen er gestern bei Mazaud gesehen hatte. Doch Gustav war für den Kaufmann gleichfalls ein Gegenstand der Kränkung; er hatte einst davon geträumt, die Leitung des Geschäftshauses diesem Sohn zu übertragen. Gustav aber verachtete den Handel, lebte nur für die Vergnügungen, als rechter Sohn eines Emporkömmlings, der darauf losgeht, das Vermögen des Vaters wieder durchzubringen. Sédille hatte ihn zu Mazaud in's Comptoir gethan, um zu sehen, ob er daselbst Geschmack an den Finanzgeschäften finden würde.

– Seit dem Tode seiner armen Mutter, flüsterte er, habe ich wenig Freude an ihm. Doch vielleicht wird er bei Mazaud Einiges lernen, was uns nützlich sein kann.

– Nun denn, rief Saccard plötzlich, gehen Sie mit uns? Daigremont hat mir gerathen, bei Ihnen vorzusprechen, um Ihnen zu sagen, daß er mit bei der Sache sei.

Sédille hob die zitternden Arme in die Luft und sagte mit einer von der Gier und der Angst veränderten Stimme:

– Ach ja, ich bin dabei, Sie wissen ja, daß ich nicht anders kann. Wenn ich mich weigerte und Ihr Geschäft in die Blüthe käme, müßte ich vor Reue krank werden. Sagen Sie Daigremont, daß ich mit dabei bin.

Als Saccard sich wieder in der Straße befand, zog er die Uhr und sah, daß es kaum vier Uhr war. Er hatte fast noch eine Stunde vor sich und verspürte Lust, ein wenig zu gehen, daher entließ er den Fiaker. Er bereute dies sogleich, denn er war noch nicht auf dem Boulevard, als ein neuer Regenguß, eine mit Hagel gemengte Sintfluth ihn nöthigte, von Neuem unter einem Hausthor Zuflucht zu suchen. Welch' ein Hundewetter, wenn man Paris zu durchlaufen hatte! Nachdem er eine Viertelstunde das Unwetter betrachtet hatte, ward er von Ungeduld ergriffen und winkte einen vorbeifahrenden leeren Miethwagen herbei. Es war eine Victoria und er versuchte vergebens mit dem Lederschurz seine Beine zu bedecken; er kam in der Rue de Larochefoucauld ganz durchnäßt und um eine halbe Stunde zu früh an.

Der Diener führte ihn in's Rauchzimmer, indem er ihm mittheilte, daß der Herr noch nicht zurückgekehrt sei. Saccard ging eine Weile in dem Gemach umher und betrachtete die Gemälde. Doch als in dem stillen Hôtel eine Frauenstimme, ein Kontra-Alt von einer melancholischen und tiefen Gewalt ertönte, näherte er sich dem offen gebliebenen Fenster, um zuzuhören. Es war Madame Daigremont, welche am Piano ein Stück repetirte, welches sie ohne Zweifel am Abend in irgend einem Salon singen wollte. Von dieser Musik gewiegt, dachte Saccard an die außerordentlichen Geschichten, welche über Daigremont im Umlauf waren: hauptsächlich die Geschichte über „Hadamantine“, jene Anleihe von 50 Millionen, deren ganzen Stock er in der Hand behielt, indem er ihn fünfmal durch seine Makler verkaufen und wieder verkaufen ließ, bis er einen Markt geschaffen, einen Preis festgestellt hatte; und dann der wirkliche Verkauf, der verhängnißvolle Sturz von 300 Francs auf 15 Francs und der ungeheure Gewinn, den er von einer ganzen Menge naiver Käufer aus den unteren Klassen einsackte, die er mit einem Schlage ruinirte! Ach, das war ein schlauer Kerl, ein fürchterlicher Herr! Die Stimme der Frau des Hauses fuhr fort zu singen, verhallte in einer zärtlichen Klage von tragischer Breite, während Saccard in die Mitte des Gemaches zurückgekehrt vor einem Meissonnier stehen blieb, welcher auf 100 000 Francs geschätzt wurde.

Doch jetzt trat Jemand ein und Saccard war überrascht, Huret zu erkennen.

– Wie, Sie sind schon da? es ist noch nicht fünf Uhr! Ist die Sitzung zu Ende?

– Ach ja, zu Ende ... Sie balgen sich herum.

Und er erklärte ihm, daß der Deputirte von der Opposition noch immer sprach, so daß Rougon sicherlich erst am folgenden Tage würde antworten können. Als er das gesehen, entschloß er sich, während einer kurzen Pause den Minister zu sprechen.

– Nun, fragte Saccard nervös, was hat er gesagt, mein berühmter Bruder?

Huret antwortete nicht sogleich.

– Oh, er war von einem Hundehumor. Ich gestehe Ihnen, daß ich auf die Verbitterung zählte, in welcher ich ihn sah und hoffte, daß er mich ganz einfach zum Teufel schicken werde ... Ich erzählte ihm dann Ihre Angelegenheit und sagte ihm, daß Sie ohne seine Zustimmung nichts unternehmen wollen.

– Und dann?

– Dann packte er mich bei beiden Armen, schüttelte mich und schrie mir in's Gesicht: „Er soll sich hängen lassen!" und damit ließ er mich stehen.

Saccard erbleichte.

– Das ist artig, sagte er mit einem gezwungenen Lächeln.

– Ja, das ist artig, wiederholte der Deputirte in überzeugtem Tone. So viel verlangte ich gar nicht ... Mit dieser Empfehlung werden wir weit kommen.

Und da er aus dem benachbarten Salon die Schritte des heimkehrenden Daigremont hörte, fügte er mit leiser Stimme hinzu:

– Lassen Sie mich machen.

Augenscheinlich hatte Huret sehr große Lust, die Universalbank gegründet zu sehen und mit dabei zu sein. Ohne Zweifel hatte er sich schon die Rolle zurechtgelegt, welche er dabei spielen könnte. Er beeilte sich, Daigremont kräftig die Hand zu schütteln und rief mit strahlendem Gesichte und mit fuchtelnden Armen:

– Victoria, Victoria!

– Ach wirklich? erzählen Sie mir das.

– Mein Gott, der große Mann war, wie er sein sollte; er antwortete mir: „Ich wünsche meinem Bruder den besten Erfolg!"

Daigremont war entzückt und fand das Wort reizend. Er wünschte ihm besten Erfolg, damit war Alles gesagt. Das hieß: Wenn er Fiasko macht, lasse ich ihn fallen; wenn er Erfolg hat, will ich ihn unterstützen. Ausgezeichnet, in der That!

– Und, mein lieber Saccard, fügte er hinzu, wir werden Erfolg haben, feien Sie beruhigt. Wir werden Alles aufbieten, um an's Ziel zu gelangen.

Dann, als die drei Männer Platz genommen hatten, um die Hauptpunkte festzustellen, erhob sich Daigremont und ging das Fenster schließen, denn die allmälig angeschwollene Stimme seiner Frau stieß ein Schluchzen von endloser Verzweiflung aus, welches die Herren verhinderte sich zu verständigen. Und selbst als das Fenster schon geschlossen war, begleitete sie dieses unterdrückte Gejammer, während sie beschlossen, ein Kredithaus, die „*Universalbank*“ mit einem Kapital von 25 Millionen, in 50 000 Actien zu 500 Francs eingetheilt, zu gründen. Es war übrigens abgemacht worden, daß Daigremont, Huret, Saccard, der Marquis Bohain und noch einige ihrer Freunde ein Syndicat bilden, welches vier Fünftel der Actien, d. i. 40 000 Stück im voraus nehmen und unter sich austheilen sollte, so daß der Erfolg der Emission gesichert wäre. Sie würben die Titres zurückbehalten, sie auf dem Markt selten machen und so nach ihrem Belieben den Kurs hinauftreiben. Doch die Unterhandlungen drohten in die Brüche zu gehen, als Daigremont eine Prämie von 400 000 Francs forderte, auf die 40 000 Actien zu 10 Francs per Stück zu vertheilen. Saccard protestirte laut und erklärte, es sei ein Unsinn, die Kuh zum Brüllen zu bringen, bevor man sie gemelkt. Der Anfang würde ohnehin schwierig sein, wozu die Lage noch mehr verwirren? Allein als Huret erklärte, die Sache sei ganz natürlich und werde überall so gemacht, mußte Saccard nachgeben.

Sie waren im Begriffe, sich zu trennen und verabredeten ein Zusammentreffen für den nächsten Tag, welchem auch der Ingenieur Hamelin zugezogen werden sollte, als Daigremont sich plötzlich an die Stirne schlug.

– Ach, ich hatte an Kolb ganz vergessen! rief er mit einer Miene der Verzweiflung. Er wird es mir nie verzeihen, er muß mit dabei sein. Mein lieber Saccard, wenn Sie mir gefällig sein wollen, gehen Sie sofort zu ihm, es ist noch nicht 6 Uhr und Sie werden ihn antreffen. Ja, Sie selbst und nicht erst morgen, sondern heute Abends; dies wird ihn rühren und er kann uns nützlich sein.

Saccard machte sich geduldig auf den Weg, weil er wohl wußte, daß die Glückstage sich nicht wiederholen. Doch er hatte abermals seinen Fiaker entlassen, in der Hoffnung heimkehren zu können; und da der Regen endlich aufhören zu wollen schien, ging er zu Fuße, ordentlich froh, wieder einmal das Pflaster von Paris unter seinen Sohlen zu fühlen, dieser Stadt, die er wiederzuerobern gedachte. In der Rue Montmartre begann es wieder zu tröpfeln und dies bestimmte ihn, durch die Passagen zu gehen. Er kam durch die Passage Verdeau, durch die Passage Jouffroy, dann, als er durch die Passage des Panoramas kam und eine Seitengalerie einschlug, um den Weg abzukürzen und die Rue Vivienne zu erreichen, sah er zu seiner Ueberraschung aus einer dunklen Allee Gustave Sédille auftauchen, welcher allsogleich verschwand, ohne sich umgeschaut zu haben.

Saccard blieb stehen und betrachtete das Haus, ein möblirtes Hotel von diskretem Aussehen, als er in einer kleinen blonden, verschleierten Frau, welche jetzt das Haus verließ, positiv Madame Conin, die hübsche Papierhändlerin, erkannte.

Hieher also führte sie in ihren Zärtlichkeitsanfällen ihre Eintags-Liebhaber, während ihr gutmüthiger, dicker Mann glaubte, daß sie in der Stadt herumlaufe, um die Rechnungen einzukassiren. Dieser geheimnißvolle Winkel mitten im Stadtviertel war sehr geschickt gewählt und nur ein Zufall hatte ihm ihr Geheimniß verrathen. Saccard lächelte aufgeräumt und beneidete Gustave; Vormittag Germaine Coeur, Nachmittag Madame Conin; der junge Mann fuhr zweispännig. Und er betrachtete sich die Hausthür genau, um sie wieder zu erkennen, denn er fühlte sich versucht, auch von der Frucht zu kosten.

In der Rue Vivienne angekommen und in dem Augenblick, als er bei Kolb eintreten wollte, erbebte Saccard und blieb abermals stehen. Ein leichter, kristallheller Wohllaut, welcher aus dem Erdboden stieg gleich der Stimme der sagenhaften Feen, hüllte ihn ein und er erkannte die Musik des Goldes, das ewige Klingen dieses Stadtviertels des Handels und der Speculation, welches er schon am Morgen vernommen. Der Abend war wie der Morgen, der liebkosende Klang dieser Stimme machte sein Herz aufgehen und schien ihm ein Zeichen von guter Vorbedeutung.

Kolb befand sich eben unten in der Schmelzwerkstätte und Saccard, als Vertrauter des Hauses, ging hinunter, um ihn daselbst aufzusuchen. Im Kellergeschoß, welches breite Gasflammen unablässig erhellten, leerten die beiden Schmelzer mit der Schaufel die mit Zink ausgeschlagenen, au diesem Tage mit spanischen Goldstücken gefüllten Kassen und warfen die Goldmünzen in den großen Schmelzkessel, der auf einem viereckigen Herde stand. Es herrschte in dem Räume eine große Hitze und man mußte inmitten des unter dem niedrigen Gewölbe vibrirenden Goldklanges laut sprechen, um sich zu verständigen. Auf dem Tische des Chemikers waren Goldbarren und Goldziegel aufgereiht, die einen hellen Schimmer von neuem Metall zeigten und von dem Chemiker mit Zeichen versehen wurden. Seit dem Morgen waren in dieser Weise über 6 Millionen eingeschmelzt worden, welche dem Bankier einen Gewinn von kaum 3–400 000 Francs brachten, denn die Goldarbitrage, diese zwischen zwei Kursen realisirbare Differenz, ist sehr minim, bewerthet sich nach Tausendsteln, so daß nur bedeutende Quantitäten geschmolzenen Metalls einen Gewinn abwerfen. Dies erklärte das ewige Klingen und Fließen des Goldes vom Morgen bis zum Abend, von einem Ende des Jahres bis zum andern, in der Tiefe dieses Kellers, wo das Gold in geprägtem Zustande ankam und in Gestalt von Barren wieder fortgeschafft wurde, um wieder in der Form von Münzen anzukommen und wieder in der Form von Barren abzugehen, endlos, mit dem einzigen Zwecke, in den Händen des Kaufmanns einige Bruchstücke Gold zurückzulassen.

Als Kolb, ein kleiner, sehr brauner Mann, dessen Adlernase inmitten seines großen Bartes die jüdische Abstammung verrieth, den Antrag Saccard's verstanden hatte. welcher in dem Goldklang kaum zu hören war, nahm er sofort an.

– Vortrefflich! rief er, sehr erfreut, mit dabei zu sein, wenn Daigremont dabei ist. Ich danke Ihnen, daß Sie sich bemüht haben.

Doch sie hörten sich kaum und schwiegen denn. Sie verblieben noch eine Weile da, ganz betäubt von diesem sehr hellen und unablässigen Geräusch, in welchem ihr Fleisch erbebte, wie von einer auf den Violinen ausgehaltenen allzu hohen Note.

Draußen war wieder schönes Wetter, ein milder Maiabend. Trotzdem nahm Saccard einen Wagen, denn er fühlte sich ermüdet. Es war ein schwerer, aber gut ausgefüllter Tag.

IV.

Es tauchten Schwierigkeiten auf, die Angelegenheit wollte nicht recht vorwärts; es Verflossen fünf Monate, ohne daß man zu irgend einem Abschluß gelangte. Man war schon in den letzten Tagen des Monats September und Saccard wüthete, als er sah, daß trotz seines Eifers endlose Hindernisse auftauchten, eine ganze Reihe von nebensächlichen Fragen, welche vorher zu lösen waren, wenn man etwas Ernstes und Dauerhaftes gründen sollte.

Seine Ungeduld erreichte einen solchen Grad, daß er einen Augenblick gesonnen war, das ganze Syndicat zum Teufel zu schicken und das Geschäft mit der Fürstin Orviedo allein zu machen. Sie besaß die zum ersten Anlauf erforderlichen Millionen. Warum sollte sie sie nicht an diese herrliche Operation wagen und bei den schon jetzt in Aussicht genommenen Kapitalserhöhungen die kleine Klientel heranziehen? Er setzte absoluten Glauben in das Unternehmen; er hatte die Ueberzeugung, ihr eine Kapitalanlage vorzuschlagen, bei welcher sie ihr Vermögen verzehnfachen würde, dieses Vermögen der Armen, welches sie dann mit noch viel mehr freigebiger Hand würde vertheilen können.

Und so ging denn Saccard eines Morgens zur Fürstin hinauf und als Freund und Geschäftsmann zugleich erklärte er ihr die Existenzberechtigung und den Mechanismus der Bank, von der er träumte. Er sagte ihr Alles, breitete das Portefeuille des Ingenieurs Hamelin vor ihr aus, verschwieg keine einzige der im Orient geplanten Unternehmungen. Jener Leichtigkeit nachgebend, mit welcher er sich an seiner eigenen Begeisterung berauschte, durch ein glühendes Verlangen nach dem Erfolge zum Selbstvertrauen gelangte, sprach er ihr sogar von seinem unsinnigen Traume, das Papstthum in Jerusalem zu errichten. Er sprach von dem schließlichen Triumph des Katholizismus und wie der Papst im heiligen Lande thronen würde, die Welt beherrschend, in seiner Stellung gesichert durch ein königliches Budget, dank der Schöpfung des Schatzes vom heiligen Grabe.

Die Fürstin, eine glaubenseifrige Katholikin, war nur von diesem letzten Projekte überrascht, von dieser Krönung des Gebäudes, dessen chimärische Größe in ihr der regellosen Einbildungskraft schmeichelte, die sie dazu vermochte, ihre Millionen in mildthätigen Werken von einem kolossalen und nutzlosen Luxus zu verschleudern. Gerade zu jener Zeit waren die Katholiken Frankreichs niedergeschmettert und gereizt wegen der Convention, welche der Kaiser mit dem König von Italien abgeschlossen hatte, und durch welche er sich unter gewissen Garantiebedingungen verpflichtete, die französischen Besatzungstruppen aus Rom zurückzuziehen. Dies bedeutete sicherlich, daß Rom an Italien ausgeliefert wurde; schon sah man den Papst verjagt, auf ein Almosen gesetzt, mit dem Bettelstäbe in der Hand von Stadt zu Stadt ziehend. Und welche wunderbare Lösung bot sich da: der Papst abermals als Pontifex und König in Jerusalem, daselbst eingesetzt und gestützt durch eine Bank, deren Aktionäre zu sein die Christen der ganzen Welt für eine Ehre betrachtenwürden. Es war so schön, daß die Fürstin glaubte, es sei die großartigste Idee des Jahrhunderts und würdig, jede Person von guter Abstammung und religiösem Sinne zu begeistern. Der Erfolg schien ihr sicher, überwältigend. Dadurch stieg noch ihre Wertschätzung für den Ingenieur Hamelin, welchen sie mit Auszeichnung behandelte, seitdem sie wußte, daß er ein frommgläubiger Katholik sei. Allein sie weigerte sich rundweg, bei der Geschäftsunternehmung mitzuthun. Sie wolle dem Schwur treu bleiben, den sie geleistet hatte, ihre Millionen den Armen zuzuwenden, niemals einen Centime Nutzen daraus zu ziehen, weil sie wollte, daß dieses im Spiel gewonnene Geld wieder hinweggehe, von dem Elend aufgesogen werde, gleich einem vergifteten Wasser, welches verschwinden mußte. Das Argument, daß die Armen den Nutzen von dieser Spekulation haben würden, rührte sie nicht, reizte sie vielmehr. Nein, nein, die verdammte Quelle soll versiegen, dies sei ihre einzige Mission hienieden.

Aus der Fassung gebracht, konnte Saccard von ihrer Sympathie nichts Anderes erreichen, als eine Ermächtigung, die er bisher vergeblich verlangt hatte. Er hatte daran gedacht, die Universalbank, sobald sie gegründet sein würde, im Hotel selbst zu installiren, oder war es wenigstens Madame Caroline, welche ihm diese Idee eingab, denn er hatte andere, größere Absichten und hatte am liebsten sogleich ein eigenes Palais erwerben wollen.

So würde man sich denn damit begnügen, den Hofraum mit einem Glasdach zu versehen und so zu einer Centralhalle umzugestalten; das ganze Erdgeschoß, die Ställe, die Remisen sollten zu Bureaux hergerichtet werden. Sein im ersten

Stockwerk gelegener Salon sollte der Berathungssaal werden, sein Speisesaal und noch sechs andere Zimmer sollten gleichfalls als Bureaux dienen und er würde nur ein Schlafzimmer und ein Toilettezimmer behalten und oben bei der Familie Hamelin leben, bei ihnen speisen und seine Abende mit ihnen zubringen. In dieser Weise würde man die Universalbank mit wenigen Kosten unterbringen, ein wenig gedrängt zwar, aber doch ganz ordentlich. Die Fürstin, in ihrem großen Hasse gegen alle Geldgeschäfte, lehnte anfangs ab. Niemals würde ihr Haus eine solche Abscheulichkeit aufnehmen. An diesem Tage jedoch mengte sie die Religion in die Affaire, gerührt von der Größe des Zieles, und gab ihre Einwilligung. Es war eine äußerste Concession; sie fühlte sich von einem leichten Schauer ergriffen, wenn sie an diese Höllenmaschine eines Kredithauses dachte, eines Hauses der Börse und des Agios, dessen Räderwerk fortan unter ihrem eigenen Dache am Ruin und am Tode der Mitmenschen arbeiten sollte.

Endlich, eine Woche nach diesem mißglückten Versuche, hatte Saccard die Freude, die so vielfach gehemmte Angelegenheit plötzlich, in wenigen Tagen, zustande kommen zu sehen. Daigremont kam eines Morgens und theilte ihm mit, daß er alle gesuchten Verbindungen habe und daß man sich nunmehr in Bewegung setzen könne. Nunmehr studirte man ein letztes Mal den Statuten-Entwurf und setzte den Gesellschafts-Akt auf. Es war hohe Zeit auch für die Geschwister Hamelin, für welche sich das Leben wieder hart anließ. Der Bruder träumte seit Jahren nur davon, der technische Beirath eines großen Bankhauses zu werden: wie er sagte, übernahm er es, das Wasser auf die Mühle zu treiben. Allmälig hatte das Fieber Saccard's auch ihn ergriffen; er brannte in demselben Eifer und von derselben Ungeduld. Madame Caroline hingegen, zuerst begeistert von dem Gedanken an alle die schönen und nützlichen Dinge, welche man vollbringen sollte, schien kühler und nachdenklicher, seitdem man mit dem Gestrüpp und den Schluchten der Durchführung zu kämpfen hatte. Ihr gesunder Sinn und ihre gerade Natur vermutheten allerlei finstere und unsaubere Löcher hinter dieser Unternehmung. Und sie zitterte hauptsächlich für ihren Bruder, den sie anbetete, den sie zuweilen lachend als „einen großen Tölpel trotz seiner Wissenschaft“ behandelte. Nicht als ob sie die vollkommene Rechtschaffenheit ihres Freundes im Mindesten verdächtigte, den sie so ergeben für ihr Wohlwollen sah; allein, sie hatte das seltsame Gefühl, daß man auf schwankendem Boden stehe, eine Angst, daß man bei dem ersten Fehltritt stürzen und verschlungen werden könnte. Als Daigremont ihn an jenem Morgen verlassen hatte, eilte Saccard strahlend in den Saal hinauf, der die Musterrisse enthielt.

– Endlich ist die Sache gemacht! rief er. Sehr ergriffen und mit feuchten Augen eilte Hamelin auf ihn zu und drückte ihm kräftig die Hände. Und weil Madame

Caroline sich begnügte, sich – ein wenig bleich – nach ihm umzuwenden, fügte er hinzu:

– Nun, ist das Alles, was Sie mir sagen? Macht Ihnen die Sache kein Vergnügen?

Da lächelte sie herzlich und erwiderte:

– Doch, ich bin sehr erfreut; sehr erfreut, ich versichere. Dann, als Saccard ihrem Bruder Mittheilungen über das nunmehr fertig gebrachte Syndikat gemacht hatte, bemerkte sie mit ihrer ruhigen Miene:

– Es ist also erlaubt, daß sich Mehrere zusammenthun und die Aktien einer Bank unter sich auftheilen, noch bevor die Emission geschehen ist?

Er machte eine lebhafte Geberde der Zustimmung.

– Gewiß, es ist erlaubt! ... Halten Sie uns für so einfältig, einen Mißerfolg zu riskiren? Abgesehen hievon bedürfen wir solider Leute, welche den Markt beherrschen, im Falle es Anfangs Schwierigkeiten geben würde ... Vier Fünftel unserer Papiere sind immerhin in sicheren Händen. Nunmehr kann der Gesellschafts-Akt beim Notar unterzeichnet werden.

Sie hielt ihm noch weiter Stand.

– Ich dachte, das Gesetz erfordere die Unterzeichnung des ganzen Gesellschaftskapitals?

– Lesen Sie denn den Code? fragte er überrascht, indem er ihr in das Gesicht schaute.

Sie erröthete leicht, denn er hatte richtig gerathen. In ihrem Unbehagen, in ihrer dumpfen, nicht ganz klar begründeten Furcht hatte sie am gestrigen Tage das Gesetz über die Bildung von Aktiengesellschaften gelesen. Einen Augenblick war sie auf dem Punkte zu lügen. Dann gestand sie lachend die Sache.

– Es ist wahr, ich habe gestern den Code gelesen. Als ich damit zu Ende war, prüfte ich meine Rechtschaffenheit und die der Anderen, so wie man sich mit allen erdenklichen Krankheiten behaftet glaubt, wenn man ein medizinisches Buch aus der Hand legt.

Doch jetzt erzürnte sich Saccard; denn die Thatsache, daß sie sich über diesen Punkt unterrichten wollte, zeigte ihm, daß sie mißtrauisch sei und bereit, mit ihren forschenden, klugen Frauenaugen ihn zu überwachen.

– Ach! rief er mit einer Geberde, welche alle eitlen Bedenken niederzuschlagen schien, wenn Sie glauben, daß wir uns an die Chinesereien des Code halten! ... Da könnten wir nicht zwei Schritte thun, ohne auf Hindernisse zu stoßen, während unsere Rivalen mit Siebenmeilenstiefeln vorwärts kämen ... Nein, nein, ich werde gewiß nicht warten, bis das ganze Kapital unterzeichnet ist. Es ist mir auch lieber, daß wir eine Summe von Titres zurückbehalten; ich werde schon einen Mann finden, dem ich ein Conto eröffne, kurz: der uns als Strohmann dienen wird.

– Das ist verboten, erklärte sie einfach, mit ihrer schönen, tiefen Stimme.

– Ja, es ist verboten, aber alle Gesellschaften thun es.

– Sie haben Unrecht, da es nicht erlaubt ist. Saccard beruhigte sich mit einer plötzlichen Anstrengung seines Willens. Er glaubte sich zu Hamelin wenden zu sollen, der verlegen zugehört hatte, ohne sich einzumengen.

– Lieber Freund, ich hoffe, daß Sie nicht an mir zweifeln ... Ich bin ein alter Geschäftsmann mit einiger Erfahrung. Sie können sich getrost mir anvertrauen, was die finanzielle Seite der Angelegenheit betrifft. Bringen Sie mir gute Ideen und ich übernehme es, alle wünschenswerthen Vortheile daraus zu ziehen, bei möglichst geringen Risten. Ich denke, ein praktischer Mensch kann nicht mehr sagen. Mit seinem unüberwindlichen Grund von Schüchternheit und Schwäche suchte der Ingenieur die Sache ins Scherzhafte zu ziehen, um einer direkten Antwort auszuweichen.

– Oh, Sie werden in Caroline eine strenge Richterin haben. Sie ist eine rechte Schulmeisterin.

– Ich will gern zu ihr in die Schule gehen, erklärte Saccard galant.

Jetzt lachte auch Madame Caroline wieder. Und das Gespräch wurde in einem Tone vertraulichen Wohlwollens weitergeführt.

– Alldies ist nur, weil ich meinen Bruder liebe, sagte sie, und weil ich auch Sie mehr liebe, als Sie glauben mögen, und weil ich tief betrübt wäre, Sie in verdächtige Händel verwickelt zu sehen, bei welchen es schließlich nichts als Unglück und Herzleid gibt. Da wir schon dabei sind, will ich es Ihnen sagen: ich habe eine tolle Furcht vor der Spekulation, vor dem Börsenspiel. Ich war so glücklich, als ich in dem Statuten-Entwurf, den Sie mich kopiren ließen, im Artikel 8 las, daß die Gesellschaft jedes Termingeschäft streng ausschließe. Das heißt das Spiel ausschließen, nicht wahr? Und dann haben Sie mich enttäuscht, als Sie sich über mich lustig machten und mir erklärten, dieser Artikel sei nur zum Schein da, eine Stylformel, welche alle Gesellschaften aufzunehmen für eine Ehrenfache halten, ohne sie zu beobachten ... Ich möchte, daß Sie Obligationen ausgeben anstatt der fünfzigtausend Stück Aktien, die Sie unter die Leute bringen wollen. Wie Sie sehen, bin ich gut unterrichtet, seit ich den Code lese; ich weiß, daß man in Obligationen nicht spielt, daß ein Obligationen-Inhaber ein einfacher Darleiher ist, der so und so viel Prozent für sein Darlehen empfängt, ohne an dem Gewinn betheiligt zu sein, während der Aktionär ein Geschäfts-Theilhaber ist, welcher das Risiko von Gewinn und Verlust trägt ... Warum nicht Obligationen? Sprechen Sie! Ich wäre so glücklich; es würde mich so sehr beruhigen! ...

Sie übertrieb in spaßiger Weise den flehentlichen Ton dieses Verlangens, um ihre wirkliche Unruhe zu verbergen. Und Saccard antwortete in demselben Tone, mit einer komischen Aufwallung:

– Obligationen, Obligationen, niemals! ... Was wollen Sie mit Obligationen anfangen? Das ist todtes Material ... Begreifen Sie doch: die Spekulation, das Spiel ist das zentrale Räderwerk, das Herz einer großen Unternehmung wie die unserige. Ja, das Spiel bringt das Blut in Bewegung, holt dasselbe mittelst kleiner Bäche herbei, sammelt es, sendet es in Flüssen nach allen Richtungen wieder zurück, bewerkstelligt einen riesigen Geldumlauf, welcher das eigentliche Leben der großen Geschäfte ist. Ohne Spekulation sind die großen Kapitals-Bewegungen, die großen zivilisatorischen Arbeiten, die sich daraus ergeben, ganz und gar unmöglich. ... Das ist geradeso wie mit den Aktien-Gesellschaften. Auch gegen diese hat man seinerzeit genug geschrieen und wiederholt, daß es Spielhöhlen und Mördergruben seien. Die Wahrheit ist, daß wir ohne sie weder Eisenbahnen, noch eine jener großen Unternehmungen hatten, welche die Welt umgestaltet haben; denn kein Vermögen würde genügt haben, um sie zu einem guten Ende zu führen, gleichwie kein Individuum, auch keine Gruppe von Individuen die Risten derselben hätte tragen wollen. Um die Risken dreht sich Alles, und um die Größe des Zieles. Ein weit ausgreifendes Projekt ist nothwendig, dessen Größe die Einbildungskraft erfaßt; die Hoffnung auf einen ansehnlichen Gewinn ist nothwendig, auf einen Lotterie-Zug, welcher den Einsatz verzehnfacht, wenn er ihn nicht hinwegfegt; dann werden die Leidenschaften entfacht, das Leben stießt zusammen, Jeder bringt sein Geld herbei, Sie können die Erde umkneten. Was sehen Sie Schlimmes dabei? Die Risken sind freiwillig, auf eine endlose Zahl von Personen vertheilt, ungleich und beschränkt je nach dem Vermögen und dem Wagniß jedes Einzelnen. Man verliert, aber man gewinnt auch; man hofft auf eine gute Nummer, aber man muß sich stets gefaßt mache“ eine schlechte zu ziehen und die Menschheit hat keinen eigensinnigeren und gierigeren Traum, als das Glück zu versuchen, Alles von einer Laune des Zufalls zu erlangen, ein König, ein Gott zu sein!

Saccard hörte allmälig auf zu lachen; er richtete sich auf seinen kleinen Beinen auf, entflammte in einem geradezu lyrischen Eifer, mit lebhaften Gesten, als wollte er sich an alle vier Welttheile wenden.

– Wir mit unserer Universalbank werden den breitesten Horizont, ein ganz großes Stück der alten asiatischen Welt, ein unbegrenztes Feld der Spitzhacke des Forschritts und den Träumen der Goldsucher erschließen. Gewiß, niemals hat es einen kolossaleren Ehrgeiz gegeben und – ich gebe es zu – niemals waren die Bedingungen des Erfolges oder Mißerfolges unklarer, als in diesem Falle. Eben deshalb nennen wir es ja ein Problem und ich habe die Ueberzeugung, daß wir, wenn wir erst bekannt werden, eine außerordentliche Begeisterung im Publikum hervorrufen werden. Unsere Universalbank wird vor Allem das klassische Bankhaus sein, welches alle möglichen Bank-, Kredit- und Escomptegeschäfte betreiben, Kapitalien im Conto-Corrent übernehmen, Anleihen vermitteln oder emittiren wird. Was ich aber hauptsächlich aus ihr machen will, das ist eine Maschine zur Verwirklichung der großen Entwürfe Ihres Bruders; das wird ihre eigentliche Rolle sein, daraus wird sie ihre immer steigenden Gewinnste ziehen, das wird allmälig ihre Alles beherrschende Macht befestigen. Sie wird ja gegründet, um finanzielle und industrielle Gesellschaften zu unterstützen, welche wir in den fremden Ländern einsetzen, deren Actien wir placiren werden, die uns das Leben verdanken und uns die souveraine Herrschaft sichern werden. ... Und angesichts dieser blendenden Zukunft von Eroberungen kommen Sie mich fragen, ob es erlaubt sei, Syndicate zu bilden und den Mitgliedern des Syndicats Prämien zuzuwenden, welche auf Kosten der ersten Einrichtung gehen? Sie ängstigen sich wegen der kleinen fatalen Unregelmäßigkeiten, wegen der nicht gezeichneten Actien, welche die Gesellschaft unter dem Namen eines Strohmannes zu behalten sehr wohl thun wird? Schließlich eröffnen Sie einen Feldzug gegen das Spiel, welches die Seele, der Herd, die Flamme dieses riesigen Mechanismus ist, von welchem ich träume! ... So erfahren Sie denn, daß alldas noch nichts ist, daß dieses ärmliche Kapital von fünfundzwanzig Millionen nicht mehr als ein Holzscheit für die Maschine ist, um das erste Feuer anzuzünden und daß ich dieses Kapital zu verdoppeln, zu vervierfachen, zu verfünffachen gedenke in dem Maße, als wir unsere Operationen ausbreiten werden, daß wir einen wahren Hagel von Goldstücken, einen wahren Tanz von Millionen haben müssen, wenn wir in jenen Ländern die angekündigten Wunder vollbringen wollen ... Meiner Treu', für die Hiebe, welche wir austheilen werden, möchte ich keine Bürgschaft übernehmen; man kann die Welt nicht in Erschütterung bringen, ohne einigen Vorübergehenden die Füße zu zermalmen.

Sie sah ihn an und in ihrer Liebe zum Leben, zu Allem was kraftvoll und thätig ist, fand sie ihn schließlich schön, verführerisch durch seinen Schwung und durch seine Zuversicht. Ohne sich seinen Theorieen zu ergeben, welche ihren schlichten, geraden Verstand empörten, that sie denn auch, als gäbe sie sich besiegt.

– Wohl denn, nehmen wir an, daß ich nur ein Weib sei und daß die Kämpfe des Lebens mich erschrecken. Aber trachten Sie so wenige Menschen als möglich zu zermalmen und vor Allem: zermalmen Sie keinen von Jenen, die ich liebe.

Berauscht von seinem rednerischen Erfolge und triumphirend mit seinem riesigen Plane, als ob die Sache schon gemacht wäre, zeigte sich Saccard sehr gutmüthig.

– Haben Sie keine Furcht; ich spiele nur zum Spaß das Ungeheuer. Alle Welt wird reich werden.

Sie plauderten dann sehr ruhig über die zu treffenden Verfügungen und man einigte sich dahin, daß Hamelin am Tage nach der endgiltigen Konstituirung der Gesellschaft nach Marseille und von da nach dem Orient abreisen werde, um die Inangriffnahme der großen Geschäfts-Unternehmungen zu beschleunigen.

Doch schon verbreiteten sich Gerüchte auf dem Pariser Markte; der Name Saccard wurde wieder an die Oberfläche geschwemmt aus der trüben Tiefe, wo er einen Augenblick verschwunden gewesen; und die Anfangs geflüsterten, allmälig immer lauter wiederholten Nachrichten kündigten so klar seinen bevorstehenden Erfolg an, daß sich sein Vorzimmer abermals – wie ehedem am Park Monceau – jeden Morgen mit Bittstellern füllte. Er sah Mazaud, der – wie zufällig – heraufkam, um ihm guten Tag zu sagen und über die neuesten Nachrichten zu plaudern; er empfing noch andere Wechselagenten, den Juden Jacoby, mit seiner Donnerstimme, und seinen Schwager Delarocque, einen dicken, rothen Menschen, der seine Frau so unglücklich machte. Auch die Coulisse erschien in der Person Nathansohns, eines kleinen, blonden, sehr rührigen Mannes, der vom Glücke getragen wurde. Und was Massias betrifft, der sich in sein schweres Handwerk eines vom Pech verfolgten Remisiers gefügt hatte, so fand er sich schon jetzt täglich ein, obwohl es dort noch keine Weisungen zu empfangen gab. Es war eine fortwährend steigende Fluth.

Eines Morgens fand Saccard schon um neun Uhr sein Vorzimmer voll. Da er noch kein besonderes Personal in seinen Dienst genommen hatte, fand er an seinem Kammerdiener eine unzulängliche Stütze; zumeist mußte er selbst sich die Mühe nehmen, die Leute einzuführen. Als er an jenem Tage die Thür seines Arbeitskabinets öffnete, wollte Jantrou eintreten; aber er hatte Sabatani erkannt, den er schon seit zwei Tagen suchen ließ.

– Entschuldigen Sie, mein Freund, sagte er, den ehemaligen Professor zurückhaltend, um vorher den Levantiner zu empfangen.

Sabatani mit seinem beunruhigenden Lächeln, seiner schlangenhaften Geschmeidigkeit ließ Saccard zuerst reden, der übrigens sehr deutlich, als ein Mann, der ihn kannte, ihm seine Vorschläge machte.

– Mein Lieber, ich bedarf Ihrer ... Wir brauchen einen Strohmann. Ich werde Ihnen ein Conto eröffnen, werde Sie zum Käufer einer gewissen Anzahl von Titres machen, die Sie ganz einfach mit einem Austausch von schriftlichen Erklärungen bezahlen werden ... Sie sehen, ich gehe geradeaus auf das Ziel los und behandle Sie als Freund.

Der junge Mann blickte ihn mit seinen schönen Augen an, die so sammtweich und mild in seinem langen, braunen Gesichte saßen.

– Mein lieber Meister, das Gesetz fordert in aller Form die Bezahlung in Baarem. Oh, ich sage dies nicht meinethalben. Sie behandeln mich als Freund und ich bin darauf ganz stolz ... Alles was Sie wollen!

Um ihm angenehm zu sein erzählte Saccard dem Sabatani, wie sehr Mazaud ihn schätze, so daß er schließlich seine Aufträge ohne Deckung übernehme. Dann neckte er ihn wegen Germaine Coeur, mit der er ihn am vorhergehenden Tage gesehen. Dabei machte er ganz unverhohlen Anspielung auf ein Gerücht, welches ihm eine wahrhaft wunderbare Eigenschaft beilegte, eine riesenhafte Ausnahme, von welcher alle Mädchen der Börsenwelt in krankhafter Neugierde träumten. Und Sabatani leugnete nicht, lachte nur zweideutig über diesen schlüpfrigen Gegenstand. Ja, ja; die Damen seien so drollig ihm nachzulaufen, sie wollten eben sehen.

– *A propos*! unterbrach ihn Saccard, wir werden auch Unterschriften benöthigen, um gewisse Operationen, beispielsweise Übertragungen zu reguliren. Kann ich die Papiere zur Unterschrift zu Ihnen senden?

– Gewiß, theurer Meister, Alles was Sie wollen.

Er ließ die Frage der Bezahlung unberührt, weil er wußte, daß ähnliche Dienste keinen Preis haben. Und als der Andere hinzufügte, daß man ihm einen Franc für jede Unterschrift geben würde, um ihn für seinen Zeitverlust zu entschädigen, gab er ihm mit einem bloßen Kopfnicken seine Zustimmung. Dann sagte er lächelnd:

– Ich hoffe auch, theurer Meister, daß Sie mir Ihre Rathschläge nicht verweigern werden. Sie werden fortan eine günstige Stellung einnehmen und ich werde mir Nachrichten bei Ihnen holen.

– Ganz recht, schloß Saccard, der die Anspielung begriff. Auf Wiedersehen! ... Schonen Sie sich; geben Sie der Neugierde der Damen nicht zu viel nach.

Und indem er sich von Neuem erheiterte, gab er ihm bis zu einer Seitenthür das Geleit, welche ihm gestattete, die Leute zu entlassen, ohne daß sie genöthigt waren, noch einmal durch den Wartesaal zu gehen.

Saccard öffnete nun die andere Thür und rief Jantrou. Mit einem Blick sah er, daß Jener herabgekommen, ohne Hilfsquellen sei, mit einem Rock bekleidet, dessen Aermel sich auf den Tischen der Kaffeehäuser abgenützt hatten, wo er sich auf der Suche nach einer Stellung herumtrieb. Die Börse fuhr fort ihm eine Stiefmutter zu sein; aber er trug dennoch den Kopf hoch, den Bart fächerartig abgetheilt, blieb der cynische Litterat, der er gewesen, ließ von Zeit zu Zeit eine geschnörkelte Phrase los, die den ehemaligen Universitäts-Professor verrieth.

– Ich würde Ihnen demnächst geschrieben haben, sagte Saccard. Wir stellen eben die Liste unseres Personals zusammen und ich habe Sie als einen der Ersten eingeschrieben. Ich glaube, ich werde Sie in das Emissions-Bureau berufen.

Jantrou unterbrach ihn mit einer Handbewegung.

– Sie sind sehr liebenswürdig, ich danke Ihnen ... Aber ich habe Ihnen ein Geschäft vorzuschlagen.

Er erklärte sich nicht sogleich, bewegte sich zuerst in Allgemeinheiten und fragte, welche Rolle den Zeitungen bei der Gründung dieser Bank zugedacht sei. Der Andere entflammte bei den ersten Worten, erklärte sich für die weitestgehendeOeffentlichkeit und wollte alles verfügbare Geld hiefür aufwenden. Keine Trompete war zu verachten, selbst die kleinste nicht, die für zwei Sous verkauft wurde; denn es war sein Axiom, daß jeder Lärm von Nutzen sei. Sein Traum wäre, alle Zeitungen für sich zu haben; allein, dies wäre zu kostspielig.

– Schau, schau, sollten Sie die Idee haben, unsere Publizität zu organisiren? ... Das wäre nicht so übel. Wir wollen darüber reden.

– Ja, später, wenn es beliebt ... Aber was würden Sie von einer Zeitung sagen, die ganz Ihnen gehören würde und deren Direktor ich wäre? Jeden Morgen wäre eine Seite des Blattes Ihnen vorbehalten; Artikel, die Ihr Lob singen würden; einfache Notizen, welche die Aufmerksamkeit auf Sie lenken würden; Anspielungen in Studien, welche nichts mit den Finanzgeschäften gemein hätten; kurz: ein regelrechter Feldzug zu Ihren Gunsten bei wichtigen und unwichtigen Anlässen, voll unablässiger Begeisterung für Sie und auf Kosten Ihrer Rivalen. Finden Sie die Sache nicht verlockend?

– Gewiß, wenn sie nicht zu kostspielig wäre.

– Nein, der Preis würde ein ganz vernünftiger sein.

Und er nannte endlich die Zeitung: „Die Hoffnung", ein Blatt, das vor zwei Jahren von einer Gruppe katholischer Persönlichkeiten gegründet worden, den eifrigsten der Partei, welche einen erbitterten Krieg gegen das Kaiserreich führten. Der Erfolg war übrigens gleich Null und man sprach von Woche zu Woche von dem bevorstehenden Verschwinden des Blattes.

– Oh, es druckt keine zweitausend Exemplare! rief Saccard.

– Es wird unsere Sache sein, zu einer größeren Auflage zu gelangen.

– Und übrigens ist die Sache unmöglich: das Blatt zerrt meinen Bruder in den Koth und ich kann mich nicht gleich bei Beginn mit meinem Bruder überwerfen.

Jantrou zuckte sanft mit den Achseln.

– Man soll sich mit Niemandem überwerfen ... Sie wissen ebenso gut wie ich, daß wenn ein Bankhaus ein Blatt besitzt, wenig daran liegt, ob dieses Blatt die Regierung unterstütze oder angreife. Ist es offiziös, dann kann die Bank sicher sein, daß sie allen jenen Syndikaten angehören werde, welche der Finanz-Minister bildet, um den Erfolg der staatlichen und der kommunalen Anleihen zu sichern; ist es oppositionell, dann wird derselbe Minister alle Rücksichten für die Bank haben, welche es vertritt, und sich bemühen es zu entwaffnen und zu gewinnen, – ein Bestreben, welches sich oft in noch größeren Gunstbezeigungen äußert. Kümmern Sie sich also nicht um die Parteistellung der „Hoffnung". Erwerben Sie ein Blatt: das bedeutet eine Macht.

Ein Augenblick des Stillschweigens trat ein. Mit jener Lebhaftigkeit des Verstandes, mit welcher Saccard in einem Augenblick sich die Idee eines Anderen aneignete, sie prüfte, seinen Bedürfnissen anpaßte, in dem Maße, daß er sie völlig zu der seinigen machte, entwickelte er einen ganzen Plan: er kaufte die „Hoffnung", machte den heftigen Polemiken derselben ein Ende, legte sie seinem Bruder zu Füßen, der ihm dafür dankbar sein mußte, bewahrte aber dem Blatte seinen katholischen Beigeschmack, behielt es wie eine Drohung, wie eine Maschine, die stets bereit ist ihren furchtbaren Feldzug im Namen der Religion wieder aufzunehmen. Und wenn man ihn unfreundlich behandelte, fuchtelte er mit Rom und holte zu dem großen Schlage mit Jerusalem aus. Das wird ein hübscher Zug sein, um ein Ende zu machen.

– Werden wir frei sein? fragte er plötzlich.

– Absolut frei. Sie haben es satt. Das Blatt ist in die Hände eines geldbedürftigen Menschen gerathen, der es uns für zehntausend Francs ausliefern wird. Wir werden daraus machen was uns gefällt.

Saccard überlegte noch einen Augenblick.

– Nun denn, abgemacht! sagte er. Bringen Sie mir Ihren Mann hieher ... Sie sollen Direktor des Blattes werden und ich werde trachten, in Ihren Händen unsere ganze Publizität zu zentralisiren, welche nach meinem Willen außerordentlich groß werden soll, – allerdings später, wenn wir die Mittel haben werden, die Maschine ernstlich zu heizen.

Er hatte sich erhoben. Jantrou erhob sich ebenfalls; seine Freude darüber, sein Brod gefunden zu haben, verbarg er unter seinem spöttischen Lachen eines Deklassirten, welcher des Pariser Kothes überdrüssig geworden.

– Endlich werde ich wieder in meinem Elemente sein, in der mir so theuren Litteratur!

– Nehmen Sie noch Niemanden auf, wiederholte Saccard, indem er ihn hinaus begleitete. Und weil ich gerade daran denke, notiren Sie sich meinen Schützling Paul Jordan, einen jungen Mann, der mir sehr befähigt zu sein scheint und aus welchem Sie einen vorzüglichen litterarischen Redakteur machen werden. Ich werde ihm schreiben, daß er Sie besuche.

Jantrou war im Begriffe sich durch die Seitenthür zu entfernen, als diese glückliche Anordnung der zwei Ausgänge ihn überraschte.

– Schau, das ist bequem, sagte er vertraulich. Da kann man die Leute verschwinden lassen. Wenn schöne Damen kommen, wie diejenige, die ich soeben im Vorzimmer begrüßt habe, die Baronin Sandorff ...

Saccard wußte nicht, daß sie da sei. Er zuckte mit den Achseln, um sich gleichgiltig zu zeigen. Allein, der Andere lachte höhnisch und wollte an diese Gleichgiltigkeit nicht glauben. Die beiden Männer tauschten einen kräftigen Händedruck aus.

Als Saccard allein war, näherte er sich instinktiv dem Spiegel und hob seine Haare in die Höhe, unter welchen noch kein einziger weißer Faden sich zeigte. Er hatte nicht gelogen, die Frauen beschäftigten ihn nicht mehr, seitdem die Geschäfte ihn ganz und gar gefangen hielten; und er gab nur jener unwillkürlichen Galanterie nach, welche bewirkt, daß in Frankreich ein Mann sich mit einer Frau nicht allein befinden kann, ohne für einen Tölpel zu gelten, wenn er sie nicht erobert. Kaum hatte er die Baronin eintreten lassen, als er sich sehr beflissen um sie zeigte.

– Ich bitte Sie, Madame, wollen Sie Platz nehmen.

Niemals hatte er sie so seltsam verführerisch gesehen mit ihren rothen Lippen, ihren glühenden Augen, ihren blauen Augenlidern, die unter dichten Wimpern verschwanden. Was mochte sie von ihm haben wollen? Und er war überrascht, fast ernüchtert, als sie ihm den Grund ihres Besuches mitgetheilt hatte.

– Mein Gott, mein Herr, ich bitte Sie um Verzeihung, wenn ich Sie in einer Sache störe, die für Sie ganz und gar ohne Belang ist. Aber unter Leuten von derselben Gesellschaftsklasse muß man sich doch gegenseitig kleine Dienste leisten ... Sie hatten in letzter Zeit einen Küchenchef, welchen mein Mann in seine Dienste nehmen will. Ich komme demnach, um Erkundigungen über diesen Mann bei Ihnen einzuholen.

Da ließ er sich denn ausfragen und antwortete mit der größten Verbindlichkeit, wobei er keinen Blick von ihr wandte; denn er glaubte zu errathen, daß dies nur ein Vorwand sei: sie kümmerte sich wenig um den Küchenchef und kam sicherlich wegen einer anderen Sache. Und in der That manövrirte sie so geschickt, daß sie schließlich einen gemeinschaftlichen Freund, den Marquis de Bohain nannte, welcher ihr von der Universalbank gesprochen hatte. Man habe so viele Mühe, sein Geld zu placiren, solide Werthe zu finden. Endlich begriff er, daß sie gerne Actien nehmen wollte, mit der Prämie von 10 %, welche den Syndikatsmitgliedern überlassen wurde und er begriff noch mehr, daß wenn er ihr ein Conto eröffnete, sie nicht bezahlen würde.

– Ich habe mein persönliches Vermögen, mein Mann mengt sich niemals ein, sagte sie. Das macht mir viel Scherereien, aber es macht mir auch viel Spaß, ich gestehe es gerne. Nicht wahr: wenn man eine Frau mit Geld sich abgeben sieht, besonders eine junge Frau, so ist man darüber erstaunt und versucht, sie deshalb zu tadeln? ... An manchen Tagen bin ich in der grausamsten Verlegenheit, weil es mir an Freunden fehlt, die mich mit ihren Rathschlägen unterstützen würden. Bei der jüngsten zweiwöchentlichen Abrechnung habe ich Mangels einer verläßlichen Information abermals eine beträchtliche Summe verloren. Sie werden künftig in einer sehr guten Stellung sein und es wäre von Ihnen sehr liebenswürdig, wenn Sie wollten ...

Hinter der eleganten Weltdame kam die Spielerin zum Vorschein, die gierige, wüthende Spielerin, diese Tochter des Geschlechtes der Ladricourt, die einen Ahn unter den Erstürmern von Antiochia zählten; diese Gattin eines Diplomaten, welcher von der Fremden-Kolonie in Paris sehr ehrerbietig gegrüßt wurde, diese Frau, welche ihre Spielleidenschaft als verdächtige Bittstellerin bei allen Finanzmännern erscheinen ließ. Ihre Lippen waren noch röther, ihre Augen noch glühender, ihr Verlangen brach los und erschütterte das Feuerweib, das sie zu sein schien. Und er war naiv genug zu glauben, daß sie gekommen war, um sich ihm anzubieten, blos um mit bei dem Geschäfte zu sein und bei Gelegenheit nützliche Börseninformationen von ihm zu erlangen.

– Madame, rief er, ich verlange nichts sehnlicher, als meine Erfahrungen Ihnen zu Füßen zu legen.

Er hatte seinen Sessel näher gerückt und ergriff ihre Hand. Mit einem Schlage schien sie ernüchtert. Ach nein, so weit war sie nicht, es wird immer noch Zeit sein, die Mittheilung einer Depesche ihm mit einer Nacht zu vergelten. Es war für sie schon eine abscheuliche Frohne, das Verhältniß mit dem Generalprocurator Delcambre zu unterhalten, mit diesem dürren, gelben Menschen, welchen sich gefallen zu lassen nur die Knauserei ihres Gatten sie genöthigt hatte. Und ihre sinnliche Gleichgiltigkeit, ihre geheime Verachtung für den Mann verrieth sich in einer bleichen Müdigkeit auf ihrem Antlitz einer falschen Leidenschaftlichen, welches nur die Hoffnung auf das Spiel zu entflammen vermochte. Sie erhob sich in einer Empörung ihrer Race und ihrer Erziehung, welchen sie es zuzuschreiben hatte, daß sie abermals Geschäfte verabsäumte.

– Also, mein Herr, Sie sagen, daß Sie mit Ihrem Küchenchef zufrieden waren?

Erstaunt erhob sich auch Saccard. Was? Hatte sie denn gehofft, daß er sie für nichts in die Liste eintragen und mit Nachrichten versehen werde? Wahrhaftig, man mußte den Frauen mißtrauen, sie brachten die ausgesprochenste Falschheit in die Geschäfte mit. Und, obgleich er Verlangen nach dieser trug, drang er nicht weiter in sie. Er verneigte sich mit einem Lächeln, welches sagen wollte: „Nach Ihrem Belieben, liebe Frau, wenn es Ihnen gefällig sein wird“ – während er laut sagte:

– Sehr zufrieden, ich wiederhole es Ihnen. Nur eine Umgestaltung, die ich in meinem Hauswesen vornahm, bestimmte mich, ihn zu entlassen.

Die Baronin Sandorff zögerte kaum eine Sekunde. Nicht als ob sie ihre innerliche Empörung bedauert hätte, aber ohne Zweifel fühlte sie, wie sehr es ihrerseits naiv gewesen, zu einem Saccard zu kommen, bevor sie sich zu den Konsequenzen entschlossen hatte. Dies regte sie gegen sich selbst auf, denn sie hatte den Ehrgeiz, eine ernste Frau zu sein. Sie beantwortete schließlich mit einem einfachen Kopfnicken den respektvollen Gruß, mit welchem er sie verabschiedete und er begleitete sie bis zur kleinen Thür, als diese plötzlich von einer vertraulichen Hand geöffnet wurde. Es war Maxime, der heute bei seinem Vater frühstückte und als Intimer des Hauses durch den Korridor kam. Er trat beiseite, grüßte gleichfalls, um die Baronin hinausgehen zu lassen. Dann, nachdem sie fort war, lachte er.

– Deine Geschäfte gedeihen, wie es scheint, Du heimsest bereits die Prämien ein.

Trotzdem er noch sehr jung war, gab er sich gern als Mann von Erfahrung, der unfähig ist, in gewagten Vergnügungen nutzlos seine Kräfte zu vergeuden. Sein Vater begriff seine Haltung eines ironischen und überlegenen Mannes.

– Nein, wahrhaftig, ich habe nichts eingeheimst und das geschieht nicht aus kluger Vorsicht; denn, mein Sohn, ich bin ebenso stolz auf meine 20 Jahre, wie Du darauf, daß Du deren 60 zu zählen scheinst.

Maxime lachte noch nachdrücklicher; es war sein perlendes Lachen von ehemals. Ein zweideutiges Girren, in jener korrekten Haltung, welche er sich zurechtgelegt hatte, als ein rangirter Junge, der fortan sein Leben nicht zu verderben gedachte. Er heuchelte die größte Nachsicht, vorausgesetzt, daß nichts, was ihn anging, bedroht sei.

– Meiner Treu, Du hast Recht, wenn es Dich nur nicht sehr ermüdet ... Was mich betrifft, habe ich bereits rheumatische Anfälle.

Und indem er es sich in einem Lehnsessel bequem machte und eine Zeitung zur Hand nahm, fügte er hinzu:

– Ich bin etwas zu früh gekommen, weil ich bei meinem Arzt war und ihn nicht zuhause getroffen habe.

In diesem Augenblick trat der Kammerdiener ein, um anzukündigen, daß die Frau Gräfin von Beauvilliers da sei. Saccard war ein wenig überrascht, obgleich er seine edle Nachbarin, wie er sie nannte, schon bei der Arbeitsstiftung getroffen hatte; er gab den Befehl, sie sofort einzulassen, dann rief er den Diener zurück und trug ihm auf, alle Leute, die noch warteten, wegzuschicken, weil er müde und hungrig sei.

Als die Gräfin eintrat, bemerkte sie Maxime nicht, den die hohe Lehne des Fauteuils verbarg. Und Saccard erstaunte noch mehr, als er sah, daß sie ihre Tochter Alice mitgebracht hatte. Dies ließ ihren Schritt noch feierlicher erscheinen: dieser Besuch der zwei so traurigen und bleichen Damen, der schmächtigen, großen, ganz weißen Mutter mit der greisenhaften Miene und der schon gealterten Tochter mit dem übermäßig langen, schier unschönen Halse. Mit geschäftiger Höflichkeit rückte er Stühle vor, um seine Verehrung auffälliger zu bekunden.

– Madame, ich fühle mich außerordentlich geehrt ... könnte ich so glücklich sein, mich Ihnen nützlich zu erweisen?

Trotz ihrer stolzen Haltung mit großer Schüchternheit sprechend erläuterte die Gräfin den Beweggrund ihres Besuches.

– Mein Herr! Nach einer Unterredung mit meiner Freundin, der Fürstin Orviedo, bin ich auf den Gedanken gekommen, bei Ihnen vorzusprechen … Ich gestehe Ihnen, daß ich anfänglich zögerte; denn in meinem Alter ändert man nicht leicht seine Anschauungen und ich hatte stets große Scheu vor den mir unverständlichen Dingen der heutigen Zeit. Schließlich habe ich mit meiner Tochter darüber gesprochen und ich glaube, es sei meine Pflicht über meine Bedenken hinwegzugehen und den Versuch zu machen, das Glück der Meinigen zu sichern. Und sie erzählte, daß die Fürstin ihr von der Universalbank gesprochen habe. In den Augen der Laien sei dies sicherlich ein Bankhaus wie so viele andere; aber in den Augen der Eingeweihten wird dasselbe eine Entschuldigung haben, die keinen Widerspruch zuläßt, einen dermaßen verdienstlichen und hohen Zweck, welcher selbst dem ängstlichsten Gewissen Stillschweigen gebot. Sie sprach weder den Namen des Papstes, noch denjenigen Jerusalems aus; man sagte das nicht, die Getreuen flüsterten sich es nur zu, es war eben das Geheimniß, welches die Gemüther leidenschaftlich erregte; aber aus jedem ihrer Worte, aus jeder ihrer Anspielungen und ihrer Zweideutigkeiten sprachen eine Hoffnung und ein Glaube, welche zeigten, daß sie geradezu mit einer flammenden Inbrunst an den Erfolg der neuen Bank glaubte.

Saccard selbst war erstaunt über ihre verhaltene Erregtheit, über ihre zitternde Stimme. Er hatte bisher von Jerusalem nur in einem lyrischen Ueberschwang seines Fiebers gesprochen; er mißtraute im Grunde diesem unsinnigen Projekte, witterte etwas Lächerliches dahinter und war geneigt es fallen zu lassen und sich darüber lustig zu machen, wenn es spaßhaft aufgenommen werden sollte. Und der bewegte Schritt dieser frommen Frau, die ihre Tochter mitbrachte, die überzeugte Art, in welcher sie zu verstehen gab, daß sie und alle die Ihrigen, der ganze französische Adel glaube und sich begeistern würde, überraschte ihn lebhaft, verlieh diesem bloßen Traum eine greifbare Form, erweiterte sein Entwicklungs-Gebiet ins Unendliche. Es war denn richtig, daß es da einen Hebel gab, dessen Anwendung ihm gestatten würde, die Welt in Bewegung zu setzen! Mit seinem so raschen Anpassungsvermögen erfaßte er sofort die Lage, sprach ebenfalls in geheimnißvollen Ausdrücken von dem schließlichen Triumph, den er stillschweigend verfolgen wollte. Und seine Sprache war vom Eifer durchdrungen; er war wirklich vom Glauben ergriffen, von dem Glauben an die Vortrefflichkeit des Aktionsmittels, welches die vom Papstthum überstandene Krise ihm an die Hand gegeben hatte. Er hatte die glückliche Fähigkeit zu glauben, sobald das Interesse seiner Pläne dies erheischte.

– Kurz, mein Herr, fuhr die Gräfin fort, ich bin zu einer Sache entschlossen, die mir bisher widerstrebt hat. Jawohl, der Gedanke, das Geld in Thätigkeit zu setzen, es auf Interessen anzulegen, ist mir niemals in den Sinn gekommen; ich weiß wohl, es waren veraltete Begriffe vom Leben, Bedenken, die heute ein wenig albern scheinen. Aber was wollen Sie? Man handelt nicht leicht gegen die Ueberzeugungen, die man mit der Milch eingesogen und ich bildete mir ein, baß die Erde allein, der Großgrundbesitz, die Leute unserer Klasse nähren müsse ... Leider ist der Großgrundbesitz ...

Sie erröthete ein wenig, denn sie war bei dem Bekenntniß ihres Ruins angelangt, welchen sie bisher so sorgfältig verborgen gehalten hatte.

– Der Großgrundbesitz existirt nicht mehr ... Wir sind hart geprüft worden. Es ist uns eine einzige Farm geblieben.

Um ihr jede Verlegenheit zu ersparen, erging sich Saccard in Uebertreibungen.

– Aber, Madame, Niemand lebt heutzutage vom Ertrag des Bodens. Der ehemalige Grundbesitz ist eine schwankende, unsichere Form des Reichthums, welche ihre Existenzberechtigung verloren hat. Sie war die Stagnation des Geldes, dessen Werth wir verzehnfacht haben, indem wir es in Umlauf brachten durch die Banknote und durch alle Arten von kommerziellen und finanziellen Papieren. So wird die Welt erneuert werden, denn nichts war möglich ohne das Geld, ohne das flüssige Geld, das überall eindringt, weder die Anwendung der Wissenschaft, noch der schließliche, allgemeine Friede ... Ach, der Grundbesitz! er ist verurtheilt, wie die alten Postkarren. Mit einer Million an Grundbesitz kann man Hungers sterben; der vierte Theil dieses Kapitals genügt zur Sicherung der Existenz, wenn das Geld in guten Geschäften angelegt ist, die fünfzehn, zwanzig, selbst dreißig Prozent tragen.

Mit ihrer unendlichen Traurigkeit schüttelte die Gräfin sanft den Kopf.

– Ich verstehe Sie nicht und ich sagte es Ihnen ja, ich bin aus einer Zeit, in welcher diese Dinge erschreckten, wie böse, verbotene Sachen ... Aber, ich bin nicht allein; ich muß hauptsächlich an meine Tochter denken. Seit einigen Jahren habe ich ... eine kleine Summe zurückgelegt.

Sie erröthete wieder.

– Zwanzigtausend Francs, die bei mir in einem Schubfache schlummern. Später würde ich mir vielleicht Vorwürfe machen, sie so unproduktiv gelassen zu haben und da Ihr Werk ein gutes ist, wie meine Freundin mir vertraut hat, da Sie für das Ziel arbeiten, welches wir Alle heiß ersehnen, will ich es wagen ... Ich wäre Ihnen dankbar, wenn Sie mir Aktien Ihrer Bank für einen Betrag von 10-12 000 Francs vorbehalten wollten. Ich habe gewünscht, daß meine Tochter mich begleite, denn ich verhehle Ihnen nicht, daß dieses Geld ihr gehört.

Bisher hatte Alice den Mund nicht geöffnet; mit gleichgiltiger Miene, wenn auch mit klugem Blick hatte sie da gesessen. Jetzt machte sie eine Geberde zärtlichen Vorwurfes. – Ach, mir? Mama! Besitze ich etwas, was nicht zugleich Dein wäre?

– Und Deine Heirath, mein Kind?

– Du weißt ja wohl, daß ich nicht heirathen will.

Sie hatte dies zu hastig gesagt; der Kummer ob ihrer Einsamkeit schrie aus ihrer schwächlichen Stimme. Mit einem bekümmerten Blick gebot die Mutter ihr Schweigen und Beide sahen sich einen Augenblick an, weil sie in dem täglich getheilten geheimen Leid einander nicht belügen konnten.

Saccard war sehr gerührt.

– Madame, wenn keine Aktien mehr da wären, würde ich welche für Sie auftreiben. Wenn nöthig, werde ich von den meinigen nehmen ... Ihr Schritt rührt mich sehr; ich fühle mich geehrt durch Ihr Vertrauen ...

Und in diesem Augenblicke glaubte er wirklich, daß er diese unglücklichen Frauen reich mache, daß er sie an dem Goldregen betheilige, welcher auf ihn und seine Umgebung niedergehen sollte.

Die Damen hatten sich erhoben und zogen sich zurück. Erst bei der Thür gestattete sich die Gräfin eine direkte Anspielung auf die große Unternehmung, von welcher man nicht sprach.

– Ich habe von meinem Sohne Ferdinand aus Rom einen trostlosen Brief erhalten, der mir die Traurigkeit kündet, welche die Nachricht von der Zurückziehung unserer Truppen dort hervorgebracht hat.

– Geduld, erklärte Saccard überzeugungsvoll; wir sind da, um Alles zu retten.

Man grüßte sich gegenseitig mit tiefen Verbeugungen und er begleitete die Damen bis auf den Flur, wobei man das Vorzimmer durchschritt, welches er leer glaubte. Allein, als er zurückkam, bemerkte er – auf einem Bänkchen sitzend – einen Mann von etwa fünfzig Jahren, groß und hager, gekleidet wie ein Arbeiter im Sonntagsstaate. Der Mann hatte ein hübsches Mädchen von etwa achtzehn Jahren, ein blasses, schmächtiges Kind, neben sich.

– Was ist's? was wollen Sie?

Das Mädchen hatte sich zuerst erhoben und der Mann, durch diesen rauhen Empfang eingeschüchtert, begann eine verworrene Erklärung zu stammeln.

– Ich hatte den Auftrag gegeben, alle Leute fortzuschicken! Warum sind Sie da? … Sagen Sie mir wenigstens Ihren Namen.

– Ich heiße Dejoie, mein Herr, und komme mit meiner Tochter Nathalie …

Abermals gerieth er in Verwirrung, so daß Saccard die Geduld verlor und sich anschickte ihn zur Thür zu drängen, als er endlich begriff, daß Madame Caroline den Mann kenne und ihn warten geheißen hatte.

– Ach, Sie sind von Madame Caroline empfohlen! Das hätten Sie sogleich sagen sollen. Treten Sie ein und machen Sie rasch, denn ich habe großen Hunger.

In seinem Kabinet ließ er Dejoie und Nathalie vor sich stehen, nahm auch selbst nicht Platz, um die Beiden so schnell als möglich abzufertigen. Maxime, der nach dem Abgang der Gräfin aus dem Lehnsessel aufgestanden war, übte jetzt nicht mehr die Diskretion beiseite zu treten, sondern betrachtete mit neugieriger Miene die neu Angekommenen. Und nun erzählte Dejoie weitschweifig seine Angelegenheit.

– Die Sache ist die, mein Herr … Ich habe meinen Abschied vom Militär genommen und bin als Bureau-Diener bei Herrn Durieu eingetreten, bei dem Gatten der Madame Caroline, als er noch lebte und Bierbrauer war. Dann bin ich bei Herrn Lamberthier, dem Hallenfaktor, eingetreten. Dann bin ich bei Herrn Blaisot eingetreten, einem Bankier, den Sie sehr wohl kennen. Er hat sich – jetzt vor zwei Monaten – eine Kugel vor den Kopf geschossen und seither bin ich ohne Platz … Ich muß Ihnen vor Allem sagen, daß ich geheirathet habe. Ja, ich habe mein Weib Josephine geehelicht, eben als ich bei Herrn Durieu diente und Josephine Köchin bei der Schwester meines Herrn war, bei Madame Lévêque, welche Madame Caroline sehr wohl kannte. Als ich bei Herrn Lamberthier war, konnte sie daselbst nicht eintreten und sie nahm Dienst bei einem Arzte in Grenelle, bei Herrn Renaudin. Dann erhielt sie einen Platz im Geschäftshause der Trois-Frères in der Rue Rambuteau, wo ich keine Stelle bekommen konnte. Das ist ein Pech! …

– Kurz, unterbrach ihn Saccard, Sie wollen bei mir eine Anstellung, nicht wahr?

Allein Dejoie beharrte dabei, den Kummer seines Lebens zu erklären und welches Unglück es sei, daß er eine Köchin geheirathet habe und es ihm nicht gelingen will, in denselben Häusern Anstellung zu finden, wo sie auch dient. Es war ja rein so, als wären sie gar nicht verheirathet; sie hatten niemals ein Zimmer für sich, trafen sich nur in den Trinkstuben, umarmten sich hinter den Küchenthüren. Und dann hätten sie eine Tochter bekommen, Nathalie, die sie bis zu ihrem achten Lebensjahre bei einer Pflegeamme lassen mußten. Dann habe der Vater, seiner Einsamkeit überdrüssig, die Kleine auf seine enge Junggesellen-Kammer genommen. So war er die eigentliche Mutter Nathaliens geworden; er hat sie erzogen, zur Schule geführt, sorgfältig überwacht und immer mehr liebgewonnen.

– Ach, ich kann sagen, daß sie mir Freude gemacht hat. Sie ist wohl unterrichtet und sie ist rechtschaffen. Und wie Sie sehen, ist sie auch hübsch; sie hat nicht ihresgleichen ... In der That fand Saccard sie reizend, diese blonde Blume des Pariser Pflasters, mit ihrer schmächtigen Anmuth und den breiten Augen unter den Löckchen ihrer mattblonden Haare. Sie ließ sich von ihrem Vater anbeten und war noch tugendhaft; denn sie hatte keinerlei Interesse es nicht zu sein, war von einem grausamen und ruhigen Egoismus in dieser so durchsichtigen Klarheit ihrer Augen.

– Und nun – fuhr Dejoie fort – ist sie in dem Alter zu heirathen und es bietet sich eine hübsche Partie dar; es ist der Sohn unseres Nachbars, eines Schachtelmachers. Allein, der Junge will sich selbstständig machen und verlangt sechstausend Francs. Das ist nicht zu viel. Er könnte auf ein Mädchen mit noch mehr Geld Anspruch machen ... Ich muß Ihnen sagen, daß ich vor vier Jahren mein Weib verloren habe. Sie hat uns ihre Ersparnisse zurückgelassen – was sie so in der Küche abgezwackt hat, Sie verstehen mich? – und so besitze ich viertausend Francs. Aber das sind noch nicht sechs tausend; und der junge Mann drängt und Nathalie ebenfalls ...

Das Mädchen, das lächelnd, mit seinem so klaren, kühlen, entschlossenen Blick zugehört hatte, nickte jetzt zustimmend mit dem Kinn.

– Ja, gewiß; das Warten ist mir langweilig und ich möchte ein Ende machen, so oder so ...

Saccard unterbrach sie abermals. Er hatte diesen Mann als einen beschränkten, aber sehr rechtschaffenen, guten, militärisch disciplinirten Menschen beurtheilt. Dann genügte es ja, daß er im Namen der Madame Caroline sich vorstellte.

– Es ist gut, mein Freund. Ich werde eine Zeitung haben und nehme Sie als Bureaudiener. Lassen Sie mir Ihre Adresse da und leben Sie wohl!

Allein Dejoie ging nicht. Er fuhr mit verlegener Miene fort:

– Der gnädige Herr ist sehr gütig, ich nehme den Platz dankbar an, denn ich werde ja arbeiten müssen, wenn ich Nathalie verheirathet habe ... Aber ich bin einer anderen Sache wegen gekommen. Ja, ich habe durch Madame Caroline und andere Personen erfahren, daß der gnädige Herr im Begriffe ist, große Geschäfte zu unternehmen und daß er in der Lage sein wird, seinen Freunden und Bekannten große Gewinnste zukommen zu lassen ... Wenn der gnädige Herr sich für uns interessiren und uns Aktien geben wollte ...

Saccard war abermals gerührt, mehr als vorhin, als die Gräfin ihm die Mitgift ihrer Tochter anvertraute. Dieser schlichte Mann, dieser ganz kleine Capitalist, der seine Ersparnisse Sou für Sou zusammengelegt hatte: war er nicht der Typus der gläubigen, vertrauensseligen Menge, der großen Menge, welche die zahlreiche und solide Kundschaft ausmacht, die fanatisirte Armee, welche einem Kredithause eine unüberwindliche Macht verleiht? Wenn dieser wackere Mann in solcher Weise herbeieilte, bevor die Sache noch in der Oeffentlichkeit bekannt war, was wird erst geschehen, wenn die Kassenschalter geöffnet sein werden? Gerührt lächelte er diesem ersten kleinen Aktionär zu. Er sah hier das Vorzeichen eines großen Erfolges vor sich.

– Einverstanden, mein Freund, Sie sollen Aktien bekommen.

Das Antlitz Dejoie's strahlte, als wäre ihm eine unverhoffte Gnade angekündigt worden.

– Gnädiger Herr, Sie sind zu gütig. Nicht wahr, in 6 Monaten werde ich mit meinen 4000 Francs weitere 2000 Francs gewonnen haben und die für meine Tochter nothwendige Mitgift ergänzen können? Und da der gnädige Herr einwilligt, will ich die Sache lieber gleich abmachen, ich habe das Geld mitgebracht.

Er suchte in seinen Taschen, zog einen Briefumschlag hervor und reichte ihn Saccard hin, der unbeweglich, still und von Bewunderung erfüllt angesichts dieses letzten Zuges dastand. Und der furchtbare Seeräuber, der schon so viel Vermögen eingesackt hatte, brach in ein gutmüthiges Gelächter aus und war ehrlich entschlossen, diesen gläubigen Menschen reich zu machen.

– Aber, mein Wackerer, das macht man nicht so. Behalten Sie Ihr Geld, ich werde Sie auf die Liste setzen und Sie werden zu seiner Zeit und an seinem Orte bezahlen.

Diesesmal verabschiedete er sie, nachdem Dejoie seine Tochter dem gnädigen Herrn danken geheißen, was sie mit einem zufriedenen Lächeln that, welches ihre harten, keuschen Augen erhellte.

Als Maxime mit seinem Vater endlich allein war, sagte er mit seiner Miene spöttischer Unverschämtheit:

– Jetzt stattest Du gar junge Mädchen aus!

– Warum nicht? erwiderte Saccard heiter. Das Glück der Anderen ist eine gute Kapitals-Anlage.

Bevor er sein Kabinet verließ, ordnete er einige Papiere; dann sagte er plötzlich zu seinem Sohne gewendet:

– Und Du willst keine Aktien?

Maxime, der mit kurzen Schritten im Zimmer auf- und abging, wandte sich hastig um und stellte sich vor seinen Vater hin.

– Nein, wahrhaftig! Hältst Du mich für einen Tölpel? Saccard macht eine zornige Geberde; er fand die Antwort respektwidrig und unsinnig und war bereit ihm ins Gesicht zu schreien, daß das Geschäfts-Unternehmen wirklich vorzüglich sei und daß er ihn wirklich zu einfältig beurtheile, wenn er ihn für einen einfachen Dieb hält wie die Anderen. Allein, als er ihn anschaute, fühlte er Mitleid für seinen armen Sohn, der erschöpft war mit fünfundzwanzig Jahren, in geordneten Verhältnissen, fast geizig lebte, gealtert in Folge seiner Laster, so besorgt um seine Gesundheit, daß er keine Ausgabe und keinen Genuß wagte, ohne vorher die Vortheile zu berechnen. Und völlig getröstet, völlig stolz auf das leidenschaftliche Ungestüm seiner fünfzig Jahre begann er von Neuem zu lachen und sagte, seinem Sohne auf die Schulter klopfend:

– Komm frühstücken, mein armer Junge und pflege Deinen Rheumatismus!

Am zweitnächsten Tage – es war der 5. Oktober – begab sich Saccard, in Gesellschaft von Hamelin und Daigremont, zum Notar Dr. Lelorrain, in der Rue Sainte-Anne. Es wurde ein Akt aufgenommen, laut welchem unter dem Namen „*Universalbank*" eine Aktiengesellschaft gebildet wurde, mit einem Kapital von fünfundzwanzig Millionen, eingetheilt in 50 000 Aktien zu 500 Francs, von welchen ein Viertel einzuzahlen war. Der Sitz der Gesellschaft war das Hôtel Orviedo in der Rue Saint-Lazare. Ein Exemplar der Statuten, im Sinn des Gesellschafts-Aktes verfaßt, wurde in der Kanzlei des Dr. Lelorrain hinterlegt. Es war ein heller, sonniger Herbsttag und als die Herren das Notariat verließen, zündeten sie ihre Zigarren an und spazierten den Boulevard und die Chaussée-d'Antin hinauf, ihres Lebens sich freuend wie Schüler, die einen Ferialtag genossen.

Die konstituirende Generalversammlung fand erst in der nächsten Woche statt. Schauplatz derselben war ein kleiner Saal in der Rue Blanche, der früher als Tanzsaal gedient hatte, während jetzt Gemälde-Ausstellungen daselbst veranstaltet wurden. Die Syndikats-Mitglieder hatten jene ihrer Aktien, die sie nicht behalten wollten, bereits placirt und es erschienen zweiundzwanzig Aktionäre, welche nahezu vierzigtausend Aktien repräsentirten. Nachdem der Besitz vonzwanzig Aktien eine Stimme verlieh, waren dies zweitausend Stimmen. Nachdem aber ein Aktionär mehr als zehn Stimmen auf sich nicht vereinigen konnte, betrug die genaue Stimmenzahl 1643.

Saccard bestand darauf, daß Hamelin den Vorsitz führe. Er selbst hatte sich unter die Menge gemischt. Er hatte für den Ingenieur und für sich selbst je 500

Aktien unterschrieben, welche durch einen Austausch von schriftlichen Erklärungen bezahlt werden sollten. Sämmtliche Syndikats-Mitglieder waren da: Daigremont, Huret, Sédille, Kolb, der Marquis von Bohain, Jeder mit jener Gruppe von Aktionären, welche seinen Weisungen gehorchte. Man bemerkte auch Sabatani, einen der Hauptunterzeichner, ferner Jantrou unter mehreren höheren Angestellten der Bank, die seit zwei Tagen schon ihre Thätigkeit begonnen hatten. Die zu fassenden Beschlüsse waren so genau vorhergesehen und im Voraus geregelt worden, daß noch niemals eine konstituirende Generalversammlung einen so ruhigen und einträchtigen Verlauf genommen hatte. Einstimmig wurde die Zeichnung des vollen Aktien-Kapitals anerkannt, ebenso die Einzahlung von hundertfünfundzwanzig Francs per Aktie. Dann wurde in feierlicher Weise die Gesellschaft für konstituirt erklärt. Der Verwaltungsrath wurde sogleich gewählt: er sollte aus zwanzig Mitgliedern bestehen, welche – laut einem Artikel der Statuten – nebst ihren Präsenzmarken, deren jährliches Entgelt mit fünfzigtausend Francs festgesetzt wurde, zehn Prozent des Gewinns empfangen sollten. Dies war nicht zu verachten und darum hatte jedes Syndikats-Mitglied verlangt, in den Verwaltungsrath gewählt zu werden. Daigremont, Huret, Sédille, Kolb, der Marquis von Bohain und Hamelin – welch' Letzterer zum Präsidenten ausersehen war – standen natürlich auf der Liste obenan, während vierzehn Herren von minderer Bedeutung folgten, aus der Reihe jener Aktionäre ausgewählt, mit welchen man am meisten Staat machen konnte und welche sich am fügsamsten erwiesen. Als der Augenblick gekommen war, wo ein Direktor gewählt werden sollte und Hamelin für diese Stelle Herrn Saccard vorschlug, erschien dieser endlich, nachdem er sich bisher im Dunkel gehalten hatte. Sein Name wurde mit einem sympathischen Gemurmel aufgenommen und er ward ebenfalls einstimmig gewählt. Es galt nur mehr, zwei Aufsichtsräthe zu wählen, welchen die Pflicht oblag, der Generalversammlung einen Bericht über die Bilanz vorzulegen und so die Rechnungen des Verwaltungsrathes zu kontrolliren: eine ebenso heikle wie überflüssige Funktion, für welche Saccard einen Herrn Rousseau und einen Herrn Lavignière in Aussicht genommen hatte. Der Erstere war dem Letzteren völlig ergeben; dieser war ein großer, blonder, sehr höflicher Mann, der zu Allem Ja sagte und von der Sehnsucht verzehrt war, später in den Verwaltungsrath einzutreten, wenn man mit seinen Diensten zufrieden sein würde. Nach der Wahl der Aufsichtsräthe sollte die Sitzung geschlossen werden, als der Präsident noch für nöthig erachtete, die Prämie von zehn Prozent, welche den Syndikats-Theilnehmern zugesichert worden, zur Sprache zu bringen; es waren im Ganzen viermal-hunderttausend Francs, welche die Generalversammlung – auf seinen Vorschlag – zu Lasten des Gründungskosten-Conto bewilligte. Es war eine Kleinigkeit, die man mit in den Kauf nahm. Nun ließ man die kleinen Aktionäre mit dem

Getrappel einer Heerde abziehen; die Großaktionäre gingen zuletzt und tauschten auf dem Trottoir lächelnd Händedrücke aus.

Am folgenden Tage versammelte sich der Verwaltungsrath im Hotel Orviedo, in dem früheren Salon Saccard's, welcher in einen Sitzungssaal umgewandelt worden. In der Mitte stand ein großer, mit grünem Tuch überzogener Tisch, umgeben von zwanzig Lehnsesseln, die mit ähnlichem Stoffe belegt waren. Außerdem waren nur noch zwei große Bücherschränke da, deren Glasthüren inwendig mit grünem Seidenstoff verhängt waren. Dunkelrothe Vorhänge dämpften das Licht des Saales, dessen drei Fenster auf den Garten des Hôtel Beauvilliers gingen. Es kam von da nur ein Dämmerlicht, gleichsam die friedliche Stille eines im grünen Schatten seiner Bäume schlafenden alten Klosters. Das war streng und vornehm; man trat gewissermaßen in eine Sphäre uralter Rechtschaffenheit ein.

Der Verwaltungsrath versammelte sich, um das Bureau zu bilden und man war fast vollzählig, als es vier Uhr schlug. Der Marquis de Bohain, mit seinem kleinen, blassen, aristokratischen Kopfe, war ein würdiger Vertreter des alten Frankreichs, während der geschmeidige Daigremont die hohe Finanzwelt des Kaiserreiches mit ihren riesigen Erfolgen repräsentirte. Sédille, weniger bekümmert als sonst, plauderte mit Kolb von einer unvorhergesehenen Bewegung auf dem Wiener Platze; die anderen Verwaltungsräthe rings um sie her – die „Bande“ – lauschten und trachteten irgend eine Nachricht zu erhaschen, oder unterhielten sich über ihre eigenen Beschäftigungen; denn sie waren nur da, um die Zahl zu vervollständigen und an Beutetagen ihren Theil einzusacken. Wie gewöhnlich, kam Huret verspätet; er war ganz athemlos, hatte sich im letzten Augenblick aus einer Kommission der Kammer losgerissen. Er entschuldigte sich und man nahm in den Lehnsesseln, rings um den Tisch Platz.

Der Aelteste, Marquis de Bohain, nahm den Vorsitz ein; sein Lehnsessel war höher, als die anderen und reicher vergoldet. Saccard, der Direktor, saß ihm gegenüber. Und als der Marquis erklärte, daß der Präsident gewählt werden solle, erhob sich Hamelin sogleich und lehnte jede Kandidatur für seine Person ab; er glaubte zu wissen, daß Mehrere an ihn als Präsidentschafts-Kandidaten gedacht haben; aber er gebe ihnen zu bedenken, daß er am nächsten Tage nach dem Orient abreisen müsse; ferner, daß er im Rechnungsfache, im Bank- und Börsewesen absolut keine Erfahrung habe und endlich, daß er sich die Verantwortlichkeit einer solchen Stellung nicht aufladen könne. Saccard hörte ihm sehr überrascht zu; denn noch am vorhergegangenen Tage waren sie über die Sache einig gewesen. Er vermuthete da den Einfluß von Madame Caroline auf ihren Bruder, denn er wußte, daß sie am Morgen eine lange Besprechung mit einander gehabt hatten.

Da er keinen anderen Präsidenten als Hamelin haben wollte, weil irgend ein unabhängiger Mensch ihm unbequem gewesen wäre, erlaubte er sich, in der Sache das Wort zu ergreifen. Er erklärte, daß die Stelle des Präsidenten ein bloßes Ehrenamt sein würde und daß es genügen würde, wenn der Präsident in den Generalversammlungen erscheinen würde, um den Anträgen des Verwaltungsrathes Nachdruck zu verleihen und die üblichen Ansprachen zu halten. Ueberdies sollte ja auch ein Vizepräsident gewählt werden, welcher die Unterschriften versehen würde. Und für alles Andere, für die rein technische Seite, für die Buchführung, die Börse, die tausend internen Einzelheiten eines großen Bankhauses war er ja da, Saccard, der Direktor, der ja eben zu diesem Zwecke gewählt worden. Laut den Statuten hatte er die Obliegenheit die Bureaux-Arbeiten zu leiten, die Einnahmen und Ausgaben zu bewerkstelligen, die laufenden Geschäfte zu führen, die Beschlüsse des Verwaltungsrathes auszuführen, mit einem Worte: die exekutive Gewalt der Gesellschaft zu sein. Diese Gründe schienen überzeugend. Nichtsdestoweniger weigerte sich Hamelin noch lange; Daigremont und Huret mußten in dringlichster Weise auf ihn einwirken. Der Marquisbeobachtete unter diesen Umständen eine majestätische, völlig selbstlose Haltung. Endlich gab der Ingenieur nach; er wurde zum Präsidenten gewählt. Vizepräsident wurde ein obskurer Agronom, ein ehemaliger Staatsrath, Vicomte de Robin-Chagot, ein sanfter, geiziger Herr, eine vorzügliche Maschine für Unterschriften. Der Sekretär wurde außerhalb des Kreises des Verwaltungsrathes gewählt, aus dem Bureau-Personal der Bank; man bestellte den Chef des Emissions-Dienstes zum Sekretär. Und als es in dem großen, ernst ausgestatteten Gemach dunkel ward, ein grünlicher Abendschatten von unsagbarer Trauer sich herniedersenkte, fand man, daß man genug und gut gearbeitet habe und bestimmte, daß man monatlich zwei Sitzungen halten werde, der kleine Rath am fünfzehnten, der Vollrath am dreißigsten. Dann trennte man sich.

Saccard und Hamelin gingen zusammen in den Saal hinauf, wo die Entwürfe ausgehängt waren. Sie wurden dort von Madame Caroline erwartet. Diese sah sofort an der Verlegenheit ihres Bruders, daß derselbe wieder einmal schwach war und nachgegeben habe. Einen Augenblick war sie darob erzürnt.

– Aber das ist nicht vernünftig! rief Saccard. Bedenken Sie, daß der Präsident 30 000 Francs beziehen wird, eine Summe, welche mit der Ausbreitung unserer Geschäfte sich verdoppeln kann. Sie sind nicht reich genug, um einen solchen Vortheil von sich zu weisen ... Und was fürchten Sie denn?

– Ich fürchte Alles, erwiderte Madame Caroline. Mein Bruder wird nicht da sein und ich verstehe nichts von Geldsachen. Sie haben ihn mit fünfhundert Aktien auf die Liste gesetzt, ohne daß er sie sogleich bezahlt. Nun denn: ist das nicht regelwidrig? Wird er nicht strafbar sein, wenn die Operation einen schlimmen Gang nimmt?

Saccard lachte.

– Eine schöne Geschichte! Fünfhundert Aktien mit einer ersten Einzahlung von 62.500 Francs! Wenn er das nicht aus dem ersten Gewinn, ehe sechs Monate ins Land gehen, bezahlen könnte, dann wäre es besser, wir stürzten uns sogleich in die Seine, als daß wir das Geringste unternehmen... Nein, Sie können ruhig sein; die Spekulation verschlingt nur die Ungeschickten.

Sie blieb streng, in dem wachsenden Dunkel des Zimmers. Doch man brachte zwei Lampen und die Wände empfingen ein breites Licht, die großen Pläne, die hellen Aquarelle, welche sie so oft von jenen fremden Ländern träumen ließen. Noch war die Ebene kahl, die Berge verschlossen den Horizont; sie erinnerte sich des Elends jener alten Welt, welche über ihren Schätzen schlief und welche die Wissenschaft aus ihrer Unwissenheit und aus ihrem Schmutz erwecken sollte. Welche großen, schönen und guten Werke waren dort zu vollbringen! Allmälig zeigte ihr eine Vision neue Geschlechter; eine ganze Menschheit – stärker und glücklicher als die bisherige – sproß aus dem alten Boden hervor, welchen der Fortschritt von Neuem bearbeitete.

– Die Spekulation, die Spekulation, wiederholte sie mechanisch, vom Zweifel gepackt. Ach, sie erfüllt mein Herz mit Angst und Sorge.

Saccard, der ihren gewohnten Gedankengang sehr wohl kannte, hatte auf ihrem Antlitz diese Hoffnung auf die Zukunft verfolgt.

– Ja, die Spekulation. Warum erschrecken Sie vor diesem Worte?... Die Spekulation ist der Köder des Lebens, die ewige Begierde, die uns zwingt zu kämpfen und zu leben... Wenn ich einen Vergleich wagen dürfte, würde ich Sie überzeugen...

Und er lachte wieder, von einem Zartheits-Skrupel angewandelt. Dann wagte er den Vergleich, denn er gefiel sich vor Damen in einer brutalen Art.

– Glauben Sie, daß ... wie soll ich es nur sagen? ... daß man ohne Wollust viele Kinder machen würde? Hundert Kinder werden verfehlt, bis es gelingt, eines zu machen. Durch die Ausschreitung erlangt man das Nothwendige, nicht wahr?

– Gewiß, erwiderte sie verlegen.

– Nun denn, liebe Freundin, ohne Spekulation würde man keine Geschäfte machen. Warum sollte ich mein Geld in Bewegung setzen, mein Vermögen riskiren, wenn mir nicht ein außerordentlicher Genuß verheißen wird, ein plötzlicher

Glücksfall, der mir den Himmel öffnet? ... Mit dem legitimen und mittelmäßigen Lohn der Arbeit, mit dem klugen Gleichgewichte der alltäglichen Transaktionen ist das Leben eine trostlose Wüste, ein Sumpf, in welchem alle Kräfte schlummern; lassen Sie hingegen in Ihrem Ungestüm einen Traum am Horizont auflodern; versprechen Sie, daß man mit einem Sou hundert gewinnen kann; fordern Sie die Schläfer auf, sich an die Spitze der Jagd nach den Millionen zu setzen, wo inmitten des furchtbarsten Gemetzels in zwei Stunden Millionen zu gewinnen sind: und das Rennen wird beginnen, die Kräfte werden sich verzehnfachen, das Gedränge wird ein solches werden, daß es den Leuten, obgleich sie zu ihrem bloßen Vergnügen schwitzen, manchmal dennoch gelingt Kinder zu machen, ich will sagen lebendige, schöne und große Dinge zu machen. Gewiß, es gibt viele unnütze Unfläthigkeiten; aber diese müssen sein, sonst würde die Welt untergehen.

Madame Caroline lachte schließlich auch, denn sie kannte keine falsche Scham.

– Sie kommen demnach zu dem Schlusse, daß man sich darein fügen muß, weil dies so im Plan der Natur liegt. Sie haben Recht: das Leben ist nicht sauber.

Und sie schöpfte ordentlich Muth aus dem Gedanken, daß jeder Schritt vorwärts durch Blut und Koth führte. Man mußte nur wollen. Ihre Blicke verließen nicht die auf den Wänden aufgehängten Pläne und Zeichnungen und die Zukunft entrollte sich vor ihr, Häfen, Kanäle, Straßen, Eisenbahnen, Landschaften mit riesig großen, fabriksmäßig betriebenen Farmen, neue, gesunde, intelligente Städte, wo man sehr weise lebte und dabei sehr alt wurde.

– Ich sehe schon, daß ich nachgeben muß wie immer, hub sie in heiterem Tone wieder an. Trachten wir ein wenig Gutes zu thun, damit uns vergeben werde.

Ihr Bruder, der still geblieben, näherte sich jetzt und küßte sie. Sie drohte ihm mit dem Finger.

– Oh, Du bist ein Schlaumeier, Dich kenne ich... Morgen, wenn Du uns verlassen haben wirst, wirst Du Dich nicht mehr darum kümmern, was hier vorgeht. Und hast Du Dich erst dort in Deine Arbeiten versenkt, dann wird Alles gut gehen, Du wirst von Triumphen träumen, während hier vielleicht das Geschäft unter unseren Füßen krachen wird.

– Aber, rief Saccard galant, es ist doch abgemacht, daß er Sie bei mir zurückläßt, wie einen Gensdarm, um mich am Kragen zu fassen, wenn ich mich schlecht aufführe.

Alle drei lachten hell auf.

– Und Sie können darauf zählen, daß ich Sie am Kragen fasse... Erinnern Sie sich, was Sie uns versprochen haben, zuerst uns, dann den Anderen, zum Beispiel meinem wackern Dejoie, den ich Ihnen sehr empfehle... Ach, und auch unseren Nachbarinnen haben Sie es versprochen, diesen Gräfinnen von Beauvilliers, die ich heute gesehen habe, wie sie die Reinigung einiger Wäschestücke durch ihre Köchin überwachten, ohne Zweifel um die Rechnung der Wäscherin zu verringern.

Sie plauderten noch eine Weile sehr freundschaftlich und die Abreise Hamelin's wurde endgiltig geregelt.

Als Saccard in sein Kabinet hinabging, sagte ihm sein Diener, daß eine Frau da sei, die darauf bestanden habe zu warten, obgleich er ihr gesagt hatte, daß eine Sitzung stattfinde und daß der gnädige Herr sie nicht empfangen könne. Saccard erzürnte sich zuerst, weil er sich ermüdet fühlte; er gab den Befehl sie fortzuschicken; dann überlegte er, daß er es dem Erfolge schuldig sei sich zu opfern und daß ihm sonst das Glück abhold werden könnte. Dies änderte seinen Sinn. Die Fluth der Bittsteller nahm ja mit jedem Tage zu und er berauschte sich inmitten dieser Menge.

Eine einzige Lampe beleuchtete das Kabinet; er sah die Besucherin nur undeutlich.

– Herr Busch sendet mich, mein Herr ...

In seinem Zorn blieb er stehen und er bot auch ihr keinen Sitz an. An dieser dünnen Stimme, die aus einem so dicken Körper kam, erkannte er Madame Méchain. Eine schöne Aktionärin, dieses Weib, das die Aktien nach dem Pfund kaufte! Sie erklärte ihm ganz ruhig, Herr Busch habe sie gesendet, um Erkundigungen über die Emission der Universalbank einzuholen. Ob noch Aktien verfügbar seien? Ob man hoffen dürfe, solche mit der Syndikats-Prämie zu bekommen? Aber dies war sicherlich nur ein Vorwand, um sich hier Eingang zu verschaffen, das Haus zu sehen, auszukundschaften, was er – Saccard – machte und ihm selbst an den Puls zu fühlen; denn ihre kleinen Aeuglein, die wie Bohrlöcher in ihrem fetten Gesichte saßen, spähten überall herum und kehrten immer wieder zu ihm zurück, als wollten sie ihm auf den Grund der Seele schauen. Busch hatte lange Zeit gewartet und das famose Geschäft mit dem verlassenen Kinde erwogen; dann hatte er sich entschlossen zu handeln und er sandte die Méchain als Kundschafterin.

– Es ist nichts mehr da, antwortete Saccard brutal.

Sie fühlte, daß sie von ihm nicht mehr erfahren würde und daß es unklug wäre, jetzt etwas zu unternehmen. Sie wartete denn auch nicht, bis er sie hinauswarf, sondern wandte sich zur Thür.

– Warum verlangen Sie nicht Aktien für sich selbst? fragte er, um verletzend zu sein.

Mit ihrer zischelnden, spitzigen Stimme, mit der sie sich über die Leute lustig zu machen schien, antwortete sie:

– Ach, das sind nicht meine Geschäfte ... Ich warte.

Und als er in diesem Augenblicke die große Ledertasche erblickte, die sie nie verließ, erbebte er. Sollte an einem Tage, wo Alles nach Wunsch gegangen, wo er endlich so glücklich war, das so heiß ersehnte Bankhaus geboren zu sehen, – sollte an jenem Tage diese alte Gaunerin die böse Fee sein, welche die Prinzessinnen in der Wiege verzaubert? Er hatte das Gefühl, daß die Ledertasche, die sie durch die Bureaux seiner Bank geschleppt, voll sei mit entwertheten Papieren, mit deklassirten Titres; er glaubte zu verstehen, daß sie ihm drohte so lange zu warten, als nothwendig sein würde, um nach dem Zusammenbruch seiner Bank auch seine Aktien darin zu vergraben. Es war das Gekrächze des Raben, der mit der Armee zugleich aufbricht, ihr folgt bis zum Abend des Gemetzels, sie umschwebt und dann niederfährt, weil er weiß, daß es Leichen zu verzehren geben werde.

– Auf Wiedersehen, mein Herr, sagte die Méchain, indem sie sich athemlos und sehr höflich zurückzog.

V.

Einen Monat später, in den ersten Tagen des November, war die Einrichtung der Universalbank noch nicht vollendet. Die Tischler waren noch mit dem Getäfel beschäftigt, die Anstreicher beendigten die Verkittung des ungeheuren Glasdaches, mit welchem man den Hof gedeckt hatte. An dieser Langsamkeit trug Saccard die Schuld, welcher, unzufrieden mit der Aermlichkeit der Einrichtung, durch luxuriöse Anforderungen die Arbeiten verzögerte; und da er nicht die Mauern hinausrücken konnte, um seinen ewigen Traum nach riesigen Räumlichkeiten zu befriedigen, erzürnte er sich schließlich und überließ es Madame Caroline, die Unternehmer der Installirungsarbeiten zu verabschieden. Madame Caroline überwachte also die Anlage der letzten Schalter. Es gab eine außerordentliche Anzahl von Schaltern; der in eine Centralhalle umgestaltete Hof zeigte rundumher vergitterte Schalter von würdigem und ernstem Aussehen, überragt von hübschen Kupferplatten, welche in schwarzen Lettern die Inschriften trugen. Obwohl in etwas engen Lokalitäten untergebracht, waren die Bureaux dennoch glücklich angeordnet; im Erdgeschoß lagen diejenigen Abtheilungen, welche einen fortwährenden Verkehr mit dem Publikum hatten, die verschiedenen Kassen, die Emissionsabtheilung, sämmtliche laufende Operationen der Bank; oben der interne Mechanismus, die Direktion, die Korrespondenz, die Buchhaltung, das Rechtsbureau und die Personalabtheilung. Im Ganzen arbeiteten hier auf diesem ziemlich gedrängten Raume mehr als 200 Beamte und was den Eintretenden schon jetzt überraschte, mitten im Gedränge der Arbeiter, welche die letzte Hand an die Einrichtung legten, während das Gold in den Mulden klang, das war jenes strenge Aussehen, ein Aussehen von uralter Rechtschaffenheit, welches gleichsam nach der Sakristei roch und ohne Zweifel von dem Lokal herkam, von diesem feuchten, alten, dunklen Hôtel, das im stillen Schatten des benachbarten Gartens lag. Man hatte die Empfindung, daß man ein gottesfürchtiges Haus betrat.

Saccard selbst hatte, als er eines Nachmittags von der Börse zurückkehrte, diese überraschende Empfindung. Dies tröstete ihn einigermaßen für die fehlenden Goldverzierungen. Er drückte Madame Caroline gegenüber seine Zufriedenheit aus.

– Für den Anfang ist es ganz artig, sagte er. Es ist, als ob man in der Familie wäre. Eine rechte, kleine Kapelle; später wird man ja sehen ... Ich danke Ihnen, meine schöne Freundin, für die Mühe, welche Sie sich geben, seitdem Ihr Bruder abwesend ist. Und da es sein Grundsatz war, die unvorhergesehenen Umstände sich zunutze zu machen, bemühte er sich fortan, diesen strengen Schein des Hauses noch mehr zu entwickeln und forderte von seinen Beamten eine Haltung junger Geistlicher. Man sprach hier nur mehr mit gemessener Stimme, man empfing und gab das Geld mit einer fast klerikalen Discretion.

Niemals in seinem so geräuschvollen Leben hatte Saccard eine solche Thätigkeit entwickelt. Schon um 7 Uhr Morgens, früher als die Beamten und früher, als sein Bureaudiener das Feuer angezündet hatte, war er in seinem Kabinet, um die Post zu lesen und die dringlichsten Briefe zu beantworten. Dann gab es bis eilf Uhr ein unendliches Kommen und Gehen von Leuten; es kamen die Freunde, die angeseheneren Klienten, die Wechselagenten, die Coulissiers, die Remisiers, ein ganzer Schwarm von Finanzmenschen; außerdem gab es ein Defilé von Bureau-Vorständen, welche sich ihre Weisungen bei ihm holten. Wenn er einen Augenblick Ruhe hatte, hielt er eine rapide Inspektion in den verschiedenen Bureaux, wo die Beamten in einer ewigen Furcht vor seinem plötzlichen, stets die Stunde wechselnden Auftauchen lebten. Um 11 Uhr ging er hinauf, um mit Madame

Caroline zu frühstücken. Er aß viel, trank auch dazu, mit dem Wohlbehagen eines mageren Menschen, ohne irgendwelche Beschwerden davon zu haben; und die Stunde, die er hier zubrachte, war nicht verloren, denn es war die Zeit, wo er – wie er zu sagen pflegte – seine schöne Freundin in die Beichte nahm, ihre Ansicht über die Menschen und über die Dinge hörte, allerdings ohne in den meisten Fällen von den Eingebungen ihrer Klugheit Gebrauch zu machen. Mittags verließ er das Haus, ging an die Börse, wo er einer der Ersten sein wollte, um zu sehen und zu plaudern. Er spielte übrigens nicht offen, fand sich da ein, wie bei einem ganz natürlichen Rendezvous, wo er sicher war, die Klienten der Bank zu finden. Indessen machte sich sein Einfluß daselbst schon bemerkbar. Er war als Sieger zurückgekehrt, als solider Mann, der sich fortan auf wirkliche Millionen stützte und die Schlauköpfe der Börse zischelten einander zu, wenn sie ihn sahen, und flüsterten von ihm außerordentliche Geschichten, prophezeiten ihm ein Königreich. Um 3 ½ Uhr war er immer wieder zu Hause, widmete sich der schwierigen Arbeit der Unterschriften, dermaßen eingeübt in dieser mechanischen Arbeit, daß er dabei Beamte kommen ließ, Antworten ertheilte, Geschäfte regelte, mit klarem Kopf, mit leichter Zunge, ohne in dem Schreibgeschäfte innezuhalten. Bis 6 Uhr empfing er noch Besuche, beschloß die Arbeit des Tages und bereitete diejenige des folgenden Tages vor. Und wenn er dann hinaufging zu Madame Caroline, hielt er eine Mahlzeit, noch reichlicher als das Frühstück, seine Fische und hauptsächlich Wildpret, Burgunder, Bordeaux, Champagner, je nachdem er seinen Tag glücklich benützt hatte.

– Wollen Sie noch sagen, daß ich nicht vernünftig lebe, rief er manchmal lachend. Anstatt den Weibern nachzulaufen, die Clubs und Theater zu besuchen, lebe ich da als echter Spießbürger in Ihrer Nähe. Sie müssen das Ihrem Bruder schreiben, um ihn zu beruhigen.

Er war übrigens nicht so vernünftig, wie er behauptete, denn er hatte zu jener Zeit eine Laune nach einer kleinen Sängerin von den Bouffes Parisiennes und er hatte sich sogar eines Tages bei Germaine Coeur vergessen, wo er einige Befriedigung gefunden. Die Wahrheit war, daß er des Abends vor Müdigkeit hinfiel. Er lebte übrigens in einer solchen Gier und Angst um den Erfolg, daß seine anderen Begierden dadurch gleichsam verringert, aufgehoben wurden. Und dies sollte so lange währen, bis er sich als Sieger, als unbestrittener Meister des Glückes fühlen würde.

– Bah, erwiderte heiter Madame Caroline, mein Bruder war immer so vernünftig, daß die Klugheit für ihn eine Naturbedingung ist und kein Verdienst ... Ich habe ihm gestern geschrieben, daß ich Sie bestimmt habe, den Berathungssaal nicht neu vergolden zu lassen; das wird ihm Vergnügen machen.

An einem sehr kalten Nachmittag der ersten Novembertage, in dem Augenblick, wo Madame Caroline dem Anstreichermeister den Auftrag gab, den Anstrich des Saales blos zu waschen, brachte man ihr eine Karte mit der Meldung, daß die Person sie dringlichst zu sehen wünsche. Die unsaubere Karte trug den Namen Busch's in plumpen Lettern. Sie kannte diesen Namen nicht, gab jedoch den Auftrag, den Mann in das Arbeitskabinet ihres Bruders zu schicken, wo sie empfing. Wenn Busch nunmehr seit fast 6 Monaten sich geduldete und keinen Gebrauch davon machte, daß er einen natürlichen Sohn Saccard's entdeckt hatte, so geschah dies vor Allem aus Gründen, die er geahnt hatte; die 600 Francs, welche Saccard der Mutter des Kindes verschrieb, schienen Busch ein sehr geringer Gewinn; andererseits fühlte er, wie schwierig es wäre, mehr von ihm herauszuschlagen, wenigstens eine Summe von einigen Tausend Francs. Wie soll man einen Wittwer, der Herr seiner Handlungen ist, den der Skandal nicht schreckt, zwingen, dieses häßliche Geschenk eines Zufallskindes, das im Unflath zu einem Galgenstrick heranwuchs, zu bezahlen? Ohne Zweifel hatte die Méchain mühsam eine lange Kostenrechnung von ungefähr 6000 Francs zusammengestellt; darin figurirten Zwanzigsous-Stücke, welche sie ihrer Base Rosalie Chavaille, der Mutter des Kindes geliehen. Dazu kamen die Kosten der Krankheit der Unglücklichen, ihr Leichenbegängnis, die Instandhaltung des Grabes, endlich die Auslagen für den Knaben Victor selbst, seitdem er ihr zur Last war; seine Nahrung, seine Kleidung und eine Menge anderer Sachen. Doch wie, wenn Saccard kein zärtlicher Vater war? wird er nicht die ganze Gesellschaft vor die Thür setzen? Denn es war keinerlei Beweis für die Vaterschaft vorhanden, wenn nicht die Aehnlichkeit des Kindes, und sie würden nicht mehr als den Werth der Wechselvon ihm erreichen, wenn er nicht überhaupt die Verjährung anrief.

Anderseits hatte Busch deshalb so lange gezögert, weil er Wochen hindurch in furchtbarer Angst neben seinem Bruder Sigismund gelebt hatte, den sein Lungenleiden auf das Siechbett geworfen. Besonders durch fünfzehn Tage hatte dieser so rührige Mensch Alles vernachlässigt, Alles vergessen von den tausend verschlungenen Spuren, welche er verfolgte. Er erschien nicht mehr an der Börse, hetzte keinen Schuldner mehr, verließ das Bett des Kranken nicht mehr, hegte und pflegte denselben wie eine Mutter. Er, sonst von einem unfläthigen Geiz, war jetzt freigebig, berief die ersten Aerzte von Paris und hatte die Arzneien der Apotheker theurer bezahlen wollen, damit sie wirksamer seien. Und da die Aerzte dem Kranken jede Arbeit untersagt hatten, Sigismund aber hartnäckig darauf bestand arbeiten zu wollen, hatte Busch alle Bücher und alle Papiere vor ihm verborgen. Ein wahrer Krieg von Listen und Schlichen hatte sich zwischen ihnen entwickelt. Wenn sein Krankenwärter, von Müdigkeit überwunden, einschlief, holte der junge Mann, schweißtriefend und vom Fieber verzehrt, ein Stück Bleistift und ein Stück Zeitungspapier hervor, begann seine Berechnungen, vertheilte Reichthümer nach seinem Gerechtigkeitstraume, sicherte Jedem seinen Theil am Glück und am Leben. Und wenn Busch erwachte, gerieth er in Zorn, weil er Jenen noch kränker fand; es zerriß ihm das Herz, wenn er sehen mußte, wie sein Bruder das Wenige, was er noch an Leben besaß, für seinen Wahn hinopferte. Er gestattete seinem Bruder, mit diesen Thorheiten zu spielen, wenn er gesund war, wie man einem Kinde ein Hampelmännchen in die Hand gibt; aber mit tollen, undurchführbaren Ideen sich umzubringen, das war denn doch zu blöde! Endlich hatte Sigismund aus Liebe zu seinem Bruder eingewilligt Vernunft anzunehmen; er ward allmälig wieder kräftiger und durfte zeitweilig das Bett verlassen.

Busch nahm seine Geschäfte wieder auf und erklärte, man müsse die Angelegenheit Saccard abwickeln, umsomehr, als Saccard siegreich zur Börse zurückgekehrt war und eine Persönlichkeit von unbestreitbarer Zahlungsfähigkeit wurde. Der Bericht der Frau Méchain war ein ausgezeichneter. Allein er zögerte noch, den Mann direkt anzugreifen; er sann darüber nach, durch welche Taktik er ihn besiegen würde, als ein Wort, welches die Méchain über Madame Caroline fallen ließ, über die Dame, welche das Haus führte und von welcher alle Lieferer des Stadtviertels ihm schon gesprochen hatten, ihn auf einen neuen Feldzugsplan brachte. War dies vielleicht die wirkliche Gebieterin, diejenige, welche den Schlüssel zu den Schränken und zum Herzen hatte? Er gehorchte oft genug dem, was er seine Eingebung nannte, folgte einer plötzlichen Ahnung, machte sich auf die Jagd auf bloße Andeutungen seiner Witterung hin, um dann aus den Thatsachen eine Gewißheit und einen Entschluß abzuleiten. So war es gekommen, daß er nach der Rue Saint-Lazare ging, um Madame Caroline aufzusuchen.

Den Saal der Entwürfe betretend sah Madame Caroline überrascht diesen dicken, schlecht rasirten Menschen mit dem platten, schmutzigen Gesichte, bekleidet mit einem fettglänzenden Rocke und einer weißen Halsbinde. Busch betrachtete sie forschend, als wollte er ihr auf den Grund der Seele schauen. Er fand sie so wie er sie wünschte, so groß, so gesund, mit ihren wunderbaren weißen Haaren, welche über ihr jung gebliebenes Anlitz eine helle Heiterkeit und Sanftmuth verbreiteten; und er war hauptsächlich überrascht von dem Ausdruck ihres ein wenig dicken Mundes; es war ein solcher Ausdruck von Güte, daß er sogleich seinen Entschluß faßte.

– Madame, sagte er, ich habe mit Herrn Saccard sprechen wollen, aber man sagt mir, er sei abwesend ...

Er log; er hatte gar nicht nach ihm gefragt; er wußte sehr wohl, daß Saccard nicht zuhause sei, da er ihn nach der Börse gehen gesehen hatte.

– Und da habe ich mir erlaubt mich an Sie zu wenden. Mir ist es im Grunde so lieber, da ich weiß, an wen ich mich wende ... Es handelt sich um eine so ernste, so heikle Mittheilung ...

Madame Caroline, die ihn bisher nicht zum Sitzen eingeladen, wies ihm jetzt mit besorgter Eile einen Sessel an.

– Sprechen Sie, mein Herr; ich höre Sie.

Busch setzte sich, seine Rockschöße in die Höhe hebend, als fürchtete er sie zu beschmutzen. Dabei sagte er sich im Stillen, wie eine gewonnene Ueberzeugung, daß sie mit Saccard schlafe.

– Die Sache ist nicht so leicht zu sagen, Madame, und ich gestehe Ihnen, daß ich mich noch im letzten Augenblick frage, ob ich gut thue, eine solche Angelegenheit Ihnen anzuvertrauen ... Ich hoffe, daß Sie in meinem Vorgehen nichts Anderes sehen werden, als den Wunsch, Herrn Saccard Gelegenheit zu bieten, ehemaliges Unrecht gut zu machen.

Mit einer Handbewegung ermunterte sie ihn. Sie hatte begriffen, mit welcher Art von Leuten sie es zu thun habe und wollte seinen überflüssigen Betheuerungen ein Ziel setzen. Er verweilte übrigens nicht länger dabei, sondern erzählte weitschweifig die alte Geschichte, wie Rosalie in der Rue de la Harpe verführt worden, wie nach dem Verschwinden Saccards ein Kind zur Welt gekommen war, wie die Mutter im Laster und Elend umgekommen war und ihren Sohn Victor einer Base auf dem Halse gelassen hatte, welche zu sehr beschäftigt war, um das Kind überwachen zu können, so daß es in Noth und Schmutz heranwachse. Sie hörte ihm zu, anfänglich erstaunt über diesen unerwarteten Roman; denn sie hatte gedacht, es handle sich um irgend eine verdächtige Geldgeschichte; dann ward sie sichtlich gerührt durch das Schicksal der Mutter und die Verlassenheit des Kindes, erschüttert in ihrem Muttergefühl einer unfruchtbar gebliebenen Frau.

– Aber, mein Herr, sind Sie der Dinge auch sicher, die Sie mir da erzählt haben? ... In solchen Geschichten sind absolut verläßliche Beweise nothwendig.

Er lächelte.

– Oh, Madame, ein blendender Beweis ist da, die außerordentliche Aehnlichkeit des Kindes ... Uebrigens sind die Daten da; Alles stimmt und beweist die Thatsachen bis zur äußersten Offenkundigkeit.

Sie erbebte auf ihrem Sitze und schwieg. Er beobachtete sie. Nach kurzem Stillschweigen fuhr er fort:

– Sie begreifen jetzt, Madame, wie sehr ich verlegen war, mich direkt an Herrn Saccard zu wenden. Ich habe keinerlei Interesse an dieser Sache, ich komme nur im Namen der Frau Méchain, der Base, welche durch einen bloßen Zufall auf die Spur des vielgesuchten Vaters gekommen ist. Denn, wie ich die Ehre hatte Ihnen zu sagen, waren die zwölf Wechsel zu 50 Francs, welche die unglückliche Rosalie erhalten, mit dem Namen Sicardot gezeichnet, – eine Sache, die ich nicht beurtheilen will und in diesem furchtbaren Pariser Leben wohl entschuldbar finde. Allein, Herr Saccard hätte vielleicht mein Dazwischentreten mißdeuten können. ... Und so kam ich auf den Gedanken, Sie zuerst aufzusuchen, Madame, um über den einzuschlagenden Weg Ihren Rath einzuholen, weil ich weiß, welches Interesse Sie Herrn Saccard widmen ... Sie kennen nun unser ganzes Geheimniß. Glauben Sie, daß ich ihn erwarten und ihm noch heute Alles sagen soll?

Madame Caroline verrieth eine zunehmende Aufregung.

– Nein, nein, später! rief sie.

Allein, angesichts dieses seltsamen Geheimnisses wußte sie selbst nicht, was sie anfangen solle. Er fuhr fort sie zu beobachten, sehr zufrieden ob der außerordentlichen Empfindsamkeit, welche sie ihm auslieferte. Er baute seinen Plan weiter und war überzeugt, daß er fortan von ihr mehr herausschlagen werde, als Saccard jemals gegeben hätte.

– Man müßte aber einen Entschluß fassen, murmelte er.

– Nun wohl, ich werde Madame Méchain und das Kind aufsuchen ... Es wird besser, viel besser sein, wenn ich mich vor Allem von dem Stande der Dinge überzeuge.

Sie dachte laut; sie war nämlich entschlossen, eine genaue Untersuchung zu halten, bevor sie dem Vater etwas von der Sache sagt. Später, wenn sie sich Ueberzeugung verschafft hat, wird es an der Zeit sein ihn zu benachrichtigen. War sie nicht da, um über sein Haus und seine Ruhe zu wachen?

– Unglücklicherweise drängt die Sache, fuhr Busch fort, indem er sie allmälig nach dem Punkte drängte, wo er sie haben wollte. Der arme Junge leidet. Er befindet sich in einer abscheulichen Umgebung.

Sie hatte sich erhoben.

– Ich will einen Hut aufsetzen und sogleich hingehen, sagte sie.

Nun mußte auch er von seinem Sessel aufstehen und er sagte in nachlässigem Tone:

– Ich will von der kleinen Rechnung nicht reden, welche zu regeln sein wird. Das Kind hat natürlich Kosten verursacht und die Mutter hat zu Lebzeiten auch Geld entlehnt. Oh, ich weiß nicht genau, wie viel. Ich wollte nichts übernehmen. Sie finden dort alle Papiere.

– Gut, ich werde sehen.

Und nun schien er selbst gerührt zu sein.

– Ach, Madame, wenn Sie wüßten, wie viele drollige Dinge mir in meinen Geschäften vorkommen! Die rechtschaffensten Leute haben später durch ihre Leidenschaften oder, was noch schlimmer, durch die Leidenschaften ihrer Eltern zu leiden. Ich könnte Ihnen ein Beispiel erzählen. Ihre unglücklichen Nachbarinnen, die Gräfinnen von Beauvilliers ...

Mit einer plötzlichen Bewegung hatte er sich einem der Fenster genähert und er versenkte seine Blicke voll flammender Neugierde in den benachbarten Garten. Ohne Zweifel dachte er schon seit seinem Eintritt in dieses Zimmer an diese Auskundschaftung, denn er liebte es, den Schauplatz seiner Kämpfe zu kennen. In der Angelegenheit der Schuldverschreibung über zehntausend Francs, welche Graf Beauvilliers dem Mädchen Léonie Cron gegeben, hatte Busch richtig gerathen, die aus Vendôme gesandten Auskünfte bestätigten das vorhergesehene Abenteuer: das Mädchen war verführt, und nach dem Tode des Grafen ohne einen Sou zurückgelassen worden, mit diesem Papierfetzen, und verzehrt von der Sehnsucht nach Paris zu gehen; schließlich hatte es das Papier bei dem Wucherer Charpier verpfändet, vielleicht für fünfzig Francs. Saccard hatte die Familie Beauvilliers bald ausfindig gemacht, hingegen durchforschte die Méchain seit sechs Monaten Paris vergebens nach Léonie. Busch ermittelte, daß sie bei einem Gerichtsvollzieher als Magd eingetreten war, er verfolgte dann ihre Spur nach drei anderen Dienstplätzen; dann aber war sie – wegen notorischer schlechter Aufführung verjagt – verschwunden und er hatte sie vergebens in allen Pfützen gesucht. Dies erbitterte ihn umsomehr, als er nichts gegen die Gräfin unternehmen konnte, insolange er nicht das Mädchen als lebendige Drohung mit dem Skandal bei der Hand hatte. Aber er behielt die Angelegenheit im Auge und war froh, vor dem Fenster stehend, den Garten des Hôtels kennen zu lernen, von welchem er bisher nur die Stirnseite, die auf die Straße ging, gesehen hatte.

– Sollten vielleicht auch die Damen von irgend einem Verdruß bedroht sein? fragte Madame Caroline mit besorgter Sympathie.

Er spielte den Harmlosen.

– Nein, ich glaube nicht ... Ich wollte bloß von der traurigen Lage sprechen, in welcher die schlechte Aufführung des Grafen sie zurückgelassen hat ... Ja, ich habe Freunde in Vendôme; ich kenne ihre Geschichte.

Und als er sich endlich entschloß das Fenster zu verlassen, vollzog sich bei ihm in der Erregtheit, die er spielte, eine plötzliche und seltsame Umkehr.

– Ach, wenn es nur Geldwunden sind! Aber wenn der Tod in ein Haus einzieht! ...

Jetzt benetzten aufrichtige Thränen seine Augen. Er hatte an seinen Bruder gedacht und erstickte schier. Sie glaubte, er habe in jüngster Zeit einen der Seinigen verloren und befragte ihn nicht – aus Diskretion. Bisher hatte sie sich über die niedrigen Geschäfte dieses Menschen nicht getäuscht, der ihr einen solchen Widerwillen einflößte; und diese unerwarteten Thränen waren entscheidender für sie als die scharfsinnigste Taktik. Sie brannte vor Begierde, nach der „neapolitanischen Stadt" zu eilen, um die Méchain zu besuchen.

– Madame, ich zähle auf Sie.

– Ich gehe sogleich.

Eine Stunde später irrte Madame Caroline, die einen Wagen genommen hatte, auf den Höhen von Montmartre umher, ohne die „neapolitanische Stadt" finden zu können. Endlich, in einer der öden Gassen, welche in die Rue Mercadet münden, wies ein altes Weib den Kutscher auf den rechten Weg. Der Zugang war eine Art Feldweg, verfallen, mit Koth und Trümmerwerk verlegt, auf einem wüsten Grunde verlaufend. Erst nach genauem Suchen erkannte man die erbärmlichen, aus Lehm, morschen Brettern und altem Zink zusammengefügten, Trümmerhaufen gleichenden Hütten, welche den inneren Hof umgaben. In der Straßenzeile stand ein einstöckiger Bau, aus Backsteinen aufgeführt, aber hinfällig und abstoßend schmutzig; dieses Haus schien wie ein Gefängniß den Eingang zu beherrschen. In der That hauste Madame Méchain hier als wachsame Eigenthümerin, unaufhörlich auf der Lauer, in eigener Person ihre halbverhungerte Einwohnerschaft ausbeutend.

Als Madame Caroline ihren Wagen verlassen hatte, sah sie die Méchain auf der Schwelle erscheinen, ungeheuerlich dick, Busen und Bauch in einem alten blauseidenen Kleide zerfließend, das in den Falten verschossen, an den Nähten geplatzt war; die Wangen waren dermaßen aufgedunsen und roth, daß das Näschen fast verschwand und zwischen zwei Gluthherden zu braten schien. Von einem Unbehagen erfaßt zögerte Madame Caroline einzutreten, als eine häßliche, schrille Stimme, derjenigen einer Rohrflöte gleichend, sie beruhigte.

– Ach, Madame, Sie sind von Herrn Busch gesendet und wollen den kleinen Viktor sehen ... Treten Sie ein. Ja, das ist die neapolitanische Stadt. Die Straße ist noch nicht geordnet und wir haben auch keine Hausnummern ... Treten Sie ein; wir müssen von allen den Dingen zuerst reden. Mein Gott! die Sache ist so verdrießlich und so traurig!

Und Madame Caroline mußte auf einem zerrissenen Strohsessel Platz nehmen, in einem von Schmutz starrenden Eßzimmer, wo ein rothglühender Ofen eine erstickende Hitze und einen furchtbaren Geruch verbreitete. Die Méchain rief jetzt, wie glücklich die Besucherin es getroffen habe, daß sie sie zu Hause fand, denn sie habe in Paris so viele Geschäfte und komme sonst vor 6 Uhr nicht nach Hause. Madame Caroline mußte sie unterbrechen.

– Um Vergebung, ich bin gekommen, um das unglückliche Kind zu sehen.

– Ganz richtig, Madame, ich werde es Ihnen zeigen ... Sie wissen ja, daß seine Mutter meine Base war. Ach, ich kann sagen, daß ich meine Pflicht gethan habe. Hier sind die Papiere, hier sind die Rechnungen.

Sie zog aus einem Speisenschrank ein wohlgeordnetes Schriftenbündel, welches in einen blauen Umschlag gewickelt war, ganz wie bei den Geschäftsleuten. Und sie ward nicht müde, von der armen Rosalie zu erzählen. Gewiß, sie habe einen widerlichen Lebenswandel geführt; war mit dem Erstbesten gegangen und zu Tode betrunken und zerschlagen heimgekehrt, nachdem sie oft Tage lang unsichtbar gewesen. Allein man mußte Einsicht haben, denn sie war eine gute Arbeiterin gewesen, bevor der Vater des Kindes, als er sie auf der Treppe vergewaltigte, ihr die Schulter verrenkte. Bei ihrer Gebrechlichkeit konnte sie mit dem Citronenhandel in den Hallen unmöglich so viel erwerben, um ein anständiges Leben führen zu können.

– Sie sehen, Madame, ich habe ihr das Geld in Beträgen zu 20 Sous und zu 40 Sous gegeben. Da sind alle Daten: am 20. Juni 20 Sous, am 27. Juni wieder 20 Sous, am 3. Juli 40 Sous. Um jene Zeit mußte sie krank gewesen sein, denn da folgen jetzt 40 Sous in unendlicher Reihe ... Auch habe ich Victor gekleidet. Vor allen Ausgaben, welche ich für den Knaben gemacht, steht ein B, ungerechnet, daß das Kind, nachdem Rosalie an einer ekelerregenden Krankheit gestorben, ganz mir zur Last fiel. Ich habe seither, wie Sie sehen können, 50 Francs pro Monat angesetzt. Das ist doch vernünftig. Der Vater ist reich und kann wohl 50 Francs monatlich für seinen Jungen bezahlen ... Kurz, das macht zusammen 5403 Francs und wenn Sie die 600 Francs für die Wechsel hinzufügen, haben wir eine Gesammtziffer von 6000 Francs ... Ja, das Alles für 6000 Francs!

Trotz des Ekels, der sie erbleichen machte, konnte Madame Caroline hier eine Bemerkung nicht unterdrücken.

– Aber die Wechsel gehören doch nicht Ihnen, sie sind ja das Eigenthum des Kindes!

– Mit Verlaub, erwiderte die Méchain in herbem Tone, ich habe das Geld vorgeschossen. Um Rosalie gefällig zu sein, habe ich die Wechsel escomptirt. Sie sehen auf dem Rücken der Wechsel mein Indossat. Es ist schon genug von mir, daß ich keine Zinsen fordere ... Sie werden, meine gute Dame, über die Sache nachdenken und eine arme Frau, wie ich bin, nicht schädigen wollen.

Doch, als die gute Dame mit einer nachlässigen Bewegung die Rechnung übernahm, beruhigte sich die Méchain. Sie fand ihre flötende Stimme wieder und sagte:

– Jetzt will ich Victor rufen.

Allein vergebens sandte sie drei herumlungernde Jungen nach einander aus, um Victor zu holen; vergebens auch trat sie selbst auf die Schwelle, um ihn herbeizuwinken, es war ausgemacht, daß Victor sich nicht stören sollte. Einer der Jungen kam zurück und überbrachte eine unfläthige Antwort von Victor. Das war zu viel. Die Alte erhob sich und verschwand, als wollte sie ihn bei den Ohren herbeiziehen. Dann kam sie allein zurück, als hätte sie sich die Sache überlegt und als fände sie es besser, den Jungen in seiner ganzen Abscheulichkeit zu zeigen.

– Wollen Madame sich die Mühe nehmen, mir zu folgen.

Und während sie ging, erzählte sie Einzelheiten über die „neapolitanische Stadt", welche ihr Mann von einem Onkel geerbt hatte. Dieser Mann mußte schon todt sein, kein Mensch hatte ihn gekannt und sie sprach von ihm nur, wenn sie den Ursprung ihres Besitzes erklären wollte. Es wäre ein böses Geschäft, welches noch ihren Tod herbeiführen wird, sagte sie; denn sie hatte dabei mehr Sorgen und Plackereien, als Gewinn, besonders seitdem die Polizeipräfectur sie verfolgte, ihr Inspectoren auf den Hals sandte, welche Reparaturen, Verbesserungen forderten unter dem Vorwande, daß die Leute bei ihr hin würden, wie die Fliegen. Sie weigerte sich übrigens hartnäckig auch nur einen Sou auszugeben. Man wird schließlich noch Kamine mit Spiegeln fordern in Kammern, für welche zwei Francs wöchentlich an Miethe bezahlt werden. Was sie verschwieg, war ihr habgieriger Geiz nach dieser Miethe. Sie warf die Familien unbarmherzig auf die Straße, wenn sie diese zwei Francs nicht im voraus bezahlt erhielt, machte hiebei selber die Polizei und war so gefürchtet, daß ein obdachloser Bettler es nicht gewagt haben würde, ohne Entgelt an eine ihrer Mauern zu lehnen.

Beklommenen Herzens betrachtete Madame Caroline den Hof, einen wüsten Grund, voll mit Löchern, durch den angehäuften Unflath in eine Kloake verwandelt. Alles wurde dorthin geworfen; es gab weder Senkgrube, noch Abzugsrinne; es war ein unaufhörlich anwachsender Düngerhaufe, der die Luft verpestete; glücklicherweise war es Winter, zur Sommerszeit verbreitete Alldas geradezu die Pest. Scheuen Schrittes suchte Madame Caroline den Gemüseabfällen und Knochen auszuweichen; dabei schweiften ihre Blicke über die Wohnstätten zu beiden Seiten; es waren namenlose Höhlen, halb eingesunkene Erdgeschosse, in Trümmern liegende Hütten, durch das verschiedenartigste Material befestigt. Mehrere derselben waren bloß mit getheertem Papier gedeckt; viele hatten keine Thür und ließen die schwarzen, kellerartigen Löcher sehen, aus welchen ein widerlicher Hauch des Elends hervordrang. Familien von acht und von zehn Personen hausten in diesen Beinhäusern zusammengedrängt, oft ohne ein Bett, Männer, Weiber und Kinder zuhauf, einander ansteckend wie die verdorbenen Früchte, schon im Kindesalter durch die ungeheuerlichste Vermischung der instinktiven Unzucht ausgeliefert. Ganze Schaaren von bleichen, schwächlichen, von Skropheln und erblicher Syphilis verzehrten Kindern füllten unablässig den Hof, armselige Geschöpfe, die auf diesem Düngerhaufen gediehen gleich giftigen Pilzen, einer zufälligen Umarmung entstammend, ohne daß man genau wußte, wer der Vater war. Wenn eine Epidemie von typhösem Fieber oder von Blattern herrschte, wurde mit einem Schlage die Hälfte dieser Bevölkerung auf den Kirchhof gefegt.

– Wie ich Ihnen erklärte, Madame, nahm die Méchain wieder das Wort, hat Victor keine sehr guten Beispiele vor Augen gehabt und es wird Zeit sein, an seine Erziehung zu denken, denn er vollendet bald sein zwölftes Jahr ... Bei Lebzeiten seiner Mutter sah er nicht sehr anständige Dinge, denn sie that sich gar keinen Zwang an, wenn sie betrunken war. Sie brachte Männer nachhause und Alles geschah vor dem Knaben ... Ich selbst konnte ihn niemals genauer beaufsichtigen, denn ich hatte zu viele Geschäfte in der Stadt. Er lief den ganzen lieben Tag in den Befestigungen herum. Zweimal mußte ich ihn von der Polizei zurückfordern, denn er hatte gestohlen, – oh, nur Kleinigkeiten. Und dann, kaum daß er ein wenig aufgeschossen war, trieb er es mit den kleinen Mädchen. Mein Gott, er hatte es von seiner Mutter so oft gesehen! ... Er ist übrigens – wie Sie sehen werden – mit seinen zwölf Jahren schon fast ein Mann. Damit er ein wenig arbeite, habe ich ihn schließlich zur Mutter Eulalie gegeben, zu einer Frau, die in Montmartre einen Gemüsehandel betreibt. Er begleitet sie in die Halle und trägt einen ihrer Körbe. Das Unglück ist, daß sie dermalen Geschwüre auf dem Schenkel hat ... Doch wir sind schon zur Stelle, Madame; wollen Sie eintreten.

Madame Caroline machte eine Bewegung des Zurückweichens. Es war im Hintergrunde des Hofes, hinter einer wahren Barrikade von Unrath, eines der übelriechendsten Löcher, eine niedrige, fast im Erdboden verschwindende Hütte, einem Schutthaufen gleichend, welcher mit Bretterstücken gestützt wurde. Ein Fenster war nicht vorhanden. Die Thür, eine ehemalige Glasthür, jetzt mit Blechplatten beschlagen, mußte offen bleiben, damit man hell sehe, und die furchtbare Kälte konnte frei eindringen. In einem Winkel, auf dem Estrich von gestampfter Erde, lag ein Strohsack. In dem Wirrwarr von losen Fässern, Drahtgitterstücken, halbverfaulten Körben, die als Tisch und Sessel dienten, war kein anderes Einrichtungsstück zu entdecken. Eine klebrige Nässe troff von den Wänden. Durch einen Riß in dem schwarzen Plafond floß der Regen herein, gerade vor das Fußende des Strohsackes. Und der Geruch war furchtbar; es war die menschliche Verworfenheit in vollständiger Nacktheit.

– Mutter Eulalie, rief die Méchain, eine Dame ist da, die wegen Victors gekommen ist, dem sie eine Wohlthäterin sein will. Was ist denn mit dem Hallunken, daß er nicht kommt, wenn man ihn ruft?

Ein Packet unförmigen Fleisches bewegte sich auf dem Strohsack, in einem Fetzen von Kattunstoff, welcher als Bettdecke diente; und Madame Caroline entdeckte da ein Weib von etwa vierzig Jahren, ganz nackt, weil es kein Hemd hatte, einem halbleeren Schlauche gleichend, so weich und gerunzelt war sie. Der Kopf war nicht häßlich, noch frisch, von krausen, blonden Löckchen eingerahmt.

– Ach! stöhnte sie, die Dame soll eintreten, wenn sie uns wohl will; denn Gott kann unmöglich wollen, daß dies noch länger dauere! ... Wenn man bedenkt, Madame, daß ich seit zwei Wochen nicht aufstehen kann wegen dieser garstigen Geschwüre, die mir den Schenkel durchlöchern! ... Und es ist natürlich kein Sou mehr im Hause. Ich kann meinen Handel nicht betreiben. Ich hatte zwei Hemden, welche Victor verkauft hat. Heute Abends wären wir Hungers krepirt.

Dann erhob sie die Stimme und sagte:

– Das ist schließlich zu dumm! So komm' doch hervor, Kleiner! ... Die Dame thut Dir nichts zuleide.

Madame Caroline erbebte, als sie aus einem Korbe ein Packet sich aufrichten sah, welches sie für einen Fetzenhaufen gehalten hatte. Es war Victor, mit den Resten einer Hose und mit einer Leinwandjacke bekleidet, durch deren Löcher seine Nacktheit zu sehen war. Er stand im vollen Lichte der Thür. Madame Caroline war verblüfft von seiner außerordentlichen Aehnlichkeit mit Saccard. Alle ihre Zweifel schwanden; die Vaterschaft war nicht zu leugnen.

– Man lasse mich mit der Schule zufrieden! erklärte er.

Doch Madame Caroline betrachtete ihn noch immer, von einem wachsenden Unbehagen ergriffen. In seiner verblüffenden Aehnlichkeit war dieser Junge geradezu beunruhigend mit seinem Gesichte, dessen eine Hälfte dicker war als die andere, mit seiner nach rechts verdrehten Nase, mit seinem platten Schädel, der auf der Treppenstufe, wo seine genothzüchtigte Mutter ihn empfangen, eingedrückt worden zu sein schien. Im Uebrigen war er für sein Alter wunderbar entwickelt, nicht sehr groß, untersetzt, mit seinen zwölf Jahren völlig ausgebildet, schon behaart wie ein frühreifes Thier. Die dreisten, verzehrenden Augen und der sinnliche Mund waren die eines Mannes. Diese so plötzlich entwickelte Männlichkeit bei diesem Jungen mit dem noch reinen Teint und gewissen zarten, fast mädchenhaften Zügen machte einen peinlichen Eindruck, wie eine Ungeheuerlichkeit.

– Haben Sie so große Furcht vor der Schule, mein kleiner Freund? fragte Madame Caroline endlich. Sie würden es dort besser haben als hier. Wo schlafen Sie?

Er wies auf den Strohsack.

– Da, mit ihr.

Aergerlich ob dieser freimüthigen Antwort wälzte Mutter Eulalia sich hin und her und suchte nach einer Erklärung.

– Ich hatte ihm mit einer kleinen Matratze ein Bett zurecht gemacht, aber wir mußten sie verkaufen ... Mein Gott! wenn Alles flöten gegangen ist, schläft man eben wie man kann; nicht so?

Die Méchain glaubte eine Bemerkung machen zu sollen, obgleich ihr diese Vorgänge sehr wohl bekannt waren.

– Es ist doch nicht schicklich, Eulalie ... Und Du, Schlingel, hättest zu mir schlafen kommen können, anstatt mit ihr zu schlafen.

Doch Victor pflanzte sich auf seinen kurzen, dicken Beinen hin und sagte, in seiner frühreifen Männlichkeit sich stolz emporreckend:

– Warum denn? Sie ist mein Weib!

Die Mutter Eulalie wälzte sich in ihrem schlaffen Fett und begann zu lachen; sie trachtete so das Abscheuliche ins Spaßige zu ziehen. Im Tone einer zärtlichen Bewunderung sagte sie:

– Sicher ist, daß ich ihm meine Tochter nicht anvertrauen würde, wenn ich eine hätte. Er ist ein wahrhaftiger kleiner Mann.

Madame Caroline schauderte zusammen. Ihr ward so ekel, daß es ihr den Athem verschlug. Was? Dieser zwölfjährige Junge, dieses kleine Ungeheuer, mit diesem vierzigjährigen, kranken, verwüsteten Weibe, auf diesem schmutzigen Strohsack, inmitten dieser Scherben und dieses Gestankes! Ach! wie doch das Elend Alles zerstört und vernichtet!

Sie ließ zwanzig Francs zurück und eilte davon. Sie flüchtete zur Hauseigenthümerin, um sich mit dieser endgiltig zu verständigen und einen Entschluß zu fassen. Angesichts dieser Verlassenheit hatte sie an die Arbeits-Stiftung gedacht. Dieses Werk war ja eben zur Rettung solcher verlorener Wesen gegründet worden, solcher erbärmlicher Kinder der Straße, die man durch eine gesunde Lebensweise und durch ein Handwerk neu schaffen wollte. Victor mußte schleunigst dieser Kloake entrissen werden; man mußte ihn dort unterbringen und ihn in ein neues Leben einführen. Sie zitterte noch am ganzen Leibe von Alldem, was sie gesehen. Und in diesem Entschlusse hatte sie eine Regung frauenhafter Zartheit; sie wollte Saccard vorläufig nichts sagen; sie wollte warten, bis der Junge ein wenig gesäubert sein würde und erst dann ihn seinem Vater zeigen; denn sie schämte sich gleichsam für ihn dieses furchtbaren Sprößlings; ihr that die Schande weh, die er empfunden haben würde. Einige Monate werden ohne Zweifel genügen; sie wird nachher reden, glücklich ob ihrer guten That.

Die Méchain begriff nur schwer.

– Mein Gott, Madame, wie es Ihnen beliebt ... Aber ich muß meine sechstausend Francs sogleich haben. Victor wird sich von mir nicht wegrühren, wenn ich meine sechstausend Francs nicht bekomme.

Diese Forderung brachte Madame Caroline zur Verzweiflung. Sie besaß die Summe nicht und wollte sie natürlich auch von dem Vater nicht verlangen. Vergebens diskutirte sie und bat sie.

– Nein, nein, wenn ich mein Pfand nicht mehr hätte, könnte ich mein Geld suchen gehen. Ich kenne Das.

Endlich, als die Méchain sah, daß die Summe zu groß sei und daß sie nichts erhalten würde, machte sie einen Nachlaß.

– Nun wohl, geben Sie mir sogleich zweitausend Francs, auf das Uebrige will ich warten.

Allein, die Verlegenheit der Madame Caroline blieb dieselbe und sie fragte sich, woher sie die zweitausend Francs nehmen solle. Da kam ihr der Einfall sich an Maxime zu wenden und sie fand den Gedanken unanfechtbar. Er wird es gewiß nicht ablehnen, Mitwisser des Geheimnisses zu sein und er wird sich nicht weigern, diese kleine Summe vorzustrecken, welche sein Vater ihm sicherlich zurückerstatten wird. Und sie entfernte sich mit der Erklärung, daß sie am nächsten Tage wiederkommen werde, um Victor zu holen.

Es war erst fünf Uhr und es drängte sie so sehr, die Sache zu Ende zu führen, daß sie in ihren Fiaker steigend dem Kutscher die Adresse Maxime's angab: Avenue de l'Impératrice. Als sie ankam, sagte ihr der Diener, daß sein Herr bei der Toilette sei, daß er sie aber dennoch anmelden wolle.

Beklommen stand sie einen Augenblick in dem Salon, wo sie ihn erwartete. Es war ein kleines Hôtel, mit einem auserlesenen Scharfsinn des Luxus und Wohllebens eingerichtet. Es gab eine Menge Teppiche und Vorhänge und ein feiner, ambrahaltiger Duft erfüllte das warme, stille Gemach. Es war hübsch, zart und diskret, obgleich keine Frau da war; denn der junge Wittwer, durch den Tod seiner Frau reich gemacht, hatte sein Leben für den ausschließlichen Kultus seiner selbst eingerichtet und hatte als erfahrener Junge seine Thür vor jeder neuen Theilung geschlossen. Diese Lebensfreude, die er einer Frau verdankte, wollte er sich nicht durch eine andere Frau verderben lassen. Vom Laster ernüchtert nahm er davon nur so viel wie von einer Nachspeise, welche ihm wegen seines schlechten Magens verboten war. Seine Idee, in den Staatsrath einzutreten, hatte er längst aufgegeben; er hielt auch keinen Rennstall mehr, denn er war der Pferde ebenso überdrüssig wie der Mädchen. Und er lebte allein, müßig, vollkommen glücklich, verzehrte sein Vermögen mit Kunst und Vorsicht, in der grausamen Selbstsucht eines verderbten, ausgehaltenen Söhnchens, welches ernst geworden.

– Ich bitte Madame, mir zu folgen, sagte der Diener. Der gnädige Herr wird Sie sogleich in seinem Zimmer empfangen.

Madame Caroline verkehrte mit Maxime vertraulich, seitdem dieser jedesmal, wenn er bei seinem Vater speiste, sie als getreue Intendantin installirt sah. Als sie das Zimmer betrat, fand sie die Vorhänge geschlossen; sechs Kerzen brannten auf dem Kamin und auf einem Tischchen und beleuchteten mit einer ruhigen Flamme dieses Nest von Flaumen und Seide, ein übermäßig weichliches Gemach einer verkäuflichen Schönen mit tiefen Polsterstühlen und einem riesigen Bett so weich wie Federn. Dies war sein Lieblingsgemach, wo er alle Eingebungen seines Geschmacks für zarte Einrichtungsstücke in Möbeln und kostbaren Bibelots erschöpft hatte; es waren wahrhaftige Wunder des letzten Jahrhunderts, in dem köstlichsten Wirrwarr von Stoffen verschmolzen und verloren.

Die Thür, die nach dem Toillete-Zimmer führte, stand weit offen und Maxime erschien mit den Worten:

– Was gibt es denn? ... Ist Papa etwa gestorben?

Nach Verlassen des Bades hatte er ein elegantes Kostüm von weißem Flanell angelegt; seine Haut war frisch und würzig, sein hübscher Mädchenkopf hatte einen müden Ausdruck, mit seinen blauen, hellen, leeren Augen. Durch die offene Thür hörte man noch den Abfluß des Wassers aus einem Zapfen der Badewanne, während in der lauen Luft ein scharfer Blumengeruch emporstieg.

– Nein, nein, es ist nichts Ernstes, sagte sie, verletzt durch den ruhigen, scherzhaften Ton seiner Frage. Und was ich Ihnen zu sagen habe, setzt mich doch einigermaßen in Verlegenheit ... Sie werden mich entschuldigen, daß ich so unversehens bei Ihnen erscheine ...

– Es ist wahr, daß ich in der Stadt speise, aber ich habe noch Zeit mich anzukleiden. Lassen Sie hören, was giebt es?

Er wartete, sie aber zögerte jetzt, sprach nur stammelnd, unter dem Eindrucke des großen Luxus dieses raffinirten Genußmenschen stehend, welchen sie ringsumher sah. Ein Gefühl der Feigheit hatte sie ergriffen, sie fand nicht mehr den Muth, Alles zu sagen. War es möglich, daß das Leben, für jenes Zufallskind dort in der Kloake der „neapolitanischen Stadt“ so rauh, sich für Diesen da, der inmitten eines raffinirten Reichthums lebte, so verschwenderisch erwies? Auf der einen Seite so viel Schmutz, Gemeinheit, Hunger und auf der anderen Seite ein so gesuchter Luxus, solcher Ueberfluß, ein so schönes Leben! Ist das Geld wirklich die Erziehung, die Gesundheit, die Intelligenz? Und wenn darunter der nämliche menschliche Schmutz zu finden war, bestand dann nicht die ganze Zivilisation in der Ueberlegenheit, gut zu riechen und gut zu leben?

– Mein Gott, es ist eine ganze Geschichte. Ich glaube, daß ich recht thue, wenn ich sie Ihnen erzähle. Uebrigens bin ich dazu genöthigt, denn ich bedarf Ihrer.

Maxime hörte ihr zu, anfangs stehend, später sitzend, weil in der großen Ueberraschung ihn die Beine nicht trugen. Und als sie fertig war, rief er:

– Ei, ei, ich bin denn nicht der einzige Sohn! Da fällt mir ein kleiner Bruder vom Himmel!

Sie glaubte, er rede aus Interesse und machte eine Anspielung auf die Erbschaftsfrage.

– Ach, die Erbschaft nach Papa!

Und er machte eine Bewegung voll ironischer Sorglosigkeit, welche sie nicht begriff. Wie? was wollte er sagen? Glaubte er etwa nicht an die großen Eigenschaften und das sichere Vermögen seines Vaters?

– Nein, nein, meine Geschäfte sind geordnet, ich brauche Niemanden ... Allein, was Sie mir erzählen, ist wahrhaftig so drollig, daß ich mich eines Lächelns nicht erwehren kann.

Er lachte in der That, aber verdrossen, im Stillen beunruhigt, nur an sich selbst denkend, weil er noch nicht Zeit gehabt zu prüfen, inwiefern die Geschichte für ihn Gutes oder Schlechtes im Gefolge haben könnte. Er fühlte sich vor Gefahren geschützt und ließ ein brutales Wort fallen, in welchem er sich völlig zu erkennen gab.

– Im Grunde kümmert mich die ganze Geschichte nicht!

Er war aufgestanden und begab sich nach dem Toilette-Zimmer, von wo er sogleich mit einer Nagelfeile aus Schildpatt zurückkehrte, mit der er sich sachte die Nägel zu glätten begann.

– Und was wollen Sie mit Ihrem Ungeheuer anfangen? fragte er. Man kann es doch nicht in die Bastille stecken wie die eiserne Maske.

Jetzt erwähnte sie die Rechnungen der Méchain, erklärte ihre Idee, Victor nach der Arbeits-Stiftung zu bringen und verlangte von ihm die zweitausend Francs.

– Ich will nicht, daß Ihr Vater von der Sache etwas erfahre und habe Niemanden als Sie, an den ich mich wenden könnte. Sie müssen diesen Betrag vorstrecken. Aber er weigerte sich rundweg.

– Einen Vorschuß für Papa! Nimmermehr! Nicht einen Sou! Ich habe es geschworen: wenn Papa einen Sou brauchte, um über eine Brücke zu gehen, ich würde ihn ihm nicht leihen. ... Es gibt Dinge, die gar zu dumm sind; ich will mich nicht lächerlich machen.

Abermals sah sie ihn an, verwirrt durch alle die häßlichen Dinge, die er vorbrachte. In diesem Augenblicke leidenschaftlicher Aufregung hatte sie weder das Verlangen noch die Zeit, mehr von ihm zu hören.

– Und mir? fragte sie plötzlich. Würden Sie mir die zweitausend Francs leihen?

– Ihnen? Ihnen ...

Er fuhr fort seine Nägel zu glätten, mit einer zierlichen, leichten Bewegung, wobei er die Frau mit seinen hellen Augen betrachtete, welche den Weibern bis ans Herzblut zu dringen schienen.

– Ihnen ja ... Sie sind eine gutmüthige Frau und werden mir meine zweitausend Francs von ihm zurückerstatten lassen.

Dann, nachdem er aus einem kleinen Schrein die zwei Tausendfrancs-Billets geholt und sie ihr überreicht hatte, nahm er ihre Hände und behielt sie einen Augenblick in den seinigen, wobei er sie mit einem Ausdruck freundschaftlicher Heiterkeit ansah, gleichsam wie ein Stiefsohn, der Sympathie für seine Stiefmutter hat.

– Sie scheinen Illusionen über Papa zu haben! sagte er. Oh, vertheidigen Sie sich nicht; ich befrage Sie nicht nach Ihren Angelegenheiten ... Die Frauen sind so wunderlich, sie gefallen sich manchmal in der Hingebung; natürlich haben sie Recht ihr Vergnügen dort zu nehmen, wo sie es finden. Gleichviel; wenn Sie eines Tages schlecht belohnt werden sollten, kommen Sie zu mir, wir werden darüber reden.

Als Madame Caroline sich wieder in ihrem Fiaker befand, noch beklommen von der weichlichen Wärme des kleinen Hôtels und von dem Heliotropen-Duft, welcher ihre Kleider durchdrungen hatte, schauerte sie zusammen, als käme sie von einem verdächtigen Orte, auch betroffen durch die rückhältigen, scherzhaften Aeußerungen des Sohnes über den Vater, welche ihren Verdacht noch bestärkten, daß Saccard eine Vergangenheit hinter sich habe, die er nicht eingestehen konnte. Allein sie wollte nichts wissen; sie hatte das Geld, beruhigte sich und theilte ihren nächsten Tag so ein, daß der Knabe am Abend aus seinem Lasterpfuhl gerettet sein sollte.

Sie mußte sich denn auch schon am Morgen in Bewegung setzen, denn sie hatte allerlei Formalitäten zu erfüllen, um sich zu versichern, daß ihr Schützling in der Arbeits-Stiftung aufgenommen werden würde. Ihre Stellung als Sekretärin des Aufsichtsrathes, welchen die Gründerin, Fürstin Orviedo, aus zehn Damen der Gesellschaft zusammengesetzt hatte, erleichterte ihr allerdings diese Formalitäten und am Nachmittag hatte sie nur mehr den Knaben aus der neapolitanischen Stadt abzuholen. Sie hatte anständige Kleider mitgenommen, aber sie war im Grunde nicht ganz beruhigt hinsichtlich des Widerstandes, welchen der Kleine leisten würde, der von der Schule nichts hören wollte. Doch die Méchain, der sie eine Depesche gesandt hatte und die sie auf der Schwelle erwartete, erzählte ihr eine Neuigkeit, von welcher sie selbst ganz erschüttert wurde: Mutter Eulalie war in der Nacht plötzlich gestorben, ohne daß der Arzt die Todesursache hätte genau angeben können; es war vielleicht eine Kongestion, die Verheerungen des verdorbenen Blutes. Und das Schreckliche war, daß der Junge, der mit ihr schlief, in der Finsterniß ihres Todes erst gewahr wurde, als er sie neben sich ganz kalt werden fühlte. Er hatte den Rest der Nacht bei der Hauseigenthümerin zugebracht, völlig bestürzt von diesem Drama, von einer dumpfen Furcht ergriffen, so daß er sich ruhig ankleiden ließ und zufrieden schien bei dem Gedanken, in einem Hause leben zu dürfen, wo es einen schönen Garten gab. Nichts hielt ihn mehr zurück, da die Dicke – wie er sie nannte – fortan in ihrer Grube modern sollte.

Während die Méchain die Bescheinigung der zweitausend Francs schrieb, stellte sie ihre Bedingungen.

– Sie werden den Rest in sechs Monaten bezahlen, nicht wahr? ... Sonst müßte ich mich an Herrn Saccard wenden.

– Aber Herr Saccard selbst wird Sie bezahlen, sagte Madame Caroline; heute zahle ich ganz einfach an seiner Statt.

Der Abschied Victor's von seiner alten Base war nicht besonders zärtlich: der Kleine empfing ihren Kuß auf die Haare und beeilte sich in den Wagen zu steigen, während die Alte – von Busch ausgezankt, weil sie eingewilligt hatte eine Anzahlung zu nehmen – unablässig verdrossen brummte, weil ihr Pfand ihr entschlüpfte.

– Kurz, Madame, seien Sie rechtschaffen mir gegenüber, sonst werden Sie es zu bereuen haben, Das schwöre ich Ihnen.

Unterwegs von der neapolitanischen Stadt nach der Arbeits-Stiftung, die auf dem Boulevard Bineau lag, konnte Madame Caroline von Victor nur knappe Worte herausbringen; seine glühenden Augen schienen die Straße, die breiten Avenuen, die schönen Häuser und die Vorübergehenden zu verschlingen. Er konnte nicht schreiben, kaum lesen, hatte immer die Schule geschwänzt, um in den Befestigungen herumzustreifen. Und aus seinem Gesicht eines frühreifen Kindes sprachen nur die gierigen Gelüste seiner Race, eine Hast, ein Ungestüm zu genießen, noch verschärft in diesemDüngerhaufen voll Elend und abscheulicher Beispiele, wo er herangewachsen. Auf dem Boulevard Bineau angelangt funkelten seine Augen eines jungen Thieres noch mehr, als er, nachdem sie den Wagen verlassen hatten, den großen Hof durchschritt, welchen die Anstalt der Knaben und die Anstalt der Mädchen zu beiden Seiten einsäumten. Schon prüfte er mit einem Blicke die breiten, mit schönen Bäumen bestandenen Höfe, die mit Fayence-Ziegeln ausgelegten Küchen, deren offene Fenster gute Bratengerüche ausströmten, die mit Marmor verkleideten Speisesäle, lang und hoch wie die Kirchenschiffe, all' den königlichen Luxus, welchen die Fürstin in ihrem Rückerstattungs-Eifer den Armen geben wollte. Dann, als sie bei dem im Hintergrunde stehenden Verwaltungsgebäude angekommen waren und von einer Dienstabtheilung zur anderen gingen, um die üblichen Formalitäten zu erledigen, hörte der Junge seine neuen Schuhe klappern in den riesigen Korridoren, auf den breiten Treppen, in den hellen, luftigen Nebenräumen, die sämmtlich einen palastartigen Prunk zeigten. Seine Nasenflügel zitterten: Alldies sollte ihm gehören.

Doch als Madame Caroline, die wieder in's Erdgeschoß herabgestiegen war, um dort ein Schriftstück zu unterzeichnen, ihn durch einen neuen Korridor begleitete, führte sie ihn vor eine Glasthür, durch welche er eine Werkstätte sehen konnte, wo Jungen seines Alters vor Werktischen stehend, die Holzschnitzerei lernten.

– Sie sehen da, mein kleiner Freund, sprach sie, wie man hier arbeitet; denn man muß arbeiten, wenn man gesund und glücklich sein will ... Am Abend sind die Unterrichtsstunden und ich hoffe, daß Sie sich gut aufführen und brav lernen werden ... Sie selbst haben über Ihre Zukunft zu entscheiden, eine Zukunft, wie Sie sie niemals geträumt haben.

Eine düstere Falte hatte sich quer über die Stirne Victor's gelegt. Er antwortete nichts und seine Augen eines jungen Wolfes warfen nur die hämischen Blicke eines neidischen Banditen auf den hier ausgebreiteten reichen Luxus: alldies besitzen, ohne zu arbeiten, mit der Gewalt der Nägel und der Zähne sich dessen bemächtigen und freuen, das war sein Gedanke. Fortan war er in diesem Hause nur ein Empörter, ein Gefangener, der an Diebstahl und Flucht denkt.

– Nunmehr ist Alles geregelt, sagte Madame Caroline wieder. Wir wollen nach dem Badesaale hinaufgehen.

Es war der Brauch, daß jeder neue Pensionär bei seinem Eintritt ein Bad nahm; die Badewannen befanden sich oben in Kabineten, welche an die Krankenabtheilung stießen, die aus zwei kleinen Sälen bestanden, aus einem Saale für die Knaben und aus einem andern für die Mädchen und an die Wäschekammer stießen. Hier herrschten die sechs barmherzigen Schwestern des Hauses, in dieser herrlichen Wäschekammer, welche mit dreifach über einander gestellten tiefen Schreinen von gefirnißtem Ahornholz eingerichtet waren; in dieser musterhaften Krankenabtheilung, so hell, von einer so fleckenlosen Weiße, so heiter und so rein, wie die Gesundheit selbst. Oft erschienen auch Damen vom Aufsichtsrathe, um hier eine Stunde des Nachmittags zu verbringen, weniger um zu kontroliren, als um dem mildthätigen Werke durch ihre Hingebung einen Nachdruck zu verleihen.

Eben war die Gräfin Beauvilliers mit ihrer Tochter Alice in dem Saale, welcher die beiden Zimmer der Krankenabtheilung trennte. Oft führte sie ihre Tochter hieher, um ihr eine Zerstreuung und das Vergnügen der Mildthätigkeit zu verschaffen. An jenem Tage war eben Alice einer der barmherzigen Schwestern behilflich, Früchtenbrödchen für zwei wiedergenesende Mädchen zu bereiten, welchen man schon gestattet hatte, solche zu essen.

– Ach, ein Neuer, sagte die Gräfin, als sie Victor erblickte, den man hier einen Augenblick Platz nehmen ließ, bis sein Bad bereitet sein würde.

Gewöhnlich benahm sie sich Madame Caroline gegenüber etwas steif, grüßte sie nur mit einem Kopfnicken, ohne jemals das Wort an sie zu richten, aus Furcht, nachträglich Beziehungen mit ihr anknüpfen zu müssen. Allein, der Anblick dieses Jungen, welchen sie mitgebracht, ihre geschäftige Gutmüthigkeit, mit welcher sie sich um ihn kümmerte, rührten ohne Zweifel die Gräfin und bestimmten sie, aus ihrer Zurückhaltung herauszutreten. Und so plauderten sie eine Weile halblaut.

– Wenn Sie wüßten, Madame, welcher Hölle ich ihn entreiße! Ich empfehle ihn Ihrem Wohlwollen, gleichwie ich ihn allen Herren und Damen vom Aufsichtsrath empfohlen habe.

– Hat er Eltern? kennen Sie sie?

– Nein, seine Mutter ist todt, er hat Niemanden als mich.

– Armer Junge! Ach, welches Elend!

Während dieser Zeit ließ Victor kein Auge von den Früchtenbrödchen. Seine Blicke hatten sich in wüthender Gier entflammt; und von dem Früchtenmus, welches das Messer aufstrich, schaute er zu den zarten, weißen Händen Alicens empor, zu ihrem zu dünnen Halse, zu ihrer ganzen Person einer schwächlichen Jungfrau, die sich in der vergeblichen Erwartung der Ehe verzehrte. Wäre er mit Alice allein gewesen, er würde sie mit einem Kopfstoß in den Bauch an die Wand geschleudert haben, um sich der Früchtenbrödchen zu bemächtigen. Doch das junge Mädchen hatte seine gierigen Blicke bemerkt und sie fragte, nachdem sie einen Blick mit der Nonne ausgetauscht:

– Haben Sie Hunger, mein kleiner Freund?

– Ja.

– Und lieben Sie die eingemachten Früchte?

– Ja.

– Sie möchten also, daß ich Ihnen zwei solche Brödchen streiche, bis Sie aus dem Bade kommen?

– Ja.

– Viel Früchtenmus auf viel Brod, nicht wahr?

– Ja.

Sie lachte herzlich, der Knabe aber blieb ernst, die verzehrenden Augen auf sie und auf die guten Sachen gerichtet.

In diesem Augenblicke war heller Jubel und lautes Geräusch vom Knabenhofe her zu vernehmen, wo die Vier-Uhr-Pause begann. Die Werkstätten leerten sich; die Knaben hatten eine halbe Stunde frei, um ihre Jause zu essen und sich ein wenig auszutummeln.

Madame Caroline führte Victor zu einem Fenster und sagte:

– Sie sehen, man darf hier nach der Arbeit auch spielen ... Arbeiten Sie gern?

– Nein.

– Aber Sie spielen gern?

– Ja.

– Nun wohl, wenn Sie spielen wollen, werden Sie arbeiten müssen ... Alldies wird sich finden; Sie werden vernünftig sein, ich bin dessen sicher.

Er antwortete nicht. Eine Regung des Vergnügens färbte seine Wange bei dem Anblick seiner Kameraden, die sich dort froh herumtummelten; dann kehrten seine Blicke zu den Früchtenbrödchen zurück, welche die junge Gräfin auf einen Teller gelegt hatte. Ja, Freiheit und Genuß die ganze Zeit: er wollte nichts Anderes. Sein Bad war bereit, man führte ihn hinweg.

– Mit diesem jungen Herrn wird nicht leicht auszukommen sein, wie ich glaube, bemerkte die Nonne in sanftem Tone. Hat Einer ein so schiefes Gesicht, so mißtraue ich ihm von vornherein.

– Er ist doch nicht häßlich, murmelte Alice; wenn er Einen anschaut, möchte man ihn für achtzehn Jahre alt halten.

– Es ist wahr, er ist für sein Alter stark entwickelt, sagte Madame Caroline mit einem leichten Schauder.

Bevor die Damen sich entfernten, wollten sie sich noch das Vergnügen bereiten, die kleinen wiedergenesenden Mädchen ihre Früchtenbrödchen essen zu sehen. Besonders Eine derselben war sehr interessant, eine Blonde von zehn Jahren mit schon pfiffigen Augen, wie ein kleines Frauchen dreinblickend, mit dem früh entwickelten krankhaften Fleische der Pariser Vorstadtkinder. Es war übrigens immer dieselbe Geschichte: der Vater war ein Trunkenbold und brachte Frauenzimmer heim, die er auf der Straße aufgelesen, bis er schließlich mit einer solchen Schlampe verschwand; die Mutter hatte einen andern Mann genommen, dann wieder einen andern und war schließlich ebenfalls der Trunksucht verfallen. Und die Kleine ward von allen den Männern geprügelt und es war noch ein Glück, wenn sie nicht versuchten sie zu nothzüchtigen. Eines Morgens mußte die Mutter sie aus den Armen eines Maurers reißen, welchen sie selbst am vorhergehenden Abend ins Haus gebracht hatte. Man erlaubte indeß dieser erbärmlichen Mutter ihr Kind zu besuchen; denn sie selbst hatte gebeten, daß man ihr das Kind abnehme, weil sie in ihrer Verworfenheit eine glühende Mutterliebe bewahrte. Und sie war eben anwesend, ein mageres, gelbes, verwüstetes Weib mit rothen, verweinten Augen. Sie saß neben dem weißen Bettchen, in welchem ihr reinlich angethanes Töchterchen, mit dem Rücken an die Kopfkissen gelehnt, artig ihr Früchtenbrödchen aß.

Sie erkannte Madame Caroline, die sie wiederholt gesehen hatte, wenn sie Saccard um Unterstützungen anging.

– Ach, Madame, meine arme Madeleine ist wieder einmal gerettet. Sehen Sie: sie hat unser ganzes Unglück im Blute, und der Arzt hat mir gesagt, daß sie nicht am Leben bleibt, wenn sie noch länger bei uns herumgestoßen wird ... Hier aber hat sie Fleisch und Wein und Ruhe ... Ich bitte Sie, Madame, sagen Sie dem guten Herrn, daß ich ihn jede Stunde meines Lebens segne.

Ein Schluchzen erstickte ihre Stimme und ihr Herz löste sich in Dankbarkeit auf. Sie sprach von Saccard, denn sie kannte nur ihn, wie die meisten Eltern, welche Kinder in der Arbeits-Stiftung hatten. Die Fürstin Orviedo war nicht sichtbar, während er sich lange Zeit opferte, die Anstalt bevölkerte, alles Elend aus der Gosse auflas, um rascher diese Wohlthätigkeits-Maschine in Bewegung zu sehen, die ein wenig seine Schöpfung war; er betrieb die Sache mit Leidenschaft, wie Alles was er that, beschenkte mit Hundertsous-Stücken aus seiner eigenen Tasche jene betrübten Familien, deren Kinder er rettete. Und er blieb für alle diese Erbarmungswürdigen die wahre und einzige Vorsehung.

– Sagen Sie ihm, Madame, daß es irgendwo ein armes Weib gibt, welches für ihn betet. Nicht als ob ich frommgläubig wäre; ich will nicht lügen, ich war niemals eine Heuchlerin. Nein, es ist aus zwischen mir und den Kirchen; ich denke nicht daran; wozu auch meine Zeit dort verlieren? ... Aber es muß dennoch etwas über uns geben und es ist ein Trost, wenn Einer gut zu uns gewesen, die Segnungen des Himmels auf ihn herabzuflehen.

Ihre Thränen flossen reichlich über ihre welken Wangen.

– Höre, Madeleine, höre ...

Das in seinem schneeweißen Hemde so bleiche Kind, welches mit der Spitze seines Züngelchens naschhaft dasFrüchtenmus von dem Brode leckte, schaute mit den zufriedenen Aeuglein auf und horchte aufmerksam, ohne im Essen inne zu halten.

– Jeden Abend, ehe Du in Deinem Bette einschläfst, wirst Du die Hände falten – so – und wirst sagen: „Lieber Gott! lohne Herrn Saccard seine Güte, auf daß er lange lebe und glücklich sei ...“ Verstehst Du? Versprich mir Das!

– Ja, Mama.

Die nun folgenden Wochen verlebte Madame Caroline in großer moralischer Verwirrung. Sie wußte nicht mehr genau, was sie von Saccard halten solle. Die Geschichte von der Geburt und Verlassenheit Victors; diese unglückliche Rosalie, die auf einer Treppenstufe so brutal vergewaltigt wurde, daß sie in der Folge verkrüppelt blieb; die unterschriebenen und nicht bezahlten Wechsel; das unglückliche, vaterlose Kind, das im Schmutze herangewachsen war: diese ganze jämmerliche Vergangenheit verursachte ihr ein Gefühl des Ekels. Sie wies die Bilder dieser Vergangenheit von sich, gleichwie sie die Indiskretionen Maxime's nicht hatte herbeiführen wollen: gewiß gab es da Flecke, die sie erschreckten, die ihr zu viel Kummer machen würden. Dann kam als Gegensatz diese weinende Frau, welche die Hände ihres Kindes zusammenlegte und sie für denselben Mann beten ließ; Saccard war jetzt angebetet wie der gute Gott; und er war wirklich gut und hatte Seelen errettet, mit jener leidenschaftlichen Thätigkeit eines Geschäftsmannes, der sich zur Tugend erhob, wenn das Werk ein schönes war. Und so gelangte sie dahin, daß sie ihn nicht verurtheilen wollte; um als wohlunterrichtete Frau, welche zu viel gelesen und zu viel nachgedacht hatte, ihr Gewissen zu beruhigen, sagte sie sich, daß bei ihm wie bei allen Menschen das Schlimmste mit dem Besten sich vereinige.

Allein bei dem Gedanken, daß sie ihm angehört habe, erwachte ein dumpfes Gefühl der Schande in ihr. Es versetzte sie noch immer in die höchste Verblüffung; sie fand nur Beruhigung, indem sie sich schwor, daß es für immer aus sei, daß jene momentane Ueberraschung sich niemals wiederholen könne. Und so flossen drei Monate dahin, während welcher sie zweimal in der Woche Victor besuchte; und eines Abends sah sie sich abermals in den Armen Saccard's; fortan gehörte sie ihm endgiltig an und ließ es geschehen, daß sich regelmäßige Beziehungen zwischen ihnen entwickelten. Was ging denn in ihr vor? War sie neugierig, wie die Anderen? Hatten seine einstigen unlauteren Liebschaften, über die sie jetzt so oft nachdachte, in ihr das sinnliche Verlangen wachgerufen, mehr darüber zu wissen? Oder war es nicht vielmehr das Kind, welches das Band, die verhängnißvolle Annäherung wurde zwischen ihm, dem Vater, und ihr, der Zufallsmutter, der Adoptivmutter? Ja, die Sache war nur durch eine sentimentale Verirrung zu erklären. In ihrem großen Kummer einer unfruchtbaren Frau hatte sicherlich die Thatsache, daß sie sich mit dem Sohne dieses Mannes unter so ergreifenden Umständen befaßt hatte, sie dermaßen gerührt, daß dabei ihr Wille in die Brüche gegangen war. Jedesmal, wenn sie den Knaben besucht hatte, überlieferte sie sich mehr und mehr und diese Hingebung wurzelte in ihrem Mütterlichkeitsgefühl. Im Uebrigen war sie eine Frau von klarem, nüchternem Verstande und nahm die Dinge des Lebens hin, ohne sich in dem Bemühen zu erschöpfen, die tausend verschlungenen Ursachen der Dinge zu ergründen. In dieser Leere des Herzens und des Gehirns, in dieser raffinirten, haarspalterischen Analyse gab es für sie nichts als eine Zerstreuung der unbeschäftigten Damen der guten Gesellschaft, die keinen Haushalt zu führen, kein Kind zu lieben haben, eine Zerstreuung der pfiffigen Lebedamen, welche Entschuldigungen für ihren sittlichen Sturz suchen und mit Spitzfindigkeiten des Seelenlebens die fleischlichen Begierden maskiren, welche den Herzoginnen und den Schänkenmägden gemeinsam sind. Sie, mit ihrer umfassenden Bildung, die ehemals ihre Zeit damit verloren hatte, die weite Welt kennen zu lernen und in dem Streit der Philosophen Stellung zu nehmen, war davon wieder abgekommen, mit einer großen Verachtung für diese psychologischen Zerstreuungen, welche das Klavierspiel und die Tapisserie-Arbeit verdrängen wollen und von welchen sie lachend sagte, daß sie mehr Frauen verdorben als gebessert haben. An Tagen, wo sie eine innere Leere, einen Riß in ihrem freien Urtheil fühlte, zog sie es denn auch vor, die Thatsache muthig hinzunehmen, nachdem sie sie konstatirt hatte; und sie zählte auf die Arbeit des Lebens, um den Fleck auszulöschen, das Uebel gutzumachen, gleichwie der immerfort aufsteigende Saft den Einschnitt im Kern einer Eiche schließt, Holz und Rinde wieder gesunden läßt. Wenn sie jetzt Saccard angehörte, ohne es gewollt zu haben, ohne sicher zu sein, daß sie ihn schätzte, so erhob sie sich wieder von diesem Fall, indem sie ihn ihrer nicht unwürdig erachtete, verlockt durch seine Eigenschaften eines Mannes der That, durch seine Energie zu siegen, indem sie ihn für gut und den Anderen nützlich hielt. Ihre ursprüngliche Scham war geschwunden, in dem Bedürfniß, welches man hat, seine Fehltritte zu rechtfertigen; und in der That war nichts natürlicher und nichts ruhiger als ihr Verhältniß: eine bloße Vernunftehe, in welcher er glücklich war, sie am Abend, wenn er nicht ausging, an seiner Seite zu haben, während sie sich fast wie eine Mutter betrug, von einer beruhigenden Zuneigung erfüllt, mit ihrem lebhaften Verstande und ihrem geraden, offenen Sinn. Für diesen Räuber auf dem Pariser Pflaster, der schon durch alle finanziellen Halsabschneidereien gegangen, war es fürwahr ein unverdientes Glück, eine Belohnung, die er stahl wie alles Andere, diese liebenswürdige Frau zu besitzen, die so jung und so gesund war mit ihren sechsunddreißig Jahren, unter dem Schnee ihres dichten, weißen Haares, mit einem so muthigen Sinn und einer so menschlichen Vernunft ausgestattet, in ihrem Glauben an das Leben so wie es ist, trotz des Kothes, welchen der reißende Strom fortwälzt.

Monate vergingen und es muß gesagt werden, daß Madame Caroline Herrn Saccard sehr energisch und sehr klug fand während der großen Anfangs-Schwierigkeiten der Universalbank. Ihr Verdacht wegen verdächtiger Machenschaften, ihre Befürchtung, daß er sie und ihren Bruder kompromittiren könnte, schwand völlig, wenn sie ihn sah, wie er fortwährend mit den Schwierigkeiten kämpfend, sich vom Morgen bis zum Abend opferte, um den regelmäßigen Gang dieser großen, neuen Maschine zu sichern, deren Räderwerk knirschte und zu brechen drohte. Und sie war ihm dankbar dafür und bewunderte ihn. Die Universalbank schritt in der That nicht so fort, wie er es gehofft hatte; sie hatte die geheime Feindschaft der großen Banken gegen sich; allerlei schlimme Gerüchte waren in Umlauf, immer neue Hindernisse tauchten auf, immobilisirten das Kapital, gestatteten nicht die großen, nutzbringenden Unternehmungen. Er hatte denn auch aus dieser gezwungenen Langsamkeit eine Tugend gemacht, drang nur Schritt für Schritt auf festem Boden vor, achtete auf die Löcher und Gruben, war zu sehr damit beschäftigt einem Fall auszuweichen, um sich den Zufällen des Spiels zu überlassen. Er verzehrte sich vor Ungeduld, stampfte wie ein Rennpferd, das man zu einem kurzen Trabe zwingt; allein, niemals waren die Anfänge eines Bankhauses ehrenvoller und korrekter gewesen. An der Börse sprach man erstaunt davon.

So kam die Zeit der ersten Generalversammlung heran. Sie war auf den 25. April festgesetzt worden. Am 20. April traf Hamelin aus dem Orient ein, um in der Generalversammlung den Vorsitz zu führen, in aller Eile von Saccard heimberufen, der in dem zu eng gewordenen Hause schier erstickte. Er brachte übrigens ausgezeichnete Nachrichten: die Verträge zur Bildung der Vereinigten Packetschifffahrts-Gesellschaft waren abgeschlossen; auch hatte er die Konzessionen in der Tasche, welche einer französischen Gesellschaft das Recht der Ausbeutung der Silberminen des Karmel zusicherten; ganz abgesehen von der türkischen Nationalbank, deren Grundlagen er in Konstantinopel niedergelegt hatte und welche eine wahre Zweiggründung der Universalbank werden sollte. Was die große Frage der kleinasiatischen Eisenbahnen betraf, so war sie noch nicht reif, man mußte sie für später verschieben; er mußte übrigens am Tage nach der Generalversammlung dorthin zurückkehren, um seine Studien fortzusetzen. Saccard war entzückt; er hatte mit ihm eine lange Unterredung, welcher Madame Caroline beiwohnte, und er überzeugte sie leicht, daß eine Erhöhung des gesellschaftlichen Kapitals eine absolute Nothwendigkeit sei, wenn man alle diese Unternehmungen in Angriff nehmen wollte. Die Großaktionäre: Daigremont, Sédille, Huret, Kolb, welche er zu Rathe gezogen, hatten der Kapitalserhöhung zugestimmt, so daß die Frage in zwei Tagen studirt und am Vorabend der Generalversammlung dem Verwaltungsrathe vorgelegt werden konnte.

Diese dringlich einberufene Sitzung war sehr feierlich; sämmtliche Verwaltungsräthe nahmen an derselben theil, in dem sehr würdig ausgestatteten Saale, der von den großen Bäumen des benachbarten Hôtels Beauvilliers einen grünlichen Schatten empfing. Gewöhnlich wurde zweimal im Monat Sitzung gehalten. Am 15. Tage des Monats versammelte sich der kleine Verwaltungsrath; dies war der wichtigere, derjenige, zu welchem nur die wirklichen Chefs, die Geschäftsführer erschienen. Der große Verwaltungsrath versammelte sich am 30. des Monats; es war mehr eine Versammlung zum Schein, zu welcher Alle kamen, die stummen und die zur Zier dienenden, um den im voraus vorbereiteten Arbeiten ihre Zustimmung und ihre Unterschriften zu geben. An jenem Tage traf der Marquis de Bohain, mit seinem kleinen, aristokratischen Kopfe, als Einer der Ersten ein, mit seiner müden, vornehmen Miene gleichsam die Zustimmung des ganzen französischen Adels mitbringend. Und der Vizepräsident, Vicomte von Robin-Chagot, ein sanfter und geiziger Mann, hatte die Aufgabe, diejenigen Verwaltungsräthe im Auge zu behalten, welche hinsichtlich der Geschäfte nicht auf dem Laufenden waren. Er nahm sie beiseite und theilte ihnen in wenigen Worten die Befehle des Direktors, des wirklichen Herrn mit. Selbstverständlich versprachen Alle zu gehorchen, indem sie stumm mit dem Kopfe nickten.

Endlich begann die Sitzung. Hamelin brachte dem Verwaltungsrathe den Bericht zur Kenntniß, welchen er in der Generalversammlung vorzulesen gedachte. Es war die große Arbeit, welche Saccard seit langer Zeit vorbereitete, welche er in zwei Tagen redigirt und mit den vom Ingenieur mitgebrachten Daten ergänzt hatte. Saccard hörte bescheiden, sehr aufmerksam zu, als ob ihm kein Wort davon bekannt gewesen wäre. Der Bericht erzählte vor Allem von den Geschäften, welche die Universalbank seit ihrer Gründung gemacht hatte; es waren lauter gute, kleine Geschäfte, von Tag zu Tag geschlossen, von heut auf morgen realisirt, gleichsam das tägliche Brod der Banken. Große Gewinnste standen bei der mexikanischen Anleihe in Aussicht, welche man im vorhergegangenen Monat, nach dem Aufbruch des Kaisers Maximilian nach Mexiko, durchgeführt hatte. Diese Anleihe war ein unsauberer Handel mit unsinnigen Prämien; Saccard bedauerte, daß er wegen Mangels an Geld nicht tiefer hineinspringen konnte. Alle diese Geschäfte waren ganz gewöhnlich, aber man hatte doch wenigstens gelebt. Für die erste Geschäftsperiode, welche nur drei Monate – die Zeit vom 5. Oktober bis zum 31. Dezember – umfaßte, betrug der Gewinn nur viermalhundert- und einige tausend Francs; dies hatte möglich gemacht, daß ein Viertel der Gründungskosten abgeschrieben, den Aktionären ihre fünfprozentigen Zinsen bezahlt und zehn Prozent dem Reservefond zugeführt wurden. Ueberdies hatten die Verwaltungsräthe jene zehn Prozent empfangen, welche die Statuten ihnen zusicherten und es blieb noch eine Summe von achtundsechszigtausend Francs übrig, welche auf neue Rechnung vorgetragen wurde. Aber, es hatte keine Dividende gegeben. Das war ein sehr mittelmäßiges und zugleich sehr ehrenhaftes Geschäfts-Resultat. So verhielt es sich auch mit dem Börsenkurse der Aktien der Universalbank; sie waren langsam von fünfhundert auf sechshundert gestiegen, ohne Erschütterung, in ganz regelrechter Weise, wie die Kurse der Papiere jeder solchen Bank, die sich respektirt; und seit zwei Monaten erhielten sie sich auf gleicher Höhe; sie hatten eben keinen Grund noch höher zu steigen in dem Alltagsgeschäft, in welchem die neue Bank einzuschlummern schien.

Der Bericht ging dann auf die Zukunft über. Und hier gab es eine plötzliche Erweiterung, die Erschließung eines unermeßlichen Horizontes durch eine ganze Reihe großer Unternehmungen. Der Bericht verweilte im Besonderen bei der Vereinigten Packetschifffahrts-Gesellschaft, deren Aktien die Universalbank zu emittiren im Begriffe stand; es sollte eine Gesellschaft mit einem Kapital von fünfzig Millionen werden, welche den gesammten Transport auf dem mittelländischen Meere monopolisiren würde und in welcher die zwei großen Konkurrenz-Gesellschaften vereinigt werden sollten, nämlich die „Phocéenne“ für den Dienst nach Konstantinopel, Smyrna und Trapezunt über den Pyräus und durch die Dardanellen, und die „Société Maritime“ für den Dienst nach Alexandrien über Messina und Syrien, die kleineren Häuser ungerechnet, welche ebenfalls in das Syndikat eintraten, wie Combarel & Cie. für Algier und Tunis, Henri Liotard's Wittwe ebenfalls für Algier über Spanien und Marokko, endlich die Brüder Férand-Giraud für Italien, Neapel und die adriatischen Häfen über Civita-Vecchia. Man ergriff Besitz von dem ganzen mittelländischen Meere, indem man aus diesen Gesellschaften und Häusern, die sich durch die Konkurrenz gegenseitig umzubringen trachteten, eine einzige Gesellschaft machte. Dank den vereinigten Kapitalien würde man musterhafte Packetboote bauen lassen, Schiffe mit einer Geschwindigkeit und einem Komfort, wie sie bisher unbekannt waren; und man würde die Fahrten vermehren, neue Stationen ins Leben rufen, aus dem Orient einen Vorort von Marseille machen. Und welche Bedeutung würde diese Gesellschaft erst gewinnen, wenn sie nach Vollendung des Suez-Kanals in der Lage sein wird, Fahrten nach Indien, Tonking, China und Japan einzurichten! Niemals hatte eine Geschäfts-Unternehmung von größerem Maßstabe und von größerer Sicherheit sich dargeboten. Dann würde die Betheiligung an der türkischen Nationalbank folgen, ein Geschäft, über welches der Bericht technische Details lieferte, welche die unerschütterliche Solidität desselben nachwiesen. Diese Darlegung der künftigen Operationen schloß mit der Ankündigung dessen, daß die Universalbank auch die *französische Gesellschaft zur Ausbeutung der Silberminen des Karmelgebirges* unter ihren Schutz nahm, welche mit einem Kapital von zwanzig Millionen gegründet worden. Chemische Analysen wiesen in den Erzproben einen beträchtlichen Perzentsatz von Silber nach. Doch mehr noch als die Wissenschaft ließ die antike Poesie des heiligen Bodens dieses Silber in einem wunderbaren Regen herniederfließen; es war ein göttliches Blendwerk, welches Saccard an das Ende einer Phrase gesetzt hatte, mit der er sehr zufrieden war.

Endlich, nach diesen Verheißungen einer ruhmvollen Zukunft, schloß der Bericht mit dem Vorschlage zur Vermehrung des Kapitals. Dasselbe sollte verdoppelt, von fünfundzwanzig auf fünfzig Millionen erhöht werden. Das in Aussicht genommene Emissions-System war das einfachste von der Welt, damit alle Köpfe es leicht begreifen: fünfzigtausend junge Aktien sollten ausgegeben und Stück für Stück den Inhabern der fünfzigtausend alten Aktien vorbehalten werden, so daß eine öffentliche Subskription entfiel; aber, die jungen Aktien sollten mit fünfhundertundzwanzig Francs ausgegeben werden, wobei zwanzig Francs als Prämie zu rechnen wären und einen Gesammtbetrag von einer Million ausmachen würden, welche dem Reservefond zugeführt werden sollte. Es war billig und vernünftig den Aktionären diese kleine Abgabe aufzubürden, da man sie bevorzugte. Uebrigens war nur der vierte Theil des Aktienwerthes einzuzahlen und außerdem die Prämie.

Als Hamelin die Lesung des Berichtes beendigt hatte, gab es eine geräuschvolle Zustimmung. Die Sache war ausgezeichnet und nichts dagegen einzuwenden. Während der ganzen Zeit der Lesung hatte Daigremont seine Fingernägel sehr aufmerksam betrachtet und über weitab liegende Dinge gelächelt; der Deputirte Huret lag mit geschlossenen Augen in seinem Lehnsessel zurückgebogen, im Halbschlummer, als wäre er in der Kammer; während der Bankier Kolb ruhig und ohne ein Geheimniß daraus zu machen, lange Berechnungen auf den Papierblättern anstellte, welche vor ihm lagen, wie vor den übrigen Verwaltungsräthen. Indeß hatte der stets ängstliche und mißtrauische Sédille eine Frage zu stellen. Was wird mit jenen Aktien geschehen, bezüglich welcher die Inhaber der alten Aktien das Bezugsrecht nicht ausüben wollen? Wird die Gesellschaft sie für eigene Rechnung behalten? Dies war nicht erlaubt, da die gesetzmäßige Erklärung vor dem Notar nur statthaben konnte, wenn das ganze Kapital eingezahlt war. Und wenn die Gesellschaft sich derselben entledigte, wem und wie wollte sie sie überlassen? Doch als der vorsitzende Marquis de Bohain die Ungeduld Saccards sah, unterbrach er den Seidenfabrikanten gleich nach den ersten Worten und sagte mit seiner stolzen, vornehmen Miene, der Verwaltungsrath überlasse diese Einzelheiten dem Präsidenten und dem Direktor, die beide so bewährte und dem Unternehmen so ergebene Männer wären. Und nunmehr gab es nur Beglückwünschungen und die Sitzung wurde unter allgemeinem Entzücken aufgehoben.

Die Generalversammlung, welche am nächsten Tage stattfand, bot Gelegenheit zu wahrhaft rührenden Kundgebungen. Sie wurde wieder in jenem Saale in der Rue Blanche gehalten, welcher früher als Tanzboden gedient hatte; und vor Ankunft des Präsidenten waren in dem schon vollen Saale die besten Gerüchte in Umlauf; besonders eine Nachricht flüsterte man sich von Ohr zu Ohr: Rougon, der Minister, der Bruder des Direktors, war – von der wachsenden Opposition angegriffen – jetzt geneigt die Universalbank zu unterstützen, wenn das gesellschaftliche Organ, die „Hoffnung", ein ehemals katholisches Blatt, die Regierung vertheidigen wollte. Ein Abgeordneter von der Linken hatte den furchtbaren Ruf ausgestoßen: „Der 2. Dezember ist ein Verbrechen!" Dieser Schrei hatte von einem Ende Frankreichs bis zum andern widerhallt und war gleichsam die Stimme des wiedererwachenden öffentlichen Gewissens. Es war nothwendig, diesen Ruf mit großen Thaten zu beantworten; die bevorstehende Weltausstellung – so hieß es – würde die Ziffern des Handelsverkehrs verzehnfachen; unter dem Schutze des auf der Höhe seiner Triumphe angelangten Kaiserreiches wird in Mexiko und anderwärts viel Geld zu erwerben sein. In einer kleinen Gruppe von Aktionären, welche Jantrou und Sabatani aufzuklären sich bemühten, wurde über einen andern Abgeordneten viel gelacht, welcher, als die Armeefrage auf der Tagesordnung stand, die Annahme des preußischen Rekrutirungs-Systems empfahl. Die Kammer hatte sich an dem Vorschlage ergötzt: die Preußenfurcht schien nicht wenige Köpfe zu verwirren, bloß wegen des dänischen Feldzuges und unter dem Eindrucke des dumpfen Grolls, welchen Italien seit Solferino gegen uns hegte. Doch die Gespräche der Gruppen und das laute Geräusch im Saale verstummten plötzlich, als Hamelin und das Bureau im Saale erschienen. Noch bescheidener als im Verwaltungsrathe trat Saccard hier beiseite, verlor sich unter der Menge; er begnügte sich das Signal zu den Beifallsäußerungen zu geben, mit welchen der von den Aufsichtsräthen geprüfte und gutgeheißene Bericht über die erste Geschäftsperiode begrüßt wurde, welcher Bericht mit dem Antrag auf Verdoppelung des Aktienkapitals schloß. Die Generalversammlung allein war befugt, über diesen Vorschlag zu entscheiden; sie nahm denselben übrigens mit Begeisterung an, völlig betäubt durch die Millionen der vereinigten Packetschifffahrts-Gesellschaft und der türkischen Nationalbank; sie erkannte eben die Notwendigkeit, das Kapital in ein richtiges Verhältnis; zur Bedeutung der Universalbank zu bringen. Was die Silberminen des Karmel betrifft, so wurden sie mit einem andächtigen Schauer aufgenommen. Und als die Aktionäre – nach Danksagungen für den Präsidenten, den Direktor und die Verwaltungsräthe – sich trennten, träumten Alle vom Karmel, von diesem wunderbaren Geldregen, welcher aus dem heiligen Lande so ruhmvoll herniederströmte.

Zwei Tage später erschienen Hamelin und Saccard, diesesmal begleitet vom Vizepräsidenten Vicomte von Robin-Chagot, abermals bei dem Notar Doktor Lelorrain in der Rue Sainte-Anne, um die Kapitalserhöhung anzumelden, welche sie als vollständig gezeichnet angaben. Die Wahrheit war, daß ungefähr dreitausend Aktien, von den zum Bezug berechtigte Inhabern der Mutter-Aktien abgelehnt, in den Händen der Gesellschaft verblieben, welche dieselben gegen einen Austausch von schriftlichen Erklärungen abermals auf den Conto Sabatani's stellte. Dies war noch eine Erschwerung der früheren Regelwidrigkeit, das System, welches darin bestand, in den Kassen der Bank eine gewisse Quantität eigener Papiere zu bemänteln, eine Art von Kriegsreserve, welche der Bank ermöglichen sollte zu spekuliren und – wenn nöthig – sich in den Börsenkampf zu stürzen, um im Falle eines Bündnisses der Coulissiers die Kurse zu halten.

Hamelin mißbilligte zwar diese ungesetzliche Taktik, überließ aber schließlich die finanziellen Operationen vollständig Saccard. Es gab über diesen Punkt eine Aussprache zwischen ihnen und Madame Caroline, in Betreff jener fünfhundert Stück Aktien, welche er bei der ersten Emission den Geschwistern aufgedrungen hatte und welche jetzt natürlich verdoppelt wurden. Es waren im Ganzen tausend Stück Aktien, für welche der vierte Theil des Werthes mit der Prämie, zusammen hundertfünfunddreißigtausend Francs zu bezahlen waren. Der Bruder und die Schwester wollten diese Summe durchaus bezahlen, weil ihnen zehn Tage vorher eine unerwartete Erbschaft von ungefähr dreimalhunderttausend Francs nach einer plötzlich mit Tode abgegangenen Tante zugefallen war. Saccard ließ sie gewähren, ohne sich über die Art und Weise zu äußern, wie er seine eigenen Aktien bezahlen wollte.

– Ach, diese Erbschaft! sagte Madame Caroline. Sie ist der erste Glücksfall, der uns zutheil wird ... Ich bin geneigt zu glauben, daß Sie uns Glück bringen. Mein Bruder hat dreißigtausend Francs Gehalt und ansehnliche Reise-Zulagen; dazu all' das Gold, das uns zuströmt, ohne Zweifel, weil wir desselben nicht mehr bedürfen ... Wir sind jetzt reich.

Sie schaute Saccard mit ihrer Dankbarkeit eines guten Herzens an. Fortan war sie überwunden; sie vertraute ihm, verlor immer mehr von ihrem Scharfblick in der wachsenden Zärtlichkeit, die er ihr einflößte. Doch, von ihrer heiteren Offenheit fortgerissen, fügte sie hinzu:

– Immerhin kann ich versichern, daß ich dieses Geld, wenn ich es erworben hätte, nicht an Ihre Geschäfte wagen würde ... Allein, wir haben von einer Tante, die wir kaum gekannt haben, eine Summe Geldes geerbt, an welches wir gar nicht gedacht haben; kurz, es ist so gut wie gefundenes Geld, eine Sache, die mir nicht rechtschaffen scheint und der ich mich fast schäme. Sie begreifen, daß ich nicht an solchem Gelde hänge; ich will es gern verlieren.

– Gerade deshalb wird das Geld zunehmen und Ihnen Millionen einbringen, sagte Saccard, auf den scherzhaften Ton eingehend. Nichts ist so nutzbringend wie gestohlenes Geld ... Ehe acht Tage vergehen, werden Sie eine Hausse sehen!

Hamelin, der seine Abreise um einige Tage verzögern mußte, sah in der That mit Ueberraschung eine rapide Hausse der Aktien der Universalbank. Bei der Mai-Liquidation war der Kurs von siebenhundert Francs überstiegen. Es war das Resultat, welches in der Regel jede Kapitalsvermehrung herbeiführt; es ist der klassische Zug, der Peitschenhieb für den Erfolg, die Art und Weise, wie man bei jeder neuen Emission ein Galopptempo in die Kurse brachte. Dazu kam aber auch die wirkliche Bedeutung der Unternehmungen, welche das Haus ins Werk setzen wollte. Große, gelbe Anschlagzettel kündigten in ganz Paris die bevorstehende Ausbeutung der Silberminen des Karmel an und verwirrten vollends die Köpfe, entsachte in denselben einen beginnenden Rausch, jene Leidenschaft, die immer mehr anwachsen und alle Vernunft hinwegfegen sollte. Der Boden war vorbereitet: der kaiserliche Düngerhaufen, aus gährenden Trümmern zusammengesetzt, von verzweifelten Begierden erhitzt, außerordentlich günstig jenem wahnsinnigen Treiben der Spekulation, wie es alle zehn oder fünfzehn Jahre die Börse überkommt und vergiftet, nichts als Trümmer und Blut zurücklassend. Schon wuchsen verdächtige Gesellschaften wie Pilze aus dem Boden; die großen Gesellschaften ließen sich zu finanziellen Abenteuern verleiten; ein intensives Spielfieber trat zutage inmitten der geräuschvollen Wohlfahrt der Regierung, ein Glanz von Vergnügungen und von Luxus, deren trügerische Feen-Apotheose die bevorstehende Ausstellung zu werden versprach. Und in dem Schwindel, welcher die Menge ergriff, inmitten des Gedränges der anderen schönen Geschäfte, welche sich auf dem Straßenpflaster darboten, setzte sich endlich auch die Universalbank in Gang, als eine mächtige Maschine, die dazu bestimmt war Alles zu bethören, Alles zu zermalmen und welche von ungestümen Händen maßlos, zum Bersten geheizt wurde.

Als ihr Bruder wieder nach dem Orient abgereist war, sah sich Madame Caroline wiederum allein mit Saccard und nahm ihr intimes, fast eheliches Leben mit ihm von Neuem auf. Sie beharrte dabei, sich mit seinem Hauswesen zu befassen, als treue Verwalterin ihm Ersparnisse zu machen, obgleich Beider Vermögensverhältnisse sich geändert hatten. Und in ihrem lächelnden Frieden, in dieser stets gleichen Stimmung, empfand sie nur eine Unruhe, ihren Gewissensfall wegen Victors, ihr Zögern darüber, ob sie dem Vater die Existenz seines Sohnes noch länger verbergen sollte. In der Arbeits-Stiftung war man mit dem Jungen sehr unzufrieden, weil er sich schlimm aufführte. Die sechs Probemonate waren vorüber; sollte sie ihm das kleine Ungeheuer vorführen, bevor sie es von seinen Lastern ganz gereinigt hatte? Sie empfand darob zuweilen ein wirkliches Leid. Eines Abends war sie auf dem Punkte zu reden. Saccard, durch die unzulängliche Einrichtung der Universalbank erbittert, hatte den Verwaltungsrath dazu bestimmt, das Erdgeschoß des Nachbarhauses zu miethen, um die Bureaux zu vergrößern, bis er es wagen würde, den Bau des luxuriösen Hauses vorzuschlagen, von welchem er träumte. Abermals ließ er Verbindungsthüren durchbrechen, Zwischenmauern niederreißen, neue Schalter anlegen. Und als Madame Caroline aus der Anstalt zurückkehrte, verzweifelt über einen neuen Bubenstreich Victor's, der einem Kameraden fast ein Ohr abgebissen hatte, bat sie Saccard, mit ihr hinaufzugehen.

– Mein Freund, ich habe Ihnen etwas zu sagen.

Doch als sie oben ihn sah, eine Schulter noch mit Mörtel bedeckt, entzückt von einer neuen Vergrößerungs-Idee, die ihm eingefallen – von der Idee, auch den Hof des Nachbarhauses mit einem Glasdach zu versehen – fand sie nicht mehr den Muth, mit ihrem traurigen Geheimniß sein Gemüth zu verstören. Nein, sie wird noch warten; der abscheuliche Taugenichts muß sich ja doch bessern. Sie war nicht stark genug, um Anderen Kummer zu bereiten.

– Nun wohl, mein Freund, es war wegen dieses Hofes. Ich hatte eben denselben Gedanken wie Sie.

VI.

Die Bureaux der „Hoffnung", jenes notleidenden katholischen Blattes, welches Saccard auf Anerbieten Jantrous gekauft hatte, damit es die Gründung und die Thätigkeit der Universalbank unterstütze, befanden sich in der Rue Saint-Joseph, in einem dunkeln, feuchten Hause, wo sie im Hintergrunde des Hofes das erste Stockwerk einnahmen. Vom Vorzimmer, wo unablässig das Gas brannte, gelangte man in einen Korridor; links befand sich das Kabinet des Direktors Jantrou, nebst einem Zimmer, welches Saccard sich selbst vorbehalten hatte; rechts lagen neben einander der gemeinsame Redaktionssaal, das Kabinet des Sekretärs, die den verschiedenen Dienstabtheilungen vorbehaltenen Kabinete. Auf der anderen Seite des Flurs waren die Administration und die Kasse untergebracht, durch einen inneren Gang, welcher hinter der Treppe verlief, mit der Redaktion verbunden.

Jordan war heute als Erster angekommen, um nicht gestört zu werden. Er hatte eine Chronik zu vollenden. Um vier Uhr trat er aus dem gemeinsamen Arbeitssaale, um den Bureaudiener Dejoie zu suchen, welcher trotz des strahlenden Junitages, der draußen die Straßen erhellte, bei der breiten Gasflamme neugierig den Börsen-Kurszettel las, welchen man soeben gebracht hatte.

– Sagen Sie, Dejoie: ist nicht Herr Jantrou soeben angekommen?

– Ja, Herr Jordan.

Der junge Mann zögerte einen Augenblick; ein kurzes Unbehagen hielt ihn zurück. Die schwierigen Anfänge seines glücklichen Ehestandes wurden durch alte Schulden noch unerquicklicher gemacht. Trotzdem er das Glück gehabt dieses Blatt zu finden, in welchem er Artikel unterbrachte, hatte er eine Zeit drückender Noth durchzumachen, umsomehr als seine Bezüge gepfändet waren und er gerade an diesem Tage wieder einen Wechsel einzulösen hatte, wenn seine bescheidene Wohnungseinrichtung nicht verlaust werden sollte. Zweimal schon hatte er vom Direktor vergebens einen Vorschuß verlangt; derselbe hatte sich immer wieder hinter der Pfändung verschanzt.

Indeß entschloß sich Jordan dennoch wieder. Er näherte sich der Thür, als der Bureaudiener ihn zurückhielt.

– Herr Jantrou ist nicht allein.

– Ah! Und wer ist bei ihm?

– Er ist mit Herrn Saccard gekommen und Herr Saccard hat mir aufgetragen, niemand Andern einzulassen als Herrn Huret, den er erwartet.

Jordan athmete auf; dieser Aufschub war ihm eine Erleichterung, so sehr war es ihm peinlich, Geld verlangen zu müssen.

– Gut; ich will meinen Artikel beendigen. Benachrichtigen Sie mich, wenn der Direktor frei ist.

Doch als er wieder in den Redaktionssaal eintreten wollte, hielt ihn Dejoie mit einem Freudenschrei auf:

– Wissen Sie, daß Universalbank auf 750 stehen!

Der junge Mann antwortete mit einer Geberde, welche besagen wollte, daß er sich wenig darum kümmere und kehrte in den Redaktionssaal zurück.

Fast jeden Tag machte Saccard nach der Börse einen Besuch bei der Zeitung; nicht selten gab er Rendezvous in dem Zimmer, welches er sich dort vorbehalten hatte, und verhandelte da besondere, geheimnißvolle Angelegenheiten. Jantrou, obgleich offiziell nur Direktor der „Hoffnung“, wo er politische Artikel in einem sorgfältigen, blühenden Style schrieb, welchem selbst seine Gegner den „reinsten Attizismus“ zuerkannten, war im Grunde Saccard's geheimer Agent, der dienstfertige Gehilfe in heiklen Geschäften. Unter anderen Dingen hatte er eine weit ausgedehnte Publizität um die Universalbank organisirt. Unter den kleinen Finanzblättern, von welchen der Pariser Platz wimmelte, hatte er etwa zehn ausgewählt und angekauft. Die besseren dieser Blätter gehörten Bankhäusern von zweideutigem Rufe an deren sehr einfache Taktik darin bestand, sie zu einem Abonnementspreise von zwei oder drei Francs unter die Leute zu bringen, um einen Betrag also, welcher kaum das Postporto deckte. Sie entschädigten sich auf einer anderen Seite, arbeiteten mit dem Gelde und den Wertpapieren der Klienten, welche das Blatt ihnen zuführte. Unter dem Vorwande, die Börsenkurse und die Verlosungen zu veröffentlichen, alle jene technischen Mittheilungen zu bringen, welche für den kleinen Rentier von Nutzen sind, wurden nach und nach Reklamen in der Form von Empfehlungen und Rathschlägen eingeschmuggelt, anfänglich bescheiden, vernünftig, bald aber maßlos, von einer ruhigen Unverschämtheit, den Ruin unter die leichtgläubigen Abonnenten tragend. Aus dem Wuste, aus den zwei- oder dreihundert Blättern, welche in solcher Weise Paris und Frankreich verheerten, hatte sein Spürsinn diejenigen ausgewählt, die nicht allzu frech gelogen und sich noch nicht vollends um alles Ansehen gebracht hatten. Die große Angelegenheit jedoch, die er im Sinne hatte, war, eines dieser Blätter – die „*Cote financière*“ – anzukaufen, welche zwölf Jahre absoluter Rechtschaffenheit hinter sich hatte; allein, diese Rechtschaffenheit drohte sehr kostspielig zu werden und er wartete, bis die Universalbank reicher sein würde und in eine Lage käme, wo ein letzter Posaunenstoß dem betäubenden Reklamenlärm den entscheidenden Werth verleiht. Seine Anstrengungen hatten sich übrigens nicht darauf beschränkt ein gefügiges Bataillon solcher Fachblätter um sich zu gruppiren, welche in jeder Nummer die Schönheit der Operationen Saccard's rühmten; er unterhandelte auch wegen Gewinnung der großen politischen und litterarischen Blätter, welche – für so und so viel die Zeile – freundliche Notizen und lobende Artikel brachten; er versicherte sich ihrer Unterstützung durch Ueberlassung von Aktien bei den neuen Emissionen. Dazu kam noch der tägliche Feldzug, welchen unter seinen Befehlen die „Hoffnung“ führte, nicht etwa ein Feldzug handgreiflicher, plumper Zustimmungen, sondern Erläuterungen, Diskussionen, eine langsam vorgehende Art und Weise, sich des Publikums zu bemächtigen und es in ganz korrekter Weise zu erwürgen.

Heute hatte sich Saccard wieder mit Jantrou eingeschlossen, um über das Blatt mit ihm zu reden. Er hatte in der Morgenausgabe desselben einen Artikel Huret's gefunden, in welchem Rougon für eine Rede, die er am vorhergehenden Tage in der Kammer gehalten, so übertrieben belobt wurde, daß Saccard darüber in heftigen Zorn gerathen war. Er erwartete jetzt den Deputirten, um sich mit ihm darüber auseinanderzusetzen. Glaubte man etwa, er stehe im Solde seines Bruders? Bezahlte man ihn dafür, daß er die Richtung des Blattes durch eine rückhaltlose Gutheißung der mindesten Akte des Ministers kompromittiren lasse? Jantrou lächelte still, als er ihn von der Richtung des Blattes sprechen hörte. Er hörte ihm übrigens ruhig zu, betrachtete dabei seine Fingernägel, da das Ungewitter nicht über ihn selbst loszubrechen drohte. Als ernüchterter Litterat hegte er eine vollkommene Verachtung für die Litteratur, für die „Erste" und für die „Zweite", wie er diejenigen Seiten des Blattes nannte, wo die Artikel – selbst die seinigen – erschienen; er interessirte sich nur für die Annoncen. Er war jetzt ein ganz neuer Mensch, mit einem eleganten Leibrock bekleidet, in dessen Knopfloch eine Rosette in lebhaften Farben blühte. Im Sommer trug er – über den Arm geworfen – einen leichten Ueberzieher von hellem Stoff, im Winter war er in einen Pelz gehüllt, der hundert Louisdor gekostet hatte. Besondere Sorgfalt verwendete er auf seine Kopfbekleidung, trug nur Hüte von einem tadellosen Glanze. Und trotz alledem war seine Eleganz eine unvollständige; sie machte den unbestimmten Eindruck, daß unter dem äußeren Glanze die Unsauberkeit fortdauere, der alte Schmutz des deklassirten Professors, der aus dem Lyceum von Bordeaux an die Pariser Börse verschlagen worden, die Haut durchdrungen und gefärbt von Unfläthigkeiten jeder Art, die er daselbst zehn Jahre hindurch aufgenommen hatte; ebenso hatte er bei der anmaßenden Sicherheit seiner neuen Glücksstellung eine niedrige Unterwürfigkeit bewahrt und duckte sich, von der Furcht vor einem Fußtritt in den Hintern ergriffen, so wie ehemals. Er erwarb hunderttausend Francs im Jahr, verbrauchte das Doppelte, man wußte nicht wie, denn man sah ihn mit keiner Geliebten; ohne Zweifel fröhnte er irgend einem schmählichen Laster, welches auch die geheime Ursache seiner Vertreibung von der Universität war. Ueberdies verzehrte ihn allmälig der Absinth, seit den Tagen seines Elends; er setzte sein Werk fort von den ehemaligen schmutzigen Kaffeehäusern bis zu den eleganten Klubs, die er jetzt besuchte, fegte seine letzten Haare weg, gab seinem Schädel und seinem Gesicht eine Bleifarbe; sein schwarzer Fächerbart blieb sein letzter und einziger Ruhm, welcher die Illusion aufrecht erhielt, daß sein Träger einst ein hübscher Mann gewesen. Und als Saccard abermals von der Richtung des Blattes sprach, unterbrach er ihn mit einer Handbewegung, mit der müden Miene eines Mannes, welcher seine Zeit nicht gern mit unnützen Aufregungen verlor. Er entschloß sich endlich, von ernsten Geschäften mit ihm zu reden, da Huret auf sich warten ließ.

Seit einiger Zeit trug sich Jantrou mit neuen Ideen in Betreff der Oeffentlichkeit. Er dachte anfänglich daran, eine Broschüre, nicht mehr als 20 Seiten stark, über die großen Unternehmungen zu schreiben, welche die Universalbank durchführte; die Flugschrift sollte aber interessant werden, wie ein kleiner Roman, in familiärem Styl dramatisirt. Mit dieser Flugschrift wollte er die Provinz überschwemmen, man sollte sie in den entferntesten Gegenden unentgeltlich vertheilen. Ferner projektirte er eine Nachrichten-Agentie, welche ein Börsen-Bulletin redigiren und in autographischer Vervielfältigung an etwa hundert der besten Provinzblätter versenden würde. Diese Blätter würden den Börsenbericht unentgeltlich oder zu einem lächerlich geringen Preise erhalten und man würde in solcher Weise eine Waffe in Händen haben, eine Gewalt, mit welcher alle concurrirenden Bankhäuser rechnen müßten. Da er Saccard kannte, flößte er ihm diese Ideen ein, bis der Letztere sie annahm, zu den seinigen machte und sie ausweitete bis zu dem Grade, daß er sie in Wirklichkeit neu schuf. So verflossen die Minuten; die beiden Herren waren jetzt dabei, die Verwendung der für die Publizität im nächsten Trimester auszugebenden Summen zu regeln: die den großen Blättern zu bezahlenden Subventionen, die Abfindung für den furchtbaren Berichterstatter eines gegnerischen Hauses, dessen Stillschweigen man erkaufen mußte, ferner den Kaufpreis für die vierte Seite eines alten, sehr respektirten Blattes. Und aus ihrer Freigebigkeit, aus all' dem Gelde, welches sie so geräuschvoll nach allen Windrichtungen verstreuten, trat vornehmlich ihre unermeßliche Verachtung für das Publikum hervor, ihre Geringschätzung von überlegenen Geschäftsleuten für die schwarze Unwissenheit der großen Heerde, die bereit ist, an alle Fabeln zu glauben, dermaßen verschlossen für die complicirten Operationen der Börse, daß die schamlosesten Prellereien die Vorübergehenden entflammten und einen Millionenregen herbeiführten.

Jordan, welcher noch fünfzig Zeilen für seinen Artikel brauchte, um denselben auf zwei Spalten zu verlängern, wurde jetzt durch den Bureaudiener Dejoie gestört, welcher ihn rief.

– Ach, ist Herr Jantrou jetzt allein? fragte er.

– Nein, Herr Jordan, noch nicht, aber Ihre Frau ist da und wünscht mit Ihnen zu sprechen.

Jordan eilte beunruhigt hinaus. Seit einigen Monaten, seitdem die Méchain endlich entdeckt hatte, daß er unter seinem Namen Artikel in die „Hoffnung" schrieb, wurde er wegen der sechs Wechsel zu je 50 Francs, die er ehemals seinem Schneider unterschrieben, von Busch verfolgt. Die 300 Francs würde er noch bezahlt haben, aber was ihn zur Verzweiflung trieb, war die ungeheure Höhe der Kosten, diese Gesammtsumme von 630 Francs und 15 Centimes, zu welcher die Schuld angewachsen war. Indeß hatte er einen Ausgleich geschlossen und sich verpflichtet, hundert Francs monatlich zu bezahlen; und da er es nicht konnte, weil sein junges Hauswesen dringendere Bedürfnisse hatte, stiegen die Kosten von Monat zu Monat und die Verdrießlichkeiten begannen immer von Neuem, um schließlich unerträglich zu werden. In diesem Augenblicke befand er sich abermals in einer gefahrvollen Krise.

– Was ist denn? fragte er seine Frau, die er im Vorzimmer traf. Allein sie hatte nicht die Zeit zu antworten, denn die Thür des Kabinets des Direktors wurde ungestüm geöffnet und Saccard erschien mit dem Rufe:

– Was ist denn, Dejoie? ist Herr Huret noch nicht erschienen?

Der Diener stammelte ganz verblüfft:

– Nein, mein Herr, er ist noch nicht da und ich kann ihn doch nicht früher herbringen.

Die Thür wurde mit einem Fluche wieder zugeworfen und Jordan, der seine Frau in eines der anstoßenden Kabinete geführt hatte, konnte sie endlich befragen:

– Was giebt es denn, Liebste?

Die gewöhnlich so heitere und so muthige Marcelle, deren kleine, dicke, braune Gestalt und deren helles Gesicht mit den lachenden Augen und dem gesunden Munde selbst in den schweren Stunden das Glück ausdrückten, schien jetzt ganz verstört.

– Ach, Paul, wenn Du wüßtest! ... Ein Mann ist gekommen, ein abscheulicher Mann, der so übel roch und der betrunken schien ... Er sagte mir, es sei aus und die Versteigerung unserer Möbel sei für morgen anberaumt ... Und er hatte eine Ankündigung bei sich, die er durchaus an das Hausthor heften wollte ...

– Aber das ist ja unmöglich! rief Jordan. Ich habe nichts erhalten. Es gibt da noch andere Formalitäten.

– Ach ja; Du kennst Dich darin noch weniger aus als ich. Wenn Papiere kommen, liest Du sie nicht einmal ... Ich gab ihm zwei Francs, damit er die Ankündigung nicht anhefte, und bin hieher gerannt, um Dich sogleich zu benachrichtigen.

Sie waren trostlos. Ihre arme, bescheidene Einrichtung in der Avenue Clichy, diese wenigen Möbelstücke von Acajou und blauem Rips, die sie so schwer, durch Ratenzahlungen erworben hatten, auf die sie so stolz waren, obgleich sie manchmal darüber lachten, weil sie von einem abscheulich spießbürgerlichen Geschmack waren! Sie liebten diese Einrichtung, weil sie seit der Hochzeitsnacht mit zu ihrem Glücke gehörte, in den zwei engen, aber sonnenhellen Zimmerchen, die einen weiten Ausblick, bis zum Mont Valérien gestatteten. Er hatte so viele Nägel in die Wände eingeschlagen und sie hatte Draperieen von Kattunstoff angebracht, um der Wohnung ein künstlerisches Aussehen zu geben. War es möglich, daß man ihnen Alldies verkaufen, daß man sie aus diesem lieblichen Neste verjagen wollte, wo selbst das Elend ihnen so köstlich geschienen!

– Höre, sagte er, ich hatte die Absicht einen Vorschuß zu verlangen; ich werde thun, was ich kann, aber ich habe wenig Hoffnung.

Zögernd theilte sie ihm nun ihre Idee mit.

– Höre, ich habe einen Gedanken ... Oh, ohne Deine Einwilligung würde ich es nicht gethan haben; zum Beweise dessen bin ich ja eben hieher gekommen, um mit Dir darüber zu sprechen ... Ja, ich habe Lust mich an meine Eltern zu wenden.

Er lehnte den Vorschlag heftig ab.

– Nein, nein, niemals! Du weißt, daß ich ihnen nichts zu verdanken haben will.

Gewiß, ihre Eltern, die Maugendre, bewahrten ein sehr schickliches Betragen. Aber er hatte ihnen ihre kühle Haltung nicht vergessen, als sie – nach dem Selbstmorde seines Vaters und in dem Zusammenbruch seines Vermögens – der seit langer Zeit geplanten Heirath ihrer Tochter nur auf den formellen Wunsch der Letzteren zustimmten und allerlei Vorsichtsmaßnahmen gegen ihn trafen, unter anderen diejenige, daß sie ihnen nicht einen Sou gaben, in der Ueberzeugung, daß ein Mensch, der in die Zeitungen schreibt, Alles aufzehrt. Später würde ihre Tochter erben. Und die jungen Eheleute hatten bisher einen Stolz darein gesetzt Noth zu leiden, ohne von den Eltern etwas zu verlangen, das Mittagsmahl ausgenommen, welches sie einmal die Woche, am Sonntag, bei ihnen einnahmen.

– Ich versichere Dir, unsere Zurückhaltung ist lächerlich, sagte sie. Da ich ihr einziges Kind bin und eines Tages Alles erben soll! ... Mein Vater erzählt es Jedem, wer es hören will, daß er mit seiner Theerdecken-Fabrik in la Vilette fünfzehntausend Francs Rente erworben hat. Außerdem haben sie ihr Wohnhaus mit einem schönen Garten, wohin sie sich zurückgezogen haben ... Es ist blöd, daß wir uns so quälen, während sie in Allem Ueberfluß haben. Sie waren im Grunde niemals schlecht. Ich sage Dir: ich werde ihnen einen Besuch machen.

Sie war von einem heiteren Muthe, sehr entschlossen, sehr praktisch in ihrem Bestreben, ihren theuren Gatten zu beglücken, der so viel arbeitete, ohne bisher bei dem Publikum und bei der Kritik mehr erzielt zu haben, als viel Gleichgiltigkeit und einige Hiebe. Ach, das Geld! sie hätte es scheffelweise besitzen wollen, um es ihm zu bringen; und er wäre sehr dumm gewesen den Zartsinnigen zu spielen, da sie ihn liebte und ihm Alles verdankte. Dies war ihr Feenmärchen, ihr

Aschenbrödel: die Schätze ihrer königlichen Familie, welche sie mit ihren Händchen ihrem ruinirten Prinzen zu Füßen legte, um ihm auf seinem Wege nach dem Ruhme, auf seinem Welteroberungs-Zuge beizustehen.

– Schau, sagte sie heiter, indem sie ihn küßte ich muß Dir doch zu etwas nützlich sein; Du kannst doch nicht alle Sorge allein tragen.

Er gab nach; sie einigten sich, daß Marcelle sogleich nach der Rue Legendre in Batignolles gehen werde, wo ihre Eltern wohnten und daß sie wiederkommen werde, um ihm das Geld zu bringen, damit er noch an demselben Abend zu zahlen versuchen könne. Und als er sie aus den Flur hinaus begleitete, – dermaßen bewegt, als ginge sie einer großen Gefahr entgegen – mußten sie beiseite treten, um Huret vorbei zu lassen, der endlich ankam. Als Jordan in den Redaktions-Saal zurückkehrte, hörte er einen heftigen Wortwechsel aus dem Kabinet Jantrou's dringen.

Saccard, von Neuem der mächtige Gebieter geworden, forderte Gehorsam, weil er wußte, daß er sie alle in seiner Gewalt hatte durch die Hoffnung auf Gewinn und durch die Furcht vor Verlust, – in dieser kolossalen Glückspartie, die er mit ihnen spielte.

– Ach, endlich sind Sie da! rief er, als er Huret bemerkte. Sie haben wohl so lange in der Kammer verweilt, um dem großen Manne Ihren Artikel eingerahmt zu überreichen? ... Die Beräucherung, die Sie ihm angedeihen lassen, habe ich endlich satt und ich habe auf Sie gewartet, um Ihnen zu sagen, daß es damit aus ist und daß Sie uns künftig andere Dinge geben müssen.

Verblüfft blickte Huret auf Jantrou. Doch dieser war entschlossen, sich keine Unannehmlichkeiten an den Hals zu ziehen, indem er Jenen unterstützt; darum schaute er in die Höhe und streichelte seinen schönen Bart.

– Wieso, andere Dinge? antwortete der Deputirte endlich. Ich gebe Ihnen, was Sie von mir verlangt haben. Als Sie die „Hoffnung" kauften, dieses fortgeschritten katholische und royalistische Blatt, welches einen so wüthenden Feldzug gegen Rougon führte, baten Sie mich, eine Reihe lobender Artikel zu schreiben, um Ihrem Bruder zu zeigen, daß Sie ihm nicht feindlich gesinnt seien, und um die neue Richtung des Blattes anzudeuten.

– Jawohl, die Richtung des neuen Blattes, entgegnete Saccard heftig; diese Richtung ist es, welche Sie kompromittiren ... Glauben Sie etwa, ich werde mich meinem Bruder zu eigen geben? Gewiß, ich habe meine Bewunderung und meine Dankbarkeit für den Kaiser niemals auf den Markt gebracht und ich vergesse nicht, was wir alle ihm schuldig sind und was ich im Besonderen ihm schuldig bin. Allein, wenn man auf die begangenen Fehler hinweist, so heißt dies noch nicht das Kaiserreich angreifen, es heißt im Gegentheil seine Pflicht als treuer Unterthan erfüllen ... Die Richtung des Blattes ist folgende: Ergebenheit für die Dynastie, aber absolute Unabhängigkeit den Ministern, diesen Strebern gegenüber, die sich um die Gunst der Tuilerien streiten!

Und er erging sich in einer Prüfung der politischen Lage, um zu beweisen, daß der Kaiser schlecht berathen sei. Er beschuldigte Rougon, derselbe habe nicht mehr seine gebieterische Energie, seine ehemalige Zuversicht in die absolute Macht und paktire mit den liberalen Ideen, bloß um sein Portefeuille zu behalten. Er selbst warf sich in die Brust und sagte, er sei unerschütterlich, ein echter Bonapartist im ursprünglichen Sinne, an den Staatsstreich glaubend und überzeugt, daß das Heil Frankreichs – heute wie ehemals – in dem Genie und in der Kraft eines Einzigen bestehe. Und ehe er bei dieser Schwenkung seines Bruders mitthäte; ehe er zugäbe, daß der Kaiser durch neue Zugeständnisse einen Selbstmord begehe, wolle er lieber die Intransigenten der Diktatur sammeln, gemeinsame Sache mit den Katholiken machen, um den raschen Sturz aufzuhalten, den er voraussah. Und Rougon soll sich in Acht nehmen, denn die „Hoffnung“ könnte ihren Feldzug zu Gunsten Rom's wieder eröffnen. Huret und Jantrou hörten ihm zu, erstaunt über seinen Zorn, weil sie niemals solche glühende politische Ueberzeugungen bei ihm vermuthet hatten. Der Erstere machte den Versuch, die letzten Akte der Regierung vertheidigen zu wollen.

– Mein Lieber! Wenn das Kaiserreich eine freiheitliche Richtung einschlägt, so wird es eben von ganz Frankreich gedrängt ... Der Kaiser wird fortgerissen und Rougon ist genöthigt ihm zu folgen.

Doch Saccard sprang schon zu anderen Vorwürfen über, ohne einen logischen Zusammenhang in seinen Angriffen zu beobachten.

– Ja, sehen Sie, es ist damit geradeso wie mit unserer auswärtigen Lage. Diese ist beklagenswerth ... Seit dem Vertrage von Villafranca nach Solferino bewahrt Italien einen Groll gegen uns, weil wir den Feldzug nicht zu Ende geführt und ihm Venedig nicht gegeben haben; so daß es sich jetzt mit Preußen verbündet hat, mit der Gewißheit, daß dieses ihm helfen wird Oesterreich zu schlagen. Wenn der Krieg losbricht, werden Sie die Schlägerei sehen und wie kläglich wir dastehen werden, umsomehr, als wir den Fehler begingen zu gestatten, daß Bismark und König Wilhelm in dem Handel mit Dänemark sich der nordischen Herzogthümer bemächtigen, mit völliger Mißachtung eines Vertrages, welchen Frankreich unterzeichnet hatte. Das ist eine Ohrfeige, darüber ist nichts zu reden; wir können nur mehr die andere Backe darbieten ... Ach, der Krieg ist sicher! Erinnern Sie sich nur der Baisse, die wir im vorigen Monat in französischen und italienischen Papieren hatten, als man an die Möglichkeit einer Einmischung

Frankreichs in die Angelegenheiten Deutschlands glaubte. Ehe zwei Wochen vorüber sind, wird Europa in Flammen stehen.

Immer mehr überrascht ereiferte sich Huret gegen seine Gewohnheit.

– Sie reden wie die oppositionellen Zeitungen. Sie wollen doch nicht, daß die „Hoffnung" den Spuren des „Siècle" und der anderen Blätter folge ... Es bleibt uns nur mehr übrig, nach dem Beispiele dieser Blätter dem Publikum beibringen zu wollen, daß der Kaiser in der Angelegenheit von Schleswig-Holstein sich nur deßhalb demüthigen ließ und Preußens Vergrößerung nur deßhalb straflos gestattete, weil er viele Monate hindurch ein Armeekorps in Mexiko festgerannt hatte. Geben Sie doch ehrlich zu: mit Mexiko ist's aus, unsere Truppen kehren zurück ... Und ich begreife Sie überhaupt nicht, mein Lieber. Wenn Sie Rom für den Papst behalten wollen, warum tadeln Sie den raschen Abschluß des Friedens von Villafranca? Haben die Italiener erst Venedig, dann sind sie auch in Rom, ehe zwei Jahre vergehen. Sie wissen Das ebenso gut wie ich; und auch Rougon weiß es, obgleich er auf der Rednertribüne das Gegentheil schwört ...

– Sie sehen also, er ist ein Betrüger, rief Saccard stolz. Niemals – hören Sie? – niemals wird man den Papst anzutasten wagen, ohne daß das ganze katholische Frankreich sich erhebe, um ihn zu vertheidigen. Wir würden ihm unser Geld bringen, jawohl, alles Geld der Universalbank. Ich habe meinen Plan; darin liegt unser Geschäft und wahrhaftig, wenn Sie mich erbittern, werden Sie mich nöthigen Dinge zu sagen, die ich noch nicht sagen will.

Jantrou hatte plötzlich mit lebhaftem Interesse die Ohren gespitzt; er begann zu begreifen und trachtete aus irgend einem fallen gelassenen Worte Nutzen zu ziehen.

– Aber schließlich möchte ich wegen meiner Artikel doch wissen, woran ich mich zu halten habe, und wir müssen uns verständigen, sagte Huret ... Wollen Sie, daß man intervenire, oder wollen Sie, daß man nicht intervenire? Wenn wir für das Nationalitäten-Prinzip sind, mit welchem Rechte mengen wir uns dann in die Angelegenheiten Deutschlands und Italiens? Sollen wir wegen unserer gefährdeten Grenzen einen Feldzug gegen Bismark eröffnen?

Doch Saccard, der außer sich war, brach jetzt los.

– Was ich will, ist, daß Rougon mich nicht länger zum Besten halte! ... Wie? Nach Alldem, was ich für ihn gethan habe! ... Ich kaufe ein Blatt – den schlimmsten seiner Feinde, – mache daraus ein seiner Politik ergebenes Organ, lasse Sie Monate lang sein Lob singen und da soll der Kerl uns nicht einmal seinen Beistand leihen! Ich erwarte noch immer einen Dienst von seiner Seite!

Der Abgeordnete machte die schüchterne Bemerkung, daß die Unterstützung des Ministers dem Ingenieur Hamelin im Orient sehr zu Statten gekommen sei, ihm alle Thüren geöffnet habe, indem auf gewisse Persönlichkeiten ein Druck ausgeübt wurde.

– Lassen Sie mich zufrieden, er hat nicht anders können ... Aber hat er mir jemals am Vorabend einer Hausse oder einer Baisse einen Wink gegeben, er, der in seiner Stellung Alles wissen kann? Erinnern Sie sich nur: zwanzigmal habe ich Sie beauftragt ihn auszuholen, da Sie ihn täglich sehen und Sie lassen mich noch immer auf eine wahrhaft nützliche Antwort warten. Ein Wörtchen, das Sie mir wiedersagen würden: das wäre doch nicht so bedenklich!

– Gewiß; aber er liebt Dies nicht. Er sagt, dies seien Geschichten, die man immer bereut.

– Aber Gundermann gegenüber hat er solche Skrupel nicht? Mit mir spielt er den rechtschaffenen Mann und Gundermann gibt er die Nachrichten.

– Oh, Gundermann gewiß! Den Gundermann brauchen sie alle; ohne ihn können sie keine Anleihe machen.

Saccard schlug triumphirend die Hände zusammen.

– Da haben wir's! rief er. Sie gestehen! Das Kaiserreich ist an die Juden verkauft, an die schmutzigen Juden! All' unser Geld ist dazu verurtheilt, in ihre krummen Pranken zu fallen. Der Universalbank bleibt nichts übrig, als vor ihrer Allmacht in den Staub zu sinken.

Und er erging sich in seinem ererbten Hasse, in seinen Beschuldigungen gegen diese Race von Schelmen und Wucherern, die seit Jahrhunderten durch die Völker schreiten, deren Blut sie aussaugen, wie die Parasiten der Räude und der Krätze, und die trotz der Prügel und der Anspeiungen die ihnen zutheil werden, ihren Weg fortsetzen zur Eroberung der Welt, welche sie eines Tages vermöge der unbezwinglichen Macht des Goldes besitzen werden. Und er wetterte besonders gegen Gundermann, seinem alten Groll nachgebend, der unerfüllbaren, wüthenden Gier ihn niederzuschlagen, trotz der Vorahnung, daß Jener der Eckstein sei, an welchem er sich den Kopf einrennen werde, wenn es jemals zum Kampfe zwischen ihnen kommen sollte. Ach, dieser Gundermann! In seinem Innern ein Preuße, obwohl er in Frankreich geboren war! Denn er hegte offenbar gute Wünsche für Preußen; er würde es gerne mit seinem Gelde unterstützt haben, vielleicht unterstützte er es auch im Geheimen. Hatte er doch eines Abends in einem Salon zu sagen gewagt, daß wenn jemals ein Krieg zwischen Preußen und Frankreich ausbrechen würde, letzteres unterliegen würde!

– Ich habe die Sache satt; verstehen Sie mich, Huret? Und merken Sie sich's: wenn mein Bruder mir nicht nützlich ist, will auch ich ihm nicht nützlich sein! ... Wenn Sie mir von ihm ein gutes Wort bringen, d. i. eine Nachricht, die wir uns zunutze machen können, werde ich Ihnen gestatten, die Lobgesänge auf ihn wieder anzustimmen. Das ist doch klar?

Es war nur zu klar. Jantrou, der unter dem politischen Theoretiker seinen Saccard wieder erkannt hatte, begann von Neuem seinen Bart zu streicheln. Huret jedoch, in seiner vorsichtigen Schlauheit eines normannischen Bauern getroffen, schien sehr verstimmt; denn er hatte sein Glück auf die beiden Brüder gesetzt und hätte gewünscht, es mit keinem von beiden zu verderben.

– Sie haben Recht, brummte er; wir wollen einen Dämpfer aufsetzen, umsomehr, als wir die Ereignisse kommen sehen müssen ... Und ich verspreche Ihnen, daß ich Alles aufbieten will, um die Vertraulichkeiten des großen Mannes zu gewinnen. Bei der ersten Nachricht, die ich von ihm erfahre, werfe ich mich in einen Fiaker und will sie Ihnen bringen.

Saccard, der seine Rolle zu Ende gespielt hatte, scherzte jetzt.

– Ich arbeite für Euch alle, meine Freunde ... Ich selbst bin immer ruinirt worden und habe immer eine Million jährlich verzehrt.

Auf das Thema der Oeffentlichkeit zurückgreifend, fuhr er fort:

– Hören Sie mal, Jantrou! Sie sollten Ihr Börsenbulletin ein wenig lustiger machen, jawohl, Witze, Wortspiele einflechten. Das Publikum nimmt Alles hin, wenn es ihm geistreich vorgesetzt wird ... Also, ich bitte um Witze!

Nun war an dem Direktor die Reihe verdrossen zu sein. Er bildete sich auf seine litterarische Vornehmheit etwas ein. Allein, er mußte versprechen, was Saccard verlangte. Und als er eine Geschichte erfand, laut welcher sehr hübsche Frauen sich ihm erbötig gemacht hatten, sich Annoncen an den heikelsten Stellen ihres Körpers tätowiren zu lassen, lachten die drei Männer sehr laut und wurden wieder die besten Freunde der Welt.

Inzwischen hatte Jordan seine Chronik beendigt und er ward von der Ungeduld verzehrt, seine Frau zurückkehren zu sehen. Es kamen einige Redakteure; er plauderte eine Weile mit ihnen, dann trat er wieder in das Vorzimmer hinaus. Hier überraschte er entrüstet den Diener Dejoie dabei, wie er an der Thür des Direktors lauschte, während seine Tochter Nathalie die Aufpasserin machte.

– Gehen Sie nicht hinein, stammelte der Diener; Herr Saccard ist noch immer da ... Ich glaubte, man habe mich gerufen ...

Die Wahrheit war, daß er, von einer wüthenden Gewinnsucht verzehrt, seitdem er für die viertausend Francs, welche sein Weib ihm hinterlassen, acht voll eingezahlte Aktien der Universalbank gekauft hatte, nur mehr in der frohen Aufregung lebte, seine Aktien steigen zu sehen. Vor Saccard im Staube kriechend, die geringsten seiner Worte erhaschend, wie diejenigen eines Orakels, konnte er, wenn der Generaldirektor da war, dem Drange nicht widerstehen, seine intimsten Gedanken zu erfahren und zu erlauschen, was sein Gott in dem vom Geheimniß umgebenen Sanktuarium sprach. Uebrigens war da kein Eigennutz im Spiel; er dachte nur an seine Tochter und begeisterte sich, wenn er berechnete, daß seine acht Aktien bei einem Kurse von 750 ihm bereits einen Gewinn von zwölfhundert Francs brachten, was zum Kapital geschlagen, fünftausendzweihundert Francs ausmachte. Noch hundert Francs Hausse und er hatte seine sechstausend Francs beisammen, die Mitgift, welche der Schachtelmacher für seinen Sohn forderte, wenn er ihm erlauben sollte Nathalie zur Frau zu nehmen. Bei diesem Gedanken schmolz sein Herz; er betrachtete mit thränenden Augen dieses Kind, welches er erzogen hatte, dessen wahre Mutter er war in dem kleinen, so glücklichen Haushalte, welchen sie führten, seitdem er sie der Pflegemutter abgenommen. In seiner Verwirrung stammelte er allerlei unzusammenhängende Worte, um sein neugieriges Horchen zu bemänteln; endlich sagte er:

– Nathalie, die herauf gekommen ist, um mich einen Augenblick zu sehen, hat soeben Ihre Gattin getroffen, Herr Jordan.

– Ja, bekräftigte das Mädchen. Sie bog in die Rue Feydeau ein. Oh, sie lief so schnell!

Dejoie ließ seine Tochter nach ihrem Belieben ausgehen, denn er war ihrer sicher, wie er sagte. Und er hatte Recht, wenn er auf ihre gute Aufführung zählte, denn sie war im Grunde zu kalt und zu sehr entschlossen, ihr eigenes Glück zu begründen, um durch eine Thorheit die seit so langer Zeit vorbereitete Heirath zu vereiteln. Mit ihrem zarten Wuchse und den großen Augen in dem hübschen, bleichen Gesichte liebte sie nur sich selbst, in egoistischer Beharrlichkeit und mit lächelnder Miene.

Jordan begriff nicht recht.

– Wie? in der Rue Feydeau? rief er überrascht.

Doch er hatte nicht Zeit ihn wieder zu befragen, denn Marcelle kam eben ganz athemlos an. Er führte sie sogleich in das benachbarte Zimmer, wo er den Tribunal-Berichterstatter fand, so daß er sich begnügen mußte, sich mit ihr auf einer Bank, im Hintergrunde des Ganges niederzulassen.

– Nun?

– Nun, Liebster, es ist in Ordnung gebracht, aber es ging nicht ohne Mühe.

Trotz seiner Befriedigung entging ihm nicht, daß sie das Herz schwer habe. Und sie erzählte ihm Alles, mit leiser, schwacher Stimme; denn vergebens gelobte sie sich, ihm gewisse Dinge zu verschweigen; sie konnte kein Geheimniß vor ihm haben.

Seit einiger Zeit änderten die Maugendre ihr Benehmen ihrer Tochter gegenüber. Sie fand sie weniger zärtlich, besorgt, allmälig von einer neuen Leidenschaft, dem Spiel ergriffen. Es war die gewöhnliche Geschichte: der Vater, ein dicker, stiller, kahler Mann mit weißem Backenbart, die Mutter hager, lebhaft, mitthätig bei Erwerbung des Vermögens; Beide zu üppig lebend in ihrem Hause von ihren 15000 Francs Renten, langweilten sie sich in ihrem Nichtsthun. Der Mann hatte keine andere Zerstreuung, als die Empfangnahme seines Geldes. Zu jener Zeit wetterte er gegen jede Spekulation, zuckte zornig und mitleidig die Schultern, wenn er von den armen Tröpfen sprach, die sich in ebenso blöden wie unsauberen Prellereien ausplündern lassen. Doch als er einmal eine große Summe empfing, kam er auf den Gedanken, dieselbe im Report anzulegen: das war keine Spekulation, das war eine einfache Kapitalsanlage; allein, seit jener Zeit hatte er die Gewohnheit angenommen, nach dem ersten Frühstück in seiner Zeitung sorgfältig den Kurszettel der Börse zu lesen; und von da hatte das Uebel seinen Ausgang genommen. Allmälig hatte ihn das Fieber verzehrt, während er den Tanz der Papiere sah, in dieser verpesteten Luft des Spiels lebte, die Einbildungskraft verlockt von den in einer Stunde gewonnenen Millionen, er, der dreißig Jahre gebraucht hatte, um einige hunderttausend Francs zu erwerben. Er konnte es sich nicht versagen, bei jeder Mahlzeit mit seiner Frau darüber zu sprechen, welche großen Gewinnste er hätte einheimsen können, wenn er nicht geschworen hätte, niemals zu spielen; und er erklärte ihr die Operation, er handhabte seine Mittel mit der scharfsinnigen Taktik eines Generals im Zimmer und schlug jedesmal siegreich den eingebildeten Gegner; denn er bildete sich ein, in den Fragen der Prämien und des Reports eine Kraft ersten Ranges zu sein. Seine Frau erklärte ihm beunruhigt, daß sie es vorziehe, sich sogleich in die Seine zu werfen, als auch nur einen Sou im Spiel zu wagen, allein er beruhigte sie: für wen hielt sie ihn denn? Niemals! Aber, es hatte sich eine Gelegenheit ergeben. Beide hatten lange Zeit den unbezwinglichen Wunsch genährt, in ihrem Garten ein kleines Gewächshaus mit einem Kostenaufwande von 5-6000 Francs aufführen zu lassen und eines Abends hatte der Mann mit vor köstlicher Aufregung zitternder Hand die sechs Tausendfrancs-Noten auf den Arbeitstisch seiner Frau hingelegt, indem er sagte, er habe das auf der Börse gewonnen, es sei ein Zug gewesen, dessen er sicher war. Er versprach, es nicht wieder zu thun; er habe es nur versucht, um so die Kosten des Gewächshauses zu decken. Zwischen dem Zorn und der freudigen Erregung schwankend, hatte sie nicht den Muth, ihn dafür auszuschelten. Im nächsten Monat stürzte er sich in eine Prämienoperation, indem er erklärte, er habe nichts zu fürchten, da er seinen Verlust begrenzte; und dann gab es in dem Haufen wohl auch gute Geschäfte und er wäre ein Tölpel gewesen, den Gewinn seinem Nachbar zu überlassen. So war er verhängnißvoller Weise ein Terminspieler geworden, zuerst in kleinen Summen, dann allmälig Muth fassend, während sie immerfort durch ihre Angst einer guten Hausfrau gequält und die Augen dennoch aufflammend bei dem geringsten Gewinn, nicht aufhörte, ihm zu weissagen, daß er auf einem Strohsack enden würde.

Vornehmlich aber war es der Kapitän Chave, der Bruder der Madame Maugendre, welcher seinen Schwager tadelte. Er, der mit seiner Pension von achtzehnhundert Francs nicht das Auslangen fand, spielte zwar ebenfalls an der Börse; allein er war sehr schlau und ging an die Börse wie ein Beamter in sein Amtsbureau geht, operirte nur kontant und war entzückt, wenn er am Abend sein Zwanzigfrancsstück heimtrug; es waren täglich abgewickelte, sichere Geschäfte, so bescheiden, daß sie vor jeder Katastrophe bewahrt waren. Seine Schwester hatte ihm ein Zimmer in ihrem Hause angeboten, welches seit Marcelle's Heirath für die Alten zu groß geworden; allein, er hatte abgelehnt, er wollte frei sein, denn er hatte seine Laster, bewohnte ein einziges Zimmer im Hintergrunde eines Gartens in der Rue Nollet, wo man fortwährend Frauenzimmer hinein- und hinausschleichen sah. Seine Börsengewinnste schienen in Bonbons und Kuchen für seine kleinen Freundinnen aufzugehen. Er hatte Maugendre stets gewarnt und ihm wiederholt eingeschärft, lieber ein flottes Leben zu führen als an der Börse zu spielen. Und wenn Maugendre ihm zurief: „Und Sie?“ – antwortete er mit einer energischen Handbewegung. Oh, er! Das ist eine andere Sache; er hatte keine fünfzehntausend Francs Rente, sonst! ... Wenn er spielte, so lag die Schuld an der schmutzigen Regierung, welche den alten Helden die Mittel eines sorgenfreien Alters hinwegschacherte. Sein Hauptargument gegen das Spiel war, daß der Spieler mit mathematischer Gewißheit stets verlieren müsse: wenn er gewinnt, hat er die Maklergebühr und die Stempelgebühr in Abschlag zu bringen; wenn er verliert, hat er diese Abgaben ebenfalls zu bezahlen, so daß selbst in dem Falle, wenn er ebenso oft gewinnt wie er verliert, er die Maklergebühr und die Stempel aus eigener Tasche bezahlt. Diese Abgaben erreichen an der Pariser Börse im Jahr die enorme Höhe von achtzig Millionen. Und er fuchtelte mit dieser Ziffer herum: achtzig Millionen, welche der Staat, die Coulissiers und die Wechselagenten einstreifen!

Auf dem Bänkchen, im Hintergrunde des Korridors, beichtete Marcelle ihrem Gatten einen Theil dieser Geschichte.

– Liebster, ich muß sagen, daß ich zu ungelegener Zeit gekommen bin. Mama zankte eben mit Papa wegen eines Verlustes, welchen er an der Börse erlitten. Ja, es scheint, daß er jetzt immer an der Börse steckt. Das scheint mir sehr drollig von ihm, der früher nichts als die Arbeit gelten lassen wollte ... Kurz, sie zankten und dabei steckte Mama ihm eine Zeitung unter die Nase, die „ *Cote financière*", indem sie schrie, daß er nichts von der Sache verstehe und daß sie die Baisse vorausgesehen habe. Darauf holte er ein anderes Blatt, die „Hoffnung" und wollte ihr den Artikel zeigen, aus welchem er seine Belehrung geholt. ... Denke Dir: ihr Haus ist voll mit Zeitungen, sie stecken darin vom Morgen bis zum Abend und ich glaube gar, – Gott verzeihe mir! – daß nunmehr auch Mama zu spielen beginnt, trotzdem sie sich so wüthend geberdet.

Jordan konnte sich eines Lachens nicht enthalten, so ergötzlich war sie, wie sie in ihrem Aerger ihm die Scene vorspielte.

– Kurz, ich erzählte ihnen von unserer Bedrängniß und bat sie, uns zweihundert Francs zu leihen, damit wir den Verfolgungen Einhalt thun können. Da hättest Du sie schreien hören sollen: Zweihundert Francs, nachdem sie zweitausend an der Börse verloren hatten! Ob ich sie zum Besten halten wolle? Ob ich sie zugrunde richten wolle? ... Niemals habe ich sie so gesehen. Sie, die so lieb zu mir gewesen, die Alles ausgegeben hätten, um mir Geschenke zu machen! Sie müssen ihren Verstand eingebüßt haben, denn es hat keinen Sinn, sich so das Leben zu verderben, da sie so glücklich sind in ihrem schönen Hause, ohne jeden Verdruß und ohne andere Sorge, als das so schwer erworbene Vermögen in aller Behaglichkeit zu verzehren.

– Ich hoffe, Du hast nicht weiter in sie gedrungen, sagte Jordan.

– Doch, ich habe in sie gedrungen und dann fielen sie über mich her ... Du siehst, ich sage Dir Alles, obgleich ich den Vorsatz gefaßt hatte es für mich zu behalten. Es ist mir eben entschlüpft ... Sie wiederholten mir, daß sie dies ja vorausgesehen haben, daß das keine Beschäftigung sei, in die Zeitungen zu schreiben und daß wir im Spital endigen würden. Schließlich gerieth ich selbst in Zorn und ich wollte schon weggehen, als der Kapitän ankam. Du weißt, daß Onkel Chave mich immer sehr geliebt hat. In seiner Gegenwart wurden sie vernünftig, umsomehr, als er triumphirte und meinen Vater fragte, ob er sich noch länger bestehlen lassen wolle? ... Mama nahm mich beiseite und drückte mir fünfzig Francs in die Hand, indem sie sagte, daß wir damit einen Aufschub von einigen Tagen erlangen werden, um uns inzwischen anderweitig um Hilfe umzuthun.

– Fünfzig Francs, ein Almosen! Und Du hast sie angenommen?

Marcelle hatte zärtlich seine Hände ergriffen und beschwichtigte ihn in ihrer ruhigen, besonnenen Art.

– Ereifere Dich nicht … Ja, ich habe sie angenommen und da ich einsah, daß Du niemals wagen würdest, sie dem Gerichtsvollzieher zu bringen, bin ich sogleich selbst in die Rue Cadet gegangen, wo er wohnt, wie Du weißt. Aber denke Dir nur: er hat das Geld zurückgewiesen, indem er mir erklärte, er habe formelle Weisungen von Herrn Busch und dieser allein könne der gerichtlichen Verfolgung Einhalt thun. Ach, dieser Busch! Ich hasse Niemanden, aber gegen diesen Menschen fühle ich Erbitterung und Ekel! Gleichwohl eilte ich zu ihm, nach der Rue Feydeau, und er mußte sich mit den fünfzig Francs begnügen. Wir haben jetzt zwei Wochen lang Ruhe von ihm.

Tiefe Ergriffenheit zog Jordans Gesicht zusammen, und Thränen traten ihm in die Augen.

– Du hast Das gethan, Frauchen? Du hast Das gethan?

– Aber ja; ich will nicht, daß man Dich noch länger langweile. Was liegt daran, wenn ich Unverschämtheiten anzuhören habe? Man lasse nur Dich ruhig arbeiten. Und sie erzählte ihm lachend, wie sie zu Busch gekommen sei, der mitten unter seinen schmutzigen Schriftenbündeln saß; wie er sie brutal aufgenommen und ihr gedroht habe, daß er ihnen nicht einen Faden am Leibe lassen wolle, wenn er nicht sogleich vollständig bezahlt würde. Das Drolligste an der Geschichte war, daß sie sich den Spaß gegönnt hatte ihn in Wuth zu bringen, indem sie den rechtmäßigen Besitz dieser Schuld bestritt, dieser Wechsel im Betrage von dreihundert Francs, welche mit den Gerichtskosten jetzt siebenhundertdreißig Francs und fünfzehn Centimes ausmachten und die er in einem Haufen alter Fetzen vielleicht um hundert Sous erstanden habe. Die Wuth erstickte ihn schier. Gerade diese Wechsel habe er theuer bezahlt, versicherte er; und dann sein Zeitverlust und die Lauferei, die er zwei Jahre lang gehabt, um den Wechselschuldner aufzufinden, und der Scharfsinn, den er in dieser Jagd entfalten mußte: mußte er sich nicht Alldies vergelten lassen? Umso schlimmer für Diejenigen, die sich fangen ließen! Aber schließlich habe er die fünfzig Francs dennoch genommen, denn er befolgte das vorsichtige System, stets zu unterhandeln und einen Ausgleich zu treffen.

– Ach, Weibchen, wie muthig Du bist und wie ich Dich liebe! sagte Jordan, indem er sich fortreißen ließ Marcelle zu küssen, obgleich in diesem Augenblicke der Redaktions-Sekretär vorüberging.

Dann fragte er mit gedämpfter Stimme:

– Wie viel Geld bleibt uns im Hause?

– Sieben Francs.

– Gut, sagte er freudig; damit kommen wir zwei Tage aus und ich werde keinen Vorschuß verlangen, den man mir übrigens verweigern würde. Ich bringe es schwer über die Lippen... Morgen werde ich sehen, ob man beim „Figaro“ einen Artikel von mir annehmen will... Ach, wenn ich meinen Roman schon beendigt hätte und derselbe flott gekauft würde!

Jetzt küßte Marcelle ihn.

– Ja, das Buch wird gehen, sei beruhigt... Willst Du mit mir nach Hause kommen? Das wird sehr hübsch sein und wir wollen unterwegs, an der Ecke der Rue de Clichy einen Häring für morgen Früh kaufen. Man bekommt dort sehr gute Häringe. Heute Abend haben wir Speck-Kartoffeln. Jordan bat einen Kameraden, die Revision seines Artikels zu lesen und entfernte sich mit seiner Frau. Auch Saccard und Huret verließen jetzt die Redaktion. Als sie auf der Straße ankamen, sahen sie eben einen Wagen vor dem Thor der Redaktion halten; dem Wagen entstieg die Baronin Sandorff, welche die Herren mit einem Lächeln grüßte und dann rasch hinaufging. Zuweilen erschien sie so bei Jantrou zu Besuch. Saccard, den sie mit ihren großen, müden Augen sehr erregte, war versucht ebenfalls hinaufzugehen.

Oben, im Bureau des Direktors, lehnte die Baronin den ihr angebotenen Sitz ab. Sie habe nur im Vorübergehen guten Tag sagen wollen, um zu sehen, ob er nichts Neues wüßte. Trotz seiner jetzigen glücklichen Lage behandelte sie ihn noch immer so, wie zu jener Zeit, als er jeden Morgen bei ihrem Vater, dem Herrn von Ladricourt erschien, mit dem gekrümmten Rücken des Remisiers, der um einen Auftrag bettelt. Ihr Vater war von empörender Rohheit; sie konnte nicht vergessen, wie er einmal, in seiner Wuth über einen großen Verlust, den armen Jantrou mit einem Fußtritt in den Hintern hinausgejagt hatte. Und nun, da sie ihn an der Quelle der Nachrichten wußte, war sie wieder vertraulich mit ihm geworden und trachtete ihn auszuholen.

– Nun, nichts Neues?

– Meiner Treu, nein; ich weiß nichts.

Allein sie fuhr fort ihn lächelnd anzuschauen, überzeugt, daß er nichts sagen wolle. Um ihn zum Plaudern zu bringen, sprach sie von dem dummen Kriege, in welchen Oesterreich mit Italien und Preußen verwickelt werden sollte. Die Spekulation war außer Rand und Band, eine furchtbare Baisse trat in italienischen Werthen ein, wie übrigens auch in allen anderen Papieren. Und sie war in sehr verdrossener Stimmung, denn sie wußte nicht, bis zu welchem Punkte sie dieser Bewegung folgen müsse und hatte bedeutende Summen für die nächste Liquidation engagirt.

– Werden Sie denn von Ihrem Gemahl nicht unterrichtet? fragte Jantrou scherzhaft. Er ist doch bei der Gesandtschaft in guter Stellung.

– Ach, mein Mann! murmelte sie mit verächtlicher Geberde. Von meinem Mann kann ich nichts erfahren.

Jantrou ward immer heiterer und trieb die Dinge so weit, daß er eine Anspielung auf ihren Liebhaber, den Generalprokurator Delcambre machte, welcher – wie man behauptete – ihre Differenzen bezahlte, wenn sie sich überhaupt entschließen konnte zu zahlen.

– Und Ihre Freunde vermögen nichts? Weder bei Hofe, noch in der Gesetzgebung?

Sie that als verstände sie nicht und fuhr in bittendem Tone fort, ohne die Augen von ihm zu wenden!

– Seien Sie doch liebenswürdig ... Sie wissen etwas.

In seinem wüthenden Verlangen nach allen Weiberröcken, die ihn streiften, – nach den schmutzigen ebenso wie nach den eleganten – hatte er schon einmal den Gedanken, sich sie zu gönnen, wie er sich brutal ausdrückte, diese Spielerin, die so vertraulich mit ihm that. Allein, bei dem ersten Worte, bei der ersten Geberde hatte sie sich mit einem solchen Widerwillen, mit einer solchen Verachtung aufgerichtet, daß er sich geschworen hatte, den Versuch nie mehr zu wiederholen. Mit diesem Menschen, den ihr Vater mit Fußtritten empfangen hatte, – ach, niemals! So tief war sie noch nicht gesunken!

– Liebenswürdig? Warum sollte ich es sein? sagte er lachend und mit verlegener Miene. Sie sind es auch nicht mir gegenüber.

Sogleich wurde sie ernst. Ihre Augen nahmen einen Ausdruck der Härte an. Sie wandte ihm den Rücken um fortzugehen, als er verdrossen und in der Absicht sie zu verletzen hinzufügte:

– Sie sind Saccard vor der Thür begegnet, nicht wahr? Warum haben Sie nicht ihn befragt, da er Ihnen nichts verweigern kann?

Sie kam plötzlich zurück.

– Was wollen Sie damit sagen?

– Was Sie darunter verstehen wollen … Spielen Sie doch nicht die Geheimnißvolle; ich habe Sie bei ihm gesehen und ich kenne ihn.

Eine Empörung ergriff sie; der ganze, noch lebendige Stolz ihrer Race stieg aus dem trüben Grunde, aus dem Kothe auf, in welchem ihre Leidenschaft sie mit jedem Tage mehr versinken ließ. Sie gerieth übrigens nicht in Zorn und sagte blos mit knapper, rauher Stimme:

– Für wen halten Sie mich, mein Lieber? Sie sind verrückt … Nein, ich bin nicht die Geliebte Saccard's, weil ich nicht wollte.

Da verbeugte er sich grüßend, mit der ausgesuchten Höflichkeit eines Litteraten.

– Nun denn, Madame, Sie haben sehr Unrecht gehabt. Glauben Sie mir: wenn sich wieder eine Gelegenheit darbietet, versäumen Sie sie nicht; denn Sie, die Sie stets auf Nachrichten jagen, werden dieselben ohne Mühe unter dem Kopfkissen dieses Mannes finden. Mein Gott, ja; dort wird bald das Nest sein, Sie brauchen nur mit Ihren schönen Fingern hineinzugreifen.

Sie entschloß sich zu lachen, gleichsam als theilte sie seinen Cynismus. Als sie seine Hand drückte, fühlte er, daß die ihrige ganz kalt sei. Sollte sie sich wirklich mit der Frohne begnügt haben, die Geliebte dieses eiskalten, knochigen Delcambre zu sein, – diese Frau mit den so rothen Lippen, von der man behauptete, daß sie unersättlich sei?

Der Monat Juni ging zu Ende. Am 15. dieses Monats hatte Italien Oesterreich den Krieg erklärt. Anderseits hatte Preußen in kaum zwei Wochen, nach überwältigenden Märschen Hannover überfluthet, die beiden hessischen Großherzogthümer, Baden und Sachsen erobert, indem es wehrlose Völkerschaften im tiefen Frieden überrumpelte. Frankreich hatte sich nicht gerührt. Die wohl unterrichteten Leute flüsterten an der Börse, daß es im Geheimen mit Preußen verbündet sei, seitdem Bismark den Kaiser in Biarritz besucht hatte; und man sprach geheimnißvoll von den Kompensationen, mit welchen ihm seine Neutralität vergolten werden sollte. Nichtsdestoweniger trat eine unheilvolle Baisse ein. Als am 4. Juli die Nachricht von Sadowa, dieser so plötzliche Donnerschlag kam, gab es einen Sturz sämmtlicher Werthe. Man glaubte an eine erbitterte Fortsetzung des Krieges; denn Oesterreich war zwar von Preußen geschlagen worden, aber es hatte Italien bei Custozza besiegt, und man sagte schon, daß es Böhmen aufgab und seine Heeresmacht sammelte. Am „Korbe“ regnete es Verkaufs-Aufträge, man fand keine Käufer mehr.

Als Saccard am 4. Juli sehr spät, gegen sechs Uhr, sich in die Redaktion der „Hoffnung“ begab, traf er daselbst Jantrou nicht an. Dieser führte seit einiger Zeit ein sehr regelloses Leben; er verschwand plötzlich, unternahm lange Streifzüge, von welchen er vernichtet, mit trüben Augen zurückkehrte, ohne daß man wußte, was ihn mehr verheerte, die Dirnen oder das Alkohol. In dem Augenblicke, als Saccard ankam, leerte sich eben die Redaktion; es war nur mehr Dejoie da, der im Vorzimmer, auf einer Ecke seines Tisches seine Mahlzeit einnahm. Saccard schrieb zwei Briefe und schickte sich eben an wieder fortzugehen, als Huret mit hochgeröthetem Gesichte hereinstürzte und ohne die Thüren zu schließen, ausrief:

– Mein guter Freund ... mein guter Freund! ...

Er drohte zu ersticken und preßte beide Hände an die Brust.

– Ich komme von Rougon ... Ich bin gelaufen, weil ich keinen Fiaker hatte. Endlich habe ich einen gefunden ... Rougon hat eine Depesche erhalten. Ich habe sie gesehen ... Eine Nachricht, eine Nachricht ...

Mit einer heftigen Geberde hieß Saccard ihn schweigen, dann beeilte er sich die Thüren zu schließen, weil er Dejoie mit gespitzten Ohren herumschleichen gesehen hatte.

– Nun, was denn?

– Nun denn, der Kaiser von Oesterreich tritt Venedig an den Kaiser der Franzosen ab, dessen Vermittlung er annimmt, und Letzterer wird sich an die Könige von Preußen und Italien wenden, um einen Waffenstillstand zu erwirken.

Stillschweigen trat ein.

– Das ist also der Friede.

– Augenscheinlich.

Betroffen, noch ohne bestimmten Gedanken, stieß Saccard einen Fluch aus.

– Donnergottes! Und die ganze Börse ist in der Baisse!

Dann fragte er mechanisch:

– Und keine Seele weiß diese Nachricht?

– Nein, die Depesche ist vertraulich; die betreffende Notiz wird im „Moniteur“ morgen noch nicht erscheinen. Paris wird vor achtundvierzig Stunden sicherlich nichts erfahren.

Das war wie ein Donnerschlag, ein plötzliches Aufleuchten. Er lief von Neuem zur Thür und öffnete sie, um zu schauen, ob Niemand horchte. Und er war außer sich; er pflanzte sich vor den Deputirten hin und faßte ihn bei den beiden Aufschlägen seines Leibrockes.

– Schweigen Sie, nicht so laut! Wir sind die Herren, wenn Gundermann und seine Bande noch nicht benachrichtigt sind ... Verstehen Sie? Nicht ein Wort, Niemandem in der Welt, weder Ihren Freunden, noch Ihrer Frau ... Es trifft sich glücklich, daß auch Jantrou nicht da ist; wir allein werden von der Sache Kenntniß haben und wir werden Zeit haben, zu handeln. Oh, ich will nicht blos für mich allein arbeiten, Sie gehören mit dazu und unsere Kollegen von der Universalbank ebenfalls. Aber ein Geheimniß bleibt nicht Geheimniß, wenn Mehrere davon wissen. Alles ist verloren, wenn morgen vor der Börse die geringste Indiskretion begangen wird.

Sehr erregt und betroffen ob der Größe des Schlages, den sie versuchen wollten, versprach Huret absolutes Stillschweigen und sie theilten die Arbeit unter sich auf und beschlossen, daß man den Feldzug sogleich beginnen müsse. Saccard hatte schon nach seinem Hute gegriffen, als sich ihm noch eine Frage auf die Lippen drängte.

– Also Rougon ist es, der Sie beauftragt hat, mir diese Nachricht zu bringen?

– Ohne Zweifel.

Er hatte einen Augenblick gezögert, denn er log. Die Depesche hatte ganz einfach auf dem Schreibpulte des Ministers gelegen und er hatte, einen Augenblick allein geblieben, die Indiscretion begangen, sie zu lesen. Allein sein Interesse lag darin, daß zwischen den beiden Brüdern vollkommene Eintracht herrsche und darum schien ihm diese Lüge sehr geschickt, umsomehr, als er wußte, daß sie kein Verlangen trugen, sich zu treffen und über diese Dinge zu sprechen.

– Nun, diesmal hat er sich gut benommen, erklärte Saccard, daran ist nicht zu zweifeln. Also vorwärts!

Im Vorzimmer war Niemand als Dejoie, der sich angestrengt hatte etwas zu hören, ohne jedoch genau zu verstehen. Sie sahen ihm seine fieberhafte Aufregung an; er hatte eben die ungeheure Beute gewittert, die in der Luft lag, war dermaßen erregt von diesem Geruch des Geldes, daß er sich an das Fenster des Flurs stellte, um ihnen mit den Augen zu folgen, wie sie durch den Hof schritten. Die Schwierigkeit lag darin, rasch und dennoch mit großer Vorsicht zu handeln. Auf der Straße verließen sie sich. Huret übernahm die Abendbörse, während Saccard trotz der späten Stunde sich auf die Jagd nach den Remisiers, Coulissiers und Wechselagenten machte, um ihnen Kaufaufträge zu geben. Allein er trachtete diese Aufträge nach Möglichkeit aufzutheilen, aus Furcht, daß er Argwohn erwecken könnte, und vor Allem wollte er den Schein wahren, als würde er die Leute nur zufällig treffen, anstatt daß er sie aufsuchte, was auffallen hätte müssen. Glücklicherweise kam ihm der Zufall zu Hilfe. Er bemerkte auf dem Boulevard den Wechselagenten Jacoby, mit welchem er zuerst Scherz trieb und den er dann mit einer Operation betraute, ohne denselben allzusehr in Erstaunen zu versetzen. Hundert Schritte weiter traf er ein dickes, blondes Mädchen, von welchem er wußte, daß es die Geliebte eines anderen Agenten Namens Delarocque, des Schwagers Jacoby's sei; und da sie sagte, daß sie ihn diesen Abend erwarte, beauftragte er sie damit, ihm eine Zeile zu übergeben, die er mit Bleistift auf eine Karte schrieb. Dann, da ihm bekannt war, daß Mazaud am Abend einem Banket ehemaliger Schulgenossen beiwohnte, richtete er sich so ein, daß er ihn im Restaurant traf und änderte dort die Aufträge, die er ihm an demselben Tage bereits gegeben hatte. Die Gunst des Schicksals vervollständigte sich, als er gegen Mitternacht heimkehrend auf Massias stieß, der eben aus dem Variétés-Theater kam. Sie gingen zusammen die Rue St.-Lazare hinauf und er hatte Zeit, sich als ein Original aufzuspielen, als ein Mensch, der an die Hausse glaubt. Ach, sie wird nicht sogleich kommen, meinte er; aber schließlich ertheilte er ihm Kaufaufträge für Nathansohn und andere Coulissiers, indem er sagte, er gehe im Namen einer Gruppe von Freunden vor, was ja im Grunde die Wahrheit war. Als er zu Bett ging, hatte er in der Hausse eine Position für mehr als fünf Millionen Werthe eingenommen.

Am folgenden Morgen war Huret schon um 7 Uhr bei Saccard, dem er erzählte, wie er an der Abendbörse, auf dem Trottoir vor der Passage de l'Opéra, gearbeitet habe. Er habe so viel als möglich kaufen lassen, immerhin mit Maß, um die Kurse nicht allzu sehr zu treiben. Seine Aufträge erreichten die Höhe einer Million; und weil sie den Zug noch viel zu bescheiden fanden, beschlossen die Beiden, die Arbeit sogleich fortzusetzen. Sie hatten den Vormittag für sich. Aber vorher stürzten sie sich auf die Zeitungen, zitternd, daß sie dort die Nachricht finden könnten, eine Notiz, eine Zeile, welche ihre Kombination über den Haufen stürzen könnte. Doch nein; die Presse wußte nichts; sie stack mitten im Kriege, überschwemmt mit Depeschen, mit ausführlichen Berichten über die Schlacht bei Sadowa. Wenn vor zwei Uhr keine Nachricht in die Oeffentlichkeit drang, wenn sie eine Stunde, nur eine halbe Stunde an der Börse für sich hatten, war der Streich gelungen und sie ließen ein verheerendes Ungewitter über das Judenthum los, wie Saccard sagte. Und sie trennten sich von Neuem und Jeder ging nach einer anderen Seite, um weitere Millionen in dem Kampfe zu engagiren.

Saccard verbrachte den Vormittag in den Straßen, in der Luft herumschnüffelnd, in einem solchen Bedürfniß herumzulaufen, daß er nach seinem ersten Wege den Wagen entlassen hatte. Er trat bei Kolb ein, wo der Klang des Goldes ihm köstlich die Ohren kitzelte, wie eine Siegesverheißung. Und er besaß die Selbstbeherrschung, dem Bankier, der noch nichts wußte, nichts zu sagen. Dann ging er zu Mazaud hinauf, nicht um einen neuen Auftrag zu geben, sondern um Unruhe wegen des gestern ertheilten zu heucheln. Auch da wußte man noch nichts. Nur der kleine Flory verursachte ihm einige Angst durch die Beharrlichkeit, mit welcher er ihn umkreiste: die einzige Ursache dessen war die tiefe Bewunderung des jungen Beamten für das finanzielle Genie des Direktors der Universalbank; und da Fräulein Chuchu ihm ein schweres Geld zu kosten begann, riskirte er einige kleine Operationen und träumte davon, die Aufträge seines großen Mannes kennen zu lernen und mit von seinem Spiele zu sein.

Endlich, nach einem flüchtigen Frühstück bei Champeaux, wo er die große Freude hatte, das pessimistische Gejammer Mosers und Pilleraults zu hören, welche einen weiteren Kurssturz voraussagten, fand sich Saccard – um halb ein Uhr – auf dem Börsenplatz ein. Er wollte, wie er sich ausdrückte, die Leute kommen sehen. Die Hitze war drückend, eine glühende Sonne brannte senkrecht über den Häuptern, goß ein weißes Licht über die Treppenstufen aus, deren Ausströmung das Peristyl in eine schwüle Backofenhitze tauchte; und die leeren Sessel krachten in diesen Flammen, während die Spekulanten die schmalen Schattenstreifen hinter den Säulen suchten. Unter einem Baum im Garten bemerkte er Busch und die Méchain, die bei seinem Anblick ein lebhaftes Gespräch begannen; es schien ihm sogar, daß alle Beide sich anschickten ihn anzusprechen, dann wieder, daß sie sich eines Andern besonnen. Wußten sie denn etwas, diese Lumpensammler in den Koth gefallener Werthe, die ewig auf der Suche waren? Er schauerte einen Augenblick zusammen. Doch jetzt rief ihn eine Stimme und er erkannte auf einer Bank Maugendre und den Kapitän Chave, im Streit mit einander. Der Erstere verhöhnte das jämmerliche Spiel des Kapitäns, diesen Louisdor, im Kontantgeschäfte gewonnen, wie man in einem Provinz-Kaffehause nach einer endlosen Reihe von Piquet-Partieen einige Francs einstreift. Konnte er nicht heute ein ernstliches Geschäft auf sicheren Gewinn wagen? War die Baisse nicht sicher, so klar wie die Sonne? Und er rief Saccard zum Zeugen: nicht wahr, daß die Baisse fortdauern werde? Er, Maugendre, hatte in der Baisse eine starke Position eingenommen und war so sehr überzeugt, daß er sein Vermögen daran gewagt haben würde. In dieser Weise direkt befragt antwortete Saccard nur mit Lächeln und Kopfnicken. Dabei machte er sich im Stillen Vorwürfe, diesen Mann nicht aufklären zu können, den er ehemals so arbeitsam, so verständig gekannt hatte, als er noch Theerdecken verkaufte. Allein, er hatte sich absolutes Stillschweigen geschworen und er besaß die Grausamkeit des Spielers, der das Glück nicht stören will. Ueberdies ward in diesem Augenblicke seine Aufmerksamkeit abgelenkt: der Wagen der Baronin Sandorff fuhr vorüber. Er folgte dem Wagen mit den Blicken und sah ihn an der Ecke der Rue de la Banque halten. Plötzlich dachte er an den Baron Sandorff, Rath der österreichischen Botschaft; die Baronin wußte sicher und konnte nach Weiberart durch eine Ungeschicklichkeit Alles verderben. Schon war er quer über die Straße gegangen und er umschlich jetzt ihren Wagen, welcher unbeweglich und still dastand, mit dem Kutscher, der steif auf seinem Bocke saß. Doch jetzt ward eines der Fenster herabgelassen und er trat mit galantem Gruße näher.

– Nun, Herr Saccard, hält die Baisse noch an?

Er glaubte, sie wolle ihm eine Falle stellen.

– Jawohl, Madame, antwortete er.

Dann, als sie ihn ängstlich anblickte, mit jenem Zucken der Augen, welches er bei den Spielern sehr wohl kannte, begriff er, daß auch sie nichts wußte. Ein Strom warmen Blutes stieg ihm in den Schädel und erfüllte ihn mit Wonne.

– Also, Herr Saccard, Sie haben mir nichts zu sagen?

– Meiner Treu, Madame, nichts, was Sie nicht schon wüßten.

Und er entfernte sich, indem er sich sagte: „Du warst zu mir nicht liebenswürdig und darum wird es mir eine Freude machen, wenn Du bei der Ueberschwemmung einen Schluck trinkst. Vielleicht wirst Du dann bei einer anderen Gelegenheit artiger sein." Niemals hatte sie ihm begehrenswerther geschienen; er war sicher, daß die Stunde kommen werde, wo sie ihm angehören wird.

Als er auf den Börsenplatz zurückkehrte, sah er Gundermann in der Ferne, aus der Rue Vivienne auftauchen und dieser Anblick verursachte ihm einen neuen Schauer. So klein er auch in der Entfernung schien, so war er es dennoch,mit seinem langsamen Gange, mit seinem gerade aufgerichteten, bleichen Kopfe, Niemanden anblickend, gleichsam allein in seinem Königthum, inmitten der Menge. Und er folgte ihm, von Schreck erfüllt, und trachtete jede seiner Bewegungen zu erklären. Als er Nathansohn auf ihn zutreten sah, glaubte er Alles verloren. Doch der Coulissier zog mit enttäuschter Miene wieder ab und Saccard schöpfte neue Hoffnung. Entschieden: der Bankier hatte seine Alltagsmiene. Und dann begann sein Herz freudig zu pochen, denn er sah Gundermann bei dem Zuckerbäcker eintreten, um Bonbons für seine Enkelinen zu kaufen. An Krisentagen that er dies niemals.

Es schlug ein Uhr; die Glocke kündete die Eröffnung des Marktes. Es war eine denkwürdige Börse, einer jener großen Unglückstage, – durch eine Hausse herbeigeführt, was so selten geschieht – die wie eine Legende in der Erinnerung haften. Zu Beginn, in der drückenden Hitze, sanken die Kurse noch tiefer. Dann tauchten plötzlich zum Erstaunen der Menge vereinzelte Käufer auf, gleich den Plänklerschüssen vor der Schlacht. Allein, in dem allgemeinen Mißtrauen wollte das Geschäft nicht recht in Fluß kommen. Die Käufer mehrten sich, wurden lebhafter auf allen Seiten, in der Coulisse, im Parket; man hörte nur mehr die Stimmen Nathansohns unter der Kolonnade, Mazaud's, Jacoby's, Delarocque's am Korbe, welche ausriefen, daß sie alle Papiere zu jedem Preise nehmen; und es ging ein Zittern, eine wachsende Bewegung durch die Menge, ohne daß Einer in der Verwirrung dieser unerklärlichen Wendung sich zu entschließen wagte. Die Kurse waren langsam gestiegen, Saccard hatte Zeit, dem Massias neue Aufträge für Nathansohn zu geben. Er bat auch den kleinen Flory, der vorüber eilte, seinem Chef Mazaud einen Zettel zu übergeben, in welchem er diesen beauftragte zu kaufen und immerfort zu kaufen; so daß Flory, der den Zettel las, von einem Zuversichts-Taumel ergriffen, das Spiel seines großen Mannes spielte und für seine eigene Rechnung ebenfalls kaufte. Und in diesem Augenblicke, um drei Viertel auf zwei Uhr schlug der Blitz mitten in die Börse ein: Oesterreich trat Venedig dem Kaiser ab, der Krieg war zu Ende. Woher kam diese Nachricht? Niemand wußte es, sie drang aus allen Mündern zugleich, sogar zwischen den Pflastersteinen hervor. Irgend Jemand hatte sie gebracht und Alle wiederholten sie mit einem Geschrei, das immer mehr anschwoll wie das Brausen der Meeresfluth zur Zeit der Aequinoctialstürme. Inmitten dieses entsetzlichen Getöses gingen die Kurse in wüthenden Sprüngen in die Höhe, vor dem Schlußläuten hatten sie sich um 40–50 Francs gehoben. Es war ein unbeschreibliches Getümmel, eine jener tollen Schlachten, wo Alle durcheinander rennen, Soldaten und Offiziere, um ihre Haut zu retten, betäubt, geblendet, ohne klares Bewußtsein von der Lage. Die Stirnen waren in Schweiß gebadet: die unerbittliche Sonne, die auf den Treppenstufen glühte, entzündete einen lodernden Brand auf der Börse.

Bei der Liquidation, als man das Unglück ermessen konnte, erschien es ungeheuer. Das Schlachtfeld war mit Verwundeten und Trümmern bedeckt. Der Baissier Moser gehörte zu den am schwersten Betroffenen. Pillerault büßte schwer seine Schwäche, daß er ein einzigesmal der Hausse untreu geworden. Maugendre verlor fünfzigtausend Francs: es war sein erster größerer Verlust. Die Baronin Sandorff hatte so große Differenzen zu bezahlen, daß Delcambre – wie man erzählte – sich weigerte das Geld herzugeben. Und sie war ganz weiß vor Zorn und Haß, wenn man nur den Namen ihres Gatten nannte, des Botschaftsrathes, der die Depesche früher als Rougon selbst in Händen hatte, ohne ihr ein Wort zu sagen. Die *haute banque*, die jüdische Bankwelt, hatte eine furchtbare Niederlage, ein wahres Gemetzel erlitten. Man versicherte, Gundermann habe für seinen Theil allein acht Millionen verloren. Und man war darob allgemein verblüfft. Wie war es möglich, daß er nicht benachrichtigt gewesen? Er, der unbestrittene Herr des Marktes, dessen Commis die Minister waren und der die Staaten in seiner souverainen Abhängigkeit hielt! Es war eben ein Zusammentreffen von außerordentlichen Umständen, wie es die großen Schläge des Zufalls herbeizuführen pflegt. Es war ein unvorhergesehener, blöder Krach, der aller Vernunft und aller Logik Hohn sprach.

Indessen verbreitete sich die Geschichte und Saccard wurde ein großer Mann. Mit einem Zug seines Rechens hatte er fast alles Geld eingestreift, welches die Baissiers verloren. Für seine Person hatte er zwei Millionen eingesackt. Das Uebrige sollte in die Kasse der Universalbank fließen oder vielmehr zwischen den Händen ihrer Verwaltungsräthe zerfließen. Mit großer Mühe vermochte er Madame Caroline zu überzeugen, daß der Antheil Hamelins an dieser Beute, welche mau den Juden so legitim abgenommen, eine Million betrage. Huret, der mit am Werke gewesen, hatte sich einen königlichen Antheil genommen. Die Anderen, wie Daigremont, der Marquis de Bohain, ließen sich nicht lange bitten. Alle votirten dem vortrefflichen Direktor Danksagungen und Beglückwünschungen. Und besonders ein Herz entflammte in Dankbarkeit für Saccard, dasjenige Florys, der zehntausend Francs gewonnen hatte, ein Vermögen, welches ihm gestattete, mit Chuchu eine hübsche, kleine Wohnung in der Rue Condorcet zu beziehen und mit ihr zusammen am Abend Gustave Sédille und Germaine Coeur in den theueren Restaurants aufzusuchen. Bei dem Blatte mußte man Jantrou ein Geschenk machen, der in hellen Zorn gerieth, weil man ihn nicht benachrichtigt hatte. Dejoie allein blieb melancholisch in seinem ewigen Bedauern, daß er eines Abends vergebens das Glück in der Luft vorüberziehen geahnt hatte.

Dieser erste Triumph Saccards war gleichsam die Blüthe des Kaiserreiches auf seiner Höhe. Er trat in den Glanz des herrschenden Systems ein; er gehörte zu den ruhmvollen Reflexen desselben. Am Abende jenes Tages, an welchem er zu seiner Größe herangewachsen war mitten unter dem Zusammenbruch von Reichthümern; in der Stunde, da die Börse nur mehr ein trostloses Trümmerfeld war, schmückte sich und illuminirte ganz Paris wie aus Anlaß eines großen Sieges; und Feste in den Tuilerien und Volksbelustigungen in den Straßen feierten Napoleon III. als den Herrn Europa's, so hoch stehend und so groß, daß die Kaiser und Könige ihn zum Schiedsrichter in ihren Streitigkeiten wählten und ihm Provinzen übergaben, damit er dieselben unter sie auftheile. Wohl hatten sich in der Kammer Proteststimmen erhoben; Unglückspropheten kündigten undeutlich die furchtbare Zukunft an, daß Preußen anwachsen werde durch Alles, was Frankreich geschehen ließ, daß Oesterreich geschlagen, Italien undankbar sein werde. Doch diese ängstlichen Stimmen wurden durch Gelächter und Wuthgeschrei unterdrückt und Paris, der Mittelpunkt der Welt, hatte am Tage nach Sadowa alle seine Avenuen und alle seine Monumente illuminirt, ohne die schwarzen, eisigen Nächte zu ahnen, die wenige Jahre später kommen sollten, die Nächte ohne Gaslicht, nur durch die Lunten der Kanonenkugeln erhellt. Von der Freude an seinem Erfolge überströmend trieb sich Saccard an jenem Abend in den Straßen herum, auf dem Concorde-Platze, in den Champs-Elysees, auf allen Trottoirs, wo Lampions brannten. Von der Fluth der Spaziergänger mitgerissen, die Augen geblendet von dieser Tageshelle, konnte er sich dem Glauben hingeben, daß man illuminire, um ihn zu feiern: war nicht auch er der unerwartete Sieger, derjenige, der inmitten der Katastrophen sich erhob? Ein einziger Verdruß hatte ihm die Freude verdorben: der fürchterliche Zorn Rougons, der Huret davongejagt hatte, nachdem er begriffen, woher dieser Streich auf der Börse kam. So war es denn nicht wahr, daß der große Mann sich als guter Bruder gezeigt und ihm die Nachricht gesandt hatte? So mußte er denn auf diesen hohen Beschützer verzichten, ja, den allmächtigen Minister sogar angreifen? Vor dem Palaste der Ehrenlegion angekommen, welcher von einem riesigen Kreuze überragt war, das unter dem schwarzen Nachthimmel flammte, faßte Saccard diesen kühnen Entschluß; ja er wird ihn bekämpfen an dem Tage, wo er sich dazu stark genug fühlen wird. Und betäubt von den Gesängen der Menge und von dem klatschenden Geflatter der Fahnen kehrte er durch das flammende Paris nach der Rue Saint-Lazare heim.

Zwei Monate später, im September, beschloß Saccard, durch seinen Sieg über Gundermann kühn gemacht, daß man der Universalbank einen neuen Aufschwung geben müsse. In der Generalversammlung, welche am Schlusse des Monats April stattgehabt, wies die vorgelegte Bilanz für das Geschäftsjahr 1864 einen Gewinn von neun Millionen aus, die Prämie von 20 Francs mit inbegriffen, welche bei der Kapitalsverdoppelung nach den 50 000 Stück neuen Aktien zu bezahlen war. Der Gründungskosten-Conto wurde vollständig abgeschrieben, den Aktionären wurden ihre fünf Prozent, den Verwaltungsräthen ihre zehn Prozent bezahlt und dem Reservefond außer den statutenmäßigen zehn Prozent ein Betrag von fünf Millionen zugewiesen. Die dann noch verbleibende Million gestattete die Vertheilung einer Dividende von zehn Francs per Aktie. Das war ein schönes Resultat für eine Gesellschaft, welche noch nicht ganz zwei Jahre bestand. Allein, Saccard ging mit fieberhafter Hast vor, wandte auf das finanzielle Terrain die Methode der intensiven Kultur an, heizte und überheizte den Boden, auf die Gefahr hin, die Ernte zu verbrennen. Er setzte zuerst im Verwaltungsrathe, dann in einer außerordentlichen Generalversammlung, welche am 15. September stattfand, eine zweite Kapitalserhöhung durch; das Aktienkapital wurde abermals verdoppelt, von fünfzig Millionen auf hundert Millionen gebracht, indem hunderttausend Stück neue Aktien ausgegeben wurden, Stück für Stück ausdrücklich den

Aktionären vorbehalten. Allein, diesesmal wurden die Aktien mit 675 Francs ausgegeben d. i. mit einer Prämie von 175 Francs, welche dem Reservefond zugewiesen wurde. Die wachsenden Erfolge, die bereits abgeschlossenen vortheilhaften Geschäfte und vornehmlich die großen Unternehmungen, welche die Universalbank durchzuführen sich anschickte: das waren die Gründe, mit welchen diese Schlag auf Schlag durchgeführte Kapitalserhöhung gerechtfertigt wurde; man mußte der Bank eine Bedeutung und eine Solidität geben, welche zu den von ihr vertretenen Interessen im richtigen Verhältnisse standen. Der Erfolg war übrigens ein unmittelbarer: die Aktien, welche an der Börse seit Monaten auf einem Durchschnittskurse von 750 gestanden, stiegen in drei Tagen auf 900.

Hamelin hatte aus dem Orient nicht zurückkommen können, um in der außerordentlichen Generalversammlung den Vorsitz zu führen. Er schrieb seiner Schwester einen Brief, in welchem er seinen Bedenken Ausdruck gab über die überstürzte Geschäftsführung bei der Universalbank. Er vermuthete wohl, daß man bei dem Notar Doktor Lelorrain abermals falsche Anmeldungen gemacht habe. In der That waren nicht alle neuen Aktien in legaler Weise gezeichnet worden und die Gesellschaft hatte Titres in Händen behalten, welche die Aktionäre abgelehnt hatten; und da die Einzahlungen nicht erfolgt waren, hatte man im Wege eines Austausches von Erklärungen diese Titres abermals auf den Conto Sabatani gestellt. Ueberdies hatten andere Strohmänner, Beamte, Verwaltungsräthe, der Gesellschaft ermöglicht, eigene Aktien zu zeichnen, so daß sie nunmehr im Besitze von nahezu dreißigtausend Stück eigener Aktien war, welche eine Summe von siebzehn und ein halb Millionen repräsentirten.

Diese Lage war nicht nur ungesetzlich, sie konnte auch gefährlich werden, denn die Erfahrung hat gezeigt, daß jedes Bankinstitut, welches in seinen eigenen Papieren spielt, verloren ist. Doch Madame Caroline antwortete ihrem Bruder nichtsdestoweniger in heiterem Tone und neckte ihn, daß er jetzt der Angstmeier geworden, so daß sie, die ehemals so Mißtrauische, ihn jetzt beruhigen mußte. Sie versicherte ihm, daß sie unaufhörlich die Augen offen halte, aber nichts Verdächtiges bemerke, im Gegentheil, von Bewunderung erfüllt sei für die großen, klaren und logischen Dinge, deren Zeugin sie ist. Die Wahrheit war, daß sie natürlich nichts von alldem wußte, was man vor ihr geheim hielt und daß sie in Betreff aller übrigen Dinge durch ihre Bewunderung für Saccard, durch die Sympathie, welche die Thätigkeit und die Intelligenz dieses kleinen Mannes ihr einflößten, geblendet wurde.

Im Monat Dezember wurde der Curs von 1000 Francs überstiegen. Angesichts dieses Triumphes der Universalbank begann die hohe Bankwelt sich unbehaglich zu fühlen; man traf Gundermann auf dem Börsenplatz, wie er mit zerstreuter

Miene und mit seinem fast automatischen Gange bei dem Zuckerbäcker eintrat, um Bonbons zu kaufen. Er hatte seine acht Millionen bezahlt, ohne eine Klage vernehmen zu lassen, ohne daß seine Vertrauten ein Wort des Zornes oder des Grolles von seinen Lippen fallen hörten. Wenn er verlor, was selten genug war, pflegte er zu sagen, dies sei recht so und dies wird ihn lehren, weniger unbesonnen zu sein; und man lächelte darüber, denn Niemand konnte sich die Unbesonnenheit Gundermanns vorstellen. Allein diesmal schien die harte Lektion ihm im Magen zu liegen; der Gedanke, daß er, der so kühle Mann, der Gebieter über Thatsachen und Menschen, von diesem Halsabschneider und leidenschaftlichen Narren Saccard geschlagen worden, war ihm sicherlich unerträglich. Seit jener Zeit ließ er ihn denn auch nicht mehr aus den Augen und er war sicher, daß er sich Vergeltung holen werde. Angesichts der günstigen Stimmung, welche die Universalbank umgab, hatte er sogleich Stellung genommen, als ein Beobachter, der überzeugt ist, daß die allzu raschen Erfolge, das trügerische Gedeihen zu den schlimmsten Katastrophen führen. Indeß war der Curs von 1000 noch immer ein vernünftiger und er wartete noch, um in die Baisse zu gehen. Seine Theorie war die, daß man an der Börse die Ereignisse niemals herbeiführen, höchstens sie voraussehen und ausnützen könnte, wenn sie einmal da waren. Die Logik allein herrschte, die Wahrheit war eine Allmacht in der Spekulation ebenso wie anderwärts. Wenn die Curse eine übertriebene Höhe erreichten, mußte auch der Sturz kommen; die Baisse würde mit mathematischer Sicherheit sich vollziehen und er würde zur Stelle sein, um seinen Calcul sich verwirklichen zu sehen und seinen Gewinn einzustreifen. Bei dem Curs von 1500 wollte er in den Kampf eintreten. Bei 1500 begann er denn auch Universalbank zu geben, anfänglich wenig und bei jeder Liquidation mehr, nach einem im Voraus festgestellten Plane. Er bedurfte keines Syndicats von Baissiers, er allein genügte; die vernünftigen Leute würden schon die Wahrheit herausfühlen und bei seinem Spiel mitthun. Er wartete in kühler Ruhe, daß diese geräuschvolle Universalbank, welche so rasch den Markt eroberte und sich wie eine Drohung vor der jüdischen *haute banque* aufpflanzte, rissig werde und er gedachte sie dann mit einem einzigen Ruck zu Boden zu werfen. Später erzählte man, daß Gundermann selbst es war, welcher im Geheimen Saccard den Ankauf eines alten Gebäudes in der Rue de Londres erleichterte, welches der Direktor der Universalbank demoliren wollte, um an der Stelle desselben den Palast seiner Träume aufzuführen, in welchem er seine Anstalt mit königlicher Pracht unterbringen wollte. Es war ihm gelungen, den Verwaltungsrath für die Sache zu gewinnen und die Arbeiter gingen um die Mitte des Monats Oktober ans Werk.

An dem Tage, da der Grundstein unter großen Feierlichkeiten niedergelegt wurde, fand sich Saccard gegen 4 Uhr in der Redaktion des Blattes ein, um daselbst Jantrou zu erwarten, welcher zu den befreundeten Blättern gegangen war, um ihnen Berichte über die Grundsteinlegung zu bringen. Da empfing Saccard unerwartet den Besuch der Baronin Sandorff. Sie hatte zuerst nach dem Chefredakteur gefragt und war dann wie zufällig auf den Direktor der Universalbank gestoßen, der sich ihr galant für alle Auskünfte, die sie wünschen konnte, zur Verfügung stellte, wobei er sie in das reservirte Zimmer führte, das im Hintergrunde des Korridors lag. Und sie gab dem ersten brutalen Angriffe nach, auf einem Divan, wie eine Dirne, die im Voraus auf das Abenteuer gefaßt ist.

Allein es trat eine Complication ein; Madame Caroline, die einen Weg in dem Quartier Montmartre zu machen hatte, kam einen Augenblick zur Zeitung herauf. Sie erschien von Zeit zu Zeit in der Redaktion, um Saccard eine Antwort zu bringen oder einfach Nachrichten von ihm einzuholen. Sie kannte übrigens den Bureaudiener Dejoie, den sie hier untergebracht hatte und blieb jedesmal eine Minute stehen, um mit ihm zu plaudern, ganz glücklich über die Dankbarkeit, die er ihr bezeugte. An jenem Tage fand sie ihn nicht im Vorzimmer und trat daher in den Couloir ein, wo sie ihm begegnete. Er hatte wieder einmal an der Thür gehorcht, es war bei ihm jetzt eine Krankheit, er zitterte vor Fieber, preßte sein Ohr an alle Schlüssellöcher, um die Geheimnisse der Börse zu erlauschen. Aber was er diesesmal gehört und begriffen, hatte ihn ein wenig verwirrt und er lächelte verlegen.

– Er ist da, nicht wahr? sagte Madame Caroline, indem sie weitergehen wollte.

Allein er hielt sie zurück und weil er nicht Zeit hatte, eine Lüge zu ersinnen, sagte er stammelnd:

– Ja, er ist da, aber Sie können nicht eintreten.

– Wie, ich kann nicht eintreten?

– Nein, er ist mit einer Dame.

Sie wurde ganz weiß und er, dem die Situation unbekannt war, zwinkerte mit den Augen, streckte den Hals vor und suchte mit komischer Mimik das Abenteuer zu erklären.

– Wer ist die Dame? fragte sie mit knapper Stimme.

Er hatte keinen Grund, ihr, seiner Wohlthäterin, den Namen zu verheimlichen. Er neigte sich zu ihrem Ohr und sagte:

– Es ist die Baronin Sandorff. Oh, sie treibt sich schon lange um ihn herum.

Madame Caroline blieb einen Augenblick unbeweglich. In dem Dunkel des Ganges konnte man die fahle Blässe ihres Gesichtes nicht bemerken. Sie fühlte ein so grausames Leid im Herzen, daß sie sich nicht erinnern konnte, jemals so gelitten zu haben; und die Betäubung wegen dieser furchtbaren Wunde war es eben, welche sie an diesem Platze festnagelte. Was sollte sie jetzt anfangen? Sollte sie diese Thür einrennen, sich auf diesen Mann stürzen, Beiden einen Skandal machen?

Und während sie noch völlig willenlos, wie geistesabwesend dastand, trat plötzlich Marcelle, die heraufgekommen war, um ihren Gatten abzuholen, mit heiterer Miene auf sie zu.

Die junge Frau hatte in der letzten Zeit ihre Bekanntschaft gemacht.

– Schau, Sie sind es, liebste Frau? Denken Sie sich, wir gehen heute Abends ins Theater. Oh, es ist eine ganze Geschichte, es kostet uns nicht viel; Paul hat ein kleines Restaurant entdeckt, wo wir uns für 35 Sous die Person gütlich thun.

Jetzt trat auch Jordan aus seinem Zimmer und unterbrach lächelnd seine Frau.

– Ja, zwei Speisen, ein Fläschchen Wein und Brod nach Belieben.

– Und dann, fuhr Marcelle fort, nehmen wir keinen Wagen, denn es ist so vergnüglich, zu Fuße nach Hause zu gehen, wenn es noch nicht zu spät ist. Heute Abends sind wir reich und wir werden uns noch einen Mandelkuchen um 20 Sous vergönnen. Es soll ein vollständiges Fest werden.

Und sie entfernte sich entzückt am Arme ihres Gatten. Madame Caroline, welche sie bis ins Vorzimmer begleitet hatte, fand endlich wieder die Kraft, zu lächeln.

– Unterhalten Sie sich gut, flüsterte sie mit zitternder Stimme.

Dann ging auch sie. Sie liebte Saccard und nahm das Erstaunen und den Schmerz über diese Entdeckung mit, wie eine schmähliche Wunde, die sie nicht zeigen wollte.

VII.

Zwei Monate später, an einem grauen, milden November-Nachmittag, ging Madame Caroline sogleich nach der Mahlzeit in den Saal der Entwürfe hinauf, um sich an die Arbeit zu machen. Ihr Bruder, damals in Konstantinopel, wo er sich mit der großen Unternehmung der Orientbahnen beschäftigte, hatte sie beauftragt alle Notizen durchzusehen, welche er ehemals, während ihrer ersten Reise, aufgenommen hatte, und eine Art Denkschrift zu verfassen, gleichsam ein geschichtliches Resumé der Frage. Seit zwei Wochen trachtete sie sich völlig in diese Arbeit zu versenken. An jenem Tage war so warm, daß sie das Feuer ausgehen ließ und das Fenster öffnete, von wo sie, ehe sie sich zur Arbeit niederließ, einen Augenblick die großen, kahlen Bäume des Hôtel Beauvilliers, die unter dem fahlen Himmel eine röthlich-blaue Färbung zeigten, betrachtete.

Sie schrieb ungefähr seit einer halben Stunde, als das Bedürfniß nach einem bestimmten Dokumente sie nöthigte, unter den auf dem Tische aufgehäuften Schriftenbündeln lange nachzusuchen. Sie erhob sich, suchte unter anderen Papieren und setzte sich wieder, die Hände voll mit Schriftstücken; und während sie so die fliegenden Blätter ordnete, stieß sie auf Heiligenbilder: eine illuminirte Ansicht des heiligen Grabes, ein mit den Werkzeugen der Passion eingerahmtes Gebet, in Augenblicken der höchsten Seelennoth zu sprechen und von unausbleiblicher Wirkung. Sie erinnerte sich: ihr Bruder, ein gläubiges Gemüth, hatte diese Bilder in Jerusalem gekauft. Sie ward von einer plötzlichen Rührung ergriffen und Thränen netzten ihre Wangen. Ach, dieser Bruder! er war so verständig und doch so lange verkannt, daß er glücklich war in seiner Gläubigkeit und nicht lächelte über diese naiven Bilder, die mehr für Bonbons-Schachteln paßten, vielmehr eine wahre Kraft schöpfte aus seinem Vertrauen auf die Wirkung dieses in Knittelversen abgefaßten Gebetes! Und sie sah ihn wieder: vielleicht zu vertrauensselig, vielleicht zu leichtgläubig, aber so rechtschaffen, so ruhig, ohne Auflehnung und ohne Kampf. Und sie, die seit zwei Monaten kämpfte und litt, sie, die vom Lesen und Nachdenken im Innern verheert, ihren Glauben verloren hatte: wie sehr wünschte sie in den Stunden der Schwäche, daß sie schlicht und treuherzig geblieben wäre wie er, so daß sie ihr blutendes Herz einschläfern könnte, indem sie des Morgens und des Abends dreimal das kindliche Gebet hersagen würde, welches von den Nägeln und dem Speer, von der Dornenkrone und dem Schwamm der Passion eingerahmt war.

Am Morgen nach dem grausamen Zufall, durch welchen sie das Verhältniß Saccard's mit der Baronin Sandorff erfahren, hatte sie sich mit ihrer ganzen Willenskraft wappnen müssen, um dem Bedürfniß zu widerstehen, sie zu überwachen, um mehr zu erfahren. Sie war nicht die Frau dieses Mannes, sie wollte auch nicht seine leidenschaftliche,bis zum Skandal eifersüchtige Geliebte sein; und ihr Jammer war, daß sie bei ihrem traulichen Beisammensein fortfuhr sich ihm hinzugeben. Das kam von der ruhigen, einfach zuneigenden Art, wie sie anfänglich ihr Abenteuer aufgefaßt hatte: es war eine Freundschaft, welche verhängnißvoller Weise zur Hingabe ihrer Person führte, wie es zwischen Mann und Frau stets geschieht. Sie war nicht mehr zwanzig Jahre alt; nach den bösen Erfahrungen ihrer

Ehe war sie sehr duldsam geworden. Konnte sie in ihrem Alter von sechsunddreißig Jahren, sonst so verständig, von allen Illusionen sich frei glaubend, nicht die Augen zudrücken, sich mehr als Mutter denn als Geliebte betragen diesem Freunde gegenüber, welchem sie sich in ihren reifen Jahren, in einer Minute moralischer Abwesenheit angeschlossen hatte, und welcher ja auch selbst das Alter der Liebeshelden längst hinter sich hatte? Zuweilen wiederholte sie, daß man zu viel Wichtigkeit diesen Beziehungen der Geschlechter beilege, welche oft bloße Begegnungen sind und nachher eine Verlegenheit für das ganze Leben werden. Uebrigens lächelte sie selbst zuerst über das Unmoralische dieser Bemerkung; denn waren dann nicht alle Fehltritte gestattet und gehörten nicht alle Frauen allen Männern? Und doch: wie viele Frauen sind vernünftig genug und lassen sich die Theilung mit einer Nebenbuhlerin gefallen! Und wie hat die landläufige Praxis in froher Gemüthlichkeit den Sieg über die eifersüchtige Idee des alleinigen und vollständigen Besitzes davon getragen! Doch das waren nur theoretische Ausflüchte, um das Leben erträglich zu machen; vergebens zwang sie sich zur Selbstverleugnung, vergebens zwang sie sich dazu, auch künftig nur die ergebene Hausverwalterin, die mit überlegenem Verstande begabte Magd zu sein, die auch ihren Körper hingeben will, nachdem sie ihr Herz und ihren Kopf hingegeben: eine Empörung ihres Fleisches, ihrer Leidenschaft ergriff sie; sie litt furchtbar, weil sie nicht Alles wußte und nicht gewaltsam das Verhältniß mit Saccard löste, nachdem sie ihm das grausame Leid, das er ihr verursachte, vorgeworfen haben würde. Sie hatte sich indessen bemeistert, so daß sie schwieg und ihre lächelnde Ruhe bewahrte; niemals in ihrem bisher so rauhen Dasein hatte sie mehr der Kraft bedurft.

Einen Augenblick noch betrachtete sie die Heiligenbilder, die sie in der Hand hielt, mit ihrem schmerzlichen Lächeln einer Ungläubigen, von Zärtlichkeit völlig ergriffen. Allein, sie schaute auf die Bilder, ohne sie zu sehen; sie sann darüber nach, was Saccard gestern gethan haben mochte und was er heute that; es war eine unwillkürliche und unaufhörliche Arbeit ihres Geistes, welcher aus Instinkt zu dieser Späherei zurückkehrte, sobald sie ihn nicht anderweitig beschäftigte. Saccard schien übrigens sein gewohntes Leben zu führen: am Morgen die Plackereien seiner Direktion, Nachmittags die Börse, am Abend Einladungen zu Diners, Erstaufführungen im Theater, ein Leben voll Vergnügungen, Theaterdamen, wegen deren sie nicht eifersüchtig war. Und dennoch merkte sie, daß es bei ihm ein neues Interesse gebe, eine Sache, die ihm Stunden in Anspruch nahm, welche er früher in anderer Weise ausgefüllt hatte. Ohne Zweifel war es diese Frau und Begegnungen mit derselben an irgend einem Orte, welchen sie – Caroline – nicht kennen wollte. Dies machte sie argwöhnisch und mißtrauisch; unwillkürlich begann sie wieder „den Gendarm zu machen", wie ihr Bruder lachend gesagt hatte.

Sie machte den Gendarm selbst in Angelegenheiten der Universalbank, welche sie zu überwachen aufgehört hatte, weil ihr Vertrauen einen Augenblick so groß geworden war. Gewisse Unregelmäßigkeiten zogen ihre Aufmerksamkeit auf sich und betrübten sie. Dann merkte sie zu ihrer Ueberraschung, daß sie im Grunde sich nichts daraus machte und nicht die Kraft fand zu sprechen oder zu handeln, so sehr haftete eine einzige Beklemmung in ihrem Herzen: dieser Verrath, mit dem sie sich abfinden hatte wollen und der sie schier erstickte. Und der neuerdings hervorbrechenden Thränen sich schämend, verbarg sie die Bilder mit dem tödtlichen Bedauern im Herzen, daß sie nicht in einer Kirche sich auf die Kniee werfen und dort ihren Schmerz ausweinen konnte.

Sie hatte sich – beruhigt – seit etwa zehn Minuten wieder an die Denkschrift gemacht, als der Kammerdiener ihr meldete, daß Charles, ein gestern entlassener Kutscher, da sei und darauf bestehe, mit Madame zu sprechen. Saccard selbst hatte diesen Kutscher in seinen Dienst genommen und bei einem Haferdiebstahl ertappt. Sie zögerte ihn zu empfangen, willigte aber schließlich dennoch ein.

Charles war ein großer, hübscher Bursche, mit rasirtem Gesicht und Nacken; er wiegte sich in den Hüften und hatte die zuversichtliche, geckenhafte Miene solcher Männer, welche von den Weibern bezahlt werden. Sein ganzes Auftreten war ein freches.

– Madame, begann er, ich komme wegen meiner zwei Hemden, welche die Wäscherin verloren hat und für welche sie mir nicht Rede stehen will. Madame werden gewiß nicht glauben, daß ich einen solchen Schaden tragen soll. Und da Madame verantwortlich sind, will ich meine Hemden bezahlt haben. Jawohl, fünfzehn Francs.

Madame Caroline war in Fragen der Hauswirthschaft sehr streng. Vielleicht würde sie ihm die fünfzehn Francs gegeben haben, um allen weiteren Diskussionen vorzubeugen; allein die Frechheit dieses Menschen, den man gestern bei einem Diebstahl ertappt, empörte sie.

– Sie haben nichts von mir zu fordern und ich werde Ihnen keinen Sou geben. Uebrigens hat der Herr mich gewarnt und mir absolut verboten etwas für Sie zu thun.

Da trat Charles drohend näher.

– Ei, hat der Herr Das gesagt? Ich vermuthete dies wohl und der Herr hat unrecht gehandelt, denn wir werden nunmehr einen Spaß sehen ... Ich bin nicht so dumm, um nicht bemerkt zu haben, daß Madame die Geliebte sind ...

Madame Caroline erhob sich erröthend und wollte ihn hinausweisen. Aber er ließ ihr nicht die Zeit dazu und fuhr noch lauter fort:

– Und es wird Madame vielleicht interessiren zu erfahren, wohin der Herr sich zwei- oder dreimal in der Woche begibt, immer in der Zeit zwischen 4 und 6 Uhr, wenn er sicher ist, die Person allein zu treffen ...

Sie war plötzlich sehr bleich geworden; all' ihr Blut strömte nach ihrem Herzen zurück. Mit einer heftigen Geberde wollte sie ihn hindern Dasjenige auszusprechen, was sie seit zwei Monaten zu hören vermied.

– Ich verbiete Ihnen ...

Allein, er überschrie sie.

– Es ist die Frau Baronin Sandorff. Herr Delcambre hält sie aus und hat zu seiner Bequemlichkeit eine kleine Erdgeschoßwohnung in der Rue Caumartin gemiethet, fast an der Ecke der Rue Saint-Nicolas, in einem Hause, wo es eine Früchtenhändlerin gibt. Dorthin geht der Herr, um den noch warmen Platz einzunehmen ...

Sie hatte die Hand nach der Klingel ausgestreckt, um diesen Menschen hinausjagen zu lassen; allein er würde ohne Zweifel vor den Dienstboten weiter geredet haben.

– Wenn ich sage: den noch warmen Platz, – so ist es eigentlich nicht Das ... Ich habe dort eine Freundin, die Kammerfrau Clarisse, welche sie durch das Schlüsselloch beisammen belauscht und gesehen hat, wie ihre Herrin – ein rechter Eiszapfen – ihm allerlei schmutzige Dinge gemacht hat ...

– Schweigen Sie, Unglücklicher! Da haben Sie Ihre fünfzehn Francs!

Mit einer Geberde voll unsäglichen Ekels übergab sie ihm das Geld, weil sie begriff, daß dies das einzige Mittel sei ihn fortzuschicken. In der That wurde er sogleich höflich.

– Ich will nur Ihr Bestes, Madame. Es ist in dem Hause, wo es eine Früchtenhändlerin gibt. Der Perron im Hintergrunde des Hofes. Heute ist Donnerstag und eben vier Uhr. Wenn Madame sie überraschen wollen ...

Sie war noch immer ganz bleich und drängte ihn zur Thür, ohne die Lippen zu öffnen.

– Umso mehr, als Madame heute vielleicht irgend eine drollige Geschichte mit ansehen könnten ... Clarisse würde in einer solchen Höhle gewiß nicht länger bleiben! Und wenn man gute Herrenleute gehabt hat, läßt man ihnen ein kleines Andenken zurück, nicht wahr? Guten Abend, Madame!

Endlich war er fort. Madame Caroline blieb einige Augenblicke unbeweglich. Sie sann nach und begriff, daß Saccard von einer ähnlichen Scene bedroht sei. Dann sank sie kraftlos, mit einem langen Seufzer auf den Arbeitstisch nieder und die Thränen, die sie seit Langem erstickten, quollen unaufhaltsam hervor.

Diese Clarisse, ein mageres, blondes Mädchen, hatte einfach ihre Herrin verrathen, indem sie sich erbötig machte, Delcambre Gelegenheit zu geben, daß er seine Geliebte mit einem anderen Manne überrasche, und vollends in der Wohnung, die er bezahlte. Sie hatte zuerst fünfhundert Francs gefordert; aber, da er sehr geizig war, mußte sie sich schließlich mit zweihundert Francs begnügen, auf die Hand zu zahlen in dem Augenblicke, wo sie ihm die Thür des Zimmers öffnen würde. Sie schlief dort, in dem kleinen Gelaß, hinter dem Toilette-Zimmer. Die Baronin hatte sie, von einem gewissen Zartsinn geleitet, in ihren Dienst genommen, um die Besorgung der Wäsche nicht der Hausmeisterin zu überlassen. Zwischen einem Stelldichein und dem andern lebte sie müßig in dieser leeren Wohnung; wenn Delcambre oder Saccard kam, verschwand sie. In diesem Hause hatte sie die Bekanntschaft Charles' gemacht, der lange Zeit des Nachts kam, um mit ihr das breite Bett der Herrenleute einzunehmen, das noch von den Lüsten des Tages zerwühlt war. Sie selbst hatte ihn als einen guten, rechtschaffenen Diener an Saccard empfohlen. Seitdem er entlassen worden, theilte sie seinen Groll, umsomehr, als ihre Herrin sich ihr gegenüber schmutzig benahm und sie einen Platz gefunden hatte, wo sie monatlich um fünf Francs mehr Lohn bekam. Zuerst hatte Charles daran gedacht, dem Baron Sandorff zu schreiben; Clarisse aber hatte es drolliger und gewinnreicher gefunden, eine kleine Ueberraschung mit Delcambre zu veranstalten. Diesen Donnerstag hatte sie Alles vorbereitet und harrte nun der kommenden Dinge.

Als Saccard um vier Uhr ankam, war die Baronin schon da, auf der Chaise longue vor dem Kamin ausgestreckt. Sie war gewöhnlich sehr pünktlich, als Geschäftsfrau, welche den Werth der Zeit kennt. Anfänglich war er enttäuscht, denn er fand in ihr nicht jene glühende Geliebte, die er bei dieser so braunen Frau mit den so blauen Augenlidern und dem herausfordernden Gange einer tollen Bacchantin zu finden gehofft hatte. Sie war von Marmor, müde seiner vergeblichen Anstrengung ein Lustgefühl zu suchen, welches nicht kommen wollte, völlig von dem Spiel gefangen, bei welchem wenigstens die Angst ihr das Blut erhitzte. Dann, als er merkte, daß sie neugierig sei und keinen Ekel kenne, selbst das Widerliche über sich ergehen lassen wolle, wenn sie einen neuen Wonneschauer dabei zu entdecken glaubte, hatte er sie ganz verderbt und jede Liebkosung von ihr erlangt. Sie sprach von der Börse, erlangte Wegweisungen von ihm; und da sie, ohne Zweifel vom Zufall unterstützt, seit ihrem Verhältniß mit ihm an der Börse gewann, behandelte sie diesen Saccard wie einen Fetisch, wie einen vom Boden aufgelesenen Gegenstand, den man behält und küßt, trotz seiner Unsauberkeit, weil er Glück bringt.

Clarisse hatte an jenem Abend so stark eingeheizt, daß sie nicht das Bett aufsuchten; es schien ihnen eine Verfeinerung mehr, vor dem hellen Kaminfeuer, auf der Chaise longue zu bleiben. Draußen senkte sich die Nacht herab; doch die Fensterläden waren geschlossen, die Vorhänge sorgfältig herabgelassen; zwei große Lampen mit matten Kugeln und ohne Schirm verbreiteten in dem Zimmer ein helles Licht.

Kaum war Saccard eingetreten, als draußen auch Delcambre vom Wagen stieg. Der Generalprokurator Delcambre, mit dem Kaiser persönlich befreundet, für einen Ministerposten in Aussicht genommen, war ein magerer, gelber Mann von fünfzig Jahren, mit hohem Wuchse und feierlicher Haltung und rasirtem, tief durchfurchtem Gesichte, welches einen sehr strengen Ausdruck hatte. Seine harte Adlernase kannte keine Schwäche und keine Vergebung. Als er mit seinem gewöhnlichen ernsten, gemessenen Gang den Perron hinanstieg, hatte er seine ganze Würde, die kühle Miene, die er an Tagen großer Verhandlungen aufsteckte. Niemand kannte ihn in dem Hause; er kam dahin nur nach Einbruch der Nacht.

Clarisse erwartete ihn in dem engen Vorzimmer.

– Ich bitte Sie mir zu folgen, mein Herr, aber ohne jedes Geräusch.

Er zögerte; warum sollte er nicht durch jene Thür eintreten, welche direkt in das Zimmer führte? Doch sie erklärte ihm im Flüstertone, daß ohne Zweifel der Riegel vorgeschoben sei, daß man Alles einbrechen müßte und daß Madame inzwischen Zeit finden würde sich in Ordnung zu bringen. Nein; sie wollte, daß er Madame so überrasche, wie sie – Clarisse – sie eines Tages gesehen hatte, als sie ein Auge an das Schlüsselloch gedrückt hatte. Um dieses Ziel zu erreichen hatte sie etwas sehr Einfaches ersonnen. Ihr Zimmer war früher mit dem Toilette-Zimmer durch eine Thür verbunden, welche jetzt mittelst Schlüssels verschlossen war. Der Schlüssel lag in einem Schubfach; sie brauchte ihn nur zu nehmen und die Thür zu öffnen; so daß man jetzt – dank dieser vergessenen Thür – geräuschlos in das Toilette-Zimmer eintreten konnte, welches von dem Schlafzimmer nur durch einen Thürvorhang getrennt war. Madame war gewiß nicht darauf gefaßt, daß von dieser Seite her Jemand eintreten könnte.

– Vertrauen Sie mir, mein Herr, sagte Clarisse. Ich habe ja ein Interesse daran, daß die Sache gelinge.

Sie schlüpfte durch die halb offene Thür und verschwand einen Augenblick, Delcambre allein lassend in ihrem engen Dienstbotenzimmer mit dem ungeordneten Bett, mit dem Waschbecken voll Seifenwasser. Sie hatte ihren Koffer schon am Morgen weggeschafft und wollte das Haus verlassen, sobald der Streich gespielt sein würde. Dann kam sie zurück und schloß sachte die Thür.

– Sie müssen noch ein wenig warten, mein Herr. Es ist noch nicht das Richtige. Sie plaudern.

Delcambre bewahrte seine würdige Haltung und sagte kein Wort. Er stand unbeweglich da, den spöttischen Blicken dieser Magd ausgesetzt. Indessen verlor er die Geduld, ein nervöses Zucken verzerrte die linke Hälfte seines Antlitzes inder unterdrückten Wuth, die zu seinem Schädel emporstieg. Der gierige Sinnesmensch, der in ihm stak und sich hinter der eisigen Strenge seiner professionellen Maske verbarg, begann dumpf zu grollen, gereizt wegen dieses Fleisches, das man ihm stahl.

– Machen wir rasch, machen wir rasch, wiederholte er, ohne zu wissen was er sagte, wobei seine Hände sich in fieberischer Unruhe bewegten.

Doch Clarisse, die von Neuem verschwunden war, kehrte jetzt mit einem Finger an den Lippen zurück und bat ihn, noch Geduld zu haben.

– Seien Sie vernünftig, mein Herr, sonst werden Sie das Schönste versäumen ... In einem Augenblick werden sie dabei sein.

Delcambre, dem die Beine versagten, mußte sich auf das schmale Bett der Magd setzen. Die Nacht war hereingebrochen; er blieb im Dunkel, während die Kammerfrau, die auf der Lauer lag, selbst auf das leiseste der Geräusche horchte, die aus dem Zimmer kamen. Ihm selbst, dem mit gespannten Sinnen Lauschenden, summten die Ohren dermaßen, daß er das Getrappel einer marschirenden Armee zu hören glaubte.

Endlich fühlte er die Hand Clarissens nach seinem Arm tasten. Er begriff und reichte ihr wortlos einen Briefumschlag, welcher die versprochenen zweihundert Francs enthielt. Nun ging sie voraus, zog den Thürvorhang zur Seite und schob ihn mit den Worten in das Zimmer:

– So, da sind sie!

Vor dem starken Kaminfeuer lag Saccard am Rande der Chaise longue auf dem Rücken; er hatte nur sein Hemd an, welches eingerollt und bis zu den Achselhöhlen zurückgeschlagen war und so von den Füßen bis zu den Schultern seine braune Haut enthüllte, welche sich mit zunehmendem Alter mit Haaren bedeckt hatte wie das Fell eines Raubthieres. Vor ihm kniete die Baronin, ganz nackt, rosig im Scheine der Flammen, die sie erhitzten. Die beiden großen Lampen beleuchteten sie mit einem so hellen Lichte, daß die geringsten Einzelheiten mit der Deutlichkeit eines Reliefbildes hervortraten.

Betroffen, sprachlos beim Anblick dieser auf frischer That betroffenen treulosen Sünderin war Delcambre stehen geblieben, während die Anderen wie vom Blitz getroffen, als sie diesen Mann durch das Kabinet eintreten sahen, in Unbeweglichkeit, mit wahnsinnig aufgerissenen Augen verharrten.

– Ha, Schweine! stammelte endlich der Generalprokurator. Schweine! Schweine!

Er fand nur dieses Wort und wiederholte es ohne Ende, betonte, unterstützte es mit derselben hastigen Geste. Die Frau war endlich mit einem Satz in die Höhe gefahren, trostlos wegen ihrer Nacktheit, sich um sich selbst drehend, ihre Kleider suchend, die sie in dem Toilettezimmer gelassen hatte, wohin sie jetzt nicht gehen konnte, um sie zu holen; und als sie endlich einen weißen Unterrock fand, der da geblieben war, bedeckte sie damit ihre Schultern und nahm die beiden Enden des Gürtels zwischen die Zähne, um den Rock knapper um den Hals und vor der Brust zu haben. Der Mann, der von der Chaise longue aufgestanden war, schlug mit verdrossener Miene sein Hemd herab.

– Schweine! Schweine! wiederholte Delcambre. In diesem Zimmer, welches ich bezahle!

Er ballte gegen Saccard die Faust. Der Gedanke, daß diese Scheußlichkeiten auf einem Möbelstück getrieben wurden, welches er gekauft hatte, brachte ihn außer sich.

– Sie sind hier in meiner Wohnung und dieses Weib ist mein! Sie sind ein Schwein und ein Dieb!

Saccard, der nicht in Zorn gerathen war und ihn beruhigen wollte, war verlegen, weil er so im Hemde angetroffen worden, und sehr geärgert durch das ganze Abenteuer. Aber das Wort „Dieb“ verletzte ihn.

– Mein Herr, sagte er, wenn man eine Frau für sich allein haben will, so gibt man ihr, was sie braucht.

Diese Anspielung auf seinen Geiz versetzte Delcambre in die höchste Wuth. Er war nicht mehr zu erkennen, furchtbar, als ob der menschliche Bock, der in ihm steckende Priapus ihm durch die Haut hervordränge. Dieses sonst so würdige und kalte Gesicht war plötzlich roth geworden, schwoll an, bedeckte sich mit Beulen, streckte sich als wüthende Fratze vor. Der Zorn ließ in dem furchtbaren Weh dieses aufgerüttelten Schmutzes das fleischliche Thier los.

– Was sie braucht ... was sie braucht ... Diese Dirne aus der Gosse! ... stammelte er.

Und er machte eine so heftige Geberde gegen die Baronin, daß diese erschrack. Sie war unbeweglich stehen geblieben und sie vermochte mit dem Unterrocke ihre Brust nur zu bedecken, indem sie ihren Bauch und ihre Schenkel unverhüllt ließ. Und als sie begriff, daß diese sträfliche Nacktheit, in solcher Weise zur Schau gestellt, ihn noch mehr erbitterte, wich sie bis zu einem Sessel zurück und ließ sich auf demselben nieder, indem sie die Beine zusammenpreßte und die Kniee hinaufzog, so daß sie Alles verbarg, was sie verbergen konnte. Dort verblieb sie, ohne eine Bewegung, ohne ein Wort, den Kopf ein wenig gesenkt, die schiefen, tückischen Blicke auf den Kampf gerichtet, als Weibchen, um welches die Männchen raufen und welches wartet, um dem Sieger anzugehören.

Saccard hatte sich muthig vor sie hingestellt, um sie zu schützen.

– Sie werden sie doch vielleicht nicht schlagen wollen?

Die beiden Männer standen jetzt Aug' in Aug' einander gegenüber.

– Machen wir ein Ende, mein Herr. Wir können doch nicht zanken, wie die Kutscher. Es ist wahr, ich bin der Liebhaber dieser Frau, und wenn Sie die Möbel bezahlen, so bezahle ich ...

– Was?

– Viele Dinge: zum Beispiel neulich die zehntausend Francs ihrer alten Schuld bei Mazaud, welche Sie durchaus nicht begleichen wollten ... Ich habe eben so viele Rechte, wie Sie. Ein Schwein – das gebe ich zu; aber ein Dieb bin ich nicht. Sie werden das Wort zurücknehmen.

Außer sich schrie Delcambre:

– Sie sind ein Dieb und ich werde Ihnen den Schädel einschlagen, wenn Sie sich nicht augenblicklich trollen!

Nun erzürnte sich auch Saccard. Während er seine Hosen anzog, protestirte er:

– Sie werden schließlich langweilig. Ich gehe, wenn ich will. Sie werden mir nicht Angst machen, mein Lieber!

Und als er seine Schuhe angezogen hatte, stampfte er entschlossen mit dem Fuße auf den Teppich und rief:

– Ich bin da und bleibe da.

Von Wuth erstickt war Delcambre näher gerückt und streckte ihm das Gesicht entgegen.

– Schmutziges Schwein, willst du abfahren?

– Nicht früher als du, alter Hallunke!

– Und wenn ich dir meine Faust in die Fratze sende?

– Dann pflanze ich dir meinen Fuß irgendwohin.

So bellten sie einander an, Nase an Nase, die Zähne fletschend. Ihrer selbst vergessend in diesem Zusammenbruch ihrer Erziehung, in diesem Aufstieg des schmutzigen Bodensatzes der Brunst, um die sie sich stritten, geriethen der Richter und der Finanzmann in einen Streit betrunkener Kärrner, mit abscheulichen Worten, die sie in einem wachsenden Bedürfnisse nach Unflath einander ins Gesicht spieen. Ihre Worte erstickten in ihren Kehlen, sie schäumten vom Koth.

Auf ihrem Sessel hockend wartete die Baronin noch immer, daß der Eine den Andern hinauswerfe. Sie war schon ruhig und richtete im Stillen ihre Zukunft ein; lästig war ihr nur die Anwesenheit der Kammerfrau, die sie hinter dem Thürvorhang vermuthete, wo dieselbe lauschend stehen geblieben war, um sich ein wenig zu erheitern. Das Mädchen hatte in der That den Kopf vorgestreckt und kicherte vergnügt, als es hörte, wie die feinen Herren sich gegenseitig so ekelhafte Dinge sagten. Und die beiden Frauen bemerkten einander, die Geliebte nackt auf dem Sessel hockend, die Magd aufrecht und korrekt, mit ihrem schmalen, weißen Kragen. Und sie tauschten einen flammenden Blick aus, den hundertjährigen Haß der Nebenbuhlerinnen, in jener Gleichheit zwischen Herzogin und Kuhmagd, welche sich einstellt, wenn sie das Hemd abgestreift haben.

Aber auch Saccard hatte Clarisse bemerkt. Er kleidete sich hastig an, schlüpfte in sein Gilet und schleuderte dabei Delcambre einen Schimpf ins Angesicht, schlüpfte in den linken Aermel seines Rockes und schrie Jenem eine andere Beschimpfung zu und bei dem rechten Aermel wieder eine andere und immer andere; sie flogen nur so scheffelweise. Dann, um ein Ende zu machen, schrie er:

– Clarisse, kommen Sie näher! ... Oeffnen Sie die Thüren, öffnen Sie die Fenster, damit das ganze Haus, die ganze Straße höre! ... Der Herr Generalprokurator will, daß man wisse, daß er hier ist; und ich will es bekannt machen.

Delcambre wich erbleichend zurück, als er Jenen auf eines der Fenster zugehen sah, wie um dasselbe zu öffnen. Dieser furchtbare Mensch, der sich aus dem Skandal gar nichts machte, war sehr wohl im Stande, seine Drohung auszuführen.

– Ha, der Hundsfott! murmelte der Richter. Ein richtiges Paar, Sie und diese Metze. Ich überlasse sie Ihnen ...

– Ja, ja; machen Sie, daß Sie fortkommen! Man braucht Sie nicht. Wenigstens werden fortan ihre Rechnungen bezahlt werden und sie wird keine Noth zu leiden haben ... Wollen Sie sechs Sous für den Omnibus?

Bei diesem Schimpf blieb Delcambre auf der Schwelle des Toilette-Zimmers einen Augenblick stehen. Er hatte jetzt wieder seine hoch aufgerichtete Gestalt, sein bleiches Gesicht voll strenger Runzeln. Er streckte den Arm aus wie zu einem Eid.

– Ich schwöre, daß Sie mir Alldas vergelten sollen ... Ich werde Sie wiederfinden; nehmen Sie sich in Acht!

Dann verschwand er. Gleich hinter ihm hörte man das Rauschen von Frauenröcken. Es war die Kammerfrau, welche aus Furcht vor einer Auseinandersetzung die Flucht ergriff, sehr ergötzt durch die Scene, deren Zeugin sie gewesen.

In großer Erregtheit herumtrippelnd ging Saccard die Thüren schließen. Dann kehrte er in das Zimmer zurück, wo die Baronin allein geblieben war, wie auf dem Sessel festgenagelt. Mit langen Schritten ging er hin und her, stieß einen Feuerbrand, der herauszufallen drohte, in den Kamin zurück; und als er sie jetzt erst bemerkte, so seltsam in ihrer Nacktheit, mit diesem Unterrock auf den Schultern, zeigte er sich sehr anständig.

– Kleiden Sie sich an, Liebste ... Und regen Sie sich nicht auf. Es ist eine dumme Geschichte, hat aber sonst gar nichts zu bedeuten ... Wir werden uns übermorgen hier wiedersehen, um uns für die Zukunft einzurichten. Nicht so? Ich muß jetzt fort; ich habe eine Begegnung mit Huret. Und während sie endlich ihr Hemd anzog, rief er noch aus dem Vorzimmer zurück:

– Wenn Sie Italiener kaufen, seien Sie vernünftig; nehmen Sie nur mit Prämie!

Während dieser Zeit, fast zur selben Stunde, saß Madame Caroline über ihren Arbeitstisch gebeugt und schluchzte; die brutale Enthüllung, welche der Kutscher gemacht, dieser Verrath Saccards, den sie fortan nicht ignoriren konnte, regte in ihr allen Argwohn und alle Befürchtungen wieder auf, welche sie begraben hatte wollen. Sie hatte in den Angelegenheiten der Universalbank sich zur Ruhe und Hoffnung gezwungen, mitschuldig durch die Verblendung ihrer Liebe an Allem, was man ihr nicht sagte, an Allem, was sie nicht zu wissen trachtete; sie machte sich denn auch jetzt heftige Vorwürfe wegen des beruhigenden Briefes, welchen sie ihrem Bruder zur Zeit der letzten Generalversammlung geschrieben hatte. Denn seitdem ihre Eifersucht ihr die Augen und die Ohren öffnete, kannte sie die Unregelmäßigkeiten, welche bei der Bank fortdauerten und immer größere Dimensionen annahmen; das Conto Sabatani war riesig angewachsen, die

Gesellschaft spielte unter dem Namen dieses Strohmannes immer mehr, abgesehen von den riesigen und trügerischen Reklamen, von den auf Sand und Koth gebauten Gründungen, welche man dem riesenhaften Bankinstitut zuschrieb, dessen so rascher, wunderbarer Aufschwung ihr mehr Entsetzen als Freude verursachte. Was sie hauptsächlich ängstigte, war dieser unaufhörliche Galopp, in welchem die Geschäfte der Universalbank geführt wurden, gleich einer überheizten Lokomotive, welche auf teuflischen Geleisen losgelassen dahinrennt, bis bei einem letzten Anprall Alles in Trümmer geht. Sie war keine naive, einfältige Person, die man täuschen konnte. Obgleich in der Technik der Bankoperationen unbewandert, begriff sie dennoch vollkommen die Ursachen dieser Ueberhastung, dieses Fiebers, welches dazu bestimmt war, die Menge zu betäuben und in diesem epidemischen Veitstanz der Millionen mitzureißen. Jeder Morgen mußte seine Hausse bringen, man mußte die Leute an immer mehr Erfolge glauben machen, an riesenhafte, verzauberte Kassenschalter, welche das Geld in Bächen aufnahmen, um es in Strömen, in Meeren wiederzugeben. Sollte sie ihren armen Bruder, diesen leichtgläubigen, bethörten Bruder verrathen, ihn dieser Fluth überlassen, welche eines Tages alle Beide zu verschlingen drohte? Sie war trostlos wegen ihrer Unthätigkeit und Ohnmacht.

Inzwischen ward es im Saale immer dunkler; der erloschene Feuerherd im Kamin warf nur einen schwachen Schein in den Raum; in dem wachsenden Dunkel fuhr Madame Caroline fort zu schluchzen; es war feige, so zu weinen, denn sie fühlte es wohl, daß alle die Thränen nicht ihrer Unruhe wegen der Geschäfte der Universalbank entstammten. Allerdings war es Saccard allein, welcher diesen furchtbaren Galopp anführte, das Thier mit einer Grausamkeit und mit einer ganz außerordentlichen moralischen Unbewußtheit antrieb, bis es zusammenzubrechen drohte. Er allein war der Schuldige und sie schauderte zusammen, wenn sie in ihm zu lesen trachtete, in dieser dunklen Seele eines Geldmenschen, welche ihm selbst nicht bekannt war, wo der Schatten den Schatten deckte, die unfläthige Unermeßlichkeit aller Verworfenheit der Menschen. Was sie noch nicht deutlich zu erkennen vermochte, das vermuthete sie und davor zitterte sie. Aber die langsame Entdeckung so vieler Wunden, die Furcht vor einer möglichen Katastrophe würden sie nicht wankend und kraftlos auf diesen Tisch hingestreckt, vielmehr in einem Bedürfniß nach Kampf und Heilung aufgerichtet haben. Sie kannte sich, sie war eine Kampfnatur. Nein, wenn sie so stark weinte, wie ein schwächliches Kind, so war es, weil sie Saccard liebte und weil Saccard in diesem Augenblick sich bei einer anderen Frau befand; und dieses Geständniß, welches sie sich machen mußte, erfüllte sie mit Schande und erpreßte ihr neue Thränen, daß sie schier erstickte.

– Alles Selbstbewußtsein verloren zu haben, mein Gott! stammelte sie mit lauter Stimme. In diesem Grade gebrechlich und erbärmlich zu sein, nicht mehr können, wenn man möchte!

In diesem Augenblick vernahm sie erstaunt eine Stimme in dem dunklen Zimmer. Es war Maxime, der als Vertrauter des Hauses eingetreten war.

– Wie, Sie sind ohne Licht und weinen?

Verlegen ob solcher Ueberraschung, zwang sie sich, ihren Kummer zu beherrschen, während er hinzufügte:

– Ich bitte Sie um Verzeihung, ich glaubte, mein Vater wäre schon von der Börse heimgekehrt ... Eine Dame hat mich gebeten, ihn zum Diner mitzubringen.

Ein Diener brachte eine Lampe und stellte sie auf den Tisch, worauf er das Zimmer wieder verließ. Der ganze große Raum wurde durch das sanfte Licht erhellt, welches unter dem Schirm hervordrang.

– Es ist nichts, wollte Madame Caroline erklären: eine frauenhafte Empfindsamkeit; und ich bin doch sonst so wenig nervös.

Mit trockenen Augen und in aufrechter Haltung lächelte sie bereits mit ihrer heroischen, kriegerischen Miene. Der junge Mann betrachtete sie einen Augenblick, wie sie so stolz aufgerichtet, mit ihren großen, hellen Augen, ihren starken Lippen und ihrem mannhaft gütigen Antlitz dasaß, welchem der dichte Kranz ihrer weißen Haare einen milden und sehr anziehenden Ausdruck verlieh; und er fand sie noch jung mit ihren weißen Haaren und ihren weißen Zähnen, eine anbetungswürdige, schöne Frau. Dann dachte er an seinen Vater und zuckte in verächtlichem Mitleid die Schulter.

– Nicht wahr, er ist es, der Sie in diesen Zustand versetzt hat?

Sie wollte leugnen, aber die Thränen erstickten ihre Stimme.

– Ach, liebe Frau, ich sagte Ihnen ja, daß Sie sich über Papa Illusionen hingeben und daß Sie schlecht belohnt werden würden ... Es ist doch ein Verhängniß, daß er nun auch Sie zu Grunde richtet.

Nun erinnerte sie sich des Tages, da sie zu ihm gegangen war, um 2000 Francs von ihm zu entlehnen, die Summe, um welche sie Victor bei Madame Méchain auslöste. Er hatte ihr damals versprochen, mit ihr abermals zu plaudern, wenn sie mehr erfahren wollte. Jetzt bot sich die Gelegenheit, die ganze Vergangenheit zu erfahren, wenn sie ihn befragte. Und ein unwiderstehliches Bedürfniß drängte sie: jetzt, da sie angefangen zu sinken, mußte sie bis auf den Grund hinabsteigen.

Dies allein war tapfer, ihrer würdig und allein ersprießlich. Aber, diese Untersuchung widerstrebte ihr; sie wich dem Gegenstande aus, als wollte sie die Unterredung abbrechen.

– Ich bin Ihnen noch immer 2000 Francs schuldig, sagte sie. Sie zürnen mir wohl nicht, daß ich Sie warten lasse?

Er machte eine Handbewegung, welche besagen wollte: sie möge sich Zeit lassen, so viel sie wolle; dann fügte er plötzlich hinzu:

– Und wie ist es denn mit meinem kleinen Bruder, diesem Ungeheuer?

– Ich bin seinetwegen trostlos; ich habe Ihrem Vater noch nichts gesagt ... Ich möchte den armen Kerl ein wenig von seinem Schmutz reinigen, damit es möglich sei, ihn zu lieben.

Maxime lachte und als sie ihn beunruhigt anblickte, sagte er:

– Mein Gott, ich glaube, daß Sie sich da wieder eine unnütze Sorge aufladen. Papa wird von all' diesen Mühen nichts begreifen ... Er hat schon so viel Ungemach in seiner Familie gesehen!

Sie betrachtete ihn noch immer, wie er so korrekt war in seiner egoistischen Lebensfreude, so hübsch ernüchtert von den menschlichen Banden, selbst von jenen, welche das Vergnügen schafft. Er hatte gelächelt und genoß allein die versteckte Bosheit dieses letzten Satzes. Und sie hatte das Bewußtsein, daß sie das Geheimniß dieser beiden Männer berührte.

– Sie haben Ihre Mutter früh verloren? fragte sie.

– Ja, ich habe sie kaum gekannt. Ich war noch im Kolleg zu Plassans, als sie hier in Paris starb. Unser Onkel, der Doktor Pascal, hat dort meine Schwester Clotilde zu sich genommen, die ich seither nur einmal wiedergesehen habe.

– Aber Ihr Vater hat wieder geheirathet?

Er zögerte. Seine so hellen, leeren Augen trübten sich wie in einem leichten, rothen Dunste.

– Oh ja, er hat wieder geheirathet ... Die Tochter eines Richters, eine Béraud du Châtel ... Renée war für mich keine Mutter, sondern eine gute Freundin ...

Dann setzte er sich mit einer vertraulichen Bewegung zu ihr und fuhr fort:

– Sehen Sie, man muß Papa verstehen. Mein Gott! er ist nicht schlechter als die Anderen. Allein, seine Kinder, seine Frauen, mit einem Worte: Alles was ihn umgibt, kommt bei ihm erst nach dem Gelde. Oh, verstehen wir uns recht: er liebt das Geld nicht wie ein Geiziger, um es in großen Mengen zu haben und in seinem Keller zu verstecken. Nein, wenn er überall welches hervorschießen lassen will, wenn er welches aus allen Quellen schöpft, welcher Art immer sie sind, so geschieht es nur, um es bei sich in Strömen fließen zu sehen, nur wegen der Genüsse, die es ihm verschafft, wegen des Luxus, des Vergnügens, der Macht … Was wollen Sie? Es liegt ihm im Blute. Er würde uns verkaufen, mich, Sie, wen immer, wenn wir mit zu irgend einem Handel gehörten. Und Alldies als unbewußter und überlegener Mann; denn er ist wahrhaftig der Poet der Million, so sehr macht ihn das Geld zu einem Narren und Schelm, oh, zu einem Schelm in sehr großem Style.

Madame Caroline hatte dies sehr wohl begriffen und sie hörte Maxime zu, wobei sie mit dem Kopfe zustimmend nickte. Ach, das Geld! das Fäulniß erregende, vergiftende Geld, welches die Seelen austrocknet, die Güte, die Zärtlichkeit, die Liebe zu den Anderen daraus verscheucht! Das Geld allein war der große Schuldtragende, der Vermittler aller Grausamkeit und allen Schmutzes der Menschen. In diesem Augenblicke fluchte sie ihm, verabscheute sie es in der unmuthigen Auflehnung ihres Edelsinns und ihrer frauenhaften Geradheit. Hätte sie die Macht besessen, sie hätte mit einer Handbewegung alles Geld der Welt vernichtet, wie man ein Uebel mit einem Fußtritt zermalmen möchte, um die Gesundheit der Erde zu retten.

– Und Ihr Vater hat wieder geheirathet? wiederholte sie nach kurzem Stillschweigen, mit langsamer, verlegener Stimme, in einer unklaren Wiederkehr von Erinnerungen.

Wer hatte denn vor ihr Anspielung auf diese Geschichte gemacht? Sie hätte es nicht zu sagen vermocht; ohne Zweifel eine Frau, irgend eine Freundin, in der ersten Zeit ihres Wohnens in der Rue Saint-Lazare, als Saccard, der neue Miether, das erste Stockwerk bezog. Handelte es sich nicht um eine Geldheirath, um irgend einen schmählichen Handel? Und hat nicht später das Verbrechen ganz ruhig seinen Einzug in Saccards Haus gehalten und war dort geduldet worden: ein ungeheuerlicher Ehebruch, fast an Blutschande streifend?

– Renée war nur um wenige Jahre älter als ich, sagte Maxime ganz leise, wie unwillkürlich …

Er hatte den Kopf erhoben und betrachtete Madame Caroline. Und in plötzlicher Hingebung, in einem unvernünftigen Zutrauen zu dieser Frau, die ihm so gesund und so klug schien, erzählte er die Vergangenheit, nicht in zusammenhängenden Sätzen, sondern bruchstückweise, in unvollständigen, gleichsam unwillkürlichen Bekenntnissen, welche Caroline sich zu einem Ganzen zusammenfügen mußte. Erleichterte er sich in solcher Weise von einem alten Groll gegen seinen Vater, von jener Nebenbuhlerschaft, die zwischen ihnen bestanden, und welche bewirkte, daß sie noch heute einander fremd waren, ohne jedes gemeinsame Interesse? Er beschuldigte ihn nicht, schien unfähig zu zürnen; aber sein Kichern ward zum Hohn; er sprach von diesen Abscheulichkeiten mit der boshaften, tückischen Freude Jenen zu beschmutzen, indem er so viele häßliche Dinge wieder aufrührt.

So erfuhr denn Madame Caroline lang und breit die furchtbare Geschichte: Saccard hatte seinen Namen verkauft, indem er ein verführtes Mädchen um des Geldes willen heirathete; durch sein Geld, durch seine tolle, prunksüchtige Lebensführung hatte er jenes große, kranke Kind völlig verdorben; in seinem Bedürfniß nach Geld und weil er ihre Unterschriften haben mußte, duldete er in seinem Hause die Liebschaften seiner Frau mit seinem Sohne, drückte die Augen zu, als gutmüthiger Patriarch, dem es recht ist, wenn man sich vergnügt. Das Geld war sein König, das Geld war sein Gott, galt ihm mehr als Blut und mehr als Thränen und war in der Unendlichkeit seiner Allmacht höher verehrt als alle eitlen Skrupel der Menschen! Und in dem Maße, in welchem das Geld anwuchs und Saccard sich ihr in dieser teuflischen Größe enthüllte, fühlte sich Madame Caroline von einem wahrhaften Entsetzen ergriffen, zu Eis erstarrt, außer sich bei dem Gedanken, daß sie – nach so vielen anderen Frauen – diesem Ungeheuer gehörte.

– Das ist's, sagte Maxime, seine Erzählung schließend, Sie dauern mich; es ist besser, daß Sie gewarnt seien ... Und es soll Sie Alldies mit meinem Vater nicht entzweien. Ich wäre trostlos darüber, denn nur Sie würden es zu beweinen haben, nicht er ... Begreifen Sie jetzt, weshalb ich mich weigere, ihm auch nur einen Sou zu leihen?

Sie antwortete nicht, denn es schnürte ihr die Kehle zusammen und sie fühlte sich im Herzen getroffen. Er erhob sich und warf einen Blick in den Spiegel, mit dem ruhigen Behagen eines hübschen Mannes, welcher der Korrektheit seiner Lebensführung sicher ist. Dann stellte er sich wieder vor sie hin.

– Solche Beispiele machen Einen schnell alt, nicht wahr? Ich habe in meinem Leben bald Ordnung geschafft; ich habe ein Mädchen geheirathet, welches krank war und starb; ich kann heute ruhig schwören, daß man mich nicht wieder zu Thorheiten verleiten werde ... Nein, Papa ist unverbesserlich, weil er keinen moralischen Sinn hat.

Er nahm ihre Hand und behielt sie einen Augenblick in der seinigen, wobei er fühlte daß sie ganz kalt sei.

– Ich gehe, da er nicht heimkehrt, sagte er ... Machen Sie sich doch keinen Kummer! Ich hielt Sie für so klug und stark! Und sagen Sie mir Dank, denn nichts ist dümmer, als von Anderen genarrt zu werden.

Endlich ging er; doch auf der Schwelle wandte er sich noch einmal um und sagte lachend:

– Fast hätte ich vergessen ... Ich bitte ihm zu sagen, daß Madame Jeumont ihn zum Essen erwarte ... Sie wissen ja: Madame Jeumont; dieselbe, die für hunderttausend Francs mit dem Kaiser geschlafen hat ... Und seien Sie unbesorgt; so unbesonnen Papa auch geblieben ist, hoffe ich dennoch, daß er nicht fähig ist, einer Frau einen solchen Preis zu bezahlen.

Madame Caroline war allein geblieben und rührte sich nicht. Wie vernichtet saß sie auf ihrem Sessel, in dem weiten, stillen Gemach, und starrte mit weit offenen Augen in die Lampe. Es war, als wäre plötzlich der Schleier zerrissen: was sie bisher nicht deutlich hatte sehen wollen, was sie nur zitternd vermuthet hat, das sah sie jetzt in seiner abscheulichen Nacktheit, ohne Möglichkeit einer Milderung. Sie sah Saccard in seiner Blöße, sie sah diese wüste komplizirte und trübe Seele eines Geldmenschen. Er kannte in der That keine Bande und keine Schranken und ging seinen Begierden nach mit dem zügellosen Instinkt des Mannes, der nur vor seinem Unvermögen Halt macht. Er hatte seine Frau mit seinem Sohne getheilt, er hatte seinen Sohn verkauft, seine Frau verkauft, er hatte alle Jene verkauft, die ihm in die Hände gefallen waren; und er hatte sich selbst verkauft und würde auch sie und ihren Bruder verkaufen, um aus ihren Herzen und ihren Köpfen Geld zu schlagen. Er war nur mehr ein Geldmacher, der die Dinge und die Menschen in den Schmelzofen warf, um Geld daraus zu ziehen. In einem kurzen Aufleuchten sah sie die Universalbank von allen Seiten Geld schwitzen, einen See, einen Ozean von Geld, in welchem das Bankhaus plötzlich mit einem furchtbaren Krachen versank. Ach, das Geld, das furchtbare Geld, das beschmutzt und verschlingt!

Mit einer unwilligen Bewegung erhob sich Madame Caroline. Nein, nein, das war ungeheuerlich, das war aus; sie konnte nicht länger mit diesem Manne bleiben. Seinen Verrath würde sie ihm verziehen haben; aber ein Ekel ergriff sie vor all' dem Schmutz der Vergangenheit, und ein Entsetzen schüttelte sie bei dem drohenden Gedanken an die Verbrechen, welche der morgige Tag bringen konnte. Ihr blieb nichts übrig als augenblicklich fortzugehen, wenn sie nicht gleichfalls vom Koth besudelt, unter den Trümmern begraben werden wollte. Und sie ward von dem Bedürfniß ergriffen, weit, sehr weit zu gehen, ihren Bruder im fernen Orient aufzusuchen, mehr noch um zu verschwinden, als um ihn aufzuklären. Fort, fort, sogleich! Es war noch nicht sechs Uhr, sie konnte den um sieben Uhr fünfzig Minuten abgehenden Eilzug nach Marseille benützen; denn sie fühlte sich nicht stark genug Saccard wiederzusehen. In Marseille wird sie vor ihrer Einschiffung die nöthigen Käufe machen; nichts als etwas Leibwäsche in einem Koffer, ein Kleid zum Abwechseln und sie konnte an Bord gehen. In einer Viertelstunde wird sie reisefertig sein. Dann als sie ihre Arbeit auf dem Tische erblickte, die in Angriff genommene Denkschrift, schwankte sie einen Augenblick. Wozu das mitnehmen, da das ganze Gebäude, in seinen Grundlagen morsch, einstürzen mußte? In ihrer Gewohnheit einer guten Hauswirthin, die nichts in Unordnung zurücklassen will, begann sie indessen die Schriftstücke und Notizen zu ordnen. Diese Arbeit nahm einige Minuten in Anspruch und beschwichtigte das erste Fieber ihres Entschlusses. Sie war wieder im vollen Besitze ihrer Ruhe, als sie einen letzten Rundblick auf das Zimmer warf, ehe sie es verlassen wollte. Da erschien der Diener und brachte ihr ein Bündel Briefe und Zeitungen.

Mit einem mechanischen Blick betrachtete Madame Caroline die Adressen und erkannte in dem Haufen einen an sie gerichteten Brief ihres Bruders. Der Brief kam aus Damaskus, wo Hamelin sich damals befand, um den Bau der von dieser Stadt nach Beyrut zu führenden Zweigbahn zu betreiben. Neben der Lampe stehend wollte sie den Brief zuerst nur rasch durchfliegen und gedachte denselben später, auf dem Eisenbahnzuge aufmerksamer zu lesen. Allein, jeder Satz fesselte sie, so daß sie nicht ein Wort mehr überspringen konnte; schließlich setzte sie sich vor den Tisch hin und widmete sich völlig der Lesung dieses zwölf Seiten langen Briefes, der ein leidenschaftliches Interesse in ihr erregte.

Hamelin hatte eben einen seiner heiteren Tage. Er dankte seiner Schwester für die letzten guten Nachrichten, die sie ihm von Paris gesandt hatte, und er sandte ihr deren noch bessere, denn Alles ging dort nach Wunsch. Die erste Bilanz der vereinigten Packetschifffahrts-Gesellschaft verhieß glänzend zu werden; die neuen Transportdampfer machten große Einnahmen, dank ihrer vollkommenen Einrichtung und ihrer größeren Geschwindigkeit. Er sagte scherzend, man reise auf diesen Schiffen wie zum Vergnügen, die asiatischen Häfen seien mit Reisenden aus den Abendländern überschwemmt; auf den entlegensten Pfaden treffe er Boulevard-Pariser an. Es sei wie er vorausgesehen: der Orient für Frankreich erschlossen. Bald werden an den fruchtbaren Hängen des Libanon neue Städte erstehen. Eine besonders lebhafte Schilderung aber entwarf er von der fernen Schlucht des Karmel, wo die Ausbeutung der Silbermine in vollem Gange war. Die verwilderte Gegend bevölkerte sich; unter dem riesigen Felsensturz, welcher das Thal nach Norden verschloß, hatte man Quellen entdeckt; es entstanden Aecker, das Getreide verdrängte die Pistazienstaude; neben dem Bergwerk war schon ein ganzes Dorf erbaut, zuerst einfache hölzerne Baraken, welche den Arbeitern als Obdach dienten, jetzt kleine Steinhäuser mit Gärten, der Beginn einer Stadt, die immer mehr anwachsen wird, insolange die Flötze sich nicht erschöpfen werden. Es waren nahezu fünfhundert Einwohner da; eine Straße war angelegt worden, welche das Dorf mit Saint-Jean-d'Acre verband. Vom Morgen bis zum Abend pusteten die Fördermaschinen, die Karren setzten sich unter hellem Peitschenknall in Bewegung, Weiber sangen, Kinder spielten und schrieen in dieser Wüste, in dieser Todtenstille, wo früher nur der Adler langsam kreiste. Die Myrthe und der Ginster erfüllten die laue, köstlich reine Luft mit ihren balsamischen Düften. Und dann konnte Hamelin nicht genug erzählen über die erste Eisenbahnlinie, die – über Angora und Aleppo – von Brussa nach Beyrut führen sollte. In Konstantinopel waren alle Formalitäten beendigt; er war entzückt von gewissen gelungenen Aenderungen an der Trace, welche die schwierigen Uebergänge über die Joche des Taurusgebirges erleichterten. Und er sprach von diesen Bergrücken, von den Ebenen, die sich am Fuße der Berge dehnten, mit dem Entzücken eines Mannes der Wissenschaft, der dort neue Kohlengruben entdeckt hat und das Land sich mit Fabriken bedecken sah. Seine Merkzeichen waren festgesetzt, die Stationen ausgewählt, einige derselben mitten in der Einöde: hier eine Stadt, weiterhin wieder eine Stadt; und so sollten Städte entstehen um jede dieser Stationen, an der Kreuzung der natürlichen Straßen. Schon war die Ernte der Menschen und der künftigen großen Dinge gesäet; Alles keimte; in einigen Jahren wird es dort eine neue Welt geben. Zum Schlusse küßte er zärtlich seine vielgeliebte Schwester, glücklich darüber, daß er sie bei dieser Wiedererweckung eines Volkes zu seiner Genossin machen konnte, an welchem Werke sie einen großen Antheil haben wird, nachdem sie ihm so lange mit ihrem Muthe und mit ihrer ausdauernden Gesundheit beigestanden.

Madame Caroline hatte die Lesung des Briefes beendet; derselbe blieb geöffnet auf dem Tische liegen und sie sann von Neuem nach, die Augen auf die Lampe gerichtet. Dann hoben sich ihre Blicke mechanisch, machten die Runde auf den Wänden, hielten bei jedem Entwurfe, bei jedem Aquarell inne. In Beyrut war der Pavillon des Direktors der Packetschifffahrts-Gesellschaft jetzt erbaut, mitten unter weitläufigen Lagerhäusern. Am Berge Karmel war es diese mit Gestrüpp und Steinen verlegte wilde Schlucht, die sich bevölkerte, gleich dem riesigen Nest eines neu entstehenden Geschlechtes. Im Taurus veränderten diese Nivellirungen, diese Profile die Horizonte, eröffneten dem freien Handel einen Weg. Und aus diesen durch vier kleine Nägel festgehaltenen Blättern mit den geometrischen Linien und den Wasserfarben stieg – wie durch Zauber – das ferne, ehemals bereiste Land vor ihr auf, das ihr so lieb gewesen wegen seines schönen, ewig blauen Himmels und wegen seines so fruchtbaren Bodens. Sie sah die staffelförmig sich erhebenden Gärten von Beyrut wieder, die Thäler des Libanon mit ihren großen Oelbaum- und Maulbeerbaumwäldern, die Ebenen von Antiochia und Aleppo, endlose Obstgärten mit köstlichen Früchten. Und sie sah sich mit ihrem Bruder wieder, wie sie unaufhörlich dieses Wunderland durchkreuzten, dessen unermeßliche Reichthümer ungekannt und verdorben, ohne Straßen, ohne Industrie und Bodenkultur, ohne Schulen, in Trägheit und Unwissenheit verloren gingen. Aber Alldies belebte sich jetzt unter dem außerordentlichen Andrang junger Säfte. Die zauberische Vision dieses Orients einer nahen Zukunft richtete vor ihren Augen reiche Städte auf, kultivirte Landschaften, eine ganze glückliche Menschheit. Und sie sah sie und sie hörte das emsige Geräusch der Werkplätze und sie konstatirte, daß diese alte, eingeschlafene, endlich wiedererwachte Erde eine neue Welt gebar.

Und da hatte Madame Caroline die plötzliche Ueberzeugung, daß das Geld der Dünger sei, in welchem diese künftige Menschheit gedieh. Und sie erinnerte sich gewisser Aussprüche Saccard's, gewisser Bruchstücke von Theorieen über die Spekulation. Sie erinnerte sich seiner Idee, daß es ohne die Spekulation keine lebendigen und fruchtbaren Unternehmungen geben wird, ebensowenig wie ohne die Unzucht Kinder gezeugt werden. Diese Ausschreitung der Leidenschaft, alldas niedrig vergeudete Leben war zur Fortsetzung des Lebens selbst nothwendig. Wenn in jenen fernen Ländern ihr Bruder frohen Muthes war und Siegeslieder anstimmte inmitten der Werkplätze, die eingerichtet wurden und der Bauten, die aus dem Fußboden hervorzuwachsen schienen, so geschah es, weil in Paris das Geld regnete und in der Spielwuth Alles ansteckte. Das vergiftende und zerstörende Geld wurde der Gährstoff alles sozialen Wachsthums, die nothwendige Düngererde der großen Arbeiten, deren Ausführung die Völker einander näher bringen und der Erde den Frieden geben sollte. Sie hatte dem Gelde geflucht, jetzt versank sie vor demselben in eine scheue Bewunderung; war nicht das Geld allein die Kraft, welche Berge abtragen, Meeresarme ausfüllen, die Erde endlich für die Menschen bewohnbar machen konnte, auf der sie fortan der Arbeit entledigt, bloße Maschinenführer sein sollten? Alles Gute kam vom Gelde und auch alles Schlechte.

Madame Caroline wußte nicht mehr was sie anfangen sollte; sie war im Innersten ihres Wesens erschüttert und schon entschlossen nicht abzureisen, da der Erfolg im Orient vollständig schien und der Kampf in Paris auszukämpfen war. Allein, sie war noch unfähig sich zu beruhigen, ihr Herz blutete noch immer. Sie erhob sich, lehnte die Stirne an die Glasscheibe eines der Fenster, welche auf den Garten des Hôtels Beauvielliers gingen. Die Nacht war gekommen; sie unterschied nur einen schwachen Lichtschein in dem kleinen, abseits gelegenen Zimmer, wo die Gräfin und ihre Tochter lebten, um die Möbel zu schonen und Holz zu sparen. Hinter den dünnen Mousseline-Vorhängen erkannte sie undeutlich das Profil der Gräfin, welche irgend ein Wäschestück ausbesserte, während Alice Aquarellbilder malte, die sie dutzendweise im Geheimen an einen Bilderhändler verkaufte. Ein Unglück war ihnen widerfahren: ihr Pferd war erkrankt; dies nöthigte sie seit zwei Wochen zuhause zu bleiben, weil sie nicht zu Fuße gehend gesehen werden wollten und die Kosten für einen Miethwagen scheuten. In dieser so heldenmüthig verheimlichten Armuth hielt fortan eine Hoffnung sie aufrecht und erhöhte noch ihren Muth: die fortdauernde Hausse der Aktien der Universalbank, dieser schon jetzt beträchtliche Gewinn, welchen sie als glänzenden Goldregen niedergehen sahen an dem Tage, wo sie zum höchsten Kurse zu verkaufen gedachten. Die Gräfin versprach sich ein wirklich neues Kleid und träumte davon, im Winter monatlich vier Diners zu geben, ohne sich deshalb zwei Wochen hindurch auf Brod und Wasser zu setzen. Alice lachte nicht mehr mit ihrem geheuchelten Gleichmuth, wenn ihre Mutter von ihrer Verheirathung sprach; sie hörte sie mit einem leichten Zittern der Hände davon sprechen und begann zu glauben, daß dies vielleicht möglich sei, daß auch sie einen Gatten und Kinder haben werde. Und während Madame Caroline die kleine Lampe betrachtete, welche die beiden Frauen beleuchtete, fühlte sie, wie eine tiefe Ruhe, eine Rührung zu ihr emporstieg. Und sie war betroffen von der Wahrnehmung, daß das Geld, ja die bloße Hoffnung auf das Geld genügte, um jene armen Geschöpfe glücklich zu machen. Wenn Saccard sie bereicherte, werden sie ihn nicht segnen? Wird er nicht für sie gut und mildthätig sein? Die Güte war also überall anzutreffen, selbst bei den Schlechtesten, die stets für Jemanden gut sind, die inmitten des Abscheues der Menge stets einige demüthige Stimmen finden, welche ihnen danken und sie anbeten. Während ihre Blicke in die Finsterniß des Gartens tauchten, kehrten ihre Gedanken zur Arbeitsstiftung zurück. Sie hatte gestern daselbst im Namen Saccards zur Feier irgend einer Jahreswende Spielzeug und Zuckerwerk vertheilt und sie lächelte unwillkürlich bei der Erinnerung an die geräuschvolle Freude der Kinder. Seit einem Monat war man mit Victor mehr zufrieden; sie hatte über ihn befriedigende Noten bei der Fürstin Orviedo gelesen, mit welcher sie wöchentlich zweimal lange Besprechungen über die Anstalt hatte. Bei diesem plötzlich auftauchenden Bilde Victors war sie erstaunt, daß sie in ihrer Verzweiflungskrise, als sie abreisen wollte, seiner vergessen hatte. Hätte sie ihn so verlassen, das gute Werk preisgeben können, welches sie mit so vieler Mühe eingeleitet hatte? Und aus dem Dunkel der alten Bäume stieg eine Milde auf, die sie immer mehr durchdrang, ein Zug unaussprechlicher Entsagung, göttlicher Duldsamkeit, die ihr Herz erweiterte, während das ärmliche Lämpchen der Frauen dort drüben fortfuhr zu blinken wie ein Sternlein.

Als Madame Caroline zu ihrem Tische zurückkehrte, schauerte sie zusammen. Was denn? Fror sie etwa? Und dieser Gedanke erheiterte sie, die sich immer rühmte, im ganzen Winter nie einzuheizen. Ihr war, als käme sie aus einem eisig kalten Bade, verjüngt und stark, mit sehr ruhigem Pulse. In den Tagen ihrer schönsten Gesundheit erhob sie sich so von ihrem Lager. Da kam ihr der Gedanke, ein frisches Scheit Holz in den Kamin nachzulegen und als sie sah, daß das Feuer erloschen sei, machte es ihr Spaß dasselbe anzuzünden, ohne erst einen Diener dazu zu rufen. Das gab eine ordentliche Arbeit, denn sie hatte kein kleines Holz, aber es gelang ihr, die Scheiter in Brand zu stecken, indem sie eine alte Zeitung nach der anderen anzündete. Auf den Knieen vor dem Kamin lachte sie in sich hinein. Einen Augenblick blieb sie so, ganz glücklich und überrascht. War denn nun wieder eine ihrer großen Krisen vorüber und durfte sie von Neuem hoffen? Wußte sie noch immer nichts von dem ewig Unbekannten, welches am Ende des Lebens, am Ende der Menschheit stand? Leben: das mußte genügen, damit das Leben ihr unaufhörlich die Heilung der Wunden bringe, welche das Leben selbst ihr geschlagen. Wieder einmal erinnerte sie sich der Katastrophe ihres Daseins, ihrer unglücklichen Ehe, ihres Elends in Paris, ihres Verlassenseins durch den einzigen Mann, welchen sie jemals geliebt; und nach jedem Zusammenbruch hatte sie von Neuem ihre lebhafte Energie, die unsterbliche Freude wiedergewonnen, welche sie inmitten der Ruinen wieder aufrichtete. War nicht wieder Alles zusammengebrochen? Sie empfand keine Achtung für den Liebhaber angesichts seiner furchtbaren Vergangenheit, gleich den frommen Frauen, welche am Morgen und am Abend abscheuliche Wunden verbinden, ohne darauf zu zählen, sie jemals vernarben zu sehen. Sie wird nun fortfahren ihm anzugehören, obwohl sie wußte, daß er auch Anderen gehöre und sie wird nicht einmal trachten ihn ihnen streitig zu machen. Sie wird fortan wie in einem Gluthofen leben, in der keuchenden Schmiede der Speculation, unter der unaufhörlichen Drohung einer Endkatastrophe, in welcher ihr Bruder seine Ehre und sein Blut lassen könnte. Und sie war dennoch aufrecht, fast sorglos, wie am Morgen eines schönen Tages, an welchem man frisch und kampfesfreudig einer Gefahr entgegensieht. Warum? Augenscheinlich um nichts, blos um des Vergnügens willen da zu sein! Ihr Bruder sagte es ihr ja oft: sie war die unbezwingliche Hoffnung.

Als Saccard heimkehrte, sah er Madame Caroline in ihrer Arbeit vertieft, mit ihrer kräftigen Schrift eine Seite des Memorandums über die Orientbahnen beendigend. Sie erhob den Kopf und lächelte ihm mit ruhiger Miene zu, während er mit seinen Lippen ihr herrliches, schimmerndes, weißes Haar streifte.

– Sind Sie viel herumgelaufen, mein Freund?

– Ach, ich kann meine Geschäfte kaum mehr bewältigen. Ich habe den Minister der öffentlichen Arbeiten gesprochen, hatte dann eine Begegnung mit Huret und mußte ins Ministerium zurückkehren, wo ich nur mehr einen Sekretär antraf. Aber endlich habe ich die verlangte Zusage für unsere Unternehmung im Orient.

Sie übergab ihm den Brief Hamelins und er war entzückt davon. Sie betrachtete ihn, wie er über den nahen Triumph sich begeisterte, und sie sagte sich im Stillen, daß sie fortan ihn genauer überwachen werde, um ihn an Thorheiten zu hindern, die sicher kommen würden.

– Ihr Sohn war da, um Sie im Namen der Frau von Jeumont einzuladen.

– Ach ja, sie hat mir geschrieben! rief er. Ich hatte ganz vergessen Ihnen zu sagen, daß ich heute Abend dorthin gehe ... Bei meiner Ermüdung macht es mir wahrhaftig wenig Vergnügen!

Und er ging, nachdem er abermals ihr Haar geküßt hatte. Mit ihrem freundschaftlichen, nachsichtigen Lächeln machte sie sich wieder an ihre Arbeit. War sie nicht bloß eine Freundin, die sich hingab? Sie schämte sich ihrer Eifersucht, als hätte diese ihr Verhältniß noch mehr bemakelt. Sie wollte den Kummer wegen der Theilung nicht an sich hinanreichen lassen, des fleischlichen Egoismus der Liebe ledig sein. Ihm angehören und wissen, daß er auch Anderen gehöre: das hatte nichts zu bedeuten. Und sie liebte ihn dennoch, mit ihrem ganzen muthigen und mitleidsvollen Herzen. Es war die triumphirende Liebe, daß dieser Saccard, dieser Bandit vom Finanz-Trottoir, so absolut geliebt ward von dieser anbetungswürdigen Frau, weil sie ihn so muthvoll und thatkräftig eine Welt, neues Leben schaffen sah.

VIII.

Am 1. April wurde die Weltausstellung vom Jahre 1867 eröffnet, inmitten von Festen, mit einem triumphalen Glanze. Es begann die große Saison des Kaiserreiches, diese Saison höchsten Prunkes, welche aus Paris den Gasthof der Welt machen sollte, einen reich geschmückten Gasthof, von Musik und Gesang widerhallend, einen Gasthof, wo in allen Zimmern gefressen und Unzucht getrieben ward. Niemals hatte ein auf der Höhe seines Ruhmes stehendes Reich die Völker der

Erde zu einem so ungeheuren Schmause geladen. Aus allen Windrichtungen der Welt kamen die Kaiser, Könige und Fürsten in langem Zuge nach den Tuilerien, die in einer zauberischen Apotheose erglänzten.

Zur selben Zeit, zwei Wochen später, feierte Saccard die Einweihung des monumentalen Palastes, den er hatte aufführen lassen, um die Universalbank daselbst königlich unterzubringen. Sechs Monate hatten für den Bau genügt; man hatte Tag und Nacht gearbeitet, ohne eine Stunde zu verlieren, und man hatte ein Wunderwerk vollbracht, wie es nur in Paris möglich ist. Und nun erhob sich die Façade mit ihrer blühenden Ornamentik, ein Mittelding zwischen Tempel und Konzerthalle, eine Façade, deren aufdringlicher Luxus die Leute auf dem Trottoir festhielt. Im Innern war große Pracht entfaltet worden, die Millionen der Kassen flossen an den Wänden hernieder. Eine Ehrentreppe führte zu dem Berathungs-Saale empor, welcher in Roth und Gold gehalten war, glanzvoll wie der Zuschauerraum eines Opernhauses. Ueberall Teppiche, Vorhänge, Schreibpulte von einer schimmernden Pracht in der Einrichtung. In den unterirdischen Räumen war die Effekten-Abtheilung untergebracht; riesige Kassenschreine waren hier in die Mauern eingelassen und öffneten ihre tiefen Backofenschlünde hinter den unbelegten Glasscheiben der Zwischenwände, welche dem Publikum ermöglichten sie zu sehen, an einander gereiht wie in den Märchen die Fässer, wo die unzählbaren Schätze der Feen schlummern. Und die Völker mit ihren Königen konnten auf ihrem Wege zur Ausstellung auch hieher kommen und vorüberziehen: Alles war fertig, der neue Palast erwartete sie, um sie zu blenden und sie nach einander in dieser goldenen Falle zu fangen, die im hellen Tageslichte funkelte.

Saccard thronte in dem am prunkvollsten eingerichteten Kabinet; die Möbel desselben waren im Style Louis XIV., von vergoldetem Holze, mit Genueser Sammt belegt. Das Personal war wieder vermehrt worden und zählte jetzt über vierhundert Beamte. Diese Armee kommandirte Saccard mit dem Gepränge eines geliebten und befolgten Tyrannen, denn er zeigte sich in Hinsicht der Geschenke sehr freigebig. Trotz seines bescheidenen Direktor-Titels herrschte er eigentlich; er beherrschte den Präsidenten und beherrschte den Verwaltungsrath, welch' letzterer einfach die Weisungen des Direktors guthieß. Darum lebte Madame Caroline fortan in stetiger Wachsamkeit; sie hatte vollauf zu thun, um jedenseiner Entschlüsse kennen zu lernen und – wenn es nöthig war – sich in die Quere zu setzen. Sie mißbilligte diese neue, allzu prunkvolle Einrichtung, ohne sie aber im Prinzip tadeln zu können, da sie in den schönen Tagen zärtlichen Vertrauens, als sie ihren Bruder wegen seiner Aengstlichkeit neckte, die Nothwendigkeit eines geräumigeren Lokals zugegeben hatte. Ihre eingestandene Besorgniß, ihr Argument, um all' diesen Luxus zu bekämpfen, war, daß die Bank daselbst ihren Charakter bescheidener Rechtlichkeit, hohen, frommen Ernstes einbüße. Was werden die Klienten denken, die an die klösterliche Stille, an das salbungsvolle Zwielicht des Erdgeschosses in der Rue Saint-Lazare gewohnt waren, wenn sie in dieses Palais in der Rue de Londres mit seinen hohen, hellen, geräuschvollen Stockwerken eintreten werden? Saccard antwortete, sie würden von Bewunderung und Respekt erfüllt sein, daß Diejenigen, die fünf Francs brachten, deren zehn aus der Tasche holen würden, betroffen von der Eigenliebe und betäubt vom Vertrauen. Und er mit seinem brutalen Sinn für das Grelle und Aufdringliche behielt Recht. Der Erfolg des neuen Palastes war ein wunderbarer und übertraf an wirksamem Lärm die außerordentlichsten Reklamen Jantrous. Die kleinen, frommen Rentenbesitzer der stillen Stadtviertel, die armen Landgeistlichen, die am Morgen mit der Eisenbahn angekommen waren, gafften glückselig vor dem Thor und verließen das Haus roth vor Vergnügen, weil sie Ersparnisse da drinnen hatten.

Was Madame Caroline hauptsächlich ärgerte, war, daß sie nicht mehr stetig im Hause sein konnte, um ihre Ueberwachung auszuüben. Es war ihr fortan kaum möglich, von Zeit zu Zeit sich nach dem neuen Palast in der Rue de Londres unter irgend einem Vorwande zu begeben. Sie lebte jetzt allein in dem Pläne-Saal und sah Saccard nur des Abends. Er hatte seine Wohnung im Hause behalten, aber das ganze Erdgeschoß blieb geschlossen, ebenso die Bureaux im ersten Stock; und die Fürstin Orviedo, welche im Grunde froh war, diese Bank, diese in ihrem Hause installirte Geldbutike sich nicht mehr vorwerfen zu müssen, war in ihrer flissentlichen Gleichgiltigkeit für jeden Gewinn, selbst wenn es ein legitimer war, ganz und gar nicht bemüht, die hier aufgelassenen Räume von Neuem zu vermiethen. Das leere Haus, welches jeder vorüberfahrende Wagen widerhallen machte, glich einer Gruft. Madame Caroline fühlte fortan durch die Plafonds nur die bebende Stille der geschlossenen Schalter aufsteigen, von welchen zwei Jahre hindurch unaufhörlich das leise Klimpern des Goldes zu vernehmen gewesen. Sie fand jetzt die Tage viel länger und viel drückender. Sie arbeitete indeß viel, fortwährend beschäftigt durch ihren Bruder, welcher ihr aus dem Orient schriftliche Arbeiten sandte. Aber manchmal hielt sie horchend inne, von einer instinktiven Beklemmung ergriffen und in ihrem Bedürfniß zu erfahren, was unten vorgehe; aber es war nichts, nicht ein Hauch, es war die Todtenstille der leeren, schwarzen, dreifach geschlossenen Säle. Dann ward sie von einem leisen Schauer ergriffen und vergaß sich einige Minuten in ihrer Unruhe. Was trieb Jener in der Rue de Londres? Vollzog sich nicht gerade in dieser Sekunde der Riß, welcher den Einsturz des Gebäudes herbeiführen mußte?

Es verbreitete sich unbestimmt und leise das Gerücht, daß Saccard eine neue Kapitalserhöhung vorbereite. Er wollte von hundert Millionen auf hundertfünfzig Millionen hinaufgehen. Es war eine Stunde eigenthümlicher Erregtheit, die verhängnißvolle Stunde, wo alles Gedeihen des Kaiserreiches, die unermeßlichen Arbeiten, welche die Stadt umgestaltet hatten, der tolle Umsatz des Geldes, die unsinnigen Ausgaben des Luxus zu einem Hitzfieber der Spekulation führen mußten. Jeder wollte seinen Theil, jeder riskirte sein Vermögen auf dem grünen Tuche, um es zu verzehnfachen und, um in einer Nacht bereichert, ebenso zu genießen wie viele Andere. Die in der Sonne flatternden Wimpel der Ausstellung, die Beleuchtungen und Musikaufführungen auf dem Marsfelde, die aus der ganzen Welt herbeigeströmten Menschenmengen, welche die Straßen überflutheten, betäubten Paris vollends, in einem Traume unerschöpflichen Reichthums und souverainer Herrschaft. Von der ungeheuren Festesstadt, die in den exotischen Speisehäusern tafelte, in einen kolossalen Markt verwandelt, wo das Vergnügen unter freiem Himmel feil war, stieg an den hellen Sommerabenden das letzte Wahnsinnsgetöse, die fröhliche und gefräßige Thorheit der von der Zerstörung bedrohten großen Städte empor. Und Saccard mit seiner Witterung eines Beutelschneiders hatte diesen Wahnsinnsanfall Aller, dieses Bedürfniß, sein Geld in den Wind zu streuen, seine Taschen und seinen Körper zu leeren, dermaßen genau herausgespürt, daß er die für die Publizität bestimmten Mittel verdoppelte und Jantrou zu dem betäubendsten Reklamlärm ansporte. Seit der Eröffnung der Ausstellung wurde in der Presse Tag für Tag die Reklamglocke für die Universalbank geläutet. Jeder Morgen brachte sein „Tschinnadrabumm", welches die Leute nöthigen sollte, den Kopf umzuwenden: eine seltsame Tagesneuigkeit, die Geschichte einer Dame, welche hundert Actien der Bank in einem Fiaker vergessen hatte; ein Auszug aus einer Reisebeschreibung von Kleinasien, wo erzählt wurde, Napoleon habe das Bankhaus von der Rue de Londres prophezeit; ein großer, politischer Leitartikel, in welchem die Rolle dieses Bankinstitutes in seinen Beziehungen zur bevorstehenden Lösung der Orientfrage erörtert wurde; ohne die fortwährenden Notizen der Fachblätter zu zählen, welche in kompakter Masse demselben Ziele dienten. Jantrou hatte mit den kleinen Finanzblättern Jahresverträge abgeschlossen, welche ihm in jeder Nummer eine ganze Seite sicherten und er verwendete diese Seite mit einer erstaunlichen Fruchtbarkeit und Vielseitigkeit seiner Einbildungskraft und ging nicht selten so weit, daß er die Bank selbst angriff, um schließlich triumphirend zu siegen. Die berühmte Broschüre, die er ersonnen hatte, war vor Kurzem in einer Million von Exemplaren in der ganzen Welt verbreitet worden. Auch seine Zeitungsagentie war ins Leben gerufen worden, diese Agentie, welche unter dem Vorwande, den Provinzblättern ein Finanzbulletin zu senden, sich zum absoluten Beherrscher des Marktes in allen bedeutenden Städten machte. Die „Hoffnung“ endlich, von ihm sehr geschickt geleitet, erlangte von Tag zu Tag eine größere politische Bedeutung. Es wurde in derselben eine Serie von Artikeln viel bemerkt, welche aus Anlaß des Dekrets vom 19. Jänner erschienen, mit welchem Dekret das Adreßrecht der Gesetzgebung durch das Interpellationsrecht ersetzt wurde. Dies war eine neue Concession des Kaisers, welcher eine freiheitliche Richtung in seiner Politik einschlug. Saccard, welcher diese Artikel inspirirte, ließ seinen Bruder noch nicht offen angreifen, seinen Bruder Rougon, welcher trotz der neuen Richtung Staatsminister geblieben war und in seiner leidenschaftlichen Machtgier entschlossen schien, heute zu vertheidigen, was er gestern verurtheilt hatte. Aber man merkte, daß Saccard auf der Lauer lag und die verkehrte Situation Rougons beobachtete, welcher in der Kammer eingeklemmt war zwischen der dritten Partei, die es nach seinem Erbe hungerte, und den Klerikalen, welche mit den gegen das liberale Kaiserreich kämpfenden Bonapartisten verbündet waren. Und schon begannen die Insinuationen, das Blatt wurde wieder streitbar-katholisch und äußerte sich bei jedem Akte des Ministers sehr mißfällig. Diese zur Opposition übergegangene „Hoffnung“ war nicht mehr und nicht weniger als die Volksthümlichkeit, ein Wind des Widerstandes, welcher vollends den Ruhm der Universalbank nach allen Richtungen Frankreichs und der Welt verbreiten mußte. Unter dieser furchtbaren Anstrengung der Publizität, in dieser auf das Aeußerste erhitzten Umgebung, welche reif schien für alle Thorheiten, versetzte die Wahrscheinlichkeit der Kapitalsvermehrung, dieses Gerücht von einer neuen Emission von 50 Millionen selbst die vernünftigsten Menschen in ein Fieber. Von den bescheidenen Behausungen der Armen bis zu den aristokratischen Hôtels, von der Hausmeisterloge bis zu den Salons der Herzoginnen erhitzten sich die Köpfe, die Voreingenommenheit wurde zu einem blinden, heroischen, streitbaren Glauben. Man zählte die großen Dinge auf, welche die Universalbank schon vollbracht hatte, die ersten verblüffenden Erfolge, die unverhofften Dividenden, wie sie keine andere Gesellschaft jemals am Beginne ihrer Thätigkeit bezahlt hatte. Man erinnerte an die so glückliche Idee der Vereinigten Packetschifffahrts-Gesellschaft, welche so rasche und großartige Resultate erzielt hatte und deren Actien mit einer Prämie von hundert Francs gehandelt wurden. Man erinnerte ferner an die Silberminen des Karmelgebirges, welche so wunderbar ergiebig wäre und auf welche ein frommer Kanzelredner in einer der letzten Fastenpredigten Anspielung gemacht hatte, indem er von einem Geschenke sprach, welches Gott der gläubigen Christenheit gemacht hat; man erinnerte an die andere Gesellschaft, welche die Universalbank gegründet hatte zur Ausbeutung unermeßlicher Kohlenlager, und wieder an eine andere Gesellschaft, welche die ungeheuren Wälder des Libanon verwerthen wollte. Und endlich an die Gründung der türkischen Nationalbank in Constantinopel, eine Schöpfung von unerschütterlicher Solidität. Kein einziger Mißerfolg, ein steigendes Glück, welches Alles in Gold verwandelte, was dieses Bankhaus berührte. Schon hatte man einen breiten Complex von gedeihlichen Schöpfungen vor sich, welche den künftigen Operationen eine solide Basis gaben und die so rasche Kapitalsvermehrung rechtfertigten. Dann erschloß sich die Zukunft vor den überhitzten Phantasien, diese von noch größeren Unternehmungen schwangere Zukunft, welche die Einforderung von weiteren 50 Millionen nothwendig machte, deren Ankündigung genügte, um alle Geister in Aufruhr zu bringen. Es war ein unermeßliches Feld von Gerüchten an der Börse und in den Salons. Allein das bevorstehende große Geschäft, die Gesellschaft der Orientbahnen, trat unter den anderen Projekten hervor und beschäftigte alle Gespräche, von den Einen geleugnet, von den Anderen ins Ungeheuerliche übertrieben. Am leidenschaftlichsten betrugen sich die Frauen, indem sie für die Idee eine geradezu enthusiastische Propaganda machten. In den Winkeln der Boudoirs, bei den Galadiners, hinter den blühenden Blumenstöcken zur späten Theestunde, ja selbst in den Alkoven fanden sich reizende Geschöpfe von einschmeichelnder Ueberzeugungskunst, welche die Männer aneiferten: „Wie, Sie haben noch keine Universalbank? Aber es giebt nichts Anderes, als dieses Papier! Kaufen Sie rasch Universalbank, wenn Sie wollen, daß man Sie liebe.“ Es war der neue Kreuzzug, wie sie sagten, die Eroberung Asiens, welche die Kreuzzügler Peters des Eremiten und des heiligen Ludwig nicht vollbringen konnten und welche sie, die Dämchen, mit den kleinen Geldbörsen unternahmen. Und Alle thaten sehr genau informirt, sprachen in technischen Ausdrücken von der Hauptlinie, welche man vor Allem von Brussa nach Beyrut über Angora und Aleppo eröffnen sollte. Später wird die Flügellinie von Smyrna nach Angora folgen, noch später diejenige von Trapezunt nach Angora über Erzerum und Sivas, noch später diejenige von Damaskus nach Beyrut. Und da lächelten sie, zwinkerten mit den Augen und flüsterten, daß es vielleicht noch eine andere Zweiglinie geben werde, – oh, freilich erst später – eine Linie von Beyrut nach Jerusalem, über die alten Küstenstädte Saida, Saint-Jean-d'Acre, Jaffa; dann – mein Gott, wer weiß? – vielleicht von Jerusalem nach Port-Said und Alexandrien. Davon ganz zu schweigen, daß Bagdad nicht weit ist von Damaskus und daß, wenn eine Eisenbahn bis dorthin geführt würde, dies eines Tages die Gewinnung Persiens, Indiens, Chinas für das Abendland bedeuten würde. Es schien, als würden auf ein Wort aus ihren schönen Mündchen die wiedergefundenen Schätze der Khalifen in einer wundersamen Mär aus tausend und einer Nacht erglänzen. Die Edelsteine und das Geschmeide des Traumlandes regneten in die Kassen der Bank in der Rue de Londres, während vom Karmel der

Weihrauch aufstieg, ein zarter, verschwimmender Hintergrund biblischer Legenden, welcher der plumpen Gewinnsucht einen frommen Schein verlieh. War dies nicht die Wiedererringung Edens, die Befreiung des heiligen Landes, der Triumph der Religion an der Wiege der Menschheit? Und hier hielten sie inne; sie wollten nichts mehr sagen, ihre Blicke erglänzten von dem, was geheim gehalten werden mußte. Es wurde nicht einmal von Ohr zu Ohr geflüstert. Viele unter ihnen wußten es nicht, thaten aber als wüßten sie es. Es war das Geheimniß; es war dasjenige, was vielleicht nie geschehen wird, vielleicht aber eines Tages losbrechen wird wie ein Donnerschlag: der Rückkauf Jerusalems vom Sultan und die Uebergabe der heiligen Stadt an den Papst, sammt Syrien als sein Königreich. Das Papstthum würde ein Budget haben, geliefert von einer katholischen Bank, dem „Schatz vom heiligen Grabe"; durch dieses Budget würde das Papstthum gegen alle politischen Wirren geschützt sein. Kurz: das wäre der verjüngte Katholizismus, befreit von allen Bloßstellungen, eine neue Autorität wiederfindend und die Welt beherrschend von der Höhe des Berges, wo der Heiland ausgerungen.

Saccard in seinem prunkvollen, im Style Louis XIV. eingerichteten Arbeitskabinet mußte, wenn er arbeiten wollte, Jedermann den Eintritt verbieten. Es gab da jeden Morgen einen Ansturm, den Vorbeizug eines Hofes, der da erschien wie zum Morgenempfang eines Königs, Höflinge, Geschäftsleute, Bittsteller, eine schamlose Anbetung und Bettelei rings um diese Allmacht. An einem Morgen der ersten Julitage zeigte er sich besonders unerbittlich; er hatte den formellen Befehl ertheilt Niemanden einzulassen. Während das Vorzimmer von Leuten überfüllt war, von einer Menge, welche trotz der Abweisungen des Thürstehers ausharrte, trotz Alledem auf Einlaß hoffte, hatte sich Saccard mit zwei Abtheilungs-Chefs eingeschlossen, um die neue Emission durchzustudiren. Nachdem er mehrere Entwürfe geprüft, hatte er sich für eine Kombination entschlossen, welche dank dieser neuen Emission von hunderttausend Aktien ermöglichen sollte, die volle Einzahlung der zweimalhunderttausend Stück alten Aktien zu erzielen, auf welche bisher nur hundertfünfundzwanzig Francs eingezahlt waren. Um zu diesem Resultate zu gelangen, sollte die den Aktionären allein vorbehaltene neue Aktie (und zwar je eine neue für zwei alte) zum Preise von achthundertfünfzig Francs ausgegeben werden, welche sofort voll einzuzahlen wären und von welchen fünfhundert Francs dem Stammkapital zufließen würden, während die Prämie von dreihundertfünfzig Francs zur geplanten Liberirung der alten Aktien verwendet werden sollte. Allein, es zeigten sich Komplikationen, es war noch immer ein großes Loch zu verstopfen, was Saccard sehr nervös machte. Das Geräusch der Stimmen im Vorzimmer regte ihn auf. Dieses Paris, das vor ihm auf dem Bauche lag, diese Huldigungen, die er gewöhnlich mit der Gutmüthigkeit eines zutraulichen Despoten empfing, erfüllten ihn heute mit Verachtung. Und als Dejoie, der ihm manchmal des Morgens als Thürsteher diente, sich erlaubte, einen Umweg durch den Couloir zu machen und bei einer Seitenthür einzutreten, empfing er ihn wüthend:

– Was? Ich sagte Ihnen: Niemand! Hören Sie? Niemand! Da, nehmen Sie meinen Stock, stellen Sie ihn vor die Thür und sie sollen ihn küssen!

Dejoie bewahrte seinen Gleichmuth und erlaubte sich eine Bemerkung.

– Um Vergebung, Herr Direktor, die Gräfin von Beauvilliers ist da; und weil ich weiß, daß Sie ihr wohlwollen ...

– Ei was! schrie Saccard wüthend, sie soll sich zum Teufel scheeren mit allen Uebrigen!

Allein, er besann sich sogleich eines Andern und fügte mit einer Geberde verhaltenen Zornes hinzu:

– Lassen Sie sie eintreten, da es nun einmal ausgemacht ist, daß man mich nicht in Ruhe lassen will ... Und durch diese Seitenthür, damit die Heerde nicht nachdränge.

Saccard empfing die Gräfin von Beauvilliers mit der Rauhheit eines Menschen, der noch in großer Aufregung ist. Der Anblick Alicens, die mit ihrer stummen und gedankenvollen Miene ihre Mutter begleitete, beruhigte ihn nicht. Er hatte die zwei Abtheilungs-Chefs hinausgeschickt, wollte sie aber sogleich wieder zurückrufen, um seine Arbeit fortzusetzen.

– Ich bitte Sie, Madame, sprechen Sie rasch, denn mich drängt die Zeit furchtbar.

Die Gräfin blieb überrascht stehen und sagte in ihrer langsamen, traurigen Art einer gestürzten Königin:

– Aber, mein Herr, wenn ich Sie störe ...

Er konnte nicht anders als ihnen Sessel anweisen und das Mädchen, das sich rascher ein Herz faßte, nahm zuerst Platz, während die Mutter wieder anhub:

– Mein Herr, ich komme, um mir einen Rath bei Ihnen zu holen. Ich befinde mich in einer Lage schmerzlichen Schwankens und fühle, daß ich allein nie zu einem Entschlusse kommen werde ...

Und sie erinnerte ihn, daß sie bei der Gründung der Bank hundert Aktien genommen, welche heute – nach den zweimaligen Kapitalserhöhungen – vierhundert Aktien ausmachten und auf welche sie, sammt den Prämien, einen Betrag von siebenundachtzigtausend Francs eingezahlt hatte. Da sie nur zwanzigtausend Francs erspart hatte, mußte sie auf ihre Farm les Aublets siebzigtausend Francs entlehnen.

– Und nun – fuhr sie fort – finde ich heute einen Käufer für les Aublets. Und da eben wieder von einer neuen Emission die Rede ist, könnte ich vielleicht unser ganzes Vermögen in Ihrem Bankhause anlegen.

Saccard beruhigte sich; es schmeichelte ihm, diese zwei armen Frauen, die Letzten eines großen, alten Geschlechts, so vertrauensvoll und so besorgt vor sich zu sehen. In aller Eile klärte er sie auf, indem er Ziffern anführte.

– In der That, ich bin mit einer neuen Emission beschäftigt ... Die Aktie wird sammt der Prämie achthundertfünfzig Francs kosten ... Sie haben vierhundert Aktien; daher werden Ihnen deren noch zweihundert zugesprochen: Sie werden demnach hundertsiebzigtausend Francs zu bezahlen haben. Dann werden aber auch alle Ihre Aktien liberirt sein, Sie werden sechshundert Aktien besitzen, die voll und ganz Ihnen gehören und für welche Sie Niemandem etwas schuldig sind.

Sie verstanden ihn nicht, er mußte ihnen diese Liberirung der Aktien mittelst der Prämie erklären und sie saßen ein wenig bleich da, als sie diese großen Ziffern hörten, beklommen bei dem Gedanken an den kühnen Zug, den man wagen mußte.

– Ja, so viel Geld würde das ausmachen, murmelte die Mutter endlich. Man bietet mir zweimalhundertvierzigtausend Francs für die Besitzung, welche ehemals einen Werth von viermalhunderttausend hatte. Wenn wir die bereits entlehnte Summe aus dem Kaufpreise bezahlen, bleibt uns genau so viel, um die Einzahlung auf die Aktien zu leisten. Aber mein Gott, welch' eine schreckliche Sache ist es doch, sein Vermögen anders anzulegen, seine ganze Existenz so auf das Spiel zu setzen!

Ihre Hände zitterten; sie schwieg still und dachte an dieses Räderwerk, welches ihr zuerst ihre Ersparnisse, dann die entlehnten siebzigtausend Francs genommen hatte und jetzt auch noch die ganze Farm ihr wegzunehmen drohte. Ihr alter Respekt für den Grundbesitz, für die Aecker, Wiesen und Wälder, ihr Widerwille gegen Geldgeschäfte, gegen diesen niedrigen Judenhandel, der ihres Geschlechtes unwürdig war: sie kehrten wieder und bedrückten sie in dieser entscheidenden Minute, wo Alles aufgezehrt werden sollte. Stumm betrachtete Alice mit ihren glühenden, keuschen Augen die Mutter.

Saccard zeigte ein ermuthigendes Lächeln.

– Sicher ist, daß Sie Vertrauen zu uns haben müssen … Allein, die Ziffern sind da. Prüfen Sie dieselben und dann werden Sie nicht länger schwanken können. Nehmen wir an, daß Sie die Operation durchführen; Sie haben dann sechshundert Aktien, welche liberirt Ihnen auf zweimalhundertsiebenundfünfzigtausend Francs zu stehen kamen; heute stehen diese Aktien auf einem Durchschnittskurse von 1300 Francs; das macht siebenmalhundertachtzigtausend Francs, Sie haben also Ihr Geld schon mehr als verdreifacht. Und das wird noch weitere Fortschritte machen; Sie sollen die Hausse nach der Emission sehen! Ich verspreche Ihnen die Million, ehe das Jahr zu Ende geht.

– Ach, Mama! ließ Alice in einem Seufzer, wie unbewußt sich entschlüpfen.

Eine Million! Dies hieß: das Hôtel in der Rue Saint-Lazare von seinen Hypotheken entlasten und von dem Schmutz des Elends reinigen. Man konnte den Haushalt wieder auf einem geziemenden Fuße einrichten, ihn von dem Alpdruck befreien, unter welchem jene Menschen leben, die einen Wagen besitzen und an Brod Mangel leiden. Ihre Tochter konnte endlich mit einer anständigen Mitgift heirathen, einen Gatten und Kinder haben, diese Freude, welche die letzte Straßenbettlerin sich gönnen darf. Der Sohn, dem das Klima in Rom sehr schädlich war, konnte sich dort Erleichterungen gönnen, seinem Rang entsprechend leben, bis die Zeit kommt, wo er der großen Sache dienen würde, der er jetzt so wenig nützlich sein konnte. Die Mutter konnte ihre hohe Stellung in der Gesellschaft wieder einnehmen, konnte ihren Kutscher bezahlen, mußte nicht mehr geizen, wenn sie bei ihren Dienstags-Diners ein Gericht mehr auf den Tisch bringen wollte und mußte sich nicht für den Rest der Woche zu Entbehrungen verurtheilen. Die Million leuchtete vor ihren Augen; sie war das Heil, der Traum.

Die Gräfin war überwunden und wandte sich zu ihrer Tochter, um diese für ihren Willen zu gewinnen.

– Wie denkst Du darüber?

Doch Alice sagte nichts mehr; langsam schloß sie die Augenlider und löschte so den Glanz ihrer Augen aus.

– Es ist wahr, sagte die Mutter lächelnd; ich vergaß, daß Du mich unbeschränkt schalten lassen willst. Aber ich kenne Deinen Muth und kenne das Ziel Deiner Hoffnungen …

Zu Saccard gewendet fuhr sie fort:

– Oh, mein Herr, man spricht von Ihnen mit so vielem Lob! Ueberall, wohin wir gehen, hören wir sehr schöne und sehr rührende Dinge. Nicht bloß die Fürstin

Orviedo, sondern alle meine Freundinnen sind begeistert für Ihr Werk. Viele beneiden mich darum, zu Ihren ersten Aktionären zu gehören und wenn man ihnen zuhört, möchte man selbst seine Matratzen verkaufen, um von Ihren Aktien zu erwerben.

Und in sanftem Scherze fügte sie hinzu:

– Ich finde sie sogar ein wenig thöricht; wahrhaftig, ein wenig thöricht. Ohne Zweifel deshalb, weil ich nicht mehr jung genug bin … Meine Tochter gehört aber zu Ihren Bewunderinnen; sie glaubt an Ihre Mission, sie macht für Sie Propaganda in allen Salons, wohin ich sie führe.

Entzückt blickte Saccard auf Alice; sie war in diesem Augenblicke dermaßen belebt und vibrirend vom Glauben, daß sie ihm wirklich hübsch schien, trotz ihres gelben Teints und ihres zu dünnen, schon welken Halses. Er fühlte sich denn groß und gut bei dem Gedanken, dieses traurige Geschöpf glücklich gemacht zu haben, welches schon durch die bloße Hoffnung auf einen Gatten verschönt wurde.

– Ach, sagte sie mit einer sehr leisen, wie aus der Ferne kommenden Stimme, die Eroberung im Morgenlande ist so schön … Ja, eine neue Zeit, in der das Kreuz erstrahlt …

Dies war das Geheimniß, welches Niemand aussprach; und ihre Stimme senkte sich noch mehr, verlor sich in einem entzückten Flüstern. Er bat sie übrigens mit einer freundschaftlichen Geberde zu schweigen; er duldete es nicht, daß man in seiner Gegenwart von der großen Sache spreche, von dem höchsten, geheimen Ziele. Seine Handbewegung wollte besagen, daß man stets diesem Ziele zustreben müsse, aber niemals davon sprechen dürfe. Nur im Sanktuariumwurden von einigen Eingeweihten die Weihrauchfässer geschwungen.

Nach einem rührungsvollen Schweigen erhob sich die Gräfin endlich.

– Nun denn, mein Herr, ich bin überzeugt; ich werde meinem Notar schreiben, daß ich das Angebot für les Aublets annehme … Gott verzeihe mir, wenn ich schlecht handle!

Saccard, der vor ihnen stand, erklärte ernst und ergriffen:

– Gott selbst sendet Ihnen diese Eingebung; seien Sie dessen versichert, Madame.

Und als er sie in den Couloir hinaus begleitete, um das Vorzimmer zu umgehen, wo es noch immer eine Ansammlung von Leuten gab, traf er Dejoie, der mit verlegener Miene herumschlich.

– Was gibt es? Es ist doch nicht wieder Jemand da?

– Nein, mein Herr. Aber darf ich es wagen, um einen Rath zu bitten. Es ist für mich …

Und er manövrirte so geschickt, daß Saccard in sein Kabinet zurückkehrte, während er – Dejoie – demüthig auf der Schwelle stehen blieb.

– Für Sie? … Ach ja, Sie sind ebenfalls Aktionär. Nun denn, mein Junge, nehmen Sie die neuen Aktien, die für Sie vorbehalten sind; verkaufen Sie Ihre Hemden und nehmen Sie diese Aktien. Das ist der Rath, den ich allen unseren Freunden gebe.

– Ach, mein Herr, der Bissen ist zu groß; ich und meine Tochter haben nicht so viel Ehrgeiz … Am Beginn habe ich acht Aktien genommen und habe sie mit den viertausend Francs bezahlt, welche mein armes Weib uns hinterlassen; und ich habe noch immer nur diese acht Aktien, weil wir bei den neuen Emissionen nicht das nöthige Geld hatten, die uns zukommenden Titres zu übernehmen. Nein, nein, es handelt sich nicht um Das; man muß nicht so gierig sein. Ich wollte Sie nur fragen, mein Herr, ohne Sie zu beleidigen, ob Sie der Ansicht sind, daß ich verkaufen soll?

– Was? verkaufen?

Nun setzte Dejoie mit respektvollen Wendungen und Umschreibungen jeder Art seinen Fall auseinander. Zum Kurse von dreizehnhundert Francs repräsentirten seine acht Aktien zehntausendvierhundert Francs. Er konnte demnach seiner Tochter Nathalie reichlich die sechstausend Francs Heirathsgut geben, welche der Schachtelmacher forderte. Allein, angesichts der fortdauernden Hausse der Aktien war ihm ein wüthender Appetit nach Geld gekommen, die anfänglich unklare, später tyrannische Idee sich seinen Theil zu holen, für sich allein eine kleine Rente von sechshundert Francs zu haben, welche ihm gestatten würde sich zur Ruhe zu setzen. Allein, ein Kapital von zwölftausend Francs, zu den sechstausend Francs hinzugerechnet, das machte die enorme Summe von achtzehntausend Francs; und er verzweifelte daran, jemals zu einer solchen Ziffer zu gelangen, denn er hatte ausgerechnet, daß er, um dieses Ziel zu erreichen, einen Kurs von zweitausenddreihundert Francs abwarten müßte.

– Sie begreifen, mein Herr, daß wenn die Aktien keine Aussicht haben, noch höher zu gehen, ich lieber verkaufen möchte, denn das Glück Nathaliens geht Allem voraus. Wenn sie aber noch steigen müssen und ich verkauft hätte, würde ich es mir so sehr zu Herzen nehmen …

Saccard unterbrach ihn heftig.

– Mein Junge, Sie sind blöd! ... Glauben Sie, wir werden bei dreizehnhundert stehen bleiben? ... Sehen Sie, daß ich verkaufe? ... Sie werden Ihre achtzehntausend Francs haben, ich bürge dafür. Und machen Sie, daß Sie hinauskommen und werfen Sie mir alle diese Leute hinaus! Sagen Sie, daß ich fortgegangen bin.

Als Saccard allein geblieben war, konnte er die zwei Abtheilungs-Chefs wieder kommen lassen und in Ruhe seine Arbeit beenden.

Es wurde beschlossen, daß im August eine außerordentliche Generalversammlung stattfinden sollte, um die neue Kapitalsvermehrung zu bewilligen. Hamelin, welcher den Vorsitz führen sollte, landete an einem der letzten Julitage in Marseille. Seine Schwester rieth ihm seit zwei Monaten in jedem Briefe immer dringender zurückzukehren. Inmitten des überwältigenden Erfolges, der mit jedem Tage mehr hervortrat, hatte sie die Empfindung einer im Dunkel lauernden Gefahr, eine unsinnige Angst, von welcher sie nicht einmal zu reden wagte. Sie zog es vor, daß ihr Bruder da sei und sich selbst von dem Stande der Dinge Rechenschaft gebe; denn sie gelangte dahin, daß sie an sich selbst zweifelte und fürchtete, Saccard gegenüber ohnmächtig zu sein, sich von ihm in dem Maße blenden zu lassen, daß sie selbst ihren Bruder, den sie so sehr liebte, täuschen würde. Hätte sie ihm nicht ihr Verhältniß gestehen müssen, welches er gewiß nicht ahnte in seiner Unschuld eines Mannes des Glaubens und der Wissenschaft, welcher als wachender Träumer durch das Leben schritt? Dieser Gedanke war ihr außerordentlich peinlich und sie verstand sich zu feigen Kapitulationen, paktirte mit der Pflicht, welche jetzt, da sie Saccard und dessen Vergangenheit kannte, ihr rundweg gebot Alles zu sagen, damit man auf seiner Hut sei. In ihren starken Stunden faßte sie den Vorsatz, eine entscheidende Auseinandersetzung zu haben, die Verwaltung solch' bedeutender Summen nicht ohne Kontrole diesen strafbaren Händen anzuvertrauen, zwischen welchen schon so viele Millionen krachend eingestürzt waren, daß Menschen unter den Trümmern begraben wurden. Dieser Entschluß war der einzige, den sie fassen konnte; er war mannhaft, rechtschaffen, ihrer würdig. Dann wieder trübte sich ihr klarer Blick; sie wurde schwach, zögerte, fand keine strafbaren Dinge, höchstens Unregelmäßigkeiten, die allen Bankhäusern gemeinsam sind, wie er behauptete. Vielleicht hatte er Recht, wenn er ihr lachend sagte, das Ungeheuer, welches sie fürchte, sei der Erfolg, jener Erfolg zu Paris, welcher widerhallt und einschlägt wie Donner und Blitz und sie erzittern macht, wie das Unerwartete und die Beklemmung einer Katastrophe. Sie wußte nicht mehr, wie sie sich verhalten solle; es gab Stunden, wo sie ihn noch mehr bewunderte, erfüllt von jener unendlichen Zärtlichkeit, die sie ihm bewahrte, obgleich sie aufgehört hatte ihn zu achten. Niemals hätte sie ihr Herz für so komplizirt gehalten; sie fühlte sich Weib und fürchtete, daß sie nicht mehr die

Kraft haben werde zu handeln. Und darum zeigte sie sich hocherfreut über die Rückkehr ihres Bruders.

Noch am Abend der Rückkehr Hamelin's wollte Saccard in dem Plänesaale, wo sie sicher waren nicht gestört zu werden, ihm die Beschlüsse vorlegen, welche der Verwaltungsrath zu genehmigen hatte, ehe sie der Generalversammlung unterbreitet wurden. Allein wie in einer stillschweigenden Vereinbarung trafen sich Bruder und Schwester vor der festgesetzten Stunde; sie waren einen Augenblick allein und konnten ungestört sprechen. Hamelin kam in sehr heiterer Stimmung heim, entzückt davon, daß es ihm gelungen war, die verwickelte Angelegenheit der Eisenbahn zu einem guten Ende geführt zu haben in jenem Orientlande, das in Trägheit schlummerte und wo man auf endlose Hindernisse politischer, administrativer und finanzieller Natur stieß. Aber schließlich war der Erfolg ein vollständiger; die ersten Arbeiten sollten bald beginnen; sobald die Gesellschaft sich in Paris gebildet haben würde, sollten die Werkplätze allerorten eröffnet werden. Und er zeigte sich so begeistert, so voll Vertrauen in die Zukunft, daß dies für Madame Caroline ein neuer Grund war Stillschweigen zu beobachten, so schwer fiel es ihr, diese schöne Freude zu verderben. Indeß drückte sie Zweifel aus und warnte ihn vor jenem Bann, der das Publikum fortriß. Er unterbrach sie und schaute ihr ins Gesicht: wußte sie etwas Verdächtiges? Warum sprach sie nicht? Doch sie schwieg; sie wußte nichts Bestimmtes anzugeben.

Saccard, der Hamelin noch nicht wiedergesehen hatte, hüpfte ihm an den Hals und küßte ihn mit seiner südländischen Ueberschwänglichkeit. Dann, als Hamelin seine letzten Briefe bestätigt und ihm Einzelheiten über das vollständige Gelingen seiner langen Reise mitgetheilt hatte, gerieth Saccard in Begeisterung.

– Oh, mein Lieber, jetzt werden wir die Herren von Paris, die Könige des Marktes sein ... Auch ich habe wacker gearbeitet; ich habe eine außerordentliche Idee. Sie werden sehen.

Sogleich erklärte er ihm seine Kombination, um das Kapital von hundert auf hundertfünfzig Millionen zu erhöhen, indem hunderttausend neue Aktien emittirt werden, und um mit einem Schlage alle Aktien zu liberiren, die alten und die neuen. Er bestimmte den Preis der Aktie mit achthundertfünfzig Francs und schuf mit der Prämie von dreihundertfünfzig Francs eine Reserve, welche mit den bei jeder Bilanz zurückgelegten Summen die Höhe von fünfundzwanzig Millionen erreichte; und er brauchte nur die gleiche Summe aufzubringen, um die fünfzig Millionen zu erlangen, welche zur Liberirung der zweimalhunderttausend alten Aktien nothwendig waren. Und da eben hatte er seine außerordentliche Idee, welche darin bestand, eine annäherungsweise Bilanz der Gewinnste des laufenden Jahres aufzustellen, welche – nach seiner Ansicht – mindestens 36 Millionen betragen mußten. Daraus schöpfte er ruhig die fünfundzwanzig Millionen, die ihm noch fehlten. Und in solcher Weise würde die Universalbank am 31. Dezember 1867 ein definitives Kapital von hundertfünfzig Millionen haben, eingetheilt in 300 000 Stück vollständig eingezahlte Aktien. Man unifizirte die Aktien, man fertigte sie auf den Inhaber aus und erleichterte so deren freien Verkehr auf dem Markte. Es war der endgiltige Triumph, eine geniale Idee.

– Jawohl, genial! rief er aus. Das Wort ist nicht zu stark!

Ein wenig betäubt von dieser Darstellung blätterte Hamelin in dem Entwurf und prüfte die Ziffern.

– Diese überstürzte Bilanz gefällt mir nicht, sagte er. Sie geben da den Aktionären wirkliche Dividenden, indem Sie ihre Aktien liberiren, und man muß die Sicherheit haben, daß alle diese Summen auch wirklich gewonnen sind: sonst könnte man uns beschuldigen, daß wir fiktive Dividenden vertheilt haben.

Saccard gerieth in Zorn.

– Was? meine Schätzung ist noch zu bescheiden! Schauen Sie einmal, ob ich nicht besonnen vorgegangen bin: wird die Packetschifffahrt, wird die Silbermine am Karmel, wird die türkische Bank nicht höhere Gewinnste liefern, als die von mir angesetzten? Sie haben wahre Siegesberichte mitgebracht; Alles geht, Alles gedeiht, und nun erheben Sie selbst Zweifel an der Sicherheit unseres Erfolges!

Hamelin lächelte und beschwichtigte ihn mit einer Handbewegung. Doch, doch, er habe Vertrauen; allein, er sei für den regelmäßigen Gang der Dinge.

– In der That, wozu sich überhasten? bemerkte Madame Caroline in sanftem Tone. Könnte man mit dieser Kapitalsvermehrung nicht bis zum April des nächsten Jahres warten? Oder, wenn Sie noch 25 Millionen mehr brauchen,warum emittiren Sie die Aktien nicht sogleich mit zwölfhundert Francs? In solcher Weise könnten Sie es vermeiden, die Gewinnste der nächsten Bilanz zu antizipiren.

Einen Augenblick stockend blickte Saccard sie an; er war erstaunt, daß sie diesen Ausweg gefunden.

– Ohne Zweifel; bei eilfhundert Francs anstatt der achthundertfünfzig würden die hunderttausend Aktien genau die fünfundzwanzig Millionen bringen.

– Nun denn, das Mittel ist gefunden, fuhr sie fort. Sie fürchten doch nicht, daß die Aktionäre sich sträuben werden; sie werden ebenso gut eilfhundert Francs geben, wie sie achthundertfünfzig Francs geben würden.

– Ach ja, gewiß; sie werden Alles geben, was man verlangen wird! Sie werden darum raufen, wer mehr geben darf. Sie rasen jetzt und würden das Bankhaus stürmen, um uns ihr Geld zu bringen.

Aber plötzlich fand er sich wieder und fuhr heftig auf.

– Was erzählen Sie mir da? Ich will nicht eilfhundert Francs verlangen, um keinen Preis! Das wäre wahrhaftig zu dumm und zu einfach. So begreifen Sie doch, daß man in solchen Bankfragen stets auf die Einbildungskraft einwirken muß! Die geniale Idee ist die, daß man den Leuten jenes Geld aus der Tasche hole, welches noch gar nicht darin ist. Da bilden sie sich ein, daß sie es nicht geben und daß man, im Gegentheil, ihnen ein Geschenk macht. Und dann: sehen Sie nicht ein, welchen ungeheuren Effekt diese antizipirte Bilanz machen muß, die in allen Blättern erscheinen und ihre Gewinnstsumme von 36 Millionen im Voraus laut verkünden wird? ... Die Börse wird Feuer fangen; wir werden den Kurs von zweitausend übersteigen; wir werden höher und immer höher gehen und gar nicht mehr stehen bleiben!

Er gestikulirte, richtete sich auf seinen kurzen Beinen auf, wie um größer zu scheinen; und in der That wurde er groß; seine Geberden stürmten den Himmel; er war der Poet des Geldes, den die Zusammenbrüche und die Ruinen nicht klüger machten. Es war sein instinktives System, der Aufschwung seines ganzen Wesens, die Geschäfte in solcher Weise anzupeitschen, in einem dreifachen Galopp seines Fiebers zu führen. Er hatte gewaltsam den Erfolg erpreßt, hatte durch den tollen Lauf der Universalbank alle Begierden angefacht: drei Emissionen in drei Jahren, ein Sprung des Kapitals von fünfundzwanzig Millionen auf fünfzig, dann auf hundert, dann auf hundertfünfzig Millionen, in einem fortschreitenden Verhältniß, welches ein wunderbares Gedeihen zu verheißen schien. Und auch die Dividenden gingen so sprunghaft in die Höhe: im ersten Jahre nichts, dann zehn Francs, dann dreiunddreißig Francs und jetzt 36 Millionen zur Liberirung sämmtlicher Aktien! Und Alldies in der trügerischen Ueberheizung der ganzen Maschine, inmitten fiktiver Aktienzeichnungen, wobei die Gesellschaft Aktien behielt, um glauben zu machen, daß das Kapital voll eingezahlt sei, unter dem Druck, welchen das Spiel an der Börse entschied, wo jede Kapitalsvermehrung eine übertriebene Hausse herbeiführte.

In die Prüfung des Entwurfes vertieft, hatte Hamelin die Ausführungen seiner Schwester nicht unterstützt. Er schüttelte den Kopf und kam zu seinen Bemerkungen über die Einzelheiten zurück.

– Gleichviel, Ihre antizipirte Bilanz ist inkorrekt, da diese Gewinnste noch nicht erworben sind ... Ich spreche gar nicht von unseren Unternehmungen, obgleich sie Katastrophen ausgesetzt sind, wie alle menschlichen Werke ... Aber ich sehe da den Conto Sabatani mit dreitausend und so vielen Aktien, welche mehr als zwei Millionen repräsentiren. Nun, Sie setzen sie in unser Haben, anstatt sie in unser Soll zu setzen, da Sabatani nur unser Strohmann ist. Wir können dies doch eingestehen, da wir unter uns sind ... Ich erkenne hier ferner mehrere unserer Beamten, sogar einige unserer Verwaltungsräthe, lauter Strohmänner! Oh, ich errathe es, Sie müssen es mir nicht erst sagen ... Es erschreckt mich, daß ich so viel eigene Aktien in unserem Besitze sehe. Nicht nur, daß wir nichts einnehmen, wir versetzen uns sogar in einen Zustand der Unbeweglichkeit und werden uns schließlich selbst aufzehren.

Madame Caroline ermuthigte ihn mit ihrem Blick; denn er sprach endlich alle ihre Besorgnisse aus; er fand die Ursache des dumpfen Unbehagens, das mit den wachsenden Erfolgen in ihrem Innern immer mehr anwuchs.

– Ach, das Spiel! murmelte sie.

– Aber wir spielen doch nicht! schrie Saccard. Es ist doch erlaubt seine eigenen Werthe zu stützen und wir wären wahrhaftig dumm, wenn wir nicht darüber wachen würden, daß Gundermann und die Anderen unsere Aktien nicht entwerthen, indem sie *à la baisse* gegen uns spielen. Wenn sie bisher nicht allzu sehr gewagt haben, so kann dies noch kommen. Darum ist es mir ganz recht, eine gewisse Menge unserer Aktien in der Hand zu haben; und ich sage es Ihnen voraus: ich bin eher bereit welche zu kaufen, als sie auch nur um einen Centime sinken zu lassen.

Diese letzteren Worte hatte er mit außerordentlicher Kraft hervorgestoßen, als hätte er einen Eid geleistet, eher zu sterben, als geschlagen zu werden. Dann bemeisterte er sich und ward ruhiger; mit seiner gemüthlichen, ein wenig verzerrten Miene begann er zu lachen.

– Es scheint, daß man wieder mißtrauisch wird, sagte er. Ich glaubte, daß wir uns über diese Dinge ein für alle Male ausgesprochen haben. Sie haben sich mir anheim gegeben, lassen Sie mich machen. Ich will Sie nur reich, sehr reich sehen!

Er unterbrach sich und dämpfte die Stimme, wie selbst erschreckt von der Ungeheuerlichkeit seines Verlangens.

– Sie wissen nicht, was ich will? Ich will einen Kurs von dreitausend Francs!

Und er zeigte ihn mit einer Handbewegung in der Luft, er sah ihn aufsteigen wie einen Stern, den Horizont der Börse entflammen: diesen siegreichen Kurs von dreitausend Francs.

– Das ist Wahnsinn! sagte Madame Caroline.

– Wenn der Kurs zweitausend Francs überstiegen hat, wird jede weitere Hausse eine Gefahr, erklärte Hamelin; und was mich betrifft, so kündige ich Ihnen an, daß ich verkaufen werde, um bei einer solchen Tollheit nicht „hereinzufallen".

Allein, Saccard begann leise zu singen. Man sagt immer, man werde verkaufen, aber man verkauft doch nicht. Er wird sie reich machen, selbst gegen ihren Willen. Und er lächelte von Neuem, sehr einschmeichelnd, ein wenig spöttisch.

– Vertrauen Sie sich mir; mich dünkt, daß ich Ihre Geschäfte nicht übel geführt habe ... Sadowa hat Ihnen eine Million eingetragen.

Das war wahr; die Geschwister Hamelin dachten nicht mehr daran: sie hatten diese aus dem trüben Gewässer der Börse gefischte Million angenommen. Sie verharrten einen Augenblick stillschweigend, erbleichend, mit jener Verwirrung im Herzen, welche die anständigen Menschen fühlen, wenn sie nicht mehr sicher sind, ob sie ihre Pflicht erfüllt haben. Waren auch sie vom Aussatze des Spiels erfaßt? Wurden sie von Fäulniß ergriffen in dieser geldwüthigen Umgebung, in welcher ihre Geschäfte sie zu leben zwangen?

– Ohne Zweifel, flüsterte der Ingenieur schließlich; aber wenn ich da gewesen wäre ...

Saccard wollte ihn nicht zu Ende reden lassen.

– Lassen Sie es gut sein und machen Sie sich keine Gewissensbisse; wir haben das Geld den schmutzigen Juden wieder abgenommen!

Darüber erheiterten sich alle drei. Und Madame Caroline, die Platz genommen hatte, machte eine Geberde der Duldsamkeit und der Ergebung. Konnte man sich aufessen lassen und die Anderen nicht aufessen? Das sei nun einmal so im Leben. Man hätte mit gar zu erhabenen Tugenden ausgestattet sein oder in klösterlicher Einsamkeit, frei von allen Versuchungen, leben müssen.

Saccard fuhr jetzt in heiterem Tone fort:

– Thun Sie doch nicht, als ob Sie auf das Geld spieen: denn erstens ist das dumm und dann sind es nur die Unvermögenden, die eine Kraft gering achten ... Es wäre unlogisch, sich in der Arbeit aufzureiben, um die Anderen zu bereichern, ohne sich selbst seinen gebührlichen Antheil zu nehmen. Im Uebrigen können Sie ruhig schlafen.

Er beherrschte sie, gestattete ihnen nicht ein Wort anzubringen.

– Wissen Sie, daß Sie bald eine hübsche Summe in der Tasche haben werden? ... Warten Sie!

Mit dem Ungestüm eines Schülers stürzte er zu dem Tische der Madame Caroline und nahm einen Bleistift und ein Blatt Papier, auf welchem er Ziffernreihen aufstellte.

– Warten Sie! Ich will Ihnen Ihre Rechnung machen ... Oh, ich kenne sie ... Sie hatten bei der Gründung fünfhundert Aktien, welche zweimal verdoppelt wurden und jetzt zweitausend ausmachen. Nach unserer nächsten Emission werden Sie demnach deren dreitausend haben.

Hamelin wollte ihn unterbrechen.

– Nein, nein! Ich weiß, daß Sie in der Lage sind sie zu bezahlen, erstens mit den dreimalhunderttausend Francs Ihrer Erbschaft, dann mit Ihrer Million von Sadowa ... Schauen Sie her! Ihre ersten zweitausend Aktien haben Ihnen viermalhunderttausend Francs gekostet, die anderen tausend werden Ihnen achtmalhundertfünfzigtausend Francs kosten, zusammen zwölfmalhundertfünfundachtzigtausend Francs ... Es bleiben Ihnen denn noch fünfzehntausend Francs, um den jungen Mann zu spielen, Ihre Bezüge von dreißigtausend Francs ungerechnet, welche wir auf sechszigtausend erhöhen wollen.

Wie betäubt hörten ihm Beide zu und schließlich interessirten sie sich sehr lebhaft für diese Ziffern.

– Sie sehen, daß Sie rechtschaffen sind und daß Sie bezahlen, was Sie nehmen ... Doch Alldies sind Kleinigkeiten. Ich wollte nur dahin gelangen ...

Er stand auf, schwang sein Blatt Papier und rief mit siegreicher Miene:

– Bei dem Kurse von 3000 werden Ihre dreitausend Aktien neun Millionen werth sein!

– Wie? Bei dem Kurse von 3000! riefen sie, indem sie gegen diese hartnäckige Thorheit mit lebhaften Geberden protestirten.

– Ohne Zweifel! Ich verbiete Ihnen früher zu verkaufen; ich werde Sie daran zu verhindern wissen, ja, selbst mit Gewalt, kraft des Rechtes, welches man hat, seine Freunde zu verhindern, daß sie Thorheiten begehen ... Den Kurs von 3000 muß ich haben und ich werde ihn haben!

Was konnte man diesem furchtbaren Menschen antworten, dessen durchdringende Stimme, derjenigen eines Hahnes gleichend, den Triumph verkündete? Sie lachten von Neuem und zuckten zum Schein die Achseln. Und sie erklärten, daß sie ganz ruhig seien, der famose Kurs werde niemals erreicht werden. Saccard hatte sich inzwischen wieder an den Tisch gesetzt, und er fuhr fort zu rechnen, machte jetzt seine eigene Rechnung. Hatte er seine dreitausend Aktien bezahlt oder wollte er sie bezahlen? Das blieb unklar. Er mußte sogar eine bedeutend größere Anzahl von Aktien besitzen, aber es war schwer es zu erfahren, denn auch er diente der Gesellschaft als Strohmann und wie wollte man in dem Haufen diejenigen Aktien unterscheiden, die ihm gehörten? Endlose Ziffernreihen warf der Bleistift auf das Papier. Schließlich fuhr er mit einem wüthenden Strich über das Ganze und zerknüllte das Papier. Das und die zwei Millionen, die er aus dem Koth und Blut von Sadowa aufgelesen, bildeten seinen Theil.

– Ich habe ein Stelldichein und verlasse Sie jetzt, sagte er, nach seinem Hute langend. Alles ist abgemacht, nicht wahr? In acht Tagen haben wir die Sitzung des Verwaltungsrathes und unmittelbar darauf die außerordentliche Generalversammlung, welche unsere Anträge zu beschließen haben wird. Als Madame Caroline und Hamelin – müde und verschüchtert – allein geblieben waren, verharrten sie einen Augenblick in Stillschweigen, einander gegenüber sitzend.

– Was willst Du? erklärte er endlich, gleichsam die geheimen Gedanken seiner Schwester beantwortend, wir sind nun darin und müssen wohl oder übel darin bleiben. Er hat Recht, wenn er sagt, daß es albern wäre, dieses Vermögen von uns zu weisen. Ich habe mich stets nur als einen Mann der Wissenschaft betrachtet, der das Wasser auf die Mühle führt; und ich glaube klares, reichliches Wasser auf die Mühle geführt zu haben, vortreffliche Geschäfte, welchen die Bank ihr so rasches Gedeihen zu verdanken hat ... Nun wohl, da mich kein Vorwurf treffen kann, wollen wir den Muth nicht verlieren, sondern weiter arbeiten.

Sie hatte sich wankend von ihrem Sessel erhoben und stammelte:

– Ach, all' das Geld! all' das Geld!

Von einer unbezwinglichen Aufregung schier erstickt bei dem Gedanken an diese Millionen, die auf sie niedergehen sollten, warf sie sich dem Bruder an den Hals und weinte. Es waren ohne Zweifel Freudenthränen; es war das Glück, ihn endlich würdig belohnt zu sehen für seine Tüchtigkeit und für seine Arbeiten. Aber es waren zugleich Thränen des Kummers, eines Kummers, dessen Ursache sie nicht genau hätte angeben können und in welchem sich Scham und Furcht mengten. Er neckte sie und sie zwangen sich von Neuem zur Heiterkeit; aber es blieb in ihrem Innern ein Gefühl des Unbehagens zurück, eine dumpfe Unzufriedenheit mit sich selbst, der uneingestandene Selbstvorwurf über eine bemakelnde Mitschuld.

– Ja, er hat Recht, wiederholte Madame Caroline. Die ganze Welt treibt es so. Das ist das Leben.

Der Verwaltungsrath versammelte sich in dem neuen Saale des prächtigen Hôtels der Bank in der Rue de Londres. Das war nicht mehr der feuchte Salon, welchen der fahle Wiederschein des benachbarten Gartens in ein grünliches Licht tauchte, sondern ein geräumiger Saal, durch vier auf die Straße gehende Fenster das Licht empfangend, und dessen Plafond und herrliche Wände mit großen Gemälden und reichlichem Goldaufwande geschmückt waren. Das Fauteuil des Präsidenten war ein wirklicher Thron und beherrschte die übrigen Fauteuils, die prunkvoll und ernst sich an einander reihten – wie für eine Versammlung königlicher Minister – rings um den riesigen Tisch, welcher mit einem Teppich von rothem Sammt bedeckt war. Und auf dem monumentalen Kamin von weißem Marmor, in welchem zur Winterszeit ganze Bäume loderten, stand eine Büste des Papstes, ein liebenswürdiges, schlaues Gesicht, welches boshaft darüber zu lächeln schien, daß er sich hier befand. Saccard hatte schließlich sämmtliche Mitglieder des Verwaltungsrathes in seine Gewalt bekommen, die Mehrzahl derselben ganz einfach so, daß er sie kaufte. Der Marquis de Bohain, der sich in einer Bestechungs-Angelegenheit, welche hart an Betrug streifte, kompromittirt hatte, indem er sozusagen auf frischer That ertappt wurde, hatte mit Hilfe Saccards den Skandal unterdrückt, indem er die betrogene Gesellschaft entschädigte; und so war er sein unterthäniges Geschöpf geworden, was ihn nicht hinderte den Kopf hoch zu tragen, als die Blüthe des Adels und die schönste Zier des Verwaltungsrathes Huret, welchen der Minister Rougon nach dem Diebstahl der Depesche über die Abtretung Venetiens davon gejagt hatte, hatte sich seitdem ganz und gar dem Glück der Universalbank gewidmet; er war ihr Vertreter im gesetzgebenden Körper, er fischte für sie in den trüben Gewässern der Politik und behielt den größten Antheil an seinen schamlosen Maklergeschäften für sich, die ihn eines Tages in das Gefängniß von Mazas führen konnten. Der Vizepräsident der Gesellschaft, Vicomte von Robin-Chagot, erhielt im Geheimen eine Prämie von hunderttausend Francs dafür, daß er während der langen Abwesenheiten Hamelins die Schriftstücke der Gesellschaft unterfertigte, ohne sie auf ihren Inhalt zu prüfen. Auch der Bankier ließ sich seine passive Willfährigkeit bezahlen, indem er im Auslande die Macht des Bankhauses ausnützte, welches er in seinen Arbitrage-Geschäften manchmal schier kompromittirte. Und selbst Sédille, der Seidenhändler, den eine furchtbare Liquidation erschüttert hatte, war mit einer bedeutenden Summe Schuldner der Bank und konnte nicht bezahlen. Daigremont allein bewahrte Saccard gegenüber seine absolute Unabhängigkeit; und dies beunruhigte den Letzteren zuweilen, obwohl der liebenswürdige Mann freundlich blieb, ihn zu seinen Festen einlud, ebenfalls Alles ohne Bemerkung unterzeichnete, mit seiner Gemüthlichkeit eines Parisers, welcher fand, daß Alles gut sei, so lange er gewann.

Trotz der ungewöhnlichen Wichtigkeit der Sitzung wurde an jenem Tage die Berathung ebenso rasch abgewickelt, wie an den anderen Tagen. Es war schon zur

Gewohnheit geworden: man arbeitete nur in den kleinen Verwaltungsraths-Sitzungen am 15. des Monats; die großen Verwaltungsraths-Sitzungen am Schlusse des Monats bestätigten bloß in feierlicher Weise die Beschlüsse. Die Gleichgiltigkeit der Verwaltungsräthe war eine solche, daß die Protokolle bei der ewigen Banalität der allgemeinen Zustimmung drohten, immer gleichförmig, immer die nämlichen zu sein; darum brachte man einige Abwechselung in diese Protokolle, indem man gewisse Skrupel, gewisse Bemerkungen der Mitglieder, eine ganze ersonnene Diskussion einflocht, welche man in der nächsten Sitzung ohne Erstaunen verlesen hörte und ohne zu lachen unterschrieb.

Daigremout war hervorgestürzt, um Hamelin die Hände zu drücken; ihm waren die guten und großen Nachrichten schon bekannt, welche Jener mitgebracht hatte.

– Oh, mein theurer Präsident, wie freue ich mich, Sie beglückwünschen zu können!

Alle umringten ihn, feierten ihn; auch Saccard that so, als hätte er ihn seit seiner Rückkehr noch nicht gesehen. Und als die Sitzung eröffnet war und Hamelin die Lesung des Berichtes begann, welchen er der Generalversammlung vorlegen sollte, hörte man zu, was man sonst niemals that. Die erzielten schönen Resultate, die großartigen Zukunftsverheißungen, die scharfsinnig erdachte Kapitalsvermehrung, welche zugleich die alten Aktien liberirte: Alldas wurde mit bewunderndem Kopfnicken aufgenommen. Und kein Einziger kam auf den Gedanken, Erklärungen herbeizuführen. Die Sache war ausgezeichnet. Als Sédille einen Irrthum in einer Ziffer bemängelte, kam man überein, seine Bemerkung in das Protokoll nicht aufzunehmen, um die schöne Uebereinstimmung der Mitglieder nicht zu stören, welche nach der Reihe rasch unterschrieben, noch unter dem Eindruck der Begeisterung, ohne jede Bemerkung.

Die Sitzung war schon aufgehoben; die Herren standen in Gruppen umher, lachten und scherzten in dem goldstrotzenden Saale. Der Marquis von Bohain schilderte eine Jagd in Fontainebleau; während der Deputirte Huret, der in Rom gewesen war, erzählte, wie er von dort den päpstlichen Segen mitgebracht. Kolb war soeben verschwunden, er eilte zu einem Rendezvous. Die anderen Verwaltungsräthe, jene, welche gleichsam das stumme Gefolge bildeten, empfingen von Saccard mit leiser Stimme ertheilte Weisungen über die Haltung, welche sie in der bevorstehenden Generalversammlung zu beobachten haben würden.

Daigremont jedoch, welchen der Vicomte von Robin-Chagot mit seinem übertriebenen Lob über den Bericht Hamelins langweilte, faßte den eben vorübergehenden Direktor beim Arm, um ihm ins Ohr zu flüstern:

– Nur nicht zu viel Wind machen, ja?

Saccard blieb stehen und schaute ihn an. Er erinnerte sich, wie sehr er am Beginn gezögert hatte, diesen Mann zur Unternehmung heranzuziehen, weil ihm dessen Unzuverlässigkeit bekannt war.

– Ach, wer mich liebt, geht mit mir! antwortete er sehr laut, so daß Alle es hören konnten.

Drei Tage später fand im großen Festsaale des Hôtels du Louvre die außerordentliche Generalversammlung statt. Für diese Feierlichkeit hatte man den ärmlichen kleinen Saal in der Ru Blanche zu gering gefunden. Man wollte eine Festgalerie, in welcher die Luft – zwischen einem Banket und einem Hochzeitsball – noch nicht völlig abgekühlt war. Laut den Statuten mußte man der Inhaber von wenigstens 20 Stück Aktien sein, um zur Generalversammlung zugelassen zu werden und es kamen mehr als 1200 Aktionäre, welche 4000 und einige Stimmen repräsentirten. Die Formalitäten des Einlasses, die Vorzeigung der Karten und die Eintragung in das Register erforderten nahezu zwei Stunden. Der Saal war von einem Geräusch fröhlicher Gespräche erfüllt, aus welchen alle Verwaltungsräthe und hohen Beamten der Universalbank herauszuhören waren. Sabatani war da – inmitten einer Gruppe – und sprach von dem Orient, seinem Vaterlande, mit einschmeichelnder, schmachtender Stimme. Er erzählte Wunderdinge, als brauchte man sich dort nur zu bücken, um das Silber, das Gold und die Edelsteine aufzulesen; und Maugendre, welcher im Juni, von der Hausse überzeugt, 500 Aktien der Universalbank zu 1200 gekauft hatte, hörte ihm mit offenem Munde zu und war innerlich entzückt von seiner guten Witterung; während Jantrou, der, seitdem er reich war, endgiltig in einer unfläthig ausschweifenden Lebensweise versank, unter der Nase ironisch kicherte, schwer niedergedrückt nach den Ausschweifungen des gestrigen Tages. Nachdem das Bureau gewählt war und Präsident Hamelin die Sitzung eröffnet hatte, wurde der Rechnungsrevisor Lavignière, welchen man zur Stelle eines Verwaltungsrathes erhoben hatte, eingeladen, einen Bericht über die finanzielle Lage der Gesellschaft zu verlesen, so wie sie sich am 31. Dezember des laufenden Jahres gestalten würde; um den Statuten gerecht zu werden, war dies eine Art, die anticipirte Bilanz, von welcher in der Versammlung die Rede sein sollte, im Vorhinein zu kontroliren. Er erinnerte an die Bilanz des vorigen Geschäftsjahres, welche in der ordentlichen Generalversammlung im April vorgelegt worden, an jene herrliche Bilanz, welche ein Reinerträgniß von 11 ein halb Millionen ausgewiesen und nach dem Abschlag von 2 Prozent für die Aktionäre, von 10 Prozent für die Verwaltungsräthe und von 10 Prozent für den Reservefond noch die Vertheilung einer Dividende von 33 Prozent gestattet hatte. Dann stellte er mit einer Fluth von Ziffern fest, daß die Summe von 36 Millionen, welche als annäherungsweiser Gewinnstbetrag des laufenden Jahres angegeben wurde, ihm nicht nur nicht übertrieben, sondern hinter den berechtigten Hoffnungen noch zurückbleibend scheine. Ohne Zweifel sprach er in gutem Glauben und er mochte die ihm vorgelegten Rechnungen gewissenhaft geprüft haben; allein nichts ist trügerischer, als ein solches Vorgehen, denn um eine Schlußrechnung vom Grund auf zu prüfen, muß man eine zweite Schlußrechnung vom Anfang bis zum Ende aufstellen. Die Aktionäre hörten ihm übrigens nicht zu. Blos einige blind-gläubige, Maugendre und Andere, welche eine oder zwei Stimmen repräsentirten, tranken jedes seiner Worte inmitten des andauernden Gemurmels der Versammlung. Die Kontrole der Rechnungsrevisoren hatte ja nicht die mindeste Bedeutung. Ein andächtiges Stillschweigen trat erst ein, als Hamelin sich endlich erhob. Lautes Händeklatschen ging durch den Saal, noch bevor er den Mund geöffnet, als eine Huldigung für seinen Eifer, für das ausdauernde und kühne Genie dieses Mannes, der nach fernen Landen gegangen war, um Tonnen Goldes zu finden, die er über Paris ausschütten wollte. Und fortan war das Ganze nur ein wachsender Erfolg, der zur Apotheose anstieg. Ein neuer Hinweis auf die Bilanz vom vergangenen Jahre, für deren Verlesung sich Lavignière kein Gehör hatte verschaffen können, wurde ebenfalls mit lautem Beifall aufgenommen. Die Abschätzungen über die nächste Bilanz erregten aber am meisten die allgemeine Freude: Millionen bei der Packetschifffahrt, Millionen aus den Silberminen des Karmelgebirges, Millionen aus der türkischen Nationalbank. Und die Auszählung dieser Summen nahm kein Ende, die 36 Millionen gruppirten sich ganz leicht, in natürlicher Weise und plätscherten wie ein geräuschvoller Wasserfall in die Versammlung. Dann erweiterte sich der Horizont der künftigen Unternehmungen noch mehr. Die Gesellschaft der Orientbahnen tauchte auf, zuerst die große Centrallinie, deren Arbeiten bevorstanden, nachher die Zweiglinien, ein ganzes Netz moderner Industrie über Asien gezogen, die siegreiche Rückkehr der Menschheit zu ihrer Wiege, die Wiedererstehung einer Welt; während in nebelhafter Ferne, zwischen zwei Phrasen jene Sache auftauchte, die nicht ausgesprochen wurde, das Mysterium, die Krönung des Gebäudes, welches alle Völker in Erstaunen versetzen sollte. Und es herrschte volle Einhelligkeit in der Generalversammlung, als zum Schluß Hamelin die Anträge erklärte, welche er dem Votum der Generalversammlung unterbreiten wollte; das Kapital sollte auf 150 Millionen erhöht, hunderttausend neue Aktien sollten zu 850 Francs emittirt, die alten Aktien liberirt werden, dank einer Prämie für die neuen Aktien und dank den Gewinnsten der künftigen Bilanz, über welche man im vorhinein verfügte. Ein Donner von Bravorufen empfing diese geniale Idee. Ueber allen Köpfen sah man die großen, plumpen Hände Maugendres, die mit aller Macht ineinanderschlugen. Die Verwaltungsräthe und die Beamten des Hauses, die in den ersten Bänken saßen, geberdeten sich wie rasend, beherrscht von Sabatani, der sich erhoben hatte und „Bravo, Bravo!“ rief, wie im Theater. Sämmtliche Anträge wurden mit Begeisterung zum Beschlusse erhoben.

Indessen hatte Saccard einen Zwischenfall vorbereitet, der sich jetzt abspielte. Es war ihm nicht unbekannt, daß man ihn des Spiels beschuldigte und er wollte selbst den geringsten Argwohn der mißtrauischen Aktionäre, wenn solche im Saale anwesend waren, verwischen.

Jantrou, den er für die Rolle abgerichtet hatte, erhob sich jetzt.

– Herr Präsident, begann er mit seiner teigichten Stimme, ich glaube der Dolmetsch vieler Aktionäre zu sein, wenn ich bitte, es möge in aller Form festgestellt werden, daß die Gesellschaft keine einzige ihrer eigenen Aktien besitzt.

Hamelin, der von der Sache nicht im voraus verständigt worden, blieb einen Augenblick verlegen. Instinktmäßig wandte er sich zu Saccard, der bis jetzt unbemerkt auf seinem Platze gesessen und sich jetzt plötzlich erhob, wie um seine kleine Gestalt größer erscheinen zu lassen, und mit seiner durchdringenden Stimme antwortete:

– Keine einzige, Herr Präsident!

Auf diese Antwort ertönten neue Bravorufe, man wußte nicht warum. Wenn er im Grunde log, so war die Wahrheit dennoch die, daß die Gesellschaft keine einzige Aktie unter ihrem Namen besaß, da Sabatani und Andere sie deckten. Und das war Alles; man klatschte noch einmal Beifall und die Versammlung ging sehr geräuschvoll und in sehr froher Stimmung auseinander.

Der Bericht über diese Sitzung erschien in den folgenden Tagen in den Zeitungen und brachte an der Börse und in ganz Paris eine ungeheure Wirkung hervor. Jantrou hatte für diesen Augenblick einen letzten Ansturm von Reklamen bereit gehalten, die betäubendsten Fanfaren, welche von den Trompeten der Oeffentlichkeit jemals ausgestoßen worden. Es kam sogar ein kleiner Scherz in Umlauf; man erzählte, daß er die Worte „*Kaufen Sie Universalbank*!“ in die geheimsten und heikelsten Winkel der liebenswürdigen Damen habe tätowiren lassen, die er dann in Verkehr gesetzt habe. Ueberdies hatte er endlich seinen großen Zug, durchgeführt und die „*Cote financière*“ angekauft, ein altes, solides Blatt, welches eine achtenswerthe Rechtschaffenheit von zwölf Jahren hinter sich hatte. Der Preis war ein hoher gewesen; allein, die ernste Kundschaft, die zaghaften Spießbürger, die reichen, vorsichtigen Leute, all' das Geld, das sich selbst respektirt: sie wurden durch das Blatt gewonnen. In zwei Wochen erreichte man an der Börse den Kurs von fünfzehnhundert; in der letzten Augustwoche stieg der Kurs in rapiden Sätzen auf zweitausend. Die Vorliebe des Publikums für dieses Papier war noch deutlicher zutage getreten; bei dem epidemischen Fieber des Agios hatte die Tollheitskrise sich von Stunde zu Stunde verschärft. Man kaufte und kaufte, selbst die Klügsten kauften in der Ueberzeugung, daß das Papier noch höher steigen werde, bis in das Unendliche. Es erschlossen sich die geheimnißvollen Höhlen aus Tausend und einer Nacht, die unermeßlichen Schätze der Khalifen wurden dem Heißhunger von Paris ausgeliefert. Alle die Träume, die seit Monaten geflüstert wurden, schienen vor dem entzückten Publikum sich zu verwirklichen: die Wiege der Menschheit wurde wieder erobert, die alten historischen Städte der asiatischen Küste aus dem Sande neu aufgebaut; Damaskus, dann Bagdad, dann Indien und China ausgebeutet durch den Eroberungszug unserer Ingenieure. Was Napoleon mit seinem Schwerte nicht vollbracht hatte, die Eroberung des Orients, das verwirklichte eine Finanz-Gesellschaft, indem sie eine Armee von Spitzhacken und Schubkarren über jene Länder losließ. Man eroberte Asien, indem man Millionen daran wendete, um Milliarden an Nutzen daraus zu ziehen. Und ganz besonders triumphirte der Kreuzzug der Frauen in den kleinen intimen Fünf-Uhr-Gesellschaften, bei den großen Mitternachts-Empfängen der vornehmen Kreise, bei Tische und in den Alkoven. Sie hatten es richtig vorausgesehen: Konstantinopel war gewonnen, bald wird man auch Brussa haben, Angora und Aleppo, später Smyrna und Trapezunt, alle Städte, welche die Universalbank belagerte, bis zu dem Tage, an welchem man auch von der letzten Besitz ergreifen würde, von der heiligen Stadt, von derjenigen, die man nicht nannte, welche gleichsam die fromme Verheißung der fernen Expedition war. Die Väter, die Gatten, die Liebhaber, von diesem leidenschaftlichen Eifer überwältigt, sollten fortan ihre Aufträge den Wechselagenten nur mit dem wiederholten Rufe ertheilen: Gott will es! Und schließlich kam die erschreckende Menge der Kleinen, die trappelnde Horde, die den großen Armeen folgt; die Leidenschaft, die aus dem Salon in die Gesindestube hinabgestiegen ist, vom Bürger zum Arbeiter und Bauer, und welche in diesen tollen Galopp der Millionen arme Unterzeichner hineinhetzte, die nur eine, drei, vier, zehn Aktien hatten, Hausmeister, die sich anschicken, sich zur Ruhe zu setzen, alte Fräulein, die in Gesellschaft einer Katze ihre Tage hinbringen, Altersversorgte in der Provinz, die ein Tagesbudget von zehn Sous haben, Landpriester, die durch Almosengeben arm geworden, die ganze fahle, hungrige Masse von kleinen Rentiers, welche eine Börsen-Katastrophe hinwegfegt gleich einer Epidemie und in ein Massengrab schleudert.

Und diese Erhebung der Papiere der Universalbank, dieser Aufschwung, der sie emportrug wie mit einem mächtigen Hauch der Andacht, schien sich bei den immer lauteren Musikklängen zu vollziehen, die von den Tuilerien und dem

Marsfelde aufstiegen, von den unaufhörlichen Festen, mit welchen die Ausstellung Paris wie in einen Wahnsinnstaumel versetzte. Die Fahnen klatschten lauter in der schweren Luft der heißen Tage; es gab keinen Abend, an welchem die in Feuer getauchte Stadt nicht unter dem Sternenhimmel funkelte wie ein kolossaler Palast, in welchem die Schwelgerei bis zum Morgen tobte. Die Lust hatte ein Haus nach dem andern ergriffen; die Straßen waren wie in einem Rausche; ein Gewölk röthlicher Dünste, der Rauch der Gelage, der Schweiß der Paarungen zog sich nach dem Horizonte hin, und wälzte über den Dächern eine Nacht von Sodoma, von Babylon, von Ninive fort. Seit dem Monat Mai waren die Kaiser und Könige aus allen Welttheilen heran gepilgert, mit Gefolgen ohne Zahl, nahezu hundert Herrscher und Herrscherinnen, Prinzen und Prinzessinnen. Paris war gesättigt mit Majestäten und Hoheiten; es hatte dem Kaiser von Rußland und dem Kaiser von Oesterreich, dem Sultan und dem Vizekönig von Egypten zugejubelt und es hatte sich schier unter die Räder der Karrossen geworfen, um den König von Preußen zu sehen, dem Herr von Bismarck folgte wie eine treue Dogge. Unaufhörlich donnerten die Freudensalven am Palais der Invaliden, während die Menge, die sich in der Ausstellung drängte, den ungeheuren, Unheil drohenden Krupp'schen Kanonen, welche Deutschland ausgestellt hatte, einen populären Erfolg bereitete. Fast jede Woche zündete die Oper ihre Lüster zu irgend einer Festvorstellung an. Es gab ein lebensgefährliches Gedränge in den kleinen Theatern und in den Restaurants, die Trottoirs waren nicht breit genug für den entfesselten Strom der Prostitution. Und Napoleon III. bestand darauf, eigenhändig die Belohnungen an die sechszigtausend Aussteller zu vertheilen, in einer Festes-Zeremonie, welche an Großartigkeit und Pracht alle anderen übertraf; es war die leuchtende Glorie auf der Stirn von Paris, der Strahlenglanz dieser Herrschaft, wo der Kaiser inmitten einer trügerischen Zauberfeier erschien, als der Gebieter Europas, welcher mit der Ruhe der Kraft sprach und den Frieden verhieß. Noch an demselben Tage erfuhr man in den Tuilerien die furchtbare Katastrophe von Mexiko, die Exekution Maximilians, die nutzlose Vergeudung französischen Blutes und französischen Goldes; und man verheimlichte die Nachricht, um das Fest nicht zu stören. Es war der erste Schlag der Todtenglocke an diesem herrlichen, sonnestrahlenden Abend.

Und inmitten jener Herrlichkeit schien es, als stiege auch Saccards Stern immer höher, bis zu seinem größten Glanze. Das Glück, um welches er sich seit so vielen Jahren bemüht hatte, – er besaß es endlich als seinen Sklaven, wie eine ihm gehörende Sache, über welche man verfügt, die man unter Verschluß hält, lebendig und materiell. So oft hatte die Lüge in seinen Kassen gehaust; so viele Millionen waren hindurchgeflossen, durch alle Arten unsichtbarer Löcher verschwindend. Nein, das war nicht mehr der trügerische Reichthum der Außenseite, es war das wirkliche Königthum des Goldes, fest und auf vollen Säcken thronend. Und er übte sein Königthum nicht wie ein Gundermann aus, dank den Ersparnissen eines ganzen Bankier-Geschlechtes; er schmeichelte sich stolz, es durch sich selbst errungen zu haben, als Abenteurer-Kapitän, der durch einen Handstreich ein Königreich erwirbt. Zur Zeit seiner Spekulation mit den Baugründen des Quartier de l'Europe war er oft sehr hoch gestiegen; aber niemals hatte er das bezwungene Paris so demüthig zu seinen Füßen gesehen. Und er erinnerte sich des Tages, wo er bei Champeaux sein Frühmahl einnahm und – wieder einmal ruinirt, an seinem Stern zweifelnd – gierige Blicke auf die Börse warf, von dem Fieber ergriffen Alles von Neuem zu beginnen, um in einer Wuth der Vergeltung Alles wieder zu erobern. Welch' leckere Genüsse gönnte er sich denn auch zu dieser Stunde, da er wieder der Herr geworden! Vor Allem verabschiedete er Huret, als er sich allmächtig fühlte, und beauftragte Jantrou, gegen Rougon einen Artikel loszulassen, wo der Minister im Namen der Katholiken rundheraus beschuldigt wurde, in der römischen Frage ein Doppelspiel gespielt zu haben. Das war eine endgiltige Kriegserklärung zwischen den zwei Brüdern. Seit der Konvention vom 15. September 1864, besonders seit Sadowa thaten die Klerikalen, als wären sie wegen der Lage des Papstes lebhaft beunruhigt und seither nahm auch die „Hoffnung“ ihre frühere ultramontane Politik wieder auf und griff das liberale Kaiserreich heftig an, jenes Kaiserreich, wie die Dekrete vom 19. Jänner es zu gestalten begonnen hatten. In der Kammer zirkulirte ein Wort Saccards: er sagte, daß er trotz seiner tiefen Ergebenheit für den Kaiser sich eher für Heinrich V. entschließen als zugeben würde, daß der revolutionäre Geist Frankreich Katastrophen entgegenführe. Später, als seine Kühnheit mit seinen Siegen wuchs, verheimlichte er nicht mehr seinen Plan, die jüdische Bankwelt in der Person Gundermanns anzugreifen, in dessen Milliarde eine Bresche gelegt werden mußte, bis es schließlich zum Sturm und zur endgiltigen Niederwerfung kommen würde. Die Universalbank war so wunderbar groß geworden, – warum sollte dieses Bankhaus, von der ganzen Christenheit gestützt, nicht nach einigen weiteren Jahren die souveraine Beherrscherin der Börse werden? Und er spielte sich auf den Rivalen auf, auf den Nachbarkönig, mit gleicher Macht ausgerüstet, voll kriegerischer Listen; während Gundermann sehr phlegmatisch, ohne sich auch nur ein ironisches Lächeln zu gestatten, fortfuhr zu spähen und zu warten, blos mit interessirter Miene angesichts der fortdauernden Hausse der Aktien, als ein Mann, dessen ganze Stärke in der Geduld und in der Logik liegt.

Die Leidenschaft war's, die Saccard so hoch emportrug und die Leidenschaft mußte ihn auch verderben. In der Sättigung seiner Begierden hätte er an sich einen sechsten Sinn entdecken mögen, um ihn zu befriedigen. Madame Caroline, die an dem Punkte angelangt war stets zu lächeln, selbst dann, wenn ihr Herz blutete, blieb ihm eine Freundin,die er mit einer Art ehelichen Respektes anhörte. Die Baronin Sandorff, deren blaue Augenlider und rothe Lippen entschieden logen, bereitete ihm kein Vergnügen mehr; inmitten ihrer verderbten Neugierde war sie kalt wie eine Eisscholle. Uebrigens hatte er selbst niemals große Liebesleidenschaften gekannt; er gehörte zu den Geldmenschen, welche allzusehr beschäftigt sind, ihre Nerven anderswo ausgeben, die Liebe nach dem Monat bezahlen. Als er dann, auf dem Haufen seiner neuen Millionen sitzend, den Einfall hatte sich ein Weib zu gönnen, wollte er nur ein sehr theures kaufen, um es vor ganz Paris zu besitzen, etwa wie er sich mit einem sehr großen Brillanten beschenkt haben würde, mit der bloßen Eitelkeit, ihn in sein Halstuch zu stecken. Und war dies nicht eine ausgezeichnete Reklame? Ein Mann, der viel Geld für eine Frau aufwenden konnte, galt auch anerkanntermaßen als reich. Seine Wahl fiel sogleich auf Madame de Jeumont, bei welcher er mit Maxime einige Male gespeist hatte. Sie war noch sehr schön mit 36 Jahren, von der regelmäßigen und ernsten Schönheit einer Juno, und ihr großer Ruf stammte davon her, daß der Kaiser ihr eine Nacht mit hunderttausend Francs bezahlt hatte, die Auszeichnung ungerechnet, welche ihr Gatte erhalten hatte, ein korrekter Mann, der keine andere Stellung hatte als die Rolle, der Gatte seiner Frau zu sein. Beide führten ein üppiges Leben, gingen überallhin, zu den Empfängen der Minister und des Hofes, ernährten sich von seltenen, sorgfältig gewählten Liebeshändeln, begnügten sich mit drei, vier Nächten im Jahr. Man wußte, daß sie sehr hoch im Preise stand; es gehörte zur größten Vornehmheit sie zu besitzen. Und Saccard, den besonders das Verlangen plagte, von diesem kaiserlichen Bissen zu kosten, ging bis zu zweimalhunderttausend Francs, weil der Gatte anfänglich eine geringschätzige Miene vor diesem ehemaligen zweideutigen Finanzmann gemacht hatte, von welchem er fand, daß er eine zu geringe Persönlichkeit und von einer kompromittirenden Sittenlosigkeit sei. Es geschah um dieselbe Zeit, daß die kleine Madame Conin sich rundwegs weigerte, sich mit Saccard zu unterhalten. Er war ein häufiger Besucher der Papierhandlung in der Rue Feydeau; er hatte immer Notizbücher zu kaufen, angelockt von dieser anbetungswürdigen, rosigen, molligen Blonden mit dem seidenfeinen, mattblonden Schneehaar, von diesem kleinen Kraushammel, so anmuthsvoll, so einschmeichelnd, stets heiter.

– Nein, ich will nicht; mit Ihnen niemals!

Wenn sie ihr „niemals“ gesprochen hatte, dann war dies eine abgemachte Sache und nichts konnte sie bewegen von ihrer Weigerung abzukommen.

– Aber warum nicht? Ich habe Sie doch mit einem Andern gesehen, eines Tages, als Sie aus einem Gasthofe im Passage des Panoramas traten …

Sie erröthete, hörte aber nicht auf ihm kühn in das Gesicht zu schauen. Jener Gasthof, von einer ihr befreundeten alten Dame gehalten, diente ihr in der That als Schauplatz ihres Stelldicheins, wenn ihr die Laune kam, sich einem Herrn von der Börse hinzugeben, in den Stunden, wo ihr wackerer Ehegatte seine Registerbücher kleisterte, während sie in der Stadt Geschäftsgänge zu besorgen hatte.

– Sie wissen ja? Gustav Sédille, jener junge Mann, Ihr Geliebter? fuhr Saccard fort.

Sie widersprach mit einer allerliebsten Handbewegung. Nein, nein, sie hatte keinen Liebhaber. Kein Mann konnte sich rühmen sie zweimal besessen zu haben. Für wen hielt er sie denn? Einmal ja, zufällig, zum Vergnügen, ohne daß sie die Sache weiter verfolgen würde. Und Alle blieben ihre Freunde, ihre dankbaren, verschwiegenen Freunde.

– Sie wollen nicht, weil ich nicht mehr jung bin, wie?

Sie machte abermals eine Bewegung und lachte immerfort, als wollte sie zu verstehen geben, daß sie sich wenig darum kümmere, ob Einer jung sei. Sie hatte sich schon weniger jungen, weniger schönen hingegeben, oft ganz armen Teufeln.

– Warum dann nicht?

– Mein Gott, das ist sehr einfach, Sie gefallen mir nicht. Mit Ihnen niemals.

Sie blieb trotzdem sehr freundlich ihm gegenüber und schien sehr trostlos ihn nicht befriedigen zu können.

– Hören Sie, begann er von Neuem, Sie sollen bekommen was Sie verlangen. Wollen Sie tausend, zweitausend Francs für einmal, für ein einzigesmal?

Auf jedes neuere Angebot antwortete sie mit einem artigen Kopfschütteln.

– Hören Sie: wollen Sie zehntausend, wollen Sie zwanzigtausend Francs?

Sie unterbrach ihn, indem sie sachte ihre Hand auf die seinige legte.

– Nicht zehn, nicht fünfzig, nicht hunderttausend Francs! Sie könnten noch lange so in die Höhe gehen, ich würde immer Nein sagen ... Sie sehen, ich trage nicht ein Juwel. Man hat mir Geld, man hat mir von Allem angeboten, ich will aber nichts. Genügt es denn nicht, wenn man sein Vergnügen dabei hat? ... So verstehen Sie doch, daß mein Mann mich von ganzem Herzen liebt und daß auch ich ihn sehr liebe. Mein Mann ist ein sehr rechtschaffener Mensch. Nun ist es doch sicher, daß ich ihm keinen tödtlichen Kummer verursachen werde ... Was soll ich mit Ihrem Gelde anfangen, da ich es nicht meinem Manne geben kann? Uns geht es nicht schlecht; wir werden uns einst mit einem hübschen Vermögen von den Geschäften zurückziehen; und wenn alle die Herren so freundlich sind, ihren Bedarf weiter bei uns anzuschaffen, so nehme ich Das gern an ... Oh, ich will mich nicht für selbstloser geben als ich bin. Wenn ich allein wäre, würde ich sehen. Aber – noch einmal – Sie werden sich doch nicht vorstellen, daß mein Mann Ihre hunderttausend Francs annehmen würde, nachdem ich mit Ihnen geschlafen? ... Nein, nein, nicht für eine Million! Und dabei beharrte sie. Erbittert durch diesen unerwarteten Widerstand verfolgte Saccard einen Monat hindurch seine Bewerbungen. Sie brachte ihn um seine Ruhe mit ihrem lachenden Gesichte und ihren großen, mitleidigen Augen. Wie? konnte man für Geld nicht Alles haben? Das war eine Frau, welche Andere umsonst besessen hatten, während er ihr einen wahnsinnigen Preis vergebens anbot! Sie sagte nein; das war ihr Wille. Er litt dadurch grausam in seinem Triumph, wie durch einen Zweifel an seiner Macht, wie durch eine geheime Enttäuschung über die Macht des Goldes, die er bisher für eine Alles beherrschende gehalten hatte.

Eines Abends jedoch hatte er die Freude, seine Eitelkeit voll befriedigt zu sehen. Es war Ball im Ministerium des Aeußern und er hatte dieses aus Anlaß der Ausstellung gegebene Fest gewählt, um von seinem Glücke einer Liebesnacht mit Frau von Jeumout öffentliche Kunde zu geben. Denn zu dem Handel, welchen diese schöne Frau abzuschließen pflegte, gehörte stets auch die Vergünstigung, daß der glückliche Ersteher sich einmal mit ihr zeigen durfte, so daß die Angelegenheit die gewünschte volle Oeffentlichkeit erlangte. Um Mitternacht betrat Saccard, mit Frau von Jeumont am Arm und gefolgt von dem Gatten, die Salons, wo die nackten Schultern sich zwischen den schwarzen Fräcken drängten. Als sie erschienen, traten die Gruppen zur Seite; man öffnete einen breiten Weg dieser Laune von zweimalhunderttausend Francs, die sich hier breit machte, diesem Skandal, der sich aus wüthenden Begierden und wahnsinniger Freigebigkeit zusammensetzte. Die Leute lächelten und flüsterten, vergnügt, ohne Zorn, inmitten des betäubenden Geruches, der aus den Leibchen der Frauen aufstieg, umrauscht von den Klängen der Musik. Im Hintergrunde eines Salons drängte sich eine andere Fluth von Neugierigen um einen Koloß, welcher die schimmernde, prachtvolle weiße Uniform der preußischen Kürassiere trug und laut lachte. Es war Graf Bismarck, dessen hohe Gestalt über alle Köpfe hinausragte, mit großen Augen, starker Nase, einem mächtigen Gebiß und dem Schnurrbart eines barbarischen Eroberers. Nach Sadowa hatte er Deutschland an Preußen geliefert; die Bündnißverträge gegen Frankreich waren – obgleich seit Monaten geleugnet – seit Monaten unterschrieben. Und der Krieg, der im Mai wegen Luxemburgs bald ausgebrochen wäre, war fortan verhängnißvoll sicher. Als Saccard triumphirend durch den Saal ging, mit Frau von Jeumont am Arm und von dem Gatten gefolgt, hielt Graf Bismarck einen Augenblick im Lachen inne, als gutmüthiger Riese, der einen Spaß versteht, und schaute mit neugierigen Blicken, wie sie vorbei gingen.

IX.

Madame Caroline sah sich von Neuem allein. Hamelin war bis zu den ersten Tagen des November in Paris geblieben, um gewisse Formalitäten zu erledigen, welche die endgiltige Konstituirung der Gesellschaft mit einem Kapital von 150 Millionen nothwendig machte und er war es abermals, der auf den Wunsch Saccards zum Notar Lelorrain in der Rue Sainte-Anne ging, um daselbst die gesetzlich vorgeschriebenen Erklärungen abzugeben und zu bestätigen, daß sämmtliche Aktien gezeichnet, das Kapital eingezahlt sei, was nicht wahr war. Dann reiste er nach Rom ab, wo er zwei Monate zubringen wollte, um wichtige Angelegenheiten zu studiren, über welche er Stillschweigen beobachtete. Ohne Zweifel war dies sein famoser Traum von der Verlegung des heiligen Stuhles nach Jerusalem und noch ein anderes, viel praktischeres und bedeutenderes Projekt, dasjenige der Umgestaltung der Universalbank in eine katholische Bank, welche sich auf die christlichen Interessen der ganzen Welt stützen und eine ungeheure Maschine mit der Bestimmung werden sollte, das jüdische Bankwesen zu zermalmen und vom Erdboden hinwegzufegen. Von Rom gedachte er noch einmal nach dem Orient zurückzukehren, wohin ihn die Arbeiten der Eisenbahn Brussa-Beyrut riefen. Er entfernte sich, ganz beglückt über das rasche Gedeihen der Anstalt, vollkommen überzeugt von der unerschütterlichen Solidität, nur mit einer gewissen dumpfen Unruhe ob dieses allzu großen Erfolges im Grunde seines Herzens. Am Vorabend seiner Abreise hatte er eine Unterredung mit seiner Schwester, in welcher er ihr nur eine Sache dringend empfahl, nämlich, der allgemeinen Vorliebe zu widerstehen und ihre Papiere zu verkaufen, wenn der Kurs von 2200 Francs überschritten sein würde, weil er die Absicht hatte, persönlich gegen diese fortdauernde Hausse zu protestiren, welche er für unsinnig und gefährlich erachtete.

Wieder allein geblieben, fühlte sich Madame Caroline noch mehr verwirrt durch die überheizte Umgebung, in welcher sie lebte. Um die erste Woche des Monats November erreichte man den Kurs von 2100 Francs und es gab rings um sie her ein Entzücken, ein Geschrei von Dank und grenzenloser Hoffnung. Dejoie hatte sich vor ihr in Dankbarkeit aufgelöst, die Gräfinnen Beauvilliers behandelten sie als eine Ebenbürtige, als eine Freundin des Gottes, welcher ihr altes Haus aufrichten sollte. Ein Wettbewerb von Segnungen stieg aus der glücklichen Menge der Kleinen und der Großen auf, aus der Menge der endlich zu einer Mitgift gelangten Töchter, der plötzlich reich gewordenen Armen, der Leute, die ihre Sehnsucht nach einer Altersversorgung erfüllt sahen, der Reichen, die in der unersättlichen Lust glühten, noch reicher zu werden. In der auf die Ausstellung folgenden Zeit, in diesem vom Vergnügen und von der Macht berauschten Paris war dies eine einzige Stunde, eine Stunde des Glaubens an das Glück, die Gewißheit endloser Wohlfahrt. Alle Werthe waren gestiegen, selbst die am wenigsten soliden fanden gläubige Käufer; eine Menge verdächtiger Geschäfte ließ den Markt anschwellen bis zum Platzen, während unter diesem glänzenden Schein der hohle Klang der Leere sich vernehmbar machte, die wirkliche Erschöpfung einer Herrschaft, die zu viel genossen, Milliarden in großen Arbeiten ausgegeben, ungeheure Kredithäuser gemästet hatte, deren weit klaffende Kassen ihren Inhalt nach allen Seiten ergossen. In diesem Taumel mußte bei dem ersten Krach der Zusammenbruch kommen, und Madame Caroline hatte ohne Zweifel dieses ängstliche Vorgefühl, wenn sie bei jedem neuen Sprung der Kurse der Universalbank-Aktien ihr Herz sich zusammenschnüren fühlte. Noch war keinerlei schlimmes Gerücht in Umlauf, kaum ein leises Erbeben der erstaunten und überwältigten Baissiers. Nichtsdestoweniger hatte sie das Bewußtsein eines Unbehagens, irgend einer Sache, welche bereits den Bau unterwühlte; aber was war es? es ließ sich nichts Bestimmtes angeben und sie war genöthigt zu warten angesichts des Glanzes, des immer mehr anwachsenden Triumphes, trotz der leichten Erschütterungen, welche die Katastrophen ankündigen.

Indeß hatte Madame Caroline zu jener Zeit einen anderen Verdruß. In der Arbeitsstiftung war man mit Victor endlich zufrieden, der Knabe war still und tückisch geworden; wenn sie Saccard noch nicht Alles erzählt hatte, so war es nur vermöge eines seltsamen Gefühls der Verlegenheit, welches sie ihre Mittheilung von Tag zu Tag verschieben ließ, weil sie vor der Scham zurückscheute, welche ihr die Sache verursachen mußte. Maxime, welchem sie zu jener Zeit die 2000 Francs aus ihrer eigenen Tasche zurückerstattete, scherzte übrigens über die 4000 Francs, welche Busch und die Méchain noch forderten; diese Leute bestahlen sie und sein Vater wird wüthend sein, meinte er. Sie wies denn auch fortan die wiederholten Forderungen Busch's zurück, welcher die Vervollständigung der ihm versprochenen Summe heischte. Nach zahllosen Schritten, die er gethan, erzürnte sich der Agent endlich umsomehr, als sein alter Plan, Saccard tüchtig anzuzapfen, wieder auflebte, seitdem der Letztere seine neue, so hohe Situation erlangte, in welcher, wie Busch meinte, der Bankdirektor aus Furcht vor einem Skandal sich ihm auf Gnade und Ungnade ergeben würde. In seiner Erbitterung, aus einem so schönen Geschäfte keinen Nutzen zu schlagen, beschloß er denn eines Tages, sich direkt an Saccard zu wenden. Er schrieb ihm, er möge einmal in seinem Bureau vorsprechen, um Kenntniß von alten Papieren zu nehmen, welche in einem Hause der Rue de la Harpe gefunden worden, und gab auch die Nummer an und machte eine so deutliche Anspielung auf die alte Geschichte, daß Saccard sicherlich nicht ermangeln würde, von Unruhe ergriffen herbeizueilen. Dieser Brief, welchen man in der Rue Saint-Lazare zugestellt hatte, fiel in die Hände der Madame Caroline, welche die Schrift erkannte. Sie erbebte und fragte sich einen Augenblick, ob sie nicht zu Busch eilen sollte, um ihn zu befriedigen. Dann sagte sie sich, daß er vielleicht wegen einer anderen Sache schrieb und daß dies in jedem Falle ein Weg sei, mit der Angelegenheit zu Ende zu kommen. Sie war sogar ordentlich froh in ihrer Aufregung, daß ein Anderer ihr die Verlegenheit abgenommen, Saccard über diese Geschichte Mittheilung zu machen. Doch als dieser am Abend heimkehrte und in ihrer Gegenwart den Brief öffnete, sah sie ihn blos ernst werden und sie glaubte an irgend eine Complication in Geldsachen. Indeß hatte er eine tiefe Ueberraschung empfunden, seine Kehle schnürte sich zusammen bei dem Gedanken, in solche schmutzige Hände zu fallen und er witterte irgend eine Niedertracht. Mit einer unruhigen Geberde steckte er den Brief in die Tasche und faßte den Vorsatz, hinzugehen.

Die Tage gingen dahin, es kam die zweite Hälfte des Monats November und Saccard, betäubt durch den reißenden Strom, der ihn dahintrug, verschob von Tag zu Tag den Besuch, den er zu machen gedachte. Der Kurs von 2300 wurde überschritten; er war davon entzückt, obwohl er merkte, daß an der Börse ein Widerstand sich fühlbar machte in dem Maße, als die tolle Hausse zunahm; augenscheinlich gab es eine Gruppe von Baissiers, welche Stellung nahm, in den Kampf eintrat, vorerst noch schüchtern, in bloßen Vorpostengefechten. Und schon zweimal glaubte er sich verpflichtet, Kaufaufträge zu geben, natürlich unter falschem Namen, damit das Steigen der Kurse nicht unterbrochen werde. Es begann das System einer Gesellschaft, welche ihre eigenen Aktien kauft, in ihren eigenen Papieren spielt und sich so aufzehrt.

Eines Abends konnte Saccard, von seiner Leidenschaft durchrüttelt, es sich nicht versagen, mit Madame Caroline darüber zu sprechen.

– Ich glaube, es wird nun bald heiß werden. Wir sind schon zu stark. Wir sind ihnen zu unbequem. Ich wittere Gundermann, das ist seine Taktik. Er wird jetzt mit regelmäßigen Verkäufen vorgehen, heute so viel, morgen so viel, und jeden Tag die Ziffer vergrößernd, bis er uns erschüttert.

Sie unterbrach ihn mit ihrer ernsten Stimme.

– Wenn er Universalbank hat, so hat er Recht, zu verkaufen.

– Wie, er hat Recht, zu verkaufen?

– Ohne Zweifel; mein Bruder hat es Ihnen gesagt: Ueber 2000 hat der Kurs absolut keinen Sinn mehr.

Er betrachtete sie und brach in zügellosem Zorne los:

– So verkaufen Sie denn, wagen Sie es, zu verkaufen! Ja, spielen Sie gegen mich, da Sie meinen Untergang wollen!

Sie erröthete leicht, denn sie hatte gerade am vorhergegangenen Tage tausend Stück ihrer Aktien verkauft, um den Weisungen ihres Bruders zu gehorchen. Auch sie fühlte sich durch diesen Verkauf einigermaßen erleichtert, als wäre dies ein verspäteter Akt der Rechtschaffenheit. Allein da er sie nicht direkt befragte, gestand sie ihm die Sache nicht und war umsomehr verwirrt, als er hinzufügte:

– Es muß auch gestern irgend ein Verrath vorgegangen sein, ich bin dessen sicher. Es ist ein ganzes Bündel Aktien auf den Markt gekommen und die Kurse wären sicherlich zurückgegangen, wenn ich nicht dazwischengetreten wäre ... Gundermann macht keine solchen Streiche; seine Methode ist eine langsamere, aber auf die Dauer gefährlichere ... Oh, meine Liebe, ich bin ganz beruhigt, aber ich zittere dennoch, denn sein Leben vertheidigen ist nichts, das Schlimmste ist, sein Geld und dasjenige Anderer zu vertheidigen.

In der That gehörte Saccard von diesem Augenblick sich selbst nicht mehr an. Er wurde der Mensch der Millionen, die er gewann, ein Sieger, der fortwährend auf dem Punkte stand, geschlagen zu werden. Er fand nicht einmal mehr die Zeit, die Baronin Sandorff in dem kleinen Erdgeschoß-Appartement in der Rue Caumartin zu besuchen. In Wahrheit hatte sie ihn ermüdet durch die Lüge ihrer Flammenaugen, durch diese Kälte, welche seine verderbten Versuche nicht in Hitze zu verwandeln vermochten. Und dann war ihm ein Verdruß zugestoßen, derselbe, welchen er Delcambre bereitet hatte. Eines Abends war er – dank der Dummheit einer Kammerfrau – in dem Augenblick eingetreten, als die Baronin sich in den Armen Sabatani's befand. In der stürmischen Auseinandersetzung, welche dieser Ueberraschung gefolgt war, hatte er sich erst nach einer vollständigen Beichte beruhigt; sie habe es aus bloßer Neugierde gethan, aus einer gewiß strafbaren, aber so sehr erklärlichen Neugierde. Von diesem Sabatani redeten alle Frauen wie von einem solchen Phänomen und man flüsterte über diese Sache so Ungeheuerliches, daß sie dem Verlangen nicht habe widerstehen können, mit eigenen Augen zu schauen. Und Saccard verzieh ihr, als sie auf eine brutale Frage erwiderte, daß es Alles in Allem nicht so erstaunlich sei. Er besuchte sie fortan nur einmal in der Woche; nicht als ob er ihr einen Groll bewahrt hätte, sondern ganz einfach, weil sie ihn langweilte. Die Baronin, welche fühlte, daß er sich von ihr losmachte, verfiel wieder in ihre Unwissenheit und in ihre Zweifel von ehedem. Seitdem sie ihn in den intimen Stunden ins Gebet nahm, spielte sie fast sicher und gewann viel. Sie theilte in solcher Weise sein Spielglück. Heute sah sie wohl, daß er nicht antworten wollte, sie fürchtete sogar, daß er sie belog; und sei es, daß das Glück ihr den Rücken wandte, sei es, daß er sich in der That den Spaß gemacht, sie auf eine falsche Fährte zu lenken, genug dem, es geschah eines Tages, daß sie, indem sie seinem Vorschlag folgte, verlor. Ihr Vertrauen zu ihm war erschüttert. Wenn er sie dermaßen irreführte, wer wird sie fortan leiten? Und das Schlimmste war, daß die feindselige Regung gegen die Universalbank an der Börse, anfänglich eine so schwache, von Tag zu Tag zunahm. Es waren vorläufig nur Gerüchte, man wußte nichts Bestimmtes zu formuliren, keine Thatsache, welche die Solidität der Anstalt berühren konnte. Aber man ließ merken, daß es nicht richtig sein müsse, daß die Frucht wurmstichig sei. Alldies hinderte übrigens nicht eine weitere niederschmetternde Hausse der Aktien.

Nach einer verfehlten Spekulation in Italienern beschloß die Baronin, von entschiedener Unruhe ergriffen, die Redaktionsbureaux der „Hoffnung" aufzusuchen und, wenn möglich, Jantrou zum Plaudern zu bringen.

– Lassen Sie hören, was geht denn vor? Sie müssen wissen Universalbank sind soeben wieder um 20 Francs gestiegen und doch war irgend ein Gerücht im Umlauf. Niemand wußte mir zu sagen was, aber doch irgend etwas Schlimmes.

Jantrou befand sich in ähnlicher Verwirrung. An der Quelle der Nachrichten sitzend, im Nothfalle sie selber fabrizirend, verglich er sich gerne mit einem Uhrmacher, der inmitten von hundert Uhren lebt und niemals die genaue Stunde weiß. Wenn er dank seiner Zeitungsagentie in alle Geheimnisse eingeweiht war, so fehlte es ihm doch an einer einheitlichen und festen Meinung, denn seine Informationen kreuzten sich und hoben sich gegenseitig auf.

– Ich weiß nichts, absolut nichts.

– Ach, Sie wollen mir nichts sagen.

– Nein, ich weiß nichts, auf mein Ehrenwort. Ich selbst hatte die Absicht, Sie aufzusuchen und zu befragen. Ist denn Saccard nicht mehr freundlich zu Ihnen?

Sie machte eine Handbewegung, welche ihn in seiner Vermuthung bestärkte: das Verhältniß ging seinem Ende zu, Beide waren desselben müde geworden, die Frau war mürrisch, der Liebhaber abgekühlt, nicht mehr redselig. Er bedauerte einen Augenblick, die Rolle des gut informirten Mannes nicht gespielt zu haben, um sich endlich diese kleine Ladricourt zu gönnen – wie er sich ausdrückte – deren Vater ihn mit Fußtritten empfangen hatte. Aber er merkte wohl, daß seine Stunde noch nicht gekommen sei und er fuhr fort sie zu betrachten, während er laut seine Gedanken weiterspann.

– Ja, das ist ärgerlich; und ich zählte auf Sie ... Denn, nicht wahr? wenn irgend eine Katastrophe eintreten muß, sollte man gewarnt sein, um sich rechtzeitig vorsehen zu können. Oh, ich glaube nicht, daß die Sache drängt; die Bank ist noch sehr solid. Aber, man sieht so drollige Dinge. In dem Maße, als er sie so betrachtete, keimte in seinem Kopfe ein Plan.

– Hören Sie, sagte er plötzlich: da Saccard Sie im Stich läßt, sollten Sie sich mit Gundermann auf einen guten Fuß stellen.

Sie war einen Augenblick überrascht.

– Mit Gundermann? Warum? ... Ich kenne ihn ein wenig. Ich bin ihm bei Roivilles und bei Kellers begegnet.

– Umso besser, wenn Sie ihn kennen ... Besuchen Sie ihn unter irgend einem Vorwande; sprechen Sie mit ihm, trachten Sie seine Freundin zu werden ... Stellen Sie sich vor, was Das bedeuten würde: Die Freundin Gundermanns zu sein, die Welt zu beherrschen!

Und er kicherte bei den schlüpfrigen Bildern, die er mit einer Handbewegung andeutete; denn die Kälte des Juden war allgemein bekannt, es mußte ein sehr komplizirtes und sehr schwieriges Unternehmen sein ihn zu verführen. Als die Baronin begriffen hatte, lächelte sie still, ohne sich zu erzürnen.

– Aber, warum Gundermann? wiederholte sie.

Er erklärte ihr nun, daß Gundermann sicherlich an der Spitze der Gruppe von Baissiers stehe, welche gegen die Universalbank zu manövriren begannen. Er wußte dies, er hatte einen Beweis dessen. Da Saccard unfreundlich war, gebot doch wohl die einfachste Vorsicht, sich mit seinem Gegner auf einen guten Fuß zu stellen, ohne indeß mit Jenem ganz zu brechen. So würde man denn mit einem Fuße in jedem Lager stehen und sicher sein, am Tage der Schlacht sich in der Gesellschaft des Siegers zu befinden. Und diesen Verrath empfahl er mit einer liebenswürdigen Miene, einfach als ein Mann, der guten Rath weiß. Wenn eine Frau für ihn arbeiten wollte, würde er ruhig schlafen.

– Wollen Sie? Seien wir Verbündete ... Wir werden einander verständigen, wir werden einander Alles sagen, was wir erfahren haben werden.

Als er ihre Hand ergriff, zog sie dieselbe mit einer instinktiven Bewegung zurück, weil sie etwas Anderes vermuthete.

– Aber nein, ich denke nicht daran, da wir Kameraden sind, sagte er ... Später werden Sie selbst mich belohnen wollen.

Sie überließ ihm lachend ihre Hand, welche er küßte. Und sie fühlte schon keine Mißachtung gegen ihn, vergaß, daß er ein Lakai gewesen, sah ihn nicht mehr in der schmutzigen Ausschweifung, in die er versunken war mit seinem verwüsteten Antlitz, seinem schönen Barte, der nach Absynth stank, mit seinem neuen und doch schon fleckigen Rocke und seinem glänzenden Zilinderhute, den er an der Mörtelwand der Treppe irgend eines verdächtigen Hauses eingestoßen hatte.

Schon am folgenden Tage begab sich die Baronin Sandorff zu Gundermann. Seitdem die Aktien der Universalbank den Kurs von zweitausend erreicht hatten, führte dieser Bankier in der That einen ganzen Feldzug *à la baisse*, in größter Stille und Verschwiegenheit, ohne jemals an die Börse zu gehen und ohne einen offiziellen Vertreter daselbst zu haben. Sein Gedankengang war der, daß eine Aktie vor Allem den Emissionspreis werth sei, dann die Verzinsung, die sie bringen kann und die von dem Gedeihen des Hauses, von dem Erfolg ihrer Unternehmungen abhängig ist. Es gibt also einen Maximalwerth, welchen sie vernünftigerweise nicht übersteigen darf; sobald sie – dank der Voreingenommenheit des Publikums – diesen Maximalwerth übersteigt, ist die Hausse eine trügerische und gebietet die Klugheit in die Baisse zu gehen, mit der Sicherheit, daß sie kommen werde. In seiner Ueberzeugung, in seinem absoluten Glauben an die Logik war er dennoch überrascht von den raschen Eroberungen Saccards, von dieser plötzlich emporgewachsenen Macht, worüber die jüdische hohe Bankwelt nachgerade entsetzt war. Es galt so rasch als möglich diesen gefährlichen Nebenbuhler niederzuschlagen, nicht bloß um die am Tage nach Sadowa verlorenen acht Millionen wieder zu gewinnen, sondern hauptsächlich, um nicht das Königthum des Marktes mit diesem furchtbaren Abenteurer theilen zu müssen, dessen tolle Unternehmungen gegen jede vernünftige Erklärung, wie durch ein Wunder zu gelingen schienen. Und Gundermann, von Verachtung gegen die Leidenschaft erfüllt, übertrieb noch sein Phlegma eines mathematischen Spielers, eines Spielers von der kühlen Hartnäckigkeit eines Zahlenmenschen, der immerfort verkaufte, trotz der andauernden Hausse und bei jeder Hausse immer größere Summen verlor, mit der ruhigen Sicherheit eines Weisen, der sein Geld einfach in die Sparkasse legt.

Als die Baronin endlich eintreten konnte, inmitten des Gedränges der Beamten und der Remisiers, des Hagels von Schriftstücken, die zu unterschreiben waren und von Depeschen, die gelesen werden mußten, fand sie den Bankier an einer Erkältung, an einem Husten leidend, der ihm schier die Kehle zerriß. Dennoch war er da seit sechs Uhr Morgens, hustend und speiend, erschöpft, aber dennoch fest. An jenem Tage, an welchem eine ausländische Anleihe bevorstand, war der weite Saal mit einer Fluth von eiligen Besuchern gefüllt, welche zwei Söhne und ein Schwiegersohn des Bankiers mit größter Raschheit abfertigten. In der Nähe des Tisches, welchen Gundermann sich in einer Fensternische vorbehalten hatte, spielten drei seiner Enkelkinder, zwei Mädchen und ein Knabe, und stritten mit gellendem Geschrei um eine Puppe, welcher sie schon einen Arm und ein Bein ausgerissen hatten.

Die Baronin rückte sogleich mit dem Vorwande ihres Besuches heraus.

– Lieber Herr, ich wollte persönlich den Muth meiner Zudringlichkeit haben ... Ich komme wegen einer Wohlthätigkeits-Lotterie ...

Er ließ sie nicht zu Ende sprechen; er war sehr wohlthätig und nahm stets zwei Karten, besonders wenn die Damen, welche er in Gesellschaften getroffen hatte, sich selbst die Mühe nahmen ihm die Karten zu bringen.

Doch er mußte sich entschuldigen, denn ein Beamter legte ihm soeben die Schriftstücke einer geschäftlichen Angelegenheit vor. In dem rasch geführten Gespräch zwischen dem Chef und seinem Angestellten handelte es sich um riesige Ziffern.

– Zweiundfünfzig Millionen, sagen Sie? Und wie hoch war der Kredit?

– Sechszig Millionen.

– Nun denn, bringen Sie ihn auf fünfundsiebzig Millionen.

Schon wollte er sich wieder zur Baronin wenden, als ein Wort, welches er aus einer Unterhandlung seines Schwiegersohnes mit einem Remisier aufgefangen, ihn bewog hinzueilen.

– Aber keineswegs! rief er. Zum Kurse von 587.50 macht dies zehn Sous weniger per Aktie.

– Oh, mein Herr, bemerkte der Remisier unterthänig, wegen 43 Francs, die Das ausmachen würde ...

– Wie? 43 Francs! Das ist ja enorm! Glauben Sie, daß ich mein Geld stehle? Jedem das Seine, ich kenne nichts Anderes.

Um endlich ruhig mit der Baronin sprechen zu können, führte er sie in das Speisezimmer, wo der Tisch schon gedeckt war. Er ließ sich durch den Vorwand der Wohlthätigkeits-Lotterie nicht täuschen, denn er kannte ihr Verhältniß, dank einer speichelleckerischen Polizei, die ihn unterrichtete, und er vermuthete wohl, daß irgend ein ernstes Interesse sie zu ihm führte. Er that sich denn auch keinen Zwang an.

– Sagen Sie mir nun, was Sie mir zu sagen haben.

Allein sie stellte sich überrascht. Sie habe ihm nichts zu sagen und wolle ihm nur für seine Güte danken.

– Sie haben also nicht irgend einen Auftrag für mich erhalten?

Und er schien enttäuscht, als hätte er einen Augenblick geglaubt, daß sie mit einer geheimen Mission Saccards, mit irgend einer Erfindung dieses Narren zu ihm komme.

Jetzt, da sie allein waren, betrachtete sie ihn lächelnd, mit ihrer gierigen und verlogenen Miene, welche die Männer in so unnützer Weise erregte.

– Nein, nein, ich habe Ihnen nichts zu sagen; und da Sie so gut sind, hätte ich eher etwas von Ihnen zu verlangen.

Sie hatte sich zu ihm vorgebeugt und streifte seine Kniee mit ihren feinen, beschuhten Händen. Und nun beichtete sie ihm, erzählte von ihrer unglücklichen Ehe mit einem Fremden, der für ihre Natur, für ihre Bedürfnisse kein Verständniß hatte, so daß sie zum Spiel Zuflucht nehmen mußte, um ihre gesellschaftliche Stellung zu behaupten. Endlich sprach sie von ihrer Vereinsamung, von der Nothwendigkeit einen Berather, einen Führer zu haben auf diesem furchtbaren Boden der Börse, wo jeder Fehltritt so schwere Opfer fordert.

– Aber, ich dachte, Sie haben Jemanden, unterbrach er sie.

– Oh, Jemanden! murmelte sie mit einer Geberde tiefer Verachtung. Nein, nein, Das ist Niemand, ich habe Niemanden ... Sie möchte ich haben, den Gebieter, den Gott. Und es würde Ihnen wahrhaftig nichts kosten, mir von Zeit zu Zeit ein Wort, ein einziges Wort zu sagen. Wenn Sie wüßten, wie glücklich Sie mich machen würden, wie dankbar ich Ihnen wäre, oh, von ganzem Herzen! ...

Sie rückte noch näher, hüllte ihn in ihren warmen Athem ein, in den feinen, bezwingenden Duft, den ihr ganzes Wesen ausströmte. Aber er blieb sehr ruhig und wich nicht einmal zurück; sein Fleisch war todt, er hatte keine Regung zu unterdrücken. Während sie sprach, nahm er – dessen Magen völlig verdorben war, so daß er sich mit Milchkost nährte – aus einer Fruchtschüssel, die auf dem Tische stand, Weintraubenkörner, immer eines nach dem anderen, die er mit einer mechanischen Geste aß; es war die einzige Ausschreitung, die er sich zuweilen gestattete, in den großen Stunden sinnlicher Erregung, und die er mit Tagen qualvoller Leiden bezahlte.

Er lächelte schlau, wie ein Mann, der sich unüberwindlich weiß, als die Baronin, wie selbstvergessen, im Eifer ihrer Bitte, ihm endlich ihre kleine, verführerische Hand auf das Knie legte, diese Hand mit den verzehrenden Fingern, so geschmeidig und so biegsam wie ein Bündel Schlangen. Scherzend nahm er diese Hand und that sie weg, wobei er mit einem Kopfschütteln Dank sagte, wie man für ein unnützes Geschenk dankt, das man ablehnt. Und ohne länger seine Zeit zu verlieren sagte er, gerade auf sein Ziel losgehend:

– Sie sind sehr liebenswürdig und ich möchte Ihnen gefällig sein ... Meine schöne Freundin, an dem Tage, da Sie mir einen guten Rath bringen, will ich Ihnen dafür einen andern guten Rath geben; dazu verpflichte ich mich. Kommen Sie zu mir, um mir zu sagen, was man thut, und ich werde Ihnen sagen, was ich thun werde. Ist's abgemacht?

Er war aufgestanden und sie mußte mit ihm nach dem anstoßenden großen Saal zurückkehren. Sie hatte vollkommenverstanden, welchen Handel er ihr vorschlug: die Auskundschaftung, den Verrath. Allein, sie wollte darauf nicht antworten und kam auf ihre Wohlthätigkeits-Lotterie zurück, während er mit seinem spöttischen Kopfschütteln hinzuzufügen schien, daß er auf ihren Beistand keinen Werth lege und daß das logische, verhängnißvolle Ende dennoch kommen werde – vielleicht etwas später. Und als sie endlich ging, war er schon bei anderen Geschäften, in dem außerordentlichen Tumult dieser Halle der Kapitalien, inmitten des Zuges der Börsenleute, des Rennens seiner Beamten, der Spiele seiner Enkelkinder, welche mit einem Triumphgeschrei endlich der Puppe den Kopf abgerissen hatten. Er hatte sich wieder an seinen schmalen Schreibtisch gesetzt, versenkte sich in das Studium einer ihm plötzlich aufgetauchten Idee und hörte nichts mehr.

Zweimal kehrte die Baronin nach den Redaktionsbureaux der „Hoffnung“ zurück, um Jantrou über ihren Schritt bei Gundermann zu berichten, doch traf sie den Direktor nicht. Endlich führte Dejoie sie hinein, an einem Tage, wo seine Tochter Nathalie mit Madame Jordan auf einem Bänkchen des Ganges plauderte. Seit zwei Tagen ging draußen eine Sintfluth nieder; bei diesem feuchten, trüben Wetter war der Halbstock dieses alten Hôtels, im Hintergrunde des düsteren, brunnenschachtförmigen Hofes, von einer furchtbaren Traurigkeit. Das Gas brannte in einem schmutzigen Zwielicht. Marcelle, die auf ihren Gatten wartete, der irgendwo Geld auftreiben sollte, um Busch eine neue Abschlagszahlung zu leisten, hörte mit trauriger Miene Nathalie schwatzen wie eine eitle Elster, mit ihrer trockenen Stimme und ihren spitzigen Geberden eines zu früh aufgeschossenen Pariser Mädchens.

– Sie begreifen, Madame, Papa will nicht verkaufen ... Jemand treibt ihn an zu verkaufen und will ihm Schrecken einjagen. Ich will diese Person nicht nennen, denn es ist wahrhaftig nicht ihre Rolle, die Leute zu erschrecken. Ich selbst hindere jetzt Papa zu verkaufen. Fällt mir nicht ein zu verkaufen, wenn die Aktie steigt! Da müßte ich doch recht dumm sein, nicht wahr?

– Gewiß! begnügte sich Marcelle zu sagen.

– Sie wissen, daß wir jetzt auf zweitausendfünfhundert stehen, fuhr Nathalie fort. Ich führe die Rechnungen, denn Papa kann nicht schreiben. Mit unseren acht Aktien macht dies bereits zwanzigtausend Francs aus. Das ist hübsch, nicht wahr? Papa wollte zuerst bei achtzehntausend stehen bleiben; dies war seine Ziffer: sechstausend Francs für meine Mitgift, zwölftausend Francs für ihn, eine kleine Rente von sechshundert Francs, die er nach so vielen Aufregungen wohl verdient haben würde ... Aber ist es nicht ein Glück, sagen Sie, daß er nicht verkauft hat? Wir haben nun wieder um zweitausend Francs mehr! ... Und jetzt wollen wir noch mehr; wir wollen eine Rente von wenigstens tausend Francs. Und wir werden sie haben: Herr Saccard hat es gesagt ... Herr Saccard ist so lieb! ...

Marcelle konnte ein Lächeln nicht unterdrücken.

– Sie heirathen also nicht mehr?

– Doch, doch; wenn die Aktien nicht mehr steigen. Wir hatten es eilig, besonders Theodor's Vater, wegen seines Handels. Aber man will doch die Quelle nicht verstopfen, wenn das Geld kommt. Oh, Theodor versteht Das sehr genau; wenn Papa mehr Rente hat, werden wir eines Tages mehr Kapital haben. Das verdient doch wohl überlegt zu werden ... Und so warten wir denn alle. Wir haben die sechstausend Francs seit Monaten und könnten heirathen; aber sie sollen erst noch Junge bekommen, die sechstausend Francs ... Lesen Sie die Artikel über unsere Aktien?

Und ohne die Antwort abzuwarten fuhr sie fort:

– Ich lese sie des Abends. Papa bringt mir die Blätter ... Er hat sie immer schon gelesen und ich muß ihm sie noch einmal vorlesen ... Was sie versprechen, ist so schön, daß man nicht müde wird es zu lesen. Wenn ich schlafen gehe, habe ich den Kopf voll damit; ich träume des Nachts davon. Und auch Papa sagt mir, er sehe Dinge, die ein gutes Zeichen sind. Vorgestern hatten wir den nämlichen Traum: wir sammelten mit der Schaufel Hundertsous-Stücke auf der Straße. Es war sehr ergötzlich.

Sie unterbrach sich von Neuem, um zu fragen:

– Wie viel Aktien haben Sie, Madame?

– Wir? keine einzige, antwortete Marcelle.

Das kleine, blonde Gesicht Nathaliens mit den fliegenden, fahlen Haaren nahm einen Ausdruck unermeßlichen Mitleides an. Ach, die armen Leute, die keine Aktien hatten! Und als ihr Vater sie rief, um ihr ein Bündel Korrektur-Abzüge zu übergeben, welche sie auf dem Heimwege nach Batignolles einem Redakteur bringen sollte, entfernte sie sich mit der spaßigen Wichtigthuerei einer Kapitalistin, die jetzt fast jeden Tag bei dem Blatte vorsprach, um rascher die Börsenkurse zu erfahren.

Auf dem Bänkchen allein geblieben versank Marcelle wieder in ein melancholisches Brüten, sie, die sonst so fröhlich und so tapfer war. Mein Gott! wie schwarz und wie häßlich war die Zeit! Und ihr armer Mann lief bei dieser Sintfluth in den Straßen herum! Er hatte eine solche Verachtung gegen das Geld, ein solches Unbehagen bei dem bloßen Gedanken sich damit zu beschäftigen, es kostete ihm eine so große Anstrengung Geld zu verlangen, selbst von Jenen, die ihm welches schuldeten! Und in Gedanken versunken, nichts hörend, durchlebte sie von Neuem diesen Tag seit ihrem Erwachen, diesen bösen Tag; während rings um sie her die fieberhafte Arbeit der Zeitungsmacherei fortdauerte, die Redakteure durch die Zimmer eilten, die Setzerjungen mit den Abzügen kamen und gingen, Thüren zugeworfen, Klingel gezogen wurden.

Um 9 Uhr Morgens – eben war Jordan fortgegangen, um genaue Erkundigungen nach einem Unglücksfall einzuholen, über welchen er seinem Blatte berichten sollte – sah Marcelle, kaum gewaschen und noch in ihrem Nachtjäckchen, zu ihrer maßlosen und peinlichen Ueberraschung Busch in ihrer Wohnung erscheinen, gefolgt von zwei sehr schmutzigen Menschen, vielleicht Gerichtsvollziehern, vielleicht Banditen, was sie nicht genau entscheiden konnte. Der abscheuliche Busch mißbrauchte ohne Zweifel den für ihn günstigen Umstand, daß er nur eine Frau zuhause traf, und erklärte, sie würden Alles pfänden, wenn er nicht sogleich bezahlt würde. Und vergebens wehrte sie sich, vergebens versicherte sie, von den gesetzlich vorgeschriebenen Formalitäten keine Kenntniß zu haben: er behauptete, die gerichtliche Entscheidung sei bekannt gegeben, die Kundmachung angeheftet worden; und er behauptete dies mit einer solchen Sicherheit, daß sie darob völlig bestürzt war und schließlich glaubte, daß diese Dinge möglich seien, ohne daß man davon wisse. Allein, sie fügte sich nicht; sie erklärte, ihr Mann werde zur Frühstückszeit nicht heimkehren und sie würde nichts berühren lassen, bevor er heimkäme. Und dann begann zwischen den drei verdächtigen Männern und dieser nur halb bekleideten jungen Frau, deren Haare noch ungeordnet auf ihre Schultern herabfielen, die furchtbarste Scene; Jene inventirten bereits die Fahrnisse, sie schloß die Schränke, warf sich vor die Thür, wie um sie zu hindern etwas fortzuschaffen. Ihre arme kleine Wohnung, auf die sie so stolz war, ihre wenigen Möbelstücke, die sie so sauber hielt, der Zitzvorhang in ihrem Schlafzimmer, welchen sie selbst aufgenagelt hatte! Nur über ihren Körper hinweg würden sie etwas fortschaffen können! rief sie ihnen tapfer zu; und sie nannte Busch einen Hundsfott und einen Dieben; ja, er sei ein Dieb, der sich nicht schämte siebenhundertdreißig Francs fünfzehn Centimes – die neuen Kosten ungerechnet – für eine Schuld von dreihundert Francs zu fordern, für eine Schuld, die er um hundert Sous erstanden, mit Lumpen und altem Eisen zusammen! Ueberdies hatten sie in Teilbeträgen schon vierhundert Francs abgezahlt und da redete dieser Dieb noch davon ihre Möbel fortschaffen zu wollen, um sich damit für dreihundert und so viele Francs bezahlt zu machen, die er ihnen noch stehlen wollte! Und er wußte vollkommen, daß sie keine schlechten Absichten haben und daß sie ihn sogleich bezahlt haben würden, wenn sie das Geld hätten. Und er benützte eine Gelegenheit, wo sie allein war, ihm nicht antworten könnend, weil sie mit dem Vorgang nicht vertraut war, bloß um sie zu erschrecken und weinen zu machen. Hundsfott! Dieb! Dieb! Busch war wüthend und schrie noch lauter als sie, schlug sich heftig auf die Brust: Ist er nicht ein rechtschaffener Mann? Hat er nicht die Schuldforderung mit gutem Gelde bezahlt? Er befände sich vollkommen in Ordnung mit dem Gesetze und wolle ein Ende machen. Doch als einer der zwei schmutzigen Männer die Schubfächer der Kommode öffnete, um die Leibwäsche zu suchen, nahm sie eine so furchtbare Haltung an, indem sie drohte, das Haus und die Gasse in Aufruhr zu bringen, daß der Jude klein beigab. Endlich, nach einer weiteren halben Stunde niedrigen Streites hatte er eingewilligt bis zum nächsten Tage zu warten, nicht ohne einen wüthenden Eid zu schwören, daß er morgen Alles nehmen würde, wenn sie ihm nicht Wort hielte. Oh, welche brennende Schmach, an der sie jetzt noch litt! Diese abscheulichen Menschen in ihrer Wohnung, ihr Zartgefühl, ihre Züchtigkeit beleidigend, Alles durchsuchend, selbst das Bett, ihr so glückseliges Zimmer verpestend, dessen Fenster sie nach ihrem Abgang weit offen ließ!

Doch noch ein anderer, schwererer Kummer harrte Marcelles an jenem Tage. Sie war auf den Einfall gekommen zu ihren Eltern zu eilen und die Summe von ihnen zu entlehnen; in solcher Weise würde sie ihren Mann des Abends, bei seiner Heimkehr, nicht betrüben müssen, vielmehr ihn mit der Erzählung der Scene vom Morgen lachen machen. Schon sah sie sich im Geiste ihm den großen Kampf schildern, den grausamen Ansturm auf ihre Häuslichkeit und den Heldenmuth, mit welchem sie den Angriff abgeschlagen! Ihr Herz pochte sehr heftig, als sie das kleine Hôtel in der Rue Legendre betrat, dieses wohlbestellte Haus, in welchem sie herangewachsen und wo sie nur mehr Fremde anzutreffen glaubte, so sehr schien ihr dort die Luft eine andere, eine eisige. Da ihre Eltern sich eben zu Tische setzten, nahm sie die Einladung zum Frühstück an, um sie günstiger zu stimmen. Während der ganzen Mahlzeit drehte sich das Gespräch um die Hausse der Aktien der Universalbank, deren Kurs gestern wieder um 20 Francs gestiegen war; und sie war erstaunt ihre Mutter noch fieberhafter erregt, noch gieriger zu finden, als ihren Vater. Sie, die anfänglich bei dem bloßen Gedanken an die Spekulation zitterte, war jetzt völlig für das Spiel gewonnen, schalt ihn heftig wegen seiner Furchtsamkeit und rannte wüthend den großen Glückszügen nach. Gleich bei der Vorspeise war sie in Zorn gerathen, weil er davon sprach, ihre fünfundsiebzig Aktien zu diesem unverhofften Kurse von 2520 verkaufen zu wollen, was einen Betrag von 189 000 Francs ausmachen und einen hübschen Nutzen, mehr als hunderttausend Francs über den Kaufpreis abwerfen würde. Verkaufen! während die „*Cote financière*“ den Kurs von dreitausend verhieß! Ist er verrückt? Die „*Cote financière*“ war doch schließlich bekannt vermöge ihrer alten Rechtschaffenheit; er selbst habe es ja oft genug gesagt, daß man mit dieser Zeitung ruhig schlafen könne. Nein, wahrhaftig, sie wird ihn nicht verkaufen lassen! Lieber würde sie das Haus verkaufen, um noch mehr Aktien zu kaufen. Und Marcelle hörte schweigend, mit beklommenem Herzen diese großen Ziffern hin- und herfliegen und sann darüber nach, wie sie es wagen würde, ein Darlehen von fünfhundert Francs zu verlangen in diesem Hause, das dem Spiel anheim gefallen war, wo sie allmälig die Fluth der Finanzblätter hatte höher steigen sehen, welche es heute in dem berauschenden Traum ihrer Reklamen völlig untergehen ließen. Beim Nachtisch hatte sie endlich Muth gefaßt: sie müßten fünfhundert Francs haben, weil man sonst ihre Fahrnisse verkaufen würde; ihre Eltern könnten sie in diesem Unglück unmöglich verlassen. Der Vater hatte sogleich den Kopf hängen lassen, mit einem verlegenen Blick zu seiner Frau hinüber. Doch schon hatte die Mutter das Verlangen rundweg abgeschlagen. Fünfhundert Francs! Woher sollte sie sie nehmen? Ihre ganzen Kapitalien seien durch die Börsen-Operationen gebunden; dann kam sie auf ihre alten Vorwürfe zurück: wenn man einen Hungerleider, einen Bücherschreiber geheirathet hat, so muß man sich mit den Folgen seiner Thorheit abfinden und nicht den Seinigen zur Last fallen. Nein, sie habe nicht einen Sou für die Faulenzer, welche mit ihrer geheuchelten Mißachtung für das Geld nur daran denken, dasjenige Anderer aufzuessen. Und sie hatte ihre Tochter abziehen lassen und diese war verzweifelt weggegangen, mit blutendem Herzen, weil sie ihre Mutter, diese früher so vernünftige und gute Frau nicht wieder erkannte.

In der Straße war Marcelle wie unbewußt dahin gegangen, zur Erde blickend, ob sie nicht da Geld finden würde. Dann war sie plötzlich auf den Einfall gekommen, sich an Onkel Chave zu wenden; und sie begab sich sogleich nach der verschwiegenen Erdgeschoßwohnung in der Rue Nollet, um ihn noch vor der Börse zuhause zu treffen. Sie hörte daselbst ein Geflüster und ein Kichern junger Mädchen. Doch als die Thür geöffnet worden, sah sie den Kapitän allein, seine Pfeife rauchend; und er war trostlos, wüthend gegen sich selbst und schrie, daß er niemals hundert Francs im voraus habe, daß er Tag für Tag seine kleinen Börsengewinnste aufzehre, wie ein schmutziges Schwein, das er sei. Dann, als er die Weigerung der Maugendre hörte, wetterte er über sie; das seien abscheuliche Leute, die er übrigens nicht mehr besuchte, seitdem die Hausse ihrer lumpigen paar Aktien ihnen den Verstand raubte. Die vorige Woche erst habe seine Schwester ihn einen Pfennigfuchser genannt, wie um sein vorsichtiges Spiel lächerlich zu machen, weil er ihr freundschaftlich gerathen hatte zu verkaufen. Das ist Eine, die er nicht beklagen wird, wenn sie eines Tages den Hals brechen wird!

Und Marcelle sah sich von Neuem auf der Straße mit leeren Händen; und sie hatte sich entschließen müssen zur Redaktion der Zeitung zu gehen, um ihren Mann zu verständigen, was am Morgen vorgegangen war. Busch mußte absolut bezahlt werden. Jordan, dessen Buch noch von keinem Verleger angenommen war, hatte sich auf die Jagd nach Geld begeben, durch das kothige Paris, an diesem Regentage, ohne zu wissen wo er anklopfen solle, bei Freunden, bei den Zeitungen, für welche er arbeitete, wie es der Zufall bringen würde. Obgleich er sie gebeten hatte in ihre Wohnung heimzukehren, war sie dermaßen geängstigt, daß sie es vorgezogen hatte hier auf dem Bänkchen zu bleiben und zu warten.

Als Dejoie nach dem Abgang seiner Tochter sie allein sah, brachte er ihr eine Zeitung.

– Wollen Sie lesen, Madame, um sich die Zeit zu vertreiben?

Allein, sie machte eine ablehnende Handbewegung und da Saccard eben ankam, spielte sie die Tapfere und erklärte heiter, daß sie ihren Mann gebeten habe, statt ihrer einen Weg im Stadtviertel zu machen, der ihr selbst lästig gewesen. Saccard, der Freundschaft für das kleine Ehepaar hegte, wie er sie nannte, bestand darauf, daß sie in sein Kabinet eintrete, um bequemer zu warten. Sie wehrte sich dagegen und meinte, sie sei da, wo sie war, gut aufgehoben. Und er drang nicht länger in sie, als er zu seiner Ueberraschung die Baronin Sandorff aus dem Zimmer Jantrou's treten sah. Sie lächelten übrigens einander mit freundlichem Einverständnisse zu, als Leute, die einen bloßen Gruß austauschen, um sich nicht auffällig zu machen.

In der Unterredung, welche Jantrou mit der Baronin soeben gehabt, hatte er ihr gesagt, daß er es nicht mehr wage ihr einen Rath zu geben. Die Festigkeit, mit welcher die Universalbank den wachsenden Anstrengungen der Baissiers Widerstand leistet, mache ihn stutzig; ohne Zweifel werde Gundermann schließlich den Sieg davontragen, aber Saccard konnte noch lange aushalten und man konnte neben ihm vielleicht noch große Gewinnste einheimsen. Er hatte sie bestimmt noch zuzuwarten, Beide warm zu halten. Das Beste war, noch ferner die Geheimnisse des Einen zu erlangen, indem sie sich ihm liebenswürdig zeigt, so daß sie diese Geheimnisse für sich bewahren und ausnützen, oder dem Anderen verkaufen konnte, je nachdem ihr Interesse es erheischte. Und das waren keine finsteren Ränke; er legte es ihr mit scherzender Miene zurecht, während sie ihm lachend versprach, daß er mit vom Geschäfte sein solle.

– Sie steckt also jetzt immer bei Ihnen? Sie sind an der Reihe? sagte Saccard in seiner rohen Weise, als er das Kabinet Jantrou's betrat.

Dieser spielte den Erstaunten.

– Wer denn? ... Ach, die Baronin? Aber, theurer Meister, sie betet Sie ja an. Sie sagte es mir eben jetzt erst wieder.

Mit der Geberde eines Menschen, der sich nicht täuschen läßt, hatte der alte Räuber ihn unterbrochen; und er betrachtete diesen in niedrigen Lüsten versunkenen Menschen und dachte sich, daß wenn sie der Neugierde nachgegeben hat zu erfahren wie Sabatani beschaffen sei, sie wohl auch Verlangen tragen könne, von dem Laster dieser Ruine zu kosten.

– Vertheidigen Sie sich nicht, mein Lieber. Wenn eine Frau spielt, ist sie sehr wohl im Stande dem Eckensteher, der ihr einen Auftrag bringt, in die Arme zu sinken.

Jantrou war sehr beleidigt, aber er begnügte sich zu lachen, ohne die Anwesenheit der Baronin bei ihm zu erklären. Sie sei wegen einer Annonce gekommen, sagte er.

Saccard hatte übrigens bereits mit einem Achselzucken diese Frauenfrage beiseite geworfen, die – wie er meinte – kein Interesse bot. Im Zimmer hin- und hergehend, zuweilen an das Fenster tretend, um den unaufhörlichen grauen Regen zu betrachten, ließ er seiner entnervten Freude freien Lauf. Jawohl, Universalbank war gestern wieder um 20 Francs gestiegen! Aber, wie zum Teufel, war es möglich, daß einzelne Verkäufer sich dennoch verbissen? Denn die Hausse wäre bis zu 30 Francs gegangen, wäre nicht gleich in der ersten Stunde ein Packet Aktien auf den Markt geworfen worden. Was er nicht wußte, war, daß Madame Caroline abermals tausend Aktien verkauft hatte, indem sie selbst gegen die unsinnige Hausse ankämpfte, so wie ihr Bruder es ihr aufgetragen. Gewiß, Saccard hatte sich angesichts des wachsenden Erfolges nicht zu beklagen und dennoch schüttelte ihn an diesem Tage ein innerer Schauder, zusammengesetzt aus einer dumpfen Furcht und aus Zorn. Er schrie, die schmutzigen Juden hätten sein Verderben geschworen und der Hundsfott Gundermann habe sich an die Spitze eines Syndikats von Baissiers gestellt, um ihn zu ruiniren. Man hatte ihm dies an der

Börse gesagt; man sprach dort von einer Summe von dreihundert Millionen, welche von dem Syndikat bestimmt sei, die Baisse zu nähren. Ha, die Briganten! Und was er nicht so laut wiederholte, das waren die anderen Gerüchte, die von Tag zu Tag immer deutlicher in Umlauf kamen und die Solidität der Universalbank bestritten, schon Thatsachen, Anzeichen bevorstehender Schwierigkeiten anführten, allerdings ohne das blinde Vertrauen des Publikums bisher im Geringsten erschüttert zu haben.

Doch jetzt ward die Thür aufgestoßen und Huret mit seinem Gesichte eines Einfaltspinsels trat ein.

– Ah, da sind Sie ja, Judas! sagte Saccard.

Huret hatte sich, als er hörte, daß Rougon seinen Bruder entschieden preisgeben werde, mit dem Minister wieder auf einen guten Fuß gestellt; denn er war überzeugt, daß an dem Tage, wo Saccard den großen Mann gegen sich haben würde, die Katastrophe unvermeidlich wäre. Um die Verzeihung des Ministers zu erlangen, war er in dessen Dienerschaft wieder eingetreten, besorgte dessen Gänge und riskirte in seinem Dienste Schmähworte und Fußtritte in den Hintern.

– Judas? wiederholte er mit dem schlauen Lächeln, welches zuweilen sein plumpes Bauerngesicht erhellte. Jedenfalls ein ehrlicher Judas, der da kommt, um dem Meister, den er verrathen, einen uneigennützigen Wink zu geben.

Doch Saccard rief, wie um ihn nicht zu hören und um seinen Triumph zu bestätigen:

– Nun, zweitausendfünfhundertzwanzig gestern, zweitausendfünfhundertfünfundzwanzig heute!

– Ich weiß; ich habe soeben verkauft.

Sogleich brach sein Zorn hervor, den er bisher unter seiner scherzhaften Miene verborgen hatte.

– Wie? Sie haben verkauft? Also, die Sache ist vollständig! Sie verlassen mich für Rougon und verbinden sich mit Gundermann?

Der Abgeordnete schaute ihn verblüfft an.

– Mit Gundermann? Warum? Ich verbinde mich ganz einfach mit meinen Interessen. Ich bin kein tollkühner Waghals. Nein, ich habe keinen so gierigen Magen; ich will lieber verkaufen, wenn ein hübscher Gewinn zu holen ist. Vielleicht habe ich deshalb nie verloren.

Und er lächelte von Neuem, als vorsichtiger Normandier, der seine Ernte einheimste, ohne sich aufzuregen.

– Ein Verwaltungsrath der Gesellschaft! fuhr Saccard heftig fort. Wer soll dann Vertrauen haben? Was soll man denken, wenn man Sie mitten in der Hausse-Bewegung verkaufen sieht? Wahrhaftig, ich bin nicht mehr erstaunt, wenn man behauptet, daß unser Gedeihen ein trügerisches und der Tag des Sturzes nicht mehr fern sei. Die Herren verkaufen; verkaufen wir alle. Es ist die reine Panik!

Huret schwieg und machte eine unbestimmte Geberde. Im Grunde kümmerte er sich wenig um diese Reden, sein Geschäft war gemacht. Seine einzige Sorge war jetzt nur, den Auftrag, welchen Rougon ihm gegeben, so genau wie möglich zu erfüllen, ohne selbst dabei zu viel zu leiden.

– Ich sagte Ihnen also, mein Lieber, daß ich gekommen sei, um Ihnen einen selbstlosen Wink zu geben ... Die Sache ist die: Seien Sie klug; Ihr Bruder ist wüthend und wird Sie glattweg preisgeben, wenn Sie sich überwinden lassen.

Saccard bewältigte seinen Zorn und zuckte nicht.

– Hat er Sie gesendet, um mir Das zu sagen?

Nach kurzem Schweigen fand der Abgeordnete es für besser, die Wahrheit zu gestehen.

– Nun denn ja, er selbst. Oh, glauben Sie ja nicht, daß die Angriffe der „Hoffnung“ irgendwie Antheil an seiner Gereiztheit haben. Er ist über jede Verletzung seiner Eigenliebe erhaben. Aber, in Wahrheit, bedenken Sie nur, wie sehr der klerikale Feldzug Ihres Blattes seiner gegenwärtigen Politik unbequem sein muß. Seit den unglückseligen Verwicklungen mit Rom hat er den ganzen Klerus auf dem Rücken; er war eben erst wieder genöthigt einen Bischof – gleichsam in mißbräuchlicher Weise – verurtheilen zu lassen. Und zu Ihren Angriffen gegen ihn wählen Sie gerade den Augenblick, wo er alle Mühe hat, sich nicht von der liberalen Richtung fortreißen zu lassen, die aus den Reformen vom 19. Jänner entstanden, welchen er – wie man sagt – nur deshalb zugestimmt hat, um sie in vernünftiger Weise einzudämmen ... Hören Sie: Sie sind sein Bruder, glauben Sie, daß er seiner Stellung froh ist?

– In der That, das ist unschön von meiner Seite, sagte Saccard spöttisch. Da ist dieser arme Bruder, der in seinem wüthenden Verlangen Minister zu bleiben, im Namen jener Grundsätze regiert, die er gestern noch bekämpfte, und der sich gegen mich kehrt, weil er nicht mehr weiß, wie er sich im Gleichgewicht erhalten soll zwischen der Rechten, die wegen seines Verrathes grollt, und zwischen dem dritten Stande, der nach der Macht Verlangen trägt. Um die Katholiken zu beschwichtigen, hat er noch gestern sein famoses „Niemals!“ ausgerufen und hat geschworen, Frankreich werde nimmermehr zugeben, daß Italien Rom dem Papst wegnehme. In seiner Furcht vor den Liberalen möchte er heute auch diesen einen

Liebesdienst erweisen und denkt daran mich zu erwürgen … Die vorige Woche hat ihn Emile Ollivier in der Kammer tüchtig durchgehechelt …

– Oh, warf Huret ein, er besitzt nach wie vor das Vertrauen der Tuilerien; der Kaiser hat ihm jüngst erst ein Täfelchen voll Diamanten zum Geschenke gemacht.

Doch Saccard machte eine energische Handbewegung wie um zu sagen, er lasse sich dadurch nicht täuschen.

– Die Universalbank ist fortan zu mächtig, nicht wahr? Eine katholische Bank, die da droht die Welt durch das Geld zu erobern, wie man sie einst durch den Glauben eroberte: kann man das dulden? Alle Freidenker, alle Freimaurer, die auf dem Wege sind Minister zu werden, schaudern davor bis in die Knochen … Vielleicht unterhandelt man auch wegen irgend einer Anleihe mit Gundermann. Was sollte aus einer Regierung werden, wenn sie sich nicht von den schmutzigen Juden auffressen ließe? … Und mein tölpelhafter Bruder wirft mich, um sechs Monate länger an der Macht zu bleiben, den schmutzigen Juden, den Liberalen, diesem ganzen Geschmeiß zum Fraße hin, in der Hoffnung, daß man ihn ein wenig in Ruhe lassen werde, während man mich verschlingt … Nun denn, kehren Sie zu ihm zurück und sagen Sie ihm, daß ich auf ihn pfeife …

Er richtete seine kleine Gestalt auf und seine Wuth brach endlich durch die Ironie durch, wie eine kriegerische Fanfare.

– Hören Sie: ich pfeife auf ihn! Das ist meine Antwort; ich will, daß er sie erfahre.

Huret hatte die Schultern eingezogen. Wenn man in Geschäftssachen sich erzürnte, so war dies nicht mehr seine Art. Schließlich war er in dieser Sache nur ein Bote.

– Gut, gut, man wird es ihm sagen. Sie werden sich die Glieder brechen lassen, aber Das geht Sie an.

Stillschweigen trat ein. Jantrou, der vollkommen stumm geblieben war, anscheinend völlig in die Korrektur einiger Zeitungsspalten versunken, blickte jetzt auf, um Saccard zu bewundern. Wie schön war dieser Bandit in seiner Leidenschaft! Diese genialen Schufte triumphiren zuweilen, auf diesem Grade der Unbewußtheit, wenn der Rausch des Erfolges sie hinreißt. Und Jantrou war in diesem Augenblicke für ihn, überzeugt von seinem Glücke.

– Ach, ich vergaß, sagte Huret. Es scheint, daß der Generalprokurator Delcambre Sie haßt … Und was Sie noch nicht wissen, ist, daß der Kaiser ihn heute Morgens zum Justiz-Minister ernannt hat.

Saccard blieb plötzlich stehen und wurde nachdenklich. Endlich sagte er mit verdüsterter Miene:

– Auch eine schöne Geschichte! Den hat man zum Minister gemacht! Aber schließlich, was soll mich dies kümmern?

– Mein Gott, sagte Huret, indem er sich noch einfältiger stellte, im Falle Ihnen ein Unglück zustoßen sollte, wie es ja in Geschäften Jedem zustoßen kann, will Ihr Bruder, Sie mögen nicht darauf zählen, daß er Sie gegen Delcambre in Schutz nehmen werde.

– Aber Donnergottes! heulte Saccard, wenn ich Ihnen schon sage, daß ich auf die ganze Sippe pfeife, auf Rougon, auf Delcambre und auf Sie obendrein!

Glücklicherweise trat in diesem Augenblicke Daigremont ein. Er kam sonst niemals in die Redaktion der Zeitung; sein Erscheinen war denn auch eine Ueberraschung für Alle und machte dem heftigen Auftritt ein Ende. In sehr korrekter Haltung theilte er Händedrücke aus, lächelnd, mit der einschmeichelnden Liebenswürdigkeit eines Weltmannes. SeineFrau wollte einen Gesellschafts-Abend geben und an demselben ihre Gesangskunst hören lassen; er kam ganz einfach, um Jantrou einzuladen und sich einen günstigen Bericht im Blatte zu sichern. Die Anwesenheit Saccards schien ihn in Entzücken zu versetzen.

– Wie geht es, großer Mann?

– Sagen Sie: haben Sie nicht auch verkauft? fragte Saccard, ohne zu antworten.

– Verkaufen! Oh nein, noch nicht. Und sein Lachen klang sehr aufrichtig; er war wirklich solider.

– Aber man soll in unserer Situation niemals verkaufen! schrie Saccard.

– Niemals! Das wollte ich eben sagen. Wir alle sind solidarisch; Sie wissen, daß Sie auf mich zählen können.

Seine Augenlider hatten dabei gezuckt und er hatte zur Seite geblickt, während er für die anderen Verwaltungsräthe, für Sédille, Kolb, den Marquis de Bohain bürgte, wie für sich selbst. Das Geschäft ging so gut, es war wahrhaftig ein Vergnügen, daß sie alle so schön einig waren in dem außerordentlichsten Erfolge, welchen die Börse seit fünfzig Jahren gesehen. Und er hatte ein liebenswürdiges Wort für Jeden und entfernte sich mit der wiederholt ausgesprochenen Erwartung, die drei Herren sicher bei seinem Gesellschaftsabend zu sehen. Mounier, der Tenor von der großen Oper, werde mit seiner Frau ein Duett singen. Oh, es wird von außerordentlicher Wirkung sein!

– Also, sagte Huret, indem er sich ebenfalls zum Weggehen anschickte, Das ist Alles, was Sie mir zu antworten haben?

– Gewiß, erklärte Saccard mit seiner trockenen Stimme.

Und er vermied in auffälliger Weise mit ihm zugleich fortzugehen, wie es sonst seine Gewohnheit war. Dann, als er mit dem Direktor der Zeitung allein geblieben war, rief er:

– Das ist der Krieg, mein Lieber! Wir haben Niemanden mehr zu schonen. Hauen Sie los auf die Bande! Ha, endlich werde ich den Kampf nach meiner Art führen können!

– Es ist immerhin starker Tabak, meinte Jantrou, dessen Unruhe und Zweifel wiederkehrten.

Marcelle wartete noch immer auf dem Bänkchen, im Gange. Es war kaum vier Uhr und Dejoie hatte schon die Lampen angezündet, weil bei diesem unaufhörlichen, grauen Regen die Nacht so rasch hereingebrochen war. So oft er bei ihr vorüberkam, fand er ein Wörtchen zu ihrer Zerstreuung. Ueberdies gab es jetzt ein häufigeres Kommen und Gehen der Redakteure, laute Stimmen drangen aus dem benachbarten Saale; es war ein ordentliches Fieber, welches in dem Maße zunahm, als die Fertigstellung des Blattes fortschritt.

Als Marcelle einmal aufblickte, sah sie Jordan vor sich. Er war ganz durchnäßt, tief betrübt, mit jenem Beben der Lippen und jenem ein wenig irren Blick, welchen man bei Leuten sieht, die lange hinter einer Hoffnung einher gelaufen sind, ohne sie zu erreichen. Sie hatte begriffen.

– Nichts? wie? fragte sie erbleichend.

– Nichts, meine Theure. Nirgends; es war nicht möglich ...

– Oh, mein Gott! stöhnte sie leise und dabei blutete ihr Herz.

In diesem Augenblicke trat Saccard aus dem Zimmer Jantrou's und er war erstaunt sie noch da zu finden.

– Wie, Madame, Ihr Mann ist von seinem Herumlaufen eben erst zurückgekehrt? Ich sagte Ihnen ja, Sie mögen in meinem Kabinet seine Rückkehr erwarten.

Sie schaute ihn fest an und ein plötzlicher Gedanke erhellte ihre großen, verzweifelten Augen. Sie überlegte nicht lang, sondern folgte jener muthigen Regung, welche die Frauen in den Augenblicken der Leidenschaft vorwärts treibt.

– Herr Saccard, ich habe eine Bitte an Sie zu richten. Wenn es Ihnen jetzt gefällig wäre in Ihr Kabinet zu kommen ...

– Gewiß, Madame.

Jordan, der ihre Absicht zu errathen fürchtete, wollte sie zurückhalten. Er stammelte ihr „nein! nein!“ ins Ohr, mit stockender Stimme, in jener krankhaften Angst, in welche diese Geldfragen ihn stets versetzten. Doch sie hatte sich losgemacht und er mußte ihr folgen.

– Herr Saccard, sagte sie, als die Thür geschlossen war, mein Mann läuft seit zwei Stunden vergebens herum, um fünfhundert Francs zu finden und er wagt es nicht, sie von Ihnen zu verlangen. Nun denn, ich bitte Sie um diese Summe ...

Und sie erzählte muthig, mit ihrer drolligen Miene einer heiteren, entschlossenen kleinen Frau das Geschehniß von Vormittag, den brutalen Einbruch des Busch, wie die drei Männer in ihr Zimmer eindrangen, wie es ihr gelungen den Angriff abzuwehren, indem sie sich verpflichtete am folgenden Tage zu bezahlen. Ach, diese Geldwunden der kleinen Leute! diese großen Leiden, zusammengesetzt aus Scham und Unvermögen, das Leben fortwährend in Frage gestellt wegen einiger elender Hundertsousstücke!

– Busch! wiederholte Saccard; dieser alte Gauner Busch hält Sie in seinen Krallen ...

Er wandte sich mit liebenswürdiger Gutmüthigkeit zu Jordan, der still und bleich, eine Beute unerträglichen Unbehagens dastand.

– Nun denn, ich will Ihnen diese fünfhundert Francs vorstrecken, sagte er. Sie hätten sich sogleich an mich wenden sollen.

Er hatte sich an seinen Tisch gesetzt, um einen Check zu unterzeichnen; aber plötzlich hielt er inne und begann nachzudenken. Er erinnerte sich des Briefes, den er erhalten hatte, des Besuches, den er machen sollte und den er von Tag zu Tag aufschob, in dem Widerstreben gegen die verdächtige Geschichte, die er vermuthete. Warum sollte er nicht sogleich nach der Rue Feydeau gehen, die sich darbietende Gelegenheit als Vorwand benützen?

– Hören Sie: ich kenne diesen Hallunken genau ... Es ist besser, ich gehe selbst hin, um ihn zu bezahlen; ich will trachten, Ihre Wechsel um das halbe Geld zurückzubekommen.

Die Augen Marcelle's leuchteten jetzt in Dankbarkeit.

– Oh, Herr Saccard, wie gütig Sie sind!

Und zu ihrem Gatten gewendet, sagte sie:

– Du siehst jetzt, Närrchen, daß Herr Saccard uns nicht gegessen hat.

In einer unwiderstehlichen Regung fiel er ihr um den Hals und küßte sie; er dankte ihr, daß sie energischer und geschickter war als er, in diesen Schwierigkeiten des Lebens, die seine Kräfte lähmten.

– Nein, nein, sagte Saccard ablehnend, als der junge Mann ihm endlich die Hand drückte; das Vergnügen ist mein; Sie Beide sind zu artig, daß Sie sich so sehr lieben ... Gehen Sie ruhig nach Hause!

Sein Wagen, der unten wartete, brachte ihn in zwei Minuten nach der Rue Feydeau, durch das Gewühl der Regenschirme und durch die emporspritzenden Regenlacken.

Doch oben läutete er vergebens an der entfärbten Thür, wo eine Messingtafel die Worte „Strittige Angelegenheiten" in plumpen, schwarzen Buchstaben zeigte; die Thür wollte sich nicht öffnen und nichts rührte sich drinnen. Schon wollte Saccard sich zurückziehen, doch rüttelte er vorher noch einmal verdrossen an der Klinke. Da wurde das Geräusch schlürfender Schritte vernehmbar und Siegmund erschien.

– Schau, Sie sind es, ich glaubte, es sei mein Bruder und er habe seinen Schlüssel vergessen. Ich antworte nie auf das Läuten der Klingel. Oh, er wird bald zurückkommen, Sie können ihn erwarten, wenn Sie durchaus mit ihm reden müssen.

Mit denselben wankenden, müden Schritten kehrte er, gefolgt von dem Besucher, in das von ihm bewohnte Zimmer zurück, welches auf den Börsenplatz ging. Es war dort noch hell, in jener Höhe, oberhalb des Dunstes, mit welchem der Regen die Tiefen der Straßen erfüllte. Der Raum war kühl und kahl mit seinem schmalen Eisenbett, seinem Tisch, seinen zwei Sesseln und den wenigen Brettchen, die mit Büchern angefüllt waren. Vor dem Kamin stand ein kleiner Ofen, dessen sich Niemand annahm und in welchem das Feuer eben erlosch.

– Nehmen Sie Platz, mein Herr; mein Bruder sagte mir, er wolle nur einen Augenblick hinuntergehen und bald wieder heraufkommen.

Doch Saccard lehnte den Sitz ab. Er betrachtete Siegmund, betroffen von den Fortschritten, welche das Brustleiden bei diesem großen, fahlen Jungen mit den kindlich träumerischen Augen, welche so seltsam unter dem energischen Ausdruck der Stirne leuchteten, gemacht hatte. Sein Antlitz zwischen den langen Locken seiner Haare hatte sich außerordentlich ausgehöhlt; es war gleichsam verlängert und nach dem Grabe gezogen.

– Sie waren leidend? fragte er, weil er nicht wußte was er sagen solle.

Siegmund machte eine völlig gleichgiltige Handbewegung.

– Oh, wie immer. Die letzte Woche war schlecht, wegen dieses bösen Wetters. Aber es geht immerhin. Ich schlafe nicht mehr, ich kann arbeiten, ich habe ein wenig Fieber und das hält warm. Ach, man hätte ja so viel zu thun.

Er setzte sich wieder an seinen Tisch, auf welchem ein deutsches Buch aufgeschlagen lag. Und er fuhr fort:

– Entschuldigen Sie, wenn ich mich setze; ich habe die ganze Nacht gewacht, um dieses Werk zu lesen, welches ich gestern erhielt ... Jawohl, ein Werk. Zehn Jahre aus dem Leben meines Meisters Karl Marx; die Studie über das Kapital, die er uns seit langer Zeit verspricht. Das ist jetzt unsere Bibel.

Neugierig warf Saccard einen Blick auf das Buch. Allein, als er die gothischen Lettern sah, wandte er sich sogleich ab.

– Ich werde warten, bis es übersetzt ist, sagte er lächelnd.

Der junge Mann schüttelte den Kopf, als wollte er sagen, daß das Buch auch in Übersetzung nur von den Eingeweihten verstanden würde. Es war kein propagandistisches Werk. Aber welche Kraft der Logik, welche siegreiche Fülle von Beweisen in der verhängnisvollen Auflösung unserer gegenwärtigen Gesellschaft, die auf dem kapitalistischen System ruht. Der Boden war glatt gemacht, man konnte nun neu aufbauen.

– Also, das ist der Kehraus? fragte Saccard noch immer scherzend.

– In der Theorie gewiß, antwortete Siegmund. Alles was ich Ihnen eines Tages erklärte, der ganze Verlauf der Evolution ist da. Es erübrigt nur noch, sie in Thaten umzusetzen ... Aber Ihr seid blind, wenn Ihr nicht die bedeutenden Fortschritte seht, welche die Idee von Stunde zu Stunde macht. Schauen Sie selbst, der Sie mit der Universalbank seit drei Jahren hunderte von Millionen in Verkehr gebracht und centralisirt haben, Sie haben absolut keine Ahnung, daß Sie geradenweges auf den Kollektivismus losgehen ... Ich habe Ihr Geschäftsunternehmen mit Leidenschaft verfolgt; jawohl, von diesem weltverlorenen ruhigen Stübchen aus habe ich die Entwicklung desselben Tag für Tag studirt und ich kenne es ebenso gut wie Sie und sage Ihnen, es ist eine famose Lektion, die Sie uns da geben; denn der kollektivistische Staat wird nur zu thun haben, was Sie thun. Er wird Euch *en bloc* zu expropriiren haben, wenn Ihr im Detail die Kleinen expropriirt haben werdet; er wird nur das Streben Ihres maßlosen Traumes zu verwirklichen haben, welcher, nicht wahr? darin besteht, alle Kapitalien der Welt zu absorbiren, die einzige Bank, das Generaldepot des öffentlichen Vermögens zu sein ... Oh, ich bewundere Sie sehr. Wäre ich der Herr, ich würde Sie auf dieser Bahn fortschreiten lassen, denn Sie beginnen unser Werk als genialer Vorläufer.

Und er hatte sein fahles Lächeln eines Kranken, als er die Aufmerksamkeit des Andern bemerkte, der sehr überrascht schien, diesen kranken, bleichen Jungen so sehr auf dem Laufenden der Tagesgeschäfte zu finden, und zugleich geschmeichelt von seinen klugen Lobsprüchen.

– Allein, fuhr Jener fort, an dem schönen Morgen, wo wir Euch im Namen der Nation expropriiren werden, indem wir Eure Privatinteressen durch das Interesse Aller ersetzen und aus Eurer großen, zur Aufsaugung des Geldes der Anderen bestimmten Maschine den Regulator des gesellschaftlichen Vermögens machen, an jenem schönen Morgen werden wir damit beginnen, Das abzuschaffen.

Er hatte zwischen den Papieren auf dem Tisch einen Sou gefunden, er hielt ihn zwischen zwei Fingern in der Luft, wie das auserkorene Opfer.

– Das Geld! – schrie Saccard – das Geld wollt Ihr abschaffen! Eine schöne Thorheit.

– Wir werden das gemünzte Geld abschaffen. Das Hartgeld hat in dem kollektivistischen Staate keinen Platz, keine Existenzberechtigung. Wir werden es unter dem Titel der Entlohnung durch unsere Arbeitsbons ersetzen und wenn Sie es als Werthmesser betrachten, so haben wir einen andern, der uns denselben vollkommen ersetzt: einen Werthmesser, den wir erlangen, indem wir den Durchschnittswerth der Tagesarbeit in unseren Arbeitswerkstätten festsetzen ... Es muß abgeschafft werden, dieses Geld, welches die Ausbeutung des Arbeiters maskirt und begünstigt, und welches ermöglicht, daß derselbe bestohlen wird. Es muß abgeschafft werden, indem man seinen Lohn auf eine möglichst kleine Summe reducirt, deren er bedarf, um nicht Hungers zu sterben. Ist der Geldbesitz nicht furchtbar, welcher die Privatreichthümer anhäuft, dem befruchtenden Umlauf den Weg versperrt, skandalöse Königthümer, souveraine Herrschaften des Finanzmarktes und der gesellschaftlichen Produktion schafft? Alle unsere Krisen, unsere ganze Anarchie stammt von da. Das Geld muß getödtet werden.

Doch Saccard erzürnte sich. Kein Silber, kein Gold mehr! Nichts mehr von den leuchtenden Sternen, die sein Leben erhellt hatten! Der Reichthum hatte sich für ihn stets in dem Schimmer der neuen Münze verkörpert, die herniederfloß wie ein Frühjahrsregen während des Sonnenscheins, wie ein Hagel niederging auf die Erde, die sie bedeckte, Haufen Silbers, Haufen Goldes, welche man mit der Schaufel bearbeiten konnte, aus bloßem Vergnügen an ihrem Glanze und an ihrem Klang. Und diese Fröhlichkeit, diesen Beweggrund des Kampfes und des Lebens wollte man unterdrücken!

– Das ist blöd! Ja, das ist blöd! ... Niemals! Hören Sie?

– Warum niemals? warum blöd? Gebrauchen wir in der Familien-Wirthschaft das Geld? Sie sehen dort nichts, als das gemeinsame Arbeits-Bestreben und den Austausch ... Also, wozu das Geld, wenn die Gesellschaft nur mehr eine große Familie sein wird, die sich selbst regiert?

– Ich sage Ihnen, das ist Wahnsinn! Das Geld abschaffen wollen! Aber das Geld ist ja das Leben! Es gäbe dann nichts, nichts mehr!

Außer sich ging er im Zimmer auf und ab. Und wie er in seinem Zorn an dem Fenster vorüberkam, versicherte er sich mit einem Blick, daß die Börse noch da sei; denn vielleicht hatte dieser furchtbare Junge auch sie mit einem Hauche niedergeworfen. Sie war noch immer da, aber sehr undeutlich in der sinkenden Nacht, gleichsam aufgelöst unter dem Leichentuch des Regens, ein bleiches Gespenst der Börse, welche im Begriffe ist in einem grauen Rauche aufzugehen.

– Ich bin übrigens dumm, wenn ich darüber streite. Das ist ja unmöglich ... Schaffen Sie das Geld ab, ich möchte Das sehen.

– Bah! murmelte Siegmund, Alles kann man abschaffen, Alles kann man umgestalten, Alles verschwindet ... Wir haben schon einmal die Form des Reichthums sich ändern gesehen, als der Werth des Bodens sank, als der Grundbesitz – aus Feld und Wald bestehend – vor dem mobilen und industriellen Besitz, vor den Rententiteln und Aktien zurücktrat; und heute sind wir Zeugen einer vorzeitigen Hinfälligkeit der letzteren Form, einer rapiden Entwerthung; denn es ist sicher, daß der Zins abnimmt, daß die normalen fünf Perzent nicht mehr erreicht werden ... Der Werth des Geldes geht also zurück; warum sollte das Geld nicht ganz verschwinden? warum sollte nicht eine neue Form des Vermögens die gesellschaftlichen Beziehungen beherrschen? Dieses Vermögen des kommenden Tages werden unsere Arbeitsbons darstellen.

Er war in die Betrachtung des Sou versunken, als hätte er geträumt, daß er den letzten Sou alter Zeiten in der Hand halte, einen verlorenen Sou, welcher die alte, todte Gesellschaft überlebte. Wie viele Freuden und wie viele Thränen hatten dieses niedrige Stück Metall abgenützt! Und er war in die Trübsal der ewigen menschlichen Begierde versunken.

– Ja, sagte er sanft, Sie haben Recht, wir werden diese Dinge nicht sehen. Dazu gehören Jahre und Jahre. Weiß man denn auch nur, ob die Liebe zu den Anderen jemals in sich Kraft genug finden wird, um in der gesellschaftlichen Organisation den Egoismus zu ersetzen? Und doch habe ich den Triumph früher gehofft; ich hätte so gern diese Morgenröthe der Gerechtigkeit gesehen!

Die Bitterniß des Uebels, an welchem er litt, brach einen Augenblick seine Stimme. Er, der den Tod leugnete und ihn behandelte, als ob er nicht existirte, machte eine Handbewegung, wie um ihn beiseite zu schieben. Doch schon versank er wieder in seine Ergebung.

– Ich habe meine Aufgabe erfüllt; ich werde meine Aufzeichnungen zurücklassen, im Falle ich nicht mehr die Zeit finden sollte das vollständige Rekonstruktionswerk auszuarbeiten, von welchem ich geträumt habe. Die kommende Gesellschaft muß die reife Frucht der Zivilisation sein; denn wenn man nicht die gute Seite des Wetteifers und der Kontrole beibehält, sinkt Alles in Trümmer ... Ach, ich sehe diese Gesellschaft jetzt klar vor mir: sie ist endlich geschaffen, vollständig, so wie es nach vielen Nachtwachen mir endlich gelungen ist sie aufzurichten! Für Alles ist vorgesorgt, Alles ist gelöst, es ist endlich die allgebietende Gerechtigkeit, das absolute Glück. Da haben Sie sie auf dem Papier, mathematisch berechnet, endgiltig geregelt.

Und er kramte mit seinen langen, ausgezehrten Händen zwischen den verstreut umherliegenden Notizen und er begeisterte sich in seinem Traume von den wiedererrungenen Milliarden, die in gerechter Weise unter Alle aufgetheilt werden sollten, in der Freude und Gesundheit, welche er mit einem Federstrich der leidenden Menschheit wiedergab, er, der nicht mehr aß, der nicht mehr schlief, der ohne Bedürfnisse zu haben, in dieser kahlen Stube dem Tode entgegen wankte.

Doch eine rauhe Stimme ließ jetzt Saccard zusammenfahren.

– Was macht Ihr da?

Busch war zurückgekehrt und warf auf den Besucher einen scheelen Blick wie ein eifersüchtiger Liebhaber; er lebte in der ewigen Furcht, daß man seinem Bruder, indem man ihn zu viel reden läßt, einen Hustenanfall zuziehen könnte. Er wartete übrigens die Antwort nicht ab, sondern zankte den Kranken in mütterlich-trostlosem Tone aus.

– Wie? Du hast das Feuer wieder erlöschen lassen? Ich frage, ob dies bei so nassem Wetter vernünftig ist!

Schon hockte er mit seinem großen, schweren Körper nieder, machte Holz klein und zündete das Feuer wieder an. Dann ging er einen Besen holen, brachte das Zimmer in Ordnung, kümmerte sich um den Trank, welchen der Kranke alle zwei Stunden nehmen sollte und er ward erst wieder ruhig, als er seinen Bruder bestimmt hatte, sich auf das Bett hinzulegen und auszuruhen.

– Herr Saccard, wollen Sie in mein Kabinet herüberkommen?

Frau Méchain war schon da und nahm den einzigen Sessel ein. Sie und Busch hatten in der Nachbarschaft einen wichtigen Besuch gemacht, dessen voller Erfolg sie entzückte. Nach verzweifelt langem Harren hatten sie endlich eines jener Geschäfte in Fluß bringen können, welche ihnen am meisten am Herzen lagen. Drei Jahre hindurch war die Méchain auf dem Pariser Pflaster herumgelaufen, um Léonie Cron zu suchen, jenes verführte Mädchen, welchem der Graf von Beauvilliers zehntausend Francs verschrieben hatte, zahlbar am Tage ihrer Volljährigkeit. Vergebens hatte sie sich an ihren Vetter Fayeux, den Renten-Einnehmer zu Vendôme gewendet, welcher für Busch die Schuldverschreibung unter einem ganzen Pack alter Forderungen erstanden hatte, welche zur Verlassenschaft eines Kornhändlers Namens Charpier, der seinerzeit auch Wucher getrieben hatte, gehörten. Fayeux wußte nichts und schrieb nur so viel, daß die Léonie Cron bei einem Gerichtsvollzieher zu Paris im Dienst stehen müsse, daß sie Vendôme seit mehr als zehn Jahren verlassen habe, wohin sie nicht mehr zurückgekehrt sei und wo sie keine Anverwandten mehr am Leben habe. Die Méchain hatte zwar den Gerichtsvollzieher ausfindig gemacht und es war ihr gelungen, Léonie's Spur von da bis zu einem Fleischer, von diesem bis zu einer galanten Dame und dann weiter bis zu einem Zahnarzte zu verfolgen; bei dem Zahnarzte riß plötzlich der Faden und verlor sich die Spur; ebensogut hätte man eine Nadel in einem Wagen Heu suchen können wie diese Verlorene in dem Kothe des ungeheuren Paris. Vergebens hatte sie alle Dienstvermittlungsbureaux abgelaufen, alle verdächtigen Unterstandshäuser durchsucht, die Welt der niedrigsten Unzucht durchforscht, stets auf der Lauer, begierig den Kopf wendend, wenn der Name Léonie an ihr Ohr schlug. Und dieses in so weiter Ferne gesuchte Mädchen hatte sie gerade an diesem Tage zufällig entdeckt, und zwar in der Rue Feydeau selbst, in dem benachbarten Freudenhause, wo sie eine ehemalige Einwohnerin der „neapolitanischen Stadt“ aufgesucht hatte, um rückständige drei Francs von ihr zu fordern. Ein genialer Einfall hatte sie die Vielgesuchte unter dem vornehmen Namen Léonide wittern und erkennen lassen in dem Augenblicke, wo die Hauswirthin sie mit gellender Stimme nach dem Salon rief. Busch war, von ihr benachrichtigt, mit ihr sogleich nach jenem Hause geeilt, um mit Léonie zu verhandeln. Und er war anfänglich überrascht, als er dieses Mädchen mit den groben, schwarzen Haaren, die auf ihre Augenbrauen herabfielen, mit dem platten, schlaffen Gesichte von unsagbarer Gemeinheit sah; dann aber hatte er erkannt, daß sie sehr wohl ihren eigenartigen Reiz haben mußte, besonders vor ihren zehn Jahren Prostitution. Im Uebrigen war er entzückt, daß sie so tief gesunken und so abscheulich war. Er hatte ihr tausend Francs für die Ueberlassung der Schuldverschreibung angeboten. Sie war blöde genug, mit kindischer Freude auf den Handel einzugehen. Nun konnte endlich die Hetzjagd gegen die Gräfin von Beauvilliers beginnen; man hatte die gesuchte Waffe in Händen und sie war in einem unverhofften Grade häßlich und schmachvoll.

– Ich erwartete Sie, Herr Saccard, wir haben mit einander zu reden. Sie haben meinen Brief erhalten, nicht wahr?

In dem engen, mit Schriftenbündeln vollgestopften, schon dunklen Raume, welchen eine kleine, rauchige Lampe dürftig erhellte, saß die Méchain stumm und unbeweglich auf dem einzigen Stuhle. Saccard, der stehen geblieben war und keineswegs zeigen wollte, daß etwa eine Drohung ihn veranlaßt habe hieher zu kommen, begann sofort mit rauher und verächtlicher Stimme die Angelegenheit Jordans vorzubringen.

– Mit Verlaub, ich bin heraufgekommen, um die Schuld eines meiner Redakteure zu ordnen. Es ist der kleine Jordan, ein sehr lieber Junge, den Sie mit feurigen Kugeln, mit einer wahrhaft empörenden Grausamkeit verfolgen ... Es scheint, daß Sie sich heute Morgens wieder seiner Frau gegenüber in einer Weise benommen haben, wie ein höflicher Mann sich zu benehmen erröthen würde ...

Betroffen durch diesen Angriff, während er selbst der Angreifer hatte sein wollen, verlor Busch die Fassung und vergaß die andere Geschichte, um sich wegen dieser zu erzürnen.

– Die Jordan! Sie kommen wegen der Jordan? ... In Geschäften gibt es keine Frau und keinen höflichen Mann. Wenn man schuldig ist, zahlt man; ich kenne nichts Anderes. Das sind Leute, die mich seit Jahren zum Besten halten und von welchen ich nur mit schwerer Mühe vierhundert Francs Sou für Sou herausgedrückt habe! Donnergottes! Ja, ich werde sie versteigern lassen, ich werde sie morgen Früh auf die Straße werfen, wenn ich nicht heute Abends die dreihundertzehn Francs 15 Centimes, die sie mir noch schulden, hier auf meinem Schreibpulte liegen habe.

Und als Saccard aus Taktik, um ihn außer sich zu bringen, bemerkte, er sei schon vierzigfach für seine Forderung bezahlt, die ihm gewiß nicht zehn Francs gekostet habe, erstickte er in der That schier vor Zorn.

– Da sind wir nun bei der Sache! Ihr alle redet nur so! Und es sind auch Gerichtskosten da, nicht wahr? Und die Schuld von dreihundert Francs ist auf mehr denn siebenhundert gestiegen ... Aber hat mich Das zu kümmern? Man bezahlt mich nicht und ich verfolge. Umso schlimmer, wenn die Rechtspflege kostspielig ist; das ist ihre Schuld. Also, wenn ich eine Forderung um zehn Francs erstanden habe, soll ich mir zehn Francs bezahlen lassen und damit soll es abgethan sein, wie? Nun: und mein Risiko und mein Herumlaufen und meine Kopfarbeit, jawohl, mein Verstand? Ueber die Jordan'sche Angelegenheit können Sie Madame befragen, die hier anwesend ist. Sie hat sich damit beschäftigt. Ach, wie viele Lauferei, wie viele Gänge! Wie viele Schuhe hat sie auf den Treppen der Zeitungen abgenützt, wo man sie vor die Thür setzte wie eine Bettlerin, ohne ihr jemals die Adresse zu geben. Monate lang haben wir diese Angelegenheit betrieben; Tag und Nacht haben wir daran gearbeitet wie an einem unserer Meisterwerke. Die Angelegenheit kostet mir eine unsinnige Summe, wenn ich die Stunde nur zu zehn Sous rechne!

Er erhitzte sich immer mehr; mit einer weit ausholenden Geberde auf die Schriftenbündel weisend, welche den Raum füllten, fuhr er fort:

– Ich habe hier Forderungen für mehr als zwanzig Millionen, aus allen Zeiten und aus allen Gesellschaftsklassen, bescheidene und kolossale ... Wollen Sie sie für eine Million? Ich gebe sie Ihnen ... Wenn man bedenkt, daß es Schuldner gibt, welchen ich seit einem Vierteljahrhundert nachspüre! Um erbärmliche etliche hundert Francs oder noch weniger von ihnen zu erlangen, muß ich Jahre lang gedulden, muß ich warten, bis sie eine Stellung finden oder eine Erbschaft machen ... Die Anderen, die Unbekannten – und sie machen die Mehrzahl aus – schlafen dort in jenem Winkel, ein riesiger Haufe. Es ist das Nichts oder vielmehr die rohe Materie, aus der ich das Leben, richtiger mein Leben gewinnen muß. Gott allein weiß, welche verwickelte Nachsuchungen und Verdrießlichkeiten Das kostet! Und Sie wollen, daß ich, wenn ich endlich einen Zahlungsfähigen erwischt habe, ihn nicht abzapfen soll? Ach, nein! Sie würden mich für zu dumm halten. Sie wären gewiß nicht so dumm!

Ohne sich in weitere Erörterungen einzulassen zog Saccard die Brieftasche.

– Ich werde Ihnen zweihundert Francs geben und Sie werden mir die Jordan'schen Schriftstücke ausliefern und eine Quittung ausstellen.

Busch fuhr wüthend auf.

– Zweihundert Francs? Niemals! ... Das macht dreihundertzehn Francs und fünfzehn Centimes. Selbst die Centimes will ich haben.

Doch mit seiner gleichen Stimme, mit der ruhigen Sicherheit eines Mannes, welcher die Macht des hingelegten, ausgebreiteten Geldes kennt, wiederholte Saccard zweimal, dreimal:

– Ich gebe Ihnen zweihundert Francs ...

Und der Jude, im Grunde überzeugt, daß es vernünftig sei einen Ausgleich zu schließen, willigte schließlich ein, mit einem Wuthschrei und mit Thränen in den Augen.

– Ich bin zu schwach. Welch' ein schmutziges Gewerbe! ... Bei meinem Ehrenwort, man plündert mich, man bestiehlt mich ... Wenn Sie schon dabei sind, thun Sie sich keinen Zwang an; suchen Sie sich für Ihre zweihundert Francs aus dem Haufen noch einige Forderungen aus.

Dann, als Busch einen Empfangsschein ausgefertigt und eine kurze Verständigung für den Gerichtsvollzieher geschrieben hatte, bei welchem die Akten waren, schnaubte er eine Weile vor seinem Schreibpulte, dermaßen erregt, daß er Saccard hätte ziehen lassen, wäre die Méchain nicht gewesen, die sich bisher nicht vom Fleck gerührt und kein Wort gesprochen hatte.

– Und die Angelegenheit? sagte sie.

Er erinnerte sich plötzlich; ja, er wird jetzt Vergeltung nehmen. Allein, Alles was er vorbereitet hatte: seine Erzählung, seine Fragen, der pfiffige Aufbau der Unterredung war mit einem Male weggeblasen in seiner Eile, zur Sache zu gelangen.

– Ja, richtig, die Angelegenheit! ... Ich habe Ihnen geschrieben, Herr Saccard. Wir haben jetzt eine alte Rechnung mit einander zu ordnen.

Er hatte die Hand ausgestreckt und holte die „Angelegenheit Sicardot" hervor, welche er vor sich hinlegte und öffnete.

– Im Jahre 1852 wohnten Sie in einem Hôtel garni in der Rue de la Harpe. Dort unterschrieben Sie zwölf Wechsel zu je fünfzig Francs einem Fräulein Rosalie Chavaille, sechszehn Jahre alt, welches Sie eines Abends im Treppenhause notzüchtigten ... Diese Wechsel sind hier; Sie haben keinen einzigen bezahlt, denn Sie waren verschwunden, ohne Ihre Adresse zurückzulassen, noch ehe der erste fällig war. Und das Schlimmste ist, daß sie mit einem falschen Namen unterzeichnet sind, mit dem Namen Sicardot, demjenigen Ihrer ersten Frau ...

Saccard hörte und schaute; er war sehr bleich geworden. Inmitten einer unsagbaren Bestürzung belebte sich die ganze Vergangenheit vor ihm; er hatte ein Gefühl, als sollte Alles unter ihm versinken; eine ungeheure, unbestimmte Masse stürzte auf ihn nieder. In diesem Schrecken der ersten Minute verlor er den Kopf.

– Wieso haben Sie erfahren? ... Wie kamen Sie zu dieser Sache? stammelte er.

Dann zog er mit zitternder Hand von Neuem seine Brieftasche; er hatte nur den einen Gedanken: zu bezahlen und in den Besitz dieses unglückseligen Schriftenbündels zu gelangen.

– Es waren keine Kosten, wie? … Es macht sechshundert Francs … Oh, es wäre da Vieles einzuwenden; aber ich mag nicht weiter darüber reden, sondern will lieber bezahlen.

Und er reichte die sechs Bankbillets hin.

– Sogleich! schrie Busch, indem er das Geld zurückwies. Ich bin noch nicht zu Ende … Die Frau, die Sie hier sehen, ist die Base Rosaliens und diese Papiere gehören ihr; in ihrem Namen treibe ich diese Forderung ein … Die arme Rosalie ist in Folge Ihres Ungestümes ein Krüppel geblieben. Sie war sehr unglücklich und ist in bitterster Noth gestorben bei dieser Frau, die sie aufgenommen hatte … Die Frau könnte Ihnen, wenn sie wollte, Dinge erzählen …

– Furchtbare Dinge! bekräftigte mit ihrer dünnen Stimme die Méchain, indem sie das Stillschweigen brach.

Erschreckt wandte sich Saccard zu ihr; er hatte ihrer vergessen, wie sie einem halb eingeschrumpften Schlauche gleichend dasaß. Sie hatte ihm stets eine gewisse Furcht eingeflößt mit ihrem schmutzigen Raubvogel-Handel in deklassirten Werthen; und nun traf er sie hier, in diese unangenehme Geschichte verwickelt.

– Gewiß … Die Unglückliche … Das ist sehr traurig … murmelte er. Aber wenn sie todt ist, sehe ich nicht ein … Hier sind immerhin die sechshundert Francs.

Busch wies die Summe ein zweites Mal zurück.

– Nein, Sie wissen noch nicht Alles. Sie hat ein Kind gehabt … Ja, ein Kind, das jetzt im vierzehnten Lebensjahre steht; ein Kind, das Ihnen in einem Maße gleicht, daß Sie es nicht verleugnen können.

Betäubt, niedergeschmettert wiederholte Saccard mehrere Male:

– Ein Kind, ein Kind …

Dann legte er mit einer raschen Handbewegung die sechs Bankbillets in sein Portefeuille zurück. Er hatte mit einem Male seine Fassung wiedergefunden und sagte in aufgeräumtem Tone:

– Ei, ei! Halten Sie mich etwa zum Besten? Wenn ein Kind da ist, gebe ich Ihnen nicht einen Sou … Der Kleine ist der Erbe seiner Mutter; er soll dieses Geld bekommen und Alles, was er will, obendrein … Ein Kind! Das ist ja sehr hübsch und sehr natürlich. Es ist nichts Uebles dabei, wenn man ein Kind hat. Im Gegentheil, es bereitet mir ein Vergnügen, es verjüngt mich; bei meiner Ehre! Wo ist das Kind? Ich will es sehen. Warum haben Sie es nicht sogleich mitgebracht?

Nun war an Busch die Reihe verblüfft zu sein; er dachte an sein langes Zögern, an die unendlichen Rücksichten, welche Madame Caroline walten ließ, um Victor's Existenz seinem Vater nicht zu verrathen. Aus der Fassung gebracht verlor er sich in den heftigsten, verwickeltesten Erklärungen, sagte Alles auf einmal her, die sechstausend Francs, welche die Méchain für Darlehen und für Erhaltungskosten forderte, die zweitausend Francs, welche Madame Caroline als Abschlagszahlung hergegeben hatte, die furchtbaren Triebe Victor's und seinen Eintritt in die Arbeits-Stiftung. Bei jeder neuen Einzelheit fuhr Saccard in die Höhe. Wie? Sechstausend Francs! Wer konnte ihm sagen, ob man nicht im Gegentheil den Jungen beraubte? Eine Abschlagszahlung von zweitausend Francs! Man hat die Kühnheit gehabt einer ihm befreundeten Dame zweitausend Francs zu erpressen! Aber das war ja ein Diebstahl, ein Vertrauens-Mißbrauch! Man hat den Kleinen schlecht erzogen und verlangt jetzt, daß er – Saccard – Diejenigen bezahle, die für diese schlechte Erziehung verantwortlich waren! Hält man ihn denn für einen Schwachkopf?

– Nicht einen Sou! schrie er. Hören Sie: Nicht einen Sou werden Sie mir aus der Tasche ziehen!

Busch hatte sich bleich von seinem Tische erhoben.

– Das werden wir sehen, ich werde Sie vor das Gericht zerren!

– Reden Sie keine Dummheiten! Sie wissen sehr wohl, daß das Gericht sich mit diesen Dingen nicht befaßt und wenn Sie glauben, daß Sie mich zum Zahlen pressen werden, so ist das von Ihnen noch dümmer, denn ich kümmere mich um die ganze Geschichte nicht. Wenn ein Kind vorhanden ist, so fühle ich mich dadurch sehr geschmeichelt.

Und weil die Méchain den Ausgang versperrte, mußte er sie beiseite schieben, um hinauszugehen. Mit ihrer dünnen Flötenstimme schrie sie ihm noch in das Treppenhaus nach:

– Hundsfott, Herzloser!

– Sie werden noch von uns zu hören bekommen, heulte Busch, indem er die Thür zuschlug.

Saccard befand sich in solcher Aufregung, daß er dem Kutscher zurief, direkt nach der Rue St.-Lazare zurückzukehren. Er hatte es eilig, Madame Caroline zu sehen und sprach ohne jeden Zwang mit ihr, indem er sie zunächst dafür auszankte, daß sie die zweitausend Francs gezahlt hatte.

– Liebe Freundin, niemals gibt man das Geld in solcher Weise aus. Warum haben Sie gehandelt, ohne mich zu fragen?

Sie blieb stumm, völlig betroffen davon, daß er die Sache wußte. Es war also richtig die Schrift des Busch, die sie erkannt hatte und nunmehr, da ein Anderer ihr die Sorge abgenommen, das Geheimniß zu verrathen, hatte sie nichts mehr zu verheimlichen. Indeß zögerte sie noch immer, verlegen statt dieses Mannes, der sie so leichthin ausfragte.

– Ich wollte Ihnen einen Kummer ersparen. Das unglückliche Kind war in einer solchen Verkommenheit ... Längst hätte ich Ihnen Alles erzählt, aber ein gewisses Gefühl ...

– Welches Gefühl? Ich gestehe Ihnen, daß ich Sie nicht recht begreife.

Sie machte nicht den Versuch, sich zu erklären oder sich noch weiter zu entschuldigen; eine Traurigkeit, ein Ueberdruß gegen Alles hatte sie ergriffen, die doch sonst so lebensmuthig war, während er fortfuhr, die Sache in fröhlichem, schreiendem Tone zu behandeln, als fühlte er sich entzückt, wahrhaft verjüngt.

– Der arme Junge! Ich werde ihn sehr lieben; ich versichere Ihnen. Sie haben sehr recht gehandelt, ihn in die Arbeits-Stiftung zu thun, um ihn ein wenig vom Schmutze zu reinigen. Aber wir werden ihn von dort wieder herausnehmen, wir werden ihm Professoren geben. Morgen werde ich ihn besuchen; jawohl, morgen, wenn ich nicht allzu sehr beschäftigt bin.

Am folgenden Tage war Verwaltungsraths-Sitzung und es vergingen zwei Tage, dann die Woche, ohne daß Saccard eine freie Minute fand. Er sprach noch oft von dem Kinde, verschob aber immer wieder seinen Besuch, dem reißenden Strome sich überlassend, der ihn fortriß. In den ersten Tagen des Monats Dezember wurde der Kurs von zweitausendsiebenhundert erreicht, inmitten des außerordentlichen Fiebers, dessen krankhafter Anfall die Börse noch immer durchrüttelte. Das Schlimmste war, daß die beunruhigenden Gerüchte immer mehr anwuchsen und die Hausse inmitten eines zunehmenden, schier unerträglichen Unbehagens mit wüthender Verbissenheit fortdauerte. Nunmehr wurde die unvermeidliche Katastrophe laut angekündigt und die Kurse stiegen dennoch; sie stiegen unaufhörlich, vermöge der beharrlichen Kraft einer wunderbaren Voreingenommenheit, welche selbst vor der offenkundigen Wahrheit nicht weichen will. Saccard lebte nur mehr in dem übertriebenen Wahn seines Triumphes, wie von einem Glorienschein umgeben von jenem Goldregen, den er über Paris niedergehen ließ, aber dennoch schlau genug, um die Empfindung zu haben, daß der Boden unterwühlt, rissig sei und unter ihm einzustürzen drohe. Trotzdem er bei jeder Liquidation Sieger blieb, hörte er nicht auf gegen die Baissiers zu wettern, deren Verluste schon furchtbare sein mußten. Was hatten denn diese schmutzigen Juden, daß sie sich so wüthend in die Baisse warfen? Wird er sie nicht endlich zu Paaren treiben? Und was ihn hauptsächlich verbitterte, war seine Vermuthung, daß Gundermann noch andere Verkäufer zur Seite hatte, die sein Spiel unterstützten, vielleicht gemeine Soldaten der Universalbank, verrätherische Ueberläufer, die – in ihrer Zuversicht erschüttert – nicht rasch genug ihren Aktienbesitz losschlagen konnten.

Eines Tages, als Saccard in solcher Weise seinem Aerger vor Madame Caroline freien Lauf ließ, glaubte diese ihm Alles sagen zu sollen.

– Sie sollen wissen, mein Freund, daß auch ich verkauft habe. Ich habe unsere letzten tausend Aktien zum Kurse von 2700 verkauft.

Vernichtet stand er da, als wäre der schwärzeste Verrath ihm enthüllt worden.

– Sie haben verkauft? Sie, Sie? Mein Gott!

Sie hatte seine Hände ergriffen und drückte sie, wahrhaft bekümmert, während sie ihn erinnerte, daß sie und ihr Bruder ihn gewarnt hatten. Der Letztere war noch immer in Rom und schrieb von dort Briefe voll tödtlicher Unruhe wegen dieser übertriebenen Hausse, die er sich nicht erklären konnte, der man um jeden Preis Einhalt thun mußte, wenn man nicht in einen Abgrund stürzen wollte. Erst gestern wieder habe sie einen solchen Brief erhalten, mit dem formellen Auftrage zu verkaufen. Und sie hat verkauft.

– Sie! Sie! wiederholte Saccard. Sie waren es, die mich bekämpfte, die ich im Dunkel vermuthete! Ihre Aktien habe ich kaufen müssen!

Er erzürnte sich nicht, wie gewöhnlich, und sie litt noch mehr durch seine Niedergeschlagenheit; sie hätte ihm Vernunft zureden, ihn bewegen mögen, diesen schonungslosen Kampf aufzugeben, der nur mit einem Gemetzel endigen konnte.

– Hören Sie mich an, mein Freund. Bedenken Sie, daß unsere dreitausend Aktien über siebenundeinhalb Millionen ergeben haben. Ist das nicht ein ungehoffter, ganz außerordentlicher Gewinn? Mich erschreckt all' das Geld; ich kann nicht glauben, daß es mir gehöre ... Allein, es handelt sich nicht um unser persönliches Interesse. Denken Sie an die Interessen aller Jener, die ihr Vermögen in Ihre Hände gelegt haben, eine erschreckende Summe von Millionen, welche Sie in dieser Partie auf das Spiel setzen. Wozu diese unsinnige Hausse unterstützen und noch weiter treiben? Man sagt mir von allen Seiten, daß die Katastrophe unvermeidlich sei ... Sie werden doch nicht immerfort steigen können; es ist doch keine Schande, wenn die Aktien wieder auf ihren wirklichen Werth zurückgehen; dies würde die Solidität des Hauses, das Heil bedeuten.

Doch er hatte sich ungestüm erhoben.

– Ich will den Kurs von dreitausend! rief er. Ich habe gekauft und werde noch kaufen und wenn ich darüber zugrunde gehe! Ja, ich soll zugrunde gehen und alle Anderen mit mir, wenn ich den Kurs von dreitausend nicht erreiche und nicht aufrechthalte!

Nach der Liquidation vom 15. Dezember stiegen die Kurse auf 2800 und dann auf 2900. Am 21. Dezember wurde an der Börse der Kurs von 3020 Francs verkündet, inmitten der Erregtheit einer schier wahnsinnigen Menge. Es gab keine Wahrheit und keine Logik mehr; die Idee von dem Werthe war verschoben, so daß sie jeden wirklichen Sinn verlor. Es ging das Gerücht, daß Gundermann, im Gegensatze mit seiner gewohnten Vorsicht, furchtbare Risken eingegangen war; seit den zwei Monaten, daß er die Baisse unterhielt, hatten seine Verluste mit jeder halbmonatlichen Liquidation zugenommen, ganz nach dem Maßstabe der Hausse, in ungeheuren Sprüngen; und man behauptet nachgerade, er könne leicht diesmal die Knochen dabei lassen. Alle Köpfe waren verdreht; man machte sich auf Wunderdinge gefaßt. Und in diesem höchsten Augenblicke, in welchem Saccard auf dem Gipfel angelangt, die Erde unter sich zittern fühlte in einer uneingestandenen Angst vor dem Sturze, war er wahrhaft König. Als sein Wagen in der Rue de Londres, vor dem triumphalen Palaste der Universalbank anlangte, eilte ein Diener herbei und breitete einen Teppich aus, welcher von den Stufen des Flurs, über das Trottoir, bis zur Fahrbahn reichte. Und Saccard geruhte vom Wagen zu steigen und hielt seinen Einzug wie ein Herrscher, dem man ersparen will, das gemeine Straßenpflaster zu betreten.

X.

Im Jahresschlusse, am Tage der Dezember-Liquidation war der große Börsensaal schon um halb ein Uhr gefüllt und die Menge befand sich in einer außerordentlichen Erregtheit der Stimmen und Geberden. Schon seit einigen Wochen stieg die Aufregung und sie führte zu diesem letzten Kampftage. Es war eine fieberhafte Menge, in welcher schon der Entscheidungskampf grollte, zu dem man rüstete. Draußen war furchtbar kalt, aber eine helle Wintersonne sandte ihre schrägen Strahlen durch das hohe Glasdach und erhellte eine ganze Seite des kahlen Saales, mit seinen strengen Pfeilern und der trübseligen Wölbung, welche durch allegorische Gemälde, Grau in Grau gehalten, ein noch frostigeres Aussehen erhielt. Aus den Oeffnungen der Luftheizung, längs der Arkaden, drang eine wohlthuende Wärme in den Raum, inmitten des kalten Luftzuges, der durch die fortwährend auf- und zugehende Gitterthür Eingang fand.

Der Baissier Moser, noch unruhiger und gelber als sonst, rannte den Haussier Pillerault an, der arrogant auf seinen hohen Reiherbeinen stand.

– Wissen Sie schon, was man sagt?

Doch er mußte lauter sprechen, um sich verständlich zu machen in dem wachsenden Lärm der Gespräche; es herrschte ein regelmäßiges, monotones Rollen im Saal, dem endlosen Getöse aus den Ufern getretener Fluthen gleichend.

– Man sagt, wir werden im April den Krieg haben. Bei diesen furchtbaren Rüstungen kann es gar nicht anders sein. Deutschland will uns nicht Zeit lassen, das neue Militärgesetz, welches die Kammer votiren wird, anzuwenden. Und übrigens will Bismarck ...

Pillerault brach in ein Gelächter aus.

– Lassen Sie mich in Frieden, Sie und Ihr Bismarck. Ich, der ich da mit Ihnen spreche, habe diesen Sommer, als er hier war, fünf Minuten mit ihm geplaudert. Er hat eine sehr gutmüthige Miene. Wenn Ihr nach dem überwältigenden Erfolge der Ausstellung noch nicht zufrieden seid, was soll man Euch dann noch bieten? Mein Lieber, ganz Europa gehört uns.

Moser schüttelte verzweifelt den Kopf und von der drängenden und stoßenden Menge jede Sekunde unterbrochen, fuhr er fort, seine Befürchtungen zu entwickeln. Der Markt wäre zu gesund, von einer vollblütigen Gesundheit, die nichts taugte, wie die ungesunde Fette der allzu dicken Leute. Dank der Ausstellung hätte der Markt zu viel Geschäfte hervorgebracht. Man hätte sich zu sehr in Vertrauensseligkeit eingelullt und wäre im Spiel bei einem Grade angelangt, der an Wahnsinn streifte. Beispielsweise der Curs von 3030 bei der Universalbank: war das nicht unsinnig?

– Ach, da sind wir endlich bei der Sache! schrie Pillerault und indem er dem Andern noch näher rückte und jede Silbe nachdrücklich betonte, fügte er hinzu:

– Mein Lieber, heute Abends werden wir mit 3060 schließen, Ihr alle werdet zu Boden geschmissen werden, ich sage es Ihnen.

Der Baissier, obgleich sonst leicht zu beeinflußen, ließ ein leises Pfeifen des Mißtrauens vernehmen und er schaute in die Luft, um seine geheuchelte Gemüthsruhe zu markiren; er betrachtete einige Augenblicke die wenigen Frauenköpfe, die sich oben auf der Galerie des Telegrafenbureau's überneigten, erstaunt ob des Anblicks, den dieser Saal bot, welchen sie nicht betreten durften. Oben waren Schilder mit den Namen der Städte Frankreichs angebracht. Die Kapitäler und Karnieße boten eine lange, fahle Perspektive, welche durch Infiltrationen gelb gefleckt worden war.

– Schau, Sie sind's? hub Moser wieder an, indem er den Kopf neigte und Salmon erkannte, der vor ihm stand und sein ewig geheimnißvolles Lächeln zeigte.

In diesem Lächeln eine Bestätigung der Auskünfte Pillerault's erblickend, fügte Moser verlegen hinzu:

– Schließlich, wenn Sie etwas wissen, sagen Sie es. Mein Gedankengang ist einfach. Ich bin mit Gundermann, weil Gundermann doch Gundermann ist. Wenn man zu ihm hält, fährt man immer gut.

– Aber, wer sagt Ihnen denn, daß Gundermann in der Baisse ist? warf Pillerault höhnisch ein. Moser riß erschreckt die Augen auf, als er dies hörte. Seit langer Zeit redete man an der Börse allgemein davon, daß Gundermann es auf Saccard abgesehen habe, daß er die Baisse gegen die Universalbank nähre, in der Absicht, nach einigen Monaten sie mit einer plötzlichen Anstrengung zu erwürgen, wenn die Stunde gekommen sein würde, den Markt mit seinen Millionen zu zermalmen. Und wenn der heutige Tag sich so heiß ankündigte, so war es deshalb, weil Alle glaubten und wiederholten, daß an diesem Tage die Schlacht angehen werde, eine jener mörderischen Schlachten, nach welcher einer der beiden Gegner vernichtet am Boden liegt. Aber war man denn jemals sicher in dieser Welt der Lüge und der List? Die sichersten Dinge, die am meisten im voraus angekündigt worden, boten bei dem leisesten Windhauch Ursache zu Zweifel und Angst.

– Sie leugnen das Offenkundige, murmelte Moser. Ich habe die Aufträge allerdings nicht gesehen und man kann nichts mit Bestimmtheit behaupten ... Was halten Sie davon, Salmon? Gundermann kann doch nicht nachgeben, alle Wetter!

Und er wußte nicht mehr was er glauben solle angesichts des stillen Lächelns Salmons, welches sich zu einer außerordentlichen Schlauheit zu verschmälern schien.

– Ja, wenn dieser da reden wollte, sagte er, mit dem Kinn auf einen dicken Mann zeigend, der eben vorüberging. Wenn dieser da reden wollte, wäre ich beruhigt. Er sieht klar.

Es war der berühmte Amadieu, der noch immer von seinem Erfolge in dem Geschäfte mit den Aktien der Bergwerke von Selsis lebte, welche er in einem blöden Einfall mit fünfzehn Francs pro Stück erstanden und später mit einem Gewinn von fünfzehn Millionen verkauft hatte, ohne etwas vorhergesehen oder berechnet zu haben, auf gut Glück. Man verehrte ihn wegen seiner großen finanziellen Fähigkeiten, ein wahrer Hof folgte ihm; die Leute trachteten seine geringsten Worte zu erhaschen, um in der Richtung zu spielen, welche diese Worte andeuteten.

– Bah! rief Pillerault, völlig seiner Lieblingstheorie eines Waghalses hingegeben, das Beste bleibt doch immer, auf Gerathewohl seinem Einfall zu folgen ... Es gibt nichts als das Glück. Entweder man hat Glück, oder man hat keins. Was hilft da das Nachdenken? So oft ich überlegte, ließ ich schier die Knochen dabei. So lange ich jenen Herrn fest auf seinem Posten sehen werde, mit seiner Miene eines Kerls, der Alles ausfressen will, werde ich kaufen.

– Er zeigte mit einer Handbewegung auf Saccard, der eben angekommen war und auf seinem gewohnten Platze Aufstellung nahm, vor dem Pfeiler der ersten Arkade links. Wie alle Chefs großer Häuser hatte er an der Börse seinen bekannten Platz, wo die Beamten und die Klienten ihn sicher finden konnten. Blos Gundermann machte sich dadurch auffällig, daß er niemals einen Fuß in den großen Saal setzte; er sandte auch keinen offiziellen Vertreter dahin, aber man hatte das Gefühl, daß er eine Armee da habe; er herrschte da als abwesender und allgebietender Herrscher durch die zahllose Legion der Remisiers, der Agenten, die seine Aufträge brachten, um von seinen Kreaturen zu schweigen, die so zahlreich waren, daß vielleicht jeder anwesende Mann ein geheimer Streiter Gundermann's war. Gegen diese unfaßbare und überall thätige Armee kämpfte Saccard in Person, mit offenem Visier. Hinter ihm, in dem Winkel, welchen der Pfeiler bildete, stand eine Bank; aber er setzte sich dort niemals, er blieb die zwei Börsestunden hindurch stehen, als mißachtete er die Ermüdung. Zuweilen, in den Augenblicken der Ermattung, begnügte er sich einen Ellbogen auf den Stein zu stützen, welcher durch den Schmutz vieler Berührungen in Manneshöhe schwarz und glatt geworden war; und von der fahlen Nacktheit des Riesenbaues hob sich hier als ein charakteristisches Detail dieses Band schimmernden Schmutzes ab, an den Thüren, an den Wänden, in den Treppenhäusern, im Saale, ein schmutziger Unterbau, der angehäufte Schweiß ganzer Generationen von Spielern und Dieben. Sehr elegant, sehr korrekt gekleidet wie alle Börsenmänner, mit den feinen Stoffen seiner Gewandung und dem blendenden Weiß seiner Leibwäsche, hatte Saccard die freundliche, ruhige Miene eines Mannes ohne Sorgen, inmitten dieser schwarz umsäumten Mauern.

– Sie wissen ja, sagte Moser mit gedämpfter Stimme, daß man ihn beschuldigt, durch bedeutende Käufe die Hausse zu unterstützen. Wenn die Universalbank in ihren eigenen Aktien spielt, ist sie geliefert.

Doch Pillerault protestirte.

– Wieder so ein Gerede! ... Kann man denn genau sagen, wer verkauft und wer kauft? Er ist da, um die Klienten seiner Anstalt zu vertreten und das ist doch natürlich. Und er ist auch für seine eigene Rechnung da, denn er muß spielen.

Moser beharrte nicht weiter bei dem Gegenstande. Noch Niemand an der Börse würde gewagt haben den furchtbaren Feldzug zu behaupten, welchen Saccard führte, die Käufe, die er für die Rechnung der Gesellschaft machte, unter dem Namen von Strohmännern, von Sabatani, Jantrou und Anderen, hauptsächlich von Beamten seiner Direktion. Es war bloß ein Gerücht in Umlauf, ins Ohr geflüstert und in Abrede gestellt, immer von Neuem wieder erwachend, wenngleich unerwiesen. Anfänglich hatte er nur vorsichtig die Kurse gestützt und wiederverkauft, sobald er konnte, um die Kapitalien nicht allzu sehr festzurennen und die Kassen nicht mit Aktien anzufüllen. Allein, jetzt war er schon vom Kampfe fortgezogen und er hatte an diesem Tage die Nothwendigkeit von übertriebenen Käufen vorausgesehen, wenn er das Schlachtfeld behaupten wollte. Seine Aufträge waren ertheilt; er heuchelte seine heitere Ruhe der gewöhnlichen Tage, trotz seiner Ungewißheit über das schließliche Resultat und trotz der Verwirrung, die er fühlte, sich immer weiter auf einem Wege vorzuwagen, dessen furchtbare Gefährlichkeit ihm bekannt war. Moser war inzwischen um den berühmten Amadieu herumgeschlichen, welcher in vertraulichem Gespräche mit einem kleinen, hageren Männchen stand. Jetzt kam er in großer Aufregung zurück und stammelte:

– Ich habe es gehört, mit eigenen Ohren gehört ... Er hat gesagt, die Verkaufs-Aufträge Gundermanns übersteigen zehn Millionen ... Oh, ich verkaufe, ich verkaufe; ich würde selbst mein Hemd verkaufen!

– Zehn Millionen, alle Wetter! murmelte Pillerault mit unsicherer Stimme. Das ist ja ein wahrer Krieg auf Messer.

Und in dem durch den Saal rollenden, immer stärkeren Getöse, das alle privaten Besprechungen nährten, war nur von diesem wüthenden Zweikampfe zwischen Gundermann und Saccard die Rede. Man unterschied die Worte nicht, aber die Nachricht war fertig da, sie allein tönte so laut: die ruhige, logische Beharrlichkeit des Einen im Verkauf, die fieberhafte Leidenschaftlichkeit im Kauf, die man bei dem Anderen vermuthete. Die widersprechenden Gerüchte, die anfänglich nur im Flüstertone die Runde machten, schlossen in hellem Trompetengeschmetter. Die Einen schrieen, sobald sie den Mund aufthaten, um sich in dem Getöse verständlich zu machen, während die Anderen geheimnißvoll einander ins Ohr flüsterten, selbst wenn sie sich nichts zu sagen hatten.

– Ach was, ich behalte meine Hausse-Posten, sagte Pillerault, schon wieder beruhigt. Die Sonne scheint zu schön, Alles wird wieder steigen.

– Alles wird zusammenbrechen, entgegnete Moser mit seiner zunehmenden Beharrlichkeit. Der Regen ist nicht mehr fern, ich hatte heute Nacht wieder einen Anfall.

Allein das Lächeln Salmons, der ihnen – Einem nach dem Andern – zuhörte, spitzte sich jetzt so scharf zu, daß Beide unzufrieden, ohne sicheren Halt blieben. Hat dieser verteufelte Mensch in seiner Pfiffigkeit und Verschlagenheit eine dritte Art zu spielen, wobei er weder in die Hausse, noch in die Baisse geht?

Saccard vor seinem Pfeiler sah die Menge seiner Schmeichler und seiner Klienten immer dichter werden. Fortwährend streckten sich ihm Hände entgegen und er drückte alle mit derselben zufriedenen Leichtigkeit und legte in jeden Druck seiner Finger eine Siegesverheißung. Einige liefen herbei, um ein Wort auszutauschen und eilten entzückt wieder davon. Viele harrten bei ihm aus, waren glücklich, zu seiner Gruppe gehören zu dürfen. Oft zeigte er sich liebenswürdig, ohne sich der Namen der Leute zu erinnern, die zu ihm sprachen. So mußte ihm der Kapitän Chave den Namen Maugendre's nennen, damit er diesen erkenne. Der Kapitän, der sich mit seinem Schwager ausgesöhnt hatte, drang in diesen, er solle verkaufen; allein, der Händedruck Saccard's genügte, um Maugendre in grenzenloser Hoffnung entflammen zu lassen. Dann kam der Verwaltungsrath Sédille, der große Seidenhändler, und bat um eine kurze Besprechung. Sein Handelshaus war dem Ruin nahe, sein ganzes Vermögen war bei der Universalbank festgelegt, in dem Maße, daß eine mögliche Baisse für ihn ein Zusammenbruch werden mußte; angstbeklommen, von seiner Leidenschaft verzehrt und weil auch sein Sohn Gustav, der bei Mazaud nicht vorwärts kam, ihm Kummer machte, fühlte er das Bedürfniß beruhigt und ermuthigt zu werden. Saccard schlug ihm auf die Schulter und entließ ihn von Muth und Zuversicht erfüllt. Und dann kam ein ganzer Zug: der Bankier Kolb, der längst verkauft hatte, aber dennoch auf einen günstigen Zufall lauerte; der Marquis de Bohain, der mit seiner stolzen Herablassung eines großen Herrn so that, als besuche er die Börse nur aus Neugierde und Müßiggang; selbst Huret, der mit Saccard unmöglich entzweit bleiben konnte, weil er zu geschmeidig war, um nicht bis zum Tage des schließlichen Versinkens der Freund der Leute zu sein, war gekommen, um zu sehen, ob es nichts mehr aufzulesen gäbe. Doch jetzt erschien Daigremont und Alle traten zur Seite. Er war sehr mächtig; man bemerkte seine Liebenswürdigkeit, die Art und Weise, wie er mit zutraulicher Kameradschaft Scherz trieb. Die Haussiers erstrahlten darob, denn er hatte den Ruf eines geschickten Mannes, der es verstand die Unternehmungen bei dem ersten Krachen der Bretter zu verlassen; und es galt nun für sicher, daß die Universalbank noch nicht krachte. Und schließlich kamen noch

Andere vorbei, die mit Saccard blos einen Blick austauschten, Männer, die in seinem Dienste standen, Beamte, die damit betraut waren Aufträge zu ertheilen und auch für eigene Rechnung kauften in dieser Spielwuth, deren Epidemie die Reihen des Personals in der Rue de Londres lichtete, die sie – in ihrer Jagd auf Nachrichten – fortwährend auf der Lauer liegen, die Augen an alle Schlüssellöcher pressen ließ. So kam Sabatani zweimal vorüber mit seiner weichlichen Grazie eines auf einen Orientalen gepfropften Italieners; er that, als kennte er den Patron gar nicht, während Jantrou, der wenige Schritte weiter stand, ihnen den Rücken kehrte und sich völlig der Lesung der ausländischen Börsendepeschen zu widmen schien, die in vergitterten Rahmen hingen. Der Remisier Massias, der stets laufend die Gruppe anrempelte, nickte leicht mit dem Kopfe, was ohne Zweifel eine Antwort war, der Bescheid über einen rasch erfüllten Auftrag. Und in dem Maße, als die Eröffnungsstunde nahte, erfüllte das endlose Getrappel der Füße, der Doppelstrom der Menge, welche den Saal durchfurchte, diesen mit den tiefen Stößen und dem Getöse einer Hochfluth.

Man erwartete den Anfangs-Kurs.

Mazaud und Jacoby, die aus dem Zimmer der Wechselagenten kamen, erschienen jetzt am Korbe, Seite an Seite, mit der Miene korrekter Kollegialität. Sie wußten indessen, daß sie Gegner seien in dem unerbittlichen Kampfe, welcher seit Wochen gekämpft wurde und welcher mit dem Ruin des Einen oder des Andern endigen konnte. Mazaud, ein kleiner, schmächtiger, hübscher Mann war von einer frohen Lebhaftigkeit; darin kam eben sein bisheriges Glück zum Ausdruck, welchem er es zu danken hatte, daß er mit 32 Jahren das Maklergeschäft seines Oheims geerbt hatte. Jacoby, ein ehemaliger Prokurist, der dank seinen Klienten, die ihn kommanditirten, schon in vorgerückten Jahren Agent geworden, hatte den Dickwanst und den schweren Tritt seiner sechzig Jahre; er war ein großer, ergrauender, kahler Mensch mit einem breiten, gutmüthigen Spielergesicht. Mit ihren Notizbüchern in der Hand plauderten die Beiden vom guten Wetter, ganz so als hätten sie nicht auf diesen paar Zetteln die Millionen in der Hand, welche sie in dem mörderischen Handgemenge von Angebot und Nachfrage gleich Schüssen auszutauschen sich anschickten.

– Ein schöner, kalter Tag, nicht wahr?

– Oh, denken Sie sich, ich bin zu Fuße hergekommen, so schön war das Wetter.

Als sie vor dem Korbe ankamen, vor dem geräumigen, runden Becken, das noch rein war von den unnützen Papieren, von den Schlußzetteln, die man dort hineinwirft, blieben sie einen Augenblick stehen, stützten sich auf die Brüstung von rothem Sammt, welche den Korb umgibt, und fuhren fort, gleichgiltige, abgehackte Bemerkungen auszutauschen, während sie aus dem Augenwinkel spähend umherblickten.

Die durch Gitter abgeschlossenen, in Kreuzesform verlaufenden vier Quergänge, eine Art Stern mit vier Armen, dessen Mittelpunkt der Korb bildete, waren der dem Publikum unzugängliche geweihte Ort; und zwischen diesen Armen gab es vorn noch eine Abtheilung, wo die Angestellten des Komptantmarktes ihren Platz hatten, überragt von den drei Koteurs, den mit der Verzeichnung der Schlüsse betrauten Beamten, die auf erhöhten Stühlen vor ihren großen Registern saßen. Auf der anderen Seite gab es eine kleinere, offene Abtheilung, wegen ihrer Form die „Guitarre" genannt; hier konnten die Beamten und die Spekulanten sich mit den Agenten in direkte Verbindung setzen. Rückwärts, in dem Winkel, welchen die zwei anderen Arme bildeten, war der Markt der französischen Renten, wo jeder Agent, geradeso wie auf dem Komptantmarkte, durch einen besonderen Beamten vertreten war, der sein eigenes, unterschiedliches Notizheft hatte; denn die Wechselagenten rings um den Korb beschäftigen sich ausschließlich nur mit den Termingeschäften, widmen sich völlig dem zügellosen Treiben des Spiels.

Mazaud bemerkte jetzt in dem linken Quergang seinen Prokuristen Berthier, der ihm einen Wink gab; er ging denn hin und wechselte mit ihm halblaut einige Worte. Die Prokuristen durften sich nur in den Quergängen aufhalten, in respektvoller Entfernung von der Brüstung von rothem Sammt, die keine profane Hand berühren durfte. Jeden Tag erschien Mazaud an der Börse mit Berthier und mit zwei Beamten, demjenigen vom Komptantmarkte und demjenigen vom Rentenmarkte; zu diesen kam sehr häufig noch der Liquidator und außerdem der dem Depeschendienst zugetheilte Beamte, welcher stets der kleine Flory war, mit seinem immer dichter werdenden Barte, aus welchem nur mehr seine zärtlichen Aeuglein hervorschimmerten. Seitdem er nach dem Tage von Sadowa zehntausend Francs gewonnen, spielte Flory – durch die Geldforderungen der kapriziösen und verschwenderischen Chuchu getrieben – wahnsinnig auf eigene Rechnung, ohne jeden Kalkül, mit blinder Zuversicht dem Spiele Saccard's folgend. Die Aufträge, die er kannte, die Depeschen, die durch seine Hände gingen, genügten, um ihm eine Richtung zu geben. Als er eben wieder vom Telegraphenbureau, welches im ersten Stock installirt war, beide Hände voll mit Depeschen herabgelaufen kam, ließ er durch einen Saaldiener Mazaud herbeirufen, der Berthier stehen ließ, um zur „Guitarre" zu gehen.

– Mein Herr, soll ich sie heute öffnen und klassiren?

– Gewiß, wenn sie so massenhaft kommen. Was ist denn Alldas?

– Fast ausnahmslos Kaufaufträge auf Universalbank. Mit geübter Hand durchblätterte der Agent die Depeschen und er war augenscheinlich zufrieden. Mit Saccard stark engagirt, für welchen er seit langer Zeit bedeutende Summen im Report hatte und von dem er auch am Morgen desselben Tages riesige Verkaufsaufträge erhalten, war er schließlich der anerkannte Agent der Universalbank geworden. Und obgleich bisher ohne große Unruhe, hatten diese andauernde Voreingenommenheit des Publikums, diese beharrlichen Käufe trotz der übertriebenen Kurse ihn beruhigt. Unter den Unterzeichnern der Depeschen schlug ein Name an sein Ohr, derjenige des Fayeux, des Renteneinnehmers zu Vendôme, der sich eine außerordentlich zahlreiche Klientel von kleinen Käufern unter den Pächtern, Betschwestern und Geistlichen seiner Provinzgegend gemacht zu haben schien, denn es verging keine Woche, ohne daß er in solcher Weise Depesche auf Depesche sandte.

– Geben Sie das unserem Vertreter am Komptantmarkte, sagte Mazaud zu Flory. Und warten Sie nicht, bis man Ihnen die Depeschen bringt. Bleiben Sie oben und übernehmen Sie sie selbst.

Flory lehnte sich an die Balustrade des Komptantmarktes und rief mit lauter Stimme:

– Mazaud, Mazaud!

Es war Gustav Sédille, der auf diesen Ruf nahte; denn auf der Börse verlieren die Angestellten ihren Namen und haben nur den Namen des Agenten, welchen sie vertreten. Auch Flory selbst hieß hier Mazaud. Nachdem Gustav zwei Jahre hindurch von dem Geschäfte fern geblieben, war er vor Kurzem wieder eingetreten, um seinen Vater zu bestimmen, seine Schulden zu bezahlen; und an diesem Tage war er in Abwesenheit des Disponenten mit den Aufgaben des Vertreters am Komptantmarkte betraut worden, was ihm Spaß machte. Flory neigte sich zu seinem Ohr und sie kamen überein, für Fayeux nur zum letzten Kurs zu kaufen und vorher auf seine Ordres für ihre eigene Rechnung zu spielen, indem sie zunächst im Namen ihres gewöhnlichen Strohmannes kaufen und wieder verkaufen würden, so daß sie selbst die Differenzen einstreichen würden, weil ihnen die Hausse sicher schien.

Inzwischen kehrte Mazaud zum Korbe zurück. Bei jedem Schritt übergab ihm ein Saaldiener von Seite irgend eines Klienten, der sich nicht nähern konnte, einen Schlußzettel, welcher einen mit Bleistift hingeworfenen Auftrag enthielt. Jeder Agent hatte seine besonderen Zettel von specieller Farbe, roth, gelb, blau, grün, damit man sie leicht erkennen könne. Die Schlußzettel des Mazaud hatten die Farbe der Hoffnung, und die kleinen grünen Zettel häuften sich zwischen seinen Fingern bei dem fortwährenden Kommen und Gehen der Saaldiener, die sie an den Enden der Quergänge aus den Händen der Angestellten und Spekulanten empfingen, welche mit einem Vorrath dieser Schlußzettel versehen waren, um Zeit zu gewinnen. Als er abermals vor der Sammtbrüstung stehen blieb, fand er daselbst Jacoby, der gleichfalls die Hand voll mit Zetteln hatte. Seine Zettel waren blutroth. Es waren ohne Zweifel die Aufträge Gundermann's und seiner Getreuen, denn es war allgemein bekannt, daß Jacoby in dem Gemetzel, welches sich vorbereitete, der Agent der Baissiers, der Hauptvollstrecker der Todesurtheile der jüdischen Bankwelt war. Er plauderte jetzt mit einem anderen Agenten, Herrn Delarocque, seinem Schwager, einem Christen, welcher eine Jüdin geheirathet hatte. Delarocque war ein dicker, rother, untersetzter, ganz kahler Mensch, der sich in den Klubkreisen herumtrieb und dafür bekannt war, daß er die Aufträge Daigremont's erhielt, welcher seit Kurzem mit Jacoby entzweit war, wie ehemals mit Mazaud. Die Geschichte, die Delarocque erzählte, die saftige Geschichte einer Frau, die ohne Hemd zu ihrem Gatten heimgekehrt war, entflammte seine kleinen, zwinkernden Augen, während er mit einer leidenschaftlichen Mimik sein Notizbuch schüttelte, aus welchem ein ganzes Packet von himmelblauen Schlußzetteln hervorquoll.

– Herr Massias wünscht mit Ihnen zu sprechen, meldete ein Saaldiener Herrn Mazaud.

Mazaud kehrte rasch an das Ende des Querganges zurück. Der Remisier, der vollständig im Solde der Universalbank stand, brachte ihm Nachrichten von der Coulisse, die trotz der furchtbaren Kälte bereits unter dem Peristyl thätig war. Einige Spekulanten wagten sich zuweilen in den Saal, um sich kurze Zeit zu erwärmen, während die Coulissiers in ihren dicken Pelzröcken, mit aufgestülpten Pelzkragen, fest aushielten, wie gewöhnlich im Kreise, unterhalb der Uhr, lebhaft gestikulirend und so stark schreiend, daß sie die Kälte nicht fühlten. Einer der rührigsten war der kleine Nathansohn; er war im Zuge eine bedeutende Persönlichkeit zu werden, vom Glücke begünstigt seit dem Tage, da er als kleiner Beamter vom *Crédit mobilier* austretend auf den Einfall gekommen war ein Zimmer zu miethen und einen Kassenschalter zu öffnen.

Mit rascher Stimme erklärte Massias, daß unter der Masse von Werthen, mit welchen die Baissiers den Marktbelasteten, die Kurse eine weichende Tendenz annehmen zu wollen scheinen, weshalb Saccard auf den Einfall gekommen sei, in der Coulisse zu operiren, um den Anfangskurs des Korbes zu beeinflussen.

Universalbank hatte gestern 3030 geschlossen und er hatte Nathansohn den Auftrag gegeben, hundert Stück Aktien zu kaufen, welche ein anderer Coulissier mit 3035 anbieten sollte. Das war ein Ueberkurs von fünf Francs.

– Gut, wir werden den Kurs bekommen, sagte Mazaud.

Und er kehrte zu den Gruppen der Agenten zurück, die jetzt vollzählig waren. Die sechszig Agenten waren da und schlossen schon – der Börsenregel zuwider – Geschäfte zum Durchschnittscurse unter einander ab, einstweilen, bis die Glocke zur Eröffnung geläutet werden würde. Die zu einem im voraus fixirten Kurse ertheilten Aufträge beeinflußten den Markt nicht, da man diesen Kurs abwarten mußte, während die auf den möglichst guten Kurs ertheilten Aufträge, diejenigen, deren Durchführung man der Witterung des Agenten überließ, das fortwährende Schwanken der verschiedenen Kurse entschieden. Ein guter Agent mußte aus Schlauheit und Voraussicht, aus Geistesgegenwart und agilen Muskeln zusammengesetzt sein, denn die Raschheit sichert den Erfolg, ganz abgesehen von der Nothwendigkeit guter Verbindungen in der hohen Bankwelt, von den Erkundigungen, die man allerorten einholen muß, von den Depeschen, die man von den französischen und ausländischen Börsen erhält und mit welchen man jedem Anderen zuvorkommt. Schließlich war auch eine kräftige Stimme nothwendig, um laut schreien zu können.

Doch jetzt schlug es 1 Uhr und die Glocke sandte ihr helles Läuten wie einen Windstoß über das bewegte Meer von Köpfen; und noch war der letzte Schlag nicht verklungen, als Jacoby, beide Hände an die Sammtbrüstung gestützt, mit einer brüllenden Stimme, der stärksten unter allen, ausrief:

– Ich gebe Universalbank, ich gebe Universalbank! Er fixirte keinen Preis und wartete auf die Nachfrage. Die sechszig Agenten hatten sich genähert und schlossen den Kreis rings um den Korb. Und schon bildeten einige hingeworfene Schlußzettel helle Flecke am Boden. Einander gegenüber stehend betrachteten sich Alle, maßen sich mit den Augen, wie zwei Kämpfer zu Beginn des Waffenganges, sehr begierig, den Anfangskurs festgestellt zu hören.

– Ich gebe Universalbank! wiederholte der dröhnende Baß Jacoby's, ich gebe Universalbank!

– Zu welchem Kurs, die Universalbank? fragte Mazaud mit einer scharfen Stimme, welche diejenige seines Kollegen übertönte, wie man die Stimme der Flöte aus der Begleitung des Cellos heraushört.

Da proponirte Delarocque den Kurs von gestern.

– Mit 3030 nehme ich Universalbank!

Doch schon überbot ihn ein anderer Agent.

– Mit 3035 sendet mir Universalbank!

Es kam also der Kurs der Coulisse und verhinderte die Arbitrage, welche Delarocque vorbereiten wollte: einen Kauf am Korbe und einen prompten Verkauf in der Coulisse, um die fünf Francs der Hausse einstreichen zu können. Mazaud entschloß sich denn, der Zustimmung Saccard's sicher.

– Ich nehme mit 3040, sendet mir Universalbank mit 3040.

– Wie viel? mußte Jacoby fragen.

– Dreihundert Stück.

Sie warfen eine Zeile in ihr Notizheft und der Handel war abgeschlossen. Der Anfangskurs war fixirt mit einer Hausse von 10 Francs gegen den gestrigen Schlußkurs. Mazaud trat aus der Gruppe und begab sich zum Coteur, welcher die Universalbank auf seinem Register führte und gab den Kurs an. Und nun war es zwanzig Minuten hindurch, als wäre eine Schleuße geöffnet worden: die Kurse der anderen Werthe wurden ebenfalls festgestellt, der ganze Komplex von Geschäften, welche die Agenten mitgebracht hatten, wurde ohne große Variationen abgeschlossen. Die Coteurs auf ihren hohen Sitzen, zwischen dem Getöse des Korbes und demjenigen des Komptantmarktes, welcher ebenfalls in fieberhafter Thätigkeit war, hatten große Mühe, alle die neuen Kurse einzutragen, welche die Agenten und die Beamten ihnen zuriefen. Auch der Rentenmarkt rückwärts war in lebhafter Bewegung. Seitdem der Markt eröffnet war, grollte die Menge nicht allein mit dem anhaltenden Getöse der Hochfluth und dieses furchtbare Tosen wurde jetzt übertönt von dem wüsten Geschrei von Angebot und Nachfrage, ein charakteristisches Kreischen, welches anstieg, sich senkte, manchmal innehielt, um in ungleichen, abgehackten Tönen wieder zu beginnen, gleich dem Geschrei von Raubvögeln im Ungewitter.

Saccard stand lächelnd vor seinem Pfeiler. Sein Hof hatte sich noch verdichtet, die Hausse von zehn Francs in Universalbank hatte die Börse in Aufregung versetzt, denn man prognostizirte diesem Papier seit langer Zeit einen Krach für den Liquidationstag. Huret war mit Sédille und Kolb nähergetreten und er that, als bedauerte er seine Vorsicht, die ihn gedrängt hatte, seine Aktien zum Kurse von 2500 zu verkaufen; während Daigremont mit gleichgiltiger Miene, Arm in Arm mit dem Marquis Bohain, diesem in heiterem Tone die Niederlage seines Stalles bei den Herbstrennen erzählte. Vor Allem aber triumphirte Maugendre; er überhäufte mit seinem Spott und seinen Vorwürfen den Kapitän Chave, welcher trotz Allem in seinem Pessimismus verharrte, indem er sagte, man müsse das Ende abwarten. Dieselbe Scene wiederholte sich zwischen dem prahlerischen Pillerault und dem melancholischen Moser. Der Eine erstrahlte in dieser wahnsinnigen Hausse, der Andere ballte krampfhaft die Fäuste und sprach von dieser eigensinnigen, blöden Hausse, wie von einem wüthenden Thier, welches man schließlich doch niederschlagen wird. So verging eine Stunde. Die Kurse blieben beiläufig dieselben; man fuhr am Korbe fort Geschäfte abzuschließen, allerdings jetzt weniger, nach Maßgabe der neuen Aufträge und der einlaufenden Depeschen. Es gab so jeden Tag um die Mitte der Börsenzeit eine Art Verlangsamung, die Ruhe der laufenden Transaktionen, während welcher man den entscheidenden Kampf der Schlußkurse erwartete. Indeß hörte man noch immer das Brüllen Jacoby's, unterbrochen von den schrillen Rufen Mazaud's, welche Beide in Prämienoperationen engagirt waren. „Ich gebe Universalbank zu 3040 mit 15. – Ich nehme Universalbank zu 3040 mit 10. – Wie viele? – 25. – Senden Sie." Dies mußten die Aufträge des Fayeux sein, welche Mazaud ausführte, denn viele Provinzspieler kauften und verkauften auf Prämie, bevor sie sich in fixe Geschäfte einließen, um ihren Verlust zu limitiren. Dann kam plötzlich ein Gerücht in Umlauf, abgehackte Stimmen erhoben sich: Universalbank ist um 5 Francs gefallen, und Schlag auf Schlag fiel sie um 10 Francs, 15 Francs und schließlich auf 3025.

Jantrou, der nach kurzer Abwesenheit wieder im Saale erschienen war, flüsterte jetzt Saccard ins Ohr, die Baronin Sandorff, die unten, in der Rue Brongniart, in ihrem Coupé sitze, lasse ihn fragen, ob sie verkaufen solle. Diese Frage, in dem Augenblicke gestellt, wo die Kurse zu weichen begannen, brachte ihn außer sich. Er sah im Geiste den hoch auf seinem Bocke thronenden Kutscher und sah die Baronin, wie sie hinter den geschlossenen Fenstervorhängen ihres Wagens, gleichsam zuhause sitzend, ihr Notizheft zu Rathe zog.

– Sie soll mich in Frieden lassen! rief er; und wenn sie verkauft, erwürge ich sie!

Bei der Verkündung der Baisse von fünfzehn Francs war Massias wie auf einen Alarmruf herbeigeeilt, weil er wohl fühlte, daß man seiner bedürfen könnte. Saccard, der eine Finte vorbereitet hatte, um mit dem Schlußkurse Sieger zu bleiben – eine Depesche von der Lyoner Börse, wo die Hausse sicher war – begann in der That unruhig zu werden, als er die erwartete Depesche nicht ankommen sah, und dieser unerwartete Kurssturz um fünfzehn Francs konnte eine Katastrophe herbeiführen.

Massias übte die Vorsicht, nicht vor ihm stehen zu bleiben; er streifte ihn bloß mit dem Ellbogen und empfing dann mit gespitzten Ohren seinen Auftrag.

– Rath zu Nathansohn: vierhundert, fünfhundert, so viel als nothwendig sein wird.

Dies vollzog sich mit einer solchen Raschheit, daß bloß Pillerault und Moser es merkten. Seitdem Massias im Dienste der Universalbank stand, war er eine sehr wichtige Persönlichkeit geworden. Man trachtete ihn auszuholen, über seine Schulter hinweg die Aufträge zu lesen, die er empfing. Derzeit strich er selbst prächtige Gewinnste ein. Mit seiner lächelnden Gutmüthigkeit eines Pechvogels, dem das Glück bisher abhold geblieben, war er erstaunt über diese Wendung; er erklärte, das Hundeleben an der Börse sei jetzt erträglich und er behauptete nicht mehr, daß man ein Jude sein müsse, um daselbst Erfolge zu erzielen.

In der Coulisse, in dem eisigen Luftzuge des Peristyls, welches die bleiche Drei-Uhr-Sonne nicht zu erwärmen vermochte, war die Universalbank weniger schnell zurückgegangen, als am Korbe. Und Nathansohn, den seine Makler benachrichtigten, hatte soeben die Arbitrage realisirt, welche Delarocque zu Beginn nicht gelungen war: nachdem er im Saale mit 3025 gekauft, hatte er unter der Kolonnade mit 3035 verkauft. Das hatte nicht drei Minuten erfordert und er gewann dabei sechszigtausend Francs. Schon ließ der Kauf am Korbe das Papier auf 3030 hinaufgehen, vermöge jener Gleichgewichts-Wirkung, welche die beiden Märkte, der legale und der geduldete, auf einander gegenseitig ausüben. Unaufhörlich währte das Laufen der Angestellten vom Saale zum Peristyl, wobei sie von ihren Ellbogen Gebrauch machten, um sich durch die Menge eine Bahn zu brechen. Indeß drohte der Kurs in der Coulisse wieder zu weichen, als der Auftrag, welchen Massias Nathansohn brachte, ihn auf 3035 erhielt und dann auf 3040 trieb, während das Papier, vermöge der Wechselwirkung, auch auf dem Parket den Anfangskurs wieder erreichte. Aber es war schwer, es auf diesem Kurse zu erhalten, denn die Taktik Jacoby's und der anderen Agenten, welche im Namen der Baissiers operirten, war augenscheinlich die, die großen Verkäufe auf den Schluß der Börse aufzusparen, um dadurch den Markt zu zerschmettern und in dem Wirrwar der letzten halben Stunde einen Zusammenbruch herbeizuführen. Saccard begriff so richtig die Gefahr, daß er Sabatani das zwischen ihnen vereinbarte Zeichen gab. Der Italiener, der nur wenige Schritte von Saccard entfernt, mit der zerstreuten und müden Miene eines Schürzenjägers seine Zigarrette rauchte, schlüpfte sogleich mit der Geschmeidigkeit einer Schlange durch die Menge und begab sich zur „Guitarre", wo er mit gespannter Aufmerksamkeit die Kurse verfolgend nicht mehr aufhörte, dem Mazaud auf grünen Zetteln, mit welchen er versehen war, Aufträge zu senden. Trotz Alledem war der Angriff ein so heftiger, daß Universalbank abermals um fünf Francs zurückging.

Es schlug drei Viertel; man hatte nur mehr eine Viertelstunde bis zum Schlußläuten. In diesem Augenblicke gab es ein Kreisen und Schreien der Menge, als wäre sie von irgend einer höllischen Marter gepeinigt; der Korb bellte und heulte mit dem heiseren Widerhall geborstener Kupferkessel; und nun kam der von Saccard so sehnlich erwartete Zwischenfall.

Der kleine Flory, der seit Beginn der Börsezeit alle zehn Minuten vom Telegraphenbureau herunterkam und jedesmal die Hände voll mit Depeschen hatte, erschien jetzt wieder, drängte sich durch die Menge und las ein Telegramm, dessen Inhalt ihn zu entzücken schien.

– Mazaud! Mazaud! rief eine Stimme.

Flory wandte natürlich den Kopf, als wäre er bei seinem eigenen Namen gerufen worden. Es war Jantrou, der wissen wollte, was es Neues gäbe. Allein der Beamte schob ihn hastig beiseite, völlig in der Freude aufgehend sich sagen zu können, daß Universalbank mit einer Hausse endigen werde; denn die Depesche meldete, daß das Papier an der Lyoner Börse stieg, wo so bedeutende Käufe abgeschlossen worden waren, daß die Rückwirkung an der Pariser Börse fühlbar sein mußte. In der That kamen noch weitere Depeschen und zahlreiche Agenten erhielten Aufträge. Das Resultat war ein unmittelbares und ansehnliches.

– Ich nehme Universalbank mit 3040! wiederholte Mazaud mit seiner durchdringenden Stimme eines Lockvogels.

Und Delarocque, durch diese Nachfrage stutzig gemacht, überbot ihn noch um fünf Francs.

– Ich nehme mit 3045!

– Ich gebe mit 3045, brüllte Jacoby; zweihundert mit 3045!

– Senden Sie!

Da ging auch Mazaud in die Höhe.

– Ich nehme mit 3050!

– Wie viel?

– Fünfhundert ... Senden Sie!

Doch der Lärm wurde so furchtbar inmitten der epileptischen Gestikulationen, daß die Agenten sich selbst nicht mehr hörten. Und in dem professionellen Feuereifer, der sie antrieb, fuhren sie mit Geberden fort, nachdem die hohlen Baßstimmen der Einen versagten, während die Flötenstimmen der Anderen sich bis zum Nichts verdünnten. Man sah die Mäuler sich weit aufthun, ohne daß ein vernehmbarer Ton hervorzudringen schien, und es redeten bloß die Hände: eine Geberde von innen nach außen, welche anbot, eine andere von außen nach innen, welche annahm; die erhobenen Finger bezeichneten die Mengen, die Köpfe winkten ja oder nein. Es war, als hätte ein Wahnsinns-Anfall die Menge heimgesucht und die Eingeweihten allein wußten da Bescheid. Oben, auf der Gallerie des Telegraphen-Bureaus, neigten sich Frauenköpfe vor, betroffen, entsetzt ob des außerordentlichen Schauspiels. Auf dem Rentenmarkte glaubte man eine Rauferei zu sehen; es gab da in der Mitte einen Knäuel Menschen, völlig in Wuth gerathen und die Fäuste in die Luft streckend, während der Doppelstrom des Publikums, welcher diese Seite des Saales durchzog, in seiner unaufhörlichen Bewegung die Gruppen verdrängte, daß sie sich bald zertheilten, bald wieder schlossen. Zwischen dem Komptantmarkte und dem Korbe, über dem entfesselten Aufruhr der Köpfe, sah man nur mehr die drei Coteurs auf ihren hohen Sesseln, die Schiffstrümmern gleich auf der Oberfläche schwammen, mit dem großen, weißen Fleck ihres Registers, durch die rapide Fluktuation der ihnen zugerufenen Kurse bald nach rechts, bald nach links gezogen. In der Abtheilung des Komptantmarktes hatte das Gedränge seinen Höhepunkt erreicht; es war eine kompakte Masse von Haaren, keine Gesichter, ein dunkles Gewimmel, bloß durch die kleinen, lichten Flecke der in der Luft geschüttelten Notizhefte erhellt. Und am Korbe, rings um das Becken, welches die zerknüllten Schlußzettel jetzt wie mit Blumen in allen Farben füllten, sah man ergrauende Haare, schimmernde Schädel, unterschied man die Blässe der aufgeregten Gesichter, die fieberhaft vorgestreckten Hände, die ganze tanzende Mimik der Körper, die sich jetzt ganz und gar gehen ließen und bereit schienen, sich gegenseitig zu verschlingen, wenn die Rampe sie nicht zurückgehalten hätte. Diese Wuth der letzten Minuten hatte übrigens auch das Publikum ergriffen; im Saale gab es ein Gedränge zum Erdrücken, ein ungeheures Getrappel, als hätte man eine große Heerde durch einen zu engen Gang losgelassen; und inmitten des verschwimmenden Farbengemisches der Ueberröcke glänzten nur die Seidenhüte in dem Lichte, welches durch das Glasdach hernieder fließend sich im Saale verbreitete.

Doch plötzlich durchbrach helles Läuten den Tumult. Da beruhigte sich Alles, die Geberden hielten inne, die Stimmen schwiegen, auf dem Komptantmarkte, auf dem Rentenmarkte, am Korbe; man hörte nur mehr das dumpfe Grollen des Publikums, gleich dem anhaltenden Geräusch eines in sein Bett zurückkehrenden Stromes. Und in der fortdauernden Bewegung zirkulirten die Schlußkurse; Universalbank war auf 3060 gestiegen und stand um 30 Francs höher als gestern. Die Niederlage der Baissiers war eine vollständige, die Liquidation sollte sich für sie wieder einmal unheilvoll gestalten, denn es würden für den Halbmonat sehr bedeutende Summen an Differenzen zu bezahlen sein.

Ehe Saccard den Saal verließ, erhob er sich einen Augenblick auf den Fußspitzen, wie um die ihn umgebende Menge leichter mit einem Blick umfassen zu können. Er war wirklich gewachsen, von einem solchen Triumph gehoben, daß seine ganze, kleine Gestalt anschwoll, sich verlängerte, ins Riesenhafte sich vergrößerte. Derjenige, den er so über allen Köpfen zu suchen schien, war der abwesende Gundermann, den er gern niedergeschlagen, zähneknirschend, um Gnade stehend gesehen hätte; und er wollte wenigstens, daß alle die unbekannten Geschöpfe, dieses ganze schmutzige Judenpack, das geärgert und enttäuscht den Saal füllte, ihn verklärt in dem Ruhme seiner Erfolge sehe. Es war sein großer Tag, der Tag, von welchem man noch immer spricht, wie von Austerlitz und Marengo. Seine Klienten, seine Freunde waren herbeigeeilt. Der Marquis von Bohain, Sédille, Kolb, Huret drückten ihm beide Hände, während Daigremont mit dem falschen Lächeln seiner weltmännischen Liebenswürdigkeit ihn beglückwünschte, sehr wohl wissend, daß solche Siege an der Börse den Tod bringen. Maugendre hätte ihn am liebsten auf beide Wangen küssen mögen; er war begeistert und außer sich, als er sah, wie der Kapitän trotz Alledem mit den Schultern zuckte. In vollständiger, geradezu religiöser Anbetung war Dejoie von der Zeitung herbeigeeilt, um sogleich den Schlußkurs zu erfahren; er blieb einige Schritte abseits stehen, unbeweglich, festgenagelt durch die Zärtlichkeit und die Bewunderung, die Augen von Thränen erglänzend. Jantrou war verschwunden; er brachte ohne Zweifel der Baronin Sandorff die Nachricht. Massias und Sabatani keuchten und strahlten, wie am Abend einer großen, siegreichen Schlacht.

– Nun, was habe ich gesagt? schrie Pillerault entzückt.

Moser, der mit langer Nase dastand, brummte halblaute Drohungen in den Bart.

– Ja, ja, am Rande des Abgrundes ... Die mexikanische Rechnung muß bezahlt werden; die römische Frage verwickelt sich seit Mentana immer mehr und Deutschland wird eines schönen Morgens über uns herfallen ... Ach, Alles ist verloren, Ihr werdet sehen!

Und als Salmon ihn mit ernster Miene betrachtete, fügte er hinzu:

– Das ist auch Ihre Ansicht, nicht wahr? Wenn Alles gar zu gut geht, ist der Krach nicht weit.

Indessen leerte sich der Saal und bald sollte daselbst nichts Anderes zurückbleiben, als der Rauch der Zigarren, eine bläuliche Wolke, verdichtet und vergilbt durch all' den aufgewirbelten Staub. Mazaud und Jacoby, die ihre korrekte Haltung wieder angenommen hatten, waren zusammen in das Zimmer der Wechselagenten zurückgekehrt, der Zweite mehr erschüttert durch seine persönlichen Verluste, als durch die Niederlage seiner Klienten, während der Erstere, der nicht spielte, sich völlig der Freude ob des so tapfer errungenen Schlußkurses hingab.

Sie sprachen einige Minuten mit Delarocque, um ihre Engagements auszutauschen; sie hielten ihre mit Notizen gefüllten Büchlein in der Hand, welche ihre Liquidatoren am Abend ausbeuten sollten, um die abgeschlossenen Geschäfte auszutragen. In dem Zimmer der Angestellten, einem niedrigen Saale mit dicken Pfeilern, welcher einer unordentlich gehaltenen Schulklasse glich mit seinen Schreibpultreihen und seinen Kleiderschränken im Hintergrunde, unterhielten sich inzwischen Flory und Gustav Sédille, die ihre Hüte holten, sehr heiter und geräuschvoll, während sie den Durchschnittskurs erwarteten, welchen die Beamten des Börsen-Syndikats an einem der Pulte nach dem höchsten und dem niedrigsten Kurse feststellten. Als gegen halb vier Uhr der Zettel auf einem der Pfeiler ausgehängt worden, begannen die Beiden zu wiehern, zu glucksen und zu krähen in ihrer Befriedigung ob des schönen Geschäftes, welches sie auf die Kaufaufträge des Fayeux hin für sich selbst gemacht hatten. Nun konnte Chuchu, die Flory mit ihren Forderungen peinigte, ihr Paar Solitaires bekommen; Gustav hingegen konnte sechs Monate Vorschuß seiner Germaine Coeur einhändigen, die er in seiner Dummheit dem Jacoby endgiltig abgefischt hatte, so daß dieser seither eine Kunstreiterin vom Hyppodrom auf den Monat genommen hatte. Uebrigens dauerte der Lärm im Saal der Angestellten fort; es waren alberne Späße, ein Einrennen der Hüte, inmitten eines Drängens und Stoßens wie unter losgelassenen Schuljungen. Unter dem Peristyl beeilte sich die Coulisse rasch noch einige Geschäfte abzuschließen, mitten in der Fluth der letzten Spekulanten, welche trotz der furchtbar gewordenen Kälte noch ausharrten. Alle diese Spieler, Wechselagenten, Coulissiers und Remisiers, nachdem die Einen ihren Gewinn oder Verlust festgestellt, die Anderen ihre Makler-Rechnungen ausgefertigt hatten, waren um sechs Uhr schon damit beschäftigt den Frack anzuziehen, um mit ihrer verderbten Auffassung vom Gelde ihren Tag in den Restaurants und Theatern, in den Abendgesellschaften und galanten Alkoven zu beschließen.

Das nachtwachende und sich vergnügende Paris sprach an jenem Abend nur von dem furchtbaren Zweikampfe zwischen Gundermann und Saccard. Die Frauen, die aus Leidenschaft und Mode dem Spiele huldigten, flunkerten mit Börse-Ausdrücken, wie Liquidation, Prämie, Report, Deport, ohne sie auch immer zu verstehen. Man sprach besonders von der kritischen Lage der Baissiers, die seit so viel Monaten bei jeder neuen Liquidation immer größere Differenzen bezahlten, in dem Maße, als Universalbank, alle vernünftigen Grenzen übersteigend, in die Höhe ging. Gewiß, Viele spielten gegen baar und ließen sich reportiren, da sie die Stücke nicht liefern konnten; und sie verbissen sich in ihr Spiel, fuhren fort *à la baisse* zu operiren, in der Hoffnung, daß ein Kurssturz der Aktien bevorstehe; allein, trotz der Reports, die umsomehr anschwollen, als das Geld knapp wurde, waren die erschöpften Baissiers auf dem Punkte vernichtet zu werden, wenn die Hausse noch länger andauerte. In Wahrheit war die Situation Gundermann's, den man für ihren allmächtigen Führer hielt, eine ganz verschiedene; denn er hatte in seinen Kellern eine Milliarde, unerschöpfliche Truppen, die er ins Treffen schickte, so lang und so mörderisch der Feldzug auch war. Das war die unüberwindliche Stärke: Verkäufer gegen baar bleiben zu können, mit der Gewißheit seine Differenzen zu bezahlen bis zu dem Tage, wo die verhängnißvolle Baisse ihm den Sieg bringen würde.

Und man redete davon und man berechnete die bedeutenden Summen, die er schon verschlungen haben mußte, indem er am 15. und am 30. Tage jedes Monats – gleich Soldatenreihen, welche von den Kugeln hinweg gefegt werden – die mit Thalern gefüllten Säcke vorstreckte, welche im Feuer der Spekulation schmolzen. Noch niemals hatte er an der Börse einen so heftigen Angriff auf seine Macht zu bestehen, welche er daselbst souverain, unbestritten wissen wollte; denn wenn er – wie er zu sagen liebte – ein einfacher Geldhändler und kein Spieler war, so hatte er das klare Bewußtsein, daß er, wenn er dieser Geldhändler bleiben wollte, – und zwar der erste der Welt, der über das öffentliche Vermögen verfügte – der absolute Herr des Marktes sein mußte; und er kämpfte nicht um den unmittelbaren Gewinn, sondern um sein Königthum, um sein Leben. Dies erklärt die kühle Hartnäckigkeit, die wilde Großartigkeit seines Kampfes. Man traf ihn auf den Boulevards, längs der Rue Vivienne, mit seinem bleichen, unempfindlichen Gesichte, seinem Gang eines erschöpften Greises, ohne daß irgend etwas an ihm die mindeste Unruhe verrieth. Er glaubte nur an die Logik. Ein Kurs über zweitausend bei den Aktien der Universalbank war die beginnende Verrücktheit, ein Kurs von dreitausend war der reine Wahnsinn; sie mußten fallen, wie ein in die Luft geschleuderter Stein nothwendigerweise fallen muß. Und er wartete. Wird er bis ans Ende seiner Milliarde gehen? In der Umgebung Gundermanns zitterte man vor Bewunderung, aber auch vor Verlangen, ihn endlich zu sehen, wie er den Gegner verschlingt. Saccard hingegen hatte eine noch geräuschvollere Begeisterung erweckt; er hatte die Frauen, die Salons, die ganze schöne Welt der Spieler für sich, welche so schöne Differenzen einsackten, seitdem sie ihren Glauben in Geld umsetzten, indem sie auf den Berg Karmel und auf Jerusalem spekulirten. Der baldige Ruin der jüdischen Bankwelt war beschlossen; der Katholizismus sollte die Herrschaft über das Geld erlangen, wie er die Herrschaft über die Seelen hatte. Allein, wenn seine Truppen große Gewinnste erzielten, so war Saccard selbst mit seinen Geldmitteln zu Ende, denn er hatte mit seinen fortwährenden Käufen seine Kassen geleert. Von disponiblen zweihundert Millionen waren in dieser Weise mehr als zwei Drittel festgerannt: das war der allzu große Besitz, der erstickende Triumph, an welchem man zugrunde geht. Jede Gesellschaft, die an der

Börse herrschen will, um den Kurs ihrer Aktien aufrecht zu erhalten, ist verurtheilt. Er hatte denn auch anfänglich nur mit Vorsicht eingegriffen. Allein, er war stets der Mann der Einbildungskraft gewesen, der übergroß sah, seine verdächtigen, abenteuerlichen Machenschaften geradezu in Gedichte umwandelte; und dieses Mal, mit diesem wirklich kolossalen und gedeihlichen Unternehmen, war er zu überschwänglichen Eroberungsträumen gelangt, zu einer so tollen, so ungeheuerlichen Idee, daß er sie sich selbst nicht deutlich formulirte. Ach, wenn er Millionen, immer neue Millionen gehabt hätte, wie diese schmutzigen Juden! Das Schlimmste war, daß er das Ende seiner Truppen sah; es waren noch einige Millionen da, gut für das Gemetzel. Dann, wenn die Baisse kam, war an ihm die Reihe Differenzen zu bezahlen; und da er die Stücke nicht übernehmen konnte, wird er genöthigt sein, sich reportiren zu lassen. Mitten in seinem Siege war der kleinste Kiesel im Stande, seine riesige Maschine umzuwerfen. Und man fühlte dies unklar, selbst unter seinen Getreuen, selbst unter Jenen, die an die Hausse glaubten, wie an den lieben Gott. Und dies war es, was Paris vollends in eine leidenschaftliche Aufregung versetzte: die Verwirrung, der Zweifel, in welchem man lebte, dieser Zweikampf zwischen Saccard und Gundermann, in welchem der Sieger all' sein Blut verlor, dieses Ringen der zwei legendären Ungeheuer, die zwischen sich die armen Teufel zertraten, die es wagten ihr Spiel mitzuspielen, die da drohten, sich gegenseitig auf den Trümmern zu erdrosseln, welche sie aufhäuften.

Plötzlich, am 3. Jänner, einen Tag nach der Regulirung der Rechnungen der letzten Liquidation, ging Universalbank um 50 Francs zurück. Das rief eine große Aufregung hervor. In Wahrheit war Alles zurückgegangen; der Markt, seit zu langer Zeit überbürdet, über alle Maßen angeschwollen, krachte auf allen Seiten; zwei oder drei faule Geschäfts-Unternehmungen waren geräuschvoll zusammengebrochen; und übrigens hätte man an diese heftigen Sprünge der Kurse gewöhnt sein sollen, welche zuweilen um mehrere hundert Francs an demselben Börsentage variirten, wie toll, der Magnetnadel inmitten des Gewitters gleichend. Ein heftiger Schauer ergriff die Menschen und Alle fühlten den Beginn des Zusammenbruches. Universalbank fiel: dieser Ruf kam in Umlauf, wurde verbreitet, mitten in einem Aufschrei der Menge, welcher aus Erstaunen, Hoffnung und Furcht sich zusammensetzte.

Am folgenden Tage stand Saccard fest und lächelnd auf seinem Posten und es gelang ihm durch bedeutende Käufe den Kurs wieder um 30 Francs zu heben. Allein, am 5. Jänner, sank der Kurs – trotz seiner Anstrengungen – um 40 Francs. Universalbank stand nur mehr auf dreitausend. Und fortan brachte jeder Tag seine Schlacht. Am 6. Jänner stieg Universalbank, am 7. und 8. fiel sie wieder. Es war eine unwiderstehliche Bewegung, welche das Papier in einem langsamen

Falle mit sich riß. Man schickte sich an, sie zum Sündenbock zu machen, sie für die Thorheit Aller büßen zu lassen, für die Verbrechen der anderen, weniger im Vordergrunde stehenden Unternehmungen, jenes Gewimmels von verdächtigen, durch Reklamen überheizten Geschäften, welche gleich ungeheuerlichen Pilzen in dem zersetzten Erdreiche des herrschenden Systems gediehen. Saccard aber, der seinen Schlaf verloren hatte, der jeden Mittag seine Kampfstellung vor dem Pfeiler wieder aufnahm, lebte in der Halluzination des noch immer möglichen Sieges. Als Heerführer, der von der Vortrefflichkeit seines Planes überzeugt ist, wich er nur schrittweise, opferte seine letzten Soldaten und nahm aus den Kassen der Gesellschaft die letzten Thalersäcke, um den Angreifern den Weg zu verrammeln.

Am 9. Jänner trug er abermals einen im voraus angekündigten Erfolg davon: die Baissiers zitterten, wichen zurück; wird die Liquidation vom 15. Jänner sich wieder einmal mit den von ihnen gebrachten Opfern mästen? Und er, mit seinen Mitteln schon zu Ende, wurde genöthigt, Wechsel in Umlauf zu bringen, wagte nunmehr, wie die Hungerleider, die im Delirium ihres Hungers ungeheure Schmäuse sehen, sich selbst das wunderbare und unmögliche Ziel zu gestehen, nach welchem er strebte, die riesenhafte Idee, sämmtliche Aktien zurückzukaufen und die Kassaverkäufer mit gefesselten Händen und Füßen seiner Gnade ausgeliefert zu sehen. Dasselbe hatte sich vor Kurzem in Betreff einer kleinen Eisenbahngesellschaft vollzogen; das Emissionshaus hatte auf dem Markte Alles aufgekauft und die Verkäufer, die nicht liefern konnten, hatten sich ihm als Sklaven ergeben und waren genöthigt, ihr Vermögen und ihre Person anzubieten. Ach, wenn er Gundermann so weit gehetzt und in Schrecken gejagt hatte, daß er ihn zahlungsunfähig vor sich sehen würde! Wenn er ihn eines Morgens so sehen könnte, wie er mit seiner Milliarde vor ihm erscheint und ihn bittet, ihm nicht Alles zu nehmen, ihm die zehn Sous zu lassen, deren er bedarf, um sich seine tägliche Schale Milch zu kaufen! Allein, zu einem solchen Schlage waren 7–800 Millionen nothwendig. 200 Millionen hat er bereits in den Abgrund geschleudert, es mußten deren noch 500 bis 600 ins Treffen geführt werden. Mit 600 Millionen konnte er die Juden hinwegfegen, würde er der König des Geldes, der Herr der Welt sein. Welch' ein Traum! Und die Sache war so einfach; bei diesem Grade der Fieberhitze verschwand die Idee von dem Werthe des Geldes und es gab nur mehr Bauern, die man auf dem Schachbrett vorwärts schob. In seinen schlaflosen Nächten entsandte er eine Armee von 600 Millionen und ließ sie tödten um seines Ruhmes willen und blieb endlich Sieger inmitten des Zusammenbruches, inmitten der Ruinen Aller.

Am 10. Jänner hatte Saccard einen schweren Unglückstag. An der Börse bewahrte er noch immer seine Ruhe und seine Heiterkeit. Und doch war niemals ein Krieg mit solch' stummer Wildheit geführt worden. Es war ein Würgen von Stunde zu Stunde, Hinterhalte überall. In diesen geheimen und feigen Schlachten des Geldes, wo die Schwachen geräuschlos ausgeweidet werden, gibt es keine Bande, keine Verwandtschaft und keine Freundschaft mehr; es ist das grausame Gesetz der Starken, Derjenigen, die fressen, um nicht gefressen zu werden. Er fühlte sich denn auch absolut allein, hatte keine andere Stütze, als seine unersättliche Gier, die ihn aufrecht erhielt, unaufhörlich fressend. Er fürchtete besonders den 14., an welchem Tage die Prämienkündigung stattfinden sollte. Aber er fand abermals Geld für die vorhergehenden drei Tage und der 14. Jänner, anstatt einen Zusammenbruch herbeizuführen, befestigte den Kurs der Universalbank, welche bei der Liquidation am 15. mit dem Kurse von 2860 schloß, also mit einer Baisse von bloß 100 Francs, gegenüber dem Schlußkurse vom Dezember. Er hatte eine Katastrophe befürchtet und that, als glaubte er nun an einen Sieg. In Wirklichkeit war es der erste Sieg der Baissiers. Sie empfingen endlich Differenzen, nachdem sie deren seit drei Monaten bezahlt hatten; und nachdem die Lage sich gewendet hatte, mußte er, Saccard, sich bei Mazaud reportiren lassen, welch' Letzterer fortan stark engagirt war. Die zweite Hälfte des Monats Jänner sollte entscheidend werden.

Seitdem Saccard in solcher Weise unter täglichen Erschütterungen kämpfte, welche ihn in den Abgrund schleuderten und aus demselben wieder zurückholten, hatte er jeden Abend ein zügelloses Bedürfniß, sich zu betäuben. Er konnte nicht allein bleiben, speiste in der Stadt und vollendete seinen Abend am Halse einer Frau. Niemals hatte er so maßlos gelebt. Er zeigte sich überall, besuchte die Theater und die Gasthäuser, wo man soupirt, und trieb den übermäßigen Aufwand eines allzu reichen Menschen. Er ging Madame Caroline aus dem Wege, deren Vorstellungen ihn belästigten, denn sie sprach ihm stets von den unruhigen Briefen, die sie von ihrem Bruder erhielt und war nun selbst verzweifelt über seinen furchtbar gefährlichen Hausse-Feldzug. Er sah jetzt häufig die Baronin Sandorff, als würde diese kühle, verderbte Person in der kleinen Erdgeschoßwohnung der Rue Caumartin ihn an einen andern Ort zaubern, ihm eine Stunde des Vergessens schenken, die er so nothwendig brauchte, um seinen überreizten, überbürdeten Kopf zu zerstreuen. Zuweilen flüchtete er dahin, um gewisse Schriftenbündel zu prüfen, über gewisse Geschäfte nachzudenken und er warglücklich sich sagen zu können, daß ihn dort Niemand stören würde. Dort warf ihn der Schlaf hin und er schlief 1–2 Stunden, die einzigen köstlichen Stunden des Vergessens; und dann machte die Baronin sich keinen Skrupel daraus, seine Taschen zu durchsuchen, die Briefe, die in seinem Portefeuille lagen, zu lesen. Denn er war vollkommen stumm geworden, sie konnte keine nützlichen Nachschläge mehr von ihm erlangen und war sogar überzeugt, daß er sie belog, wenn sie ihm dennoch ein Wort entriß, so daß sie endlich nicht mehr wagte, nach seinen Anleitungen zu spielen. Indem sie ihm so seine Geheimnisse stahl, hatte sie die Gewißheit von den Geldverlegenheiten erlangt, mit welchen die Universalbank zu kämpfen hatte; es war ein ganzes großes System von in Umlauf gesetzten Gefälligkeitswechseln, welche die Bank aus Furcht im Auslande escomptiren ließ. Als Saccard eines Abends zu früh erwachte und sie dabei ertappte, wie sie seine Brieftasche durchsuchte, ohrfeigte er sie, wie eine Dirne, die in den Westentaschen der Herren kleine Münze sucht. Seither prügelte er sie häufig; dies versetzte Beide in Wuth, brach ihre Kraft und beruhigte sie schließlich.

Nach der Liquidation vom 15. Jänner, die ihr abermals einen Betrag von zehntausend Francs entführt hatte, begann die Baronin einen Plan zu erwägen. Der Gedanke ließ sie nicht mehr los und sie zog schließlich Jantrou darüber zu Rathe.

– Meiner Treu, sagte dieser, ich glaube, Sie haben Recht; es ist Zeit, daß Sie bei Gundermann vorsprechen. ... Besuchen Sie ihn und erzählen Sie ihm die Geschichte, nachdem er Ihnen versprochen hat, Ihnen für einen guten Rath einen andern im Tausch zu geben.

Gundermann war in einer Hundestimmung an dem Morgen, an welchem die Baronin bei ihm erschien. Erst gestern war Universalbank wieder gestiegen. Wird man denn niemals fertig werden mit diesem gefräßigen Raubthier, welches so viel von seinem Golde verschlungen hat und noch immer nicht hin werden wollte? Es war sehr wohl im Stande, sich noch einmal aufzurichten und am 31. des Monats wieder mit einer Hausse zu schließen; und er grollte sich selbst, weil er sich in diesen unheilvollen Wettkampf eingelassen, während es vielleicht besser gewesen wäre, sich an der neuen Anstalt zu betheiligen. In seiner gewöhnlichen Taktik erschüttert, seinen Glauben an den unabwendbaren Sieg der Logik verlierend, wäre er in diesem Augenblick bereit gewesen sich zum Rückzug zu entschließen, wenn er zurückweichen hätte können, ohne Alles zu verlieren. Selten überkamen ihn diese Augenblicke der Entmuthigung, welche die größten Heerführer oft am Vorabende des Sieges, wenn Menschen und Dinge ihren Erfolg haben wollen, kennen gelernt haben. Und diese Trübung seines sonst so klaren, mächtigen Blickes kam von dem Nebel her, der sich im Laufe der Zeit gebildet hatte, von jenem Geheimnisse der Börse-Operationen, unter welche man niemals mit Sicherheit einen Namen setzen kann. Gewiß, Saccard kaufte und spielte. Aber spielte er für ernste Klienten, oder für die Gesellschaft selbst? Er fand sich nicht mehr zurecht in all' dem Tratsch, den man ihm von allen Seiten hinterbrachte. Die Thüren seines riesengroßen Arbeitszimmers wurden heute sehr geräuschvoll zugeschlagen;

sein ganzes Personal zitterte vor seinem Zorne; er empfing die Remisiers so brutal, daß ihr gewohnter Durchzug zu einem regellosen Galopp wurde.

– Ach, Sie sind's? sagte Gundermann zur Baronin ohne jede Höflichkeit. Ich habe heute keine Zeit mit Frauen zu verlieren.

Sie kam dadurch dermaßen aus der Fassung, daß sie alle Einleitungen fallen lassend, sogleich mit ihrer Nachricht herausplatzte.

– Wenn man Ihnen bewiese, daß die Universalbank nach ihren bedeutenden Käufen mit ihren Geldmitteln zu Ende ist, und daß sie, um den Feldzug fortführen zu können, genöthigt ist Gefälligkeitswechsel im Auslande eskomptiren zu lassen?

Der Jude hatte ein freudiges Erbeben unterdrückt. Sein Auge blieb matt und ausdruckslos und er antwortete mit grollender Stimme:

– Das ist nicht wahr.

– Wie? nicht wahr? Ich habe mit eigenen Ohren gehört und mit eigenen Augen gesehen.

Und sie wollte ihn überzeugen, indem sie ihm erklärte, daß sie von Strohmännern unterschriebene Wechsel in der Hand gehabt habe. Sie nannte die Strohmänner und nannte auch die Bankiers in Wien, Frankfurt, Berlin, welche die Wechsel eskomptirt hatten. Seine Geschäftsfreunde würden ihm ja Aufschlüsse bieten können, sagte sie, und er würde sich überzeugen, daß ihre Berichte nicht aus der Luft gegriffen seien. Gleichzeitig versicherte sie, daß die Gesellschaft für sich selbst gekauft hat, mit dem einzigen Zweck, die Hausse aufrecht zu erhalten, und daß dadurch zweihundert Millionen bereits verschlungen seien.

Gundermann, der ihr mit düsterer Miene zuhörte, regelte bereits seinen morgigen Feldzug, in einer so raschen Geistesarbeit, daß er in einigen Sekunden die Aufträge vertheilt, die Summen festgestellt hatte. Jetzt war er des Sieges sicher; er wußte sehr wohl, aus welchem Unflath ihm diese Nachrichten kamen und war voll Verachtung gegen diesen Spieler Saccard, der in dem Maße blöd war, daß er sich einem Weibe auslieferte und sich verrathen ließ.

Als sie zu Ende war, schaute er sie mit seinen großen, glanzlosen Augen an und sagte:

– Nun wohl, was soll Alldas mich kümmern, was Sie mir da erzählen?

Sie war völlig betroffen angesichts seiner scheinbaren Ruhe und Uninteressirtheit.

– Aber es scheint mir, daß Ihre Stellung in der Baisse ...

– Ich? Wer hat Ihnen gesagt, daß ich in der Baisse bin? Ich gehe niemals zur Börse, ich spekulire nicht ... Alldas ist mir sehr gleichgiltig.

Und seine Stimme war so harmlos, daß die Baronin, wankend gemacht und erschreckt, ihm schließlich geglaubt hätte, wären nicht gewisse gar zu schlau-naive Wendungen in dieser Stimme gewesen. Augenscheinlich hielt er sie zum Besten in seiner absoluten Verachtung eines abgetakelten, völlig begierdelosen Mannes.

– Also, liebe Freundin, ich habe wenig Zeit und wenn Sie mir nichts Interessanteres zu sagen haben ...

Er wies ihr die Thür. Von der Wuth erstickt wandte sie sich gegen ihn.

– Ich hatte Vertrauen zu Ihnen und habe zuerst gesprochen ... Das ist eine wahre Falle, die Sie mir gestellt haben. Sie hatten mir versprochen, wenn ich Ihnen nützlich sein würde, mir ebenfalls nützlich zu sein, mir einen Rath zu geben ...

Er erhob sich und unterbrach sie. Er, der niemals lachte, ließ ein leises Kichern vernehmen, dermaßen ergötzte ihn dieser brutale Betrug einer jungen und hübschen Frau gegenüber.

– Einen Rath will ich Ihnen nicht verweigern, liebe Freundin. Hören Sie genau zu: Spielen Sie nicht, spielen Sie niemals! Das wird Sie häßlich machen; eine Frau, die dem Spiel huldigt, ist sehr häßlich.

Und als sie, außer sich vor Wuth, sich entfernt hatte, schloß er sich mit seinen beiden Söhnen und seinem Schwiegersohn ein, vertheilte die Rollen, sandte sogleich zu Jacoby und zu anderen Wechselagenten, um den großen Schlag des morgigen Tages vorzubereiten. Sein Plan war einfach: Das zu thun, was er bisher nur aus Vorsicht nicht gewagt hatte, weil ihm die wirkliche Lage der Universalbank nicht bekannt gewesen, den Markt mit ungeheuren Verkäufen zu erdrücken, nachdem er nunmehr wußte, daß die Bank mit ihren Hilfsmitteln zu Ende war und daher die Kurse nicht halten konnte. Er schickte sich an, die furchtbare Reserve seiner Milliarde ins Treffen zu schicken, wie ein General, der ein Ende machen will und den seine Spione über den schwachen Punkt des Feindes unterrichtet haben. Die Logik wird triumphiren: jede Aktie ist verurtheilt, deren Kurs ihren wahren Werth übersteigt.

Saccard, der die Gefahr witterte, begab sich gerade an jenem Tage, gegen fünf Uhr zu Daigremont. Er war in fieberhafter Aufregung; er fühlte, daß die Stunde dränge einen Schlag gegen die Baissiers zu führen, wenn er nicht von ihnen endgiltig geschlagen werden wollte. Und ihn bearbeitete sein riesenhafter Gedanke, die kolossale Armee von sechshundert Millionen, die noch aufzubieten wären, um die Welt zu erobern. Daigremont empfing ihn mit seiner gewohnten Liebenswürdigkeit, in seinem fürstlich eingerichteten Palaste, mitten unter seinen kostbaren Gemälden und all' dem glänzenden Luxus, welchen von fünfzehn zu fünfzehn Tagen die Börsedifferenzen bezahlten, ohne daß man jemals wußte, inwieweit dieser Prunk auf fester Grundlage ruhte, oder in steter Gefahr schwebte, von einer Wendung des Glücks hinweg gefegt zu werden. Bisher hatte er die Universalbank nicht verrathen, hatte sich geweigert zu verkaufen, ein absolutes Vertrauen zur Schau getragen, glücklich ob seiner Haltung eines muthigen Spielers in der Hausse, auswelcher er übrigens bedeutende Gewinnste zog; er hatte sich sogar darin gefallen, nach der bösen Liquidation vom 15. Jänner nicht zu zucken, überzeugt – wie er überall sagte – daß die Hausse-Bewegung wiederkommen werde, aber dennoch wachsam und bereit, bei dem ersten bedenklichen Anzeichen zum Feinde überzugehen. Der Besuch Saccards, die außerordentliche Energie, welche dieser bekundete, die von ihm entwickelte ungeheure Idee den ganzen Markt aufzukaufen: sie erfüllten ihn mit wahrer Bewunderung. Es war wahnsinnig; aber sind die großen Heerführer und die großen Finanzmänner nicht oft nur Narren, die Erfolg haben? Und er versprach in aller Form, ihm schon an der morgigen Börse seinen Beistand zu leihen; er habe schon starke Posten und werde bei seinem Agenten Delarocque vorsprechen, um deren neue zu nehmen; seine Freunde ungerechnet, die er gleichfalls besuchen werde, ein ganzes Syndikat, welches er als Verstärkung heranziehen wolle. Man könne, behauptete er, dieses sofort ins Treffen zu führende neue Armeekorps mit hundert Millionen beziffern. Das würde genügen. Saccard strahlte, war des Sieges sicher und stellte sogleich den Schlachtplan fest, eine Umgehungsbewegung von seltener Kühnheit, den berühmtesten Schlachtenlenkern entlehnt: zu Beginn der Börse bloß ein Scharmützel, um die Baissiers anzuziehen und ihnen Vertrauen einzuflößen; dann, wenn sie einen ersten Erfolg errungen haben und die Kurse sinken würden, die Ankunft Daigremonts und seiner Freunde mit ihrer schweren Artillerie, mit allen den unerwarteten Millionen, wie aus einer Erdfalte hervorbrechend, die Baissiers im Rücken fassend und niederwerfend. Sie sollen zermalmt, in die Pfanne gehauen werden. Die beiden Männer trennten sich mit triumphirenden Händedrücken und Gelächter.

Eine Stunde später war Daigremont, der an jenem Tage nicht zuhause speiste, eben im Begriff sich zum Dineranzukleiden, als die Baronin Sandorff zu Besuch kam. In ihrer maßlosen Verwirrung war ihr der Einfall gekommen ihn zu Rathe zu ziehen. Es hatte eine kurze Zeit gegeben, wo man sie für seine Geliebte hielt; aber in Wirklichkeit hatte es zwischen ihnen nur eine sehr freie Kameradschaft gegeben. Beide waren zu schlau, durchschauten einander zu sehr, um zur Täuschung eines Liebesverhältnisses zu gelangen. Sie erzählte ihm ihre Befürchtungen, ihren Schritt bei Gundermann, die Antwort des Letzteren; dabei log sie übrigens hinsichtlich des Verraths-Fiebers, welches sie dorthin gedrängt hatte. Und die Geschichte belustigte Daigremont; er machte sich den Spaß sie noch mehr zu erschrecken, that, als ob er wankend gemacht und schier geneigt wäre zu glauben, daß Gundermann die Wahrheit gesagt habe, als er schwor, daß er nicht in der Baisse sei. Kann man denn jemals wissen? Die Börse ist ein wahrer Wald, ein Wald in finsterer Nacht, wo Jeder nur tastend vorwärts kommt. Wenn man in dieser Finsterniß das Unglück hat Alles mit anzuhören, was an Blödsinn und an Widersprüchen erfunden wird, ist man sicher, sich den Kopf einzurennen.

– Also, soll ich nicht verkaufen? fragte sie angstbeklommen.

– Verkaufen? Warum? Das wäre eine Thorheit! Morgen werden wir die Herren sein; Universalbank wird wieder auf 3100 steigen. Und halten Sie aus, was immer geschehen mag: Sie werden mit dem Schlußkurse sehr zufrieden sein ... Mehr kann ich Ihnen nicht sagen.

Als die Baronin fort war, konnte Daigremont sich endlich ankleiden; da kündigte die Thürglocke einen dritten Besuch an. Nein, diesen wird er nicht empfangen. Doch als man ihm die Karte Delarocque's übergab, rief er sogleich, man solle ihn einlassen; und als der Agent, der sehr aufgeregt schien, zu reden zögerte, schickte Daigremont den Diener hinaus und legte sich selbst, vor einem hohen Spiegel stehend, die weiße Halsbinde um.

– Mein Lieber, sagte Delarocque mit der Vertraulichkeit eines Klubgenossen, ich vertraue auf Ihre Freundschaft, denn die Sache, die ich Ihnen zu sagen habe, ist sehr delikat ... Denken Sie sich: mein Schwager Jacoby war so artig, mir einen Wink zu geben, daß sich ein Schlag vorbereite. Gundermann und die Anderen sind entschlossen, an der morgigen Börse die Universalbank in die Luft zu sprengen. Sie wollen das ganze Packet auf den Markt werfen. ... Jacoby hat bereits die Aufträge und ist zu mir geeilt ...

Daigremout war sehr bleich geworden.

– Alle Wetter! sagte er bloß.

– Sie begreifen: es sind sehr starke Posten *à la hausse* bei mir engagirt; jawohl, für ungefähr fünfzehn Millionen; man kann Arme und Beine dabei brechen ... Da habe ich denn einen Wagen genommen und mache die Runde bei meinen ernsten Klienten. Das ist nicht korrekt gehandelt, aber die Absicht ist eine gute ...

– Alle Wetter! wiederholte der Andere.

– Kurz, mein lieber Freund, da Sie gegen Kassa spielen, bin ich gekommen, um Sie zu bitten, daß Sie decken oder sich Ihres Postens entledigen mögen.

– Schlagen Sie los, mein Lieber ... Ach, nein, ich bleibe nicht in Häusern, die einzustürzen drohen; das wäre ein unnützer Heldenmuth. Kaufen Sie nicht, verkaufen Sie! Ich habe bei Ihnen Universalbank für nahezu drei Millionen; verkaufen Sie, verkaufen Sie Alles!

Und als Delarocque ging, indem er sagte, daß er noch andere Klienten zu besuchen habe, erfaßte er seine Hände und drückte sie sehr energisch.

– Ich danke Ihnen; ich werde es nie vergessen. Verkaufen Sie, verkaufen Sie Alles!

Allein geblieben rief er seinen Diener zurück, um sich Haare und Bart ordnen zu lassen. Ach, welche Schule! Diesesmal hat nicht viel gefehlt und er hätte sich ausspielen lassen wie ein Kind. Das hat man davon, wenn man sich mit einem Narren einläßt!

Schon an der Abendbörse desselben Tages begann die Panik. Die Abendbörse wurde damals auf dem Trottoir des Boulevard des Italiens gehalten, am Eingang der Passage de l'Opéra; und dort fand sich nur die Coulisse ein und operirte mitten in einer verdächtigen Menge von Maklern, Remisiers, faulen Spekulanten. Inmitten des Getrappels der Gruppen zirkulirten Wanderhändler, Zigarrenstummel-Sammler krochen auf allen Vieren herum. Es war das beharrliche Ansammeln einer Heerde, die den Boulevard verrammelte, von der Fluth der Spaziergänger fortgerissen, getheilt wurde und sich wieder schloß. An jenem Abend standen so nahezu zweitausend Menschen beisammen, begünstigt durch die milde Temperatur unter dem bewölkten Himmel, welcher nach den furchtbaren Frösten Regen verhieß. Der Markt war sehr lebhaft; von allen Seiten wurde Universalbank ausgeboten, die Kurse fielen rapid. Alsbald kamen allerlei Gerüchte in Umlauf und ein Gefühl der Angst begann sich zu verbreiten. Was ging denn vor? Halblaut nannte man die wahrscheinlichen Verkäufer, je nach dem Remisier, der den Auftrag ertheilte, oder dem Coulissier, der ihn ausführte. Wenn die Großen in solcher Weise verkauften, mußte sicherlich etwas Ernstes sich vorbereiten. Und es gab von acht bis zehn Uhr Abends ein Gedränge; alle Spieler, die eine gute Spürnase hatten, entledigten sich ihrer Posten; es gab sogar solche, die Zeit fanden, sich von Käufern in Verkäufer umzuwandeln. Man ging in einem fieberischen Unbehagen zu Bette, wie am Vorabende der großen Unglücksfälle.

Am nächsten Tage war das Wetter ganz abscheulich. Es hatte die ganze Nacht geregnet; ein feiner, eisiger Regen hüllte die Stadt ein, welche durch das Thauwetter in eine Kloake von gelbem, flüssigem Koth verwandelt worden. In dieser Sintfluth begann die Börse um halb ein Uhr ihr Geschrei. Unter dem Peristyl und im Saale Schutz suchend war die Menge riesig groß geworden; die nassen Regenschirme, von welchen das Wasser abfloß, verwandelten den Saal alsbald in eine schlammige Pfütze. Der schwarze Schmutz der Mauern schwitzte die Feuchtigkeit aus, durch das Glasdach drang ein trübes, röthliches Licht von trostloser Melancholie in den Saal.

Inmitten der schlimmen Gerüchte, die in Umlauf waren, der ganz außerordentlichen Geschichten, welche die Köpfe verdrehten, suchten alle Blicke gleich beim Eintritt Saccard und betrachteten ihn. Er stand auf seinem gewohnten Posten vor dem Pfeiler; und er trug dieselbe Miene zur Schau, wie an anderen Tagen, an Siegestagen, seine Miene tapferer Heiterkeit und absoluter Zuversicht. Es war ihm nicht unbekannt, daß Universalbank an der gestrigen Abendbörse um 300 Francs zurückgegangen waren. Er witterte eine unermeßliche Gefahr und machte sich auf einen wüthenden Ansturm der Baissiers gefaßt; doch sein Schlachtplan schien ihm unanfechtbar: das Umgehungs-Manöver Daigremont's, das unerwartete Eintreffen einer frischen Armee von Millionen mußte Alles hinwegfegen und ihm wieder einmal den Sieg sichern. Er selbst war fortan ohne Hilfsmittel; die Kassen der Universalbank waren leer, er hatte die letzten Pfennige zusammengekratzt; aber er verzweifelte dennoch nicht, er hatte sich von Mazaud reportiren lassen, er hatte ihn in dem Maße gewonnen, indem er ihm die Unterstützung des Syndikats Daigremonts anvertraute, daß der Agent, ohne Deckung zu fordern, neuerlich Kaufaufträge auf mehrere Millionen annahm. Sie hatten die Taktik vereinbart, die Kurse zu Beginn der Börse nicht allzu stark sinken zu lassen, sie zu halten und bis zum Eintreffen der Hilfsarmee zu kämpfen. Die Aufregung war eine so lebhafte, daß Massias und Sabatani, auf unnütze Listen verzichtend, nachdem die wahre Situation schon Gegenstand des allgemeinen Geschwätzes war, ganz offen mit Saccard sprachen und dann mit seinen letzten Weisungen davon eilten, der Eine zu Nathansohn, der unter dem Peristyl stand, der Andere zu Mazaud, der sich noch in dem Zimmer der Wechselagenten befand.

Es war zehn Minuten vor ein Uhr und Moser, der eben ankam, – bleich in Folge eines Anfalles seines Leberleidens, welcher ihn die verflossene Nacht kein Auge hatte schließen lassen – bemerkte zu Pillerault, daß heute alle Welt gelb und krank aussehe. Pillerault, der bei dem Herannahen der Katastrophen sich aufrichtete und sich in den Prahlereien eines fahrenden Ritters gefiel, brach in ein Gelächter aus.

– Sie selbst, mein Lieber, haben die Kolik. Alle Welt ist sehr heiter. Wir werden Euch eine Tracht Hiebe versetzen, daß Ihr lange Zeit daran denken sollt.

Die Wahrheit war, daß der Saal in der allgemeinen Beklemmung, in dem röthlich-trüben Lichte ein sehr düsteres Bild zeigte; man merkte dies hauptsächlich an dem gedämpften Gemurmel der Stimmen. Das war nicht mehr der stürmische Lärm der großen Haussetage, die Aufregung, das Tosen der Hochfluth, die sich siegreich über alle Dämme ergießt. Man lief nicht, man schrie nicht; man schlüpfte nur durch den Saal, sprach leise, wie in dem Hause eines Kranken. Obgleich die Menge bedeutend war und man sich drängen mußte, um zu zirkuliren, war nur ein beklommenes Murmeln zu vernehmen; man flüsterte sich die umlaufenden Gerüchte, die traurigen Nachrichten ins Ohr. Viele schwiegen bleichen, verstörten Gesichtes, mit weit geöffneten Augen, welche verzweifelt die Gesichter der Anderen befragten.

– Salmon, Sie sagen nichts? fragte Pillerault voll herausfordernder Ironie.

– Ach, er ist wie die Anderen, brummte Moser; er hat nichts zu sagen, aber er hat Furcht.

In der That, inmitten der sorgenvollen, stummen Erwartung Aller kümmerte sich heute Niemand um das Stillschweigen Salmons.

Aber besonders Saccard war von Klienten stark umdrängt, die vor Ungewißheit zitterten, nach einem guten Worte lechzten. Man bemerkte später, daß Daigremont sich nicht gezeigt hatte und auch Huret nicht, der, ohne Zweifel gewarnt, wieder der treue Hund Rougons geworden war. Kolb, inmitten einer Gruppe von Bankiers stehend, that als wäre er durch ein großes Arbitrage-Geschäft in Anspruch genommen. Der Marquis von Bohain, über die Wechselfälle des Schicksals erhaben, spazierte ruhig mit seinem kleinen, blassen, aristokratischen Kopfe; er war sicher, in jedem Falle zu gewinnen, nachdem er Jacoby beauftragt hatte ebenso viele Universalbank-Actien zu kaufen, als er Mazaud beauftragt hatte deren zu verkaufen. Und Saccard, von der Menge der Anderen, der Gläubigen und Naiven belagert, zeigte sich besonders liebenswürdig und beruhigend den Herren Sédille und Maugendre gegenüber, die mit zitternden Lippen und schier unter Thränen die Verheißung des Sieges von ihm erbettelten. Er drückte ihnen kräftig die Hand und legte in diesen Händedruck das absolute Versprechen zu siegen. Dann, als ein ewig glücklicher Mann, der vor jeder Gefahr geschützt ist, begann er über eine Kleinigkeit zu jammern.

– Sie sehen mich ganz bestürzt. Bei diesen starken Frösten hat man eine Kamelie in meinem Hofe vergessen und nun ist sie verloren.

Das Wort machte die Runde; alle Welt war gerührt von dem Schicksal der Kamelie. Welch' ein Mann, dieser Saccard! Von einer unempfindlichen Sicherheit, stets lächelnden Gesichtes, ohne daß man wissen konnte, ob dies nicht eine bloße

Maske sei, welche furchtbare Sorgen verdecken sollte, die jeden Andern gemartert haben würden.

– Wie schön ist der Kerl! murmelte Jantrou dem Massias ins Ohr, der eben zurückkehrte:

Soeben rief Saccard Jantrou. In diesem bedeutungsvollen Moment ergriff ihn eine Erinnerung; er gedachte jenes Nachmittags, wo er in Gesellschaft Jantrous das Coupé der Baronin Sandorff in der Rue Brongniart sah. War der Wagen heute, an diesem Krisentage wieder da? Saß der Kutscher im strömenden Regen wieder auf dem Kutschbock, in steinerner Unbeweglichkeit, während die Baronin hinter den geschlossenen Wagenfenstern der Kurse harrte?

– Gewiß, sie ist da, antwortete Jantrou halblaut; und sie hält mit ganzem Herzen zu Ihnen, fest entschlossen, keinen Schritt zurückzuweichen. Wir alle sind da, fest auf unserem Posten.

Saccard war hocherfreut ob dieser Treue, wenngleich er an der Selbstlosigkeit der Dame und der Anderen zweifelte. In der Blindheit seines Fiebers glaubte er sich noch immer auf einem Eroberungszuge, mit seinem Volk von Aktionären, diesem Volk von unterthänigen und von eleganten Leuten, diesem verhexten, fanatisirten Volke, wo sich schöne Frauen und Mägde in derselben begeisterten Zuversicht vereinigten.

Endlich ertönte die Glocke; ihr Schall fuhr mit dem Gewimmer einer Sturmglocke über das entsetzte Gewoge der Köpfe dahin. Und Mazaud, der eben Flory Aufträge ertheilte, kehrte rasch zum Korbe zurück, während der junge Beamte nach dem Telegraphenbureau stürzte. Flory war in großer Aufregung wegen seiner eigenen Interessen; seit einiger Zeit im Verlust, eigensinnig dem Schicksal der Universalbank folgend, riskirte er an jenem Tage einen entscheidenden Schlag, gestützt auf das Gerücht von dem Eingreifen Daigremont's, welches er im Bureau seines Chefs hinter einer Thür erlauscht hatte. Am Korbe war man ebenso angstbeklommen wie im Saale selbst; die Agenten fühlten seit der letzten Liquidation den Boden unter sich zittern, inmitten so ernster Anzeichen, daß sie in ihrer Erfahrung darob unruhig wurden. Schon hatte es da und dort einen Sturz gegeben; der erschöpfte, überbürdete Markt wurde rissig auf allen Seiten. Sollte dies eine jener großen Katastrophen werden, wie sie alle zehn oder fünfzehn Jahre einmal vorkommen, eine jener tödtlichen Spielkrisen im Zustande akuten Fiebers, welche die Börse dezimiren, gleich einem todbringenden Wind über sie hinwegfegen? Auf dem Rentenmarkte, auf dem Komptantmarkte schienen die Schreie zu ersticken; das Gedränge wurde ärger, beherrscht von den hohen Schattenrissen der Koteurs, die mit der Feder in der Hand der Anmeldungen harrten. Und Mazaud, mit den Händen auf die Rampe von rothem Sammt gestützt, bemerkte sogleich Jacoby auf der anderen Seite des Beckens; und Letzterer stieß mit seiner tiefen Stimme den Ruf aus:

– Ich gebe Universalbank mit 2800!

Dies war der Schlußkurs der gestrigen Abendbörse. Um der Baisse sogleich den Weg zu verlegen, hielt Mazaud es für klug, zu diesem Kurse zu nehmen. Seine scharfe Stimme erhob sich, beherrschte alle anderen.

– Ich nehme mit 2800! Senden Sie dreihundert Universalbank!

So war denn der Anfangskurs fixirt. Aber es war ihm unmöglich ihn zu halten. Von allen Seiten strömten die Angebote herbei. Er kämpfte eine halbe Stunde verzweifelt, ohne anderen Erfolg, als daß er den rapiden Sturz verlangsamen konnte. Er war überrascht, sich von der Coulisse nicht mehr unterstützt zu sehen. Was machte denn Nathansohn, dessen Kaufaufträge er erwartete? Er erfuhr erst später die geschickte Taktik des Letzteren, welcher, durch seinen jüdischen Spürsinn gewarnt, für eigene Rechnung verkaufte, während er für Saccard kaufte. Massias, als Käufer selbst stark engagirt, eilte athemlos herbei und meldete Mazaud die Deroute der Coulisse. Der Wechselagent verlor darüber den Kopf und verschoß seine letzten Patronen, indem er auf einmal die Kaufaufträge losließ, die er nur staffelweise hatte ausführen wollen, bis die Verstärkungen eintreffen würden. Dies hob die Kurse wieder ein wenig; von 2500 stiegen sie auf 2650, mit den tollen Sprüngen der stürmischen Tage; und noch einmal kehrte grenzenlose Hoffnung ein bei Mazaud, bei Saccard, bei allen Jenen, welche in den Schlachtplan eingeweiht waren. Da der Curs jetzt in die Höhe ging, war der Tag gewonnen, der Sieg mußte ein niederschmetternder werden, wenn die Reserve in der Flanke der Baissiers hervorbricht, und ihre Niederlage in eine furchtbare Deroute verwandeln würde. Es gab einen Moment tiefer Freude; Sédille und Mazaud waren versucht, Saccard die Hand zu küssen; Kolb näherte sich, während Jantrou verschwand, um der Baronin Sandorff die gute Nachricht zu bringen. Und man sah in diesem Augenblick den kleinen Flory strahlend und überall Sabatani suchend, der ihm jetzt als Vermittler diente, um ihm einen neuen Kaufauftrag zu geben.

Doch jetzt schlug es zwei Uhr und Mazaud, der den Angriff auszuhalten hatte, ermattete von Neuem. Seine Ueberraschung wuchs noch mehr, als er sah, wie die Verstärkungen zögerten in die Schlachtlinie einzurücken. Es war hohe Zeit. Was säumten sie denn noch, ihn aus der unhaltbaren Position zu befreien, in welcher er sich erschöpfte?Obgleich er in seinem professionellen Stolz ein unempfindliches Gesicht zeigte, fühlte er dennoch die Kälte in seine Wangen steigen und fürchtete bleich zu werden. Jacoby fuhr fort, mit seiner dröhnenden Stimme ihm in regelmäßigen Packeten seine Angebote zuzurufen, welche Mazaud jetzt anzunehmen aufhörte. Und nicht Jacoby war es, den er jetzt betrachtete; seine Augen wandten sich zu Delarocque, dem Agenten Daigremont's, dessen Stillschweigen er nicht begriff. Dick und stämmig, mit seinem rothen Bart und seinem zufriedenen Gesicht, welches sich lächelnd der ausschweifenden Unterhaltung von gestern zu erinnern schien, stand Delarocque ruhig in seiner unerklärlichen Erwartung da. Wird er nicht bald alle diese Angebote aufnehmen und Alles retten mit seinen Kaufaufträgen, von welchen die Schlußzettel, die er in Händen hatte, ohne Zweifel strotzten?

Plötzlich trat Daigremont mit seiner etwas heiseren Stimme in den Kampf ein.

– Ich gebe Universalbank, ich gebe Universalbank!

Und in einigen Minuten bot er mehrere Millionen Universalbank aus. Andere Stimmen antworteten ihm. Die Kurse sanken rapid.

– Ich gebe mit 2400, ich gebe mit 2300! Wieviel? fünfhundert, sechshundert ... Senden Sie!

Was sagte er? Was ging denn vor? Brach anstatt der erwarteten Hilfe eine neue feindliche Armee aus den benachbarten Wäldern hervor? Wie bei Waterloo wollte Grouchy nicht eintreffen und der Verrath vollendete die Niederlage. Unter diesen dichten und frischen Massen von Verkäufern, welche im Laufschritt herbeieilten, entstand eine furchtbare Panik.

In diesem Augenblicke hatte Mazaud das Gefühl, daß der Tod ihm über das Gesicht husche. Er hatte Saccard für allzu große Summen reportirt und er hatte die klare Empfindung, daß die Universalbank in ihrem Zusammenbruch ihn zermalmte. Allein sein hübsches, braunes Gesicht mit dem dünnen Schnurrbart blieb undurchdringlich und muthig. Er kaufte noch immer, erschöpfte die empfangenen Aufträge mit seiner hellen Stimme eines jungen Hahnes, die noch immer so scharf klang, wie in den Tagen des Erfolges. Und seine Gegner ihm gegenüber, der brüllende Jacoby und der schlagflüssige Delarocque, ließen trotz ihrer gezwungenen Gleichgiltigkeit jetzt mehr Unruhe durchbrechen, denn sie sahen ihn fortan in großer Gefahr; und wird er sie bezahlen, wenn er in die Luft gesprengt wird? Ihre Hände preßten krampfhaft den Sammt der Rampe; ihre Stimmen klangen fort, gleichsam mechanisch, vermöge der Gewohnheit des Metiers, während ihre starren Blicke das Entsetzen des Dramas des Geldes austauschten.

Die letzte halbe Stunde brachte den Zusammenbruch, eine Deroute, die immer schwerer wurde und die Menge in einem regellosen Galopp mit sich riß. Nach dem äußersten Zutrauen, der blinden Hingebung kam die Reaktion der Furcht,

Alle stürzten herbei, um zu verkaufen, wenn es noch Zeit wäre. Ein Hagel von Verkaufsaufträgen prasselte auf den Korb nieder; man sah nur mehr Schlußzettel regnen; und diese riesigen Bündel Aktien, so blindlings hingeworfen, beschleunigten die Baisse, gestalteten sie zu einem wahren Einsturz. Von Stufe zu Stufe fielen die Kurse auf 1500, auf 1200, auf 900. Es gab keine Käufer mehr; die Ebene war glatt gefegt, mit Leichen bedeckt. Die drei Coteurs über dem dunklen Gewühl der Röcke schienen nur Todesfälle zu verzeichnen. Vermöge einer seltsamen Wirkung des unheilvollen Sturmes, welcher durch den Saal fuhr, stockte die Aufregung, erstarb der Lärm, wie in dem Entsetzen ob einer schweren Katastrophe. Es herrschte eine erschreckende Stille, als nach dem Abläuten der Schlußkurs von 830 Francs bekannt wurde. Und unaufhörlich prasselte der Regen auf das Glasdach nieder, welches nur mehr ein trübes Dämmerlicht durchließ; unter dem Abtröpfeln der Regenschirme und dem Getrappel der Menge hatte sich der Saal in eine Kloake verwandelt, es war der jauchige Boden eines schlecht gereinigten Stalles, mit Papierfetzen jeder Art bedeckt, während der Korb von Schlußzetteln in allen Farben strotzte, von grünen, gelben, rothen, blauen, die an diesem Tage mit vollen Händen, so zahlreich hingeworfen wurden, daß das weite Becken sie kaum zu fassen vermochte.

Mazaud war gleichzeitig mit Jacoby und Delarocque in das Kabinet der Wechselagenten zurückgekehrt. Er trat zum Buffet, trank mit brennendem Durste ein Glas Wein und betrachtete den riesigen Raum mit seinem Kleiderschrein, seinem langen Tische in der Mitte, um welchen die Lehnsessel der sechszig Agenten aufgestellt waren, mit seinen Vorhängen von rothem Sammt, mit all' dem banalen, verblaßten Luxus, welcher diesem Raum das Aussehen eines Wartesaales erster Klasse in einem großen Bahnhofe verlieh. Er betrachtete ihn mit der erstaunten Miene eines Mannes, der ihn früher nie so recht gesehen. Dann, als er wortlos ging, drückte er Jacoby und Delarocque gewohnheitsmäßig die Hand; alle drei erbleichten dabei, bewahrten jedoch ihre alltägliche, korrekte Haltung. Mazaud hatte Flory gesagt, er solle ihn an der Thür erwarten und er traf ihn daselbst in Gesellschaft Gustavs, der seit einer Woche endgiltig das Kontor verlassen hatte und bloß aus Neugierde gekommen war, stets lächelnd, ein fröhliches Leben führend, ohne daran zu denken, ob sein Vater am nächsten Tage noch im Stande sein werde seine Schulden zu bezahlen; wahrend Flory, bleich und mit einem blöden Grinsen sich zum Plaudern zwang, trotz des furchtbaren Verlustes von hunderttausend Francs, welchen er soeben erlitten, und nicht wissend, woher er den ersten Sou nehmen sollte. Mazaud und sein Beamter verschwanden im Platzregen. Doch im Saale hatte die Panik hauptsächlich in der Umgebung Saccards gewüthet: hier hatte der Krieg die größten Verheerungen angerichtet. Ohne die Sache recht zu begreifen hatte Saccard der Deroute beigewohnt und der Gefahr

Trotz geboten. Was sollte dieser Rummel? Waren das nicht die eintreffenden Truppen des Daigremont?

Dann, als er den Kurssturz hörte, ohne sich dieses Unheil erklären zu können, hatte er sich stark gemacht, um aufrecht zu sterben. Eine eisige Kälte stieg vom Boden bis zu seinem Schädel empor; er hatte das Gefühl einer nicht wieder gut zu machenden Niederlage; und das niedrige Leid um das Geld, der Zorn ob der verlorenen Freuden hatte nichts mit seinem Schmerze zu schaffen: er blutete nur von seiner Demüthigung als Besiegter, nur von dem offenkundigen, endgiltigen Siege Gundermanns, welcher wieder einmal die Allmacht dieses Königs des Goldes befestigen sollte. In diesem Augenblicke war er wirklich erhaben; seine ganze kleine Person trotzte der Gefahr, die Augen zuckten nicht, das Gesicht behielt seinen Eigensinn; er allein hielt Stand gegen die Fluth von Verzweiflung und Groll, welche er gegen sich herankommen fühlte. Der ganze Saal gährte und schien sich gegen seinen Pfeiler zu ergießen; Fäuste wurden geballt, Mäuler stammelten schlimme Worte. Und seine Lippen hatten ihr unbewußtes Lächeln erspart, welches man für eine Herausforderung halten konnte.

Inmitten einer Art Nebels erkannte er zuerst Maugendre; dieser war tödtlich bleich und wurde von Chave weggeführt, der ihm wiederholte, daß er es ihm vorhergesagt habe; und der Kapitän wiederholte dies immer wieder von Neuem, mit der Grausamkeit eines kleinen, unbedeutenden Spielers, welcher entzückt ist die großen Spekulanten zerschlagen zu sehen. Dann tauchte Sédille auf, mit verzerrtem Gesicht und mit dem Wahnsinns-Ausdruck eines Kaufmannes, dessen Haus zusammenbricht. Er kam heran, um ihm die Hand zu drücken, als gutmüthiger Mensch, der ihm gleichsam sagen wollte, daß er ihm deshalb nicht grolle. Bei dem ersten Krachen war der Marquis von Bohain verschwunden, zur siegreichen Armee der Baissiers übergegangen, und er hatte Kolb – der sich ebenfalls vorsichtig abseits hielt – erzählt, welche quälenden Zweifel dieser Saccard seit der letzten Generalversammlung ihm verursachte. Jantrou hatte sich kopflos, in toller Eile abermals entfernt, um der Baronin Sandorff die letzten Kurse zu bringen. Diese wird sicherlich einen Nervenanfall in ihrem Coupé bekommen, wie es ihr an Tagen schwerer Verluste zu widerfahren pflegte. Der stets stumme und räthselhafte Salmon befand sich abermals dem Baissier Moser und dem Haussier Pillerault gegenüber; dieser schaute herausfordernd und stolz drein trotz seines Ruins; jener, der ein Vermögen gewann, verdarb sich seine Freude durch unbestimmte Aengstigungen.

– Sie werden sehen, daß wir im Frühjahr den Krieg mit Deutschland haben werden. Etwas Böses liegt in der Luft, Bismarck lauert uns auf.

– Ach, lassen Sie uns in Ruhe! Ich habe diesesmal wieder gefehlt, indem ich zu viel nachdachte ... Umso schlimmer; wir werden von Neuem anfangen und Alles wird gut gehen.

Bisher war Saccard stark geblieben. Der hinter seinem Rücken ausgesprochene Name Fayeux, der Name dieses Renteneinnehmers in Vendôme, mit welchem er als mit dem Vertreter einer ganzen Kundschaft von kleinen Aktionären in Verbindung stand, dieser Name allein verursachte ihm ein Unbehagen, indem er ihn an die riesige Masse der erbarmungswürdigen kleinen Kapitalisten erinnerte, welche unter dem Zusammenbruch der Universalbank zermalmt werden mußten. Doch der Anblick Dejoies, der bleich und verstört erschien, steigerte sein Unbehagen plötzlich auf das Höchste; dieser ihm bekannte arme Mann stellte gleichsam all' das Unheil dar, welches der Sturz der Universalbank in den unteren Klassen verursachte.

Wie in einer Art Halluzination tauchten gleichzeitig die bleichen, trostlosen Gesichter der Gräfin von Beauvilliers und ihrer Tochter vor ihm auf, die ihn mit verzweifelten, thränenerfüllten Augen betrachteten. Und Saccard, dieser Korsar mit dem durch eine zwanzigjährige Räuberei verstockten Herzen, Saccard, dessen Stolz es war, niemals seine Beine wanken gefühlt, niemals auf der Bank vor dem Pfeiler Platz genommen zu haben, Saccard ward in diesem Augenblicke von seinen Kräften verlassen und mußte sich auf die Bank niedersetzen. Die Menge strömte noch immer zurück und drohte ihn zu ersticken. In einem Bedürfniß nach Luft erhob er den Kopf und er stand sogleich wieder auf den Beinen, als er oben, auf der Gallerie des Telegraphen Bureaus, über den Saal gebeugt die Méchain erkannte, die mit ihrem riesigen Fettleib das Schlachtfeld beherrschte. Neben ihr, auf der steinernen Brustwehr lag ihre alte Tasche von schwarzem Leder. In Erwartung der entwertheten Aktien, die sie in ihre Tasche stopfen würde, spähte sie nach den Todten, wie der gefräßige Rabe, der bis zum Tage des Gemetzels den Armeen folgt.

Festen Schrittes entfernte sich nun Saccard. Sein ganzes Wesen schien ihm leer; aber in einer außerordentlichen Willens-Anstrengung schritt er fest und gerade vorwärts. Nur seine Sinne waren gleichsam stumpf geworden; er fühlte den Boden nicht mehr und glaubte auf einem dichten, wollenen Teppich zu gehen. Eine Art Nebeldunst legte sich vor seine Augen und ein Geschrei ließ seine Ohren summen. Während er die Börse verließ und den Perron hinabstieg,erkannte er die Leute nicht mehr; schwankende Phantome umgaben ihn, undeutliche Formen, verhallende Klänge. Hatte er nicht das breite, grinsende Antlitz des Busch gesehen? War er nicht einen Augenblick stehen geblieben, um mit Nathansohn zu plaudern, der sehr heiter war und dessen geschwächte Stimme ihm aus weiter

Ferne zu kommen schien? Gaben ihm nicht Sabatani und Massias das Geleite inmitten der allgemeinen Bestürzung? Er sah sich abermals von einer zahlreichen Gruppe umgeben; vielleicht waren Sédille und Maugendre wieder da, allerlei Gesichter, die auftauchten und wieder verschwanden, oder sich umwandelten. Und als er sich anschickte fortzugehen, sich in dem Regen, in dem flüssigen Kothe zu verlieren, in welchem Paris versank, wiederholte er mit scharfer Stimme allen diesen Gespenstergestalten, als wollte er seinen letzten Ruhm darein setzen, seine Geistesruhe zu zeigen:

– Ach, wie verdrossen bin ich wegen dieser Kamelie, die man im Hofe vergessen hat und die dort in der Kälte abgestorben ist!

XI.

In ihrem Entsetzen sandte Madame Caroline noch am Abende desselben Tages eine Depesche an ihren Bruder ab, welcher noch eine Woche in Rom bleiben sollte. Drei Tage später traf Hamelin in Paris ein, um in den Tagen der Gefahr an Ort und Stelle zu sein.

Es gab eine stürmische Auseinandersetzung zwischen Saccard und dem Ingenieur, in der Rue Saint-Lazare, in demselben Plänesaale, wo ehemals die Geschäfts-Unternehmung mit so großer Begeisterung besprochen und beschlossen wurde. Während der drei Tage hatte der Krach an der Börse sich noch viel ernster gestaltet; die Aktien der Universalbank waren Schlag auf Schlag unter *pari*, auf 430 Francs gefallen; und die Baisse dauerte fort, das Gebäude krachte in allen Fugen, der Verfall machte stündlich Fortschritte.

Madame Caroline hörte stillschweigend zu und vermied es sich in den Streit einzumengen. Sie machte sich selbst Vorwürfe, klagte sich der Mitschuld an, weil sie, nachdem sie den Vorsatz gefaßt die Augen offen zu halten, Alles hatte geschehen lassen. Hätte sie nicht, anstatt einfach ihre Aktien zu verkaufen, um der Hausse Einhalt zu thun, etwas Anderes ersinnen, die Leute warnen, mit einem Worte: handeln müssen? In ihrer Anbetung für ihren Bruder blutete ihr Herz, als sie ihn so kompromittirt sah inmitten seiner großen Arbeiten, die nunmehr erschüttert waren, inmitten des ganzen Werkes seines Lebens, welches nunmehr wieder in Frage gestellt war; und sie litt umsomehr, als sie sich nicht berechtigt fühlte Saccard zu verurtheilen: hatte sie ihn nicht geliebt? gehörte sie nicht ihm kraft jenes geheimen Bandes, dessen Schmach sie jetzt noch mehr empfand? So zwischen diese beiden Männer gestellt war sie die Beute eines zerstörenden Seelenkampfes. Am Abende der Katastrophe hatte sie Saccard mit Vorwürfen überhäuft, von ihrem Freimuth fortgerissen, ihr Herz erleichternd von allen den Anklagen und Besorgnissen, die sich seit langer Zeit darin angehäuft hatten. Dann, als sie ihn lächeln sah, zäh und ungebrochen trotz Alledem, als sie überlegte, daß er stark sein müsse um aufrecht zu bleiben, hatte sie sich gesagt, daß sie, nachdem sie sich ihm gegenüber schwach gezeigt, nicht berechtigt sei, ihn, den am Boden Liegenden, vollends todtzumachen. Und in ihrem Stillschweigen Zuflucht suchend, auf den in ihrer stummen Haltung liegenden Tadel sich beschränkend wollte sie nur Zeugin sein.

Hamelin aber, sonst so versöhnlich, so gleichgiltig gegen Alles, was nicht seine Arbeiten betraf, gerieth diesesmal in Zorn. Er verurtheilte das Spiel mit außerordentlicher Heftigkeit; die Universalbank erliege dem Spielwahnsinn, einem Anfall absoluter Verrücktheit. Gewiß, er gehörte nicht zu Jenen, die da behaupten, eine Bank könne ihre Aktien sinken lassen, wie beispielsweise eine Eisenbahn-Gesellschaft; eine Eisenbahn hat ihr riesiges Material, welches ihr die Einnahmen bringt, während das wahre Material einer Bank ihr Kredit ist; wenn ihr Kredit wankt, beginnt ihr Todeskampf.Allein, es gilt Maß zu halten. Wenn es nothwendig, ja klug ist, die Kurse auf 2000 zu erhalten, so ist es unsinnig und strafbar, sie auf 3000 und darüber treiben zu wollen. Sogleich nach seiner Ankunft forderte er die Wahrheit, die ganze Wahrheit. Man konnte ihm jetzt nichts mehr vorlügen, man konnte ihm nicht mehr sagen, daß die Gesellschaft keine einzige ihrer Aktien besitze, wie er in der letzten Generalversammlung geduldet hatte, daß man in seiner Gegenwart dies erkläre. Die Bücher waren da, er durchschaute leicht alle Lügen derselben. So das Conto Sabatani; er wußte, daß hinter diesem Strohmann sich die von der Gesellschaft geflossenen Geschäfte bargen; und er konnte auf diesem Conto, Monat für Monat, das seit zwei Jahren steigende Fieber Saccards verfolgen. Anfänglich ging er behutsam vor, kaufte nur mit Vorsicht, dann wurde er zu immer bedeutenderen Käufen gedrängt, bis er bei der enormen Ziffer von 27 000 Aktien angelangt war, welche nahezu achtundvierzig Millionen gekostet hatten. War es nicht Wahnsinn und eine schamlose Herausforderung der Welt, unter dem Namen eines Sabatani Geschäfte in solcher Höhe zu schließen? Und dieser Sabatani war nicht der Einzige; es gab noch mehr Strohmänner, Angestellte der Bank, selbst Verwaltungsräthe, deren Käufe, auf den Report-Conto gesetzt, zwanzigtausend Stück Aktien überstiegen, welche gleichfalls nahezu achtundvierzig Millionen repräsentirten; und Alldies waren erst die festen Käufe, welchen man noch die Terminkäufe hinzufügen mußte, welche im Laufe der letzten Jänner-Liquidation abgeschlossen wurden, über zwanzigtausend Aktien für eine Summe von 67 ½ Millionen Francs, deren Lieferung die Universalbank zu übernehmen hatte; und endlich auch noch an der Lyoner Börse zehntausend Stück im

Betrage von 24 Millionen. Alldies zusammengerechnet zeigte, daß die Gesellschaft nahezu den vierten Theil ihrer Aktien in Händen hatte und für diese Aktien die furchtbare Summe von zweihundert Millionen bezahlt hatte. Dies war der Abgrund, der sie verschlang.

Thränen des Schmerzes und der Wuth traten Hamelin in die Augen. Er hatte in Rom so glücklich die Grundlagen seiner großen katholischen Bank, des Schatzes vom heiligen Grabe niedergelegt, welche in den kommenden Tagen der Verfolgung ermöglichen sollte, dem Papst einen königlichen Wohnsitz in Jerusalem zu errichten, in der legendären Glorie der heiligen Orte; einer Bank, dazu bestimmt, das neue Königreich von Palästina vor politischen Wirren zu schützen, indem man das Budget desselben, nebst der Garantie der Hilfsmittel des Landes, auf eine ganze Serie von Emissionen basirt, deren Aktien die Christen der ganzen Welt sich streitig machen würden. Und Alldies sank mit einem Schlage in Trümmer wegen des blödsinnigen Spiels! Bei seiner Abreise ließ er eine wunderbare Bilanz zurück, Millionen und Millionen, eine Gesellschaft in so rascher und schöner Blüthe, daß sie das Erstaunen der Welt ausmachte; und bei seiner Rückkehr, kaum einen Monat später, waren die Millionen zerschmolzen, die Gesellschaft am Boden, in Staub verwandelt; und es war nichts mehr da als ein finsteres Loch, einer Brandstätte gleichend. Seine Bestürzung wuchs immer mehr an, er forderte in heftigem Tone Erklärungen; er wollte begreifen, welche geheimnißvolle Macht Saccard dazu getrieben hatte dermaßen gegen den kolossalen Bau zu wüthen, welchen er, Hamelin, aufgerichtet hatte, ihn auf der einen Seite Stein um Stein zu zerstören, während er auf der anderen Seite ihn zu vollenden glaubte. Saccard antwortete sehr klar, ohne sich zu erzürnen. Nach den ersten Stunden der Aufregung und der Zerknirschung hatte er sich aufgerichtet, seine Festigkeit, seine unbeugsame Zuversicht wiedergefunden. Durch verrätherischeHandlungen sei eine furchtbare Katastrophe herbeigeführt worden, aber noch sei nicht Alles verloren, er werde Alles wieder erheben. Und wenn übrigens die Universalbank zu einem so raschen und schönen Gedeihen gelangt war, hatte sie es nicht den Mitteln zu verdanken, welche man ihm jetzt zum Vorwurf machte? Diese Mittel waren: die Schaffung des Syndikats, die successiven Kapitals-Vermehrungen, die beschleunigte Bilanz des letzten Geschäftsjahres, die von der Gesellschaft behaltenen und die später massenhaft ausgekauften Aktien. Alldas gehörte zusammen. Wenn man sich den Erfolg gefallen ließ, mußte man sich auch die Risken gefallen lassen. Wenn man eine Maschine überheizt, kommt es vor, daß sie platzt. Uebrigens gab er keinerlei Fehler zu; er hatte – allerdings mit mehr Muth und Verstand – nur gethan, was jeder Bankdirektor thut; und er gab seine geniale Idee nicht auf, die Riesenidee, sämmtliche Aktien aufzukaufen und Gundermann zu Boden zu schlagen. Es hatte ihm nur das nöthige Geld gefehlt. Jetzt galt es von vorn anzufangen. Eine außerordentliche Generalversammlung wurde für den nächsten Montag einberufen; er behauptete, seiner Aktionäre vollkommen sicher zu sein, er wird von ihnen die unerläßlichen Opfer erlangen; ein Wort von ihm wird genügen, daß Alle ihr Vermögen herbeibringen. Inzwischen wird man das Dasein fristen dank den kleinen Summen, welche die anderen Kredithäuser, die großen Banken, zur Deckung der dringenden Bedürfnisse des Tages jeden Morgen vorschossen, aus Furcht vor einem allzu plötzlichen Zusammenbruch, der auch sie erschüttert haben würde. Ist erst die Krise überwunden, dann wird Alles von Neuem beginnen und von Neuem erstrahlen.

– Aber, warf Hamelin ein, den diese lächelnde Ruhe schon beschwichtigte, sehen Sie in dieser Aushilfe, welche unsere Rivalen uns bieten, nicht eine Taktik, einen Plan, sich vorerst zu schützen und unseren jetzt verzögerten Sturz später zu einem umso tieferen zu machen? Was mich beunruhigt, ist, daß ich Gundermann mit bei der Sache sehe.

In der That hatte Gundermann als Einer der Ersten seine Hilfe angeboten, um die sofortige Falliterklärung hintanzuhalten, mit dem außerordentlich praktischen Sinn eines Mannes, welcher, wenn er nun einmal gezwungen wäre das Haus des Nachbars in Brand zu stecken, sich hinterher beeilen würde, Wasser herbeizuschleppen, damit nicht das ganze Stadtviertel ein Raub der Flammen werde. Er war über Groll und Rache erhaben, er kannte keinen andern Ruhm, als der erste, reichste und klügste Geldhändler der Welt zu sein, nachdem es ihm gelungen war, alle seine Leidenschaften der fortwährenden Vermehrung seines Vermögens zu opfern.

Saccard machte eine ungeduldige Geberde, erbittert durch diesen Beweis der Klugheit und Mäßigung, welchen der Sieger lieferte.

– Ach, Gundermann spielt den Großmüthigen. Er glaubt mit seinem Edelmuth mich zu kränken.

Ein Stillschweigen trat ein und es war Madame Caroline, welche, nachdem sie bisher geschwiegen, den Faden der Unterredung wieder aufnahm:

– Mein Freund, ich habe meinen Bruder zu Ihnen reden lassen, so wie er es thun mußte, in seinem berechtigten Schmerz über alle diese beklagenswerten Dinge. Allein ich sehe unsere Lage klar vor uns. Es scheint mir unmöglich, daß er kompromittirt werde, wenn die Angelegenheit endgiltig eine Wendung zum Schlimmen nehmen sollte. Sie wissen, zu welchem Kurse ich verkauft habe; man wird nicht behaupten dürfen, daß er zur Hausse gedrängt habe, um einen größeren Nutzen von seinen Aktien zu ziehen. Und übrigens, wenn die Katastrophe kommt, wissen wir, was wir zu thun haben. Ich gestehe, ich theile Ihre zuversichtlichen Hoffnungen keineswegs. Allein, Sie haben Recht, man muß kämpfen bis zur letzten Minute und mein Bruder wird Sie gewiß nicht entmuthigen, seien Sie dessen sicher. Sie war ergriffen, durchdrungen von ihrer Duldsamkeit für diesen so unbeugsam rührigen Menschen; aber sie wollte diese Schwäche nicht zeigen, denn sie konnte sich unmöglich länger über das abscheuliche Werk täuschen, welches er verrichtet hatte und welches er sicherlich von Neuem versuchen würde in seiner Diebesleidenschaft eines skrupellosen Corsars.

– Gewiß, erklärte nun Hamelin seinerseits in müdem, widerstandslosem Tone. Ich werde Ihnen nicht in die Arme fallen, wenn Sie kämpfen, um uns Alle zu retten. Zählen Sie auf mich, wenn ich Ihnen nützlich sein kann.

Und in dieser letzten Stunde, angesichts der furchtbarsten Gefahr beruhigte Saccard die Geschwister noch einmal und gewann sie abermals für sich, indem er sie mit dem vielverheißenden und geheimnißvollen Worte verließ:

– Schlafen Sie ruhig ... Ich darf noch nicht sprechen, aber ich habe die absolute Gewißheit, noch vor dem Ende der nächsten Woche Alles wieder in Fluß zu bringen.

Diesen Satz, welchen er nicht erklären wollte, wiederholte er allen Freunden des Hauses und allen Klienten, welche erschreckt herbeieilten, um sich Raths bei ihm zu holen. Seit drei Tagen hörte dieser Galopp durch sein Arbeitskabinet im Bankgebäude, Rue de Londres, nicht auf. Die Beauvilliers, die Maugendre, Sédille, Dejoie kamen nach der Reihe. Er empfing sie sehr ruhig, mit der Miene eines tapferen Kriegers und mit durchdringenden Worten, welche neue Hoffnungen in ihren Herzen erweckten; und wenn sie davon sprachen, verkaufen zu wollen, sich selbst mit Verlust ihrer Papiere zu entledigen, erzürnte er sich, schrie ihnen zu eine solche Dummheit nicht zu begehen und verpflichtete sich bei seiner Ehre, den Kurs von 2000, ja selbst von 3000 wieder zu erreichen. Und trotz der begangenen Fehler bewahrten Alle ein blindes Vertrauen zu ihm. Man sollte ihn ihnen nur lassen, man sollte ihm die Freiheit einräumen, sie noch weiter zu bestehlen und er werde Alles wieder ins Geleise bringen, er werde sie schließlich Alle reich machen, wie er es geschworen hatte. Wenn vor dem Montag keinerlei Zwischenfall eintritt, wenn man ihm Zeit läßt, die außerordentliche Generalversammlung um sich zu vereinigen, wird er die Universalbank – Niemand zweifelte daran – heil und gesund aus den Trümmern retten.

Saccard hatte an seinen Bruder Rougon gedacht und dies war die allmächtige Hilfe, von welcher er sprach, ohne sich näher erklären zu wollen. Als er dem Verräther Daigremont begegnet war und ihm bittere Vorwürfe gemacht, hatte er von

Letzterem keine andere Antwort erlangen können, als die: „Aber, mein Lieber, nicht ich bin Derjenige, der Sie verlassen hat, sondern Ihr Bruder." Dieser Mann war augenscheinlich im Rechte, er war in das Unternehmen nur unter der Bedingung eingetreten, daß Rougon mit dabei sein würde. Man hatte ihm diesen Rougon in aller Form versprochen, man durfte sich daher nicht darüber verwundern, wenn er in dem Augenblicke sich zurückzog, wo der Minister, weit entfernt, mit dabei zu sein, mit der Universalbank und ihrem Direktor auf dem Kriegsfuße lebte. Das war wenigstens eine Entschuldigung, auf welche sich nichts erwidern ließ. Sehr betroffen von der Antwort Daigremonts hatte Saccard das Gefühl seines ungeheuren Fehlers, seines Zerwürfnisses mit diesem Bruder, der allein ihn vertheidigen, auf jenen unnahbaren Punkt stellen konnte, wo Niemand es wagen würde, ihn vollends zugrunde zu richten, wenn man wissen würde, daß der große Mann hinter ihm steht. Und es war für seinen Stolz eine der schwersten Stunden, wo er sich entschloß den Abgeordneten Huret zu ersuchen, zu seinen Gunsten einzuschreiten. Uebrigens beobachtete er seine drohende Haltung, weigerte sich noch immer zu verschwinden, forderte wie eine ihm gebührende Sache den Beistand Rougons, welcher, wie er sagte, mehr Interesse habe, als er, Saccard selbst, einen Skandal zu vermeiden. Als er am folgenden Tage die von Huret versprochene Antwort erwartete, empfing er blos ein Billet, in welchem man ihm in unbestimmten Ausdrücken jagte, er solle nicht ungeduldig werden und auf einen guten Ausgang zählen, wenn die Umstände sich später nicht ungünstig gestalten würden. Er begnügte sich mit diesen wenigen Zeilen, welche er für ein Versprechen der Neutralität betrachtete.

Die Wahrheit war, daß Rougon den energischen Entschluß gefaßt hatte, mit diesem brandigen Gliede seiner Familie ein Ende zu machen, welches seit Jahren ihm lästig war, indem es ihm ewige Schrecken vor irgend einem unsauberen Handel verursachte, und welches er lieber mit einem muthigen Hieb abtrennen wollte. Wenn die Katastrophe kam, wollte er den Dingen freien Lauf lassen. Da Saccard sich zu einer Selbstverbannung niemals einverstehen würde, war es doch wohl das Einfachste, ihn zur Auswanderung zu zwingen, indem man ihm nach einer ausgiebigen Verurtheilung zur Flucht verhilft. Ein plötzlicher Skandal, ein Kehraus mit eisernem Besen: und Alles würde vorüber sein. Ueberdies war die Stellung des Ministers eine schwierige geworden, seitdem er im gesetzgebenden Körper in einer denkwürdigen Rede erklärt hatte, Frankreich werde es niemals zugeben, daß Italien sich Rom's bemächtige. Sehr beifällig von den Katholiken begrüßt, sehr heftig von dem dritten Stande angegriffen, welcher von Tag zu Tag mächtiger wurde, sah er die Stunde kommen, wo diese Partei, von den liberalen Bonapartisten unterstützt, ihn von der Macht verdrängen würde, wenn er nicht auch ihnen irgend ein Unterpfand geben würde. Dieses Unterpfand sollte, wenn die Umstände es so heischten, die Preisgebung dieser von Rom patronisirten Universalbank sein, welche nachgerade eine beunruhigende Macht geworden. Und was ihn vollends zu seinem Entschluß drängte, war eine geheime Mittheilung seines Kollegen, des Finanzministers, welcher, im Begriffe, eine Anleihe zu schließen, Gundermann und die übrigen jüdischen Bankiers sehr zurückhaltend gefunden hatte; sie hatten ihm zu verstehen gegeben, daß sie insolange kein Geld hergeben wollen, als der Markt für sie so unsicher und den Abenteurern ausgeliefert bleiben würde. Gundermann triumphirte. Lieber die Juden mit ihrem anerkannten Königthum des Geldes, als die ultramontanen Katholiken als Herren der Welt, wenn sie die Könige der Börse wären.

Man erzählte später, daß der Siegelbewahrer Delcambre in seinem unversöhnlichen Groll gegen Saccard seinem Ministerkollegen Rougon an den Puls gefühlt hatte in der Richtung, welche Haltung derselbe in dem Falle einnehmen würde, wenn die Justiz gegen seinen Bruder einzuschreiten haben würde; und daß er als Antwort einfach den Herzensschrei erhalten habe: „Ach, er soll mich von ihm befreien, ich werde ihm sehr dankbar sein!“ Nachdem Rougon ihn fallen ließ, war Saccard ein verlorener Mann. Delcambre, der ihn, seitdem er zur Macht gelangt war, nicht mehr aus den Augen ließ, hatte ihn endlich an der Scheidegrenze des Strafgesetzes, am Saume des weiten justiziellen Netzes. Er brauchte nur mehr einen Vorwand zu finden, um seine Gendarmen und Richter gegen ihn loszulassen.

Eines Morgens begab sich Busch wüthend, weil er noch nicht gegen Saccard vorgegangen war, nach dem Justizpalais. Wenn er sich nicht beeilte, würde er jetzt nimmermehr die 4000 Francs von ihm erpressen, welche auf die famose Verpflegsrechnung der Méchain für den kleinen Victor noch rückständig waren. Sein Plan war einfach der, einen furchtbaren Skandal hervorzurufen, indem er Saccard der Sequestration eines Kindes beschuldigen würde; diese Anklage würde ermöglichen, abscheuliche Einzelheiten über die Entehrung der Mutter und über das Verlassen des Kindes an den Tag zu bringen. Ein solcher Prozeß gegen den Direktor der Universalbank inmitten der ungeheuren Aufregung, welche die Krise der Bank eben verursachte, würde sicherlich ganz Paris durchrütteln und Busch hoffte noch immer, daß Saccard bei der ersten Drohung zahlen würde. Allein der Staatsanwalt, der ihn empfing, ein Neffe des Justizministers Delcambre, hörte seine Geschichte mit ungeduldiger Miene an. „Nein, nein!“ rief er, „mit solchem Tratsch ist nichts Ernstliches anzufangen, wir haben keinen Gesetzesparagraphen dafür.“ Busch kam aus der Fassung und sprach wüthend von seiner langen Geduld, als der Staatsanwalt ihn plötzlich unterbrach, da er ihn sagen hörte, daß er, Busch, die Gutmüthigkeit Saccard gegenüber so weit getrieben habe, Gelder im Report bei der Universalbank anzulegen. Wie, er hatte bei dem sicheren Ruin dieser Bank gefährdetes Geld und er ging gegen diese Anstalt nicht vor! Die Sache war sehr einfach, er habe nur eine Betrugsklage anhängig zu machen; von diesem Augenblick an war die Justiz von fraudulosen Gebahrungen benachrichtigt, welche den Bankerott herbeiführen mußten. Das war der furchtbare Streich, welchen man gegen Saccard führen mußte und nicht die andere Geschichte, das Melodrama eines in Säuferwahnsinn verkommenen Mädchens und eines in der Pfütze herangewachsenen Kindes. Busch hörte mit aufmerksamer und ernster Miene zu, auf diesen neuen Weg gelenkt, zu einer Handlung gedrängt, die ihn nicht hieher geführt hatte, deren entscheidende Folgen er jedoch errieth: die Verhaftung Saccards, ein tödtlicher Streich gegen die Universalbank. Schon die Furcht allein, sein Geld zu verlieren, würde ihn sogleich bestimmt haben. Er verlangte ja nichts Anderes, als Unglücksfälle Anderer, um im trüben Wasser fischen zu können. Indeß zögerte er noch, er verlangte Bedenkzeit und er werde wieder kommen; der Staatsanwalt mußte ihm geradezu die Feder in die Hand drücken und ihn so zwingen, sofort auf seinem Schreibpulte die Betrugsklage aufzusetzen, welche er, als der Mann verabschiedet war, unverzüglich mit glühendem Eifer seinem Oheim, dem Siegelbewahrer überbrachte. Die Angelegenheit war nunmehr fertig.

Am folgenden Tage hatte Saccard in der Bank eine längere Unterredung mit den Rechnungsrevisoren und den gerichtlichen Bevollmächtigten, um die Bilanz festzustellen, welche er der Generalversammlung vorlegen sollte. Trotz der Summen, welche die anderen Finanzinstitute hergeliehen hatten, war man genöthigt gewesen, die Schalter zu schließen und die Zahlungen einzustellen, weil man den immer wachsenden Forderungen nicht genügen konnte. Diese Bank, die einen Monat vorher nahezu zweihundert Millionen in ihren Kassen hatte, konnte dem wahnsinnigen Ansturm ihrer Kundschaft jetzt nicht mehr als einige hunderttausend Francs entgegenstellen. Ein Urtheil des Handelsgerichtes hatte von Amtswegen das Fallissement ausgesprochen in Folge eines summarischen Berichtes, welchen zwei Tage vorher ein mit der Prüfung der Bücher betrauter Sachverständiger unterbreitet hatte. Trotz alledem versprach Saccard in seiner schier unbewußten Zuversicht, mit einem blinden Vertrauen und einem ganz außerordentlichen Muthe noch immer, die Situation zu retten. Gerade an jenem Tage erwartete er von dem Parquet der Wechselagenten die Antwort in Angelegenheit der Fixirung eines Compensationscurses, als der Thürsteher eintrat und ihm meldete, drei Herren seien in dem benachbarten Salon, die ihn zu sprechen wünschen. Dies war vielleicht das erwartete Heil. Er eilte sehr fröhlich in das Nachbarzimmer und fand daselbst einen Polizeicommissär mit zwei Agenten, welcher ihn augenblicklich verhaftete. Der Haftbefehl war erlassen worden nach Lesung des Sachverständigenberichtes, welcher Unregelmäßigkeiten in den Büchern anzeigte und insbesondere auf die Klage Busch' wegen Vertrauensmißbrauchs, welcher behauptete, daß Gelder, welche er der Bank zur Anlage im Report anvertraut hatte, eine anderweitige Verwendung gefunden hatten. Zur nämlichen Stunde verhaftete man auch den Präsidenten Hamelin in seiner Wohnung in der Rue Saint-Lazare. Diesmal war es in der That das Ende, als ob aller Haß und alles Unglück sich gegen sie vereinigt hatten. Die außerordentliche Generalversammlung konnte nicht abgehalten werden, die Universalbank hatte aufgehört zu leben.

Madame Caroline war nicht zuhause in dem Augenblicke, als ihr Bruder verhaftet wurde und dieser konnte ihr nur einige in aller Hast hingeworfene Zeilen zurücklassen. Sie war wie versteinert, als sie bei ihrer Heimkehr von der Sache Kenntniß erhielt. Niemals hatte sie geglaubt, daß man auch nur einen Augenblick daran denke ihn zu verfolgen, dermaßen schien er ihr frei von jeder unlauteren Handlung, durch seine langen Abwesenheiten vor jeder Anschuldigung geschützt. Am Tage nach der Falliterklärung hatten der Bruder und die Schwester sich ihres ganzen Vermögens zu Gunsten des Aktivums der Masse entäußert; sie wollten aus dieser Unternehmung arm hervorgehen, wie sie arm in dieselbe eingetreten waren. Und es war eine bedeutende Summe, nahezu acht Millionen, jene dreimalhunderttausend Francs mit inbegriffen, welche sie von einer Tante geerbt hatten. Sogleich unternahm sie verschiedene Schritte und Bittgesuche; sie lebte fortan nur der Sorge, die Lage ihres armen Georges zu verbessern, seine Vertheidigung vorzubereiten; und trotz ihres Muthes ward sie von Thränenanfällen ergriffen, wenn sie sich ihn unschuldig und hinter Schloß und Riegel vorstellte, beschmutzt von diesem abscheulichen Skandal, das Leben für immer zerstört. Er, so sanft, so schwach, fromm wie ein Kind, in allen Dingen, die nicht seine technischen Arbeiten betrafen, unwissend wie ein „großes Thier", wie sie ihn zu nennen pflegte. Anfänglich hatte sie sich gegen Saccard erzürnt, den einzigen Urheber des Unheils, den Anstifter ihres Unglücks, dessen abscheuliches Werk sie ganz klar vor Augen hatte und verurtheilte, von den Tagen des Anfangs, als er sie neckte, weil sie das Gesetzbuch las, bis zu den Tagen des Endes, wo nach dem Mißerfolg alle die Unregelmäßigkeiten, die sie vorausgesehen und geschehen lassen hatte, schwer entgolten werden mußten. Dann aber hatte sie geschwiegen, gepeinigt durch die Gewissensbisse, die sie wegen ihrer Mitschuld zu ertragen hatte; sie vermied es sich offen mit ihm zu beschäftigen und war entschlossen zu handeln, als ob er nicht da wäre. Wenn sie seinen Namen aussprechen mußte, war es, als spräche sie von einem Fremden, von einer gegnerischen Partei, deren Interessen von den ihrigen verschieden waren. Sie besuchte fast täglich ihren Bruder in der Conciergerie, hatte es aber vermieden, eine Erlaubniß zum Besuche Saccards zu verlangen. Und sie hielt sich sehr tapfer; sie hauste noch immer in ihrer Wohnung in der Rue Saint-Lazare, empfing alle Jene, die daselbst vorsprachen, selbst Jene, die mit Schmähungen erschienen. In solcher Weise verwandelte sie sich in eine Geschäftsfrau, entschlossen zu retten was von ihrer Ehre und ihrem Glück noch zu retten war.

Während der langen Tage, die sie so oben, in dem Plänesaal verbrachte, wo sie so schöne Stunden der Arbeit und der Hoffnung durchlebt hatte, war es besonders ein Schauspiel, welches sie bekümmerte. Wenn sie sich einem Fenster näherte und einen Blick nach dem benachbarten Hôtel warf, sah sie mit beklommenem Herzen hinter den Fensterscheiben des schmalen Zimmers, wo die zwei armen Frauen wohnten, die bleichen Gesichter der Gräfin von Beauvilliers und ihrer Tochter Alice. Diese Feiertage waren sehr mild; sie sah die beiden Damen oft auch langsamen Schrittes und mit gesenktem Haupte in den Alleen des moosüberwucherten, durch den Winter verheerten Gartens sich ergehen. Der Zusammenbruch hatte in der Existenz dieser beiden Wesen furchtbare Wirkungen verursacht. Die Unglücklichen, die noch vor zwei Wochen in ihren sechshundert Aktien ein Vermögen von 1,800 000 Francs besessen, konnten sie heute höchstens mit achtzehntausend verwerthen, nachdem die Aktie von 3000 auf 30 gesunken war. Und ihr ganzes Vermögen war mit einem Schlage zerschmolzen: die zwanzigtausend Francs der Mitgift, welche die Gräfin so mühsam zurückgelegt hatte, die siebzigtausend Francs, die sie zuerst auf ihre Farm les Aublets entlehnt hatte und dann der Kaufschilling von zweimalhundertvierzigtausend Francs für les Aublets, welcher Besitz viermalhunderttausend Francs werth war. Was sollten sie anfangen, da die Hypotheken, welche das Hôtel belasteten, schon jetzt jährlich achttausend Francs aufzehrten und sie ihren Haushalt niemals weiter als auf siebentausend Francs einschränken konnten, trotz ihres Geizes, trotz der Wunder an schmutziger Knauserei, die sie vollbrachten, um den Schein zu retten und ihren Rang zu behaupten? Selbst wenn sie ihre Aktien verkauften, wie wollten sie fortan leben, ihre Bedürfnisse decken mit diesen achtzehntausend Francs, dieser aus dem Schiffbruch geretteten letzten Habe? Eine Nothwendigkeit drängte sich auf, welcher die Gräfin bisher nicht ins Auge hatte schauen wollen: das Hôtel zu räumen, es den Hypothekar-Gläubigern zu überlassen, da es unmöglich war die Zinsen zu bezahlen; nicht abzuwarten, bis die Gläubiger es versteigern lassen, sich sogleich in irgend eine kleine Wohnung zurückzuziehen, um dort ein kümmerliches, unbekanntes Leben zu führen, bis das letzte Stück Brod aufgezehrt sein würde. Die Gräfin widerstand nur noch, weil dies ein Losreißen ihrer ganzen Person, ja der Tod von Allem gewesen wäre, was sie zu sein geglaubt, der Einsturz des Gebäudes ihrer Race, welches sie seit Jahren mit ihren schwachen Händen, mit heroischer Ausdauer stützte. Die Beauvilliers in Miethe, nicht mehr unter dem Dache der Ahnen, bei anderen Leuten lebend, in dem eingestandenen Elend der Besiegten: war das nicht, um vor Schande zu sterben? Und sie kämpfte noch immer.

Eines Morgens sah Madame Caroline die beiden Damen unter dem im Garten stehenden kleinen Schoppen ihre Wäsche waschen. Die altersschwache Köchin konnte ihnen wenig Beistand leisten; während der letzten Fröste hatten sie dieselbe pflegen müssen; und ebenso war es auch mit ihrem Manne, der Hausmeister, Kutscher und Diener zugleich war; er hatte große Mühe das Haus reinzuhalten und den alten Gaul zu warten, der schon schlotterig und struppig war wie er selbst. Darum hatten die Damen sich entschlossen der Hauswirthschaft bemächtigt; die junge Gräfin ließ zeitweilig ihre Aquarellmalereien stehen, um die magere Suppe zuzubereiten, von welcher die vier Personen lebten, während die Mutter die Möbel abstaubte, die Kleider und Schuhe ausbesserte, in dem Wahne kleinlicher Sparsamkeit, daß Staubwedel, Nadel und Zwirn weniger abgenützt wurden, seitdem sie selbst sich ihrer bediente. Allein, wenn ein Besuch dazwischen kam, mußte man sie scheu, wie sie sich beeilten die Schürze abzulegen, sich zu waschen, als Herrinnen des Hauses zu erscheinen, mit weißen, müßigen Händen. In der Straße ließen sie keine Aenderung ihrer Lebensweise merken, da retteten sie die Ehre des Hauses: ihr Wagen war korrekt angeschirrt und führte die Gräfin und ihre Tochter zu ihren Besorgungen; alle vierzehn Tage sahen sie ihre Wintergäste zum Diner und es gab nicht ein Gericht weniger auf der Tafel und nicht eine Kerze weniger in den Kronleuchtern. Man mußte den Garten übersehen, wie Madame Caroline, um zu wissen, mit welchen Entbehrungen nachher all' der Luxus, all' der trügerische Schein eines verlorenen Vermögens bezahlt wurde. Wenn sie sie in diesem feuchten, von den benachbarten Häusern eingeschlossenen Schachte sah, wie sie in tödtlich-trauriger Stimmung unter den grünlichen Skeletten der hundertjährigen Bäume sich ergingen, war sie von unendlichem Mitleid ergriffen und entfernte sich vom Fenster, das Herz von Vorwürfen zerfleischt, als hätte sie sich mit Saccard mitschuldig an diesem Elend gefühlt.

An einem anderen Tage war ihr ein mehr unmittelbarer und schmerzlicher Kummer beschieden. Man kündigte ihr den Besuch des Dejoie an und sie machte sich stark, um ihn zu empfangen.

– Nun, mein armer Dejoie …

Doch sie hielt erschreckt inne, als sie die Blässe des früheren Bureau-Dieners sah. Die Augen schienen erstorben in seinem entstellten Gesichte; früher hochgewachsen, schien er jetzt kleiner, wie eingeknickt.

– Muth, lieber Mann! Lassen Sie sich nicht zu Boden drücken durch den Gedanken, daß alldas Geld verloren ist.

Da hub er mit langsamer Stimme an:

– Ach, Madame, nicht das ist's ... Gewiß, im ersten Augenblick empfand ich es als einen harten Schlag, denn ich hatte mich daran gewöhnt uns reich zu glauben. Es steigt Einem zu Kopfe, man ist wie berauscht, wenn man gewonnen hat ... Mein Gott, ich war schon entschlossen wieder an die Arbeit zu gehen; ich würde gearbeitet haben, bis es mir gelungen sein würde, die Summe wieder zusammenzubringen ... Allein, Sie wissen nicht ...

Schwere Thränen rollten über seine Wangen.

– Sie wissen nicht ... Sie ist fort.

– Wer ist fort? fragte Madame Caroline.

– Nathalie, meine Tochter ... Ihre Heirath war vereitelt und sie war wüthend, als Theodors Vater kam, um uns zu sagen, daß sein Sohn schon zu lange gewartet habe und daß er nun die Tochter einer Krämerin mit 8000 Francs Heirathsgut heimführen werde. Ich begreife ihren Zorn, als sie erfuhr, daß sie keinen Sou mehr habe und Mädchen bleiben müsse ... Aber ich liebte sie so sehr! Noch im verflossenen Winter erhob ich mich des Nachts, um ihre Bettdecken in Ordnung zu bringen. Und ich verzichtete auf den Tabak, um ihr schönere Hüte kaufen zu können und ich war ihre wirkliche Mutter, ich hatte sie erzogen, ich hatte in unserer bescheidenen Wohnung keine andere Freude als sie zu sehen.

Die Thränen erstickten seine Stimme; er schluchzte bitter.

– Mein Ehrgeiz ist schuld an Allem ... Hätte ich verkauft, als meine acht Aktien mir einen Gewinn von sechstausend Francs sicherten, – soviel als wir zur Mitgift nöthig hatten – sie wäre jetzt verheirathet. Aber, die Aktie stieg immerfort und ich dachte an mich selbst; ich wollte zuerst sechshundert, dann achthundert, dann tausend Francs Rente, umsomehr, als die Kleine später dieses Geld geerbt haben würde. Wenn ich bedenke, daß ich einen Augenblick, bei dem Kurse von 3000, eine Summe von vierundzwanzigtausend Francs in Händen hatte, so viel, um ihr eine Mitgift von sechstausend Francs zu geben und mich mit einer Rente von neunhundert Francs zurückzuziehen! Nein, ich wollte tausend haben; war das nicht höchst dumm? Und heute sind meine Aktien nicht zweihundert Francs werth. Ach, es ist meine Schuld; ich hätte besser gethan, mich in die Seine zu werfen!

Sehr ergriffen von seinem Schmerze, ließ Madame Caroline ihn durch Worte sein Herz erleichtern. Indeß wünschte sie doch mehr zu erfahren.

– Sie ist fort, mein armer Dejoie? Wieso denn?

Er gerieth in Verwirrung und eine leichte Röthe färbte seine bleichen Wangen.

– Jawohl, fort, verschwunden, seit drei Tagen ... Sie hatte die Bekanntschaft eines Herrn gemacht, der uns gegenüber wohnte, eines feinen Herrn von vierzig Jahren ... Schließlich ist sie durchgegangen.

Und während er die Worte suchend, mit verlegener Stimme Einzelheiten angab, sah Madame Caroline im Geiste Nathalie wieder, blond und schmächtig, mit der zarten Anmuth eines Pariser Kindes. Sie sah im Besonderen ihre reiten Augen mit dem so ruhigen und kühlen Blick, von einer außerordentlichen Klarheit und Selbstsucht. Das Kind hatte sich von seinem Vater anbeten lassen, als glückliches Götzenbild, und war tugendhaft geblieben, so lange es ein Interesse daran hatte es zu sein, unfähig eines albernen Falles, so lange es eine Mitgift hoffen durfte, eine Heirath, ein Zahlpult in einem Kaufladen, wo sie gethront haben würde. Aber ein ärmliches Leben fortzuführen, als Hausmagd ihres Vaters, der nun gezwungen war wieder an die Arbeit zu gehen, nein! Sie hatte dieses wenig vergnügliche und fortan hoffnungslose Leben satt. Und so hatte sie ruhig ihre Schuhe angezogen und ihren Hut aufgesetzt und war fortgegangen.

– Mein Gott, stammelte Dejoie, sie hatte wenig Freude bei uns, das ist wahr; und wenn man hübsch ist, will man nicht seine Jugend in Langeweile hinbringen ... Immerhin hat sie sehr herzlos gehandelt. Bedenken Sie nur: ohne mir ein Lebewohl zu sagen, ohne eine Zeile zurückzulassen, das geringste Versprechen, mich dann und wann zu besuchen ... Sie hat die Thüre zugemacht und es war aus. Sie sehen, meine Hände zittern, ich bin davon ganz dumm. Es übersteigt meine Kräfte, ich suche sie immer zuhause. Ist es möglich, mein Gott, daß ich nach so vielen Jahren sie nicht mehr habe, sie nie mehr haben werde, – mein armes, kleines Mädchen!

Er hatte aufgehört zu weinen, und sein stummer Schmerz war so herzzerreißend, daß Madame Caroline seine beiden Hände ergriff und – da sie keinen anderen Trost fand, – nur die Worte wiederholte:

– Mein armer Dejoie, mein armer Dejoie ...

Dann kam sie, – um ihn zu zerstreuen, – wieder auf den Zusammenbruch der Universalbank zu sprechen. Sie entschuldigte sich dafür, daß sie ihn bewogen hatte Aktien zu nehmen und verurtheilte Saccard in strengen Worten, ohne jedoch seinen Namen zu nennen. Da aber ward der frühere Kanzleidiener sofort wieder lebendig. Von seiner Spielleidenschaft aufgestachelt, gerieth er noch immer in eine Erregtheit.

– O, Herr Saccard hatte ganz Recht, als er mich hinderte, zu verkaufen. Das Geschäft war ausgezeichnet, wir hätten sie alle zu Grunde gerichtet, wären die

Verräther nicht gewesen, die uns verlassen haben ... Ach, Madame, wenn Herr Saccard hier wäre, würde Alles ganz anders gehen. Daß man ihn in das Gefängniß abgeführt hat, war unser Verderben. Auch jetzt könnte nur er allein uns retten ... Ich habe es auch dem Richter gesagt: „Mein Herr, geben Sie ihn uns zurück, und ich vertraue ihm aufs Neue mein Vermögen und mein Leben an; denn dieser Mann ist wie der liebe Gott, er macht Alles was er will."

Verblüfft sah Madame Caroline ihn an. Wie, kein Wort des Zornes, kein einziger Vorwurf? Das war der glühende Glaube eines Fanatikers. Welch' mächtigen Einfluß mußte doch Saccard auf seine Anhänger geübt haben, daß er sie unter ein solches Joch von Gläubigkeit zu beugen vermochte!

– Ich bin blos gekommen, um Ihnen dies zu sagen, Madame. Sie müssen mich entschuldigen, wenn ich Ihnen von meinem Kummer erzählt habe, aber mein Kopf sitzt nicht mehr ganz fest ... Wenn Sie Herrn Saccard sehen, sagen Sie ihm, daß wir noch immer zu ihm halten.

Mit schwankenden Schritten entfernte er sich, und sie, allein geblieben, fühlte einen Augenblick Abscheu vor dem Dasein. Dieser Unglückliche hatte ihr Herz tief bekümmert. Sie fühlte nun doppelten Zorn gegen Den, dessen Namen sie nicht nannte, unterdrückte jedoch den Ausbruch dieses Zornes. Uebrigens kamen neue Besuche, – sie war diesen Morgen überaus in Anspruch genommen.

Von den zahlreichen Besuchern waren es besonders die Eheleute Jordan, die ihre Rührung erregten. Paul und Marcelle waren gekommen, als gutes Ehepaar, welches die schwierigen Schritte immer zu Zweien unternimmt, um sich zu erkundigen, ob ihre Eltern, die Maugendre, aus ihren Aktien wirklich nichts mehr herausschlagen könnten. Auch da war ein nicht wieder gut zu machendes Unglück hereingebrochen. Vor den zwei letzten Liquidationen besaß der ehemalige Hackenfabrikant bereits fünfundsiebzig Aktien, welche er um ungefähr achtzigtausend Francs gekauft hatte; es war ein ausgezeichnetes Geschäft, da diese Aktien zu einer Zeit, als der Kurs auf dreitausend stand, einen Werth von 235 000 Francs repräsentirten. Das Schreckliche war jedoch, daß Maugendre in der Leidenschaft des Spieles und in seinem unbedingten Vertrauen zu dem Genie Saccards, ohne Deckung gespielt und fortwährend gekauft hatte, so daß die ungeheuren Differenzen, – mehr als 200 000 Francs, – die nun zu zahlen waren, auch den Rest seines Vermögens, jene Rente von 15 000 Francs aufzehrten, welche er durch eine dreißigjährige Arbeit so sauer verdient hatte. Er besaß nun gar nichts mehr, und konnte sich nur mit schwerer Mühe schuldenfrei aus dem Geschäfte ziehen, indem er sein kleines Hôtel in der Rue Legendre verkaufte, auf welches er so stolz gewesen. Für das ganze Unglück traf übrigens Madame Maugendre gewiß mehr Schuld, als ihn.

– Ach, Madame, erzählte Marcelle mit ihrem liebenswürdigen Antlitz, welches auch inmitten der Schicksalsschläge frisch und heiter geblieben war, – Sie können sich nicht vorstellen, wie Mama sich verändert hat. Sie, vordem so vorsichtig, so sparsam, ein Schrecken ihrer Dienstleute, denen sie immer auf den Fersen war, um ihre Rechnungen zu prüfen, – sie sprach nur mehr in Hunderttausenden von Francs. Sie war es auch, die Papa immer weiter trieb, ihn, der im Grunde genommen viel weniger Muth hatte und gern bereit gewesen wäre, den Rathschlägen Onkel Chave's zu folgen, wenn nicht sie ihn toll gemacht hätte mit ihrem Traum, die Million zu erreichen ... Das Lesen der Finanzblätter hat sie zuerst auf diesen Weg geführt. Erst wurde Papa von der Leidenschaft ergriffen, was er anfangs verheimlichte; als aber dann auch Mama, die lange Zeit gegen das Spiel den Haß einer guten Hausfrau fühlte, sich ihm angeschlossen hatte, war in kurzer Zeit Alles wie in Flammen aufgegangen. Ist es möglich, daß die Gewinnsucht sonst wackere Menschen in so hohem Maße verändern kann?

Hier mischte sich Jordan ins Gespräch, angeregt durch die Erwähnung Onkel Chave's.

– Wenn Sie Onkels Ruhe mitten in diesen Katastrophen gesehen hätten! Er hatte Alles vorausgesagt und triumphirte nun, eingeschlossen in seinem härenen Kragen. Keinen Tag hatte er die Börse versäumt, keinen Tag hatte er aufgehört, ganz im Kleinen zu spielen, immer im Baaren und zufrieden, wenn es ihm gelang, jeden Abend seine 15 oder 20 Francs nachhause zu tragen, gleich einem Beamten, der sein Tagewerk redlich vollendet hat. Um ihn her rollten auf allen Seiten Millionen, riesige Reichthümer entstanden und verschwanden im Laufe von zwei Stunden, inmitten der Blitzschläge regnete es Gold, wie aus Kübeln, er aber fuhr ruhig fort, sich seinen bescheidenen Lebensunterhalt zu verdienen und kleine Gewinnste für seine kleinen Laster zu erzielen. Er ist ein Erzschlaukopf; die hübschen Mädchen in der Rue Nollet haben immer ihre Bäckereien und Bonbons zur Genüge gehabt. Diese scherzhafte Anspielung auf die Leidenschaft des Kapitäns belustigte die beiden Frauen. Aber sofort wurden sie wieder von der Traurigkeit der Lage ergriffen.

– Leider glaube ich nicht, erklärte Madame Caroline, daß es Ihren Eltern möglich sein werde, etwas aus ihren Aktien herauszuschlagen. Mir scheint, daß Alles zu Ende ist. Die Aktien stehen heute auf dreißig Francs, sie werden auf zwanzig Francs, auf hundert Sous fallen ... Mein Gott, was werden die armen Leute in ihrem Alter, an Wohlstand gewöhnt, jetzt anfangen?

– Nun, antwortete Jordan einfach, wir werden uns eben ihrer annehmen müssen. Wir sind noch nicht sehr reich, aber es beginnt bereits besser zu gehen, und wir werden sie nicht auf der Straße lassen.

Er hatte in der letzten Zeit Glück gehabt. Nach so vielen Jahren undankbarer Arbeit schien sein erster Roman, der erst in einer Zeitung veröffentlicht und dann von einem Verleger herausgegeben wurde, plötzlich großen Erfolg zu haben, und so fand er sich auf einmal im Besitze einiger tausend Francs; alle Thüren standen ihm offen und er brannte vor Begierde, sich wieder an die Arbeit zu machen, des Erfolges und des Ruhmes sicher.

– Wenn es nicht möglich sein wird, sie zu uns zu nehmen, werden wir ihnen eine kleine Wohnung miethen. Es wird sich Alles machen.

Marcelle blickte ihn mit zärtlicher Bewunderung an. Ein leichtes Zittern befiel sie.

– O Paul, Paul, wie gut Du bist!

Und sie begann zu schluchzen.

– Beruhigen Sie sich, mein Kind, ich bitte Sie, – sprach Madame Caroline mehreremale in warmem Tone, erschüttert durch das Gehörte. Sie müssen sich die Sache nicht gar so stark zu Herzen nehmen.

– Nein, lassen Sie mich nur, das ist ja kein Schmerz ... Aber die Geschichte ist wirklich so dumm! Ich frage Sie nun, wäre es nicht besser gewesen, wenn Mama und Papa mir, als ich Paul heirathete, die Mitgift hergegeben hätten, von welcher sie immer gesprochen hatten? Aber unter dem Vorwande, daß Paul keinen Sou besitze und daß ich eine Thorheit begehe, wenn ich trotzdem mein Versprechen halte, haben sie nicht einen Centime ausgelassen. Nun sind sie weit gekommen, fürwahr! Sie würden heute wenigstens meine Mitgift wiederfinden, das Einzige, was die Börse nicht aufgezehrt hätte.

Madame Caroline und Jordan konnten sich eines Lächelns nicht erwehren. Aber das tröstete Marcelle nicht, sie weinte nur noch mehr.

– Und das ist noch nicht Alles! ... Als Paul arm gewesen, habe ich oft geträumt, – wie es in den Feenmärchen vorkommt – daß ich eine Prinzessin sei und eines Tages meinem ruinirten Prinzen viel, viel Geld bringen werde, um ihm zu helfen, ein großer Dichter zu werden ... Und nun bedarf er meiner nicht mehr, nun bin ich sammt meiner Familie für ihn nichts weiter als eine Last. Ihm wird alle Mühe zufallen, er wird uns Allen Geschenke machen ... O, mein Herz droht zu bersten!

Er hatte sie lebhaft in seine Arme genommen.

– Was erzählst Du uns da, großes Kind? Braucht denn ein Weib etwas mitzubringen? Du hast ja Deine Jugend, Deine Zärtlichkeit, Deine gute Laune mitgebracht, und keine Prinzessin der Welt könnte mir mehr geben!

Sie beruhigte sich sofort, glücklich, so geliebt zu sein, und fand, daß sie in der That sehr dumm war, so zu weinen. Er fuhr fort:

– Wenn Deine Eltern einverstanden sind, werden wir sie in Clichy unterbringen, wo ich nicht zu kleine Wohnungen im Erdgeschoß mit Gärten gesehen habe. Bei uns, in unserem mit Möbeln angefüllten Nest ist es sehr hübsch, aber zu eng, umsomehr, als wir bald Raum brauchen werden für ...

Und indem er aufs Neue lächelte und sich zu Madame Caroline wandte, welche dieser Familienscene gerührt zusah, fuhr er fort:

– Nun, ja, wir werden bald unser drei sein, man kann es ja gestehen, jetzt, da ich ein Herr bin, der seinen Lebensunterhalt verdient. Auch ein Geschenk, Madame, nicht wahr, welches sie mir macht, sie, die Thränen vergießt, weil sie glaubt, mir nichts mitgebracht zu haben.

Madame Caroline, die wegen ihrer unheilbaren Unfruchtbarkeit verzweifelt war, blickte auf Marcelle, welche ein wenig erröthete, und deren etwas stärker gewordene Taille sie gar nicht bemerkt hatte. Nun war die Reihe an ihr, Thränen zu vergießen.

– Theure Kinder, liebt Euch nur, Ihr seid die einzig Vernünftigen und die einzig Glücklichen!

Bevor sie sich verabschiedeten, erzählte Jordan noch Einzelheiten über das Blatt „Die Hoffnung". Heiter, mit seiner instinktiven Abscheu vor Geschäften, sprach er darüber, wie von einer ganz außergewöhnlichen Räuberhöhle, welche von den Hammerschlägen der Spekulation widerhallte. Das ganze Personal, vom Direktor bis zum Kanzleidiener, spekulirte, nur er allein, – sagte er lachend, – hatte nicht gespielt, wofür er auch von Allen sehr ungern gesehen war und verachtet wurde. Der Zusammenbruch der Bank und besonders die Verhaftung Saccards hatten übrigens das Blatt sogleich todt gemacht. Die Redaktion hatte sich aufgelöst, nur Jantrou klammerte sich in höchster Noth eigensinnig an das, was zurückgeblieben war, um von den Trümmern des Schiffbruches zu leben. Er war durch diese drei Jahre andauernden Wohlergehens völlig zerstört worden, indem er Alles, was käuflich war, bis zum Mißbrauch genossen hatte, gleich jenen dem Hungertode nahen Menschen, welche an dem Tage, da sie sich wieder zu Tische setzen, an Verdauungsbeschwerden sterben. Und merkwürdigerweise war dies auch der endgiltige Verfall der Baronin Sandorff, die sich diesem Mann in dem Trubel der Katastrophe wie rasend an den Hals geworfen hatte, in der Absicht, ihr Geld wiederzugewinnen.

Bei der Nennung des Namens der Baronin war Madame Caroline leicht erröthet, Jordan aber, der die Nebenbuhlerschaft der beiden Frauen nicht kannte, fuhr in seiner Erzählung fort.

– Ich weiß nicht, weshalb sie sich ihm hingegeben hat. Vielleicht hat sie geglaubt, daß er ihr mit Hilfe seiner Verbindungen, die er als Journalist besaß, Informationen zukommen lassen werde. Vielleicht ist sie auch blos nach den Regeln des Falles immer tiefer und tiefer, bis zu ihm gesunken. Ich habe oft bemerkt, daß in der Spielleidenschaft ein zerstörender Gährstoff liegt, welcher Alles aufreißt, in Fäulniß versetzt und aus dem Sprossen des edelsten und stolzesten Geschlechtes einen menschlichen Fetzen macht, gleich den Abfällen, welche in die Gosse gekehrt werden. Jedenfalls ist dieser Schelm Jantrou, wenn er die Fußtritte in Erinnerung behalten hat, welche ihm – wie man sagt – der Vater der Baronin verabreicht hatte, als er seinerzeit zu ihm ging, um seine Aufträge entgegenzunehmen, jetzt gerächt; denn als ich einmal in der Redaktion erschien, um zu versuchen, ob ich nicht vielleicht doch meine Zahlung erhalten könnte und eine Thüre allzu schnell öffnete, fand ich die beiden in einer Auseinandersetzung und sah mit eigenen Augen, wie Jantrou die Sandorff ohrfeigte. Stellen Sie sich diesen betrunkenen, durch Alkohol und andere Laster herabgekommenen Menschen vor, wie er mit der Brutalität eines Kutschers auf diese Dame aus der vornehmen Gesellschaft losschlägt!

Mit einer schmerzlichen Geberde brachte ihn Madame Caroline zum Schweigen. Es schien ihr, als ob dieses Uebermaß von Erniedrigung sie selbst mit Koth bespritzen würde.

Schmeichelnd hatte Marcelle, im Begriff, sich zu entfernen, ihre Hand ergriffen.

– Glauben Sie nicht, Madame, daß wir gekommen sind, um Ihnen Verdruß zu bereiten. Im Gegentheil, Paul vertheidigt Herrn Saccard sehr.

– Gewiß, rief der junge Mann. Er war ja immer so gut zu mir. Nie werde ich vergessen, wie er uns von dem schrecklichen Busch befreit hat. Und dann, er ist doch ein sehr gescheidter Mann. Wenn Sie ihn sehen, Madame, sagen Sie ihm, daß wir ihm eine lebhafte Dankbarkeit bewahrt haben.

Als die Jordans fortgegangen waren, machte Caroline eine Geberde stummen Zornes. Dankbarkeit! wofür? Für den Ruin der Maugendre? Diese Jordan waren wie Dejoie, sie entfernten sich mit denselben Worten der Entschuldigung und der guten Wünsche. Und diese hatten doch Verständniß; denn der Schriftsteller, der die Finanzwelt kennen gelernt und seine so schöne Verachtung gegen das Geld bewahrt hatte, war ja kein Unwissender. Ihre Empörung nahm noch zu.

Nein! hier war keine Verzeihung möglich, der Koth war zu tief. Die Ohrfeige, welche Jantrou der Baronin verabreicht hatte, rächte sie nicht genügend. Saccard war es, der Alles in Fäule versetzt hat.

An diesem Tage sollte Madame Caroline sich zu Mazaud begeben, in Angelegenheit gewisser Schriftstücke, welche sie dem ihren Bruder betreffenden Aktenstoß beifügen wollte. Auch wünschte sie zu wissen, wie er sich verhalten werde, falls er von den Vertheidigern als Zeuge vor Gericht berufen werden sollte. Das Zusammentreffen war für vier Uhr, nach der Börse, verabredet, und so verbrachte sie – endlich allein – mehr als anderthalb Stunden damit, die Informationen zu ordnen, welche sie bisher schon erhalten hatte. Sie begann bereits in diesem Trümmerhaufen klar zu sehen. Sie that, was man am Tag nach einer Feuersbrunst zu thun pflegt, wenn der Rauch weggezogen und die Gluth erloschen ist, – man räumt den Schutthaufen weg, in der lebhaften Hoffnung, das Gold der geschmolzenen Geschmeide zu finden.

Zunächst stellte sie sich die Frage, wohin das Geld gekommen sein mochte. Zweihundert Millionen waren wie in einem Abgrund verschwunden, und wenn einzelne Taschen geleert worden sind, so mußten sich doch andere gefüllt haben. Indessen schien es gewiß, daß der Rechen der Baissiers nicht die ganze Summe zusammengerafft hatte, ein gutes Drittel ging völlig verloren. An Tagen von Katastrophen könnte man an der Börse glauben, daß das Geld vom Bodenaufgesogen wird, es zerstreut sich, und ein wenig davon bleibt an allen Fingern kleben. Gundermann allein mochte ungefähr fünfzig Millionen davongetragen haben. Dann kam Daigremont mit 12-15 Millionen. Man erwähnte auch den Marquis de Bohain, dessen klassischer Streich wieder einmal geglückt war; bei Mazaud, wo er *à la hausse* gespielt hatte, weigerte er sich zu zahlen, bei Jacoby, wo er *à la baisse* gespielt hatte, behob er fast zwei Millionen, nur drohte diesmal Mazaud, der durch seine Verluste zur Verzweiflung gebracht war und der wußte, daß der Marquis, wie ein ganz gewöhnlicher Spitzbube, seine Möbel auf den Namen seiner Frau hatte schreiben lassen, er werde einen Prozeß gegen den Marquis anstrengen. Beinahe alle Verwaltungsräthe der Universalbank hatten sich übrigens einen ausgiebigen Theil gesichert, die Einen – wie Huret und Kolb – indem sie ihre Papiere vor dem Zusammenbruch zu den höchsten Kursen realisirten, die Anderen – wie der Marquis und Daigremont – indem sie als Verräther zu den Baissiers übergingen; abgesehen davon, daß in einer der letzten Sitzungen, als die Gesellschaft bereits dem Verderben nahe war, der Aufsichtsrath jedem seiner Mitglieder einen Kredit von hundert und etlichen tausend Francs gewährte. Von Delarocque und Jacoby schließlich hieß es, daß sie persönlich große Summen gewonnen haben, welche übrigens bald von den beiden stets gähnenden und unfüllbaren Abgründen verschlungen waren, welche bei dem Ersteren die Leidenschaft für die Weiber und bei dem Anderen die Leidenschaft für das Spiel aufriß. Auch ging das Gerücht, daß Nathansohn zu einem der Könige der Coulisse geworden sei, dank einem Gewinne von 3 Millionen, welchen er realisirte, indem er auf eigene Rechnung *à la baisse* und für Saccard *à la hausse* spielte. Er hatte ein außerordentliches Glück, denn da er in beträchtlichen, im Namen der insolventen Universalbank geschlossenen Käufen engagirt war, wäre er sicher zu Grunde gerichtet worden, wenn man nicht gezwungen gewesen wäre, der als zahlungsunfähig erkannten Coulisse Alles was sie schuldete, nahezu 100 Millionen, zum Geschenk zu machen. Dieser Mensch, der kleine Nathansohn war entschieden glücklich und geschickt! Und wie schön war jenes vielbelächelte Stückchen, zu behalten was man gewonnen und nicht zu bezahlen, was man verloren hat!

Aber die Ziffern blieben unbestimmt und Madame Caroline war nicht im Stande, die Gewinnste genau abzuschätzen, denn die Operationen an der Börse sind in mysteriöses Dunkel gehüllt und die Wechselagenten bewahren streng das professionelle Geheimniß. Auch durch eine Prüfung der Notizbücher hätte man nichts erfahren, da in diese die Namen nicht eingeschrieben werden. Vergebens versuchte sie die Summe festzustellen, welche Sabatani davongetragen haben mochte, der nach der letzten Liquidation verschwunden war. Auch eine Katastrophe, welche Mazaud sehr nahe berührte. Es war die gewöhnliche Geschichte: der verdächtige Klient, zuerst mit Mißtrauen aufgenommen, erlegt eine kleine Deckung von zwei- bis dreitausend Francs und spielt einige Monate hindurch in vorsichtiger Weise, bis der Börsenagent die Geringfügigkeit der Deckung vergessen hat und ihn zu seinem Freunde macht; dann, nachdem er irgend einen Räuberstreich ausgeführt, ergreift der Klient die Flucht. Mazaud sprach von einer Exekution gegen Sabatani, wie er sie bereits gegen Schlosser durchgeführt hatte, einen Schurken von derselben unausrottbaren Bande, welche den Markt ausbeutet, wie vormals die Diebe einen Wald ausgebeutet haben. Und dieser Levantiner Sabatani, dieser Halbitaliener und Halborientale mit den Sammtaugen, den die Legende mit einer wunderbaren Eigenschaft ausstattete, von welcher die neugierigen Frauen so viel flüsterten, war verduftet, um die Börse irgend einer fremden Hauptstadt, – man sagte Berlins – abzuschäumen und dort abzuwarten, bis man ihn an der Pariser Börse vergessen hat und er zurückkehren darf, aufs Neue geachtet, bereit, seinen Streich unter dem Beistande der allgemeinen Duldsamkeit zu wiederholen.

Dann hatte Madame Caroline ein Verzeichniß der Verluste zusammengestellt. Die Katastrophe der Universalbank war eine jener Erschütterungen, welche eine ganze Stadt ins Wanken bringen. Nichts war fest und solid geblieben, die Risse dehnten sich auf die Nachbarhäuser aus, jeden Tag gab es neue Zusammenbrüche. Die Banken stürzten nach einander ein, mit jenem plötzlichen Geräusch, welches die nach einem Brande zurückgebliebenen Mauerüberreste machen. In stummer Verzweiflung hörte man diese Geräusche der Einstürze und man fragte sich, wann endlich die Ruinen ein Ende nehmen werden. Was sie betraf, so rührten sie weniger die zugrunde gerichteten, vom Strome fortgerissenen Bankiers, Gesellschaften und Finanzmänner, als vielmehr alle die armen Leute, Aktionäre oder auch Spekulanten, welche sie gekannt und geliebt hatte, und welche sich nun unter den Opfern befanden. Nach der verlorenen Schlacht zählte sie ihre Todten. Es waren unter diesen nicht nur ihr armer Dejoie, die schwachköpfigen, bedauernswerthen Maugendre und die betrübten Gräfinnen von Beauvilliers, deren Schicksal so ergreifend war. Auch ein anderes Drama hatte sie heftig aufgeregt, das Fallissement des Seidenfabrikanten Sédille, das gestern erklärt worden war. Von diesem hatte sie, als sie ihn im Aufsichtsrathe an der Arbeit sah, gesagt, er sei der Einzige, dem sie zehn Sous anvertrauen würde, und sie hatte ihn für den ehrlichsten Mann der Welt erklärt. Wie schrecklich war doch die Leidenschaft des Spiels! Dieser Mann hatte dreißig Jahre darauf verwendet, durch seine Arbeit und Rechtschaffenheit eines der solidesten Häuser in Paris zu begründen und nun hatte er es in weniger als drei Jahren angegriffen und zerstört, so daß es mit einem Schlage in Staub zerfiel. Wie bitter beklagte er nun die arbeitsamen Tage von früher, da er noch ein durch langsame, ausdauernde Bestrebungen erworbenes Vermögen erhoffte, bis ihm nicht ein erster, zufälliger Gewinn Verachtung für einen solchen Erwerb einflößte und er von dem Traume verzehrt wurde, an der Börse in einer Stunde jene Million zu erobern, welche das ganze Leben eines ehrlichen Kaufmanns erfordert! Und die Börse hatte Alles verschlungen, der Unglückliche war niedergeschmettert, unfähig und unwürdig die Geschäfte wieder aufzunehmen, mit seinem Sohn Gustav, diesem nur für Vergnügungen und Müßiggang geschaffenen Menschen, aus welchem das Elend einen Schurken machen mußte, der auf einem Fuße von 40-50 tausend Francs Schulden lebte und der schon in eine häßliche Geschichte verwickelt war in Folge von Wechseln, welche er für Germaine Coeur unterschrieben hatte. Dann gab es noch einen anderen armen Teufel, der Madame Caroline tief betrübte, den Remisier Massias, und sie hegte doch – Gott weiß – sonst nicht eben große Zärtlichkeit für solche Vermittler von Lügen und Diebstahl. Sie hatte auch ihn gekannt, mit seinen großen, lachenden Augen, seiner einem geprügelten Hunde ähnlichen Miene, wenn er durch Paris lief, um einige magere Aufträge zu erhaschen. Einen Augenblick hatte er sich an die Fersen Saccards geheftet und, dem Glücke Gewalt anthuend, für einen der Herren der Börse gegolten, und nun hatte ein fürchterlicher Sturz ihn aus seinem Traum gerissen und ihn mit gebrochenen Gliedern zu Boden geschleudert. Er schuldete siebzigtausend Francs und er zahlte sie auch, obgleich er die Einwendung des Spiels hätte geltend machen können, wie es so Viele thaten; er aber hatte, indem er von Freunden Darlehen nahm und sein ganzes Leben verpfändete, die erhabene Dummheit begangen zu zahlen, und doch wußte ihm Niemand Dank dafür, im Gegentheil, man zuckte hinter seinem Rücken die Achsel. Sein Haß richtete sich nur gegen die Börse, und wieder in sein früheres verabscheutes, schmutziges Geschäft zurückgeworfen, schmähte er, man müsse ein Jude sein, um an der Börse Erfolg zu haben. Doch fügte er sich darein, sein Geschäft beizubehalten, in der hartnäckigen Hoffnung, trotz alledem ein Vermögen zu gewinnen, so lange er nur offene Augen und gute Beine behielt. Besonders aber erfüllten die unbekannten Todten, die Opfer ohne Namen und ohne Geschichte, Carolinens Herz mit unendlichem Mitleid. Ihre Zahl war Legion, sie waren wie auf einem Schlachtfelde in den fernen Büschen, in den mit Gras gefüllten Gräben verstreut und es gab verlorene Leichname und in Todesängsten zitternde Verwundete hinter jedem Baumstumpf. Wie viele stumme Dramen! Eine Menge armer Rentiers, kleiner Aktionäre, die alle ihre Ersparnisse in demselben Papier niedergelegt hatten; in den Ruhestand getretene Hausmeister, bleiche, mit ihrer Katze lebende alte Fräulein, in Pension gegangene Leute aus der Provinz, die ein abgemessenes Leben von Maniaken führten, durch Almosengeben verarmte Landgeistliche, alle die kleinen Existenzen, deren Budget einige Sous beträgt: soviel für Milch, soviel für Brod; so knappe, auf das Minimum herabgedrückte Budgets, daß eine Mindereinnahme von zwei Sous schon eine Katastrophe herbeiführt! Und nun hatten sie plötzlich nichts mehr, ihr Leben war wie abgeschnitten, vernichtet; und die alten, zitternden Hände, unfähig zu arbeiten, tappten verzweifelt im Dunkel herum; alle diese niedrigen und ruhigen Existenzen waren mit einem Schlage dem Elend preisgegeben. Hundert verzweifelte Briefe waren aus Vendôme gekommen, wo Fayeux das Unglück noch dadurch vergrößert hatte, daß er die Flucht ergriff. Er hatte Depots an Geld und Effekten von seinen Klienten übernommen, für die er an der Börse operirte, hatte dann selbst wahnsinnig zu spielen begonnen, und da er verlor und nicht zahlen wollte, flüchtete er mit etlichen Hunderttausend Francs, welche sich in seinen Händen befanden. In der Gegend von Vendôme ließ er bis in die entferntesten Pachthöfe Alles in Jammer und Thränen zurück. So hatte das Elend überall die Hütten ergriffen. Es war wie nach einer großen Epidemie, die beklagenswerthen Opfer gehörten der Mittelklasse an, welche im Kleinen spart, so daß nur die Söhne im Stande sein konnten, nach langen Jahren harter Arbeit die erlittenen Schläge zu heilen.

Endlich ging Madame Caroline aus, um sich zu Mazaud zu begeben. Während sie zu Fuße auf die Rue de la Banque zuschritt, dachte sie an die Schicksalsschläge, welche diesen Bankier seit vierzehn Tagen wiederholt betroffen hatten. Fayeux hatte ihm 300 000 Francs gestohlen, Sabatani ließ eine unbezahlte Rechnung von einem fast doppelt so hohen Betrage zurück, der Marquis de Bohain und die Baronin Sandorff weigerten sich, die auf sie entfallenden Differenzen von insgesammt einer Million zu begleichen, Sédille's Fallissement verursachte ihm einen ungefähr ebenso großen Verlust, dazu kamen noch die acht Millionen, welche ihm die Universalbank schuldete, jene acht Millionen, für welche er Saccard reportirt hatte; dies war der furchtbare Verlust, der Abgrund, in welchem ihn verschwinden zu sehen die Börse stündlich angstvoll erwartete. Schon zweimal war das Gerücht der Katastrophe verbreitet gewesen. Und mitten unter diesen wuchtigen Schicksalsschlägen ereignete sich ein neues Unglück, gleichsam der Tropfen, der das bis an den Rand gefüllte Gefäß zum Ueberfließen brachte. Am Abend vorher hatte man Flory, den Angestellten Mazaud's, verhaftet; Flory war überführt, 180 000 Francs veruntreut zu haben. Die Ansprüche Fräulein Chuchu's, der früheren kleinen Figurantin, der mageren Heuschrecke des Pariser Pflasters, hatten zugenommen; erst handelte es sich um fröhliche Parthien, die nicht viel kosteten, dann kam die Wohnung in der Rue Condorcet, dann der Schmuck, die Spitzen; was aber diesen unglücklichen und zärtlichen Burschen ganz ins Verderben stürzte, war sein erster Gewinn von 10 000 Francs, welchen er nach dem Tage von Sadowa erzielt hatte, dieses so schnell gewonnene und so schnell zerronnene Geld, welches mehr und immer mehr Ausgaben nöthig machte, ein wahres Fieber der Leidenschaft für das so theuer erkaufte Weib erregte. Merkwürdiger wurde diese Geschichte dadurch, daß Flory seinen Herrn bestohlen hatte, um seine Spielschuld bei einem anderen Bankier begleichen zu können; eine eigenthümliche Ehrlichkeit, hervorgerufen wahrscheinlich durch die Furcht vor der unverzüglichen Exekution, und durch die Hoffnung, den Diebstahl verbergen, das Loch durch irgend eine wunderbare Operation wieder ausfüllen zu können. Im Gefängniß hatte er in seiner Schande und Verzweiflung viel geweint und man erzählte sich, daß seine Mutter, die an demselben Tage aus Saintes gekommen war, um ihn zu besuchen, sich bei den Freunden, bei welchen sie abgestiegen war, krank zu Bette legen mußte.

Welch' eine merkwürdige Sache ist doch das Glück! dachte Madame Caroline, während sie über den Börsenplatz schritt. Der ungewöhnliche Erfolg der Universalbank, dieser rapide Aufstieg zum Triumph, zur Eroberung und Herrschaft in weniger als vier Jahren, dann dieser plötzliche Zusammenbruch, dieses kolossale, in einem Monat zu Staub gewordene Gebäude erregten immer wieder ihr Erstaunen. War das nicht auch die Geschichte Mazaud's? Gewiß, nie hat das Schicksal einem Menschen so zugelächelt, wie ihm. Wechselagent mit zweiunddreißig Jahren, schon durch dasAbleben seines Oheims sehr reich geworden, der glückliche Gatte einer reizenden Frau, die ihn anbetete und ihm zwei schöne Kinder geschenkt hatte, war er überdies ein hübscher Mann, nahm am Korbe einen Platz ein, welcher mit jedem Tage angesehener wurde durch seine Verbindungen, seine Rührigkeit, seine wahrhaft überraschende Voraussicht, seine schrille Stimme, – eine rechte Querpfeifenstimme – welche ebenso berühmt war, wie der dröhnende Baß Jacoby's. Und plötzlich war seine Stellung vollständig erschüttert; er befand sich am Rande des Abgrundes und ein Hauch genügte, um ihn hinein zu schleudern. Und doch hatte er nicht gespielt, durch seinen flammenden Arbeitseifer, durch seine jugendliche Rührigkeit geschützt. Mitten im ehrlichen Kampfe ward er getroffen, durch Leidenschaft und Mangel an Erfahrung, weil er den Anderen zu viel geglaubt hatte. Uebrigens blieben ihm die lebhaften Sympathien Aller erhalten, man behauptete, daß er mit starkem Muthe sich aus der Klemme ziehen werde.

Als Madame Caroline zum Kontor hinaufstieg, verspürte sie den Geruch des Ruines, den Schauer der geheimen Beklemmung in den still und düster gewordenen Bureaux. Als sie durch das Kassenzimmer kam, sah sie etwa zwanzig Personen, eine ganze harrende Menge, während der Geldkassier und der Effektenkassier noch den Verpflichtungen des Hauses gerecht wurden, allerdings mit zögernden Händen, wie Leute, welche die letzten Schubfächer leeren. Durch eine halboffene Thür sah sie das Liquidations-Bureau, welches gleichsam im Schlummer lag, mit seinen sieben Beamten, welche die Zeitung lasen, weil sie nur selten Geschäfte auszutragen hatten, seitdem es an der Börse still geworden. Nur im Komptantbureau herrschte einiges Leben. Hier empfing sie der Prokurist Berthier; auch er war sehr erregt und bleich in Folge der Unglücksschläge, welche das Haus heimsuchten. – Ich weiß nicht, Madame, ob Herr Mazaud Sie wird empfangen können ... Er ist ein wenig leidend. Er hat sich erkältet, indem er die ganze Nacht im ungeheizten Bureau arbeitete. Er ist soeben in seine Wohnung hinuntergegangen, um ein wenig auszuruhen.

Madame Caroline beharrte bei ihrem Vorhaben.

– Ich bitte Sie, mein Herr, zu ermöglichen, daß ich ihm einige Worte sage. Es handelt sich vielleicht um die Rettung meines Bruders. Herr Mazaud weiß sehr wohl, daß mein Bruder sich niemals mit den Börsenoperationen befaßt hat und seine Zeugenschaft wird von großem Gewichte sein ... Anderseits will ich ihn über gewisse Ziffern befragen; er allein kann mir über gewisse Dokumente Aufschluß geben.

Berthier zögerte noch immer, doch bat er sie schließlich, in das Kabinet des Bankiers einzutreten.

– Warten Sie hier einen Augenblick, Madame, ich will sehen.

Und Madame Caroline hatte in diesem Raume in der That ein Gefühl der Kälte. Das Feuer mußte seit gestern erloschen sein; Niemand hatte daran gedacht, es wieder anzuzünden. Doch was sie noch mehr überraschte, war die vollkommene Ordnung, wie wenn man die ganze Nacht und den Morgen dazu benützt hatte, die Tische und Schränke zu leeren, die unnützen Papiere zu vernichten, die aufzubewahrenden zu klassiren. Man sah nichts herumliegen, kein Schriftenbündel, nicht einmal einen Brief. Auf dem Schreibpulte war Alles schön geordnet, das Tintenfaß, der Federbehälter, eine große Schreibmappe, auf welcher bloß ein Bündel Schlußzettel des Hauses lag, grüne Zettel, in der Farbe der Hoffnung. In dem kahlen Raume herrschte eine drückende Stille und unendliche Traurigkeit.

Nach einigen Minuten kam Berthier zurück.

– Meiner Treu, Madame, ich habe zweimal vergebens geläutet und wage nicht länger zu beharren ... Wenn Sie hinabgehen, läuten Sie selbst, falls Sie es für gut finden. Aber ich rathe Ihnen, ein anderes Mal wiederzukommen.

Madame Caroline mußte sich fügen. Auf dem Flur im ersten Stock schwankte sie noch; sie streckte sogar die Hand aus, um den Knopf der elektrischen Klingel zu berühren. Und schließlich wandte sie sich dennoch zum Weggehen, als sie plötzlich durch Geschrei und Schluchzen, einen dumpfen Lärm, der aus dem Innern der Wohnung drang, zurückgehalten wurde. Plötzlich ward die Thür geöffnet und ein Diener stürzte mit verstörtem Gesicht heraus und verschwand im Treppenhause, immerfort stammelnd:

– Mein Gott! mein Gott! der gnädige Herr ...

Madame Caroline war unbeweglich stehen geblieben, vor dieser weit offenen Thür, durch welche jetzt ganz deutlich eine Klage unsäglichen Schmerzes hervordrang. Und ihr Blut erstarrte, denn sie errieth, von der deutlichen Vision dessen, was hier vorging, ergriffen. Zuerst wollte sie fliehen, dann aber konnte sie es nicht, außer sich vor Erbarmen, angezogen durch das Bedürfniß zu sehen und auch ihre Thränen beizutragen. Sie trat ein, fand alle Thüren weit offen und gelangte so bis zum Salon.

Sie fand da zwei Frauen, ohne Zweifel die Köchin und die Kammerfrau, welche den Hals vorstreckten und mit entsetzensstarrem Gesichte stammelten:

– Ach, der gnädige Herr! Ach, mein Gott, mein Gott!

Durch den Spalt der schweren seidenen Vorhänge drang das scheidende Licht des grauen Wintertages in das Gemach. Aber es war sehr warm daselbst; große Holzscheite verzehrten sich im Kamin in einer dichten Gluth und beleuchteten die Wände mit einem großen, rothen Widerschein. Auf dem Tische stand ein Bund Rosen; es war ein herrlicher Strauß in dieser winterlichen Saison, welchen der Bankier erst gestern seiner Frau gebracht hatte; und die Blumen erschlossen sich in dieser Treibhauswärme und erfüllten das ganze Gemach mit ihrem Dufte. Es war gleichsam der Duft des raffinirten Luxus der Einrichtung, der Wohlgeruch des Glückes, des Reichthums, der Liebesseligkeit, welche vier Jahre hindurch hier geblüht hatten. Und in dem rothen Widerschein des Feuers sah man Mazaud am Rande des Canapé's ausgestreckt liegen, den Kopf von einer Kugel zerschmettert, die gekrümmte Hand einen Revolver umklammernd. Vor der Leiche stand seine junge Frau und stieß ihre Klage aus, jenes ununterbrochene wilde Geschrei, welches im Treppenhause zu vernehmen war. Im Augenblicke der Detonation hatte sie ihren kleinen Jungen von vierundeinhalb Jahren auf dem Arm, der in seinem Entsetzen sich mit den kleinen Händen an ihren Hals klammerte; und ihr Töchterchen, schon sechs Jahre alt, war ihr gefolgt, hatte sich an ihre Röcke gehängt, an sie geschmiegt; und die zwei Kinder schrieen ebenfalls, als sie ihre Mutter so verzweifelt schreien hörten.

Madame Caroline wollte sie sogleich hinwegführen.

– Madame, ich bitte Sie ... Madame, bleiben Sie nicht da ...

Sie selbst zitterte, fühlte sich schwach werden. Von dem durchlöcherten Kopfe Mazaud's sah sie noch das Blut fließen, Tropfen um Tropfen auf den Sammt des Canapé's fallen, von wo es auf den Teppich herabfloß. Es gab am Boden einen Fleck, der sich immer mehr ausbreitete. Und es schien ihr, daß dieses Blut sie erreiche, ihr Füße und Hände bespritze.

– Madame, ich bitte Sie, folgen Sie mir ...

Doch die Unglückliche hörte nicht; mit ihrem Knaben, der an ihrem Halse hing, und ihrem Mädchen, das sich an sie schmiegte, stand sie da, unbeweglich, starr in dem Maße, daß keine Macht der Welt sie hätte von der Stelle bringen können. Alle drei waren blond, weiß wie Milch, die Mutter so zart und keusch aussehend wie die Kinder. Und in dem Entsetzen ob ihres todten Glückes, in der plötzlichen Vernichtung der Seligkeit, die für immer dauern sollte, fuhren sie fort zu schreien, ihr Geheul auszustoßen, in welchem das ganze furchtbare Leid des Geschlechts sich Luft machte.

Da sank Madame Caroline in die Kniee. Schluchzend stammelte sie:

– Ach, Madame, Sie zerreißen mir das Herz ... Um des Himmels willen, Madame, reißen Sie sich los von diesem Anblick; kommen Sie mit mir in das anstoßende Zimmer; ich will mich bemühen, Ihnen ein wenig von dem Uebel zu ersparen, das man Ihnen zugefügt hat.

Und die Jammergruppe, die Mutter mit ihren Kleinen, die mit ihr wie verwachsen schienen, sie standen unbeweglich da, mit ihren aufgelösten, langen, blassen Haaren. Und das furchtbare Geheul hörte nicht auf, die wilde Klage des Blutes, die im Forste emporsteigt, wenn die Jäger das Vaterthier getödtet haben.

Mit wirrem Kopfe hatte Madame Caroline sich wieder erhoben. Man hörte Schritte und Stimmen; ohne Zweifel kam der Arzt, um den Tod zu konstatiren. Und sie konnte nicht länger bleiben, sie floh, gefolgt von der furchtbaren, endlosen Klage, welche sie selbst aus dem Trottoir, in dem Rollen der Fiaker noch immer zu hören glaubte.

Der Himmel war fahl, das Wetter kalt; und sie schritt langsam für sich hin, aus Furcht, daß man, ihre verstörte Miene sehend, sie für eine Mörderin halten und verhaften könnte. Und Alles tauchte vor ihr auf, die ganze Geschichte des furchtbaren Einsturzes von zweihundert Millionen, welcher so viele Ruinen aufhäufte und so viele Opfer zermalmte. Welche geheimnißvolle Macht hatte diesen so rapid aufgebauten goldenen Thurm zerstört? Dieselben Hände, die ihn aufgeführt hatten, schienen in wahnsinniger Wuth daran zu arbeiten, daß kein Stein auf dem anderen bleibe. Allenthalben gab es Schmerzensschreie, Reichthümer stürzten ein mit dem Getöse von Demolitionskarren, die auf den öffentlichen Schutthaufen geleert werden. Die letzten Landgüter der Beauvilliers, die Sou für Sou zusammengekratzten Ersparnisse des Dejoie, die in der Großindustrie erzielten Gewinnste des Sédille, die Renten der Maugendre, die sich vom Handel zurückgezogen hatten: sie wurden durcheinander gemengt geräuschvoll in dieselbe Kloake geworfen, die sich nicht füllen wollte. Es war der im Alkohol ersäufte Jantrou, die im Koth erstickte Sandorff, Massias, zu seinem erbärmlichen Handwerk eines Spürhundes zurückgekehrt, durch die Schuld zeitlebens an die Börse gekettet; und Flory als Dieb im Gefängnisse, seine Schwächen für die Frauen büßend, Sabatani und Fayeux auf der Flucht, in ihrer Furcht vor den Gensdarmen galoppirend; und es waren – noch ergreifender und erbarmungswürdiger – die unbekannten Opfer, die große, namenlose Heerde all' der Armen, welche es durch die Katastrophe geworden, fröstelnd in ihrer Verlassenheit und vor Hunger jammernd. Und es war schließlich der Tod, Pistolenschüsse an allen vier Enden von Paris; der zerschmetterte Kopf Mazaud's, das Blut Mazaud's, welches Tropfen um Tropfen, mitten im Luxus und im Rosendufte, sein Weib und seine Kinder bespritzte, die in ihrem Schmerze heulten.

Und alles, was sie seit einigen Wochen gesehen und gehört, brach jetzt aus dem gemarterten Herzen der Madame Caroline in einem Schrei der Verwünschung los. Sie konnte nicht länger schweigen, ihn beiseite lassen, als ob er nicht existirte, um zu vermeiden, daß sie ihn beurtheile und verdamme. Er allein war strafbar; dies ging aus jedem dieser Einstürze hervor, deren furchtbare Anhäufung sie entsetzte. Sie fluchte ihm; ihr Zorn und ihre Entrüstung, so lange zurückgehalten, überströmten in einem rächerischen Hasse, dem Hasse gegen das Böse. Liebte sie denn ihren Bruder nicht mehr, daß sie bis jetzt gewartet hat, den furchtbaren Mann zu fassen, welcher die alleinige Ursache ihres Unglücks war? Ihr armer Bruder, dieser harmlose Mensch, dieser starke Arbeiter, so ehrlich und so schlicht, jetzt mit dem untilgbaren Makel des Gefängnisses befleckt, das Opfer, das sie vergaß, schmerzlich und theurer als alle anderen! Ha, Saccard soll keine Vergebung finden! Niemand soll es wagen, seine Sache zu verfechten, selbst Jene nicht, die fortfuhren an ihn zu glauben, die nur seine Güte kannten! Er möge eines Tages einsam sterben, verachtet von Allen!

Madame Caroline erhob die Augen. Sie war auf dem Börsenplatze angekommen und sah vor sich die Börse. Die Dämmerung senkte sich herab, der dunstschwere Winterhimmel hing wie eine Rauchwolke hinter dem Gebäude, wie eine dunkelrothe Wolke, welche gleichsam aus den Flammen und aus dem Staub einer im Sturme eroberten Stadt zusammengesetzt war. Und von diesem Himmel hob die Börse sich grau und düster ab, in der Trauer der Katastrophe, die seit einem Monat sie verödet ließ, allen Winden geöffnet, gleich einer Halle, welche durch eine Hungersnoth geleert worden. Es war die verhängnißvolle, von Zeit zu Zeit wiederkehrende Epidemie, deren Verheerungen den Markt alle zehn oder fünfzehn Jahre ausfegen, die schwarzen Freitage, wie man sie nennt, welche den Boden mit Trümmern bedecken. Jahre vergehen, ehe das Vertrauen wiederkehrt, ehe die großen Bankhäuser sich erholen, bis die allmälig wiederbelebte Leidenschaft sich mit neuem Eifer in das Abenteuer stürzend eine neue Krise herbeiführt, in einem neuen Unheil Alles niederreißt. Doch dieses Mal, hinter jenem röthlichen Rauch am Horizont, in den verschwimmenden Fernen der Stadt gab es gleichsam ein dumpfes, mächtiges Krachen, wie die Ankündigung des bevorstehenden Endes einer Welt.

XII.

Die Vorbereitung des Prozesses ging so langsam von Statten, daß seit der Verhaftung Saccards und Hamelins schon sieben Monate verflossen waren, ohne daß für die Angelegenheit ein Termin angesetzt werden konnte. Man war in der Mitte des Monats September und Madame Caroline, die ihren Bruder jede Woche zweimal besuchte, sollte sich eines Montags, gegen drei Uhr, nach der Conciergerie begeben. Sie sprach niemals Saccards Namen aus; auf seine dringenden Bitten, ihn zu besuchen, welche er ihr hatte übermitteln lassen, hatte sie zehnmal mit einer formellen Weigerung geantwortet. Für sie, die sich in ihren starren Gerechtigkeitssinn einhüllte, existirte er nicht mehr. Und sie hoffte noch immer ihren Bruder zu retten; an den Besuchstagen war sie völlig heiter und froh, ihm über ihre neuesten Schritte berichten und einen dicken Strauß seiner Lieblingsblumen bringen zu können.

Am Morgen jenes Montags bereitete sie ein Bündel rother Nelken vor, als die alte Sophie, die Magd der Fürstin Orviedo herunterkam, um ihr zu sagen, daß ihre Herrin sie sogleich zu sprechen wünsche. Erstaunt, von einer unbestimmtenUnruhe ergriffen beeilte sie sich hinaufzugehen. Seit mehreren Monaten hatte sie die Fürstin nicht mehr gesehen, seitdem sie, nach der Katastrophe der Universalbank, ihre Stelle als Sekretärin der Arbeits-Stiftung niedergelegt hatte. Sie ging auch in die Anstalt nur von Zeit zu Zeit, um Victor zu besuchen, den die strenge Zucht jetzt zu bändigen schien, mit seinem zu Boden gesenkten Blick, seiner linken Wange, die stärker war als die rechte und das Gesicht zu einem wilden Grinsen verzerrte. Sie hatte sogleich die Ahnung, daß man sie wegen Victors rufen ließ.

Die Fürstin Orviedo war endlich ruinirt. Nicht ganz zehn Jahre hatten ihr genügt, um den Armen die dreihundert Millionen zurückzugeben, welche sie von dem Fürsten geerbt und welche dieser aus den Taschen der leichtgläubigen Aktionäre gestohlen hatte. Wenn sie zuerst fünf Jahre gebraucht hatte, um in unsinnigen Wohlthätigkeitswerken die ersten hundert Millionen auszugeben, so war es ihr in weiteren vierundeinhalb Jahren gelungen, die anderen zweihundert Millionen in Stiftungen von einem noch mehr auserlesenen Luxus anzulegen. Der Arbeits-Stiftung, dem Kleinkinderheim zur heiligen Maria, dem Waisenhause zum heiligen Joseph, dem Asyl zu Châtillon und dem Krankenhause Saint-Marceau fügte sie eine Musterfarm bei Evreux hinzu, dann zwei Häuser für wiedergenesende Kinder am Ufer des Aermelkanals, ein Schutzhaus für Greise in Nizza, Hospize, Arbeitsstädte, Bibliotheken und Schulen in allen Gegenden Frankreichs; ungerechnet ihre bedeutenden Schenkungen an schon existirende Wohlthätigkeitswerke. Dabei waltete stets die nämliche Absicht fürstlicher Wiedererstattung; es war nicht ein aus Mitleid oder Furcht den Armen hingeworfenes Stück Brod, sondern die Freude am Leben, der Ueberfluß, alles Schöne und Gute den Bedürftigen gegeben, die nichts haben, den Schwachen, welchen die Starken ihren Antheil an der Freude gestohlen haben; endlich weit geöffnete Paläste für die Straßenbettler, damit auch sie auf seidenen Kissen schlafen und aus goldenen Gefäßen essen. Zehn Jahre hindurch hatte der Millionenregen nicht aufgehört und es entstanden Speisesäle mit Marmorwänden, Schlafsäle mit hellen, freundlich anheimelnden Malereien, Façaden so monumental wie diejenigen des Louvre, Gärten mit seltenen Pflanzen; es waren zehn Jahre voll großartiger Arbeiten, mit einem unglaublichen Gewimmel von Unternehmern und Architekten. Und die Fürstin war glücklich, gehoben durch das beseligende Bewußtsein, künftig reine Hände zu haben, ohne einen Centime. Sie hatte sogar das erstaunliche Resultat erlangt in Schulden zu gerathen; man verfolgte sie wegen rückständiger Rechnungen im Betrage von einigen hunderttausend Francs und es wollte ihrem Advokaten und ihrem Notar nicht gelingen, diese Summe noch aufzubringen aus den letzten Trümmern des kolossalen Vermögens, welches in Werken der Mildthätigkeit nach allen Winden verstreut worden. Und ein Zettel, der am Hausthor hing, kündigte den Verkauf des Hôtels an; es war der Kehraus, welcher die letzten Spuren des verdammten Geldes hinwegfegen sollte, jenes Geldes, das vom finanziellen Räuberthum aus Koth und Blut gesammelt worden.

Oben erwartete die alte Sophie Madame Caroline, um sie einzuführen. Die Dienerin war wüthend und brummte den ganzen Tag. Ach, sie hat es vorausgesagt, daß die Fürstin im Elend endigen werde! Sie hätte sich wiederverheirathen und mit einem andern Herrn Kinder haben sollen, da sie im Grunde nur die Kinder liebte. Nicht als ob sie selbst, Sophie, sich zu beklagen oder zu beunruhigen Ursache hatte; denn sie hatte längst ihre Rente von zweitausend Francs erhalten, welche sie in ihrer Heimath, in der Nähe von Angoulême verzehren wird. Aber der Zorn riß sie fort, wenn sie daran dachte, daß ihre Herrin sich nicht einmal die wenigen Sous zurückbehalten, um sich jeden Morgen ihre Milch und ihr Brod zu kaufen, welche jetzt ihre Nahrung bildeten. Es gab zwischen ihnen fortwährend Streit. Die Fürstin hatte nur ihr Lächeln himmlischer Zuversicht und erwiderte, sie werde am Schlusse des Monats nur eines Grabtuches bedürfen, wenn sie in das Kloster eingetreten sein wird, wo sie sich längst ihren Platz bezeichnet hatte, in das von der ganzen Welt abgeschlossene Kloster der Karmeliterinen. Die Ruhe, die ewige Ruhe!

Madame Caroline fand die Fürstin so, wie sie dieselbe seit vier Jahren gesehen, bekleidet mit ihrer ewigen schwarzen Robe, die Haare unter einem Spitzentuche verborgen, noch immer hübsch trotz ihrer neununddreißig Jahre, mit ihrem runden Antlitz und ihren Perlenzähnen; aber die Gesichtsfarbe war gelb, das Fleisch todt, wie nach zehn Jahren Klosterleben. Und das Zimmer, dem Bureau eines Gerichtsvollziehers in der Provinz gleichend, hatte sich mit einem unentwirrbaren

Haufen von Papieren gefüllt, Pläne, Denkschriften, Aktenfaszikel, all' das papierne Gerümpel, welches die Verstreuung von dreihundert Millionen zurückgelassen.

– Madame, sagte die Fürstin mit ihrer milden und langsamen Stimme, welche keinerlei Erregung mehr zittern machte, ich habe Ihnen eine Nachricht mittheilen wollen, welche ich heute Morgens erhalten ... Es handelt sich um Victor, den Jungen, welchen Sie in der Arbeits-Stiftung untergebracht haben ...

Madame Caroline fühlte ihr Herz schmerzlich pochen. Ach, das erbärmliche Kind, welches sein Vater – trotz seiner Versprechungen – nicht einmal besucht hatte, während der wenigen Monate, daß er von seiner Existenz Kenntniß hatte, bevor er in der Conciergerie eingekerkert wurde! Was wird nunmehr aus ihm werden? Und sie, die sich ein Verbot an Saccard zu denken auferlegte, ward immer wieder an ihn erinnert und in ihrer angenommenen Mutterschaft jetzt so grausam gekränkt.

– Furchtbare Dinge haben sich gestern ereignet, fuhr die Fürstin fort; ein Verbrechen, das nicht wieder gut zu machen ist.

Und sie erzählte, mit ihrer eiskalten Miene, eine furchtbare Geschichte. Victor hatte sich seit drei Tagen auf die Krankenabtheilung bringen lassen, indem er unerträgliche Schmerzen vorgab. Der Arzt hatte zwar vermuthet, daß der Bursche nur aus Trägheit sein Uebel heuchle, allein Victor war in der That durch häufige neuralgische Anfälle geplagt. Gestern Nachmittags fand sich Fräulein Alice von Beauvilliers ohne ihre Mutter in der Anstalt ein, um der Schwester vom Dienste bei der Inventarisirung des Arzneien-Schreines zu helfen. Dieser Schrein befand sich in dem Raume, welcher das Krankenzimmer der Mädchen vom Krankenzimmer der Knaben trennt, in welch' letzterem sich bloß Victor allein, in einem der Betten befand. Als die Schwester, die sich für einige Augenblicke entfernt hatte, in das Zimmer zurückkehrte, fand sie zu ihrer Ueberraschung das Fräulein von Beauvilliers nicht da. Sie wartete eine kurze Zeit und begann sie dann zu suchen. Ihr Erstaunen wuchs noch, als sie feststellen konnte, daß die Thür des Krankenzimmers der Knaben von innen verschlossen war. Was ging denn vor? Sie mußte einen Umweg über den Korridor machen und sie war entsetzt, niedergeschmettert bei dem Anblick, der sich ihr darbot: das junge Mädchen lag halb erdrosselt da, mit einer um das Gesicht gewundenen Serviette, um ihre Schreie zu ersticken, mit zurückgeschlagenen Röcken, ihre magere Nacktheit einer bleichsüchtigen Jungfrau zeigend, mit einer unfläthigen Brutalität genothzüchtigt, befleckt. Am Boden lag ein leeres Geldtäschchen. Victor war verschwunden. Und man konnte sich die ganze Scene vergegenwärtigen: Alice trat, vielleicht gerufen, in das Krankenzimmer ein, um diesem fünfzehnjährigen Jungen, der behaart war wie ein Mann, eine Schale Milch zu reichen; dann war plötzlich die Gier des Ungeheuers für dieses schwächliche Fleisch, diesen zu langen Hals erwacht und das Thier im Hemde stürzte sich auf das Mädchen, erstickte seine Schreie, warf es auf das Bett wie einen Lappen, nothzüchtigte und bestahl es; schließlich warf sich der Erbärmliche in seine Kleider und entfloh. Aber wie viele dunkle Punkte, wie viele verblüffende und unlösbare Fragen tauchten da noch auf! Wie war es möglich, daß man nichts hörte, kein Geräusch eines Ringens, nicht eine Klage? Wie konnten so furchtbare Dinge so rasch, in kaum zehn Minuten sich ereignen? Und hauptsächlich: wie hatte Victor entkommen, spurlos verschwinden können? Denn man gelangte nach den genauesten Nachforschungen zu der Erkenntniß, daß er nicht mehr im Hause war. Er mußte durch den Bädersaal entkommen sein, welcher auf den Korridor ging und in welchem ein Fenster sich auf eine Reihe von staffelförmig sich erhebenden Dächern öffnete, die bis zum Boulevard reichten. Und selbst dieser Weg bot so große Gefahren dar, daß Viele nicht glauben wollten, ein menschliches Wesen könne diesen Weg einschlagen. Alice war zu ihrer Mutter gebracht worden und hütete seither das Bett, zermalmt, schier wahnsinnig, immerfort schluchzend und von Fieberschauern geschüttelt.

Madame Caroline hörte diese Erzählung mit solchem Entsetzen, daß ihr schien, als würde alles Blut ihres Herzens erstarren. Eine Erinnerung tauchte in ihr auf, furchtbar in ihrer Aehnlichkeit: Saccard, wie er einst die jämmerliche Rosalie auf einer Treppenstufe vergewaltigte und ihr die Schulter verrenkte in dem Augenblicke, wo dieses Kind empfangen wurde, welches davon gleichsam eine zerdrückte Wange behielt; und heute entehrte Victor seinerseits das erste Mädchen, welches das Schicksal in seine Gewalt lieferte. Welche unnütze Grausamkeit des Geschickes! Dieses so sanftmüthige Mädchen, der trostlose letzte Sproß eines Geschlechtes, auf dem Punkte sich Gott zu weihen, da sie keinen Gatten finden konnte, wie alle anderen! ... Hatte dieses blöde, abscheuliche Zusammentreffen einen Sinn? Warum mußte dieses Wesen an jenem anderen Wesen zerschellen?

– Ich will Ihnen keinen Vorwurf machen, Madame, schloß die Fürstin, denn es wäre ungerecht, Ihnen die mindeste Verantwortlichkeit zuzumessen. Aber, ich muß sagen: Sie hatten da einen furchtbaren Schützling.

Und als ob unausgesprochen eine Ideenverbindung sich in ihr vollzogen hätte, fügte sie hinzu:

– Nicht ungestraft lebt man in gewissen Umgebungen ... Ich selbst hatte die größten Gewissens-Skrupel; ich fühlte mich mitschuldig, als neulich diese Bank in Trümmer ging und so viele Ruinen und so viel Unrecht aufhäufte. Ja, ich hätte es nicht zugeben sollen, daß mein Haus die Wiege einer solchen Abscheulichkeit werde … Aber schließlich ist das Uebel geschehen; das Haus wird gesäubert werden und ich … ach, ich bin nicht mehr; Gott wird mir verzeihen. Ihr schwaches Lächeln einer endlich verwirklichten Hoffnung erschien wieder auf ihren Lippen; mit einer Handbewegung gab sie zu verstehen, daß sie für immer aus der Welt verschwinde, wie eine unsichtbare gütige Göttin.

Madame Caroline ergriff ihre Hände und drückte sie und küßte sie, dermaßen durchrüttelt von Gewissensbissen und von Mitleid, daß sie nur zusammenhangslose Worte stammeln konnte.

– Sie thun unrecht, wenn Sie mich entschuldigen, ich bin strafbar … Ich will das unglückliche Mädchen sehen; ich eile sogleich zu ihr …

Sie ging fort und ließ die Fürstin und ihre alte Magd Sophie allein. Und diese begannen ihre Fahrnisse zu packen für die große Reise, welche, nach vierzigjährigem Zusammenleben, sie für immer trennen sollte.

Vor zwei Tagen, am Samstag, hatte die Gräfin von Beauvilliers sich entschlossen, ihr Hôtel ihren Gläubigern zu überlassen. Seit sechs Monaten bezahlte sie die Zinsen nicht mehr und die Lage war unerträglich geworden inmitten der Kosten jeder Art, unter der unaufhörlichen Drohung einer gerichtlichen Feilbietung. Ihr Advokat hatte ihr den Rath gegeben, Alles im Stiche zu lassen, sich in eine kleine Wohnung zurückzuziehen, wo sie mit geringen Kosten leben konnte, während er trachten würde ihre Schulden zu liquidiren. Und sie würde nicht nachgegeben haben, sie würde sich vielleicht daran geklammert haben ihren Rang zu behaupten, ihre trügerische Existenz eines unangetasteten Vermögens fortzuführen, bis ihr Geschlecht unter dem Einsturze des Gebälks vernichtet werden würde, wenn nicht ein neues Unglück hinzugekommen wäre, welches sie vollends niederschmetterte. Ihr Sohn Ferdinand, der letzte der Beauvilliers, dieser zu nichts brauchbare, jeder Beschäftigung entfremdete junge Mann, der päpstlicher Zuav geworden war, um seiner Nichtigkeit, seinem Müßiggang zu entrinnen, war in Rom gestorben, ruhmlos, dermaßen blutarm, dermaßen herabgekommen in dem heißen Klima, daß er nicht mitkämpfen hatte können bei Mentana, weil er schon brustkrank, von Fieberschauern ergriffen war. Da gab es nun eine plötzliche Leere in ihr, einen Zusammensturz aller ihrer Gedanken, all' dessen, was sie gewollt hatte, jenes ganzen mühseligen Gerüstes, mit welchem sie seit vielen Jahren so stolz die Ehre ihres Namens aufrecht erhalten hatte. Vierundzwanzig Stunden genügten, ihr Haus hatte Risse bekommen und bitteres Elend starrte aus seinen Trümmern. Das alte Pferd wurde verkauft; nur die Köchin blieb zurück und besorgte mit schmutziger Schürze ihre Einkäufe, indem sie um zwei Sous Butter und einen Liter dürre Bohnen nachhause brachte; die Gräfin aber sah man auf der Gasse in kothbefleckten Kleidern, mit Schuhen, in welche das Wasser eindrang. Das war die Armuth, welche über Nacht hereingebrochen; das Unglück hatte selbst den Stolz der Gräfin vernichtet, die im Kampfe gegen ihr Jahrhundert so tiefen Glauben an die längstvergangenen Tage gehegt hatte. Sie zog sich mit ihrer Tochter in die Rue de la Tour-des-Dames zurück, zu einer früheren Putzhändlerin, die mit der Zeit zu einer Frömmlerin geworden und an Priester möblirte Zimmer vermiethete. Dort bewohnten sie beide ein großes, kahles Zimmer, welches von ihrem würdigen und traurigen Elend zeugte und dessen Hintergrund von einem geschlossenen Alkoven eingenommen wurde. Zwei kleine Betten füllten den Alkoven und wenn man den Rahmen, der mit denselben Tapeten überzogen war, wie die Wände, schloß, konnte man das Zimmer in einen Salon verwandeln. Diese günstige Anordnung hatte sie einigermaßen getröstet.

Es waren aber noch kaum zwei Stunden verstrichen, seit die Gräfin Beauvilliers sich hier eingerichtet hatte, am Samstag, als ein unerwarteter, außergewöhnlicher Besuch sie wieder in Angst versetzte. Alice war glücklicherweise soeben hinuntergegangen, um etwas zu besorgen. Es war Busch mit seinem platten, schmutzigen Gesicht, mit seinem fettfleckigen Ueberrock, seiner weißen, gleich einem Strick zusammengerollten Halsbinde; Busch, dessen Spürsinn die Minute für geeignet fand, jenen Schein von zehntausend Francs, welchen der Graf vor Jahren der Léonie Cron unterzeichnet hatte, einlösen zu lassen. Mit einem Blick auf die Wohnung hatte er die Lage der Wittwe erkannt: sollte er vielleicht zu lange gezögert haben? Und als ein Mensch, der unter Umständen auch der Höflichkeit und Geduld fähig ist, trug er der bestürzten Gräfin lang und breit den Fall vor. Dies sei doch wohl, – nicht wahr, – die Schrift ihres Gatten, was den Thatbestand deutlich feststellte: es handle sich um eine Leidenschaft des Grafen für das junge Mädchen, um ein Mittel, sie zuerst zu besitzen und sich ihrer dann zu entledigen. Er verheimlichte ihr auch nicht, daß sie – wie er glaubt – nachdem seither fast fünfzehn Jahre verstrichen waren, im Sinne der Gesetze nicht verpflichtet sei zu zahlen. Er, der bloß der Vertreter seiner Klientin ist, wisse jedoch, daß diese entschlossen sei, zu den Gerichten ihre Zuflucht zu nehmen und den schrecklichsten Skandal heraufzubeschwören, wenn sie keine Abfindung erhalten sollte. Als die Gräfin, der diese wieder zum Leben erwachte schreckliche Vergangenheit das Herz zusammenschnürte, bleichen Gesichtes ihrer Verwunderung darüber Ausdruck gab, daß man so lange gewartet hatte, bevor man sich an sie wandte, erfand er eine Geschichte, daß der Schein verloren gewesen und dann in einem Koffer wiedergefunden worden. Und als sie sich endgiltig weigerte in die Sache einzugehen, entfernte er sich, – immer sehr höflich, – indem er sagte, er werde mit seiner Klientin wiederkehren, nicht am nächsten Tage, da sie am Sonntag das Haus nicht verlassen könne, in welchem sie angestellt ist, aber sicher am Montag oder Dienstag.

Montag, nach dem fürchterlichen Ereigniß, welches ihre Tochter betroffen hatte, als man ihr diese im Delirium nachhause brachte und sie mit thränenerfüllten Augen an ihrem Bette wachte, dachte die Gräfin Beauvilliers nicht mehr an jenen schlecht gekleideten Menschen und an seine fürchterliche Erzählung. Endlich war Alice eingeschlummert und ihre Mutter hatte sich erschöpft, durch die harten Schicksalsschläge zu Boden geschmettert, niedergesetzt, als Busch neuerdings eintrat, diesmal in Begleitung von Léonie.

– Madame, hier ist meine Klientin, machen wir ein Ende.

Die Gräfin erbebte, als sie das Mädchen vor sich sah. Sie blickte sie an, wie sie dastand, in grellfarbige Gewänder gekleidet, mit ihren bis zu den Augenbrauen herabfallenden groben, schwarzen Haaren und ihrem breiten, schlaffen Gesichte mit der schmutzigen Niedrigkeit, die sich in ihrem ganzen Wesen widerspiegelte, abgenützt durch zehn Jahre Prostitution. Und die Gräfin litt und blutete in ihrem Frauenstolze, auch jetzt, nach so vielen Jahren der Verzeihung und des Vergessens. Gott, und wegen solcher Kreaturen, welche zu so tiefem Fall bestimmt waren, hat der Graf sie betrogen!

– Machen wir ein Ende, – drängte Busch, – denn meine Klientin hat sehr viel zu thun in der Rue Feydeau.

– Rue Feydeau, wiederholte die Gräfin, ohne etwas zu verstehen.

– Ja, sie ist dort ... sie ist dort in einem Hause. Bestürzt, mit zitternden Händen schloß die Gräfin den Alkoven ganz, da nur ein Flügel der Thür geschlossen war. Alice bewegte sich im Fieber unter der Decke. Wenn sie nur wieder einschlafen würde, damit sie nichts sehen, nichts hören könnte!

Busch begann wieder.

– Verstehen Sie recht, Madame ... Das Fräulein hat mich mit der Regelung der Sache betraut und ich bin einfach ihr Vertreter. Deshalb habe ich gewünscht, sie möge persönlich kommen, ihre Forderung zu begründen ... Nun, Léonie, erklären Sie die Sache. Die Dirne fühlte sich unbehaglich und konnte sich nicht recht in die Rolle finden, welche er sie spielen ließ. Sie erhob ihre großen, trüben Augen, welche denen eines geprügelten Hundes glichen, zu ihm empor. Aber die Hoffnung auf die tausend Gulden, welche er ihr versprochen hatte, war entscheidend. Mit ihrer rauhen, infolge des Alkoholgenusses heiser gewordenen Stimme begann sie zu sprechen, während er den vom Grafen ausgestellten Schein wieder auseinanderfaltete und vor sich ausbreitete.

– Ja, es ist so, das ist das Papier, welches Herr Charles mir unterzeichnet hat ... Ich war die Tochter des Fuhrmannes Cron, Cron's des Hahnreis, wie man ihn nannte, – Sie wissen es wohl, Madame ... Herr Charles war immer an meine Röcke geheftet und verlangte von mir allerhand Unfläthigkeiten. Mich langweilte das. Wenn man jung ist, dann weiß man von nichts, nicht wahr, und man ist nicht artig zu den Alten. Und dann hat Herr Charles mir das Papier unterzeichnet, eines Abends, als er mich in den Stall führte.

Aufrecht, mit gemartertem Gesichtsausdruck ließ die Gräfin sie reden, bis sie aus dem Alkoven einen Klageruf zu hören vermeinte. Sie machte eine angsterfüllte Geberde.

– Schweigen Sie!

Aber Léonie war im Zuge und wollte beenden.

– Das ist doch nicht schön, ein tugendhaftes junges Mädchen zu verführen, wenn man nicht zahlen will ... Ja, Madame, Ihr Herr Charles war ein Dieb. Das sagen alle Frauen, denen ich die Geschichte erzähle. Und ich bürge Ihnen, daß ich dieses Geld werth war.

– Schweigen Sie! Schweigen Sie! schrie die Gräfin, in Wuth gerathen, ihre beiden Arme erhebend, wie um die Dirne zu zerschmettern, wenn sie weiter reden wollte.

Léonie hatte Angst, sie hob den Ellenbogen, um ihr Gesicht zu vertheidigen, mit der instinktiven Bewegung einer Dirne, die an Ohrfeigen gewöhnt ist. Es herrschte eine schreckliche Stille, während aus dem Alkoven ein neuer Klageruf, ein Geräusch wie von erstickten Thränen in das Zimmer zu dringen schien.

– Was wollen Sie also? fragte endlich die Gräfin, am ganzen Leibe zitternd und ihre Stimme dämpfend.

Hier trat Busch dazwischen.

– Das Mädchen will bezahlt werden, Madame. Und sie hat Recht, die Unglückliche, wenn sie sagt, daß der Herr Graf Beauvilliers an ihr sehr schlecht gehandelt hat. Das war einfach eine Gaunerei.

– Nie werde ich eine solche Schuld bezahlen!

– Dann werden wir sogleich einen Wagen nehmen und uns zu Gericht begeben, wo ich eine im vorhinein fertiggestellte Klage einreichen werde ... Hier ist sie. Alle Thatsachen, welche das Fräulein erzählt hat, sind angeführt.

– Mein Herr, das ist eine abscheuliche Erpressung; Sie werden das nicht thun!

– Ich bitte um Entschuldigung, Madame, ich werde es sofort thun. Geschäfte sind eben Geschäfte.

Die Gräfin wurde von einer unermeßlichen Mattigkeit, einer äußersten Entmuthigung ergriffen. Der Rest von Stolz welcher sie noch aufrecht erhalten hatte, war gebrochen, und ihre ganze Heftigkeit, ihre ganze Kraft verließen sie. Sie faltete die Hände und stammelte:

– Aber Sie sehen doch, wie weit wir gekommen sind. Sehen Sie doch dieses Zimmer! Wir haben nichts mehr, morgen werden wir vielleicht nicht einmal zu essen haben. Woher soll ich das Geld nehmen, mein Gott, zehntausend Francs!

Busch lächelte wie ein Mann, der gewohnt ist, aus solchen Ruinen Gewinn zu fischen.

– O, solche Damen haben immer Hilfsquellen. Wenn man nur recht sucht, so findet man auch.

Seit einigen Augenblicken hatte er mit seinen lauernden Augen ein auf dem Kamin stehendes Schmuckkästchen erblickt, welches die Gräfin diesen Morgen, beim Auspacken eines Koffers, dort stehen gelassen hatte, und er witterte in diesem Kästchen mit der Gewißheit des Instinkts Edelsteine. Sein Blick leuchtete in solchem Glanze, daß die Gräfin die Richtung desselben verfolgte und begriff was er meinte.

– Nein, nein, rief sie. Den Schmuck, – nie!

Und sie ergriff das Kästchen, wie um es zu vertheidigen. Diese letzten Schmucksachen, die so lange Eigenthum der Familie gewesen, diese wenigen Schmucksachen, welche sie auch inmitten der größten Verlegenheiten bewahrt hatte, als einzige Mitgift ihrer Tochter, und welche in dieser Stunde ihre letzte Hilfsquelle blieben.

– Nie, lieber gebe ich mein Blut her!

In diesem Augenblicke wurde die Aufmerksamkeit abgelenkt; Madame Caroline klopfte an der Thüre und trat ins Zimmer. Sie war ganz verstört und blieb betroffen stehen angesichts der Scene, in welche sie hineingerathen war. Mit einigen Worten bat sie die Gräfin, sich nicht stören zu lassen, und sie wäre ohne Zweifel fortgegangen, wenn sie nicht die flehende Geberde der Gräfin gesehen hätte, welche sie zu verstehen glaubte. Regungslos zog sie sich in den Hintergrund des Zimmers zurück.

Busch setzte wieder seinen Hut auf, während Léonie, die sich immer unbehaglicher fühlte, zur Thüre trat.

– Dann, Madame, bleibt uns nichts übrig, als uns zu entfernen.

Aber, er entfernte sich nicht. Er wiederholte die ganze Geschichte in noch schimpflicheren Ausdrücken, als ob er die Gräfin noch mehr demüthigen wollte, vor der Neuangekommenen, vor dieser Dame, gegen die er sich benahm, als würde er sie nicht kennen, wie dies seine Gewohnheit war, wenn er sich in Geschäften befand.

– Leben Sie wohl, Madame, wir gehen von hier geradenwegs zum Gericht. Die Geschichte wird mit allen ihren Einzelheiten in den Blättern stehen, bevor drei Tage vergehen. Sie haben es so gewollt!

In den Blättern! Dieser schreckliche Skandal auf den Trümmern ihres Hauses! So war es also nicht genug, daß der alte Reichthum in Staub zerfallen war, mußte Alles in den Koth rollen! Ach, so möge doch wenigstens die Ehre des Namens gerettet werden! Und mit einer mechanischen Bewegung öffnete sie das Kästchen. Die Ohrgehänge, das Armband, drei Ringe wurden sichtbar, Brillanten und Rubinen in ihren alten Fassungen.

Busch hatte sich rasch genähert. Seine Augen nahmen einen zärtlichen, einschmeichelnd-sanften Ausdruck an.

– O, sie sind nicht zehntausend Francs werth. Erlauben Sie mir, sie anzusehen.

Er hatte bereits die Schmucksachen in den Händen, wandte sie hin und her und erhob sie mit seinen dicken, zitternden Fingern in die Höhe, gleich einem Liebhaber, voll sinnlicher Leidenschaft für Edelsteine. Die Reinheit der Rubinen besonders schien ihn in ein Entzücken zu versetzen. Diese alten Brillanten, wenn auch ihr Schliff manchmal ungeschickt ist, sind doch von einem wunderbaren Wasser!

– Sechstausend Francs, sagte er mit der rauhen Stimme eines öffentlichen Taxators, seine Bewegung hinter dieser Schätzungs-Ziffer verbergend. Ich rechne bloß die Steine, die Fassungen sind höchstens zum Einschmelzen gut. Nun, wir würden uns schließlich mit sechstausend Francs begnügen.

Aber das Opfer, welches von der Gräfin gefordert wurde, war zu groß. Ihre Heftigkeit erwachte wieder, sie nahm ihm den Schmuck ab und preßte ihn in ihren convulsivisch zitternden Händen. Nein, nein, das war zu viel, zu verlangen, daß sie auch noch diese wenigen Steine in den Abgrund werfe, jene Steine, welche ihre Mutter getragen hatte und welche ihre Tochter am Hochzeitstage tragen sollte. Heiße Thränen füllten ihre Augen und rollten über ihre Wangen, und ihr Schmerz war dermaßen erschütternd, daß Léonie gerührt und ganz verstört vor Mitleid an Busch's Rock zu zerren begann, um ihn zu zwingen, fortzugehen. Sie wollte sich entfernen, denn es that ihr schließlich leid, dieser armen, alten Dame, welche so gütig aussah, so viel Schmerz zu bereiten. Busch blieb kalt, verfolgte die Scene aufmerksam und war nunmehr gewiß, daß er Alles bekommen werde; denn aus seinen langen Erfahrungen wußte er, daß die Thränen bei den Frauen den Zusammenbruch des Willens bedeuten; und so wartete er denn.

Vielleicht hätte sich die schreckliche Scene noch verlängert, wenn in diesem Augenblicke nicht eine entfernte, erstickte Stimme in Schluchzen ausgebrochen wäre. Es war Alice, die aus dem Alkoven rief:

– O Mama, sie tödten mich! ... Gieb ihnen Alles, mögen sie Alles davontragen ... O Mama, sie sollen fortgehen, sie tödten mich, sie tödten mich.

Die Gräfin machte eine Geberde der Verzweiflung, eine Geberde, mit welcher sie vielleicht ihr Leben hingegeben hätte. Ihre Tochter hatte Alles gehört, ihre Tochter starb schier vor Scham. Sie warf den Schmuck Busch hin, ließ ihm kaum Zeit, den Schein des Grafen auf den Tisch niederzulegen und stieß ihn hinaus, der bereits verschwundenen Léonie nach. Dann öffnete sie den Alkoven und warf sich auf Alicens Polster, – sie beide waren nun zu Grunde gerichtet, vernichtet und ihre Thränen vermischten sich miteinander.

Madame Caroline war in ihrer Empörung einen Augenblick im Begriff gewesen dazwischen zu treten. Sollte sie es geschehen lassen, daß dieser Elende die beiden armen Frauen in solcher Weise beraube? Aber sie hatte die schmutzige Geschichte gehört und was hätte man thun können, um den Skandal zu vermeiden? Denn sie wußte, daß dieser Mensch fähig war, seine Drohungen vollständig auszuführen. Sie selbst stand beschämt vor ihm, als Mitschuldige an den Geheimnissen, welche es zwischen ihnen gab. O, welche Leiden, welcher Schmutz! Es ergriff sie eine arge Verlegenheit. Was suchte sie hier, da sie weder ein Wort zu sagen noch Hilfe zu bieten vermochte? Alle Worte, welche ihr auf die Lippen kamen, die Fragen, die einfachsten Anspielungen auf das gestrige Drama erschienen ihr verletzend, bemakelnd, unsagbar vor dem Opfer, welches noch ganz verstört war und in seiner Entehrung schier mit dem Tode rang. Und welche Hilfe hätte sie bieten können, die nicht als ein lächerliches Almosen erschienen wäre, sie, die gleichfalls ruinirt war und schon mit Verlegenheit den Ausgang des Prozesses erwartete? Endlich trat sie näher, die Augen voll Thränen, die Arme geöffnet, voll unendlichen Mitleids und unermeßlicher Rührung, welche sie am ganzen Körper zittern machte. Jene beiden herabgekommenen, vernichteten Geschöpfe dort hinten im einfachen Alkoven einer Miethswohnung waren Alles, was von dem einst so mächtigen, souverainen, alten Geschlechte der Beauvilliers übrig geblieben war. Dieses Geschlecht hatte Ländereien von der Ausdehnung eines Königreiches besessen, zwanzig Meilen der Loire hatten ihm gehört, Schlösser, Wiesen,

Felder und Forste. Dann war dieses unermeßliche herrschaftliche Vermögen im Laufe der fortschreitenden Jahrhunderte immer mehr zusammengeschmolzen, und die Gräfin hatte in einem Sturme moderner Spekulation, von welcher sie nichts verstand, die letzten Trümmer dieses Reichthums eingebüßt. Erst verlor sie ihre 20 000 Francs Ersparnisse, die sie Sou um Sou für ihre Tochter beiseite gelegt hatte, dann die 60 000 Francs, welche sie auf les Aublets aufgenommen hatte, und endlich diese ganze Farm selbst. Das Haus in der Rue Saint-Lazare genügte kaum, um die Gläubiger zufrieden zu stellen. Ihr Sohn war fern von ihr einen ruhmlosen Tod gestorben. Ihre Tochter hatte man ihr verletzt, von einem Banditen geschändet zurückgebracht, wie man ein von einem Wagen niedergeführtes Kind blut- und kothbefleckt von der Straße heraufbringt. Und die Gräfin, einst eine so edle Gestalt, schmächtig, groß, ganz weiß, mit ihren gealterten Zügen, sie war nichts mehr als eine arme, alte Frau, welche die Unglücksfälle gebrochen hatten, während Alice, unschön, ohne jede Jugendfrische, in der Unordnung ihres Hemdes ihren anmuthslosen, allzu langen Hals zeigend, mit den Augen einer Wahnsinnigen vor sich hinstarrte, aus welchen man ihren tödtlichen Schmerz und ihren letzten Stolz, ihre geschändete Jungfräulichkeit herauslesen konnte. Und alle beide schluchzten unaufhörlich, schluchzten ohne Ende ...

Madame Caroline sprach kein Wort, sie ergriff bloß die Beiden und preßte sie eng an ihr Herz. Sie fand nichts Anderes, sie weinte also mit ihnen. Und die beiden Unglücklichen verstanden sie, ihre Thränen flossen von Neuem, doch in sanfterer Weise. Wenn auch kein Trost möglich war, mußte man nicht dennoch leben, trotz alldem leben?

Als Madame Caroline wieder auf der Gasse war, bemerkte sie Busch in einem eifrigen Gespräch mit der Méchain. Er hatte einen Wagen angehalten, Léonie hineingeschoben und verschwand nun. Als Madame Caroline davoneilen wollte, schritt die Méchain geradenweges auf sie zu. Ohne Zweifel hatte sie sie erwartet, denn sie begann sofort von Victor zu sprechen, als eine Person, die bereits Kenntniß davon hat, was sich am Abend vorher in der Arbeits-Stiftung ereignet hatte. Seit Saccard sich geweigert, die viertausend Francs zu bezahlen, ließ ihr Zorn nicht nach und fortwährend sann sie auf Mittel, wie sie aus dieser Sache noch Nutzen schlagen könnte; und so hatte sie auch in der Anstalt, wohin sie sich in Anhoffung eines einträglichen Zwischenfalles oft zu begeben pflegte, diese Geschichte erfahren. Sie mußte ihren Plan bereits gefaßt haben, denn sie erklärte Madame Caroline, daß sie sich sofort auf die Suche nach Victor begeben werde. Das unglückliche Kind, es wäre zu schrecklich, es so seinen bösen Trieben zu überlassen, man mußte es zurückholen, wenn man es nicht eines schönen Morgens vor dem Strafgericht sehen wollte. Und während sie sprach, drangen ihre kleinen, in dem fetten Gesicht ganz verschwindenden Augen forschend in die gute Dame ein frohlockend, daß diese so erschüttert war; und sie sagte sich, daß sie von dem Tage angefangen, an welchem sie den Knaben gefunden haben wird, abermals Hundertsousstücke aus ihrer Tasche ziehen werde.

– Also, Madame sind einverstanden, ich werde mich mit der Sache beschäftigen. Falls Sie Neuigkeiten hören wollten, bemühen Sie sich nicht, den Weg bis in die Rue Mercadet zu machen, kommen Sie nur zu Busch in die Rue Feydeau, wo Sie mich jeden Tag gegen vier Uhr ganz sicher antreffen können.

Madame Caroline kehrte in die Rue Saint-Lazare zurück, von einer neuen Angst gequält. Es ist wahr: welches erbliche Uebel wird dieses von der Welt verlassene, herumirrende, herumgehetzte Ungeheuer gleich einem gefräßigen Wolf inmitten der Massen zu befriedigen trachten! Sie nahm rasch ihr Frühstück und bestellte einen Wagen. Bevor sie sich in die Conciergerie begab, wollte sie noch in die Anstalt eilen, brennend vor Begierde, Informationen über ihn zu erhalten. Unterwegs bemächtigte sich ihrer in dem Fieber, in welchem sie sich befand, eine Idee: sich zuerst zu Maxime zu begeben, ihn nach der Arbeits-Stiftung zu führen, ihn zu zwingen, sich mit Victor zu beschäftigen, der ja doch schließlich sein Bruder war. Er allein war reich geblieben, er allein konnte helfen, konnte sich mit der Sache in wirksamer Weise befassen.

Als jedoch Madame Caroline auf der Avenue de l'Impèratrice, im Vestibul des kleinen, luxuriösen Hôtels angelangt war, fühlte sie sich gleichsam zu Eis erstarrt. Tapezierer waren damit beschäftigt, die Tapeten und Teppiche zu entfernen, Diener legten den Stühlen und Kronleuchtern Ueberzüge an; von allen den hübschen Sachen, die auf den Möbeln umherlagen, ging ein welker Geruch aus, gleich dem Duft eines Bouquets, das am Tage nach einem Ball weggeworfen wird. Im Hintergrunde des Schlafzimmers fand sie Maxime, zwischen zwei riesigen Koffern, welche der Kammerdiener soeben mit einer wundervollen Ausstattung gefüllt hatte, reich und zierlich wie für eine Neuvermählte.

Als er sie bemerkte, sprach er sie zuerst an, mit kalter, trockener Stimme.

– Ah, Sie sind es? Sie kommen gerade zur rechten Zeit, ich brauche Ihnen nun wenigstens nicht zu schreiben ... Ich bin der Geschichte satt, ich reise ab.

– Wie, Sie reisen?

– Ja, ich reise heute Abend ab, ich werde mich in Neapel niederlassen und den Winter dort verbringen.

Dann, nachdem er den Kammerdiener mit einer Handbewegung hinausgeschickt hatte, fuhr er fort:

– Glauben Sie vielleicht, daß es sehr vergnüglich ist, seit sechs Monaten einen Vater in der Conciergerie zu haben! Ich habe wirklich keine Lust, noch länger hier zu bleiben, um ihn dann vielleicht noch in einer Strafanstalt zu sehen ... Ich, der ich das Reisen so verabscheue! Aber schließlich ist es in Neapel schön, ich nehme mit, was unerläßlich nöthig ist, vielleicht werde ich mich nicht allzusehr langweilen.

Sie betrachtete ihn, wie er in so korrekter Haltung, mit seiner hübschen Gestalt vor ihr stand; sie blickte auf die überfüllten Koffer, in welchen sich kein Hemd einer Gattin oder Geliebten befand, wo Alles nur von dem Kult seines Ichs zeugte, und trotzdem wagte sie es, ihre Absicht zur Sprache zu bringen.

– Ich wollte Sie noch um einen Dienst bitten ...

Sie erzählte ihm die Geschichte. Victor war ein Bandit geworden, welcher schändete und stahl, Victor war entflohen und war aller Verbrechen fähig.

– Wir dürfen ihn nicht verlassen. Kommen Sie mit mir, vereinigen wir unsere Bemühungen ...

Er ließ sie nicht beenden. Bleich, mit ängstlichem Zittern stand er da, als ob sich irgend eine mörderische, unfläthige Hand auf seine Schulter gelegt hätte.

– Nun, Das hat noch gefehlt! ... Einen Dieb zum Vater, einen Mörder zum Bruder zu haben! Ich habe schon zu lange gezögert, ich wollte schon vorige Woche verreisen. Aber das ist ja abscheulich, abscheulich, einen Menschen wie mich in eine solche Lage zu versetzen.

Als sie bei der Sache beharrte, wurde er unverschämt.

– Lassen Sie mich in Ruhe! Wenn dieses Leben voll Kummer Ihnen angenehm ist, so bleiben Sie dabei. Ich habe Sie gewarnt, es geschieht Ihnen Recht, wenn Sie jetzt weinen ... Was mich betrifft, so möchte ich, bevor ich eines meiner Haare hergäbe, diese ganze abscheuliche Sippe in die Gosse fegen.

Sie hatte sich erhoben.

– Also Adieu!

– Adieu!

Während sie sich entfernte, sah sie noch, wie er den Kammerdiener herbeirief und die sorgfältige Verpackung seines Toilette-Geräthes überwachte, dessen einzelne Stücke von vergoldetem Silber die feinste Arbeit zeigten, besonders aber das Waschbecken, auf welchem ein Reigen von Liebesgöttern eingravirt war. Während dieser Mensch fortzog, um sich unter der hellen Sonne von Neapel einem Leben der Trägheit und des Vergessens hinzugeben, erschien ihr im Geiste plötzlich der Andere, wie er an einem finsteren Abend, im Thauwetter, hungrig, mit dem Messer in der Hand, in irgend einem Gäßchen von La Vilette oder Charonne herumstrich. War das nicht eine Antwort auf die Frage, ob nicht das Geld die Erziehung, die Gesundheit, die Klugheit bedeute? Da unter der Oberfläche derselbe menschliche Schmutz zurückbleibt: beschränkt sich vielleicht die ganze Civilisation auf die Ueberlegenheit in der Fähigkeit gut zu riechen und gut zu leben?

Als Madame Caroline in der Arbeits-Stiftung anlangte, wurde sie von einer eigenthümlichen Empfindung innerer Empörung gegen den riesigen Luxus dieser Anstalt ergriffen. Wozu waren diese beiden majestätischen Flügel, die Wohnungen der Knaben und die der Mädchen, verbunden durch den monumentalen Trakt, welchen die Verwaltung einnahm? Wozu waren diese Höfe so groß wie Gärten, das Fayencegeschirr in den Küchen, der Marmor in den Speisesälen, die Treppenhäuser, die Gänge, groß genug für den Dienst eines Palastes? Wozu war dieses ganze großartige Werk der Nächstenliebe, wenn es unmöglich war, an dieser geräumigen und gesunden Stätte ein auf Irrwege gerathenes Wesen wieder aufzurichten, aus einem Kinde mit bösen Trieben einen gesunden Menschen von geradem Verstande zu machen? Sie begab sich sofort zum Direktor und bedrängte ihn mit Fragen, indem sie selbst die geringsten Einzelheiten wissen wollte. Aber das Drama blieb in Dunkel gehüllt und er konnte ihr bloß wiederholen, was sie schon von der Fürstin erfahren hatte. Seit gestern wurden die Nachforschungen im Hause und in der Umgebung fortgesetzt, ohne daß sie zu dem geringsten Resultate geführt hätten. Victor war schon fern und trieb sich in der Stadt herum, im furchtbaren Dunkel des Unbekannten. Er konnte kein Geld haben, denn Alicens Geldtäschchen, welches er geraubt hatte, enthielt bloß drei Francs und vier Sous. Der Direktor hatte es übrigens vermieden, die Polizei in die Geschichte hereinzuziehen, um die armen Gräfinnen Beauvilliers mit dem öffentlichen Skandal zu verschonen, und Caroline dankte ihm und versprach auch ihrerseits keine Schritte bei der Präfektur zu thun, obgleich sie eine brennende Begierde fühlte, etwas Gewisses zu erfahren. In ihrer Verzweiflung darüber, daß sie ebenso unwissend weggehen mußte wie sie gekommen, kam ihr die Idee, in die Krankenstube hinaufzugehen und die Pflegerinnen auszufragen. Aber auch dort erhielt sie keine genaueren Aufschlüsse; sie empfand jedoch in dem kleinen, ruhigen Zimmer, welches die Schlafstuben der Mädchen von denen der Knaben trennte, einige Minuten tiefer Beunruhigung. Froher Lärm tönte ihr ins Ohr, es war gerade Erholungspause, und sie fühlte, daß sie ungerecht war, da es auch glückliche Heilungen gab, welche die freie Luft, das Wohlbefinden und die Arbeit erzielten. Gewiß, es wuchsen da auch gesunde und starke Menschen heran. Ein

Bandit im Durchschnitt auf vier bis fünf ehrliche Menschen: das wäre ja schön bei den Zufälligkeiten, welche die erblichen Uebel verschlimmern oder mildern!

Madame Caroline, die von der diensttuenden Schwester einen Augenblick allein gelassen wurde, trat zum Fenster, um dem Spiel der Kinder zuzusehen, als die kristallhellen Stimmen der kleinen Mädchen in der benachbarten Krankenstube ihre Aufmerksamkeit auf sich lenkten. Die Thüre war halb geöffnet, und so wurde sie Zeugin der Scene, ohne bemerkt zu werden. Diese weiße Krankenstube sah so heiter aus mit ihren weißen Wänden und ihren vier, mit weißen Gardinen umgebenen Betten. Ein breiter Sonnenstrahl vergoldete diese Weiße, es war, als ob Lilien in der lauen Luft sprießen würden. Im ersten Bette, links, erkannte sie Madeleine, jenes kleine Mädchen, welches als Wiedergenesende sich schon hier befand und Früchtenbrödchen aß, als Madame Caroline Victor hergebracht hatte. Sie fiel immer wieder in ihre Krankheit zurück, infolge des Alkoholismus, an dem ihre ganze Familie litt, und war so blutarm, daß sie trotz ihren großen Augen, die denen einer erwachsenen Frau glichen, zart und bleich aussah, wie ein Heiligenbild, auf ein Fenster gemalt. Sie war jetzt dreizehn Jahre alt und stand allein in der Welt, denn ihre Mutter war infolge eines Fußtrittes gestorben, den ihr eines Abends, da sie betrunken war, ein Mann versetzte, weil sie ihm die vereinbarten sechs Sous nicht gegeben hatte. Und sie war es, in ihrem langen, weißen Hemde, mit ihren blonden, offen auf ihre Schultern niederfallenden Haaren, welche, mitten im Bette knieend, den drei kleinen Mädchen, welche die anderen drei Betten einnahmen, ein Gebet lehrte.

– Faltet Eure Hände so und öffnet weit Eure Herzen ...

Die drei kleinen Mädchen knieten gleichfalls inmitten ihrer Betttücher. Zwei derselben waren 8-10 Jahre alt, das dritte noch nicht fünf. In ihren langen, weißen Hemden, mit ihren zarten Händchen und ihren ernsten, begeisterten Gesichtern hätte man sie für kleine Engelein halten können.

– Und Ihr werdet wiederholen, was ich sage. Merkt gut auf. „Mein Gott, lass' geschehen, daß Herr Saccard für seine Güte belohnt werde, daß er ein langes Leben habe und glücklich sei!"

Mit den Stimmen von Cherubim, einem Gezwitscher von liebenswürdig-kindlicher Ungeschicklichkeit wiederholten die vier Mädchen zusammen, in einer inbrünstigen Aufwallung, in welcher sie ihr ganzes kleines Wesen hingaben:

– Mein Gott, lass' geschehen, daß Herr Saccard für seine Güte belohnt werde, daß er ein langes Leben habe und glücklich sei!

Mit zorniger Geberde schickte sich Madame Caroline an, in das Zimmer einzutreten, um diesen Kindern Stillschweigen zu gebieten und ihnen Dasjenige zu verwehren, was sie für ein gotteslästerliches und grausames Spiel hielt.

Nein, nein, Saccard hatte nicht das Recht, geliebt zu werden. Es hieß die Kindlichkeit beflecken, wenn man sie für sein Glück beten ließ. Doch ein Schauer hielt sie zurück und Thränen traten ihr in die Augen. Warum sollte sie ihren Streit, den Zorn ihrer Erfahrung diesen unschuldigen Wesen mittheilen, die noch nichts vom Leben wußten? War Saccard nicht gut zu ihnen gewesen? Er, der bei der Gründung dieser Anstalt mitgeholfen und den Kleinen fast alle Tage Spielzeug gesandt hatte? Tiefe Verwirrung hatte sie ergriffen. Sie fand wieder einmal den Beweis, daß es keinen Menschen gebe, und wäre er noch so sehr verdammenswerth, welcher inmitten all' des Bösen, das er verübt haben konnte, nicht auch viel Gutes gethan hätte. Und sie entfernte sich, während die kleinen Mädchen ihr Gebet wieder aufnahmen; sie nahm in ihren Ohren diese Engelsstimmen mit, welche die Segnungen des Himmels auf den gewissenlosen, unglücklichen Menschen herabflehten, dessen wahnsinnige Hände eine ganze Welt in Trümmer gelegt hatten.

Als sie auf dem Boulevard du Palais, vor der Conciergerie, endlich ihren Fiaker verließ, bemerkte sie, daß sie in ihrer Aufregung das für ihren Bruder vorbereitete Nelkenbouquet zu Hause vergessen habe. Eine Blumenhändlerin war da, welche kleine Rosenbouquets um zwei Sous verkaufte; sie nahm ein solches und brachte ihren Bruder Hamelin, welcher die Blumen liebte, zum Lächeln, als sie ihm ihre Unbesonnenheit erzählte. Heute fand sie ihn traurig. In den ersten Wochen seiner Haft hatte er nicht glauben wollen, daß man ernstliche Anklagen gegen ihn erheben könne. Seine Vertheidigung schien ihm sehr einfach: man hatte ihn gegen seinen Willen zum Präsidenten gewählt, er war allen finanziellen Operationen fern geblieben und habe, fast immer von Paris abwesend, auch keinerlei Kontrole ausüben können. Allein, seine Unterredungen mit seinem Vertheidiger und die vergeblichen Schritte, welche Madame Caroline in seinem Interesse that, hatten ihn nachher die furchtbare Verantwortlichkeit erkennen lassen, die auf ihm lastete. Man wird ihn für die mindesten Ungesetzlichkeiten mitverantwortlich machen, man wird niemals zugeben wollen, daß ihm auch nur eine einzige derselben unbekannt gewesen; Saccard riß ihn in eine entehrende Mitschuld hinein. Und da schöpfte er aus seinem ein wenig einfältigen Glauben eines frommen Katholiken eine Resignation, eine Seelenruhe, welche seine Schwester in Erstaunen versetzten. Wenn sie von außen, von ihren angstbeklommenen Wegen, von dieser in Freiheit befindlichen, so trüben und so harten Menschheit kam, war sie ergriffen, ihn so ruhig lächelnd in seiner kahlen Zelle zu sehen, wo er als ein großes, frommes Kind vier grell kolorirte Heiligenbilder an die Wand genagelt hatte, rings um ein kleines Crucifix von schwarzem Holze. Wenn man sich Gott in die Hand gegeben, gibt es keinen inneren Aufruhr mehr, jedes unverdiente Leid ist ein Unterpfand des Heils. Seine einzige Traurigkeit, die ihn zuweilen ergriff, kam daher, daß seine großen Arbeiten unglücklicherweise unterbrochen waren. Wer wird sein Werk wieder aufnehmen, wer wird die Wiedererweckung des Orients durch die Allgemeine Packetschifffahrts-Gesellschaft und durch die Gesellschaft zur Ausbeutung der Silberminen des Karmel so glücklich begonnen, fortsetzen? Wer wird das Eisenbahnnetz von Brussa nach Beyrut und Damaskus, von Smyrna nach Trapezunt ausbauen, diesen Umlauf von jungem Blut in den Adern der alten Welt bewerkstelligen? Doch auch da war er gläubig und sagte, das begonnene Werk könne nicht sterben. Er bedauerte nur den Schmerz, daß nicht er Derjenige war, welchen der Himmel auserkoren, um es zu vollenden. Und seine Stimme brach sich hauptsächlich, wenn er danach forschte, welche Sünden ihn Gott büßen ließ, indem er ihm nicht gestattete, die große katholische Bank zu verwirklichen, welche bestimmt war, die moderne Gesellschaft umzugestalten, diesen Schatz vom heiligen Grabe, welcher dem Papst ein Königthum wiedergeben und schließlich aus allen Völkern eine einzige Nation machen sollte, indem er den Juden die souveraine Macht des Geldes entreißen würde. Er prophezeite diese Bank als ein unvermeidliches und unbesiegbares Werk, er kündigte den Gerechten mit den reinen Händen an, welcher sie eines Tages begründen würde. Und wenn er diesen Nachmittag sorgenvoll schien, so konnte dies nur deshalb sein, weil er in seiner Ruhe eines Gefangenen, aus dem man einen Strafbaren machen wollte, sich gesagt hatte, daß er dieses Gefängniß verlassend niemals die Hände rein genug haben würde, um das große Werk wieder aufzunehmen.

Mit zerstreutem Ohr hörte er, wie seine Schwester ihm erklärte, daß die Stimmung der Blätter für ihn eine günstige zu werden beginne. Dann schaute er mit seinen Augen eines wachen Träumers sie fest an und sagte ohne jeden Uebergang:

– Warum willst Du ihn nicht sehen?

Sie erbebte und begriff, daß er von Saccard sprach. Mit einem Kopfschütteln sagte sie nein und abermals nein. Da entschloß er sich denn und sagte verlegen, mit leiser Stimme:

– Nach Allem, was er für Dich gewesen, kannst Du Dich nicht weigern, ihn zu besuchen. Mein Gott, er wußte! Eine glühende Röthe überkam sie, sie warf sich dem Bruder in die Arme, um ihr Antlitz an seiner Brust zu verbergen und sie stammelte und fragte, wer ihm die Sache gesagt haben mag, von welcher sie geglaubt, daß sie unbekannt und besonders ihm unbekannt sei.

– Meine arme Caroline, das ist schon lange her ... Anonyme Briefe, abscheuliche Leute, die uns beneideten ... Ich habe Dir niemals davon gesprochen; Du bist frei, wir stimmen in unseren Gedanken nicht mehr überein ... Ich weiß, daß Du die beste Frau der Welt bist. Geh' und besuche ihn.

Heiter und von Neuem lächelnd nahm er das Rosensträußchen wieder, welches er bereits hinter das Kruzifix gesteckt hatte, legte es in ihre Hand und fügte hinzu:

– Nimm, bringe es ihm und sage ihm, daß ich ihm nicht mehr zürne.

Erschüttert von dieser so erbarmungswürdigen Zärtlichkeit ihres Bruders, in der furchtbaren Schmach und der köstlichen Erleichterung, welche sie gleichzeitig fühlte, konnte Madame Caroline nicht länger widerstehen. Ueberdies stand sie schon seit dem Morgen unter dem inneren Drange, Saccard zu besuchen. War es möglich, daß sie ihn von der Flucht Victor's nicht unterrichte und von dem furchtbaren Abenteuer, dessen sie zitternd gedachte? Gleich am ersten Tage hatte er sie auf die Liste derjenigen Personen setzen lassen, die er zu sehen wünschte; als sie nun ihren Namen nannte, wurde sie von einem Wächter sofort in die Zelle des Gefangenen geführt.

Als sie eintrat, wandte Saccard der Thür den Rücken; er saß an einem kleinen Tische, vor ihm lag ein Blatt Papier, welches er mit Ziffern bedeckte.

Er erhob sich lebhaft und stieß einen Freudenruf aus.

– Sie! ... Ach, wie gütig Sie sind und wie sehr freue ich mich!

Er hatte eine ihrer Hände ergriffen; sie lächelte mit verlegener Miene, sehr bewegt, das Wort nicht findend, welches sie hätte sagen sollen. Dann legte sie mit ihrer frei gebliebenen Hand das Rosensträußchen zwischen die mit Ziffern bedeckten Blätter, welche auf dem Tische lagen.

– Sie sind ein Engel, murmelte er entzückt, indem er ihre Finger küßte.

Endlich sprach sie.

– Es ist wahr: es war aus, ich hatte Sie in meinem Herzen verurtheilt. Aber mein Bruder wollte, daß ich komme ...

– Nein, nein, sagen Sie Das nicht! Sagen Sie, daß Sie zu klug, zu gut sind, daß Sie begriffen haben und daß Sie mir verzeihen ...

Sie unterbrach ihn mit einer Handbewegung.

– Ich beschwöre Sie, fragen Sie mich nicht so viel. Ich weiß selbst nicht ... Genügt es Ihnen nicht, daß ich gekommen bin? Und überdies habe ich Ihnen eine sehr traurige Sache mitzutheilen.

Halblaut und in einem Zuge erzählte sie ihm den Ausbruch der wilden Instinkte Victors, sein Attentat gegen Fräulein von Beauvilliers, seine seltsame, unerklärliche Flucht, die Erfolglosigkeit der bisherigen Nachforschungen und die geringe Aussicht, die man hatte ihn zu finden. Völlig bestürzt hörte er sie an, ohne eine Frage, ohne eine Bewegung; und als sie schwieg, schwellten zwei große Thränen seine Augen und rollten über seine Wangen, während er stammelte:

– Der Unglückliche ... Der Unglückliche ...

Niemals hatte sie ihn weinen gesehen. Sie war darob verblüfft und ergriffen, so seltsam waren diese Thränen Saccards, grau und schwer, von fern kommend, aus einem verstockten Herzen, wo sie unter einer Jahre lang betriebenen Räuberei vergraben waren.

– Aber Das ist ja furchtbar; ich habe den Jungen nicht einmal umarmt ... Denn Sie wissen, daß ich ihn nicht gesehen habe. Mein Gott, ja, ich hatte geschworen ihn zu besuchen und ich hatte nicht die Zeit dazu, nicht eine freie Stunde, bei den verwünschten Geschäften, die mich aufreiben ... Ach, es ist immer so: Thut man eine Sache nicht sogleich, dann thut man sie gewiß überhaupt nicht mehr ... Und jetzt sind Sie sicher, daß ich ihn nicht sehen kann? Man würde mir ihn hieher führen. Sie schüttelte den Kopf.

– Wer weiß, wo er jetzt ist, im Dunkel dieses furchtbaren Paris!

Noch einen Augenblick ging er erregt hin und her, abgerissene Sätze vor sich hinbrummend.

– Man findet mir dieses Kind auf und nun verliere ich es von Neuem ... Nimmer werde ich es wiedersehen. Ich habe eben kein Glück, gar kein Glück ... Ach, mein Gott, so war es ja auch mit der Universalbank. Er hatte sich wieder an den Tisch gesetzt und auch Madame Caroline ließ sich, ihm gegenüber, auf einen Sessel nieder. Vor ihm lag ein umfangreicher Stoß von Papieren, die er seit zwei Monaten vorbereitete; während seine Hände unter diesen Papieren herumwühlten, begann er vor ihr seinen Prozeß und seine Vertheidigungsmittel auszukramen, als fühlte er das Bedürfniß sich ihr gegenüber zu rechtfertigen. Die Anklage warf ihm vor, er habe unaufhörlich das Aktienkapital erhöht, um den Kurs zu treiben und um glauben zu machen, daß die Gesellschaft im ungeschmälerten Besitze ihrer Fonds sei; ferner, daß Unterzeichnungen und Zahlungen fingirt wurden auf den Conti Sabatani's und Anderer, welche bloß mit Gegenerklärungen zahlten; ferner, daß fiktive Dividenden in der Form einer Liberirung der alten Aktien vertheilt wurden; endlich, daß die Gesellschaft ihre eigenen Aktien gekauft, eine unsinnige Spekulation getrieben habe, welche jene außerordentliche und trügerische Hausse zur Folge hatte, an welcher die Universalbank zugrunde ging, indem sie ihr Gold verschlang. Auf diese Anklagen antwortete er mit redseligen, leidenschaftlichen Erklärungen: er habe gethan, was jeder Bankdirektor thut, nur habe er es im Großen gethan, mit dem Muthe eines geistig überlegenen Mannes. Wenn man diese Anklage logisch durchführen wollte, müßten die Direktoren aller großen Bankhäuser von Paris seine Zelle theilen. Man machte ihn zum Sündenbock für die von Allen begangenen Ungesetzlichkeiten. Und anderseits welche seltsame Art die Verantwortlichkeiten zu bemessen! Warum verfolgte man nicht auch die Verwaltungsräthe, Daigremont, Huret, Bohain, welche nebst ihren fünfzigtausend Francs Präsenzmarken noch zehn Prozent vom Gewinn bezogen und bei allem Spiel mitgethan hatten? Und warum die vollständige Straflosigkeit der Rechnungsrevisoren – unter Anderen Lavignière's – welche sich hinter ihre Unfähigkeit und ihren guten Glauben verstecken durften? Dieser Prozeß drohte augenscheinlich die ungeheuerlichste Ungerechtigkeit zu werden, denn man hätte die Betrugsklage des Busch, welche sich auf unbewiesene Thatsachen stützte, ausscheiden müssen; ebenso war der nach einer oberflächlichen Prüfung der Bücher verfaßte Bericht des gerichtlichen Sachverständigen als von Fehlern strotzend erkannt worden. Warum war dann auf Grund dieser zwei Akten von Amtswegen der Bankerott erklärt worden, da von den Depôts nicht ein Sou unterschlagen worden und alle Klienten ihre Fonds zurückerhalten haben würden? Wollte man nur die Aktionäre zugrunde richten? Dies war allerdings gelungen; das Unheil breitete sich immer weiter aus und gestaltete sich immer schwerer. Und er beschuldigte dafür nicht sich selbst, sondern die Richter, die Regierung, alle Jene, welche sich verschworen hatten ihn zu unterdrücken, um die Universalbank todtzumachen.

– Ach, die Schufte! Hätten sie mich doch in Freiheit belassen! Sie hätten gesehen; sie hätten gesehen!

Madame Caroline betrachtete ihn, ergriffen von seiner Unbewußtheit, die zu einer wahrhaften Größe wurde. Sie erinnerte sich seiner ehemaligen Theorieen von der Nothwendigkeit des Spiels bei allen großen Unternehmungen, wo jeder rechtschaffene Lohn unmöglich ist; sie erinnerte sich, wie er die Spekulation als das menschliche Uebermaß betrachtete, als den nothwendigen Dung, als den Düngerhaufen, auf welchem der Fortschritt gedieh. War nicht er derjenige, der mit seinen skrupellosen Händen in toller Weise die riesige Maschine geheizt hatte, bis sie in Stücke ging und alle Jene verletzte, die sie mit sich riß? Hatte nicht er diesen Kurs von dreitausend Francs haben wollen, diesen unsinnig übertriebenen, blöden Kurs? Eine Gesellschaft mit einem Kapital von hundertfünfzig Millionen, deren dreimalhunderttausend Aktien mit 3000 Francs cotirt, neunhundert Millionen repräsentirten: konnte das gerechtfertigt werden? Und lag nicht eine furchtbare Gefahr in der Vertheilung der kolossalen Dividende, welche eine solche Summe selbst zu dem einfachen Zinsfuß von fünf Prozent erheischte?

Doch er hatte sich erhoben; er ging in dem engen Raume hin und her, mit den ruckweisen Schritten eines eingekerkerten großen Eroberers.

– Ha, die Schurken! Sie wußten wohl, was sie thaten, indem sie mich hier fesselten. Ich war im Zuge zu triumphiren, sie alle niederzuwerfen.

Sie fuhr auf, mit einer Bewegung der Ueberraschung und des Widerspruches.

– Wie? Triumphiren? Aber Sie hatten doch keinen Sou mehr, Sie waren überwunden!

– Augenscheinlich, sagte er bitter; ich war überwunden, ich bin ein Hundsfott ... Nur der Erfolg ist die Rechtschaffenheit, der Ruhm. Man darf sich nicht schlagen lassen, sonst ist man am folgenden Tage nur mehr ein Schwachkopf und ein Gauner ... Ach, ich errathe wohl, was man reden mag, Sie müssen es mir nicht erst wiederholen. Nicht wahr, man nennt mich allgemein einen Dieb; man beschuldigt mich, alle diese Millionen in meine Taschen gesteckt zu haben; man würde mich erwürgen, wenn man mich fressen könnte; und, was noch schlimmer ist, man zuckt mitleidig mit den Achseln, man sagt, ich sei einfach ein Narr, ein beschränkter Kerl ... Aber denken Sie sich, wenn es mir gelungen wäre! Wenn ich Gundermann untergekriegt, den Markt erobert hätte, wenn ich heute der unbestrittene König des Goldes wäre! Ha, welcher Triumph! Ich wäre ein Held und Paris läge zu meinen Füßen.

Doch sie hielt ihm Stand.

– Sie hatten weder die Gerechtigkeit, noch die Logik für sich, Sie konnten keinen Erfolg haben.

Er war mit einer plötzlichen Bewegung vor ihr stehen geblieben und gerieth in Zorn.

– Keinen Erfolg? Was reden Sie da? Mir hat das Geld gefehlt, das war Alles. Wenn Napoleon am Tage von Waterloo noch hunderttausend Mann in den Tod zu schicken gehabt hätte, dann hätte er auch den Sieg davon getragen und die Welt würde heute ein anderes Gesicht haben. Wenn ich noch einige hundert Millionen gehabt hätte, um sie in den Abgrund zu werfen, dann wäre ich heute der Herr der Welt.

– Aber das ist ja abscheulich! rief sie empört. Was? Sie finden, daß es noch nicht genug Ruinen, noch nicht genug Thränen, noch nicht genug Blut gibt? Sie wollen noch mehr Unheil, noch mehr ausgeplünderte Familien, noch mehr an den Bettelstab gebrachte Leute? Er nahm seinen hastigen Gang wieder auf, machte eine Geberde überlegener Gleichgiltigkeit und rief:

– Kümmert sich das Leben um Das? Jeder Schritt, den man thut, zermalmt tausende von Existenzen. Ein Stillschweigen trat ein; sie folgte mit den Blicken seinem Gange und Kälte bemächtigte sich immer mehr ihres Herzens. War das ein Schurke oder war das ein Held? Sie schauerte zusammen und fragte sich, welche Pläne eines besiegten, zur Ohnmacht verurtheilten Heerführers er seit sechs Monaten, seitdem er in dieser Zelle eingeschlossen war, schmieden mochte; und dann erst schaute sie umher und sah die vier kahlen Wände, das kleine eiserne Bett, den Tisch von weichem Holze und die zwei Strohsessel. Er, der inmitten eines glänzenden, verschwenderischen Luxus gelebt hatte! Aber plötzlich setzte er sich wieder; die Beine waren ihm wie von Müdigkeit gebrochen; und nun sprach er lange, halblaut, in eine Art unwillkürliche Beichte sich versenkend.

– Gundermann hatte entschieden Recht: das Fieber an der Börse taugt nichts ... Ha, wie glücklich ist der Hallunke, daß er weder Blut, noch Nerven mehr hat, weder mit einer Frau schlafen, noch eine Flasche Burgunder trinken kann. Ich glaube übrigens, daß er immer so gewesen, in seinen Adern treibt nur Eis ... Ich bin zu leidenschaftlich, das ist offenbar. Der Grund meiner Niederlage ist nicht anderswo zu suchen; das ist's, weshalb ich mir so oft die Glieder gebrochen habe. Und ich muß hinzufügen, daß wenn meine Leidenschaft mich tödtet, meine Leidenschaft es auch ist, die mich am Leben erhält. Ja, die Leidenschaft reißt mich fort, sie läßt mich wachsen, treibt mich in die Höhe; dann schlägt sie mich nieder, zerstört mit einem Schlage mein ganzes Werk. Genießen heißt vielleicht nur sich aufzehren ... In der That, wenn ich an diese vier Jahre des Kampfes zurückdenke, sehe ich klar, daß Alles was mich verrathen hat, Alles ist, was ich begehrt und besessen habe. Der Schlag muß unheilbar sein. Ich bin verloren.

Da bemächtigte sich seiner eine Wuth gegen seinen Besieger.

– Ach, dieser Gundermann, dieser schmutzige Jude, der triumphirt, weil er keine Begierden hat! ... Das ganze Judenthum ist verkörpert in diesem hartnäckigen, kalten Eroberer, der das souveräne Königthum über die Welt erstrebt, inmitten der Völker, die einzeln durch die Allmacht des Goldes erkauft werden. Seit Jahrhunderten schon währt der Sieg dieser Race über uns, trotz der Fußtritte und trotz der Anspeiungen, die ihr zutheil wird. Er hat schon eine Milliarde; er wird deren zwei, zehn, hundert haben, er wird eines Tages der Herr der Welt sein ... Seit Jahren schon stoße ich diese Warnungsrufe aus, aber es scheint, daß mich Niemand hört; man glaubt, es sei der Aerger eines Börsenmannes, während es der Schrei meines Blutes ist. Ja, den Judenhaß habe ich seit langer Zeit her in der Haut, in allen Wurzeln meines Wesens!

– Welch' eine seltsame Sache, murmelte ruhig Madame Caroline mit ihrem weitreichenden Wissen, mit ihrer allumfassenden Duldsamkeit. Für mich sind die Juden Menschen wie die anderen. Sie halten sich abseits, weil man sie dorthin gedrängt hat. Saccard, der ihr nicht zugehört hatte, fuhr noch heftiger fort:

– Was mich erbittert, ist, daß ich die Regierungen als Mitschuldige zu den Füßen dieser Hallunken sehe. So hat sich auch das Kaiserreich vollständig an Gundermann verkauft, als ob es unmöglich wäre, ohne das Geld Gundermanns zu regieren! Gewiß, mein Bruder Rougon, der große Mann, hat sich mir gegenüber sehr eklig benommen; denn – ich habe es Ihnen noch nicht gesagt – ich war feig genug, vor der Katastrophe eine Versöhnung mit ihm zu suchen; und wenn ich jetzt hier bin, so ist es nur, weil er es gewollt. Thut nichts; wenn ich ihm lästig bin, möge er sich meiner entledigen; ich werde ihm nur wegen seines Bündnisses mit den schmutzigen Juden zürnen ... Haben Sie an Das gedacht? Die Universalbank erwürgt, damit Gundermann seinen Handel fortsetzen könne! Jede allzu mächtige katholische Bank niedergetreten wie eine gesellschaftliche Gefahr, um den endgiltigen Triumph des Judenthums zu sichern, das uns verschlingen wird, und zwar bald! Ha, Rougon soll sich in Acht nehmen! Er wird zuerst gefressen werden, fortgefegt von dieser Macht, an die er sich klammert, für die er Alles verleugnet. Er spielt ein schlaues Schaukelspiel, macht heute der liberalen Partei, morgen der autoritären Partei Zugeständnisse; aber bei diesem Spiel bricht man schließlich sicher den Hals ... Und da nun Alles kracht, möge Gundermanns Wunsch in Erfüllung gehen; hat er doch vorausgesagt, daß Frankreich geschlagen wird, wenn wir mit Deutschland Krieg bekommen. Wir sind bereit, die Preußen können kommen und unsere Provinzen nehmen.

Mit einer Geberde des Schreckens und des Flehens hieß sie ihn schweigen, als würde er das Strafgericht des Himmels anrufen.

– Nein, nein, reden Sie nicht solche Dinge; Sie haben kein Recht so zu reden. Uebrigens hat Ihr Bruder nichts mit Ihrer Verhaftung gemein. Ich weiß aus sicherer Quelle, daß der Siegelbewahrer Delcambre Alles gethan hat.

Saccards Zorn legte sich plötzlich.

– Ach, Der rächt sich, sagte er lächelnd.

Sie sah ihn fragend an und er fügte hinzu:

– Ja, es hat sich eine häßliche Geschichte zwischen uns ereignet ... Ich weiß im voraus, daß ich verurtheilt werde.

Ohne Zweifel mißtraute sie der Geschichte, denn sie drang nicht weiter in ihn. Es herrschte ein kurzes Stillschweigen, während dessen er sich seiner Papiere auf dem Tische wieder bemächtigte, völlig seiner fixen Idee hingegeben.

– Es ist liebenswürdig von Ihnen, liebe Freundin, daß Sie gekommen sind und Sie müssen mir versprechen wiederzukommen; denn Sie sind klug und ich will Ihnen gewisse Entwürfe vorlegen ... Ach, wenn ich Geld hätte!

Sie unterbrach ihn lebhaft und ergriff die Gelegenheit, um sich über einen Punkt Aufklärung zu verschaffen, der sie seit Monaten quälte. Was hatte er mit den Millionen gemacht, die er für seinen Theil besitzen mußte? Hatte er sie in das Ausland gesendet, oder am Fuße eines Baumes vergraben, der von ihm allein gekannt war?

– Aber Sie haben ja Geld! sagte sie. Die zwei Millionen von Sadowa, die neun Millionen nach Ihren dreitausend Aktien, wenn Sie dieselben zum Kurse von dreitausend verkauft haben.

– Meine Theure, ich habe nicht einen Sou! rief er.

Und dies war mit so bestimmter, verzweifelter Stimme gesprochen und er blickte sie dabei so überrascht an, daß sie überzeugt war.

– In den mißglückten Geschäften habe ich niemals einen Sou behalten, fuhr er fort. Ich ruinire mich mit den Anderen. Gewiß, ich habe verkauft, aber ich habe auch zurückgekauft und ich wäre arg verlegen, wenn ich Ihnen deutlich erklären sollte, wohin die neun Millionen und die anderen zwei Millionen gegangen sind. Ich glaube, daß meine Rechnung bei dem armen Mazaud mit einer Schuld von dreißig- bis vierzigtausend Francs schloß. Nicht ein Sou ist mir geblieben; es ist der große Kehraus, wie immer.

Sie ward dadurch so sehr erleichtert und so sehr erheitert, daß sie über ihren und ihres Bruders Ruin scherzte.

– So ist es auch uns ergangen; wenn Alles beendet sein wird, bleibt uns nichts und ich weiß nicht, wie wir einen Monat das Leben fristen werden. Ach, Sie erinnern sich, welche Furcht jene neun Millionen mir einjagten, die Sie mir versprochen hatten! Niemals vorher hatte ich in einem solchen Unbehagen gelebt; und welche Erleichterung fühlte ich an dem Tage, wo ich Alles verkaufte, um es der Masse zu überlassen! Selbst die dreimalhunderttausend Francs aus der Erbschaft unserer Tante sind mitgegangen. Das ist nicht sehr gerecht. Aber ich habe es Ihnen ja gesagt: man hängt nicht sonderlich an dem gefundenen Gelde, an dem Gelde, das man nicht erworben hat ... Sie sehen wohl, daß ich jetzt heiter bin und lache! Er unterbrach sie mit einer hastigen Geberde; er hatte seine Papiere vom Tische genommen und fuchtelte damit in der Luft, wobei er ausrief:

– Lassen Sie Das, wir werden noch reich sein!

– Wieso?

– Glauben Sie, daß ich meine Ideen aufgebe? ...

Seit sechs Monaten arbeite ich hier; ich durchwache ganze Nächte, um Alles wieder aufzubauen. Die Schwachköpfe werfen mir besonders die anticipirte Bilanz vor, indem sie behaupten, daß von den drei Unternehmungen, der vereinigten Packetschifffahrt, dem Silberbergwerk im Karmel und der türkischen Nationalbank, blos die erste die vorhergesehenen Erträgnisse geliefert habe. Gewiß! aber die zwei anderen sind nur zugrunde gegangen, weil ich nicht mehr da war. Aber, wenn sie mich wieder freigelassen haben werden, wenn ich wieder der Herr werde, dann werden Sie sehen ...

Mit einer flehenden Geberde wollte sie ihn hindern weiter zu reden. Er war aufgestanden, erhob sich auf seinen kleinen Beinen und rief mit seiner schrillen Stimme:

– Die Berechnungen sind gemacht, da sind die Ziffern, schauen Sie her! Die Silberminen und die Nationalbank wurden nur so nebenher, gleichsam zum Vergnügen in Aussicht genommen. Wir müssen das weite Netz der Orientbahnen haben und wir müssen den Rest, Jerusalem, Bagdad haben, das ganze Kleinasien wieder erobern; was Napoleon mit seinem Säbel nicht vollbracht hat, werden wir mit unseren Spitzhacken und mit unserem Golde vollbringen ... Wie haben Sie glauben können, daß ich das Spiel aufgebe? Napoleon ist von der Insel Elba zurückgekehrt; ich werde mich nur zu zeigen brauchen und alles Geld von Paris wird sich erheben, um mir zu folgen; und diesesmal wird es kein Waterloo geben, das verbürge ich Ihnen, denn mein Plan ist von einer mathematischen Genauigkeit, bis auf die letzten Centimes vorgesehen. Wir werden endlich diesen unglückseligen Gundermann niedermachen! Ich verlange bloß vierhundert Millionen, vielleicht fünfhundert Millionen und die Welt wird mir gehören!

Es war ihr gelungen seine Hände zu ergreifen und sie schmiegte sich an ihn.

– Nein, nein, schweigen Sie! Sie erschrecken mich! Und gegen ihren Willen verwandelte sich dieser Schrecken in Bewunderung. In dieser erbärmlichen, kahlen, verriegelten, von der Welt abgeschlossenen Zelle hatte sie plötzlich das Gefühl einer überströmenden Kraft, eines Wiedererglänzen des Lebens; es war der ewige Wahn der Hoffnung, die unsterbliche Beharrlichkeit des Menschen. Sie suchte in sich den Zorn, den Abscheu vor den verübten Freveln und siefand ihn nicht mehr.

Hatte sie ihn nicht verurtheilt nach dem nicht wieder gut zu machenden Unheil, dessen Ursache er gewesen? Hatte sie nicht die Strafe, den Tod in der Einsamkeit, in der Verachtung für ihn angerufen? Von Alldem war nichts übrig geblieben, als ihr Haß gegen das Böse und ihr Erbarmen für den Schmerz. Er, mit seiner unbewußten und thätigen Kraft gewann abermals Gewalt über sie, wie die – ohne Zweifel nothwendigen – Mächte der Natur. Und dann, wenn es nur eine weibliche Schwäche war, überließ sie sich ihr mit einem wonnigen Gefühl, ganz und gar ihrer leidvollen Mutterschaft hingegeben, dem unendlichen Bedürfniß nach Liebe, welches bewirkt hatte, daß sie ihn liebe, ohne ihn zu achten, in ihrer durch die Erfahrung erschütterten hohen Klugheit.

– Es ist aus, wiederholte sie mehrere Male, ohne seine Hände loszulassen. Können Sie nicht endlich zur Ruhe kommen? Dann, als er sich aufrichtete, um mit seinen Lippen ihre weißen Haare zu streifen, deren Löckchen mit jugendlicher Fülle auf ihren Schläfen lagen, hielt sie ihn fest und sagte mit einer Miene absoluter Entschlossenheit und tiefer Traurigkeit, indem sie den Worten ihre volle Bedeutung gab:

– Nein, nein, es ist aus, für immer aus. Ich bin froh, daß ich Sie ein letztes Mal gesehen habe, damit kein Groll zwischen uns bestehen bleibe ... Leben Sie wohl!

Als sie sich entfernte, sah sie ihn neben dem Tische stehen, wirklich ergriffen durch die Trennung, aber schon mit instinktiver Hand die Papiere ordnend, die er in seinem Fieber durcheinander geworfen hatte; und da das kleine Bouquet sich zwischen den Papieren entblättert hatte, schüttelte er diese einzeln und fegte mit den Fingern die Rosenblättchen fort. Erst drei Monate später, um die Mitte des Monats Dezember, kam die Angelegenheit der Universalbank endlich vor das Tribunal. Sie nahm fünf lange Sitzungen des Zuchtpolizeigerichtes in Anspruch und erregte eine sehr lebhafte Neugierde des Publikums. Die Presse hatte anläßlich dieser Katastrophe einen ungeheuren Lärm geschlagen; ganz außerordentliche Geschichten zirkulirten über die Langsamkeit der Untersuchung. Viel bemerkt wurde die Anklageschrift der Staatsanwaltschaft, ein Meisterwerk von grausamer Logik, in welchem selbst die geringsten Einzelheiten mit unerbittlicher Klarheit gruppirt, ausgenützt und interpretirt waren. Man sagte übrigens allgemein, das Urtheil sei im voraus gefällt. In Wirklichkeit vermochte die offenkundige Thatsache, daß Hamelin in gutem Glauben gehandelt, ferner der Heldenmuth Saccards, welcher fünf Tage hindurch der Anklage Stand hielt, endlich die herrlichen Reden der Vertheidiger nicht verhindern, daß die Richter die beiden Angeklagten zu fünf Jahren Kerker und zu dreitausend Francs Geldbuße verurtheilten. Allein, da sie einen Monat vor der Verhandlung gegen Kaution auf freien Fuß gesetzt worden und als auf freiem Fuße befindliche Angeklagte vor dem Tribunal erschienen waren, konnten sie Berufung einlegen und nach vierundzwanzig Stunden Frankreich verlassen. Rougon hatte diese Lösung gefordert, weil er den Verdruß los werden wollte, einen Bruder im Kerker zu haben. Die Polizei selbst überwachte die Abreise Saccards, welcher mit einem Nachtzuge nach Belgien entfloh. An demselben Tage reiste Hamelin nach Rom.

Und abermals verflossen drei Monate; man war im Monat April, Madame Caroline befand sich noch in Paris, wo die Regelung von schier unentwirrbaren Geschäften sie zurückgehalten hatten. Sie bewohnte noch immer die kleine Wohnung im Hôtel Orviedo, welches zum Verkauf angekündigt war. Sie hatte übrigens nunmehr die letzten Schwierigkeiten überwunden und konnte abreisen, allerdings ohne einen Sou in der Tasche, aber auch ohne irgend eine Schuld zurückzulassen; und sie sollte Paris am nächsten Tage verlassen, um sich nach Rom zu begeben, zu ihrem Bruder, der daselbst eine bescheidene Stelle als Ingenieur erlangt hatte. Er hatte ihr geschrieben, daß sie Lektionen finden werde; sie konnten ihr Leben von früher wieder aufnehmen.

Als sie am Morgen dieses letzten Tages, welchen sie in Paris zubringen sollte, sich von ihrem Lager erhob, fühlte sie das Bedürfniß sich nicht zu entfernen, ohne den Versuch zu machen, Nachrichten über Victor zu erhalten. Bisher waren alle Nachforschungen vergeblich geblieben. Allein sie erinnerte sich der Versprechungen der Méchain und sagte sich, daß dieses Weib vielleicht etwas wisse; und es war leicht sie zu befragen, wenn sie gegen vier Uhr sich zu Busch begab. Zuerst wies sie den Gedanken von sich: wozu sollte das, waren denn alle diese Dinge nicht todt und begraben? Dann aber hatte sie Herzleid, wie um ein verlorenes Kind, dessen Grab sie vor ihrem Scheiden nicht mit Blumen geschmückt haben würde. Um vier Uhr ging sie nach der Rue Feydeau. Die auf den Flur gehenden beiden Thüren waren offen; aus der finsteren Küche vernahm man ein heftiges Zischen von siedendem Wasser, während auf der anderen Seite, in dem engen Kabinet, die Méchain in dem Lehnstuhle des Busch saß, mitten in einem Haufen von Papieren versinkend, welche sie in riesigen Bündeln aus ihrer alten, ledernen Handtasche hervorzog.

– Ach, Sie sind's, gute Frau! Sie kommen gerade in einer traurigen Minute. Herr Siegmund liegt im Sterben und der arme Herr Busch verliert darüber völlig den Kopf, so sehr liebt er seinen Bruder. Er läuft wie ein Narr herum; jetzt ist er wieder fort, um einen Arzt zu holen ... Sie sehen, ich bin genöthigt mich mit seinen Angelegenheiten zu beschäftigen, denn seit acht Tagen hat er kein Papier mehr gekauft, noch eine Schuldforderung geprüft. Glücklicherweise habe ich soeben einen Glückskauf gemacht, der den lieben Mann ein wenig trösten wird, wenn er wieder zur Besinnung kommt. Madame Caroline war betroffen und vergaß, daß sie wegen Victors gekommen war, denn sie hatte in den Papieren, welche die Méchain mit vollen Händen aus ihrem Ledersack holte, deklassirte Aktien der Universalbank erkannt. Der Sack war bis zum Bersten voll damit und sie holte noch immer solche Aktien hervor, wobei sie freudig schwatzte.

– Da haben Sie: Alldas habe ich für zweihundertfünfzig Francs erstanden; es sind an 5000 Stück, so daß das Stück auf einen Sou zu stehen kommt. Ein Sou! Aktien, die mit dreitausend Francs kotirt waren! Sie sind auf den Werth von Makulaturpapier gesunken ... Aber sie sind dennoch mehr werth; wir werden sie mindestens um zehn Sous verkaufen, denn sie werden von falliten Leuten gesucht. Sie begreifen: sie hatten einen so guten Ruf, daß sie in einer Konkursmasse noch gute Figur machen. Es ist geradezu vornehm, als ein Opfer dieser Katastrophe zu gelten. Kurz, ich hatte einen außerordentlichen Glücksfall; ich hatte die Grube gewittert, wo seit der großen Börsenschlacht diese Waare schlummerte; ein Schwachkopf, der schlecht unterrichtet war, hat mir Das für einen Pappenstiel überlassen. Und Sie können sich denken, daß ich darüber hergefallen bin. Ich habe nicht viel Umstände gemacht und rasch zugegriffen. Und sie freute sich, als Raubvogel der Schlachtfelder der Finanzwelt; ihre ungeheure Gestalt schwitzte die unfläthige Nahrung aus, mit der sie sich mästete, während ihre kurzen, gekrümmten Finger unter diesen Todten herumwühlten, unter diesen werthlosen, bereits vergilbten Aktien, welche einen widerlichen Geruch ausströmten.

Doch jetzt ward eine ungeduldige, tiefe Stimme vernehmbar, welche aus dem Nachbarzimmer kam, dessen Thür weit offen stand, wie die beiden Flurthüren.

– Herr Siegmund fängt wieder zu reden an. Seit dem Morgen redet er unaufhörlich ... Mein Gott, und ich habe an das heiße Wasser vergessen. Er soll allerlei Kräuter-Absude bekommen. Gute Frau, weil Sie schon da sind, schauen Sie doch nach, ob er nicht etwas verlangt. Die Méchain eilte in die Küche, während Madame Caroline, von dem Leid angezogen, in das Zimmer trat. Der kahle Raum wurde durch die Aprilsonne erhellt, von welcher ein Strahl gerade auf den kleinen Tisch von weichem Holze fiel, der mit Notizen, umfangreichen Schriftenbündeln angefüllt war, welche die Arbeit von zehn Jahren in sich bargen; und es war noch immer nichts Anderes da, als die zwei Strohsessel und die wenigen Bücher auf den Brettern. In dem engen eisernen Bette saß Siegmund, mit einem rothen Flanellhemde bekleidet, an drei Polster gelehnt, und sprach unaufhörlich, unter dem Eindruck jener seltsamen cerebralen Ueberreizung, welche zuweilen dem Tode der Lungenkranken vorausgeht. Er war im Delirium und hatte Augenblicke außerordentlicher Klarheit; seine maßlos erweiterten Augen in dem abgemagerten, von langen, lockigen Blondhaaren eingerahmten Gesichte, blickten fragend in die Leere.

Als Madame Caroline eintrat, schien er sie sogleich zu erkennen, obgleich sie einander niemals begegnet waren.

– Ach, Sie sind's, Madame ... Ich habe Sie gesehen und rief Sie mit allen meinen Kräften herbei. Kommen Sie, kommen Sie näher, daß ich Ihnen mit leiser Stimme sage ...

Trotz des ängstlichen Bebens, welches sie befiel, trat sie näher; sie mußte sich auf einen Sessel niederlassen, der knapp am Bette stand.

– Ich wußte nicht, aber ich weiß jetzt. Mein Bruder verkauft Papiere und ich habe hier, in seinem Kabinet, weinen gehört ... Mein Bruder! Ach, mir war, als wäre mir ein glühendes Eisen durch das Herz gefahren. Jawohl, dieses Gefühl ist mir in der Brust zurückgeblieben und es brennt da noch immer; denn das Geld, das Leid der armen Leute ist abscheulich! ... Wenn ich todt bin, wird mein Bruder meine Papiere verkaufen und ich will nicht, ich will nicht ...

Seine Stimme erhob sich allmälig zu einer Bitte.

– Schauen Sie, Madame, da sind sie, auf dem Tische. Reichen Sie sie mir, damit wir ein Packet daraus machen; und Sie werden sie mitnehmen, Sie werden Alles mitnehmen ... Oh, ich rief Sie, ich erwartete Sie! Meine Papiere verloren – das hieße die Vernichtung meines Lebenswerkes, der Frucht so vieler Forschungen und Anstrengungen!

Und als sie zögerte ihm zu reichen, was er verlangte, legte er bittend die Hände zusammen.

– Ich bitte Sie darum! Lassen Sie mich sehen, ehe ich sterbe, ob sie vollzählig da sind ... Mein Bruder ist nicht zuhause, er wird nicht sagen, daß ich mich tödte ... Ich bitte Sie ...

Nun gab sie seinen dringenden Bitten nach.

– Sie sehen wohl, daß ich unrecht thue, da Ihr Bruder sagt, dies schade Ihnen.

– Oh nein! Und dann, was liegt daran? Endlich, nach vielen schlaflosen Nächten, ist es mir gelungen, die Gesellschaft der Zukunft aufzurichten. Da ist Alles vorhergesehen, Alles gelöst; es ist die vollständige Gerechtigkeit, das vollständige Glück, insoweit sie erreichbar sind. Wie sehr bedaure ich, daß ich nicht die Zeit fand, das Werk mit den nothwendigen Einzelheiten auszuarbeiten! Aber meine Notizen sind da, vollständig und klassirt. Und, nicht wahr? Sie werden sie retten, damit ein Anderer eines Tages ihnen die endgiltige Form des Buches gebe, welches seinen Weg durch die Welt machen wird ...

Mit seinen langen, mageren Händen hatte er die Papiere genommen und blätterte liebkosend darin herum, wobei in seinen großen, schon trüben Augen sich abermals eine Flamme entzündete. Er sprach sehr schnell, abgehackt und monoton, mit dem Tiktak einer Wanduhrkette, welche das Gewicht fortreißt; es war gleichsam das Geräusch des cerebralen Mechanismus, welcher in der abrollenden Bewegung der Agonie unaufhaltsam arbeitete.

– Ach, wie ich sie sehe, wie sie sich klar vor mir erhebt, die Stadt der Gerechtigkeit und des Glückes! ... Dort arbeiten alle; Jeder verrichtet eine persönliche, gebotene und doch freie Arbeit. Die Nation ist nichts als eine riesige Kooperations-Gesellschaft, die Werkzeuge werden das Eigenthum Aller, die Erzeugnisse werden in geräumigen Hauptspeichern angehäuft. Wer so und so viel nützliche Arbeit geleistet, hat Anspruch auf so und so viel gesellschaftlichen Verbrauch. Die Arbeitsstunde ist der gemeinsame Maßstab; ein Gegenstand ist so viel werth, als er Arbeitsstunden gekostet hat; unter sämmtlichen Erzeugern gibt es nur mehr einen Austausch mittelst Arbeitsbons, und zwar unter der Leitung der Kommunität, ohne eine andere Abgabe, als die einzige Steuer, welche dazu dient, die Erziehung der Kinder, die Ernährung der Greise, die Erneuerung der Werkzeuge, die öffentlichen Arbeiten zu bestreiten ... Es gibt kein Geld mehr und folglich keine Spekulation, keinen Diebstahl, keine abscheuliche Betrügereien, keine durch die Habsucht herbeigeführten Verbrechen mehr. Es wird nicht mehr geschehen, daß die Töchter bloß ihrer Mitgift wegen heimgeführt, daß alte Eltern des Erbes wegen erdrosselt, Reisende ihrer Börse wegen ermordet werden! ... Keine feindseligen Klassen mehr, keine Arbeitgeber und Arbeiter und fortan keine beschränkende Gesetze und keine Tribunale, keine bewaffnete Macht, welche darüber wacht, daß die Einen ungerechterweise Reichthümer anhäufen, während die Anderen Hungers sterben. Keinerlei Müßiggänger mehr und fortan keine Hausbesitzer, welche durch die Miethe ernährt werden, keine Rentiers, welche den Dirnen gleich durch das Glück ausgehalten werden, endlich kein Luxus und kein Elend! Ach, ist das nicht die ideale Gerechtigkeit, die höchste Weisheit? Keine Bevorrechteten und keine Elenden, Jeder sein Wohlergehen durch seine eigene Kraft begründend, der Durchschnitt des menschlichen Glücks!

Er begeisterte sich; seine Stimme nahm einen sanften und gedämpften Klang an, als ob sie sich entfernte, in weiter Höhe verlöre, in der Zukunft, deren Kommen er verkündete.

– Und wenn ich in die Einzelheiten einginge ... Sehen Sie dieses abgesonderte Blatt mit den Randnoten: das ist die Organisation der Familie, der freie Vertrag, die Erziehung und Erhaltung der Kinder der Sorge der Kommunität übertragen ... Doch dies ist nicht die Anarchie. Betrachten Sie diese andere Notiz: da verlange ich ein leitendes Komité für jeden Produktionszweig, damit betraut, die Produktion nach dem Verbrauch zu regeln, indem die wirklichen Bedürfnisse festgestellt werden. Und hier noch ein Detail der Organisation: in den Städten, auf den Feldern werden ganze Heere von gewerblichen Arbeitern, ganze Heere von Feldarbeitern thätig sein unter der Führung von Oberhäuptern, die sie selbst gewählt haben, Vorschriften gehorchend, welche sie sich selbst gegeben haben ... Ich habe hier auch durch annäherungsweise Berechnungen angedeutet, auf wie viel Stunden die Tagesarbeit in zwanzig Jahren wird reduzirt werden können. Dank der großen Zahl von neuen Arbeiterhänden und besonders dank den Maschinen wird man nur vier Stunden, vielleicht nur drei Stunden arbeiten. Und wie viel Zeit wird man behalten, um das Leben zu genießen! Denn das ist keine Kaserne, das ist eine Stadt der Freiheit und des Frohsinns, wo Jeder frei sein Vergnügen wählt und Zeit genug hat, seine berechtigten Begierden zu befriedigen, die Freude zu lieben, stark zu sein, schön zu sein, klug zu sein, seinen Antheil an der unerschöpflichen Natur zu nehmen. Und er machte eine Rundbewegung in dem erbärmlichen Zimmer, mit welcher er gleichsam von der Welt Besitz ergriff. In dieser Kahlheit, wo er gelebt hatte, in dieser bedürfnißlosen Armuth, in der er starb, vertheilte er mit brüderlicher Hand die Güter der Erde. Das war die allgemeine Glückseligkeit, Alles was gut ist und was er nicht genossen hatte, was er in solcher Weise vertheilte, wohl wissend, daß er es niemals genießen wird. Er hatte seinen Tod beschleunigt, um der leidenden Menschheit dieses letzte Geschenk zu machen. Doch seine Hände irrten tastend unter den zerstreuten Notizen herum, während seine Augen, die nicht mehr sahen, von der Blendung des Todes gefüllt waren, die unendliche Vollkommenheit zu erblicken schienen, jenseits des Lebens, in einem Entzücken, welches sein Antlitz völlig verklärte.

– Ach, welche neue Thätigkeiten! Die ganze Menschheit an der Arbeit, die Hände aller Lebenden damit beschäftigt, die Welt zu verbessern! ... Es gibt keine Sandflächen, keine Sumpfgebiete, keine unbebauten Felder mehr. Die Meerengen sind ausgefüllt, die hemmenden Berge verschwinden, die Wüsten verwandeln sich in fruchtbare Thäler, bewässert von den Bächen, die überall hervorquellen. Kein Wunder ist mehr unausführbar; die großen Arbeiten der antiken Welt zwingen uns nur ein Lächeln ab, so schüchtern und kindisch scheinen sie uns. Die Erde ist endlich bewohnbar ... Der Mensch ist völlig entwickelt, zur Größe herangewachsen, seiner tollen Begierden sich freuend, der wahre Herr geworden. Die Schulen und die Werkstätten sind offen, das Kind wählt frei seine Beschäftigung, welche von seinen Fähigkeiten bestimmt wird. Jahre sind schon vergangen und die Auswahl ist getroffen, dank den strengen Prüfungen. Es genügt nicht mehr, den Unterricht bezahlen zu können, man muß ihn auch auszunützen verstehen. Und so ist Jeder genau nach dem Grade seiner Fähigkeiten beurtheilt und nutzbar gemacht, was eine gerechte Auftheilung der öffentlichen Funktionen nach den Andeutungen der Natur selbst ermöglicht. Jeder für Alle, je nach seinen Kräften ... Ach, die von Arbeitsamkeit und Frohsinn erfüllte Stadt, die ideale Stadt der gesunden Ausnützung der Menschheit, wo das alte Vorurtheil gegen die Handarbeit nicht mehr existirt, wo man einen großen Dichter als Tischler, einen großen Gelehrten als Schlosser beschäftigt sieht! Ach, die glückselige, die siegreiche Stadt, nach der die Menschen seit so vielen Jahrhunderten streben, deren weiße Mauern dort, in weiter Ferne erglänzen ... In weiter Ferne, im Glück, in der blendenden Sonne ...

Seine Augen erblaßten, die letzten Worte wurden nur undeutlich, leise hingehaucht; und sein Kopf sank zurück, das verzückte Lächeln der Lippen bewahrend. Er war todt. Madame Caroline betrachtete ihn, von Mitleid und Zärtlichkeit ergriffen. Da hatte sie plötzlich die Empfindung, daß hinter ihr ein Sturmwind hereindrang. Es war Busch, der ohne Arzt zurückkehrte, keuchend, von Angst verzehrt; während die Méchain, ihm auf dem Fuße folgend, ihm erklärte, sie habe dem Kranken seinen Labetrunk noch nicht bereiten können, weil das Wasser umgestürzt war. Doch schon hatte er seinen Bruder bemerkt, sein kleines Kind, wie er ihnnannte, auf dem Rücken liegend, unbeweglich, mit offenem Munde und starren Augen; er begriff und stieß ein Geheul aus, wie ein Thier, das getödtet wird. Mit einem Satze hatte er sich auf den Körper geworfen und hatte ihn mit seinen zwei großen Armen emporgehoben, wie um ihm Leben einzuflößen. Dieser furchtbare Goldfresser, der einen Menschen für zehn Sous getödtet haben würde, der das unfläthige Paris so lange abgeschäumt hatte, heulte in seinem scheußlichen Schmerze. Gott, sein kleines Kind, das er gehegt und gepflegt hatte wie eine Mutter! Er wird es fortan nicht mehr haben! Und in einem Anfall wüthender Verzweiflung raffte er die auf dem Bette verstreuten Papiere zusammen, zerriß sie, zertrat sie, als hätte er alle die blöde und eifersüchtige Arbeit vernichten wollen, die ihm seinen Bruder getödtet hatte. Madame Caroline fühlte jetzt ihr Herz schmelzen. Sie hatte für den Unglücklichen nur mehr ein himmlisches Erbarmen. Aber wo hatte sie so heulen gehört? Schon früher einmal hatte der Schrei menschlichen Leides sie mit einem solchen Schauer durchdrungen. Und nun erinnerte sie sich: es war bei Mazaud, das Geheul der Mutter und der Kinder vor der Leiche des Vaters. Als wäre sie unfähig sich diesem Leid zu entziehen, blieb sie noch eine Weile, um hilfreiche Hand zu bieten. Dann, in dem Augenblick, als sie sich entfernen wollte und sich mit der Méchain in dem engen Geschäftszimmer allein befand, erinnerte sie sich, daß sie gekommen war, um dieses Weib wegen Victors zu befragen. Und sie befragte sie. Ach ja, Victor! Wenn er noch immer lief, mußte er jetzt weit sein. Sie hatte drei Monate lang Paris durchforscht, ohne auch nur eine Spur von ihm zu entdecken. Sie verzichtete darauf; es wird immer früh genug sein, diesen Banditen auf dem Schaffot wiederzufinden. Stumm und starr hörte Madame Caroline sie an. Ja, es war aus; das Ungeheuer rannte durch die Welt, der Zukunft, dem Unbekannten entgegen, wie ein wildes Thier, welches von dem ererbten Gifte schäumt und mit jedem Bisse das Uebel weiter verbreiten mußte. Draußen, auf dem Trottoir der Rue Feydeau, war Madame Caroline überrascht von der Milde der Luft. Es war fünf Uhr; die Sonne ging an einem Himmel von zarter Reinheit unter und vergoldete in der Ferne die hohen Aushängschilder des Boulevard. Dieser April, so lieblich in seiner wieder erwachenden Jugend, war wie eine Liebkosung, welche ihr ganzes physisches Wesen, bis zum Herzen, berührte. Sie athmete, kräftig, erleichtert, schon glücklicher, mit dem Gefühl der unbesiegbaren Hoffnung, die wiederkehrte und erstarkte. Ohne Zweifel war es der so schöne Tod dieses Träumers, dessen letzter Seufzer seinem Wahn von Gerechtigkeit und Liebe galt, was sie so rührte; denn auch sie hatte von einer Menschheit geträumt, die von der abscheulichen Krankheit des Geldes geläutert wäre. Und sie war wohl auch bewegt von dem Geheul des Andern, von der verzweifelten, blutenden Bruderliebe des Währwolfes, den sie herzlos, der Thränen unfähig geglaubt hatte. Nein, doch nicht; sie war nicht unter dem tröstlichen Eindruck von so viel menschlicher Güte, inmitten so viel Leides weggegangen; sie hatte vielmehr die schließliche Verzweiflung ob des kleinen Ungeheuers mitgenommen, welches entkommen war, durch die Welt dahin rasete, allerwegen den Gährstoff der Verwesung ausstreuend, von welchem die Erde nimmer gesunden konnte. Was soll dann diese wieder erwachende Heiterkeit, die sie ganz und gar durchdrang?

Als Madame Caroline den Boulevard erreicht hatte, wandte sie sich links und verlangsamte ihre Schritte inmitten des Gewühls der Menge. Einen Augenblick blieb sie vor einem kleinen, mit Flieder und Nelken gefüllten Karren stehen, deren kräftiger Duft sie wie in einen Frühlingshauch einhüllt. Und während sie ihren Gang wieder aufnahm, stieg jetzt in ihr die Fluth der Freude, wie aus einer sprudelnden Quelle, welche sie vergeblich zu hindern, mit ihren beiden Händen zu verstopfen gesucht hätte. Sie hatte begriffen, sie wollte nicht. Nein, nein, die abscheulichen Katastrophen waren noch zu frisch im Gedächtniß, sie konnte nicht heiter sein, sich dem ewigen Strom des Lebens überlassen, der sie emporhob. Und sie nöthigte sich ihre Trauer zu bewahren, sie kehrte durch so viele grausame Erinnerungen zur Verzweiflung zurück. Was? nach dem Zusammensturz von Allem, nach einer so furchtbaren Summe Elends würde sie noch gelacht haben! Vergaß sie denn, daß sie mitschuldig war? Und sie führte sich die Thatsachen an, diese und jene und jene andere, welche sie ihr ganzes übriges Leben lang zu beweinen haben würde. Allein, zwischen ihren Fingern, die zusammengepreßt auf ihrem Herzen lagen, ward das Gähren des Lebenssaftes immer stürmischer; der Quell des Lebens überströmte, beseitigte die Hindernisse, um frei zu fließen, warf die Trümmer an die beiden Ufer und erschien hell und siegreich unter der Sonne. Und von diesem Augenblicke angefangen mußte Madame Caroline sich der unwiderstehlichen Macht der unaufhörlichen Verjüngung überlassen. Wie sie es manchmal lachend gesagt hatte: sie konnte nicht traurig sein. Die Probe war gemacht; sie hatte eben erst den Kelch der Verzweiflung bis auf den Grund geleert und nun erwachte die Hoffnung von Neuem, gebrochen, blutend, aber dennoch lebendig und kräftiger von Minute zu Minute. Gewiß, kein Wahn war ihr geblieben; das Leben war entschieden ungerecht und unedel wie die Natur. Warum denn diese Unvernunft es zu lieben, es zu wollen? warum gleich einem Kinde, welchem man ein immer wieder aufgeschobenes Vergnügen verspricht,auf das ferne, unbekannte Ziel zu rechnen, welchem das Leben uns endlos entgegenführt? Dann, als sie in die Rue de la Chaussée-d'Antin einbog, klügelte sie nicht länger; die Philosophin, die Gelehrte in ihr streckte die Waffen, ermüdet durch das vergebliche Suchen nach Gründen: sie war nur mehr ein Geschöpf, das sich des heiteren Himmels und der warmen Luft freute, das einzige Vergnügen genoß, sich wohlzubefinden, die kleinen Füße fest auf das Trottoir auftreten zu hören. Ach, die Freude am Dasein: gibt es denn im Grunde noch eine andere? Die Freude am Leben, so wie es ist, in seiner Kraft, so abscheulich es auch sei, mit seiner ewigen Hoffnung! In ihre Wohnung in der Rue Saint-Lazare zurückgekehrt, welche sie am nächsten Tage verlassen sollte, beendigte Madame Caroline das Packen ihrer Koffer; und während sie in dem bereits leeren Plänesaal die Runde machte, bemerkte sie an den Wänden die Entwürfe und die Aquarelle, welche sie im letzten Augenblicke zu einer einzigen Rolle zusammenbinden hatte wollen. Doch vor jedem Blatte blieb sie sinnend stehen, ehe sie die vier Nägel an den vier Ecken entfernte. Sie durchlebte noch einmal die nunmehr so fernen Tage, die sie einst im Orient verbracht hatte, in jenem geliebten Lande, dessen glänzendes Licht sie in sich selbst bewahrt zu haben schien; sie durchlebte die fünf Jahre, die sie in Paris verbracht, jene täglich sich erneuernde Krise, jene tolle Thätigkeit, den ungeheuren Orkan der Millionen, der durch ihr Leben gestürmt und es verwüstet hatte; und sie hatte das Gefühl, wie in den noch warmen Ruinen neues Wachsthum keimte und im Sonnenlichte hervorsproß. Wenn die türkische Nationalbank von der Universalbank mitgerissen worden, so stand die Packetschifffahrts-Gesellschaft aufrecht und gedieh. Sie sah die zauberische Küste von Beyrut, wo mitten unter riesigen Speichern die Verwaltungsgebäude sich erhoben, deren Plan sie soeben abstaubte: Marseille bis vor die Pforten Kleinasiens gerückt, das mittelländische Meer wieder erobert, die Nationen einander näher gebracht, vielleicht mit einander versöhnt. Und was die Karmelschlucht betraf, –

dieses Aquarell, welches sie soeben vom Nagel nahm – so wußte sie aus einem jüngst empfangenen Briefe, daß eine ganze Bevölkerung daselbst aus dem Boden wuchs. Das Dorf von fünfhundert Einwohnern, welches anfänglich um die erschlossene Grube entstanden, war jetzt eine Stadt von mehreren tausend Seelen, eine vollständige Zivilisation mit Straßen, Fabriken, Schulen, welche diesen todten und verwilderten Winkel befruchtete. Dann kamen die Tracen, Nivellirungen und Profile der Eisenbahn Brussa-Beyrut über Angora und Aleppo, eine Serie großer Blätter, die sie eines nach dem andern einrollte. Gewiß, es wird noch Jahre dauern, bis man mittelst Dampfkraft über die Joche des Taurus setzen wird; aber schon strömte das Leben allenthalben herbei, der Boden der uralten Wiege wurde mit einer neuen Menschenernte besäet, dort mußte der Fortschritt der nächsten Zukunft gedeihen, mit einer Kraft außerordentlichen Wachsthums, in jenem wunderbaren Klima, unter glühendem Sonnenbrand. War dies nicht das Wiedererwachen einer Welt, eine neue Menschheit, viel weiter ausgebreitet und viel glücklicher? Jetzt band Madame Caroline mit Hilfe einer starken Schnur das Packet der Pläne zusammen. Ihr Bruder, der sie in Rom erwartete, wo Beide ein neues Leben beginnen wollten, hatte ihr empfohlen, sie mit Sorgfalt zu verpacken; und während sie die Schnüre enger zog, dachte sie an Saccard, der jetzt in Holland war, von Neuem mit einem kolossalen Unternehmen beschäftigt. Es handelte sich diesesmal um die Trockenlegung riesiger Sumpfgebiete; durch ein komplizirtes System von Kanälen sollte dem Meer ein kleines Königreich abgerungen werden. Er hatte Recht: das Geld war bis zum heutigen Tage der Dünger, in welchem die kommende Menschheit gedieh; das vergiftende und zerstörende Geld wurde der Gährstoff alles gesellschaftlichen Wachsthums, die notwendige Düngererde der großen Arbeiten, welche das Dasein erleichterten. Sah sie diesesmal endlich klar? Kam ihre unbezwingliche Hoffnung denn doch von ihrem Glauben an die Nützlichkeit der Anstrengung? Mein Gott! soll es über so vielem aufgewühlten Koth, über so vielen zertretenen Opfern, über all' dem furchtbaren Leid, welches jeder Schritt nach vorwärts der Menschheit kostet, nicht ein dunkles, fernes Ziel geben, etwas Höheres, was gut ist und gerecht und endgiltig, welchem wir entgegen gehen ohne es zu wissen und welches unser Herz von dem beharrlichen Bedürfniß zu leben und zu hoffen schwellen läßt?

Und Madame Caroline war heiter trotz Alledem, mit ihrem stets lächelnden Antlitz, unter ihrem Kranz von weißen Haaren, als hätte sie sich auf dieser alten Erde mit jedem April verjüngt. Und bei der Erinnerung an die Schande, welche ihr Verhältniß mit Saccard ihr verursachte, dachte sie an den furchtbaren Schmutz, mit welchem man auch die Liebe befleckt hat. Warum soll man das Geld für alle die Unfläthigkeiten und alle die Verbrechen, deren Ursache es ist, büßen lassen? Ist die Liebe weniger besudelt, sie, die das Leben zeugt?

Ende